KiWi
1847

Das Buch

Sein Geld hat der spleenige Start-up-Unternehmer Gregory Hollister größtenteils in der Kryptowährung Bitcoin angelegt. Als er bei einem Unfall ums Leben kommt, beginnt die Suche nach seinem Privatvermögen. Das hat der paranoide Kalifornier gut versteckt. Wo befindet sich der digitale Schatz, den die Medien bereits Montecrypto nennen?

Hollisters Schwester beauftragt den Privatdetektiv Ed Dante, das verschwundene Geld aufzuspüren. Dante recherchiert und stellt bald fest, dass etliche Personen hinter Montecrypto her sind. Das ist angesichts der kolportierten Summe von mehreren Milliarden Dollar nicht weiter verwunderlich – aber die anderen Interessenten sind keine gewöhnlichen Schatzsucher. Warum interessieren sich ausländische Geheimdienste, das FBI und die Mafia für den Schatz? Dante erkennt, dass Hollisters Vermächtnis aus mehr besteht als aus einem Haufen digitaler Münzen. Möglicherweise ist Montecrypto der Schlüssel zu einem immensen Finanzskandal, der die gesamte Weltwirtschaft in den Abgrund reißen könnte ...

Der Autor

Tom Hillenbrand studierte Europapolitik, volontierte an der Holtzbrinck-Journalistenschule und war Redakteur bei SPIEGEL ONLINE. Seine Bücher haben sich bereits Hunderttausende Male verkauft, sind in mehrere Sprachen übersetzt, wurden vielfach ausgezeichnet und stehen regelmäßig auf der SPIEGEL-Bestsellerliste.

www.tomhillenbrand.de

TOM HILLENBRAND

MONTECRYPTO

Thriller

Kiepenheuer & Witsch

Aus Verantwortung für die Umwelt hat
sich der *Verlag Kiepenheuer & Witsch* zu einer
nachhaltigen Buchproduktion verpflichtet. Der
bewusste Umgang mit unseren Ressourcen,
der Schutz unseres Klimas und der Natur
gehören zu unseren obersten Unternehmenszielen.

Gemeinsam mit unseren Partnern und Lieferanten
setzen wir uns für eine klimaneutrale Buchproduktion
ein, die den Erwerb von Klimazertifikaten zur
Kompensation des CO_2-Ausstoßes einschließt.

Weitere Informationen finden Sie unter:
www.klimaneutralerverlag.de

FSC www.fsc.org
MIX
Papier aus verantwortungsvollen Quellen
FSC® C014496

Verlag Kiepenheuer & Witsch, FSC® N001512

1. Auflage 2022

Covergestaltung und -illustration: Barbara Thoben, Köln
Gesetzt aus der Quadraat
Satz: Buch-Werkstatt GmbH, Bad Aibling
Druck und Bindung: GGP Media GmbH, Pößneck
ISBN 978-3-462-05465-1

Für Taro

»Cyberspace ist,
wo die Bank dein Geld aufbewahrt.«

WILLIAM GIBSON

KRÜMELMONSTER

Wenn diese Stadt nur nicht so stinken würde. Im Sommer liegt der Geruch von Abgasen in der Luft, im Winter riecht es nach Rauch. Dante steigt aus seinem betagten Acura, rümpft die Nase. Wie nach einem Osterfeuer – nicht, dass es in Kalifornien welche gäbe. Dafür gibt es Abermillionen verdorrter Bäume. Und jeder einzelne davon kann es kaum erwarten, endlich in Flammen aufzugehen.

Dante geht um den Wagen herum, auf ein größeres Anwesen zu. Dessen Einfahrt liegt etwas zurückgesetzt und wird von einem doppelflügeligen schmiedeeisernen Tor versperrt. Er kann das dahinterliegende Haus erkennen. Es wirkt modern, klare Linien, große Fenster. Der Eigentümer hat Geschmack – oder genug Geld, sich welchen zu kaufen. Den protzigen Autos in der Auffahrt nach zu urteilen, trifft vermutlich eher Letzteres zu.

Dante klingelt, starrt in die Fischaugenkamera. Auf dem LED-Display wird ein Mann in schmal geschnittenem Anzug zu sehen sein. Auf seinem Kopf sitzt einer jener schmalkrempigen Hüte, die man in England als Trilby bezeichnet. Die Leute vermuten mitunter, die Kopfbedeckung sei eine Reminiszenz an Ska-Bands der Achtziger oder der Versuch, britische Coolness rüberzubringen, Carnaby-Street-Vibes, was auch immer. Die Wahrheit ist, dass Dante schon früh die Haare ausgefallen sind. Verglichen mit ihm ist Prince William ein Lockenkopf. Der Trilby soll schlichtweg verhindern, dass die gleißende kalifornische Sonne ihm die polierte Platte verbrennt.

»Ja, bitte?«, tönt es aus der Gegensprechanlage neben der Klingel.

»Guten Morgen. Ed Dante. Ich habe einen Termin.«

Die Pforte öffnet sich. Dante läuft die Einfahrt hoch, vorbei an einem sehr großen Cadillac-Geländewagen und einem sehr flachen Lamborghini. Vor der Haustür wartet ein muskulöser Schwarzer. Er trägt einen jener zwei Nummern zu großen Anzüge, auf die Amerikaner seltsamerweise stehen. Der Mann bedeutet ihm, einzutreten. Dante findet sich in einem Vorraum wieder.

»Kann ich Ihnen etwas abnehmen, Sir?«

Dante schüttelt den Kopf. Er hat keinen Mantel dabei. Seine Laptoptasche behält er lieber, obwohl der Butler, Bodyguard, was auch immer, bestimmt gerne hineinschauen würde. Überhaupt mustert ihn der Mann, als suche er etwas. Als Dante dämmert, was, schüttelt er erneut den Kopf.

»Sir?«, sagt der Mann.

Dante hält sein Jackett auf. »Ich komme ungegürtet, Meister«, erwidert er, »kein Toaster am Mann.«

»Aber ein Telefon haben Sie schon?«

»Äh, klar.«

»Könnte ich das wohl kurz haben, Sir?«

Dante zeigt die Zähne.

»Darauf befinden sich vertrauliche Informationen. Ich werde Ihnen mein Handy nicht ...«

Der Mann im Anzug lächelt, macht eine beschwichtigende Geste. Aus der Innentasche seines Jacketts holt er etwas hervor. Es handelt sich um einen Bogen voller kleiner schwarzer Aufkleber.

»Sie können Ihr Handy behalten. Aber ich muss Sie bitten, die Kameras abzukleben. Eine Sicherheitsmaßnahme.«

»Glauben Sie, dass ich Fotos mache und sie dann an TMZ oder Variety verkaufe? Sie ist meine ...«

»Sie sicher nicht, Sir. Aber vielleicht jemand anders.«

Dante greift nach den Aufklebern. Nachdem er zwei davon abgeknibbelt und auf die Linsen seines iPhones geklebt hat, deutet der Bodybutlerguard auf eine Doppeltür, öffnet einen der Flügel.

»Mrs Martel erwartet Sie.«

Dante betritt ein Wohnzimmer wie aus dem »Architectural Digest«. Jacqueline Martel fläzt sich auf einem italienischen Ledersofa, teurer als ein Kleinwagen. Sie trägt einen Onesie mit Kapuze, kreischblaues Fellimitat, dazu eine pinke Kappe von Supreme. Wenn das Krümelmonster zu viele Haschkekse fräße, sähe es vermutlich so aus.

Überrascht ist er von ihrem Outfit nicht. Natürlich hat er sie gegoogelt, das Netz ist voller Fotos von ihr. Jacqueline Martel alias Ada Swordfire, einunddreißig Jahre, Künstlerin. Was genau sie künstelt, hat Dante nicht ganz verstanden. Sie scheint keine Musikerin oder Schauspielerin zu sein, zumindest nicht im herkömmlichen Sinne. Martels Spezialität sind Kostümierungen, sie verkleidet sich als Comic- oder Computerspielfigur. Dante wusste, dass Menschen so etwas tun. Dass sich damit Geld verdienen lässt, war ihm neu. Bei seiner kurzen Webrecherche hat er gelernt, dass Martel an die zwei Millionen Follower hat, auf YouTube, Instagram, Twitch, was auch immer.

Vor ihrem gestrigen Anruf und der Googlerei hatte er noch nie von Ada Swordfire, Nerdgirl extraordinaire, gehört. Bereits bekannt war ihm hingegen Martels Bruder. Gregory Hollister, Friede seiner extrem wertvollen Asche, ist der eigentliche Grund für Dantes Besuch.

Krümelmonster nickt ihm vom Sofa aus zu. Dante geht auf Mrs Martel, Mrs Swordfire, wen auch immer, zu und schüttelt ihr die Hand.

»Guten Morgen, Ma'am.«

»Morgen, Mister Dante. Nennen Sie mich bitte Jackie.«

»Ed.«

Er setzt sich zu ihr aufs Sofa. Das ist problemlos möglich, ohne dass es aufdringlich wirkt. Das Möbelstück ist nicht nur teurer als ein Auto, sondern auch fast doppelt so lang.

»Kaffee, Tee, Red Bull?«

Dante nimmt Tee, Martel Dirty Lemon, was auch immer das sein mag. Der neben der Tür wartende Bedienstete, den seine Klientin in spe Marcus nennt, geht und kümmert sich. Zwischen den Zeitschriftenstapeln auf dem Couchtisch (Wired, Tattoo, Popular

Mechanics) fischt Martel einen Vaporizer hervor. Schweigend nimmt sie einige Züge. Ananasgeruch erfüllt den Raum.

Die Getränke treffen ein. Dante nippt an seinem Tee, mustert Martel. Sie sieht ihrem Bruder nicht ähnlich. Vielleicht liegt es daran, dass sie nur seine Halbschwester ist, unterschiedliche Väter. Ihm fällt auf, dass die mintfarbenen Haare, die unter Martels Cap hervorschauen, farblich gut zu den Vorhängen passen.

»Zunächst einmal mein Beileid«, sagt er.

»Danke, Ed. Geht schon irgendwie.«

Nach dem wenigen, das er auf die Schnelle recherchieren konnte, waren Martel und Hollister ziemlich eng. Beide waren Singles, beide lebten allein. Oder vielleicht auch nicht: Dies ist zwar Hollisters Villa, doch seine Schwester scheint sich wie zu Hause zu fühlen.

Wenn die beiden so dicke waren, wie die Klatschpresse behauptet, und vielleicht sogar gemeinsam dieses Haus in Bel-Air bewohnten, müsste Martel eigentlich völlig aufgelöst sein. Schließlich ist es erst drei Tage her. Sie wirkt jedoch gefasst.

»Das Flugzeug war so gut wie neu. Und Greg ein ordentlicher Pilot«, sagt sie.

Hollister hatte sich auf dem Weg zu einer Konferenz in Veracruz befunden. Der Start-up-Unternehmer besaß seinen eigenen Jet, eine Cessna Citation X, die er selbst zu steuern pflegte. Über dem Golf von Mexiko verlor die Maschine aus noch ungeklärten Gründen rasch an Höhe, stürzte ins Meer. Hollister war vermutlich sofort tot. Von der Cessna fand man nur Bruchstücke, von ihrem Piloten nicht einmal die. Fremdeinwirkung, vulgo Mord, halten die Behörden für unwahrscheinlich.

»Sie wissen, was für eine Art Privatdetektiv ich bin, Jackie?«

»Ich denke schon.«

»Dann geht es also nicht so sehr um die Todesumstände, richtig?«

Sie blinzelt, vermutlich um eine Träne wegzudrücken. Sicher ist Dante sich da allerdings nicht, denn Martel hat ihren Ananas-

noch etwas herauslesen? Vermutlich nur, wenn man sich wirklich gut mit Computern auskennt, wenn man wie Hollister denkt, wie ein Hacker. Dante kennt keine Hacker, sieht man von dieser Dame auf seiner Couch ab. Eine weitere offene Frage lautet, was passiert ist, als er Hollisters Macbook in dessen Mancave angeschaltet hat. Der Rechner ließ irgendein Skript laufen. Wäre es möglich, dass der posthume Post im Forum damit in Zusammenhang steht?

Er öffnet die Augen wieder. Mercy Mondego wischt durch ihr Handy. Er richtet sich auf und sagt:

»Der Laptop. Hollisters. Als ich ihn das erste Mal angeschaltet habe, ist irgendein Skript gelaufen.«

Sie legt das Handy weg.

»Was für ein Skript?«

»Keine Ahnung. Buchstabensalat. Können Sie damit was anfangen?«

»Vielleicht. Aber der Rechner ist doch weg.«

Dante erlaubt sich ein triumphierendes Lächeln.

»Ich habe zuvor Daten runtergezogen. Hören Sie, der Deal geht so: Ich zeige Ihnen die Daten. Sie untersuchen sie. Wir beraten gemeinsam, was sie bedeuten, wenn sie denn etwas bedeuten. Aber verwenden dürfen Sie die erst, wenn ich mein Okay gebe.«

»Und wann wird das sein?«

»Vielleicht in einigen Tagen. Vielleicht nach Abschluss der Ermittlungen. Vielleicht nie.«

»Nie klingt inakzeptabel.«

»Dann meinetwegen maximal sechs Monate Sperrfrist. So lange wird es aber kaum dauern, bis dahin wird alles gelaufen sein. Und es ist ja nicht zu erwarten, dass jemand anders die Daten ebenfalls hat.«

Mondego runzelt die Stirn.

»Sie vergessen den Einbrecher. Der hat den Laptop.«

»Aber kein Passwort.«

»Mag sein, aber das waren Profis«, erwidert sie, »möglicherweise verfügen sie über die technische Raffinesse, auch an verschlüsselte Daten zu gelangen. Wie sind *Sie* überhaupt an das Passwort gekommen?«

Dante lächelt. »Betriebsgeheimnis.«

Er erhebt sich und bedeutet Mondego, ihm ins Haus zu folgen. Dort geht er zu der Schublade, in der er seinen eigenen Laptop aufbewahrt, und holt ihn heraus, ebenso wie den USB-Stick. Mondego beäugt inzwischen seine Wohnung.

»Für einen Junggesellen gar nicht so verwahrlost.«

»Ich war schon mal verheiratet. Das kriegt man nie wieder ganz raus.«

Dante stellt den Rechner auf den Tisch, schaltet ihn ein.

»Wouwouwou, was tun Sie da?«

»Wonach sieht es denn aus, Mondego?«

»Sie wollen den nicht einfach da reinstecken?«

»Eigentlich schon.«

»Mister, das würde ich nicht tun.«

»Sie meinen, es sind vielleicht Viren drauf?«

»Möglich. Der Computer, wo die Daten her sind, gehörte einem versierten Hacker.«

»Was schlagen Sie stattdessen vor?«, fragt Dante.

»Wir machen das an meinem Rechner. Und in meinem Netzwerk. Also bei mir zu Hause.«

»Wenn Sie glauben, dass ich Ihnen die einzige Kopie der Daten aushändige, sind Sie schiefgewickelt.«

»Kommen Sie halt mit.«

Dante möchte nirgendwo mehr hin. Es war ein langer Tag. Sein Rücken will ein heißes Bad, seine Kehle einen weiteren Black Russian. Und sein Kopf möchte, dass endlich jemand den Ausschalter betätigt.

Er seufzt resigniert. »Wo wäre das?«

PIXIE-PIZZA

Mondegos Domizil liegt in den Woodland Hills, nördlich der Stadt. Man kann die Berge sehen und den Freeway hören. Ihr Haus befindet sich in einer Sackgasse und ist wie seine Nachbargebäude in einer Art Faux-Fachwerkstil gebaut, cremefarbener Verputz und aufgeklebte kackbraune Holzbohlen. Vermutlich hat der Erbauer dieser kleinen Kolonie zu oft Urlaub in Heidelberg gemacht.

Von der Fassade einmal abgesehen, sieht das Haus ganz heimelig aus. Dante fragt sich allerdings, womit Bloggergirl, Hackergirl, was auch immer, die Bude bezahlt hat. Sie wirkt nicht wie jemand, der die notwendige Dreiviertelmillion übrig hat.

Mondego schließt die Tür auf.

»Hübsche Hütte. Haben Sie die mit Bitcoins bezahlt?«

Dante meint es als Scherz, aber sie antwortet:

»Nein. Mit Pixiecoins.«

»Was ist das?«, fragt er.

»Ein Shitcoin.«

Sie finden sich in einem Wohnzimmer mit offener Küche wieder, amerikanischer Standardgrundriss. Die Einrichtung ist nicht nullachtfünfzehn, aber auch nicht unbedingt, was Dante erwartet hat. An den Wänden hängen keine Bad-Religion-Poster und keine Skateboards, sondern Tuschzeichnungen und Aquarelle – nicht teuer, aber geschmackvoll. Die Möbel sind aus hellem Holz. Mondego deutet auf ein Sofa. Es sieht sehr bequem aus. Ist es aber nicht.

»Shitcoin«, sagt sie, während sie Getränke aus dem Kühlschrank holt, »nennt man eine wertlose Kryptowährung. Es gibt Dutzende davon.«

Dante nickt. Im Vergleich zur Kryptoszene ist die Judäische Volksfront eine homogene Veranstaltung.

»Ich habe die Pixies eher aus Spaß gekauft, als sie rauskamen, fünfhunderttausend Coins für fünfhundert Dollar.«

»Also war jeder einen Zehntelcent wert?«

»Genau. Irgendwann gingen die Dinger durch die Decke. Fragen Sie nicht, warum. Auf jeden Fall waren sie plötzlich so viel wert, dass ich davon das Haus kaufen konnte. Ich habe mich damals etwas geärgert.«

»Weil sie weiter gestiegen sind, nachdem Sie verkauft hatten?«

»Nein, nicht deswegen.«

Mondego reicht ihm einen Becher mit etwas, das wie Coke aussieht. Da Dante sie weder mit Rum noch mit Whiskey hat hantieren sehen, befürchtet er, dass es tatsächlich eine ist. Sieht er dermaßen zerknittert aus? Ein weiterer Cocktail wäre ihm lieber. Aber irgendwie traut er sich nicht zu fragen.

»Ich war sauer, weil ich nur noch die Hälfte der Pixies besaß, als sie durch die Decke gingen. Den Rest hatte ich sechs Monate zuvor schon ausgegeben.«

»Für?«

»Eine Barbecue-Pizza.«

Dante nippt an seinem Getränk. Er hatte mit Cola gerechnet, aber es ist viel schlimmer. Es handelt sich um Dr. Pepper.

»Eine Pizza?«

Sie nickt. »Bei dem damals ersten Lieferdienst in L. A., der Krypto als Bezahlung akzeptierte. Musste ich natürlich gleich ausprobieren.«

»Zweihundertfünfzigtausend Ihrer Coins haben für eine Pizza gereicht – und ein halbes Jahr später konnte man davon ein Haus kaufen?«

»Yup. Und acht Wochen nach dem Hauskauf waren die Pixies wieder um achtundneunzig Prozent gefallen. Haben sich seitdem nie wieder erholt – Shitcoins. Willkommen in der Welt der Kryptowährungen.«

Mondego sagt, sie müsse ihre Ausrüstung holen, und verschwindet ins Obergeschoss. Sobald sie fort ist, steht Dante auf und kippt die Plörre in den Ausguss. Er gießt etwas Wasser nach und schaut sich ein wenig um. Zunächst inspiziert er die Bücherregale. Sie enthalten wenig Literatur, aber reichlich Computerfachbücher – Python statt Pinter, Basic statt Beckett. Auf einem Sims stehen gerahmte Fotos, vermutlich Familienmitglieder. Etwas davon entfernt steht das Schwarz-Weiß-Porträt eines Mannes mit Vierkantschädel und ernstem Blick. Mit Lackstift hat jemand »Narbengewebe ist stärker als normales Gewebe« auf das Bild geschrieben. Das soll wohl bedeuten, dass Verletzungen einen stärker und härter machen, nicht schwächer und anfälliger.

»Schwachsinn«, murmelt er.

Dante vernimmt Schritte, wendet sich von den Bildern ab. Mondego kommt die Treppe herab, zwei Laptops und Schreibzeug unter dem Arm. Sie arrangiert alles auf dem Küchentisch. Dante gesellt sich zu ihr. Er holt den USB-Stick aus der Tasche, legt ihn auf den Tisch.

»Danke«, murmelt Mondego abwesend, während sie an dem Computer herumwerkelt.

»Wenn Sie noch was trinken wollen, bedienen Sie sich.«

Dante geht zum Kühlschrank. Darin befinden sich keine harten Sachen, nur Limo und Coors Light. Hinter einer Tüte voller Tomaten entdeckt er jedoch etwas, das sein Herz erfreut.

»Ist es okay, wenn ich das Guinness nehme?«

Sie macht ein Geräusch, das zumindest nicht nach emphatischer Ablehnung klingt. Kurz darauf steht Dante wieder neben Mondego und trinkt kaltes Stout aus einem Plastikbecher.

»Ist der Stick sauber?«, fragt sie.

»Ich habe ihn vor ein paar Monaten bei Staples gekauft, seitdem war das Ding bestimmt in einem Dutzend Computern drin, inklusive meinem.«

Dante findet, dass der Satz irgendwie anzüglich klingt. Aber Mondego nickt lediglich, so als sei die digitale Promiskuität seines

USB-Sticks nichts Schockierendes, sondern die natürlichste Sache der Welt. Sie greift nach dem Speicherstab und steckt ihn in die Buchse des linken Computers, aktiviert eine Analysesoftware.

»Was passiert?«, fragt er.

»Das ist ein Rechner ohne Internet – ich habe den WLAN-Chip rausgerupft. So, mal schauen. Viel ist das ja nicht.«

»Das waren alle Office-Dateien, die er auf dem Rechner hatte.«

»Sie meinen, alle, die Sie über den Finder, den Dateimanager, gefunden haben?«

»Ja.«

»E-Mails?«

»Mailprogramm war nicht eingerichtet. Browser-Historie bestand aus dem Üblichen.«

»Also Nachrichten, Shopping, Pornos.«

»Shopping weniger. Ihr Blog war übrigens auch darunter.«

Dante erwartet, dass ihr dieser Umstand einen Anflug von Stolz ins Gesicht zaubert. Medienfuzzis sind seiner Erfahrung nach schrecklich eitel, aber Fehlanzeige. Wenn da etwas aufblitzt, dann eher Arroganz – in dem Sinne, dass ja wohl jeder Krypto-Aficionado ihr Blog liest.

»Haben Sie den Inhalt der Dateien überprüft?«, fragt sie.

»Habe ich. Aber für mich sieht es nach sehr gewöhnlichem Zeug aus. Brief an seinen Kabelprovider, Widerspruch zu einem Mahnschreiben, solches Zeug. Die Excel-Dateien sind einfache Finanzaufstellungen, die meisten mehrere Jahre alt. Vermutlich wertlos.«

»War auf dem Rechner sonst noch etwas drauf? Programme?«

Dante hat Hollisters Programmordner nicht untersucht. Dass dies sinnvoll sein könnte, darauf ist er gar nicht gekommen.

»In der Startleiste war nur das übliche Zeug.«

»Deutet für mich alles darauf hin, dass dies nicht sein Hauptrechner war«, sagt sie.

Mondego schaut sich jene Textdatei an, die er aus dem Fenster kopiert hat, in dem das Skript lief. Zwischendurch macht sie sich Notizen, tippt etwas in den zweiten Rechner, der anscheinend mit dem Internet verbunden ist. Die Sache dauert eine Weile. Als sie sich Dante wieder zuwendet, ist das Guinness beinahe alle.

»Und?«, fragt er.

»Das Skript hat eine Domain gepingt, das heißt aufgerufen.«

»Welche?«

Sie zeigt auf den Bildschirm, markiert einen der Textfitzel. Dort steht `22dceFyHXfWKYoZu5yrCmeBfoMrPLMXEov.com`.

»Und bevor Sie fragen: Die Domain existiert.«

»Und wem gehört sie? Gibt es für so was ein Verzeichnis?«

»Ja. Sie gehört«, Mondego schaut auf ihren Block, »einer Fondation Bataille. Adresse in Zug, Schweiz. Was auffällig ist.«

»Inwiefern?«

»Ziemlich viele Firmen, die mit Krypto zu tun haben, sitzen da.«

Dante nickt. Zug ist ihm aus seiner Bankerzeit ein Begriff – eine Handvoll Chalets, zwei Dutzend Kühe und der niedrigste Steuersatz weit und breit. Zug ist vermutlich keine schlechte Wahl, wenn man zwielichtige digitale Finanzgeschäfte tätigen möchte.

»Hollisters Computer hat also nachgeschaut, ob es diese sehr unattraktive und lange Internetadresse gibt?«

Mondego nickt. »So etwas ist nicht unüblich. Man kann diese Methode verwenden, um unauffällig mit einer Software oder einer Person zu kommunizieren. Der Domainname ist derart abstrus, dass normalerweise niemand auf die Idee käme, ihn zu registrieren. Eignet sich nicht unbedingt für einen Onlineshop. Also ist er noch frei. Man kauft die Domain, macht sie erreichbar. Ein Computer, der sie pingt, bekommt die Nachricht, dass die Seite online ist.«

»Aber welchen Sinn soll das haben?«

»Das ist, wie wenn wir vereinbaren würden, dass ich unter bestimmten Umständen eine Laterne ins Fenster stelle. Das sagt niemandem was, außer dem, der auf das Signal wartet.«

»Okay. Hollisters Macbook wird also hochgefahren, von mir. Der Rechner schaut nach, ob diese Seite da ist. Ist sie.«

»Und danach fängt er an, weitere IP-Adressen zu pingen.«

»Im Klartext: Der Mac hat noch mehr Internetseiten überprüft.«

»Vielleicht. Kann auch was anderes sein. Jedes Gerät, das im Netz hängt, besitzt eine IP-Adresse – Computer, Drucker, smarte Kühlschränke. Was genau dahintersteckt, ist schwer zu sagen.«

»Auf die Schnelle nicht oder gar nicht?«

»Auf jeden Fall nicht schnell, vielleicht auch gar nicht, je nachdem, wie gut Hollister es versteckt hat.«

Dante muss ein Gähnen unterdrücken. Mondego lächelt.

»Ja, jetzt reicht's langsam, hm? Ich mache morgen weiter und sage Ihnen Bescheid, wenn ich noch was finde, Mister.«

»Ed. Nenn mich Ed.«

»Mercy.«

Sie gibt ihm den USB-Stick zurück.

»Soll ich dich noch heimfahren?«

Dante ist versucht, das Angebot anzunehmen. Ihre Gesellschaft ist ihm nicht unangenehm, trotz gewisser Vorbehalte, was ihren Beruf angeht.

»Nicht nötig«, hört er sich sagen, »ich rufe mir ein Taxi. Man hat mir gesagt, ich dürfe ordentlich Spesen machen. Wird Zeit, dass ich das ein bisschen ausnutze.«

Zehn Minuten später sitzt Dante in einem Uber und winkt der im Türrahmen stehenden Mercy Mondego aus dem Fond zu. Der Chauffeur will über den Ventura Freeway fahren, doch Dante überredet ihn, stattdessen den Mulholland Drive zu nehmen. Das dauert länger, und es kann sein, dass sein Rücken ihm die Wahl übel nehmen wird. Aber er muss nachdenken.

Während der Wagen die kurvenreiche, schlecht beleuchtete Straße entlangfährt, versucht Dante, etwas Sinn und Struktur in das zu bringen, was er bislang herausgefunden hat. Kryptopionier Gregory Hollister landet nach einigen Flops ein großes Ding. Er programmiert eine Bezahlapp namens Juno, die inzwischen von Millionen Menschen benutzt wird. Die dazugehörige Juno-Währung Moneta hat nicht mehr allzu viel mit der Idealvorstellung einer Kryptowährung zu tun, aber sie funktioniert. Irgendwann steigt Hollister bei Juno aus und verkauft seine Anteile. Er genießt fortan das Leben – Sportwagen, Strandhaus, Jet. Immer mal wieder spricht Sir Holly davon, etwas Neues aufziehen zu wollen, aber besonders eilig scheint er es damit nicht zu haben. Und wer könnte es ihm verübeln?

Dann der tragische Unfall, Hollisters Jet stürzt über dem Golf von Mexiko ab. Seine Schwester glaubt, ihr Bruder habe einen geheimen Schatz besessen, in Form von Kryptogeld. Sie beauftragt einen Exbuchhalter, der zu viel Cocktails trinkt, der Sache nachzugehen.

Ob es den Schatz tatsächlich gibt oder ob Hollister seine Bitcoins, Litecoins, was auch immer, vielleicht einfach verprasst hat, ist unklar. Was er auf jeden Fall hinterlassen hat, sind ein rätselhafter Diavortrag und ein ziemlich leerer Laptop.

Kurz darauf tauchen Leute auf und klauen den Rechner. Außerdem erwacht Hollisters seit Jahren ungenutzter Forumsaccount zu neuem Leben und spuckt ein halb gares Hesse-Zitat aus. Wer hat es gepostet? Einer von Hollisters alten Kumpels? Die Laptop-Diebe? Oder hat das Computerskript mit seinen Pings einem anderen automatisierten Programm den Befehl erteilt, das Zitat zu veröffentlichen?

Sie sind inzwischen in den Hollywood Hills, links und rechts kann er zwischen den Häusern immer wieder das Lichtermeer der unter ihnen liegenden Stadt erkennen. Er bittet seinen Chauffeur, beim nächsten Aussichtspunkt anzuhalten, wovon dieser nur mäßig begeistert ist. Aber er tut es trotzdem. Der Uber hält am Straßenrand. Dante steigt aus und läuft zu dem zwanzig Meter entfernten Aussichtspunkt, vorbei an einem Schild, das davor warnt, sich dort nach neun Uhr abends aufzuhalten. Er schaut gen Norden, über Universal City hinweg, Richtung San Fernando Valley.

Falls Hollisters Laptop den Forumspost ausgelöst hat, was haben dann die anderen von dem Skript ausgesandten Pings getan? Vielleicht findet Mercy Mondego es heraus. Während der Fahrt hat er sie gegoogelt. Laut dem kurzen Lebenslauf in ihrem Blog ist Mercy sechsunddreißig und hat Informatik studiert. Bei Wikipedia steht auch etwas über sie. Demnach betreibt sie Tales from the Crypto seit über vier Jahren und ist außerdem Bassistin in einer All-Girl-Post-Punk-Band namens »Alderaan Warmongers«. Dante hat auf Spotify reingehört: eine Sängerin mit Laryngitis, drei Akkorde, eine Menge Wut. Gefiel ihm eigentlich ganz gut.

Diese biografischen Informationen beantworten allerdings nicht die wichtigste Frage: Kann er Mondego trauen? Er würde es gerne tun, aber wenn er ehrlich zu sich selbst ist, gibt es dafür keinen Anlass. Vielleicht wird sie ihn für eine Schlagzeile bescheißen oder wegen des Schatzes, falls es ihn denn gibt. Wie üblich geht Dante erst einmal davon aus, dass er es mit einem moralischen Vakuum zu tun hat. Das verhindert spätere zwischenmenschliche Enttäuschungen.

Dann wäre da noch diese Stiftung in Zug. Falls Hollister seine Finger im Spiel hatte, könnte dessen Anwalt Royce Thurstow etwas darüber wissen. Vielleicht kennt der auch den Inhalt von Hollisters Testament.

Während Dante vor sich hin grübelt, starrt er in die flimmernden, verwaschenen Lichter im Talkessel. Er registriert einen hellen Schein am Rande seines Blickfelds. Dante sucht den Horizont ab. Auf der anderen Seite des San Fernando Valley erheben sich Berge. Einer davon brennt. Nicht im übertragenen Sinne – er scheint lichterloh in Flammen zu stehen. Wenn man den Brandherd aus dieser Entfernung sehen kann, muss er scheißgroß sein. Eine riesige Feuerzunge scheint über den Bergkamm zu lecken. Dante weiß nicht, wie der Gipfel da drüben heißt, aber in diesem Moment sieht er aus wie der Schicksalsberg aus »Herr der Ringe«. Nun bemerkt er auch wieder den beißenden Rauchgeruch, der natürlich die ganze Zeit über da war, den er aber nicht wahrgenommen hatte. Er muss an diesen Rocksong denken: »The roof, the roof, the roof is on fire«.

Dante reißt sich von dem Anblick los, geht zurück zum Wagen.

Er ist nicht viel schlauer als vorher, hat nun aber einen Ohrwurm, der ihn bis nach Hause verfolgen wird.

The roof is on fire.
We don't need no water,
let the motherfucker burn.
Burn motherfucker, burn.

NON CALCULAT

Royce Thurstows Kanzlei liegt an der Ecke Brighton Way und Camden Drive, schlimmstmögliches Beverly Hills, der Rodeo Drive ist nur wenige Schritte entfernt. Die Büros befinden sich in einem Gebäude, das vorgibt, aus dem achtzehnten Jahrhundert zu stammen – gusseiserne Balkone, viel Stuck, in die Fassade eingelassene Fantasiewappen. Das Erdgeschoss beherbergt einen notorischen Nobelitaliener, bei dem Samuel L. Jackson angeblich gern Pizza Hawaii isst.

Die Räumlichkeiten der Kanzlei können als repräsentativ durchgehen, sogar in Beverly Hills. Allein der Krimskrams in Thurstows Wartezimmer ist mehr wert als Dantes gesamte Einrichtung plus Spareinlagen, wobei Letztere aber auch wirklich mitleiderregend sind.

Während Dante, mehr liegend als sitzend, in einem dänischen Designerstuhl auf den Anwalt wartet, der laut Sekretärin noch irgendwo im Stau steht, schaut er sich Excel-Dateien an, die auf den CDs mit Hollisters Steuererklärungen waren.

Der Juno-Gründer hat allmonatlich Summen durch den Kamin geblasen, die jedem Normalbürger Schnappatmung verursachen würden – fünfzig-, manchmal auch hunderttausend Dollar. Das klingt nach viel, Dante weiß jedoch, dass so etwas letztlich eine Frage der Perspektive ist. Er hat bei seinen Ermittlungen in den vergangenen Jahren das eine oder andere Haushaltsbuch gesehen, und nach den Maßstäben eines kalifornischen Superreichen war Sir Holly geradezu sparsam. Während ihm die Mancave gehört, ist die Villa gemietet, Caddy und Bugatti waren geleast. Das meiste gab Hollister dafür aus, um die Welt zu jetten, entweder im eigenen Jet oder per Erste-Klasse-Linienflug. Anscheinend war er regelmäßig Gast auf Konferenzen zum Thema Krypto – Geschäftsausgaben also, keine Lustreisen.

Wo die immensen Beträge sein sollen, die Hollister in Form von Coins hortete, hat Dante bisher nicht herausgefunden. Bei der Steuer hatte er sie auf jeden Fall nicht angegeben. Aufgrund des enormen Wertzuwachses mancher Kryptowährungen – er muss an Mondegos Heidelberghäuschen denken – ist es durchaus möglich, dass der mutmaßliche Schatz ursprünglich wenig wert war und dann außerhalb der regulären Buchhaltung immer weiter gewachsen ist.

Was in den Steuerübersichten ebenfalls nicht auftaucht, ist die Fondation Bataille. Möglicherweise sind Briefkastenfirmen zwischengeschaltet. Er hält Ausschau nach den üblichen geografischen Schlüsselwörtern: Caymans, Singapur, Guernsey – aber Fehlanzeige.

Dante gähnt herzhaft. Bis drei Uhr morgens hat er die Decke angestarrt. Die Glastür geht auf, rasch hält er sich die Hand vor den Mund. Es ist Thurstows Sekretärin. Sie ist eine Erscheinung – enger Wildlederrock und High Heels, kunstfertig appliziertes Make-up und Ohrringe, an denen man Turnübungen veranstalten könnte. Dante steht eigentlich nicht auf solche Beverly-Hills-Uschis, er mag es etwas punkiger und muss schon wieder an Mondego denken. Aber der Inhalt ist in diesem Fall so umwerfend, dass einem die Verpackung egal sein muss, insofern man auch nur ein bisschen Puls hat.

Die Dame erklärt ihm, Royce Thurstow sei inzwischen eingetroffen. Dante folgt ihr und fragt sich, ob der Anwalt wohl Klienten hat, die seine überhöhten Gebühren nur deshalb zahlen, damit sie einmal pro Woche dreißig Sekunden hinter dieser Frau herlaufen dürfen. Bestimmt gibt es ein paar alte Geldsäcke, denen es das wert wäre.

Vielleicht ist diese Einschätzung unfair, aber Dante ist an diesem müden Morgen voller Vorurteile. Auch was Thurstow angeht, hat er sich bereits einige zurechtgelegt. Dante hat bislang noch nicht einmal ein Foto des Mannes gesehen, ihn jedoch bereits klar vor Augen: Viertausend-Dollar-Anzug, überkronte Zähne zum Strahlegrinsen und Delikatessenzermalmen, genug Haupthaar für drei Herren seines Alters und dazu dieses leicht Ölige, das man aus Typen wie diesen nicht einmal mit einem industriellen Dampfstrahler herausbekommen könnte.

Als die Assistentin die Tür zu Thurstows Büro öffnet, ist Dante folglich überrascht. Der Anwalt ist jünger als erwartet, Ende dreißig. Statt eines Maßanzugs trägt er T-Shirt und Sportjackett. Thurstow kommt aus seinem Ledersessel hoch und begrüßt Dante so, wie normale Menschen es tun, ohne Zähneblecken, ohne Unterarmgetatsche, ohne Dieses-Gespräch-ist-mir-wahnsinnig-wichtig-Blick.

Außerdem ist Thurstow ziemlich klein, höchstens 1,60 Meter. Der Anwalt bietet Dante einen Platz an und sagt: »Harte Nacht gehabt?«

Das ist eine ziemlich freche Eröffnung. Aber Dante lässt es ihm durchgehen, für Widerstand ist er zu müde.

»Der Fall. Entwickelt sich anders als erwartet.«

»Oh, wow. Müssen Sie mir erzählen.«

Thurstow setzt sich, schlägt die Beine übereinander. Die Aphrodite unter den Assistentinnen steht neben der Tür, wartet auf Anweisungen.

»Oolong für mich, und Sie? Auch Tee oder haben Sie das schon abgelegt?«

»Schwarzer Tee mit Milch, bitte«, sagt Dante und nutzt die Gelegenheit, nochmals einen Blick auf die Sekretärin zu werfen.

»Was«, fragt Dante, der an diesem Morgen wirklich etwas langsam ist, »meinen Sie mit ›auch abgelegt‹, Mister Thurstow?«

»Sie sind Brite, oder? Wobei, wenn man nicht genau hinhört, könnte man fast meinen, Sie hätten Ihren englischen Akzent bei der Einreise abgegeben.«

Dante nickt nur. Der amerikanische Akzent ist eine infektiöse Krankheit, die früher oder später jeden befällt, der Englisch spricht, ob Muttersprachler oder Ausländer. Und wenn man schon so lange hier drüben weilt wie er, dann …

»Und Sie sind also von Jacky engagiert worden, wegen der angeblich verschwundenen Millionen«, sagt Thurstow.

»Korrekt. Ihrem Tonfall entnehme ich, dass Sie nicht an ein verschollenes Vermögen glauben?«

»Zunächst muss ich sagen, dass so etwas nicht mein Spezialgebiet ist, iudex non calculat und so weiter. Ich weiß natürlich, dass Greg durch den Verkauf seiner Firmenanteile einen hübschen Batzen gemacht hat.«

»Aber?«

»Aber das heißt ja nicht zwingend, dass er es in einem geheimen digitalen Depot, ich meine, ist das die korrekte Beschreibung? Also, dass er es dort versteckt hat. Es gäbe ja auch andere Erklärungen.«

»Wie beispielsweise?«

»Futsch. Verprasst, falsch investiert.«

»Ich habe mir seine Unterlagen angeschaut, die Steuerbuchhaltung«, sagt Dante, »und soweit ich es nachvollziehen kann, hat Mister Hollister recht vernünftig gewirtschaftet. Dass irgendwo auf den Caymans auch noch was liegt, ist möglich, aber unwahrscheinlich. Und wenn dem so wäre, wüssten Sie es ja, oder?«

»Ich?«

»Sie sind seit Jahren sein Anwalt. Und wenn man große Summen verstecken möchte, braucht man Tarnfirmen, muss GmbHs und Stiftungen gründen, Sie wissen schon, was ich meine.«

»Nur auf einer sehr theoretischen Ebene, Ed.«

Dante macht eine beschwichtigende Handbewegung, fährt fort.

»Hat Greg Hollister denn Ihres Wissens in irgendwelche Krypto-Start-ups investiert, haben Sie mal entsprechende Verträge geprüft?«

Thurstow legt den Kopf schief.

»Haben Sie also nicht?«

»Ich bin in einer etwas schwierigen Lage.«

»Inwiefern, Royce?«

»Ein Klient ist verstorben. Der Totenschein wird demnächst ausgestellt, danach wird die Testamentseröffnung anberaumt. Bis dahin darf ich nicht über diese vertrauliche Klientenbeziehung reden – na, danach eigentlich auch nicht.«

»Aber seine Schwester hat mich geschickt.«

»Ich weiß. Ich war ja aber«, Thurstow blickt zur offenen Tür, durch die seine Assistentin gerade mit einem Tablett hereinstöckelt, »nicht der Anwalt der Geschwister Hollister, sondern lediglich Gregs. Was ich Ihnen aber sagen kann, ist Folgendes: Die Polizei hat mich natürlich bereits kontaktiert, um abzuklopfen, ob es irgendein Anzeichen geben könnte, dass bei dem Absturz jemand nachgeholfen hat.«

»Und?«

»Aus meiner Sicht keinen. Ich denke ohnehin nicht, dass er irgendetwas Illegales getan hat. Auch diese Einschätzung habe ich der Polizei mitgeteilt.«

»Sie sagten, Sie seien nicht Mrs Martels Anwalt. Waren die beiden Ihrer Meinung nach denn eng miteinander?«

»Ich denke schon. Ihre Eltern sind früh gestorben, also die von Greg Hollister. Martels leiblicher Vater lebt in Australien. Aber geschäftlich hatten sie nichts miteinander zu tun, denke ich. Da hatte jeder sein Ding, Greg seine Kryptogeschichten, Jacky ihre Cosplay-Karriere.«

»Ich hatte den Eindruck, dass Mrs Martel wegen ihrer zukünftigen finanziellen Situation in Sorge ist.«

»Sie wird nicht leer ausgehen, mehr kann ich dazu nicht sagen. Ist aber natürlich immer auch eine Frage des Anspruchs.«

»Sie meinen, falls Mrs Martel einen extravaganten Lebensstil pflegt, könnte es eng werden?«, fragt Dante.

»Das Wort extravagant ist relativ, Ed.«

Er verzichtet darauf, weiter nachzubohren, und wendet sich stattdessen einer Frage zu, die ihn bereits seit Tagen umtreibt.

»Okay. Was anderes. Was hat Hollister eigentlich gemacht?«

»Gemacht? Ich verstehe nicht ganz.«

Während Dante die Frage stellte, hat er Thurstow genau beobachtet. Die Reaktion des Anwalts sagt ihm, dass dieser sehr wohl versteht, was gemeint ist. Trotzdem tut er dem Mann den Gefallen.

»Ein hochintelligenter Mann, Programmierer, Tüftler, Kryptopionier, Gründer eines der erfolgreichsten Fintech-Start-ups. Irgendwann macht er Kasse, gönnt sich eine Auszeit, gibt etwas von seinem Geld aus. Schicke Zweitwohnung in Point Dume, übermotorisierte Autos, eigener Flieger, das Übliche. Er reist viel, besucht Tech-Konferenzen von New York bis Tokio. Schön für ihn. Aber was hat er gemacht? War er ein Business Angel, der in junge Firmen investiert hat? Wollte er in die Politik?«

Thurstow zuckt mit den Achseln.

»Ich weiß nicht, Ed. Vielleicht wollte er einfach seine, wie sagt man, seine Sinekuren genießen?«

Dante schüttelt energisch den Kopf. Thurstow setzt ein betroffenes Gesicht auf.

»Ich verstehe nicht, warum Ihnen das so gegen den Strich geht. L. A. ist randvoll von geschäftig wirkenden Menschen, die bei genauer Betrachtung rein gar nichts tun. Sie haben ständig irgendwelche Sachen am Laufen, die angeblich kurz vor dem Abschluss stehen – Filmoptionen, Immobiliendeals, Plattenverträge. Aber in Wahrheit leben sie von ihrem Trust Fund oder …«

»Bullshit, Thurstow.«

Der Anwalt wirkt eher amüsiert als beleidigt. Er verschränkt seine kurzen Ärmchen.

»Na, dann klären Sie mich doch mal auf.«

Dante nippt an dem Tee, den er bisher nicht angerührt hat. Ein Jammer, wie sich herausstellt, war dies doch wirklich hervorragender Assam, der aber inzwischen erkaltet ist. Er legt eine Kunstpause ein, bevor er antwortet.

»Ich kenne Greg Hollister nur aus Zeitungsausschnitten und YouTube-Clips – aber so war er nicht.«

»Wie war er denn, glauben Sie?«

»Mister Thurstow, Royce, ich hatte mal einen Typen von Goldman Sachs in meinem Bekanntenkreis. War einer ihrer Topleute. Rainmaker. Hat mit Firmenübernahmen an die hundert Millionen Dollar verdient. Er machte dann zwei Jahre Pause, umsegelte die Welt, lehrte ein bisschen an der Uni. Und dann sagte er eines Tages: ›Und jetzt mache ich meine nächsten hundert Millionen.‹ Ich habe dann gesagt: ›Was soll das, Paul? Du hast doch schon hundert Millionen.‹«

»Guter Einwand. Und, was hat er entgegnet?«

»Er hat gesagt: ›Siehst du, Ed? Und darum machst *du* keine hundert Millionen.‹«

»Hübsche Geschichte. Aber Sie irren sich, was Greg Hollister angeht. Er war nicht gierig.«

»Das war mein Freund bei Goldman auch nicht, Royce.«

»Nein?«

»Er war getrieben. Es geht nicht ums Geld. Es geht darum, zu gewinnen, immer noch eins draufzusetzen, die Welt zu verändern. Hollister hat mit Juno in gewisser Weise die Welt verändert, oder? Diese App wird inzwischen von fast einer Milliarde Menschen benutzt.«

Thurstow lächelt. »Worauf wollen Sie hinaus?«

»Ich will darauf hinaus, dass jemand, der einmal auf diese Weise die Welt verändert, es wieder tun will. Deshalb meine Frage, was er gemacht hat. Oder genauer gesagt, was er machen wollte.«

Thurstow schaut, als interessiere ihn all das nicht sonderlich. Dann aber steht er auf und geht zu einem Aktenschrank, schaut etwas nach, tippt auf seinem Laptop herum.

»Hm. Sie meinen, dass Greg vielleicht ein großes Projekt hatte, von dem wir alle nichts wussten? Und dass er da die ganze Kohle aus seinen frühen Bitcoin-Investments reingesteckt hat, die Jacky nun gerne hätte?«

»Das ist in etwa meine Hypothese, ja. Weil ich nicht glaube, dass er das Zeug einfach auf einem USB-Stick gespeichert und unterm Wohnzimmerparkett versteckt hat.«

Ein Drucker in einer Ecke beginnt zu summen. Thurstow greift sich den Ausdruck, reicht ihn Dante.

»Er hat mich mal gefragt, ob es schwierig sei, in der Schweiz eine Stiftung zu gründen. Schauen Sie nicht so. Sie denken schon wieder an Steuerhinterziehung. Darum ging es nicht. Er hatte wohl auf einem Kongress mit Halverton Price darüber gesprochen. Der sitzt in diversen Stiftungsbeiräten, kennt sich also ein bisschen aus.«

»Price?«

Thurstow schaut ihn tadelnd an.

»Wenn Sie sich mit Kryptowährungen beschäftigen, sollte Ihnen der Name was sagen. Sogar ich weiß, wer das ist. Price hat sehr früh Bitcoins gekauft. Jetzt ist er stinkreich.«

Thurstow grinst süffisant.

»Price gilt als das gute Gewissen der Szene, der Spiritus Rector der Krypto-Community.«

Dante ist sich nicht sicher, was es da zu grinsen gibt. Er befürchtet jedoch, dass er es früher oder später herausfinden wird.

»Und was für eine Stiftung sollte das sein?«

»Hat Greg nicht gesagt. Er hielt sich bei so etwas gerne bedeckt, glaubte, andere würden ihm sonst seine Idee klauen. Ich habe es so verstanden, dass es eine Art Think Tank werden sollte, der die Ideen von Satoshi Nakamoto weiterentwickelt. Theoretisches Fundament, Grundlagenforschung, eine RAND Corporation der Kryptowährungen quasi.«

Dante kommt wieder die Fondation Bataille in den Sinn, aber er behält den Namen vorerst für sich.

»Okay. Und wurde diese Stiftung auch gegründet?«, fragt er.

»Ich habe Greg nur ein paar allgemeine Informationen besorgt und ihm einen Ansprechpartner in Zürich vermittelt, einen Notar, der auf solche Dinge spezialisiert ist. Er heißt Armand Wenger. Aber Greg hat die Sache anscheinend nicht weiterverfolgt, oder zumindest haben wir danach nicht mehr drüber gesprochen. Und bevor Sie fragen: Klar könnte ich Sie bei Armand avisieren, aber der wird Ihnen überhaupt nichts sagen – nicht einmal, dass Hollister keine Stiftung ins Leben gerufen hat. Schweigen ist das Geschäftsmodell dieser Leute.«

Dante schaut sich den Ausdruck an. Es handelt sich um das Impressum der Kanzlei Wenger. Er stellt noch ein paar Detailfragen, aber eigentlich hat er bekommen, was er wollte. Zumindest hofft er das. Er verabschiedet sich von Thurstow. Dieser bittet ihn, anzurufen, falls irgendwelche Vermögenswerte auftauchen. Dante verspricht es, wohl wissend, dass er nichts dergleichen tun wird. Dann bringt die Assistentin ihn zur Tür. Man soll ja nicht pessimistisch sein, schließlich ist es noch nicht einmal Mittag – Dante vermutet dennoch, dass die paar Sekunden, die er hinter ihr hergeht, der Höhepunkt des Tages sein werden.

Draußen läuft er die Straße hoch, Richtung Bedford Drive, wo er sein Auto auf einem Parkdeck abgestellt hat. Es ist kurz nach elf. Dante überlegt, ob er ein Heißgetränk kaufen soll. Bevor er sich zu dieser Frage eine abschließende Meinung bilden kann, fiept sein iPhone. Es handelt sich um eine Push-Benachrichtung von Juno. Dante tritt in den Schatten unter der Markise eines Deli, wischt über die Mitteilung. Die App öffnet sich. Er landet auf einem Bildschirm, über dem »Juno Rewards« steht.

Die Seite zeigt eine Liste von Produkten, ganz oben einen Becher neben dem »Tee (groß), $ 5,75 (– 25 %)« steht. Der nächste Eintrag lautet »Muffin (Apfel-Zimt), $ 3,40 (– 20 %)«. So geht es weiter. Die meisten Angebote scheinen sich auf Snacks zu beziehen, aber unten kommt auch eines für einen Haarschnitt. Er klickt auf den Becher, woraufhin sich eine Info zum Produkt öffnet, nebst einer kleinen Karte, auf der ein Geschäft namens »Rosarito Deli« markiert ist.

Dante lässt das Handy sinken und wendet sich nach links. Er steht direkt vor dem Laden, durch die getönte Scheibe kann er ins Innere blicken. Er denkt nach. Im Kern ist Juno eine digitale Geldbörse, die es Menschen ermöglicht, Beträge so einfach zu versenden wie WhatsApp-Mitteilungen. Aber die App hat offenbar noch andere Funktionen. Eine davon ist anscheinend ein ausgefeiltes Rabattsystem, Coupons auf Steroiden. Dante hat davon gehört, bisher allerdings keinen weiteren Gedanken daran verschwendet, bis jetzt.

Juno speichert natürlich alle Zahlungen, die er per App tätigt. In seinem Fall waren es noch nicht sehr viele, ein Dutzend vielleicht, alles Kleinbeträge – hier ein Tee, da ein Donut. Die Software des Unternehmens hat analysiert, was er wann, wo und zu welchem Preis kauft, und macht ihm nun Vorschläge – ein bisschen wie Amazon, aber genauer. Offenbar reichen die wenigen Transaktionen bereits, um ihn als jemanden zu identifizieren, der gegen viertel nach elf Uhr gerne einen Muffin isst und mit Tee hinunterspült.

Während Dante die Straße entlanglief, bot der große Juno-Computer diese Info Geschäften in der Nähe an, in Echtzeit – Achtung, durstiger Kunde im Anmarsch. Das Rosarito Deli biss an und hat einen kleinen Betrag bezahlt, damit Juno ihm einen Rabattcoupon unterjubelt.

Dante betritt das Rosarito, reiht sich in die Schlange vor der Kasse ein. Der Laden wirkt ganz gemütlich, alte oder genauer gesagt auf alt gemachte Sofas, Tische mit Fake-Patina, dezente Rockmusik. Er war noch nie hier, was vermutlich der Grund ist, dass ihm Rosarito den Rabatt anbietet.

Er kommt an die Reihe. Eine junge Frau mit feuerroten Korkenzieherlocken strahlt ihn an. »Guten Tag, Sir. Was darf ich heute für Sie tun?«

»Großer English Breakfast Tea, bitte. Und dann noch«, er betrachtet die Auslage mit den Backwaren, in der große, saftig aussehende Muffins liegen, »einen Amerikaner dazu.«

Eigentlich würde Dante lieber den Muffin nehmen, aber es widerstrebt ihm, sich dem algorithmischen Vorschlag der Juno-App vollends unterzuordnen.

»Das macht acht Dollar, fünfzig Cent, Sir«, sagt der Lockenkopf. Dante legt sein Handy auf ein Juno-Logo auf dem Tresen. Während er an der Abholstation auf seinen Tee wartet, schaut er sich die Transaktion auf dem Handy an. Acht Dollar fünfzig waren der volle Preis. Den scheint er auch entrichtet zu haben. Was ist aus dem Rabatt geworden? Es dauert einen Augenblick, bis er versteht, was passiert ist.

Er hat zwar den vollen Preis in Dollar entrichtet, gleichzeitig wurde ihm jedoch ein Rabatt in Höhe von etwa anderthalb Dollar gutgeschrieben – allerdings in Moneta, Junos Kryptowährung.

Ein Barista stellt ihm den Tee hin. Ohne vom Handy aufzusehen, greift Dante danach und verbrennt sich prompt die Pfoten. Er steckt das iPhone weg, macht einen Pappring um den Becher. Kurz darauf sitzt er auf einem der Sofas des Cafés. Es ist saubequem, allerdings ist Dante sich nicht ganz sicher, ob er jemals wieder daraus hochkommen wird. Er beißt in die schokoladige Hälfte seines Amerikaners, schaut sich um. An einer Wand sind zwei Bildschirme befestigt. Auf einem läuft ein örtlicher Nachrichtenkanal, auf dem anderen Bloomberg TV. Er sieht einen Börsenkommentator, von einer Leiste mit Schlagzeilen und drei oder vier Laufbändern mit Kursnotierungen in die obere linke Ecke relegiert. Dante schaut sich die Kurse an. Die europäischen Märkte sind wegen einer kryptischen Äußerung der EZB-Präsidentin in die Knie gegangen. Wall Street hat davon gänzlich unbeeindruckt höher eröffnet, unter anderem wegen guter Arbeitslosenzahlen. Dante will sich schon abwenden, als auf einem der Laufbänder »JNO Q2 rev yoy +48% / EBITDA in line« vorbeitickert.

JNO ist das Börsenkürzel der Juno-Aktie. Das restliche Kauderwelsch bedeutet, dass die Finanzfirma im zweiten Quartal im Vergleich zum Vorjahr ihren Umsatz um fast fünfzig Prozent gesteigert hat und der erzielte Vorsteuergewinn im Rahmen der Analystenerwartungen lag. Dante sieht vor seinem geistigen Auge eine zufrieden lächelnde Alice Yang.

Er lehnt sich zurück, lässt sich tiefer in das Knautschsofa sinken. Dante googelt den Namen des Mannes, mit dem Gregory Hollister mutmaßlich eine Stiftung gründen wollte, Halverton Price. Der Wikipedia-Eintrag des Kerls ist so lang wie eine Methodistenpredigt. Dante überfliegt die ersten Absätze – Amerikaner, neununddreißig, College abgebrochen, früher Bitcoin-Investor. Bei seiner Lektüre wird Dante immer wieder von dem Foto neben dem Eintrag abgelenkt. Price hat ein Bubigesicht und schaut schläfrig. Zum Frühstück ein Joint und der Tag ist dein Freund, so guckt der Typ. Auf dem Foto, das auf irgendeinem Kryptokongress aufgenommen wurde, trägt Price allen Ernstes einen mexikanischen Poncho, dazu eine Basecap mit Yin-Yang darauf. Zwei geflochtene Zöpfe hängen über seine Schultern, die dünnen Ärmchen sind voll tätowiert. Außerdem ist Price mit Silberschmuck behängt, jener Art von Zeug, das man in Navajo-Reservaten am Straßenrand kaufen kann.

In einem früheren Leben war Price anscheinend Kunststudent, zwei Semester Theaterwissenschaft an der Notre Dame University. Dort kam er erstmals mit Kryptowährungen in Berührung. Von Computern hatte er keine Ahnung, aber dafür kannte er sich mit psychoaktiven Substanzen aus. Ein späterer Kompagnon Gregory Hollisters, der Programmierer Ernest Schneider, kaufte von Price damals angeblich mehrfach Gras und LSD und bezahlte den Zweitsemester dafür mit damals noch ziemlich wertlosen Bitcoins.

Kurz darauf brach Price sein Studium ab und zog nach Belize, um sich indianischer Mystik und psychoaktiven Drogen zu widmen. Einen richtigen Job besaß er nicht, aber der war auch nicht nötig. Dank seiner Bitcoins wurde Price von Tag zu Tag reicher. Sein aktuelles Vermögen wird auf zweihundert Millionen Dollar geschätzt.

Dante überlegt einen Moment, öffnet auf dem Handy sein Fotoalbum. Auf einem der Burning-Man-Bilder, die er in der Mancave abfotografiert hat, ist ein Mann zu sehen, der Price sein könnte. Ganz sicher ist er sich allerdings nicht, weil die fragliche Person einen aztekischen Kopfputz und verspiegelte Oakleys trägt.

Dante schlingt das letzte Stück Amerikaner hinunter, spült mit zuckrigem Tee nach. Haben die beiden vielleicht gemeinsam eine Stiftung in der Schweiz gegründet, um dort ihre Kryptomillionen vor dem Fiskus zu verstecken? Handelt es sich dabei um die Fondation Bataille?

Er erhebt sich. Nachdem Dante den Pappbecher in einen Mülleimer geworfen hat, wendet er sich dem Ausgang zu. Es ist an der Zeit, sich noch einmal über Hollisters Steuerunterlagen zu beugen. Außerdem muss er diesen Halverton Price erreichen. Wikipedia zufolge hat der Mann keinen festen Wohnsitz, sondern ist ein »digitaler Nomade«, was auch immer das bedeutet.

Dantes Blick streift den Fernseher. Ein Foto in der oberen linken Ecke lässt ihn innehalten. Es zeigt Greg Hollister. Dante macht ein paar Schritte auf den Bildschirm zu. Anstelle von Hollister ist inzwischen das Meer zu sehen. Die Szene wurde von einem Helikopter aus aufgenommen. Wrackteile schwimmen auf dem Wasser.

Ein Nachrichtensprecher erscheint, ein weiteres Bild von Hollister wird eingeblendet. Auf der Banderole darunter steht: »Bitcoin-Pionier: Vermächtnis aus dem Grab«.

»Was zum Teufel?«, entfährt es Dante.

Auf dem Bildschirm erscheint der Forumseintrag mit dem Hesse-Zitat. Fieberhaft sieht Dante sich um, sucht nach einer Fernbedienung, um den Ton hochzudrehen.

Zu dem Barista gewandt sagt er: »Sorry, aber können Sie das kurz lauter machen?«

»Was denn?«, fragt der Mann, ohne vom Milchschäumen aufzuschauen.

»Den Fernseher.«

»KABC?«

»Bloomberg.«

»Amber?«, ruft der Barista in Richtung der Kassiererin, »weißt du, wo die Fernbedienung ist?«

Der Forumseintrag ist inzwischen verschwunden, stattdessen sieht man den Moderator sowie zwei zugeschaltete Gäste. Bei dem einen handelt es sich um einen professoral aussehenden Asiaten, unter dem »Boston« steht. Unter der zweiten Person steht »Los Angeles«. Es ist Mercy Mondego. Im Hintergrund erkennt Dante ihr

Wohnzimmer. Das Mädchen hat ihn aufs Kreuz gelegt wie einen Frischling.

»Miese kleine Schlange«, entfährt es ihm.

Der Barista hält ihm eine Fernbedienung hin.

»Hier, Buddy, aber nicht so laut, bitte, wegen der anderen Gäste.«

Dante beachtet den Mann nicht. Er ist bereits auf dem Weg zur Tür.

VIVA LOS CRYPTOS

Dante erreicht Mondegos Haus. So wie es aussieht, kommt er gerade noch rechtzeitig. Die Bloggerin steht in der Einfahrt und verstaut gerade eine Tasche im Kofferraum ihres Prius. Sie geht zur Fahrertür. Dante gibt ein wenig Gas und stellt sich quer vor die Einfahrt, um Mondegos Wagen zu blockieren. Erschrocken dreht sie sich um.

Dante steigt aus, geht schnurstracks auf sie zu, den Zeigefinger ausgestreckt.

»Hi, Ed. Was …«

»Was war das denn für eine Scheiße, Mercy?«

Sie tut allen Ernstes, als sei sie erstaunt. Unglaublich, diese Unverfrorenheit – Dante ist kurz davor, komplett auszurasten.

»Ich weiß nicht, was du meinst«, sagt sie.

»Bloomberg vorhin. Hollisters Vermächtnis und dieser ganze Mist. Wir hatten eine Abmachung, oder?«

Sie verschränkt die Arme.

»Ja. Und ich habe mich dran gehalten.«

Dante nimmt seinen Trilby ab, rauft sich die nicht existenten Haare, schüttelt ungläubig den Kopf.

»Mercy, ich war vor nicht mal zwölf Stunden hier. Und du gehst mit den Infos, die ich dir gegeben habe, schnurstracks zum Fernsehen?«

»Langsam, Ed. Die haben *mich* angerufen.«

Der Tonfall ihrer Stimme lässt Dante ahnen, dass er etwas in den falschen Hals bekommen hat. Vielleicht lässt er sich aber auch erneut foppen, und Mondego ist eine bessere Schauspielerin als angenommen. Er blickt sie herausfordernd an.

»Ich habe denen nichts von dem Laptop erzählt – oder von dir. Sondern nur was über Hollister im Allgemeinen. Und davon mal abgesehen, ist deine Geheimhaltung ja jetzt wohl sowieso hinüber.«

»Wie bitte?«

Sie rollt mit den Augen. »Herrgott, Ed. Jeder, der das Video sieht und eins und eins zusammenzählen kann, der …«

»Moment, Moment, Moment. Video? Was für ein …?«

Mondegos Mund steht einen Moment lang offen. Dann fängt sie schallend an zu lachen. Tränen schießen aus ihren Augen. Womit die Frage, ob sie schauspielert oder Dante etwas in den falschen Hals bekommen hat, dann wohl geklärt wäre. Er würde am liebsten in seinen Hut beißen.

Als sie sich wieder etwas eingekriegt hat, holt Mondego ihr Handy hervor. Gemeinsam betrachten sie den kleinen Bildschirm. Er zeigt Gregory Hollister. Dieser sitzt auf einer in Blautönen bemalten Treppe aus Beton, die sich draußen zu befinden scheint. Im Hintergrund erkennt man, dass die Stufen zu einer kleinen Plattform hinaufführen, von der aus zwei weitere Treppen an einer hohen Mauer entlanglaufen. Letztere schmückt ein opulentes Wandgemälde, das ein geflügeltes Auge zeigt. Sir Holly sitzt vor dem Graffiti, der Effekt ist ziemlich dramatisch. Es scheint, als schwebe das Auge über dem Juno-Gründer, wache über ihn.

Hollister lächelt in die Kamera. Er trägt ein T-Shirt, das einen brennenden Geldschein zeigt, sowie eine blaue Basecap mit kaum leserlicher Aufschrift – irgendwelche Zahlen?

»Hi. Mein Name ist Greg Hollister. Wenn dieses Video online geht, bedeutet das, dass ich nicht mehr am Leben bin.

Einige von euch kennen mich vielleicht als Entwickler von Kryptowährungen und als Gründer von Juno. Mit einigen Projekten war ich erfolgreich. Mit anderen nicht. Auf einiges, das ich gemacht habe, bin ich ziemlich stolz. Auf anderes«, Hollister schaut zu Boden, »nicht so sehr.«

Dante schüttelt ungläubig den Kopf.

»Was zur Hölle redet der da?«

Mondego legt einen Finger an die Lippen, zeigt auf den Bildschirm.

»Also, das hier ist vielleicht so eine Art Vermächtnis. Kein Testament, das nicht. Ich habe eines gemacht, meine Familie soll sich keine Sorgen machen müssen. Aber ich möchte darüber hinaus denen etwas zurückgeben, die mir immer wichtig waren, den Mitgliedern der Krypto-Community.«

An dieser Stelle schnaubt Mondego verächtlich.

Hollister fährt fort. »Ich habe ein Geschenk für euch. Ich weiß, dass unser Verhältnis in den vergangenen Jahren nicht ganz einfach war, und trotzdem – also eigentlich gerade deswegen möchte ich euch etwas geben. Aber nicht nur euch – der ganzen Welt.«

Hollisters Blick ist während der letzten Sätze hin und her geirrt, statt in die Kamera zu schauen. Das fliegende Auge an der Wand hingegen scheint den Zuschauer unerbittlich anzustarren. Hollister wendet sich wieder den Zuschauern zu.

»Worum es dabei geht, werde ich euch in weiteren Videobotschaften erläutern, die demnächst veröffentlicht werden. Das klingt jetzt sehr mysteriös – ist es vielleicht auch, muss es sein. Es gibt da draußen nämlich eine Menge Leute, die versuchen würden, die Dinge zu stoppen, die nun in Gang kommen. Also haltet die Augen offen. Stay woke, bleibt wachsam. Und bis bald.«

Hollister erhebt sich, steigt die Treppen hinauf. Kurz nachdem er aus dem Bild verschwunden ist, endet das Video.

Dante entfährt ein sehr englischer Fluch. Mercy Mondego grinst.

»Tut mir leid wegen meines idiotischen Auftritts«, murmelt er.

»Schon okay. Und jetzt?«

Dante seufzt. »Jetzt drehen alle durch, oder? Wo wurde das gepostet?«

»Auf Reddit, aber inzwischen ist es überall. Twitter, Facebook. Das ist auch der Grund, warum ich losmuss.«

Dante versteht nicht, was sie meint. Und so guckt er wohl auch.

»Weißt du nicht, dass morgen in Vegas die CryptoWorld beginnt? Die größte Bitcoin-Konferenz Nordamerikas?«

Dante hat noch nie von dieser Veranstaltung gehört.

»Und da fährst du jetzt hin, um ein paar Leute zu fragen, was sie von Hollisters Vermächtnis-Video halten?«

»Ja. Ich war mir lange nicht sicher, ob ich hinfahre, aber jetzt ist es ein Muss. Das Netz ist bereits voll von Theorien, was Hollisters Geschenk anbetrifft.«

Während sie das sagt, mustert sie Dante herausfordernd. Er versucht einen Moment lang, so zu tun, als bemerke er es nicht, überlegt es sich dann aber anders.

»Was ist, Mercy?«

»Wir haben nie direkt drüber gesprochen. Aber du suchst Hollisters geheimes Vermögen, oder? Seine Coins.«

»Was veranlasst dich zu dieser Vermutung?«, fragt er.

»Ich kenne diese Kryptoboys. Es sind fast immer Boys, hm? Blütenweiße Boys, meist noch nicht ganz trocken hinter den Ohren. Und dank ihrer Coins plötzlich stinkreich, echte Player, Speerspitze der Kryptorevolution.

Und alle haben sie Schiss, dass ihnen jemand ihre Coins klaut und sie plötzlich wieder arme weiße Nerdboys sind. Oder schlimmer noch: dass sie jemand kidnappt und ihnen ihre Passwörter entreißt.«

»Fünf-Dollar-Hack«, bemerkt Dante.

»Exakt. Und deshalb verstecken sie ihre Coins auf USB-Sticks oder Festplatten, die sie Gott weiß wo bunkern. Folglich würde ich wetten, dass Hollister ebenfalls einen Haufen Krypto besaß, er war schließlich von Anfang an mit dabei. Und dass er das Zeug irgendwo versteckt hat. Und ich würde ebenfalls wetten, dass seine Schwester dich engagiert hat, um den Schatz zu finden.«

Dante antwortet nicht.

»Kommt ja öfter vor, so was«, fährt sie fort. »Letztes Jahr ist drüben in Santa Barbara ein Autohändler gestorben. Er war in der Szene bekannt, der Einzige an der Westküste, der Krypto akzeptiert hat. Die ganzen Bitcoin-Millionäre haben dort ihre Ferraris und Lambos gekauft.«

Das mit dem Ferrari kann Dante noch halbwegs nachvollziehen – warum sich jemand jenseits der fünfundzwanzig für die Ludenschleudern von Lamborghini begeistert, ist ihm hingegen schleierhaft. Andererseits sind viele dieser Bitcoin-Millionäre wohl tatsächlich jünger als fünfundzwanzig.

»Als der Typ starb, besaß er geschätzte fünf Millionen Dollar in Krypto. Aber niemand kam ran. Bankkonten kann ein Nachlassverwalter pfänden lassen, aber an eine Wallet kommt nur der ran ...«

» ... der den Code besitzt, klar. Und der war nicht auffindbar.«

»Nein. Das Geld ist für immer futsch. So ähnlich ist es auch mit Hollister, oder? Wie viel hatte der versteckt?«

Dante zuckt mit den Achseln.

»Wenn er was versteckt hat, weiß keiner, wie viel.«

»Könnte aber viel sein, oder?«

»Mercy, gib es auf. Du wirst dazu von mir nichts hören. Ich habe keine Lust, morgen die Schlagzeile zu lesen: ›Kryptolegende bunkerte mehrere Milliarden, sagt Privatschnüffler‹, oder irgendwas in der Art.«

»Ehrlich gesagt glaube ich, dass du die so oder so lesen wirst, Ed. Bestimmt haben sich schon so einige Leute gefragt, wo Gregs Wallet ist ...«

Dante streicht sich übers Gesicht. Er hätte gerne etwas zu trinken. Mondego fragt er lieber nicht, sonst verabreicht sie ihm wieder Dr. Pepper.

»Okay«, sagt sie, »ich muss jetzt los. Ich habe gegen siebzehn Uhr einen Termin mit Hal Price, ich will ihn zu dieser Sache interviewen. Und das wird eh schon knapp.«

Halverton Price – der Kerl, mit dem Hollister über eine Stiftung gesprochen haben soll. Dante überlegt einen Moment, beäugt Mondegos altersschwachen Prius.

»Wenn du damit fährst, schon. Wenn ich dich hinkutschiere, sparst du Zeit.«

Zweifelnd beäugt sie seinen Acura.

»Ich trete richtig aufs Gas und zahle die Strafzettel. Du kannst währenddessen arbeiten.«

»Du meinst, ich soll endlich mit den Laptop-Pings aus dem Quark kommen.«

»Was du willst, Mercy.«

»Aber wieso? Erst dieser Auftritt und jetzt ... ach so. Die Konferenz. Du willst dich dranhängen.«

»Stimmt. Vor allem Price interessiert mich. Ich möchte ebenfalls mit ihm reden.«

»Oh nein. Das ist mein Interview.«

»Ich muss ja nicht mit. Vermittele mir einfach einen Kontakt. Außerdem könnten wir uns dann auf der Fahrt nach Vegas ein wenig unterhalten.«

»Über Greg Hollisters Schatz?«

»Darüber, was Price und Hollister gemeinsam vorhatten.«

An ihrem Blick sieht Dante, dass er sie am Haken hat. Mondego tut dennoch einige Sekunden so, als überlege sie, bevor sie Zustimmung signalisiert. Dante gibt daraufhin den Galan, trägt ihre beiden Taschen zu seinem Wagen und verstaut sie im Kofferraum, während Mondego auf dem Beifahrersitz Platz nimmt.

Als sie abfahrbereit im Wagen sitzen, fragt er sie nach der Adresse ihres Hotels.

»La Quinta Inn. Der Kongress findet aber im Cosmo Star statt, direkt am Strip.«

»Wo liegt das Quinta?«

»Bisschen außerhalb, in der Nähe des Flughafens«, sagt sie.

»Stornier's und buch zwei Zimmer im Cosmo.«

Mondego stößt einen leisen Pfiff aus.

»Krösus, Ed? Sieht man dir sonst nicht an. Willst du mich beeindrucken?«

»Keins von beiden. Aber wie gesagt, meine ... mein Auftraggeber hat gesagt, Spesen seien kein Problem.«

Sie fahren los, fädeln sich auf den Freeway ein. Mondego klappt ihren Laptop auf und beginnt zu arbeiten. Dante hat nicht einmal eine Zahnbürste dabei, aber auch die wird er auf Martels Spesenrechnung setzen. Während der Fahrt versucht er zweimal, seine Klientin telefonisch zu erreichen. Er wüsste gern, ob sie das Video bereits gesehen hat. Doch sie geht nicht ran.

Dante streicht mit der Linken über sein Jackett. In der Innentasche befindet sich noch immer der USB-Stick, den Martel ihm ausgehändigt hat. Die Frage ist allerdings, wie er die darauf befindlichen Bitcoins flüssig macht. Kein seriöses Geschäft akzeptiert so etwas. Und selbst wenn: Wie bekommt man die Dinger von dem Stick aufs Girokonto, aufs Handy, was auch immer?

»Kann man bei deinem Kongress mit Krypto bezahlen?«

»Machst du Witze? Natürlich. Wenn du dort mit Fiat-Geld auftauchst, kriegst du einen blöden Spruch.«

»Ich habe nämlich einige Bitcoins bei mir. Aber ich weiß nicht, wie ich rankomme.«

»Moment. Einige Bitcoins? In einer Wallet, aber ohne Passwort?«

»Passwort habe ich. Aber keine Ahnung.«

Wegen des dichten Verkehrs muss Dante auf die Straße schauen. Dennoch kann er aus dem Augenwinkel sehen, dass Mondego lächelt.

»Nocoiner, echt. Und wo ist das Geld jetzt?«

Dante zieht den Stick aus der Tasche, reicht ihn ihr.

»Ein HyperVault, sehr professionell. Hast du den von Hollisters Schwester?«

»Netter Versuch, Mercy. Wie transferiere ich es oder tausche es um?«

»Ist nicht schwierig. Erkläre ich dir.«

»Kann ich die Bitcoins vielleicht einfach in meine Juno-App übertragen?«

»Nein«, erwidert sie. Ihre Stimme klingt kühl.

»Was ist eigentlich euer Problem mit Juno oder genauer gesagt mit Hollister? Ich habe vorhin beobachtet, wie du während des Videos reagiert hast, als er sagte, die Krypto-Community liege ihm am Herzen.«

»Juno funktioniert nur mit Fiat-Geld – Dollar, Euro, Pfund. Und mit Junos Moneta. Richtige Kryptowährungen sind ausgeschlossen.«

»Ist das der Grund, warum Gregory Hollister in der Kryptoszene so unbeliebt ist?«

»Unbeliebt? Er ist der Antichrist.«

Greg Hollister war, so erklärt Mondego, einst einer der Helden der Kryptobewegung. Ohne seine Pionierarbeit gäbe es digitale Währungen in ihrer jetzigen Form vielleicht gar nicht. Doch irgendwann mutierte Sir Holly, der Erlös-Erlöser, zum Leibhaftigen, zumindest aus Sicht jener Anarchokapitalisten und Libertären, die den Kern der Krypto-Community bildeten.

»Was diese Leute wollen, ist eine Welt ohne Fiat-Geld«, sagt Mondego, »keine Staatsknete mehr, die von irgendeiner Notenbank kommt und leicht manipulierbar ist; keine Politiker, die das Geld entwerten können, wann immer es ihnen passt. Stattdessen unfälschbares, anonymes Kryptogeld, dessen Wert vom freien Markt bestimmt wird, nicht von Federal Reserve oder Europäischer Zentralbank.

Stell dir das vor, Ed: eine Welt, in der jeder das gleiche Geld benutzt, egal ob in den Staaten oder im Sudan. Jeder hat ein Schweizer Bankkonto in der Hosentasche. Jeder kann in Sekundenbruchteilen Geld überweisen, ohne dass ihm der Staat dabei über die Schulter schaut.«

Dante blickt zu Mondego herüber. Sie hat einen Glanz in den Augen, während sie von dieser angeblich so wunderbaren Zukunft erzählt. Zwar bezeichnet sie die Krypto-Apologeten als »diese Leute«. Aber es ist offensichtlich, dass sie Sympathien für deren Ideen hegt.

»Und Hollister«, hakt er nach, »hat diese Idee verraten?«

»Und wie.«

Laut Mondego verwendete Hollister für Juno und Moneta die guten Ideen, die Bitcoin hervorgebracht hatte: Fälschungssicherheit und Transparenz. Genauer gesagt benutzte er die Software, mit der sich diese Konzepte umsetzen ließen. Die philosophischen Ideen, die mit dem Kryptogeld einhergingen, die ganzen libertären Träume, warf er hingegen über Bord.

»Weil Hollister wusste, dass die Regierungen eine wirklich unabhängige Kryptowährung niemals akzeptieren würden, erfand er Moneta. Moneta ist in vieler Hinsicht die Antithese dessen, was die Väter der Kryptowährungen wollten.«

»Inwiefern?«

»Jede Transaktion bei Juno ist öffentlich.«

»Ist sie das bei Bitcoin nicht auch? Ich dachte, da wird alles in einer öffentlichen Datenbank gespeichert.«

»In der Blockchain, ja. Da ist vermerkt, dass ein Coin von Nutzer A zu Nutzer B transferiert wurde. Aber nicht, wer A und B sind. Bei Moneta weiß die Öffentlichkeit nichts, sie hat keinen Zugriff auf die Datenbank. Juno selbst kennt hingegen alle Kontobewegungen und die Klarnamen sämtlicher Nutzer. Und die Daten verkauft Juno zu Marketingzwecken an interessierte Firmen. Das ist aber nicht das Schlimmste. Auch die Behörden lesen immer mit – FBI, NSA, Fiskus.«

Dante muss an seinen rabattierten Tee denken. Dass alle Transaktionen vermerkt werden, findet er nicht besonders skandalös. Das ist bei herkömmlichen Banken ebenfalls so. Jede Überweisung wird gespeichert, auf immerdar, und das ist seiner Meinung nach auch gut so. Anonyme Transaktionen nutzen vor allem Terroristen und der Mafia.

»Moneta«, sagt Mondego, »sind Fake-Bitcoins.«

»Aber eine Kryptowährung ist es schon«, erwidert Dante.

»Technisch gesehen vielleicht. Aber die Idee von Bitcoin war ja, Fiat-Geld zu ersetzen. Moneta hingegen ist de facto dasselbe wie Dollar. Wenn du für zehn Dollar Moneta kaufst, werden deiner Juno-Wallet exakt zehn Moneta-Coins gutgeschrieben.«

»Und die eingezahlten Dollar?«

»Wandern in irgendeinen Fonds, glaube ich – als Sicherheit, damit Junos Kunden ihre Moneta jederzeit zurücktauschen können. Man spricht deshalb«, ihr Gesicht verzieht sich, »von Stable Coins.«

Die umlaufenden Moneta, erklärt sie ihm, seien vollständig durch Dollars gedeckt. Gerne würde Dante wissen, wie viel von dem Zeug in Umlauf ist. Er fragt Mondego danach.

»Keine Ahnung. Ist aber bestimmt ein dreistelliger Milliardenbetrag oder noch mehr. Der Laden ist inzwischen riesengroß. Hollister hat ein Monster erschaffen. Und zwar eines, das den Status quo zementiert.«

»Aber ist es nicht ganz gut, dass diese Moneta durch reale Werte abgesichert sind? Eure geliebten Bitcoins sind doch letztlich nur Nullen, Einsen und eine Menge heißer Luft. Sie sind nur das wert, was die Leute glauben, dass sie wert sind«, sagt Dante.

»Und bei Dollar oder Euro ist das anders? Da stehen auch keine Goldreserven dahinter, keine Immobilien oder sonst was. Ist nur bunt bedrucktes Papier, dem Menschen irrationalerweise einen Wert beimessen.«

Sie hat nicht ganz unrecht. Alle großen Währungskrisen, von der Weimarer Hyperinflation bis zur Argentinien-Pleite, lassen sich letztlich immer zum gleichen Punkt zurückverfolgen. Reichsmark oder Peso waren das gedruckte Versprechen, dass man für die Papierfetzen einen Gegenwert bekam – Zigaretten, Kaffee, pinkfarbene Lederbustiers. Sobald die Leute nicht mehr daran glaubten, dass man für die Scheinchen auch am nächsten Tag noch ein Brot bekommen würde, war es aus.

»Es gibt einen großen Unterschied zwischen Krypto und Dollar«, erwidert Dante. »Hinter Bitcoin steht niemand. Keine Institution, kein Staat, kein Unternehmen. Hinter dem Greenback oder dem Euro hingegen steht ein ganzer Apparat, eine Organisation mit tiefen Taschen, die bei Bedarf eingreifen kann.«

»Das funktioniert ganz hervorragend«, ätzt sie. »Sieht man ja. Wie viele Finanzkrisen hatten wir in den vergangenen zwanzig Jahren? Drei? Vier? Fünf?«

»Ich habe nicht mitgezählt, Mercy. Aber wir kommen vom

Thema ab. Juno hat also diese, wie hast du es genannt, Stable Coins, durch Dollars gedecktes Kryptogeld. Nebenbei ist der Laden ein Datenschutzalbtraum.«

»Ja. In der Szene nennt man Moneta deshalb auch Orwell-Dollar.«

Dante kann in gewisser Weise nachvollziehen, dass Hollisters Tun diesen Kryptofreaks gegen den Strich geht. Eine von einem Großkonzern kontrollierte Parallelwährung, die durch Notenbankgeld gedeckt ist und bei der das Kassenbuch jederzeit von Marketingheinis und Strafverfolgern eingesehen werden kann – das war nicht, was sich diese Möchtegern-Revoluzzer erträumt hatten. Aber mal ehrlich: Wer bekommt schon, was er sich wünscht?

Mondego sieht Dante an, dass ihre Empörung bei ihm nicht verfängt.

»Dich lässt das total kalt, oder? Ist dir scheißegal.«

»Scheißegal würde ich nicht sagen. Ich glaube ja auch nicht, dass unser Finanzsystem perfekt ist. Vermutlich ist es sogar ziemlich mangelhaft. Aber es funktioniert halbwegs. Und dass jemand eine abseitige Freak-Technologie massenmarktfähig macht und ein paar fette Konzerne dadurch noch fetter werden ... tja, normal, oder?«

»Die meisten denken so.«

Er schaut ihr in die Augen.

»Aber du nicht, Mercy?«

Mondego verzieht das Gesicht.

»Wenn du mehr als achtzig Meilen fährst, solltest du dich auf die Straße konzentrieren, Ed.«

Er schaut wieder nach vorne, überholt einen Truck. Eine Zeit lang schweigen sie. Dann sagt Mondego:

»Die Idee war gut. Die mit dem Kryptogeld, meine ich. Sehr gut sogar. Vor allem der technische Teil, als Programmiererin weiß ich zu schätzen, wie elegant das alles umgesetzt ist. Aber was die dann daraus gemacht haben ...«

»Redest du jetzt wieder von Hollister?«

»Ich meine eher die Kryptoszene. Das ist ... wenn du diesen Kongress siehst, verstehst du vielleicht besser, was ich meine.«

Dante beschließt, an dieser Stelle nicht weiterzubohren. Stattdessen hakt er nochmals in Sachen Juno nach.

»Warum genau glaubst du, ist der Laden so groß geworden?«

»Es gibt keinen einzelnen Grund. Die waren halt am Start, als die Zeit für so was reif war. Das mit diesen Coupons, die den Usern überall automatisch Rabatt verschaffen, ist clever. Aber anfangs haben sie vor allem mit Remissionen Umsatz gemacht, habe ich gehört.«

»Was meinst du mit Remissionen?«

»Heimatüberweisungen. Die peruanische Putzfrau, der Bauarbeiter aus Sri Lanka. Diese Leute schicken alljährlich mehrere hundert Milliarden Dollar nach Hause. Früher hat es zwei Wochen gedauert, bis das Geld bei ihrer Familie war. Und die Bank hat ihnen sechs, sieben Prozent abgenommen. Gebühren.«

»Und bei Juno geht das in Sekunden«, sagt Dante.

»Ja. Das mit den Remissionen war, glaube ich, auch einer der Hauptgründe für Moneta.«

Dante versteht, was sie meint. Wenn der Bauarbeiter aus Sri Lanka früher harte Dollars an seine Frau kabelte, bekam diese den Gegenwert von der örtlichen Wechselstube in windelweichen Rupien ausgezahlt. Da sie kein Bankkonto besaß, musste sie das Geld unter ihr Kopfkissen legen. Dank Juno kann sie es nun auf ihrem Handy speichern – und zwar in Moneta, die durch den allmächtigen Dollar abgesichert sind. Wenn man es so betrachtet, denkt Dante, hat Hollister den Menschen in weniger entwickelten Ländern einen großen Dienst erwiesen. Er hat den Ärmsten der Armen Bankkonten verschafft, sie von Wuchergebühren und Inflation befreit. Und das macht ihn zu einem Bösewicht?

Sie sind inzwischen an Barstow und Baker vorbei. Mondego hat über ihren Laptop zwei Zimmer im Cosmo gebucht und beschäftigt sich gerade mit Jacqueline Martels Spezial-Spesen-Stick.

Dante gibt Mondego das Passwort, er drängt es ihr förmlich auf, obwohl sie ihm zweimal davon abrät.

»Woher weißt du, dass du mir trauen kannst?«

»Wenn du mich übers Ohr haust, dann nicht, indem du mir Bitcoins klaust.«

»Sondern?«

»Indem du mich und meine Klienten an die Presse verfütterst.«

»Ich dachte, das hätten wir vorhin geklärt, Ed.«

Anstatt zu antworten, überholt er sehr zügig einen altersschwachen Dodge Pick-up. Sekunden später zischt auf der anderen Spur etwas vorbei. Dante erschrickt, muss den Wagen stabilisieren. Er wird sich nie daran gewöhnen, dass man auf US-Highways auf jeder Spur überholen darf. Angesichts der Tatsache, dass die meisten Amerikaner ihren Führerschein aus dem Dollar Store haben, ist es ein verdammtes Wunder, dass nicht viel mehr Unfälle passieren.

Dante schaut dem sich rasch entfernenden Raser nach. Es handelt sich um einen Sportwagen, azurblaue Sonderlackierung. Falls er sich nicht täuscht, ist es ein Ferrari 812 Superfast, achthundert PS, eine halbe Million Dollar auf Rädern. Auf der hinteren Stoßstange steht: »Bitcoin, bitches!«

»Willkommen in der CryptoWorld«, sagt Mondego.

EXTROPIE

Die Kryptofreaks haben das gesamte Cosmo Star in Beschlag genommen. In der Lobby steht ein sechs Meter hohes, dreidimensionales Konferenzlogo, ein aus neonblauen Polygonen bestehender Berggipfel, über dem ein pyramidenförmiger Kristall schwebt. Letzterer erinnert Dante ein wenig an jenen Tetraeder, der auf Dollarscheinen abgebildet ist. Er schaut zu dem rötlich schimmernden Kristall hinauf. Er besteht aus Plexiglas und Leuchtdioden, hängt an einer Nylonschnur von der Decke.

Das Cosmo ist ein typisches Vegas-Konferenzhotel neuerer Bauart – viel helles Holz, höhere Decken als manche Kathedrale und genug Ambient-LEDs, um ein Flugfeld zu illuminieren.

Vor der Rezeption steht eine längere Schlange. Dante vermutet, dass es sich größtenteils um Gäste der CryptoWorld handelt, nicht um die Mehrstufenmarketingexperten oder Bezirksstaatsanwälte, die sonst hier tagen. Dafür sind die Schlangesteher zu jung und zu schlecht angezogen.

Mondego ist nicht mehr bei ihm. Dante hat sie weiter oben am Strip abgesetzt, im Fabulous Flamingo, wo ihr Interview mit Halverton Price stattfindet. Sie hat versprochen, ein gutes Wort für den alten Dante einzulegen. Dem Programm zufolge ist Price einer der Hauptredner bei der Konferenz, und er hofft, den Mann direkt nach seinem morgigen Vortrag befragen zu können.

Vor Dante stehen zwei junge Männer, beide Mitte zwanzig, beide weiß, beide in schwarzen T-Shirts mit Logos irgendwelcher Kryptowährungen. Sie unterhalten sich angeregt. Anscheinend reden sie über das Hollister-Video.

»Aber der Typ ist ein Riesenarschloch. Er hat Satoshis Ideen geklaut und dann damit voll den Reibach gemacht«, sagt der eine, ein schlaksiger Kerl in Turnschuhen und Basketball-Shorts der L. A. Lakers.

»*War* ein Arschloch. Ich meine, das ist doch megastrange, oder? Wo kommt dieses Video jetzt her?«, erwidert sein pummeliger Kumpel, auf dessen Baseballkappe eine 8-Bit-Version von Luigi, einem der Mario Brothers, abgebildet ist.

Lakers zuckt mit den Achseln. »Vermutlich dead man's switch. Er hat ein kleines Programm laufen lassen, und wenn das nicht alle paar Tage einen Ping bekommt, wird das Video gepostet. Oder vielleicht hat er's per smart contract gemacht.«

»Die Frage ist«, sagt Luigi, »was es bedeutet. Ich habe vorhin mit ein paar Jungs von CoinBazaar gesprochen ...«

» ... die gibt's noch?«

»Ja, Mann. Die machen demnächst sogar ein Initial Coin Offering, ich überlege, da fett einzusteigen. Auf jeden Fall haben die gesagt, Hollister hätte an einem neuen Blockchain-Protokoll gearbeitet, Bitcoin 2.0, total revolutionäres Ding.«

Lakers runzelt die Stirn. »Bestimmt wieder zusammen mit irgendwelchen Wall-Street-Wichsern. Hab ich noch nie was von gehört. Ich glaube ja eher, was Peter gesagt hat. Von den Bitcoin Buccaneers, weißt du? Die auch auf der Crypto Basel in Miami waren, letztes Jahr.«

»Ach so, der.«

»Ja. Und Peter meint, es handelt sich um eine Art Schatzsuche. Dass Hollister sein Vermögen unters Volk bringen will.«

»War der so reich?«

»Alter, Sir Holly hat Bitcoins gekauft, als die bei, was weiß ich, fünf Cent standen. Und natürlich hat er auch haufenweise geschürft.«

Aus seinen Recherchen weiß Dante, dass man mithilfe eines leistungsstarken Rechners irgendwie neue Bitcoins erzeugen kann, indem man komplexe Berechnungen durchführt. Wie genau dieses Schürfen, dieses Bitcoin-Mining, funktioniert, weiß er allerdings nicht.

»Und warum sollte er die ganze Kohle an die Krypto-Community verschenken, nachdem er sie«, Lakers senkt seine Stimme, »zuvor jahrelang in den Arsch gefickt hat? Das mit diesem Schatz und der Schatzsuche klingt für mich eher wie was, das sich ein Experte für virales Marketing ausgedacht hat.«

Luigi nickt enthusiastisch.

»Interessante Theorie, Alter. Ziemlich gut. Vielleicht steckt ja Juno dahinter. Und als Nächstes kommt dann ein Video, dass die Coins per Airdrop an alle verteilt werden, die ein Juno-Konto haben oder so'n Scheiß.«

Als die Krypto-Bros den Tresen erreichen, hören sie auf, Hollister-Hypothesen von sich zu geben. Gerade wird eine weitere Rezeptionistin frei. Dante will nun ebenfalls einchecken, aber sein Telefon klingelt. Es ist Martel. Er gibt seinen Platz in der Schlange auf und nimmt ab.

»Dante.«

»Sie haben es schon gesehen, oder?«, sagt sie, ohne sich mit einer Begrüßung aufzuhalten.

»Ja, mehrmals. Was halten Sie davon, Jackie?«

Sie produziert Schnieflaute. Dass es Martel nahegeht, ihr Bruderherz quasi aus dem Grab sprechen zu hören, ist verständlich. Trotzdem hält Dante das Geheule für Show – und sich selbst deswegen für ein bisschen herzlos.

»Ich wusste nichts von dem Video. Aber für mich klang es so, als ob es ... als ob es um den Schatz geht. Wenn es denn echt ist.«

»Haben Sie Anhaltspunkte dafür, dass es sich um eine Fälschung handeln könnte, Jackie?«

»Nein, nein. Ich meine nur. Ist ja heutzutage möglich, Deepfake Videos und so. Von Greg gibt es reichlich Videomaterial, man könnte also ...«

Erst denkt er, sie lege eine kleine Denkpause ein, aber offenbar versagt ihr die Stimme. Vielleicht ist Martel emotional doch angeschlagener, als er ihr zugesteht.

»Wir prüfen die Echtheit gerade«, lügt er, »und auch die Frage, wo das Video herkam. Vermutlich erfolgen die Veröffentlichungen automatisiert.«

»Die Veröffentlichungen? Sie meinen, es gibt mehrere?«

Dante würde seine Klientin gerne fragen, ob sie den gleichen Clip gesehen hat wie er. Schließlich kündigt Hollister in seiner Treppenansprache ja an, es werde weitere Enthüllungen geben. Da liegt der Schluss nahe, dass auch diese via Video erfolgen werden.

»Hören Sie, Jackie, ich habe wichtige Fragen bezüglich der weiteren Ermittlungen. Und ich muss mit Ihnen über die Dynamik reden.«

»Dy-Dynamik?«

»Ich würde Ihnen raten, einige Tage unterzutauchen. Es könnte sein, dass diese Sache einen ziemlichen Medienhype auslöst. Die Botschaft des Videos ist kryptisch, aber ich habe bereits mit mehreren Leuten gesprochen, die die richtigen Schlüsse gezogen haben und vermuten, dass es ...«

Dante steht inzwischen in einer abgelegenen Ecke der Lobby, vergewissert sich aber trotzdem, dass ihn niemand hören kann, » ... dass es einen Schatz gibt. Ich fürchte, dass bald selbst ernannte Schatzsucher auftauchen werden.«

»Fuck. Entschuldigung.«

»Kein Problem. Sehe ich genauso. Also ist es wichtig, dass ich meine Ermittlungen beschleunige.«

»Heißt das, Sie brauchen mehr Geld?«

»Nein, aber vielleicht mehr Leute. Wenn Ihnen das recht ist, verwende ich bei Bedarf welche von den ... den Spesen auf dem Stick.«

Mondego hat die fünf Komma irgendwas Bitcoins von dem HyperVault-Stick auf ein anderes Konto transferiert, in Dollar getauscht und an Dantes Juno-App geschickt. Er hat nun fünfzig Riesen auf dem Handy. Irgendwie kommt ihm sein iPhone seitdem schwerer vor.

»Ja, okay, Ed. Tun Sie das.«

»Okay, dann jetzt meine Fragen. Kennen Sie einen Halverton Price?«

»Ist das auch so ein Kryptotyp?«

»Ja. Ich kann Ihnen ein Foto schicken.«

»Nein, jetzt, wo ich drüber nachdenke, meine ich den Namen schon mal gehört zu haben. Trägt gerne Indianerschmuck?«

»Genau der.«

»Wir waren mal auf irgendeiner Privatparty, auf Hawaii. Ich meine, dort hätte ich mal zwei Minuten mit diesem Price geredet, Small Talk. Aber ich denke, Greg hatte Kontakt zu ihm. Sie waren beide Burner, glaube ich.«

»Burner, Jackie?«

»Burning Man.«

»Ah, ja, natürlich. Es gibt in der Mancave ein Bild, auf dem die beiden zu sehen sind. Und da, das wäre meine zweite Frage, ist noch wer drauf. Darf ich Ihnen das Foto mal schicken? Vielleicht können Sie den dritten Mann identifizieren.«

»Ja, ja natürlich.«

»Danke, Jackie, das hilft mir weiter. Außerdem wollte ich fragen, ob Sie schon einmal von einer Fondation Bataille gehört haben.«

»Nein, ich glaube nicht. Eine Stiftung? Bataille wie Krieg? In Frankreich? Hat Greg dort das Geld versteckt?«

»Das weiß ich noch nicht. Die Stiftung befindet sich in der Schweiz. Wissen Sie, ob Ihr Bruder in der letzten Zeit dort war?«

»Er flog bestimmt zweimal im Jahr rüber in die Schweiz, meistens nach Zug, glaube ich. Da sitzen einige von diesen Kryptofirmen.«

Auch die Fondation Bataille saß vermutlich dort. Dante fragt sich, ob er vielleicht einmal in Zug vorbeischauen sollte.

»Okay. Danke, Jackie. Ich schicke Ihnen das Foto und informiere Sie, sobald ich weitere Neuigkeiten habe.«

Sie verabschieden sich, legen auf. Dante schickt Martel das Burning-Man-Foto mit Hollister, Price und dem noch unbekannten Dritten, bevor er wieder zur Rezeption geht. Die Schlange ist inzwischen glücklicherweise fast verschwunden. Ein paar Minuten später ist er bereits auf dem Weg in ein unter dem Hotel liegendes Einkaufszentrum, um sich Unterhose und Zahnbürste zu besorgen.

Auf dem Weg zur Rolltreppe macht er an dem Durchgang zu einem der Konferenzsäle halt. Er blickt in einen großen Raum, in dem zahlreiche Stände aufgebaut sind. Die Schilder darüber bewerben Firmen, in deren Namen fast immer die Worte Coin oder Crypto vorkommen, manchmal beide gleichzeitig. Die Konferenz ist wesentlich größer, als er erwartet hat. Dante holt einen Programmflyer hervor, den ihm die Rezeptionistin ausgehändigt hat. Bei den meisten Vorträgen versteht er nicht einmal den Titel: »Token-Management in der dezentralisierten Blockchain« oder »PoW oder PoS?«. Die aus seiner Sicht wichtigste Veranstaltung ist die Eröffnungsrede von Halverton Price, der, wie Dante inzwischen erfahren hat, Vorstandschef einer Firma namens Cerro Nuevo ist. Laut Website ist sie im Bitcoin-Mining aktiv. Das ist jener Schürfvorgang, den Dante bisher nicht versteht, mit dem man aber offenbar sehr reich werden kann. Darauf zumindest deutet der Umstand hin, dass der knallorangefarbene Cerro-Nuevo-Stand der größte in der gesamten Halle ist. Zur Deko gehören nicht weniger als sechs Supersportwagen, alle in demselben Orange lackiert.

Dante wendet sich ab, fährt hinunter in das Einkaufszentrum. Als er eine Dreiviertelstunde später mit zwei Tüten voller Hygieneartikel und Klamotten wieder die Lobby betritt, fiept sein Handy. Die Nachricht kommt von Martel.

»Immo Patel. Der Kryo-Typ.«

»Sie meinen Krypto«, schreibt er zurück.

»Nein. Kryo. Kälteschlaf. Greg und ich haben ihn mal getroffen und einen Vertrag gemacht.«

Dante speichert diese seltsame Info für später, tippt:

»Aber Sie kannten einander auch privat?«

»Greg & Immo waren beide Azztec Warriors.«

Dante muss an die bescheuerten Kostüme auf den Fotos denken.

»Ist das so ein Burning-Man-Ding?«, schreibt er.

»Ja, ein Camp«, kommt zurück.

Er steckt sein Telefon weg und fragt sich, ob er schon so alt ist oder ob alle anderen den Verstand verloren haben – Azztec Warriors, am Arsch. Er geht zu einer Bar am Rand der Lobby, stellt seine Tüten ab. Der Barkeeper lächelt ihm zu.

»Was kann ich für Sie tun?«

»Ich brauche dringend einen Brandy Old Fashioned. Groß. Kann ich den auch mitnehmen?«

»Selbstverständlich«, antwortet der Barkeeper. Er mixt den Cocktail und seiht ihn in einen wiederverwendbaren, in den Hotelfarben gehaltenen Becher ab, verschließt das Behältnis mit einem Deckel. Wenn Dante es nicht besser wüsste, würde er vermuten, dass es sich um einen Frappuccino to go handelt. Niemand wird mitbekommen, dass er sich bereits am frühen Nachmittag einen reinschädelt. Diese Stadt ist zwar kreischlaut, kann aber gleichzeitig sehr diskret sein. Viva Las Vegas.

Am Strohhalm seines Cocktailcups nuckelnd fährt Dante hinauf in den vierunddreißigsten Stock, wo sich sein Zimmer befindet. Er ignoriert den Blick, der sich ihm bietet – den Strip, das Riesenrad, das ganze Geblinke – und zieht sich aus. Splitternackt geht er ins Bad, stellt sich unter die Dusche. Den Old Fashioned nimmt er mit. Gut zehn Minuten steht er in der Kabine, starrt vor sich hin, saugt am Strohhalm. Dampfschwaden umwabern ihn. Das heiße Wasser und der eiskalte Cocktail sind genau das, was er nach der langen Fahrt brauchte.

Ein schlurchendes Geräusch ist zu hören, der Becher ist leer. Dante verlässt die Dusche, hüllt sich in einen Superflausch-Bademantel, der auf dem Bett liegt. In der Hotelbar sucht er nach Zutaten für einen weiteren Drink, nimmt dann aber doch lieber eine Coke Zero.

Auf dem Bett liegend surft er im Netz, sucht nach Aztekenkrieger Nummer drei, Immo Patel. Der Name klingt indisch, doch sein Besitzer sieht ziemlich kaukasisch aus. Anscheinend handelt es sich um einen Künstlernamen. Das Immo steht wohl für immortal, unsterblich. Das würde passen. Patel betreibt eine Firma namens Future Guard, die Menschen nach ihrem Hinschied einfriert. Genauer gesagt – das entnimmt Dante der Website des Unternehmens – friert sie die Toten nicht nur ein, sondern ersetzt deren Körperflüssigkeiten auch durch eine Art Frostschutzmittel.

»Diese Technologie«, so die Seite, »hemmt den Prozess des Absterbens von Körperzellen. Dadurch werden Gehirnschäden unterbunden und ein Informationsverlust vermieden, damit der Patient in der Zukunft mithilfe dann verfügbarer Technologien wiederbelebt werden kann.«

Wer solchen Mist glaubt, bei dem ist der Gehirnschaden schon vor dem Tod eingetreten. Auch in hundert Jahren wird man niemand wiederauferstehen lassen können. Und selbst wenn: Die Menschheit wird dann bestimmt Besseres zu tun haben, als tattrige Exmillionäre zu reanimieren, deren Haltbarkeitsdatum längst abgelaufen ist.

Vermutlich gibt es reichlich reiche Schwachköpfe, bei denen Patels Masche dennoch verfängt. Der Website zufolge hat Future Guard schon über zweihundert Eisprinzen und -prinzessinnen eingelagert. Die Konservierung vermittels sogenannter Kryonik kostet coole neunzigtausend Dollar. Wem das zu teuer ist, der kann auch für Neurokryo-Preservation optieren, was offenbar nichts anderes heißt, als dass Doktor Patelstein und seine Schergen einem den Kopf absägen und einfrieren. Das spart natürlich Platz, weswegen es auch nur fünfzig Riesen kostet – ein Schnäppchen, zumindest wenn man in Bitcoins, Tesla-Aktien, was auch immer, schwimmt.

Lustlos nippt Dante an der Cola, denkt nach. Gregory Hollister war noch schrulliger als gedacht. Nicht nur hing der Kerl als junger Mann radikalkapitalistischen Ideen an, er war zudem religiös, wenn auch nicht im herkömmlichen Sinne. Statt an Jesus oder Hubbard glaubte Hollister an das ewige Leben durch fortgeschrittene Technik. Martel zufolge hatte er bei dem Future-Guards-Gründer, mit dem er befreundet war, eine Lebensversicherung abgeschlossen. Oder traf Todesversicherung es eher?

Geholfen hat ihm seine Wette auf die Zukunft nichts. Laut den Presseartikeln zu Hollisters Absturz hat man lediglich »DNA-Spuren« gefunden – eine Umschreibung für »abgetrenntes Ohr und ein bisschen Hirnmasse« oder etwas in der Art. Das genügt, um Hollister zu identifizieren, reicht aber vermutlich nicht, um im Jahr 2525 Sir Holly Zwonull zu klonen.

Dante wählt die Nummer auf der Website, landet in einem Callcenter. Er erklärt der Dame am anderen Ende, dass er weder seinen Kopf noch seinen Allerwertesten einfrieren lassen möchte, fragt stattdessen nach Patels Vorzimmer. Es dauert etwas, bis man ihn durchstellt. Dante landet bei einer Sekretärin, die ihm erklärt, der Chef sei derzeit auf Reisen. Sie verspricht jedoch, ihm Dantes Anliegen und Handynummer zu übermitteln.

Als Nächstes schaut er sich das Hollister-Video zum achten oder neunten Mal an. Auf YouTube hat es inzwischen mehrere zehntausend Abrufe und Hunderte Kommentare. Dante liest eigentlich nie Kommentare im Internet. Das verursacht nämlich jene Art von Gehirnschäden, die sie nicht einmal in fünfhundert Jahren werden rückgängig machen können.

Heute macht er eine Ausnahme. Dante wechselt zu Reddit, einer kleineren Social-Media-Plattform, die für Porno-GIFs und hitzige Debatten bekannt ist. Dante findet einen Diskussionsstrang mit Abertausenden Kommentaren. Das meiste ist natürlich Müll. Viele Diskutanten ventilieren keine Theorie zum Inhalt des Videos, sondern merken lediglich an, dass Hollister ein Riesenarschloch gewesen sei und es verdient habe, in Hunderte kleine Fetzen gerissen worden zu sein.

Der Vorteil bei Reddit ist, dass die nach Lesermeinung besten Kommentare oben stehen. Dante scrollt durch die Top zwanzig. Die Schwarmintelligenz hat bereits einige Dinge herausgefunden, zum Beispiel, dass das Video von einem Reddit-Benutzer namens Darth_Chomsky gepostet wurde, also von jemandem, der den gleichen Namen verwendet wie Hollisters ehemaliger Account in diesem Entwicklerforum Fiat Lucre. Einige Nutzer haben das Video zudem auf seine Echtheit überprüft. Es bestehen kaum Zweifel, dass es authentisch ist.

Die Spekulationen, was das soll, werden in einem separaten Thread verhandelt, der ebenfalls aus Hunderten Kommentaren besteht. Die Hypothese mit dem Juno-Marketing-Gag kommt zur Sprache, ebenso die einer revolutionären neuen Kryptowährung, die Hollister angeblich entwickelte. Die meisten User vermuten jedoch, der Juno-Gründer habe ein geheimes Bitcoin-Vermögen besessen. Diesen Schatz wolle er nun verteilen, das Video sei der Auftakt zu einer Art Schnitzeljagd.

Dafür spräche, dass Hollister in dem Video gewisse Hinweise am Leib trage. Die – leider unleserliche – Zahlenkombination auf seiner Basecap sei zweifelsohne ein Passwort. Was den brennenden Dollarschein auf seinem Shirt angeht, sind sich die Reddit-Experten hingegen noch nicht sicher.

Dante will sein iPad gerade weglegen, da sieht er einen eingerückten Kommentar zu der Schatzsuchehypothese, der ziemlich viele Upvotes hat:

»Also quasi der Graf von Montecrypto.«

Es klopft. Dante geht zur Tür, öffnet sie einen Spalt. Mondego steht im Gang, mustert ihn. Dante trägt noch immer Bademantel und Hotelschlappen. Sie grinst. Vermutlich kann sie seine Brandyfahne riechen.

»Schon voll angekommen in Vegas, was?«

»Ich gebe mir Mühe. Wie war es mit Price?«

»Ganz interessant. Ich kann dir gerne davon erzählen.«

Sie schaut an ihm vorbei ins Zimmer. Dante ist etwas unsicher. Wenn er sie im Bademantel reinbittet, kommt er sich vor wie Harvey Weinstein. Gewollt oder ungewollt sendet so etwas ein Signal aus, das er lieber nicht aussenden möchte. Seine Lenden finden zwar, dass solch ein Signal allmählich fällig wäre. Aber so besser nicht. Er könnte ihr vorschlagen, in einigen Minuten angezogen zu ihr ins Zimmer zu kommen. Aber er hat einmal irgendwo gelesen, dass man in Hotels keine Typen in sein Zimmer bitten soll, weil man dann im Ernstfall nirgendwohin fliehen und keine Tür hinter sich abschließen kann.

Dante ist bewusst, dass all dies ziemlich verworrene Überlegungen sind. Also bittet er sie doch ins Zimmer, verschwindet aber umgehend mit seinen Einkaufstüten im Bad. Kurz darauf kehrt er in schwarzer Jeans und weißem T-Shirt zurück. Mondego hat es sich bereits in seiner Sitzecke bequem gemacht und offensichtlich auch schon gesehen, was er zuletzt auf dem iPad aufgerufen hat.

»Geht ziemlich ab da, oder? Aber nicht nur da«, sagt sie.

»Du meinst, das Fernsehen springt auch drauf an?«

»Noch nicht so richtig. Außer dem Bericht auf Bloomberg habe ich nichts gesehen. Aber erinnerst du dich an die Turtles?«

»Was war das noch gleich? Eine Kryptowährung?«

Sie nickt. »Hollisters Shitcoin.«

Nun erinnert Dante sich. Turtlecoin war Hollisters misslungener Versuch eines besseren Bitcoin.

»Ich dachte, das wäre schon lange her, über acht Jahre.«

»Stimmt. Aber wenn so ein Coin erst mal in Umlauf ist, dann verschwindet er ja nicht einfach wieder. Gestern Abend notierten Turtles bei etwa 0,0001 Dollar, also einem hundertstel Cent. Seitdem haben sie vierhundert Prozent zugelegt.«

»Dann sind sie jetzt fünf hundertstel Cent wert, oder was?«

»Genau. Immer noch mickrig, klar. Aber der Punkt ist: Das Video heizt die Spekulationen an. Leute steigen bei Turtlecoin ein. Falls es jemanden gibt, der größere Mengen davon hat, lacht er sich wahrscheinlich ins Fäustchen.«

»Okay. Aber was ist mit Price?«

»Ich habe ihn zu neuen Entwicklungen im Kryptomarkt interviewt. Er gilt als Visionär. Deshalb finden die Leute immer interessant, was seiner Meinung nach als Nächstes kommt, das nächste große Ding.

Ich habe ihn auch nach Hollister gefragt und nach dem Video. Price hat aber nur gesagt, dass er keinen Schimmer hat, ob es etwas bedeutet, und wenn ja, was. Und dass er mit Hollister selten einer

Meinung gewesen sei, speziell was die Weiterentwicklung von Kryptowährungen angeht. Dass er aber tief betroffen ist, weil er ihn seit Langem gekannt hat, er ein Pionier gewesen war et cetera.«

»Hast du ihn nach der Bataille-Stiftung gefragt?«

»Nein. Hätte ich sollen?«

Ihre Augen verengen sich.

»Glaubst du, Price hat etwas mit der Stiftung zu tun?«

»Ich weiß es nicht«, antwortet Dante.

Das ist nicht die ganze Wahrheit, aber auch keine Lüge. Nach dem Gespräch mit dem Anwalt hat Dante lediglich die Vermutung, Price und Hollister könnten zusammen eine Stiftung gegründet haben. Sicher ist er nicht.

Mondego sagt, Price habe sich bereit erklärt, mit Dante zu sprechen. Er werde ab einundzwanzig Uhr mit ein paar Freunden im Casino des »Fabulous Flamingo« sein, an den Roulettetischen. Dante solle einfach dort vorbeikommen.

Er bedankt sich artig für die Vermittlung. Und weil er das Gefühl hat, Mondego im Gegenzug auch etwas geben zu müssen, erwähnt er Doktor Patelsteins futuristische Kühlkammer sowie den Umstand, dass Hollister dort einen Kryovertrag abgeschlossen hatte. Die Info hat einen gewissen journalistischen Wert, steht aber nicht direkt mit dem Schatz in Verbindung – zumindest hofft er das.

»Interessant«, erwidert sie. »Wundert mich aber gar nicht. Ich wette, auf dem Kongress hier sind etliche Leute, die das auch machen wollen. Es gibt unter Kryptofans viele Extropianer.«

»Was soll das bitte sein?«

»Extropie ist das Gegenteil von Entropie. Entropie bedeutet unaufhaltsamer Verfall, alles geht allmählich in die Binsen. Extropianer hingegen glauben, dass alles immer besser wird. Künstliche Intelligenz, Mind Uploading, Unsterblichkeit, Roboter.«

»Eine güldene Zukunft«, erwidert Dante. »Selbstfahrende Lambos und Sexdroiden für alle.«

Sie lacht. Es ist lange her, dass er eine Frau zum Lachen gebracht hat.

»Kommst du«, hört er sich sagen, »nachher denn mit ins Flamingo? Oder bist du schon verplant?«

»Nein. Ich meine, ja, also, nein, also, ich bin noch nicht verplant.«

»Prima. Soll ich dich gegen halb neun abholen?«

»Okay«, erwidert Mondego. Sie erhebt sich.

»Noch eine Frage, bevor du gehst.«

Sie sinkt in den Sessel zurück.

»Was?«

»Hollisters Laptop, dieses Skript. Hast du dazu inzwischen was?«

»Bisher nur diese Fondation Bataille, sonst nichts. Der Laptop hat wie gesagt irgendwelche IP-Adressen kontaktiert. Was für Computer sich dahinter verbergen, lässt sich schwer sagen.«

»Lässt sich denn sagen, wo sie sind?«

»Das schon. Moment, ich habe eine Liste.«

Sie holt ein Notizbuch hervor.

»Die fraglichen IP-Adressen sind in New York, London, Hongkong, Mexiko-Stadt und Tokio.«

Dante will etwas sagen, aber Mondego würgt ihn ab.

»Mit Schlussfolgerungen wäre ich vorsichtig.«

»Inwiefern?«

»Die fraglichen Computer geben vor, in Tokio, Hongkong oder sonst wo zu stehen. Muss aber nicht stimmen. So was lässt sich leicht faken. Und wenn man eine Software benutzt, die den eigenen Standort verschleiert, wird stattdessen in der Regel irgendeine Großstadt angegeben. Und genau so sieht das hier für mich aus.«

Sie erhebt sich wieder.

»Um halb?«

»Ich hole dich ab«, erwidert er.

»Okay. Zimmer 34500.«

Sie lächelt ihm zu, geht zur Tür. Sobald sie weg ist, gähnt Dante herzhaft. In der vergangenen Nacht hat er höchstens drei, vier Stunden geschlafen. Heute wird er auch nicht allzu früh ins Bett kommen. Ihm bleiben noch zweieinhalb Stunden, bis er Mercy Mondego abholen muss. Angezogen legt er sich aufs Bett.

Sicherheitshalber stellt Dante den Wecker seines Handys, obwohl er eigentlich weiß, dass er nicht wird schlafen können. Nachdem er den Alarm eingerichtet hat, scrollt er durch seine Mitteilungen. Die meisten stammen von der Juno-App, die seinen Ortswechsel zum Anlass nimmt, ihm allerlei Sonderangebote vorzuschlagen. Eine Mitteilung lautet: »Essenzielle Rabatte für deinen Vegas-Trip.«

Dante legt das Handy auf den Nachttisch, schließt die Augen. Vor seinem geistigen Auge sieht er die essenziellen Vegas-Rabatte: zehn Fünfhunderter-Jetons für den Preis von acht; zwei Long Island Ice Teas zum Preis von einem; zwanzig Prozent auf Blowjobs südamerikanischer Escortgirls. Es gibt bestimmt noch mehr interessante Rabatte. Doch bevor Dante darüber nachdenken kann, ist er weg.

BLOCKJACK

Der Telefonalarm weckt Dante. Als er ins Bad taumelt, erschrickt er ein wenig, angesichts der Gestalt, die ihm aus dem Spiegel entgegenblickt. Wenigstens sind seine Haare nach dem Schlafen nicht durcheinander. Dante hält seinen kahlen Schädel unter den Hahn, lässt kaltes Wasser darüber laufen, bis die Kopfhaut schmerzt.

Als Nächstes zieht er die Jeans aus, will sich wieder in seinen Anzug werfen. Dann jedoch erinnert er sich, dass er nicht in Monte Carlo oder Baden-Baden ist. Es gibt in den hiesigen Casinos keinen Dresscode, er könnte auch in Flauschbademantel und Flipflops gehen. Solange seine Taschen voller Jetons sind, wird keiner etwas sagen.

Er zieht die Jeans wieder an, dazu ein paar Nikes, die er ebenfalls in der Mall gekauft hat, T-Shirt und Jackett. Nun sieht er aus wie einer der Start-up-Typen aus dem Kongresspublikum – oder vielleicht eher wie ein Start-up-Typ, dessen letzte drei Firmen pleite gegangen sind und der nun die Steuerfahndung am Arsch hat.

Er geht zu Mondegos Zimmer, das auf demselben Gang wie seines liegt, klopft. Sie öffnet. Mercy Mondego sieht besser aus als er. Das ist per se keine Neuigkeit, aber sie sieht auch wacher aus und ist besser angezogen. Mondego trägt ein schlichtes schwarzes Kleid und Stiefel, blaue Doc Martens. Vermutlich wäre nun ein guter Moment, ihr ein Kompliment zu machen.

»Hi. Bereit?«

Das war nichts. Vielleicht bekommt er es ja später noch hin. Sie fahren mit dem Lift nach unten und nehmen ein Taxi zum Fabulous Flamingo.

Als sie das Casino des Hotels betreten, ist es bereits viertel nach neun. Beim Flamingo handelt es sich, je nachdem wen man fragt, entweder um ein erhaltenswertes Kulthotel aus den Sechzigern oder um einen gammeligen alten Bunker, der endlich gesprengt gehört. Das viele Pink und die psychedelischen Muster der Teppiche lassen Dantes Augen schmerzen. Aber wenn es danach ginge, müsste man die halbe Stadt einäschern.

Es ist nicht sehr voll. Ob es an der Uhrzeit oder an der Location liegt, vermag er nicht zu sagen. Sie passieren mehrere Tische, an denen Craps gespielt wird, nehmen eine Treppe ins Untergeschoss. Hinter den Blackjack-Tischen befindet sich das Roulette-Areal, wo sich Halverton Price angeblich aufhält.

Es ist nicht schwer, ihn auszumachen – niemand sonst trägt einen Poncho und Zöpfe. Price ist Teil einer Gruppe von vielleicht fünfundzwanzig jungen Leuten, die um einen der Roulettetische gruppiert sind. Drei oder vier Frauen sind dabei, bei dem Rest handelt es sich um weiße Männer. Die meisten tragen Shorts und T-Shirts. Dante sieht Dreadlocks, Kopfsocken, Hikingsandalen. Er hätte sich um sein Outfit wirklich keine Sorgen machen müssen. Viele der Anwesenden halten Jetons in den Händen – Fünfhunderter, Tausender, Fünftausender.

Price und eine sehr gut aussehende, braun gebrannte Brünette sitzen direkt neben dem Croupier. Der Kryptounternehmer setzt gerade einen beachtlichen Betrag auf die zweite Sechserlinie. Mondego und Dante verfolgen, wie sich die Kugel dreht, fällt. Price gewinnt, bekommt unter dem Gejohle und Geklatsche seiner Entourage einen Haufen Tausender und Fünftausender zugeschoben. Er trägt es mit Fassung, lächelt dünn.

Price ist laut Wikipedia Ende dreißig, könnte mit seinem faltenlosen Jungengesicht aber auch als Mitte zwanzig durchgehen. Ein d'Artagnan-Bart ziert sein Gesicht, an den Fingern stecken ein gutes Dutzend Silberringe, verziert mit Türkisen und Achaten. Price sitzt zu nah am Tisch, als dass man seine Füße sehen könnte. Aber wenn Dante wetten müsste, würde er darauf setzen, dass der Kerl Cowboystiefel trägt.

Sie nähern sich dem Tisch. Mondego sagt etwas, das im Lärm untergeht, aber wohl ein Ausdruck des Erstaunens ist.

»Was ist?«, fragt Dante.

»Gut, dass ich mitgekommen bin. Fette Beute.«

»Die Kryptoheinis?«

»Die Heinis, wie du sie nennst, sind zusammen mehrere Milliarden Dollar schwer. Der links hinter Price?«

»Der Dürre mit der Akne?«

Sie nickt. »Ivo Antanasijevic, Chefprogrammierer von Sesame, der drittgrößten Kryptowährung. Der mit dem pinkfarbenen Einhorn-Shirt ist Werner Bauer, er betreibt einen Wagniskapitalfonds, der ausschließlich in Krypto-Start-ups investiert. Bauer war ein früher Bitcoin-Investor.«

Sie nennt weitere Namen, die ihm durchweg nichts sagen. Offensichtlich hat Price an diesem Abend die Crème de la Crème der Szene um sich versammelt, um sinnlos Geld auszugeben und ein wenig für die Konferenz vorzuglühen. Das zumindest ist Mondegos Hypothese. Dante dürfte deshalb wohl nicht allzu viel von seiner reizenden Abendbegleitung haben. Sie wird sich an diese Twen-Millionäre ranschmeißen und um Interviews betteln. Das ist einerseits bedauerlich. Andererseits kann er dann ungestört seinen Job machen.

Sie stellen sich an den Tisch, schauen Price und der Brünetten, bei der es sich anscheinend um die Freundin des Kryptohäuptlings handelt, beim Spielen zu. Als der Unternehmer in ihre Richtung schaut, winkt Mondego ihm zu, zeigt auf Dante. Price blickt ihn über den Tisch hinweg an, man könnte auch sagen, er starrt. Seine Augen sind hellblau, haben etwas Mesmerisierendes.

Price flüstert seiner Begleiterin etwas zu und schiebt ihr einen Jetonstapel hinüber, mit dem man mehrere Kleinwagen kaufen könnte. Er erhebt sich, rückt seinen Poncho zurecht, so als handle es sich um einen Smoking. Dann kommt er zu ihnen, einen rundlichen Mann mit Chicago-Bulls-Blouson im Schlepptau. Price begrüßt zunächst Mondego.

»Guten Abend, Mercy. Da sind Sie ja schon wieder.«

»Abend, Hal. Wie schon angedroht, wollte ich Ihnen Ed zuführen.«

Price nickt, reicht Dante die Hand. Nun, da er den Mann aus nächster Nähe begutachten kann, fallen ihm drei Dinge auf, die ihm zuvor entgangen sind. Erstens: Price' Schlangenbeschwörerblick rührt vermutlich daher, dass sich der Kerl etwas eingepfiffen hat. Zweitens kann Dante nun sehen, dass der Mann keine Cowboystiefel trägt, sondern diese seltsamen Vibram-Barfußschuhe, bei denen jeder einzelne Zeh zu sehen ist. Drittens riecht Price nach Patchouli.

»Ed, willkommen bei unseren Merry Men. Wir sind eine lustige kleine Truppe, machen heute Abend ein wenig Vegas unsicher. Aber kommen Sie, erst mal besprechen wir ... die Sache. Mercy, darf ich Ihnen den Herrn kurz entführen? Billy«, Price wendet sich dem jungen Mann zu, der sich bisher im Hintergrund gehalten hat, »mach Mercy doch bitte mal mit den anderen bekannt. Wir treffen uns dann nachher in der Lounge.«

Price bedeutet Dante, ihm zu folgen. Sie fahren mit einem Lift nach oben. Kurz darauf sind sie auf der Terrasse des Flamingo, weit über der Stadt. Man scheint Price hier zu kennen. Ein Kellner nimmt sich ihrer umgehend an und führt sie in ein Separee, von dem aus man einen guten Blick auf den Strip hat. Price bestellt Ananassaft, Dante ebenfalls, nur dass in seinen zusätzlich Wodka, Pfirsichlikör und Preiselbeernektar hineinsollen.

»Scheint Ihr Stammhotel zu sein«, bemerkt Dante.

»Stimmt. Das Cosmo ist auch okay, aber ich mag diesen alten Schuppen irgendwie. Ich miete immer die Präsidentensuite, wenn sie frei ist. Wussten Sie«, Price holt etwas hervor, das wie ein Schnupftabakdöschen aussieht, »dass Monty Baumgartner, der Gründer des Flamingo, dort einen Geheimgang hat einbauen lassen?«

Dante gesteht, dass er es nicht wusste.

»Über eine Leiter konnte man runterklettern ins Parkhaus, wo ein Wagen wartete.«

Price entnimmt der Dose eine Prise bräunlich-grünen Pulvers, schiebt sie sich in die Nasenlöcher, schnieft vernehmlich. Er bemerkt Dantes fragenden Blick.

»Rapé. Eine Mischung aus Tabak und Regenwaldkräutern, schärft die Sinne. Ich lasse sie mir eigens mischen, von einem Kaxinawa-Häuptling in Brasilien. Möchten Sie?«

»Nein, vielen Dank. Ich warte lieber auf den Sex on the Beach.«

»Okay. Dann mal zu Greg. Sie sind Privatdetektiv. Für wen arbeiten Sie?«

»Seine Familie.«

»Und die glauben, Greg sei ermordet worden?«

Dante runzelt die Stirn.

»Wie kommen Sie darauf, Mister Price?«

»Hal. Hal, bitte. Na ja, laut dem, was in der Zeitung steht, geht die Polizei von einem Unfall aus. Aber oft wollen es Angehörige ja ganz genau wissen, alle Umstände des Todes. Oder sie können das Unvermeidliche nicht akzeptieren. Das reime ich mir jetzt«, Price blickt ihn aus leicht glasigen Augen an, »einfach mal so zusammen.«

Die Drinks kommen. Sie prosten einander zu. In dem Sex on the Beach ist zu viel Pfirsich.

»Die Familie«, sagt Dante, »zweifelt keineswegs daran, dass es ein Unfall war. Sie fragt sich aber, wie es mit Gregory Hollisters Vermögen aussah.«

Price lächelt versonnen.

»Montecrypto, hm? Das wird ein Spaß.«

»Montecrypto, haben Sie das auf Reddit gelesen, Hal?«

»Auf Reddit? Nein, woanders. Twitter vielleicht? Auf jeden Fall reden seit diesem Video alle in der Szene davon, dass Greg irgendwo Geld versteckt hat, viel Geld. Ich weiß nicht, wer sich dafür den Begriff Montecrypto hat einfallen lassen, aber passt ganz gut, oder? Ein unermesslicher Schatz, der seinem Besitzer Wohlstand und Macht verleiht und nur aus Kryptogeld besteht«, Price lacht leise, »filmreif.«

»Sie glauben also, dass es den Schatz gibt?«

»Ed, wenn Sie mich letzte Woche gefragt hätten, ob Greg irgendwo Krypto gebunkert hat, hätte ich Ja gesagt. Das machen alle. Diese ganze Szene ist ... sehr freiheitsliebend.«

»Sie meinen, libertär gesinnt.«

»Richtig. Die absolute Freiheit des Individuums, keine Bevormundung durch den Staat oder«, Price winkt dem Kellner, weil sein Saft alle ist, »gar die Finanzbehörden, Gott behüte. Sie sind Engländer, oder?«

Dante nickt.

»Dann halten Sie uns vermutlich alle für komplett bescheuert. Aber das ist einfach ganz tief drin in uns, wissen Sie. Der Staat will einem alles wegnehmen, das Geld, die Waffen, die Mündigkeit. In der Kryptoszene sind diese Ideen sehr verbreitet. Die haben alle Waldo Emersons ›Vertraue dir selbst!‹ gelesen, Thoreaus ›Leben in den Wäldern‹ ...«

» ... Rands ›Atlas wirft die Welt ab‹.«

»Korrekt. Jetzt muss man natürlich sagen, dass der gute Greg vom wahren Glauben abgefallen ist, schon vor langer Zeit. Aber wie gesagt, dieses Unabhängigkeitsding ist tief drin. Und deshalb würde ich fünfzig Bitcoins wetten, dass er irgendwo was versteckt hat, ja klar doch. Danke, Travis.«

Der zweite Ananassaft ist gelandet. Price nimmt einen großen Schluck.

»Was ich hingegen für Mumpitz gehalten habe, ist, dass Greg diesen Schatz irgendwie unters Volk bringen will, als eine Art Vermächtnis. Dafür kam er mir zu egoistisch und geizig vor. Aber seit dem Video ... na ja, sieht schon so aus, oder?«

»Irgendwie schon. Hal, Sie haben eben gesagt, Hollister hätte sich nicht mehr mit den Idealen der Kryptobewegung identifiziert. In der Szene war er ja wohl ziemlich verhasst. Wie sehen Sie das?«

Price verzieht den Mund.

»Greg hat unsere Ideen genommen, sie pervertiert und damit einen Haufen Kohle gemacht. Viele Leute regen sich drüber auf, klar doch. Aber ich nicht. So etwas passiert öfter. Denken Sie an Einstein und die Atombombe.«

Dante hält den Vergleich für etwas gewagt, nickt aber.

»Wissen Sie, warum er sich von Juno getrennt hat?«

»Ich glaube, er war unzufrieden mit der Art und Weise, wie die Dinge sich entwickelt haben. Als er noch Vorstandschef war, hat Juno vor allem mit Heimüberweisungen Geld verdient. Später kam dann dieser ganze Überwachungskram.«

»Sie meinen diese Rabattcoupons.«

»Juno kennt jede finanzielle Transaktion seiner Nutzer – was, wann, wo. Vielleicht stieß das Greg sauer auf, aber auch hier mutmaße ich nur. Er hat mir sein Herz nicht ausgeschüttet. So dick waren wir nicht.«

»Sie fahren zusammen ins selbe Burning-Man-Camp. Das klingt recht innig.«

»Ja, Mann, aber ... Sie sind kein Burner, oder?«

Dante verneint es.

»Da passieren abgefahrene Sachen, klar doch. Es sind natürlich auch Drogen im Spiel, ein irrer Trip. In Black Rock City bleibt die Welt draußen. Das ist ja der Sinn der ganzen Sache – Eskapismus. In einer gottverlassenen Salzwüste, randvoll mit Mescalin und als Azteke verkleidet, da unterhalte ich mich nicht über Businesspläne, klar?

Also wie gesagt, ich weiß es nicht. Sicher hingegen ist, dass Greg das gemacht hat, was ich den Steve-Jobs-Fehler nennen würde.«

Dante hat eine Ahnung, worauf Häuptling Krypto hinauswill, sagt aber nichts. Das Rapé spricht aus Price, sein Gesprächspartner wirkt gleichzeitig agitiert und entrückt.

»Steve Jobs *war* Apple, ja? Aber obwohl er der Gründer, der Mastermind und der größte Anteilseigner war, haben sie ihn Mitte der Achtziger rausgeschmissen, aus seiner eigenen Firma. Bei Greg war es auch so, dass er zwar viele Juno-Aktien besaß, aber irgendwann hatten andere das Sagen. Und dann haben sie ihn ausgetauscht.«

»Gegen Yang?«

»Genau. Irgendwann wurde der Laden sehr groß. Für so eine Riesenmaschine brauchst du dann eine andere Art Chef, einen kühl kalkulierenden Finanzer, der der Wall Street die Eier lutscht. Alice Yang war perfekt dafür, Greg nicht. Danach ist er dann ganz raus.«

»Mir ist zu Ohren gekommen, dass Greg Hollister in der Schweiz eine Stiftung gründen wollte.«

Dante weiß natürlich bereits, dass Hollister und Price über die Stiftung gesprochen haben. Er will aber sehen, wie sein Gegenüber reagiert. Price scheint einen Moment nachzudenken, dreht die Dose mit dem schamanistischen Schmalzler hin und her.

»Er hatte was vor, denke ich.«

»Wie meinen Sie das?«

»Wenn Sie sich mit Greg beschäftigt haben, wird Ihnen aufgefallen sein, dass er sich längere Zeit hat treiben lassen. Das gute Leben. Partys, Helikopter-Snowboarden, Festivals, die eine oder andere Kryptokonferenz. Aber zuletzt hatte er was vor.«

Price greift nach der Blechbox, präpariert eine weitere Dosis.

»Lassen Sie mich nachdenken«, er hält sich Daumen und Zeigefinger unter die Nase, inhaliert das Rapé, »wie das war. Auf einer Konferenz hat er mir gesagt, er habe da so eine Idee, klar doch, er würde sie mir gerne erklären. Dann war er bei mir, März oder April letzten Jahres, denke ich.«

»In San Francisco?«

»Nein, in Wenatchee. Da sitzt meine Firma. Washington State, ziemlich genau in der Mitte. Auf jeden Fall war da tatsächlich was mit einer Stiftung. In Südamerika sollte die sitzen, glaube ich.«

»Und sollte was tun?«

»Ich glaube, das wusste er damals selbst noch nicht so genau. Greg hat mich gefragt, was die größten Probleme bei der Weiterentwicklung von Kryptowährungen sind, meiner Meinung nach. So wie ich es verstanden habe, sollte diese Stiftung Grundlagenforschung fördern und vielleicht eine neue Kryptowährung erschaffen, einen besseren Bitcoin.«

Dante lächelt. »Aller guten Dinge sind drei, was?«

»Wie meinen Sie das?«

»Turtlecoin, Hollisters erster Versuch, eine eigene Kryptowährung zu starten. Dann Moneta. Jetzt eine weitere.«

»Ach so. Sie haben sich verzählt, Ed. Moneta ist keine Kryptowährung.«

»Nicht?«

»Nicht nach meiner Definition, nein. Keine Dezentralität, keine Unabhängigkeit, keine Anonymität, keine offene Blockchain. Sie kennen sich halbwegs aus mit der Blockchain, ja?«

»So, wie ich mich halbwegs mit Quantenmechanik auskenne. Ehrlich gesagt keine Ahnung, Hal. Aber ich hatte bisher den Eindruck, dass die Unterschiede zwischen Moneta und anderen digitalen Währungen ... also, dass die vor allem philosophischer Natur sind.«

»Oh nein, mein Freund, oh nein. Kommen Sie. Ich zeige Ihnen, wie die Blockchain funktioniert.«

Price greift sich seinen Saft, steht auf, geht in Richtung der Bar am anderen Ende der Terrasse. Zunächst vermutet Dante, Price wolle eventuell neue Getränke ordern. Etwa auf der Hälfte des Weges bleibt der Krypto-Unternehmer jedoch abrupt stehen, Dante läuft beinahe in ihn hinein. Price deutet auf den Boden.

Dante sieht nun, dass sie auf einer Plexiglasplatte stehen, durch die man in einen Saal hinabschauen kann. Sechs, sieben Meter unten ihnen gruppieren sich, wie könnte es anders sein, Menschen um mit grünem Filz bezogene Tische. Gespielt wird Blackjack. Dante sieht, wie ein Croupier direkt unter seinen Füßen gerade neue Karten an die Spieler ausgibt.

»Ed, erinnern Sie sich noch, als diese Musiktauschbörsen aufkamen und die Plattenindustrie Zeter und Mordio schrie?«

Dante nickt. Er muss damals einen ganzen Plattenladen heruntergeladen haben, schwarz und umsonst.

»Anfangs konnten die Musikfirmen noch gegen die Piraterie vorgehen. Sie mussten lediglich rausfinden, wem der Server gehörte, von dem alle die Britney-Spears-Alben runterluden. Aber dann kam eine neue Tauschbörse. Sie hieß Napster.«

Dante hat sich bestimmt nichts von Britney Spears heruntergeladen. Aber an Napster kann er sich erinnern. Unter ihm haut ein Spieler mit der flachen Hand auf den Tisch, schüttelt den Kopf. Vor dem Mann liegen neunzehn Punkte. Das ist nicht übel, aber vor dem Croupier liegen einundzwanzig. Die Bank gewinnt.

»Bei Napster«, sagt Price, »lag ›Hit Me Baby One More Time‹ nicht mehr auf einem einzelnen Computer. Sondern auf allen, die an der Tauschbörse dranhingen. Die Daten waren dezentral gespeichert, P2P nennt man das. Die Plattenindustrie konnte dagegen nichts ausrichten. Das System war kopflos und damit unangreifbar. Genau dieses Prinzip verwenden Kryptowährungen ebenfalls, klar doch. Aber es gibt ein Problem.«

Price deutet nach unten. Die beiden Spieler links am Tisch haben jeder gerade ein Ass zugeteilt bekommen.

»Bei Musik, da sind Kopien erwünscht. Ich habe ›Smells Like Teen Spirit‹. Sie ziehen es sich, und dann haben wir den Song beide. Kein Problem. Aber bei Geld geht das nicht. Da sind Kopien unerwünscht. Wenn ich Ihnen einen Bitcoin gebe, muss sichergestellt sein, dass ich ihn danach nicht mehr habe.«

»Doppelbuchungen«, sagt Dante.

»So in der Art, ja. Die Lösung des Problems ist ein Kassenbuch, in dem alle Transaktionen protokolliert werden.«

Unter ihnen geht eine weitere Blackjack-Runde zu Ende. Der Spieler ganz rechts war am nächsten an den einundzwanzig Punkten, der Croupier schiebt ihm einige Jetons hinüber.

»Und dieses Kassenbuch, das ist die Blockchain. Alle paar Sekunden wird eine neue Seite angelegt, ein neuer Block, in dem alle Transaktionen verzeichnet sind. Und dieser Block ist mit den vorherigen Blöcken verknüpft.«

»Sie meinen, damit niemand, sozusagen, eine einzelne Seite aus dem Kassenbuch raustrennen, fälschen und wieder einfügen kann?«

»Exakt, Ed. Aber natürlich gibt es da ein großes Problem.«

Price zeigt auf die etwa fünfzehn Leute, die um den Blackjack-Tisch direkt unter ihnen stehen.

»Nehmen wir an, die Blackjack-Endsummen der einzelnen Spieler – und welche Karten sie haben – entsprechen den Transaktionen, die wir in unser Blockchain-Kassenbuch eintragen müssen. Glauben Sie, irgendeiner der Zuschauer da unten käme auf die Idee, darüber Buch zu führen, über alle Blackjack-Spiele des Abends? Freiwillig?«

»Nein. Warum auch?«

»Ja, warum? Den Schriftführer machen ist immer ein Scheißjob, das dankt einem niemand. Normalerweise obliegt diese Aufgabe demjenigen, der das System überwacht.«

Price schaut Dante an.

»Aber das System hat keine zentrale Instanz. Niemand sitzt am Steuer, niemand überwacht es. Aber nehmen wir an«, er deutet auf den Blackjack-Tisch, »ich würde jetzt da runtergehen und folgende Ansage machen: Jeder, der das Spiel sauber protokolliert, nimmt an einer Lotterie teil.«

»Die wie funktioniert?«

»Alle machen sich Notizen. Nach jeder abgeschlossenen Runde werden die Notizen verglichen. Vielleicht haben sich bei einigen unserer Protokollanten Zahlendreher eingeschlichen, und wir wollen ja ein korrektes Kassenbuch. Also schauen wir, ob eine Mehrheit der Protokolle deckungsgleich ist. Das Mehrheitsergebnis kommt ins Kassenbuch. Und unter jenen Protokollanten, die richtig lagen«, Price setzt einen triumphierenden Blick auf, »wird der Lotteriegewinn verlost, sagen wir: ein Tausend-Dollar-Jeton.«

Dante überlegt einen Moment.

»Ein ökonomischer Anreiz«, sagt er langsam, »der dazu führt, dass die Nutzer von Bitcoin den Job der Bank erledigen. Und dafür kriegen sie neue Bitcoins?«

»Ja. Nicht viele, allerdings. Mining nennt man das.«

»Das ist es, was Sie machen, Hal?«

»Cerro Nuevo, meine Firma, die ist auf Mining spezialisiert.«

»Lotteriespiel als Geschäftsmodell?«

Price verzieht das Gesicht.

»Sorry, aber Sie haben den Begriff selbst verwendet.«

»In Wahrheit ist die Sache natürlich komplizierter als Blackjack«, erwidert Price. »Um die einzelnen Blöcke, die Seiten des Kassenbuchs, fälschungssicher zu machen, müssen die beteiligten Computer jedes Mal ein schwieriges mathematisches Problem lösen. Nehmen wir an«, er zeigt auf den Glasboden, »jede Blackjack-Runde wäre komplizierter als die vorherige. Sagen wir, in Runde zwei müssen nicht mehr einundzwanzig Punkte erreicht werden, sondern zweiundvierzig. Runde drei: vierundachtzig, Runde vier: hundertachtundsechzig, und so weiter. Für unsere Protokollanten ist das schlecht. Die Partien dauern immer länger, die Spieler erhalten jetzt Dutzende von Karten. Das alles aufzuschreiben ist mühsam. Bald werden die ersten Protokollanten ihren Spiralblock in die Ecke pfeffern und das Protokoll stattdessen lieber in eine Excel-Datei eintragen. Ein paar werden ganz aufgeben.

So ist das auch bei Kryptowährungen. Früher hat jeder an der Lotterie teilgenommen. Inzwischen hat man nur noch eine Chance, wenn man spezialisierte Hochleistungsrechner besitzt, die die komplizierten mathematischen Aufgaben lösen können.«

»Und das macht Ihre Firma in, wie hieß das, Wenatchee?«

»Genau. Wir besitzen riesige Serverparks, die nichts anderes machen, als die Blockchains verschiedener Kryptowährungen zu validieren und dafür Coins zu kassieren. Wir sind die Bank für Internationalen Zahlungsausgleich der Kryptoszene, wenn Sie so wollen.«

»Ich habe mal irgendwo gelesen, dass Bitcoins wahnsinnig viel Energie verschlingen.«

»Wegen dieser Mathe-Lotterie, wegen des Stroms für die Rechner. Aber zu meiner Ehrenrettung kann ich sagen, dass wir aus gutem Grund in Washington sitzen. Bei uns fließt der Columbia River vorbei. Wir haben haufenweise grünen Strom aus Wasserkraft und sind komplett CO_2-neutral. Sonst würde ich das gar nicht machen, wissen Sie. Ich glaube an die Symbiose von Mensch und Natur.«

Dante schwirrt der Kopf. Er möchte einen weiteren Drink.

»Wenn ganz am Anfang noch jeder mit seinem Heimcomputer bei der Lotterie mitspielen konnte, dann hat Hollister das bestimmt auch getan, oder?«

»Hm? Ja, klar doch. Greg hatte eine Zeit lang zwei Dutzend Gaming-PCs von Dell in seiner Garage stehen, die Bitcoins geschürft haben. Also, ganz am Anfang. Vielleicht war das der Grundstock für Montecrypto, ziemlich sicher sogar.«

»Hal, Sie haben vorhin gesagt, Moneta sei keine richtige Kryptowährung. Wenn ich Sie richtig verstehe, liegt es daran, dass deren Blockchain, deren Kassenbuch, nicht dezentral von Tausenden Nutzern gepflegt wird, sondern nur von Juno?«

»Ja. Also das genaue Gegenteil dessen, was Kryptowährungen sein sollten.«

»Und Sie meinen, das alles hatte Greg Hollister sich anfangs anders vorgestellt?«

»Keine Ahnung. Ich glaube aber, dass er inzwischen der Meinung war, dass so eine von einem profitorientierten Privatunternehmen gemanagte Digitalwährung nicht optimal ist. Da hätte man schon eher drauf kommen können – aber späte Einsicht ist ja besser als keine. Greg hat mich ein paar Sachen gefragt, meine Meinung eingeholt. Und gefragt, ob ich mich am Stiftungskapital beteiligen würde.«

»Interessant. Um wie viel ging es da?«

»Zwei Mio.«

Während er dies sagt, vollführt Price eine Handbewegung, als handle es sich um Auslagen fürs Porto.

»Und?«

»Ich habe gesagt, vielleicht, er solle sich melden, sobald das ganze konkreter ist, wenn man sich was durchlesen kann, Satzung oder so.«

»Und dann?«

»Hat er sich nicht wieder gemeldet.«

»Wissen Sie, wen er wegen der Stiftung noch angesprochen hat?«

»Nein. Nix gehört in der Szene. Vielleicht hat er den Plan ja auch wieder begraben. Oder …«

Price hebt den Zeigefinger so, als komme ihm gerade eine Idee.

»Oder er hat's doch weiterverfolgt, im Geheimen. Und diese ganze Nummer mit den Videos ist eine Art Marketingaktion, um seinen neuen Coin bekannt zu machen.«

»Aber Hollister ist tot«, sagt Dante.

»Dann ist es halt sein Vermächtnis. Bescheuerte Theorie, ich geb's ja zu, aber …«

Price bricht mitten im Satz ab, schaut einem Objekt hinterher, das in nicht allzu großer Entfernung vorbeifliegt, vermutlich ein Helikopter. Die Art und Weise, wie der Mann dem Flugobjekt nachgafft, macht Dante erneut klar, dass sein Gesprächspartner randvoll mit irgendetwas ist. Er glaubt nicht, dass das Rapé ausreicht, um diese Wirkung zu erzielen. Wenn Dante raten müsste, würde er auf Magic Mushrooms tippen.

»Ed, lassen Sie uns runtergehen. Ich muss mich ein bisschen um die Gäste kümmern.«

»Okay. Vielen Dank für das Gespräch. Und falls Ihnen noch was einfallen sollte, ich meine, zu Ihren letzten Gesprächen mit Hollister …«

» … melde ich mich bei Ihnen, klar doch, Ehrensache. Karte?«

Dante reicht Price seine Visitenkarte, erhält im Gegenzug ebenfalls eine. Sie gehen zum Lift. Der eben noch sehr redselige Price ist nun verstummt. Mehrfach schaut er etwas auf seinem Handy nach. Dantes Anwesenheit scheint er vergessen zu haben. Als Price sein Telefon zum dritten Mal entsperrt, schaut Dante ihm über die Schulter, merkt sich den Code. Der Krypto-Oberindianer bekommt es nicht mit. Keine Pilze, denkt Dante – eher LSD.

Sie fahren schweigend nach unten. Erst als sie aussteigen,

scheint Price sich daran zu erinnern, dass er jemanden im Schlepptau hat.

»Ed, da sind Sie ja wieder. Die anderen warten schon in der privaten Lounge, die ich gemietet habe. Sie kommen noch mit, oder?«

»Ich will Ihnen nicht zur Last fallen«, sagt Dante. Die Wahrheit ist eher, dass ihn die Aussicht, den Abend mit einem Haufen aufgekratzter Jungmillionäre zu verbringen, mit namenlosem Schrecken erfüllt.

»Ach Unsinn. Kommen Sie, kommen Sie.«

Dante fügt sich in das Unvermeidliche. Sie gehen einen mit pinkfarbenen Holzpaneelen ausgekleideten Gang entlang, finden sich schließlich im Randbereich einer Casinoetage wieder. Hinter einer Tür aus dunklem Glas liegt eine Lounge – Plüschsofas, eine Bar sowie ein Spieltisch mit eigenem Croupier. Die Rouletteentourage von vorhin ist vollständig versammelt. Die meisten unterhalten sich, nippen an Cocktails. Ein paar sitzen um einen Tisch herum, in ein Spiel vertieft. Dante hält es zunächst für Poker. Als er genauer hinschaut, sieht er, dass es sich um die Siedler von Catan handelt.

»Und?«, sagt eine Frauenstimme.

Dante wendet sich um, blickt in Mondegos leicht erhitztes Gesicht. Er vermutet, dass der Margarita in ihrer Hand nicht ihr erster ist. Dante vergewissert sich, dass Halverton Price ihn nicht hören kann, bevor er antwortet.

»Was für ein Vogel.«

»Ja, aber wusste er was über Hollister, über seine Pläne?«

»Er hat nur Vermutungen. Aber keine Fakten.«

Dante will nicht mehr preisgeben, wechselt das Thema. Er zeigt auf die Brettspieler.

»Was soll das?«

Sie blinzelt. »Das ist Siedler.«

»Ich weiß, was es ist. Aber warum spielen die das?«

»Kryptobros stehen tierisch auf Catan, überhaupt auf europäische Brettspiele. Aber frag mich nicht, warum.«

»Und das da?«

Dante zeigt auf ein Transparent, das an einer der Wände hängt. Es ist schwarz, mit einer weißen Aufschrift, die aus lediglich vier Buchstaben besteht: HODL.

»Eine Abkürzung für irgendwas?«

Mondego schüttelt lächelnd den Kopf. »Es ist eher ein Schlachtruf.«

»Der was bedeutet?«, fragt Dante.

»Wer in Krypto investiert, braucht starke Nerven. Hohe Volatilität, die Kurse gehen oft rauf und runter. Und als es mal wieder runterging, hat irgendwer in einem Forum gepostet, man solle seine Bitcoins nicht verkaufen, sondern halten. Weil es bald wieder nach oben geht. Aber der Typ war aufgeregt, hat sich vertippt, HODL statt HOLD. Und das ist ein Schlachtruf geworden, ein Mantra der Szene. Nie verkaufen, immer halten – weil Krypto am Ende doch immer weiter nach oben geht.«

»Irgendwie hat das alles eine verquere Logik«, murmelt Dante leise.

Mondego sieht ihm offenbar an, wie ausgedörrt er ist, bedeutet Dante, ihr zur Bar zu folgen. Er lässt es sich nicht zweimal sagen. Den Barkeeper fragt Dante, ob er wohl einen Negroni Sbagliato bekommen kann. Er ist ebenso erfreut wie erstaunt, als der Mann beiläufig nickt und sich an die Arbeit macht.

»Ich weiß, was ein Negroni ist«, sagt Mondego, »Martini, Campari, Gin. Aber Spali ... Spalito?«

»Sbagliato. Italienisch. Heißt in etwa versemmelt, vermasselt.«

»Ein danebengegangener Negroni?«

»Bedeutet, dass man den dritten Schritt, den Gin, auslässt und stattdessen mit Champagner oder Crémant auffüllt. Perlt besser und zieht einem nicht so die Beine weg.«

Mondegos Beine sind auch nicht mehr fest mit dem Boden verbunden. Er sieht es an ihren Bewegungen und daran, dass sie einen Virgin Margarita ordert. Sie setzt sich auf einen Barhocker, mustert ihn. Dante läuft ein kleiner Schauer über den Rücken.

»Was meintest du eben mit ›Das hat alles seine verquere Logik‹?«

Dante überlegt einen Moment. Was hat er damit gemeint? Kann er es in Worte fassen?

»Die … die Gottwerdung der Nerds«, sagt er. »Erst war der Nerd eine Witzfigur, mit seinen Star-Wars-Figürchen und Fantasy-Spielen und Heimcomputern. Dann kamen Typen wie Bill Gates und plötzlich kapierten alle, dass die Nerds scheißmächtig waren. Dann kamen noch mehr Silicon-Valley-Firmen, Google, Facebook und so weiter. Nerds waren jetzt nicht nur reich. Es war sogar uncool, keiner zu sein. Wenn man schon nicht programmieren konnte, kaufte man sich wenigstens eine Nerdbrille.«

Der Barkeeper stellt ihm den Negroni Sbagliato hin. Dante bedankt sich, will nach amerikanischer Manier einen Dollarschein als Trinkgeld auf der Theke platzieren. Im letzten Moment bemerkt er, dass die anderen Gäste keine Einer hingelegt haben, sondern Zehner und Zwanziger. Er entscheidet sich für einen Fünfer.

Hinter ihnen an der Wand erscheint eine Projektion. Jemand hat den Beamer angeschaltet, ein Nintendo-Logo ist zu sehen. Kurz darauf erscheinen bunte Cartoonfiguren. Einige der Gäste spielen Mario Kart.

»Die Nerds waren schon ziemlich obenauf, und dann kam auch noch Bitcoin. Damit wurden sogar jene Nerds stinkreich, die keine Geschäftsidee hatten, kein Mathediplom, keine Programmierkenntnisse. Ich glaube, das meinte ich mit ›verquere Logik‹. Vielleicht ist es auch einfach die Endstufe des Turbokapitalismus, keine Ahnung.«

Mondego scheint sein kleiner Vortrag gefallen zu haben, zumindest lächelt sie. Sie erhebt das Glas, prostet ihm zu.

»Worauf trinken wir? Auf die Nerds?«

»Meinetwegen«, brummt Dante, etwas griesgrämiger als beabsichtigt. Ihre Gläser berühren sich. Er nippt an seinem Negroni.

»Gut?«

»Der Drink ist nahezu perfekt. Das Vollkommenste, was mir an diesem Abend begegnet ist, abgesehen von dir.«

Etwas in der Art könnte Dante sagen. Aber dafür ist er zu nüchtern, zu englisch und vor allem zu feige. Also nickt er lediglich.

Sie sitzen eine Weile an der Bar, trinken ihre Cocktails und unterhalten sich über Unverfängliches, oder besser gesagt scheinbar Unverfängliches: Musik. Mercy Mondego mag die Pixies, Black Flag und She Wants Revenge, woran prinzipiell nichts auszusetzen ist. Dante ist eher auf Clash, Stiff Little Fingers und Radiohead abonniert. Als sie auf die Misfits zu sprechen kommen, merkt Mondego an, die Band habe nach dem Weggang von Sänger Glenn Danzig auch noch gutes Zeug gemacht. Dem widerspricht er. Dante findet, dass es sich mit neuen Misfits-Alben so verhält wie mit neuen Star-Wars-Filmen. Man leugnet ihre Existenz am besten rundheraus oder verliert zumindest kein Wort darüber.

Er ist inzwischen beim dritten Negroni und muss sich anstrengen, keinen Misfits-Monolog zu halten. Dante besitzt, was Frauen angeht, nur das übliche Halbwissen. Dass sie es jedoch hassen, wenn Männer ihnen ungefragt Fachvorträge halten, ist ihm bewusst, weshalb er seine musikwissenschaftlichen Anmerkungen lieber mit dem Rest des Negroni hinunterspült.

Mondego erzählt gerade etwas von einem Bad-Religion-Konzert im Hollywood Palladium, als sich in der Lounge Unruhe breitmacht. Hat die Catan-Partie womöglich eine unerwartete Wendung genommen?

Dante sieht Halverton Price mit einem Mikro eine kleine Empore vor der Beamer-Leinwand erklimmen. Das Licht des Projektors lässt sein Gesicht fahl erscheinen, verleiht ihm einen grünlichen Schimmer. Einer der Kryptoboys ist unterdessen dabei, einen Laptop mit dem Beamer zu verbinden. Bitte kein Karaoke jetzt, denkt Dante.

»Wenn ich kurz um eure Aufmerksamkeit bitten dürfte. Schön, dass Ihr alle hier seid und mit uns abhängt. Das könnten wir den ganzen Abend tun« – zustimmende Rufe aus dem Publikum – »aber vielleicht«, Price zwinkert vergnügt, »hat der eine oder andere ja Lust auf eine kleine Schatzsuche.«

$36.803.075.114.959.980

Price wirkt noch entrückter als zuvor.

»Meine Idee war's nicht«, sagt er, »sondern Andys, der hat mir gerade davon erzählt. Ich habe natürlich gefragt, ob er es nicht lieber für sich behalten will.«

Dante ist schleierhaft, was Price da faselt. Möglicherweise waren das Indianerpulver und die Cocktails keine gute Mischung. Auch die anderen Gäste schauen etwas ratlos.

»Aber Andy Cox meint, er wolle es teilen, wenn wir was finden, klar doch. Also, was ich meine, ist ... Andy, erklär du es ihnen besser.«

Ein rundlicher Mittzwanziger tritt zu Price auf die Bühne, nimmt ihm das Mikro ab. Dante hat ihn schon einmal gesehen, in der Lobby des Cosmo Star. Es handelt sich um den Kerl in den Lakers-Shorts. Nun trägt er einen Jogginganzug aus grünem Nickistoff. In der Hand hält Cox eine jener kleinen Fernbedienungen, die man für Präsentationen verwendet.

Und Dante hatte geglaubt, ihm drohe lediglich Karaoke. Dabei steht offensichtlich PowerPoint auf dem Programm.

»Hey, Leute. Danke für die Einladung, Hal«, er zeigt auf die Lounge, »danke, Mann. Und danke, dass ich kurz sprechen darf. Also, hat vielleicht jemand Bock auf eine Nachtwanderung?«

Die Reaktion der Gäste ist verhalten. Wer kann es ihnen verdenken? Die Drinks sind eisgekühlt, die Fauteuils butterweich, der gemeine Vegas-Pöbel fern. Wer will da schon weg?

Cox grinst. Er hat diese Reaktion augenscheinlich erwartet.

»Gleich werdet Ihr Feuer und Flamme sein«, sagt er. Cox tritt zur Seite, damit man die Leinwand besser sehen kann. Ein Foto erscheint. Es zeigt Greg Hollister. Ein Raunen geht durch die Menge. Bei dem Foto handelt es sich um ein Standbild aus dem Video.

»Hollisters Clip, den inzwischen alle als ›das Montecrypto-Video‹ bezeichnen, habt Ihr vermutlich gesehen. Er kündigt darin irgendwas an, Enthüllungen, einen Schatz vielleicht. Es gibt dazu ja massig Theorien.«

Einige der Anwesenden nicken wissend. Einer filmt den Vortrag mit seinem Handy.

»Ich habe mir das Teil bestimmt zehn-, zwanzigmal angeschaut. Und mich dann gefragt, ob es darin außer dem, was Greg labert, noch weitere Infos gibt. Zum Beispiel auf der Mauer hinter ihm. Da ist ein Graffiti zu sehen. Es zeigt ein gefiedertes Auge, außerdem Wasser, das die Treppe runterläuft.«

Auf dem Bildschirm erscheint ein Bild des Drehorts. Es stammt augenscheinlich nicht aus dem Video, Hollister fehlt. Stattdessen sieht man auch jene Teile des Wandgemäldes, die in dem Clip nicht zu erkennen waren. Aus der Mauer hinter der Treppe entspringt eine Quelle, ein Strom von Wasser läuft die Treppenstufen hinab. Über dem geflügelten Auge weiter oben an der Wand schwebt eine Skyline mit Wolkenkratzern.

»Trippiges Bild«, sagt Cox. »Hat das mit dem Wasser etwas zu bedeuten? Ein Strom von Wasser – eine Analogie, ein Strom von Daten vielleicht. Keine Ahnung. Aber wenn es den Schatz von Montecrypto gibt, muss man jeden Stein umdrehen.«

Die Gäste schauen konsterniert. Die meisten würden wohl gerne weiterfeiern. Aber Cox ist noch nicht fertig. Ein weiteres Bild erscheint. Es zeigt einen Videoausschnitt – Hollisters blaue Baseballkappe.

»Auf der Kappe erkennt man ein Dollarsymbol, gefolgt von einer sehr langen Zahl, sechsunddreißig Billiarden und ein paar Zerquetschte. Auf Reddit gibt es einen Thread dazu. Einige meinen, es sei die Summe, die Sir Holly versteckt hat – eher unwahrscheinlich! Das Problem ist außerdem, dass man die Ziffern nicht alle lesen kann.«

Dante ist aufgefallen, dass irgendwelche Lettern auf der Mütze waren. Aber sie sind, wie Cox richtig anmerkt, kaum lesbar. Das liegt daran, dass sie erstens sehr klein und zweitens mit blauem Garn auf die ebenfalls blaue Kappe gestickt sind. Man müsste die Mütze direkt vor Augen haben, um alles lesen zu können.

Das nächste Bild erscheint. Nur die stark vergrößerten Zahlen sind zu sehen. Das Bild wirkt grobkörnig, aber die Ziffern wurden rot nachgezogen und sind gut zu lesen: $36.803.075.114.959.980.

»Bilderkennung mithilfe eines neuronalen Netzwerks«, bemerkt Cox, »damit habe ich sie identifiziert. Aber was ist das? Ein Wallet-Code? Die Nummer von Hollisters hotter Halbschwester, Ada Swordfire?«

Infantiles Gekicher aus dem Publikum.

»Nichts dergleichen. Koordinaten bei Google Maps haben achtzehn Ziffern.«

Die Anwesenden reden wild durcheinander. Price hebt die Hände, greift sich das Mikro.

»Gewagte Theorie, was? Klar doch, aber Andy hat einen Beleg dafür, dass sie stimmt. Ruhig, Leute. Hört euch das an.«

Price übergibt das Mikro wieder an Cox. An der Wand erscheint eine Karte Nevadas. Unten sieht man Vegas, etwas weiter im Norden ist ein Punkt markiert.

»Wenn das Koordinaten sind, dann wäre es genau dort, wo das Kreuz ist, unweit von Coyote Springs, mitten in der Wüste. Und jetzt überlegt mal: Kurz vor Beginn des größten Kryptokongresses der Welt wird ein Video veröffentlicht, in dem Hollister etwas von einem Schatz erzählt. Mit Koordinaten, die nur ein paar Kilometer von dem Ort entfernt sind, wo sich die gesamte Krypto-Community aufhält.«

In der Lounge ist es sehr still geworden. Menschen starren mit offenem Mund auf die Karte, tippen fieberhaft auf ihren Handys herum. Auch Mondego hat bereits Google Maps aufgerufen, lässt sich die Route nach Coyote Springs berechnen.

»Also, wenn das Zufall ist, fresse ich meinen HyperVault«, ruft

Cox. »Ich sage, wir fahren da jetzt hin und schauen nach. Wer kommt mit?«

»Es ist stockfinstere Nacht«, ruft jemand.

»Stimmt. Aber es gibt ja Autoscheinwerfer und Navis. Und wenn wir bis morgen warten …«

Cox vollendet den Satz nicht, aber es ist klar, was er meint. Die Sache mit den Ziffern ist zu offensichtlich, als dass sie nicht auch anderen auffallen wird – und zwar eher früher als später. Just in diesem Moment analysieren Kryptogeeks von New York bis Tokio Hollisters Video. Jeden Moment könnte einer von ihnen die Koordinaten im Netz posten.

Einen Moment verharren die Partygäste. Dann streben alle dem Ausgang zu. Dante hat seine Zweifel, dass Hollister es ihnen derart einfach machen wird. Irgendetwas passt nicht. Aber er muss dem Hinweis nachgehen, dafür bezahlt ihn Martel schließlich.

Einige Minuten später stehen sie vor dem Fabulous Flamingo. Einige rufen per Handy Uber-Limousinen, andere weisen die Parkwächter an, ihre Autos zu holen.

»Du fährst mit, oder?«, fragt er Mondego.

»Worauf du wetten kannst.«

Price und seine Begleiterin gesellen sich zu ihnen.

»Ich hätte noch Platz«, sagt der Kryptomillionär.

Ein paar Minuten später rollen sie in einer Stretch-Limousine den Strip entlang, Richtung Norden. Die meisten anderen sind in Cadillacs oder BMWs unterwegs, aber auch ein Bugatti Veyron und zwei Neunelfer gehören zu ihrer Fahrzeugkolonne.

Dante fragt sich, wie die tiefergelegten Sportwagen die Staubpisten in der Mojave-Wüste bewältigen wollen. Andy Cox hat dieses Problem nicht. Er fährt einen Ford Pick-up, ein Ungetüm mit hohem Radstand, wie es in England höchstens die Mechanisierte Infanterie besitzt.

Sie sitzen zu viert im Fond der Limo, aus den Boxen wummern »The Prodigy«. Dante beobachtet Halverton Price. Seine Begleiterin, die ihnen inzwischen als seine Frau Iris vorgestellt wurde, redet auf ihren Gatten ein, erzählt ihm etwas über einen Delfinyogakurs, den sie vergangene Woche besucht hat. Price blickt derweil schweigend aus dem Fenster. Als Iris ihre Yogastory beendet hat, fragt Dante:

»Hal, glauben Sie wirklich, dass wir was finden?«

Price schaut auf, lächelt.

»Vorhin habe ich Ihnen ja gesagt, dass ich mir wegen dieser Montecrypto-Hypothese nicht sicher bin. Aber da wusste ich noch nichts von Andys Recherche. Jetzt …«

Price bricht mitten im Satz ab, weil ihr Wagen auf den Parkplatz eines Einkaufszentrums rollt. Er beugt sich vor und konferiert mit dem Fahrer. Dieser weiß nicht, warum hier ein Zwischenstopp eingelegt wird. Da er aber die Order hatte, Cox' Pick-up zu folgen, ist er hinterhergefahren, als dieser abbog.

Die Kolonne hält vor einem Lowe's-Baumarkt. Sie steigen aus. Price geht auf einen Sportwagen zu. Es handelt sich um einen in neonfarbenem Camouflagemuster lackierten Aston Martin Valkyrie. Auf dem Nummernschild steht ›MO COINZ‹.

Price spricht mit dem Fahrer, bei dem es sich, wie Mondego ihm souffliert, um Per Vossberg handelt, den Erben eines schwedischen Mobilfunkimperiums. Dieser habe sein Vermögen bereits vor dem großen Bitcoin-Boom fast vollständig in Krypto angelegt und sei nun geschätzte vier Milliarden Dollar schwer. Dante hasst Vossberg augenblicklich, nicht wegen seines unverschämten Glücks, sondern wegen dem, was der Mann dem armen Aston Martin angetan hat.

Immerhin scheint sich Vossberg bereits nützlich gemacht zu haben. Seine Leute, erklärt er Price, seien gerade dabei, einzukaufen. Kurz darauf tauchen am Eingang des Baumarkts zwei kräftige junge Männer auf. Jeder von ihnen schiebt einen riesigen Einkaufswagen, vollgeladen mit Schaufeln, Spitzhacken, Taschenlampen.

Vossberg steigt aus, klopft Price auf die Schulter, gibt dem ebenfalls ausgestiegenen Cox High Five. Dann schauen sie zu, wie Vossbergs Gehilfen die Einkäufe auf der Ladefläche des Ford-Pickups verstauen.

»Irgendwie glaube ich, sie werden vergeblich buddeln«, murmelt Dante, an Mondego gewandt.

»Warum glaubst du das?«

»Weil ich das mit den Koordinaten zu banal finde. Würde jemand wie Hollister, wenn er so eine Schnitzeljagd plant, nicht etwas raffinierter vorgehen?«

Sie schauen hinüber zu den Sportwagen und Limousinen, zu den jungen Kappenträgern, die einander in Siegerposen ablichten, Arme angewinkelt, Finger vor der Brust gespreizt. Dante fühlt sich wie in einem Vanilla-Ice-Video.

»Du fändest es seltsam«, sagt Mondego leise, »wenn es keine helleren Typen als die da brauchte, um das Rätsel zu knacken?«

Dante denkt an die seltsamen Dias, an die Stiftung in Zug. Inzwischen ist er ebenfalls überzeugt davon, dass es ein Rätsel gibt, vielleicht sogar einen Schatz. Ebenso sicher ist er, dass dieser verdammt gut versteckt ist.

»So in etwa, Mercy.«

»Vermutlich ist Cox gar nicht selbst darauf gekommen. Er könnte jemanden engagiert haben«, Mondego schaut ihn an, »einen Profirechercheur. Einen Privatdetektiv.«

Dante ist inzwischen wieder vollkommen nüchtern, was seine Stimmung erheblich dämpft. Doch was Mondego da sagt, verdirbt ihm erst recht die Laune. Natürlich hat sie einen Punkt. Diese Typen haben alle mehr Geld als Verstand. Es ist folglich sehr wahrscheinlich, dass viele von ihnen jemanden engagieren werden, jemanden wie ihn. Er bekommt möglicherweise eine Menge Konkurrenz.

Inzwischen ist die Schatzgräberausrüstung verladen. Cox steigt ein, lässt seinen V8-Motor aufröhren. Die anderen begeben sich ebenfalls zu ihren Fahrzeugen. Sie fahren weiter nach Norden, wechseln von der Interstate auf eine kleinere Straße. Hier draußen ist rein gar nichts, nur flaches, von verdorrten Büschen bewachsenes Land. Am Horizont kann man im Mondlicht die Berge ausmachen. Während der Fahrt schaut Dante immer wieder auf sein

Handy, verfolgt auf Google Maps, wie sie sich den Koordinaten nähern. Diese befinden sich etwas abseits der US-93, geschätzte drei- oder vierhundert Meter vom Highway entfernt.

Dante sieht Bremslichter aufleuchten. Alle Fahrzeuge halten am Straßenrand, außer dem von Cox. Der fährt seinen Freizeitpanzer ein paar Meter ins Gelände hinein. Auf der Fahrerkabine des Ford montierte Scheinwerfer flammen auf, lassen einen Streifen Wüste aufleuchten. Irgendein Tier ergreift erschrocken die Flucht.

Sie steigen aus. Jemand hat seine Anlage voll aufgedreht, Housebeats hallen durch die Nacht. Gemeinsam mit den anderen überquert Dante die Straße. Sie laufen nun links und rechts des Pick-ups, der langsam vorwärtsrollt, weiter in die Wüste hinein.

Dante fragt sich, ob es hier draußen Klapperschlangen gibt. Vermutlich schon, aber das grelle Licht und die schlechte Musik vertreiben wahrscheinlich alles Getier. Langsam gehen sie weiter. Mercy Mondego hat mit einer Hand seinen Arm umfasst. Unter anderen Umständen könnte er sich darauf etwas einbilden, aber in diesem Fall ist ihre Motivation wohl schlichtweg, sich nicht die Haxen zu brechen. Der Boden ist uneben, voller Erdlöcher und Wurzeln. Dante wundert sich, wie viel Müll hier draußen herumliegt. Auf seinem Weg muss er zerbrochenen Flaschen, Konservendosen, sogar Autobatterien ausweichen.

Als sie vielleicht noch dreißig Meter von der Stelle entfernt sind, die auf Dantes Karten-App markiert ist, stoppt der Pick-up. Vor ihnen befindet sich eine Bodensenke, die sogar einem Ford F-650 Schwierigkeiten bereiten könnte. Also greifen sie sich Taschenlampen und Schaufeln von der Ladefläche, lassen den Wagen stehen. Cox geht voran. Nach einer Minute hält er an. Es ist nicht völlig dunkel, die Scheinwerfer des Wagens tauchen die Mojave in ein diffuses Licht. Dante tritt zu Cox, begutachtet den Boden. Außer Sand und Steinen ist nichts zu sehen. Probeweise stößt Dante seine Schaufel in den trockenen Boden. Sie dringt höchstens eine Handbreit ein. Hier ein Loch auszuheben, wäre Knochenarbeit. Also überlässt Dante es lieber den anderen. Einige der jungen

Männer zeigen erstaunlichen Enthusiasmus. Sie buddeln ein Loch nach dem anderen. Einen Schatz finden sie jedoch nicht.

Dante und ein paar andere marschieren währenddessen in konzentrischen Kreisen um die Grabungsstelle herum, leuchten mit ihren Lampen den Boden ab.

Leise flucht Dante vor sich hin. Er kommt immer mehr zu dem Schluss, dass dies alles Schwachsinn ist. Inzwischen befindet er sich außerhalb des Ford-Lichtkegels, kann in vielleicht zwanzig Metern Entfernung einige der anderen graben sehen. Mondego steht derweil auf der Ladefläche des Pick-ups und filmt. Price und seine Frau befinden sich abseits, scheinen den Sternenhimmel zu bewundern.

Dante beschließt, dass er genug hat. Er wird zurück zur Limousine gehen und sich etwas zu trinken besorgen. Im Eisfach des Fonds waren verschiedene Spirituosen. Er macht einige Schritte in Richtung Straße.

Ohne Vorwarnung gibt der Boden unter seinen Füßen nach.

Dante fällt, aber nicht sehr tief. Vermutlich geht es kaum mehr als sechzig, siebzig Zentimeter abwärts, trotzdem macht er sich fast in die Hose. Offenbar hat er zudem laut aufgeschrien. In der Dunkelheit tanzen Lichtpunkte auf und ab, Menschen kommen in seine Richtung gelaufen.

Dantes Lampe ist weg, weswegen es um ihn herum zappenduster ist. Er scheint in einer Art Röhre zu stecken, so viel kann er ertasten. Kurz darauf ist jemand bei ihm. Es handelt sich um Cox sowie einen weiteren Mann. Sie packen Dante an den Armen, ziehen ihn aus der Röhre.

Bei Licht entpuppt sich die Röhre als ein großes Plastikfass, das jemand in der Wüste verbuddelt hat. Der Deckel fehlt, stattdessen war eine Plastikplane über die Öffnung gespannt. Die Plane war stark genug, um dem Gewicht des darüber verteilten Sands standzuhalten. Dantes achtzig Kilo hingegen waren zu viel.

Cox leuchtet in das Fass hinein. Dante beugt sich hinab, greift nach der in den Bottich hineingedrückten Plane, zieht sie heraus.

Am Boden des Fasses befindet sich etwas, das im Schein der Taschenlampen metallisch glitzert. Dante steigt wieder hinab. Inzwischen ist es taghell, um das Loch stehen knapp zwanzig Leute, leuchten mit Taschenlampen und Handys hinein.

Auf dem Boden des Fasses liegen Münzen. Keine Dollars oder Euros, sie sehen eher aus wie Gedenkmünzen, frisch poliert, golden. Es müssen Dutzende sein. Dante bückt sich, was gar nicht so einfach ist, wenn man in einem Scheißfass steht, hebt eine Münze auf. Ihre Vorderseite ist von Lorbeer umkränzt, in der Mitte ist eine Schildkröte abgebildet. Darunter steht: »InDubioProNummis.com«. Die Rückseite ist mit einer schillernden Folie abgeklebt. Dante hält sie ins Licht, bewegt sie hin und her.

»Ein Sicherheitshologramm«, murmelt er. Dante reicht die Münze an Cox weiter.

»Casascius-Coin«, sagt dieser erstaunt.

»Ein was?«

»Oder etwas Ähnliches. Weil man Kryptocoins logischerweise nicht anfassen kann, ist vor Jahren jemand auf die Idee gekommen, sogenannte Casascius-Coins zu produzieren. Unter der Folie befindet sich ein Code. Man kann ihn einlösen und kriegt dafür Bitcoins. Aber dieser hier«, Cox betrachtet die Münze und schüttelt den Kopf, »ist vermutlich nicht viel wert.«

Dante greift sich noch einige Münzen, lässt eine davon in seiner Hosentasche verschwinden. Um ihn herum blitzt es mehrfach auf – Handykameras, vermutlich.

Zwei Männer ziehen Dante aus dem Loch. Als er wieder festen Wüstenboden unter den Füßen hat, verteilt er die Münzen an die anderen. Er mustert erneut die Seite mit der Schildkröte. Dante erinnert sich an Hollisters gescheiterten Versuch, eine eigene Kryptowährung zu erschaffen.

»Sind das etwa Turtlecoins?«, fragt er.

»Sieht ganz so aus«, erwidert Cox. Er klingt nicht besonders begeistert. »Wenn dem so ist, kriegt man für jeden Code unter der Folie einen dieser Shitcoins.«

Nach einigen Versuchen gelingt es ihnen mithilfe eines Seils, das Plastikfass aus dem Loch zu hieven. Es enthält an die zweihundert der komischen Coins, sie bedecken den gesamten Boden des Bottichs. Zwei Männer kippen das Fass, schütten die Münzen in eine mitgebrachte Plastikkiste. Mit einem rasselnden Geräusch ergießen sich die Turtlecoins in die Box. Am Ende purzelt noch etwas hinterher. Es ist ein Briefumschlag.

»Ich will verdammt sein«, ruft Cox. Er greift nach dem Umschlag und reißt ihn auf. Darin befindet sich ein Zettel. Darauf steht:

GUT! ABER NICHT GUT GENUG 😂

»Holly, du dreckiger Hurensohn!«, brüllt Cox.

Dante fängt an laut zu lachen.

ZIMMER 40000

Dante tatscht auf dem Nachttisch herum, noch halb im Koma, versucht das schädelspaltende Fiepen des Handyweckers abzustellen. Nachdem er den Alarm deaktiviert hat, berühren seine Fingerspitzen etwas Metallenes. Er greift danach. Es ist eine der Münzen. Dante dreht sich auf die Seite. Einen Augenblick kämpft er mit dem Schlaf, zwingt sich, die Augen zu öffnen. Er richtet seinen Blick auf die Münze. Kühl liegt sie in seiner Hand. Gestern Nacht hat er den Turtlecoin mitgenommen, so als handle es sich um einen jener Schokotaler, die man früher beim Piratenkindergeburtstag bekam, nachdem man die Schatztruhe gefunden hatte. Dante dreht sich auf den Rücken, hält den Coin vors Gesicht. Eine sinnbefreite Aktion war das. Mehr als diese wertlose Münze ist dabei nicht herausgesprungen.

Aber ist sie wirklich wertlos? Dante legt den Coin fort, greift nach dem Handy. Ihm fällt auf, dass er ziemlich viele neue Nachrichten hat. Er ignoriert sie, ruft eine Seite namens CoinVault auf. Dort schaut er sich die Kursgrafik von Hollisters Shitcoin an. Die Linie war über Monate so flach wie die Mojavewüste. Erst vorgestern hat sie sich leicht nach oben bewegt. Vor einigen Stunden ist der Chart dann durch die Decke gegangen.

Dante zoomt hinein. Der rasante Kursanstieg begann gegen zwei Uhr morgens – kurz nachdem ein gewisser Exbanker in ein Loch gefallen war.

Er schleppt sich ins Bad. Seltsam ist das alles. Solange sie im Wüstenboden schlummerten, waren diese Schildkröten-Złotys nichts wert. Aber ausgebuddelt sind sie auf einmal ein großes Ding.

Dante steigt in die Duschkabine, dreht den Hahn auf. In dubio pro nummis, steht auf den Coins, im Zweifel für die Münze. Die zugehörige Internetadresse InDubioProNummis.com haben sie gestern Nacht bereits auf ihren Handys aufgerufen. Aber die Seite war schwarz und leer, abgesehen von zehn Eingabefeldern. Diese waren allerdings gesperrt, man konnte nichts eingeben. Wozu ist die Seite da? Und wer steckt dahinter?

Das heiße Wasser weckt ihn langsam auf. Der Schatz war eine selbsterfüllende Prophezeiung, nur so lange wertlos, bis er gefunden wurde. Dante beschleicht das Gefühl, dass dies etwas bedeutet, dass sein Verstand gerade eine profunde Wahrheit streift. Vielleicht ist es aber auch nur der Restalkohol.

Eventuell rührt das Gefühl daher, dass ihm diese Scheiße nur allzu bekannt vorkommt. Diese Kryptofreaks nehmen für sich in Anspruch, den Kapitalismus neu zu erfinden. Aber die Mechanismen sind letztlich dieselben wie an der Wall Street. Aktien, Anleihen, Währungen – alles ist genauso viel wert, wie die Leute glauben, dass es wert ist. Geld ist kondensierte Hoffnung, ist Glaube – Glaube daran, dass ein Asset weiter steigt; Glaube daran, dass man nicht zu teuer gekauft hat; Glaube daran, dass ein noch größerer Depp um die Ecke kommen und einem Ölfässer, Schweinehälften oder hässliche Münzen mit Schildkrötenlogo für das Doppelte abnehmen wird; Glaube daran, dass die eigene Gier gerechtfertigt ist.

Er geht davon aus, dass einige der kleinen Kryptobarone aus dem Konvoi bereits auf der Rückfahrt fett eingestiegen sind, für ein paar hunderttausend Dollar Turtles gekauft haben. Dante überlegt, wie reich er an diesem verkaterten Morgen wohl wäre, wenn er gestern Nacht sein Erspartes ebenfalls in Turtles investiert hätte.

Die frustrierende Antwort lautet: nicht sehr reich. Dante ist so gut wie pleite, mehr als einen Tausender hätte er gar nicht lockermachen können.

Er zieht sich an, klopft seine Turnschuhe aus, die noch voller Wüstenstaub sind. Als er seine Zimmertür öffnen und zum Frühstück gehen will, fällt ihm ein Zettel auf, den jemand unter der Tür durchgeschoben hat.

> Wir müssen noch mal reden.
> Zimmer 40000, 12:00, nach der Keynote.
> H. P.

Bereits gestern vermutete Dante, dass Halverton Price ihm nicht alles gesagt hat. Das an sich wäre nicht ungewöhnlich. Die Leute erzählen niemandem alles, Privatschnüfflern mit schnöseligem englischen Akzent schon gar nicht. Aber Dante hat den Mann während der Rückfahrt nach Vegas beobachtet. Während Mercy Mondego und Iris Price sich aufgeregt über die Implikationen des Schatzfunds austauschten, sagte der Kryptoindianer kein Wort. Er schien zu grübeln. Auf Dante wirkte es, als habe Price etwas realisiert, das ihm zuvor nicht klar gewesen war.

Er steckt den Zettel ein, verlässt das Zimmer. Im Frühstücksraum ist es leer. Die ersten Konferenzvorträge haben schon vor einer Stunde begonnen. Vermutlich wird er zu spät zu Price' Keynote kommen und hinten stehen müssen. Es ist ihm egal. Dante kann sich schon vorstellen, was Price sagen wird: Das ist erst der Anfang. Es geht weiter aufwärts. Wir sind die Zukunft. Das ist das Ende der Banken, der Wall Street, der Fed und des Staates obendrein. Leviathan wird fallen, dank der segensreichen Wunder der Kryptografie. Halleluja.

Was für ein Brei, denkt Dante, während er sich Porridge nimmt und dann so lange Zimt und Zucker darüberstreut, bis der Haferschleim nicht mehr zu sehen ist.

Es ist eine weitverbreitete Unsitte, sich keine Zeit mehr fürs Frühstück zu nehmen, sondern währenddessen bereits E-Mails, Retweets, was auch immer, zu sichten.

Normalerweise tut Dante so etwas nicht, aber an diesem Morgen hat er wirklich verdammt viele Nachrichten. Linkshändig schaufelt er sich zuckrigen Brei in den Mund, rechtshändig scrollt er. Da sind sehr viele E-Mails von Leuten, die er nicht kennt. Sie wollen mit ihm über Montecrypto sprechen. Die Nachrichten sind zu zahlreich, um sie alle zu lesen. Auch seine Büro-Voicebox scheint randvoll zu sein.

Dante schaut einige Nachrichtenseiten durch. Mondego hat auf ihrem Blog etwas zur Schatzsuche in der Wüste veröffentlicht. Auf einem der dazugehörigen Fotos erkennt Dante sich selbst, bis zur Hüfte in der Tonne stehend. Sein Gesicht ist nicht zu erkennen, worüber er nicht unglücklich ist.

Er findet noch ein paar Erwähnungen in anderen Blogs und auf Twitter. Die Leitmedien hingegen berichten noch nicht, das gilt zumindest für jene, die Dante liest – Guardian, New York Times, Wall Street Journal. Es mag daran liegen, dass es Wichtigeres gibt. Der neue US-Präsident, den Dante bisher für viel besser als den vorherigen hielt, erwägt offenbar ernsthaft, Truppen nach Venezuela zu entsenden. Unbestätigten Berichten zufolge sind verdeckt operierende Kommandoeinheiten bereits vor Ort. Entsprechend geht der Ölpreis steil nach oben, der Dow schmiert ab.

In Dantes Heimatland sind die Dinge unverändert. Ausländische Firmen fliehen in Scharen, die Arbeitslosigkeit geht durch die Decke, das britische Pfund versucht, der türkischen Lira Konkurrenz zu machen – Situation normal, alles im Arsch.

In Europa sieht es auch nicht gerade goldig aus, dito in China. Kurzum, die Weltwirtschaft hat Magen-Darm, weswegen sich niemand für Kryptospinner und Schildkrötenzaster interessiert.

Ihm kommt eine Idee. Er schreibt eine Mail an eine ehemalige Gerard-Kollegin, Nefeli Pangalopoulous. Anders als manch anderer Alumni der Pleitebank hat die Griechin das große Los gezogen, sie arbeitet inzwischen bei der Europäischen Zentralbank in Frankfurt. Dante hat länger nicht mit Nefeli gesprochen, aber früher kamen sie gut miteinander aus. Sie kennen sich bereits seit dem Studium, haben beide die Warwick Business School absolviert.

Er fragt sie, ob sie in den kommenden Tagen Zeit für ein Telefonat hat. Gerne erführe er mehr über Juno, speziell darüber, welche Rolle dieses Dickschiff unter den Bezahlapps im Finanzsystem spielt. Er wird das Gefühl nicht los, dass es zwischen Hollisters Schatz und Hollisters Exfirma vielleicht doch einen Zusammenhang geben könnte. Dafür existiert bisher zwar keinerlei Anhaltspunkt, aber das Gefühl ist trotzdem da.

Dante steht auf und geht in den Konferenzbereich. Er ist gut gefüllt. Menschen begutachten die verschiedenen Stände. Viele lassen sich ablichten – mit Dante unbekannten Krypto-Celebritys, mit den Supersportwagen, die überall herumstehen. An einigen Ständen gibt es sogar Hostessen in kurzen Röcken, so als wäre dies eine Automesse anno 1999.

Er lässt sich treiben, hält Ausschau nach Hinweistafeln, die ihm verraten, wo sich die Ventura Hall befindet. Dort hält Price seinen Vortrag. Er spricht bereits, das kann Dante auf einem riesigen Plasmabildschirm sehen, der von der Decke hängt.

Auf seinem Weg zur anderen Seite des Saals fällt ihm ein Stand auf, der für den HyperVault wirbt, jenen besonders gesicherten Speicherstick, auf dem man seine Coins verwahren kann. Dante tritt näher, starrt in eine Vitrine. Darin liegen ein HyperVault und eine Magnum Desert Eagle, Kaliber .50. Dahinter befindet sich ein Pappaufsteller mit der Aufschrift: »Die beiden Dinge, die dein Krypto sicher machen!«

»Verfickte amerikanische Muppets«, knurrt Dante.

Eine junge Frau kommt auf ihn zu, offensichtlich eine HyperVault-Angestellte.

»Kann ich Ihnen helfen, Sir?«

Dante ist fassungslos über die Riesenknarre in der Vitrine. Es ist weniger die Waffe selbst, die ihn konsterniert, dafür ist er schon zu lange in den USA. Aber die Kombination, Krypto und Knarre – Dante muss an den Avatar von Hollisters Forumskonto denken, an die Flagge mit der geringelten Klapperschlange und dem Ausspruch »Tritt nicht auf mich«. Dicker Geldbeutel, dicke Eier, dicke Knarre – er befürchtet, dass diese Typen das alles vollkommen ernst meinen.

Er wendet sich der Frau zu. Sie ist kaum älter als zwanzig, trägt ein Poloshirt mit Firmenlogo und Wangenpiercings.

»Hi. Eine Frage. Ich hab einen Ihrer Sticks. Habe ich geschenkt bekommen. War schon eingerichtet, mit Passwort und allem.«

»Sie sollten«, sagt die Frau, »das Passwort ändern. Damit nur Sie es kennen. Und es irgendwo sichern.«

Dante lächelt. »Ich hab's auf ein Post-it geschrieben und hinter den Monitor gepappt.«

Er meint das natürlich im Scherz, aber wie viele Amerikaner ist die Frau ironieresistent.

»Nein, tun Sie das bloß nicht. Legen Sie eine Seed Phrase an. Und schließen Sie die weg, als wäre es teurer Schmuck oder so.«

»Eine ... was für eine Phrase?«

»Seed Phrase. Das ist eine Abfolge von Wörtern, mit der sich eine Coin-Börse wiederherstellen lässt, falls Sie den Speicher verlieren, der Computer crasht oder ...«

»Moment, langsam bitte. Wie genau funktioniert das?«

»Der Computer generiert eine Abfolge von Wörtern. Zwölf Stück. Die schreiben Sie auf, nicht digital, sondern auf Papier. Und schließen den Zettel weg. Mithilfe der Phrase können Sie Ihre Wallet dann im Notfall wiederherstellen.«

»Aus den Wörtern?«

»Nein. Ja. Also, das sind natürlich ... der Computer hat eine Liste, 2048 Wörter. Jedem davon ist ein numerischer Wert zugeordnet. Es gibt also 2048 hoch zwölf Kombinationen oder zwei hoch hundertzweiunddreißig. Das entspricht ...«

» ... sehr vielen Kombinationen, verstehe. Vielen Dank.«

Piercingpolo schaut ein bisschen enttäuscht. Vermutlich hätte sie ihm noch viel mehr über Verschlüsselungen erzählen können, doch Dante hat genug gehört. Er muss an die Dias denken, die er in Hollisters Strandvilla entwendet hat. Auf einmal möchte er schnellstmöglich zurück nach Los Angeles. Die Wörter auf den Dias sind der Schlüssel zu etwas, zu einer Onlinegeldbörse. Vermutlich nicht zu irgendeiner, sondern zu *der* Geldbörse.

Dante schaut auf die Uhr, während er weitergeht. Er ist sich ziemlich sicher, dass sein Versteck für die Dias gut ist, geradezu originell. Dennoch macht es ihn nervös, dass er die Dinger nicht bei sich hat. Er erreicht einen Durchgang, der zu den Vortragsräumen führt. Jener, in dem Price spricht, ist brechend voll. Dante stellt sich auf ein kleines Podest nahe der Rückwand.

» ... ist das natürlich alles erst der Anfang. Hört nicht auf das, was sie euch erzählen. In Wahrheit sind hier größere Kräfte am Werk, die der Öffentlichkeit verborgen bleiben.«

Price ist von hier hinten nicht auszumachen, aber Dante sieht ihn auf einem Monitor neben der Bühne. Der Chef von Cerro Nuevo sieht bleich und übermüdet aus, was aber nach der gestrigen Nacht kein Wunder ist. Während Price redet, werden PowerPoint-Folien eingeblendet. Dämliche Stock-Photos und Charts in zu geringer Auflösung wechseln einander ab. Gerade ist eine Kurve zu sehen, die den Aufstieg von Bitcoin zeigt. Es ist jene Art von Chart, die man an der Wall Street als Hockeyschlägerkurve bezeichnet. Lange verläuft die Linie parallel zur X-Achse, dann geht sie auf einmal steil nach oben.

»Weiß jemand von euch, wer Somerville Associates sind. Keiner? Das wundert mich nicht. Das ist eine Firma in Massachusetts, eine Art Vermögensberater für Pensionsfonds. Die sind extrem einflussreich – sie empfehlen Tausenden kleineren Fonds, Stiftungen, Pensionskassen und so weiter, wie die Portfoliomischung sein sollte. Somerville hat seinen Klienten kürzlich erstmals geraten, auch in Krypto anzulegen – fünfundzwanzig Basispunkte, null Komma zwei fünf Prozent.«

Dante reckt den Hals, schaut, ob er Mondego irgendwo sieht. Nach ihrer Rückkehr aus der Wüste hatten sie sich beim Aussteigen aus dem Lift getrennt. Vielleicht hätte etwas passieren können. Vielleicht bildet er sich das auch nur ein.

Er vermutet, dass Mercy hier ist, kann sie jedoch nirgends entdecken. Während er mit einem Ohr den Price'schen Ausführungen lauscht, schreibt er ihr eine Nachricht. Aber sie antwortet nicht.

»Ein Viertelprozent klingt mickrig, aber die von Somerville Associates beratenen Fonds verwalten mehr als dreihundert Milliarden Dollar. Es ist deshalb davon auszugehen, dass in den kommenden Monaten eine massive Nachfrage institutioneller Investoren nach Krypto einsetzen wird und wir ...«

Dante unterdrückt ein Gähnen. Diese Art von Vortrag kennt er zur Genüge. Price erinnert ihn ein wenig an Guy Entwistle, den Chief Market Strategist bei Gerard Brothers. Dessen Vorträge waren stets gleich strukturiert: Ja, der Markt ist schon ordentlich gelaufen. Aber das ist noch gar nichts. Ihr ärgert euch schwarz, dass ihr vor zwei Jahren nicht eingestiegen seid? Ihr werdet euch bald noch schwärzer ärgern. Jetzt kaufen! Oder nachkaufen! Die Party ist noch lange nicht zu Ende.

Dante glaubt, dass er den Rest nicht hören muss. Schließlich hat er gleich noch einen privaten Termin mit Price. Er begibt sich wieder aufs Zimmer, packt seine dürftige Habe zusammen. An der Rezeption checkt er aus. Mondego schreibt er eine weitere Nachricht, die besagt, dass er gegen Mittag zurück nach L. A. muss und sie gerne wieder mitnehmen kann.

Weil ihm bis zu seinem Gespräch mit Price noch etwas Zeit bleibt, bestellt er an einer der Bars in der Lobby eine Cola. Ein paar Meter entfernt schießen mehrere Konferenzteilnehmer Selfies mit einem jungen Mann. Dante erkennt ihn als einen der Schatzsucher von gestern Nacht wieder. Er trägt ein T-Shirt, auf dem in leuchtenden Lettern »Vires in Numeris« steht. Während er sich ablichten lässt, hält er mit ausgestreckter Hand etwas in die Kamera. Es ist einer der goldenen Coins aus der Schatztonne. Ob der Hashtag #montecrypto bereits in den Top Ten ist?

»Ich habe mich gefragt«, sagt eine Stimme, »warum eigentlich eine Schildkröte?«

Dante dreht sich um. Auf dem Barhocker neben ihm sitzt ein asiatisch aussehender Mann. Er sieht aus wie ein in Würde gealterter K-Pop-Star. Sein amerikanisches Englisch hat einen kaum wahrnehmbaren Akzent. Er trägt Golfklamotten.

»Auf der Münze, meinen Sie?«, fragt Dante.

»Ja. Ist das irgendein Internet-Meme, das ich nicht verstehe?«

Dante zuckt mit den Achseln.

»Entweder das oder ein Verweis auf antike Währungen vielleicht.«

Der Mann hebt fragend eine Augenbraue.

»Die ersten Metallmünzen kamen in Griechenland auf, circa fünfhundert vor Christus«, sagt Dante. »Und da war meines Wissens eine Meeresschildkröte drauf.«

»Auf griechischen Drachmen?«

»Drachmen, Obolusse, irgend so was, ja.«

»Und die Schildkröte war ein Symbol wofür genau?«

Dante macht eine hilflose Handbewegung.

»Ich hatte zwei Seminare Wirtschaftsgeschichte, da wurde das mal erwähnt. Aber was die Schildkröte genau bedeutet – keine Ahnung.«

Der Mann nickt.

»Ich verstehe. Na ja, ist sehr lange her. Respekt, dass Sie das überhaupt wissen. Die meisten ahnen ja nicht mal, was die Symbole auf unseren Scheinen bedeuten.«

Nun ist es an Dante, fragend zu schauen. Er kann fühlen, wie seine Nackenhaare sich aufstellen. Irgendetwas an dem Mann gefällt ihm nicht, wobei er nicht sagen könnte, was. Vermutlich ist es nur die Müdigkeit. Der Kerl will einfach plaudern, während er auf das Shuttle wartet, das ihn zum Golfplatz bringt. So sind diese Amerikaner. Sie wollen immer nur reden.

Als Reaktion auf Dantes fragenden Blick holt der Mann einen Ein-Dollar-Schein hervor und legt ihn zwischen ihnen auf die Bar.

SONS OF HAYEK

Der Mann tippt mit seinem fleischigen Zeigefinger auf den Geldschein.

»Hier zum Beispiel, oben rechts. B4. Das ist die Position auf dem Druckbogen. Der Code da unten zeigt an, welche Druckplatte verwendet wurde. Und die etwas größere Zahl, die in allen vier Ecken des Scheins steht …«

»Druckort?«

»Richtig. In diesem Fall war es die Federal Reserve Bank of Minneapolis, dafür steht die ›9‹. Und dann ist da natürlich auf der Rückseite«, er wendet den Schein, »das Große Siegel, das die Verschwörungstheoretiker seit jeher in den Wahnsinn treibt.«

Dante muss nicht hinsehen. Das Siegel zeigt eine Pyramide, über der ein allsehendes Auge schwebt. Darunter steht: Novus Ordo Seclorum. Er befürchtet, dass der Typ gleich anfangen wird, ihm etwas von den geheimen freimaurerischen Botschaften zu erzählen, die auf dem Dollarschein verborgen sind. Doch glücklicherweise steckt sein Gegenüber den Schein wortlos weg, lächelt Dante an.

»Haben Sie Ihre noch?«, fragt er.

»Meine … was?«

»Ihre Schildkrötenmünze.«

»Wieso glauben Sie, dass ich eine habe?«

»Oh, ich weiß es. Ich habe Sie auf YouTube gesehen, draußen in der Wüste.«

»Ich bin auf YouTube?«

»Ja. Sagen Sie, würden Sie die Münze verkaufen?«

»Leider nein, mein Freund. Ich brauche sie noch. Aber ich wette,

Sie finden hier einige Leute, die verkaufsbereit sind. In der Tonne waren an die zweihundert Stück.«

Konferenzteilnehmer strömen in die Lobby. Price' Rede scheint zu Ende zu sein. Dante legt Geld für die Cola auf den Tresen, erhebt sich.

»Mister Dante, bitte, noch einige Sekunden Ihrer kostbaren Zeit.«

Er versucht den Umstand zu ignorieren, dass der Kerl seinen Namen kennt. Vermutlich weiß er den ebenfalls aus einem YouTube-Video, Reddit-Thread, was auch immer. Kein Wunder, dass ihm inzwischen die halbe Welt die Inbox vollmüllt.

»Was wollen Sie von mir?«, fragt Dante.

»Ich möchte Ihnen ein Angebot machen.«

»Wie gesagt, Sportsfreund, die Münze ist nicht ...«

Der Mann schüttelt den Kopf.

»Nicht deswegen. Wegen des Schatzes.«

»Hollisters Schatz, Montecrypto? Den haben wir gestern Abend gehoben.«

Der Mann schaut tadelnd. »Wir wissen beide, dass das nicht stimmt. Sie wurden von Jacqueline Martel beauftragt, den wahren Schatz zu finden.«

»Mit wem habe ich eigentlich das Vergnügen?«

»Tommy Tang.«

»Und Sie arbeiten für ...?«

»Ich bin wie Sie Privatermittler. Die Herrschaften, die ich vertrete, interessieren sich ebenfalls für Montecrypto.«

»Willkommen im Club, Mister Tang. Seit gestern tun das Tausende von Leuten.«

»Ja, aber die meisten von denen stochern im Nebel. Sie hingegen sind allen anderen voraus.«

Dante ist sich nicht sicher, ob das stimmt. Aber falls ja, wird er es ganz sicher nicht zugeben.

»Ich arbeite allein, Mister Tang. Immer.«

Sein Gegenüber nickt.

»Das verstehe ich vollkommen. Aber – und dann werde ich Ihnen keine weitere Zeit stehlen, eine Information noch und ein Ratschlag.«

»Ich bin ganz Ohr.«

»Wir sind keineswegs Konkurrenten. Meine Klienten interessieren sich nicht für den Schatz per se, also nicht für das Geld. Sie interessieren sich vielmehr für die Auswirkungen.«

»Sie meinen, was man mit dem Schatz anstellen könnte?«

»Oder was der Schatz mit der Welt anstellt. Falls es sich um eine große Summe handelt, wofür es gewisse Anhaltspunkte gibt, stellt Montecrypto ein erhebliches Machtmittel dar.«

»Ich weiß nicht, ob ich Ihnen folgen kann.«

»Deutlicher darf ich nicht werden. Noch nicht.«

Tang legt eine Visitenkarte auf den Tisch. Auf dieser steht sein Name und eine Festnetznummer mit New Yorker Vorwahl, sonst nichts.

»Denken Sie darüber nach, Mister Dante.«

»Mache ich. Aber jetzt muss ich los, ich habe einen Termin.«

»Danke für Ihre Zeit. Ach ja, und mein Ratschlag ist dieser: Viele Menschen schauen Ihnen zu.«

»Auf YouTube?«

»Immer und überall.«

Tang nickt ihm freundlich zu, erhebt sich. Dante steckt die Visitenkarte ein und macht, dass er in den vierzigsten Stock kommt. Price wartet vermutlich schon. Auf dem Weg nach oben sieht er, dass Mondego ihm geantwortet hat. Insgesamt sind es sechs Nachrichten. In der ersten steht, dass er allein zurückfahren soll, sie wolle noch auf dem Kongress bleiben. Die anderen fünf enthalten Links, unter anderem zu einem YouTube-Video aus der Wüste, zu Mondegos neuestem Blogpost und zu einem Foto, das einen verstaubten Dante zeigt, in den Händen mehrere Turtlecoins. Darunter steht: »Edward W. Dante, Profi-Schatzsucher, entdeckte die Coins als Erster.«

Der Lift erreicht den vierzigsten Stock. Dante steigt aus, geht in

Richtung Zimmer 40000, als sein Telefon klingelt. Es ist seine Auftraggeberin.

»Guten Tag, Mrs Martel.«

»Guten Tag. Diskret geht ja anders, oder?«

Dantes erster Impuls ist, eine Ausrede zu formulieren, seiner Klientin zu erklären, dass er da reingerutscht ist. Aber er ist auf YouTube und Gott weiß, wo sonst noch. Vermutlich ist es nur eine Frage der Zeit, bis ihn sogar seine Mutter anruft. Deshalb sagt er lediglich:

»Stimmt wohl.«

»Ließ sich das nicht verhindern?«

»Seit dem Video überschlagen sich die Ereignisse ein wenig, Jackie.«

»Wenn Sie den Schatz heben, hätten Sie das doch vielleicht ohne Zeugen erledigen können.«

Dante setzt ihr auseinander, dass die Koordinaten von Hollisters kleiner Piratenschatzkarte auf dessen verfickter Basecap standen und dass er nur versuchen konnte, vorne mit dabei zu sein, mehr nicht. Martel scheint das nachvollziehen zu können, wirklich glücklich darüber ist sie allerdings nicht. Da sind sie schon zwei.

»Außerdem«, fügt er hinzu, während er einer Frau vom Zimmerservice ausweicht, die mit ihrem Wagen den Gang herunterkommt, »war das nicht der Schatz, meiner Meinung nach.«

»Sondern?«

»Ein Appetithäppchen, um die Leute anzufixen, um für ... für PR zu sorgen.«

»Für PR? Aber warum ... warum hat er das getan? Das muss ja alles von langer Hand vorbereitet gewesen sein. Wieso hat Greg mir davon nichts gesagt?«

Weil dein Bruder ein Riesenarschloch war oder komplett verrückt im Kopf oder beides, denkt Dante.

»Keine Ahnung, Jackie. Aber ich bin mir sicher, dass das noch nicht alles war. Ich werde als Nächstes ...«

In Wahrheit hat Dante keinen Plan, was er als Nächstes tun wird. Zurück nach L. A., die Dias sichern, das Video analysieren, mit seinem Kontakt bei der EZB sprechen, vielleicht erneut mit Juno. Ihm ist bewusst, dass Dutzende andere Schatzsucher in den kommenden Stunden und Tagen ähnliche Spuren verfolgen werden. Tang hat gesagt, Dante sei den anderen voraus. Aber sein Vorsprung ist marginal. Er müsste einen großen Satz nach vorne machen, einen mutigen Schachzug tun, einen Ave-Maria-Pass werfen, was auch immer.

» ... werde ich als Nächstes nach Europa reisen, um gewissen Spuren nachzugehen.«

»Was für Spuren?«

»Das ist ... vielleicht sollten wir das lieber persönlich besprechen. Sind Sie derzeit in L. A.?«

»Nein, Miami, auf einer Veranstaltung. Tun Sie einfach, was Sie für richtig halten, Ed.«

»Danke für Ihr Vertrauen, Jackie. Ich informiere Sie, sobald es etwas Neues gibt.«

Sie verabschieden sich. Dante läuft weiter den Gang entlang. Auf dieser Etage liegen die Türen weiter auseinander als auf seiner, vermutlich sind es durchweg Luxussuiten. Price hatte gesagt, er wohne im »Flamingo« – warum also dieses Zimmer? Vielleicht dient ihm Zimmer 40000 lediglich als Rückzugsraum während der Konferenz. Das wäre eine ziemliche Verschwendung, aber Price kann es sich schließlich leisten. Dante erinnert sich an Tony Widmark, seinen Boss bei Gerard. Der war dafür berüchtigt, dass er bei Reisen nach Tokio oder London stets mehrere Executive Suites buchte – angeblich für den Fall, dass ihm eine nicht gefiel. Dante vermutet eher, dass Widmark die Extrazimmer für Escorts benötigte, aber letztlich war es egal. Wer für die Bank Milliardendeals einfuhr, war über alle Zweifel erhaben.

Die 40000 liegt am Ende des Gangs. Links vor der Tür steht ein Wagen des Zimmerservice. Dante sieht die zugehörige Reinigungsfrau, die gerade an die Tür klopft. Er ist noch sechs, sieben

Meter entfernt, erwartet, dass sich die Tür öffnet. Aber die Frau klopft bereits zum dritten Mal, ruft: »Zimmerservice.« Nichts tut sich. Sie hält ihre Karte gegen die Tür, tritt ein. Dante bleibt vor der Schwelle stehen, schaut unschlüssig in den Raum hinein.

Der Schrei geht ihm durchs Mark. Schon ist er durch die Tür. Dante findet sich in einem luxuriös ausgestatteten Wohnbereich wieder, von dem zwei Türen abgehen. Eine davon steht offen. Er kann das Zimmermädchen sehen, die Hände vors Gesicht geschlagen. Dante tritt näher. Bei dem zweiten Zimmer handelt es sich um den Schlafbereich. Es ist leer, aber durch die Fenster erkennt er eine Außenterrasse. Dort liegt Halverton Price in einem Liegestuhl.

Der lebendige Price schien stets etwas schläfrig. Aufgrund seiner weit aufgerissenen Augen wirkt der tote Price viel wacher. Auf dem Boden neben dem Liegestuhl liegt ein Handy, das ihm anscheinend aus der Hand geglitten ist. Auf Price' Bauch ruht sein silbernes Rapé-Döschen. Dessen braungrüner Inhalt hat sich über sein weißes T-Shirt verteilt.

Das Zimmermädchen bemerkt Dante, wendet sich ihm erschrocken zu.

»Keine Sorge, Miss.«

Sie sagt etwas auf Spanisch. Dante versteht fast nichts. Vermutlich beteuert sie ihre Unschuld, behauptet, ihre Papiere seien in Ordnung, was auch immer. Rasch zieht er sein Portemonnaie hervor, was der Frau einen weiteren Schrecken einjagt. Er hält ihr eine lindgrüne Karte unter die Nase, auf der das kalifornische Staatssiegel zu sehen ist, außerdem der Schriftzug ›Private Investigator‹.

Der Ausweis ist Mumpitz. Die echte Registrierungskarte der kalifornischen Verbraucherschutzbehörde für Privatdetektive ist derart unscheinbar, dass man sie für einen Lunchcoupon halten könnte. Wie viele Kollegen hat er deshalb einen aufgemotzten Fake-Ausweis dabei. Er steckt ihn wieder weg, wendet sich an die Frau.

»Gehen Sie.«

»Pero …«

»Rufen Sie das Management. Die sollen das LVMPD verständigen. El ejecutivo. La policía. Sí?«

»Sí, Señor.«

Sie ist augenscheinlich froh darüber, das Zimmer verlassen zu können. Rasch sieht Dante sich um. Im Wohnzimmer auf dem Sofa meint er eine Tasche gesehen zu haben. Aber wenn er die durchgeht, könnte die Dame ihn vom Gang aus sehen. Dante hört, wie sie einige Meter entfernt aufgeregt in ein Telefon spricht. Er geht zur Balkontür. Sie ist lediglich angelehnt. Mit dem Fuß öffnet er sie und tritt hinaus.

Price liegt im Schatten, lediglich auf seine Beine fällt ein Streifen Sonnenlicht. Vorsichtig berührt Dante die Wange des Toten. Er ist noch warm, aber das wusste er eigentlich schon. Price kann kaum länger als eine halbe Stunde hier gewesen ein. Dante vergewissert sich, dass das Zimmermädchen nicht zurückgekehrt ist und greift nach Price' auf dem Boden liegenden iPhone. Der Bildschirm flammt auf. Es handelt sich um eines der neueren Modelle, die sich statt mit einem Fingerabdruck per Gesichtserkennung öffnen lassen. Gestern im Lift hat Dante jedoch mitbekommen, dass Price diese Funktion deaktiviert hat und einen der guten alten Zahlencodes benutzt – 7809, um genau zu sein.

In einiger Entfernung hört er jemanden rufen. Dante gibt den Code ein, den er gestern Abend bei Price abgeschaut hat. Der Home-Bildschirm erscheint. Wenn es etwas gibt, das ihm weiterhilft, befindet es sich vermutlich in einer der Kommunikationsapps. Price verwendet E-Mail und WhatsApp, außerdem ein Programm namens Signal. Dante weiß, dass diese Nachrichtenapp als besonders sicher gilt. Sämtliche Drogendealer in L. A. benutzen angeblich Signal. Es wundert ihn nicht, dass Price die Geheimniskrämer-App ebenfalls verwendet. Das Signal-Symbol zeigt ungelesene Nachrichten an. Dante tippt darauf. Die letzten Dialoge werden angezeigt. Price chattete demnach mit seiner Frau Iris, einem gewissen Won Don sowie einer Chatgruppe namens »Sons of

Hayek«. Die letzte Kommunikation erfolgte jedoch mit einem gewissen MONEYRAKER. Dante klickt auf den Chat.

SPIRIT_LLAMA: Ich glaube, er hat es losgetreten.
MONEYRAKER: Wer?
SPIRIT_LLAMA: HM, natürlich.
MONEYRAKER: Er hat es aktiviert? Aber wie und wann? Vor seinem Tod?
SPIRIT_LLAMA: Keine Ahnung.
MONEYRAKER: Können wir es abschalten?
SPIRIT_LLAMA: Via Multisig 3/5.
MONEYRAKER: Also wir beide. Und AFTERLIFE. Müssen uns bald treffen, den ganzen Kram wieder runterfahren.
SPIRIT_LLAMA: Ich würde es lieber ohne ihn machen. Du weißt, wie er ist.

Draußen vor der Tür diskutiert das Zimmermädchen mit einem Mann. Rasch liest Dante weiter.

MONEYRAKER: Verstehe.
SPIRIT_LLAMA: Morgen in Zürich treffen?
MONEYRAKER: Warum nicht hier?
SPIRIT_LLAMA: Weil wir ohne AFTERLIFE den Scheißnotar brauchen. Außerdem ist da der Zugangspunkt, besser als remote.
MONEYRAKER: Meinetwegen. Wo genau?
SPIRIT_LLAMA: Schelling.
MONEYRAKER: Paranoider Irrer!
SPIRIT_LLAMA: Bis dahin keine Komm., zu riskant.
MONEYRAKER: Okay.

Danach kommt nichts mehr. Dante verlässt den Chat, klickt in die Gruppe mit dem seltsamen Namen »Sons of Hayek«. Sie umfasst vier Personen, MONEYRAKER, SPIRIT_LLAMA, AFTERLIFE und jemand namens HODL_MEISTER.

Schritte nähern sich.

Dante sperrt das Handy, wischt es mit einem Taschentuch ab.

Jemand betritt das vordere Zimmer. Ihm bleibt gerade genug Zeit, das Handy abzulegen und zwei Schritte zurückzutreten, bevor ein junger Mann in einem schlecht sitzenden Anzug ins Schlafzimmer stürmt und wie angewurzelt vor der offenen Terrassentür stehen bleibt. Das Schild an seinem Revers verrät Dante, dass es sich um den Hotelmanager handelt.

»Heilige Maria! Was zum ... wer sind Sie?«

»Ed Dante, Privatdetektiv. Ich hätte jetzt eine Unterredung mit diesem Herrn haben sollen. Aber Ihre Angestellte hat ihn so gefunden. Ich habe natürlich nichts angerührt.«

»Wer ...?«

»Halverton Price«, sagt er. Der Name scheint dem Manager nichts zu sagen, weswegen Dante hinzufügt: »Einer der Ehrengäste der CryptoWorld. Steinreich.«

»Sind das ... auf seinem Hemd. Sind das Drogen?«

»Schnupftabak, glaube ich. Haben Sie schon die Polizei verständigt, Mister ...?«

»Buhlbacher. James Buhlbacher«, erwidert der Manager tonlos, macht aber ansonsten keine Anstalten, etwas Sinnvolles zu tun. Dante kommt vom Balkon zurück ins Zimmer, legt dem Mann die Hand auf die Schulter.

»James. Hören Sie mir zu.«

»Ja?«

»Sie müssen jetzt sofort das LVMPD rufen.«

»Sie meinen, er ist ...«

Der Kerl fängt an, ihm auf den Zeiger zu gehen. Andererseits ist ein überforderter Hotelmanager besser als irgendein Möchtegernsheriff, der zu viele Fragen stellt – zum Beispiel, warum Dante den Balkon betreten hat, bevor die Blaumeisen eingeflogen sind. »... er ist nicht sanft entschlafen, so viel ist mal sicher, James. Fremdeinwirkung, Überdosis, keine Ahnung. Definitiv ein Fall für Gil Grissom.«

Buhlbacher schaut verwirrt. Offenbar guckt er kein CSI. Dann scheint er allmählich aus seiner Trance zu erwachen. Er greift sich das Telefon auf dem Nachttisch, ruft allen Ernstes die Rezeption an und bittet diese, die Cops anzurufen. Dante geht derweil ins Wohnzimmer. Das Zimmermädchen ist dankenswerterweise verschwunden, was ihm die Möglichkeit verschafft, einen Blick in die Tasche zu werfen. Es handelt sich um einen abgewetzten Ledertornister. Mit einem Stift hebt Dante den Deckel an und schaut hinein. In der Tasche befinden sich ein iPad, eine Ausgabe von »Wired« sowie ein Stapel Ausdrucke. Es handelt sich um Geschäftsunterlagen. Am Boden des Ranzens macht er zudem eine zerdrückte Tablettenschachtel aus. Das Packungsdesign ist ihm bekannt. Es handelt sich um ein synthetisches Opiat, deutlich stärker als das Zeug, das er selbst manchmal nimmt. Dante verflucht sich dafür, dass er keine Gummihandschuhe dabeihat. Er zieht stattdessen ein Papiertaschentuch hervor. Mithilfe von Kleenex und Kugelschreiber blättert er, so gut es geht, durch die Papiere.

Wer lange in Revision und Compliance gearbeitet hat, besitzt ein Gespür dafür, wann Zahlenkolonnen einfach nur Zahlenkolonnen sind und wann etwas im Busch ist. Bei den Papieren in der Tasche handelt es sich nicht um betriebswirtschaftliche Unterlagen zum operativen Geschäft, sondern um Vermögensaufstellungen. Soweit Dante das erkennen kann, ist es größtenteils Cash. Dazu kommen kurz laufende Anleihen wie T-Bills und deutsche Finanzierungsschätze. Das sind Papiere, die man jederzeit zu Geld machen kann.

Aber wem gehört das Zeug? Price? In der Kopfzeile der Ausdrucke steht keine Firma, nur ein Dateiname: IBT_INVEST.XLS. Hinter den Tabellen mit den Zahlenkolonnen befindet sich ein mehrseitiger Brief. Dante vernimmt Buhlbachers Schritte, weswegen er zurücktreten muss. Das Einzige, was er von dem Schreiben zu sehen bekommt, ist der Briefkopf: »Weishaupt Partners, 38 Market Street, Cama ...«.

Buhlbacher betritt das Zimmer. Dante hat sich inzwischen zwei Meter von Price' Ranzen entfernt und die Hände hinter dem Rücken verschränkt. Er schaut den Hotelmanager erwartungsvoll an.

»Die Polizei ist auf dem Weg. Ich muss das Stockwerk sperren. Würden Sie bitte runterfahren und an der Rezeption warten, bis die Beamten eintreffen?«

Dante verspricht es. Auf dem Handy herumtippend geht er zum Lift. Sein Kopf ist voller Fragen, aber zumindest in einer Sache sieht er nun klarer: Nicht nur Hollister hatte Geld versteckt. Auch Price hatte Dinge am Laufen, mit denen er den Fiskus lieber nicht behelligen wollte. Was genau es mit den Papieren in seiner Tasche auf sich hatte, weiß Dante nicht, aber der Briefkopf war aufschlussreich. Eine kurze Google-Suche bestätigt seinen Verdacht: Cama sind die ersten Buchstaben eines Ortsnamens: Camana Bay, ein Einkaufs- und Büroviertel auf Grand Cayman. Viele Vermögensmanager haben dort ihren Sitz.

ENCYCLOPÆDIA CALIFORNICA

Dante ist bereits an Barstow vorbei, noch fünfzig Meilen Staub und Hitze, bevor die Stadt ihn wiederhat. Eigentlich wollte er seit Stunden zu Hause sein, aber die Polizei hat ihn länger aufgehalten als erwartet. Das meiste davon ging für die Aufnahme der Personalien und anderen Papierkram drauf. An seiner eigentlichen Aussage war das LVMPD nicht mehr sonderlich interessiert, sobald klar wurde, dass Dante den Toten erstens gar nicht gefunden und zweitens erst gestern Nacht kennengelernt hatte. Die Ermittlerin, die ihn interviewte, wusste glücklicherweise noch nicht, dass er eine frischgebackene YouTube-Berühmtheit ist. Sonst hätte es möglicherweise noch länger gedauert. Die Sache mit Price' Chats hat Dante lieber für sich behalten. Aber er wurde auch nicht danach gefragt.

Die Kommissarin sagte ihm, das FBI werde ihn möglicherweise demnächst kontaktieren. Weswegen, wollte sie ihm nicht sagen. Aber wenn die Bundespolizei involviert ist, geht es möglicherweise um Steuerbetrug oder Geldwäsche.

Dante fragt sich, ob er Martel informieren sollte. Falls das FBI Price' Finanzen unter die Lupe nimmt, sind Hollisters eventuell als Nächstes dran. Zwei tote Kryptomillionäre, die sich kannten – selbst ein Dorfsheriff würde das schnallen.

Dante denkt über die seltsamen Tarnnamen in dem Signal-Chat nach: MONEYRAKER und SPIRIT LLAMA. Letzteres klingt irgendwie nach Price, findet er. Ferner wurde jemand namens HM erwähnt. Er tippt darauf, dass dies für den in einem weiteren Chat erwähnten HODL_MEISTER steht. Ferner war von jemand namens AFTERLIFE die Rede.

Und was soll der Name der Chatgruppe bedeuten, Sons of Hayek? Er kennt die Sons of Anarchy, eine TV-Serie über eine Rockerbande. Und qua Wirtschaftsstudium hat er auch schon von Friedrich August Hayek gehört, einem Ökonomen. An Details kann Dante sich nicht mehr erinnern. Er weiß nur, dass der Österreicher ein Säulenheiliger des Laissez-faire-Kapitalismus ist. Hayek vertrat die Ansicht, staatliche Eingriffe in die Wirtschaft führten letztlich zu Autokratie. Ohne wirtschaftliche gebe es keine individuelle Freiheit, etwas in der Art.

Es ist nicht unplausibel, dass Price oder andere Kryptobros den Kerl gut fanden. Dante bezweifelt, dass sie viel von Hayeks Werken gelesen haben. Aber man kann schließlich auch glühender Sozialist sein, ohne mehr als zehn Zeilen Marx gelesen zu haben. Bei marktradikalen Spinnern ist das sicher ähnlich.

Auf einmal beschleicht ihn eine Ahnung. Rasch fährt er rechts ran, auf den Seitenstreifen. Noch weniger als an Hayeks Theorien erinnert Dante sich an dessen Aussehen. Er zückt sein Handy, googelt den Ökonomen. Er findet einige Schwarz-weiß-Fotos. Der vielleicht dreißigjährige Mann auf dem ersten Bild trägt einen schwarzen Anzug und Vatermörder. Er sieht aus wie ein Studienrat, dessen wichtigstes pädagogisches Werkzeug der Rohrstock ist.

Nun weiß er, wo er dieses Gesicht bereits einmal gesehen hat. Er wischt durch seine Fotos, bis zu den Aufnahmen aus Hollisters Strandvilla. Dort stand eine Büste im Regal. Als er sich diese nochmals anschaut, besteht kein Zweifel mehr: Der Gipskopf ist niemand anders als Friedrich August Hayek. Aber was soll das bedeuten? Söhne des Hayek – ist das eine Art politisch-religiöses Statement? Die Erben, die Verweser seiner ökonomischen Ideen? Nicht zum ersten Mal wünscht sich Dante, er hätte es mit einem stinknormalen Fall von Veruntreuung oder Erbschleicherei zu tun, statt mit Cypherpunks, Extropianern, Kryptokapitalisten.

Er fädelt sich wieder in den Verkehr ein. Was genau haben Price und die anderen in der Gruppe gesprochen? Möglicherweise hätte er besser den Hayek-Gruppenchat lesen sollen als das Einzelgespräch zwischen SPIRIT LLAMA und MONEYRAKER.

Dante hat Martel erzählt, er werde nach Europa reisen. Genauer gesagt will er in die Schweiz wegen der mysteriösen Stiftung in Zug. Nun ist ein weiterer Grund hinzugekommen – das geplante Treffen zwischen SPIRIT LLAMA und MONEYRAKER in Zürich. Es soll am Montag stattfinden, in nicht einmal vierundzwanzig Stunden. Dante hat bereits einen Flug gebucht, über Frankfurt. Er vermutet, wie gesagt, dass es sich bei Spirit Llama um Price handelt. Der wird seinen Termin in Zürich allerdings kaum wahrnehmen können. Dante plant, ihn würdig zu vertreten.

Vorher wird er mit seiner Bekannten bei der EZB sprechen, die er bereits darüber informiert hat, dass er nach Frankfurt kommt. Nefeli hat sofort zugesagt, wenigstens eine Sache, die problemlos klappt.

Als Dante zu Hause ankommt, wird es bereits dunkel. Sobald er aussteigt, verstärkt sich der Barbecue-Geruch, der zuvor bereits durch die Klimaanlage hereinzog. Er scheint schlimmer geworden zu sein. Im Radio haben sie gesagt, die Feuer breiteten sich weiter aus, vor allem in Ventura und San Fernando. Angeblich kann man die Rauchschwaden inzwischen vom Santa Monica Pier aus sehen.

Dante holt seine Sachen aus dem Kofferraum. Vor der Haustür stellt er sie ab, kramt seinen Schlüssel hervor. Sam Spade brächte jetzt die Achtunddreißiger Detective Special in Anschlag und pirschte sich durchs Haus, auf der Suche nach Fieslingen. Die Montecrypto-Sache hat bereits zu einem Einbruch sowie einem Mord geführt, falls Price nicht gerade an einer Überdosis Indianerkoks krepiert ist. Vorsicht und Wehrhaftigkeit sind also durchaus geboten. Doch Dante besitzt keine Detective Special und auch nicht den Schneid, so eine Waffe einzusetzen.

Also betritt er sein Domizil auf gänzlich undramatische Weise, bleibt auf der Schwelle stehen. Er prüft, ob ihm etwas ungewöhnlich erscheint. Doch es sieht alles genauso unerfreulich aus wie immer. Durch den Türschlitz haben mehrere Menschen Zettel und Briefe geworfen – unfrankiert, aber dafür mit Vermerken wie »DRINGEND« oder »Mr E. W. Dante PERSÖNLICH« versehen.

Er legt sie ungelesen auf die Anrichte. Seine Tasche wirft Dante aufs Sofa, geht zum Regal. Dieses enthält ziemlich viele ungelesene Bücher, die bereits in seiner alten Wohnung in New York der Lektüre harrten. Es mag daran liegen, dass viele nicht sein Fall sind – konfektionierte Spannungsliteratur, wie sie an Flughäfen ausliegt. Die Bücher gehörten Rachel. Aus irgendeinem Grund hat Dante sie nicht wie alles andere von ihr entsorgt. Fast genauso ungelesen ist seine Encyclopædia Britannica. Sie hat es irgendwie geschafft, in Dantes Schlepptau von London via Manhattan bis nach Kalifornien zu reisen. Oft schon wollte er sie wegschmeißen, um Platz für seine geliebten Bildbände zu schaffen. Aber irgendwie hat er es nicht übers Herz gebracht.

Die insgesamt dreißig Rücken der Britannica-Bände haben verschiedene Farben. Schwarze gehören zur Macropædia, die längere Artikel enthält, die roten zur Micropædia mit den Kurztexten. Zusätzlich gibt es noch die Propædia, eine Art Register, in dem sämtliche Wissensgebiete aufgelistet sind.

Zwischen diesen Buchdeckeln steckt eine Welt, in der Ronald Reagan lautstark den Mauerfall fordert und sich Menschen mit der Beverly-Hills-Diät quälen. Dante erinnert sich an den Eintrag zu Computern. Darin heißt es, es gebe »experimentelle Versuche, Buchkataloge mithilfe eines Computers zu organisieren, anstelle von Karteikarten. Bisher ist dies aber nicht gelungen.«

Die Britannica ist nutzlos, aber nicht völlig. Dante zieht den ersten Band aus dem Regal, schlägt ihn auf. Zwischen den Seiten steckt eines von Hollisters Dias, das erste der Reihe. Was er bereits geahnt hatte, wurde ihm in Las Vegas von der Dame am Hyper-Vault-Stand bestätigt: Die Reihenfolge spielt eine Rolle. Dante hat jedes der zwölf Dias in einen anderen Band gesteckt: eines in Band eins, das nächste in Band zwei und so weiter. Nun holt er sie alle hervor und platziert sie auf dem Sofatisch, darauf achtend, nichts durcheinanderzubringen. Als er damit fertig ist, geht er zur Salatbar und mixt sich einen Horse's Neck mit viel Zitronenschale.

Während er seinen Drink schlürft, hält Dante die Dias gegen die Deckenlampe, eines nach dem anderen. Die Wörter notiert er auf einem Blatt Papier.

Feuer. Skorpion. Wasser. Unter. Berg. Mit. Walnuss. Shrimp. Luxus. Haar. Marmor. Erbe.

Er grübelt darüber nach, wie er die Wortfolge am sichersten versteckt, wenn er unterwegs ist. Der Mann in den Golfklamotten hat angedeutet, Dante werde observiert, worauf er allerdings auch ohne Mister Tangs Hilfe gekommen wäre. Es ist einfach zu viel Geld im Spiel. So etwas zieht Leute an, Leute ohne Skrupel. Dante ist beinahe verwundert, dass während seiner Abwesenheit niemand das Haus auf den Kopf gestellt hat.

Am besten wäre es, die Wortfolge auswendig zu lernen. Aber Dante traut seinem Gehirn nicht, zumindest nicht bei so etwas. Er steht auf und geht zur Salatbar. Bevor er zum Flughafen muss, um den Nachtflug nach Frankfurt zu nehmen, bleibt ihm Zeit für einen weiteren Drink.

GRÖßTER DES PLANETEN

Müde und mit leichtem Bloody-Mary-Schädel wartet Dante darauf, dass sie in Frankfurt landen. Es ist sechs Uhr dreißig Ortszeit. Gleich wird er sich mit seiner Exkollegin von Gerard treffen, um danach mit dem Mietwagen weiter nach Zürich zu fahren, zu dem mysteriösen Treffen mit MONEYRAKER.

Eine Stewardess serviert ihm ein Frühstück, das essbar aussieht, ihn aber nicht sonderlich reizt. Dante trinkt den Tee und zerbröselt das Croissant. Das Treffen in der Schweiz beschäftigt ihn. Zwei Unsicherheitsfaktoren gibt es, die Dante Sorgen bereiten. Da ist zunächst Price' Hinschied. Als er gestern gegen kurz vor elf das letzte Mal die Nachrichtenlage checkte, war dessen Tod noch nirgendwo vermeldet worden. Die Kommissarin hatte angedeutet, man werde die Sache zunächst nicht an die große Glocke hängen, aus ermittlungstaktischen Gründen. Hätte Price bereits vor seiner Keynote das Zeitliche gesegnet, wäre das nicht möglich gewesen. Aber auch so kann Dante sich kaum vorstellen, dass die Sache lange geheim bleibt. Der Mann hatte Angestellte, Assistenten, Familie. Im Laufe des Tages dürfte sich die Nachricht verbreiten. Und wenn MONEYRAKER davon Wind bekommt, wird er gar nicht erst auftauchen.

Ein weiteres Problem: Dante weiß zwar, dass die beiden sich in Zürich treffen wollen, aber er weiß nicht, wann und wo. Price hat den Treffpunkt im Chat genannt: Schelling. Es gibt in der Zürcher Innenstadt jedoch kein Café oder Restaurant dieses Namens. Auch entsprechende Straßen, Gebäude, Statuen oder Kirchen existieren nicht, er hat ganz Google Maps nach dem Begriff abgesucht. Dante hofft, das Problem nach seiner Ankunft in Zürich lösen zu können, mithilfe eines versierten Taxifahrers vielleicht.

Er ist tief in Gedanken, hat gar nicht bemerkt, dass sie gelandet sind. Während er aufs Aussteigen wartet, schaltet Dante sein Telefon ein. Er hat eine Menge neue Anrufe von unbekannten Nummern, auch die Mailflut ebbt nicht ab. Er ignoriert die Mitteilungen, sucht stattdessen bei Google News nach Price. Es gibt immer noch keine Meldung zu dessen Tod.

Auf der einen Seite kommt das Dante entgegen, auf der anderen erscheint es ihm irgendwie seltsam. Doch nun, da er darüber nachdenkt, fällt ihm etwas auf. Als die Polizei ins Hotel kam, fuhr sie nicht mit jaulenden Sirenen vor. Die Beamten waren alle in Zivil. Dante ging bisher davon aus, dies sei schlichtweg der Modus Operandi des LVMPD, getreu dem inoffiziellen Stadtmotto »Was in Vegas passiert, bleibt in Vegas«. Drogenexzesse, verprügelte Prostituierte, tote Hotelgäste – solch unschöne Vorfälle werden diskret abgewickelt. Ansonsten verlören andere Besucher womöglich die Lust, ihr Geld auf den Kopf zu hauen.

Was aber, wenn es für das umsichtige Vorgehen der Cops noch einen anderen Grund gab? Vielleicht hatte das FBI Price bereits im Visier. Gibt es größere Ermittlungen, und die Feds wollen kein Aufsehen? Versucht jemand, etwas zu vertuschen?

Dante schreibt eine Nachricht an Nefeli Panagopoulos. Ein paar Sekunden später schickt sie ihm den Namen des Cafés, zu dem er kommen soll.

Mondego hat sich ebenfalls gemeldet. Wie üblich ist es eine ganze Salve an Chat-Nachrichten, sieben oder acht Stück, kaum Text, viele Links. Eine enthält ein Bild des Turtlecoin-Charts. Der Wert des Shitcoin hat sich seit Bergung des Schatzes mehr als vertausendfacht. Mondego schreibt, insgesamt seien an die hundert Millionen Turtlecoins in Umlauf, aber niemand wisse, wer sie besitze. Man vermute, dass ein Großteil Gregory Hollister gehört habe.

»Der Schatz wächst«, murmelt Dante.

Eine halbe Stunde später sitzt er in einem Mietwagen und lässt sich vom Navi ins Frankfurter Ostend dirigieren. Schon aus einiger

Entfernung kann er den EZB-Turm ausmachen. Er erinnert an einen Holzscheit, den jemand zu spalten versucht hat, wobei jedoch im letzten Moment die Axt ausgerutscht ist.

Er erreicht das Gebäude, stellt den Wagen in einem nahegelegenen Parkhaus ab. Das Café, das Nefeli ausgesucht hat, liegt unweit der Zentralbank und offeriert einem Schild zufolge »Frankfurter Mittagstisch«. Dante fragt sich, ob das eine Drohung ist. Die Vorurteile seiner Banker-Vergangenheit wirken nach. Jene Städte, in denen man arbeiten wollte, hießen New York und London, mit einem gewissen Abstand gefolgt von Tokio oder Hongkong. Frankfurt hingegen galt als das Sibirien der Finanzbranche, ein Kuhkaff ohne Charme und Savoir-vivre. Daran änderten auch die paar Hochhäuser in der Stadtmitte nichts.

Vor dem Café sieht er Nefeli Panagopoulos, die ihm zuwinkt. Sie muss inzwischen jenseits der fünfzig sein, sieht aber immer noch blendend aus. Ihre dichten schwarzen Haare weisen vereinzelte weiße Strähnen auf, ansonsten wirkt sie wie der Frühling.

»Edward! Lass dich drücken.«

Die meisten Menschen kürzen Dantes Vornamen ab, was ihm ganz recht ist. Aber Nefeli hat ihn schon immer Edward genannt. Sie spricht es »Edwöööd« aus, mit einem makellosen englischen Akzent. Nefeli ist eine dieser Oberschichtgriechinnen. Sie entstammt einer mordsreichen Familie und hat ihre gesamte schulische und universitäre Bildung an britischen Einrichtungen absolviert. Folglich hat sie nicht den Hauch eines Akzents, sie klingt so posh wie die Herzogin von Kent. Davon abgesehen ist sie ein verdammt feiner Kerl und außerdem eine der wenigen, die ihn nach dem Gerard-Skandal nicht wie einen Leprakranken behandelt hat.

»Schön, dich zu sehen«, erwidert er.

Sie umarmen sich, gehen hinein und suchen sich einen Tisch. Der Keller nimmt ihre Bestellung auf. Nefeli mustert ihn, sieht, dass ihn ein wenig fröstelt.

»Bist ein bisschen verweichlicht, was? Ist nicht Kalifornien hier.«

»Wahrlich nicht. Aber dir gefällt's?«

»Früher war dieses Frankfurt ein Provinznest. Seit die EZB hier ist, ist es etwas besser geworden. Wann warst du das letzte Mal hier, Edward?«

»Das muss so um 2005 gewesen sein, irgendeine Roadshow, zusammen mit Jameson.«

»Dem Finanzvorstand? Dem vor Mercer?«

Bei dem Namen kräuseln sich Dantes Nackenhaare. Mercer ist der Typ, der Gerard Brothers ruiniert hat, auch wenn es ihm keiner nachweisen konnte. Er nickt.

»Damals sind die Notenbanker noch in einem anderen Turm gesessen«, sagt Dante.

»Ja, der Eurotower an der Taunus-Anlage. Ist zu klein geworden.«

»Wer sitzt jetzt drin? Investmentbank?«

»Nein, der SSM. Das ist die neue EU-Bankenaufsicht.«

Dante muss sich ein Grinsen verkneifen. Das alte Gebäude wurde zu klein, um die sich immer weiter aufblähende EZB zu beherbergen. Gleichzeitig benötigte man den Platz im alten Gebäude für eine neue Behörde, die verhindern soll, dass die europäischen Banken wieder zusammenkrachen. Dante fragt sich, ob dieser Gebäudetausch etwas über das Finanzsystem aussagt und wenn ja, was.

»Und was machst du hier?«, fragt sie. »Was machst du überhaupt?«

»Ich habe eine kleine Agentur. Forensische Finanzprüfung.«

»Buchprüfer für Firmen?«

»Eher so eine Art Privatermittler in heiklen Finanzfragen.«

Sie lächelt. Dante ahnt, was sie denkt. Die Leute von Revision und Compliance rangieren in Bankerkreisen beliebtheitsmäßig noch hinter Börsenaufsicht und Kinderschändern. Dante und seine Kollegen galten als Spielverderber, weil sie lästige Fragen zu Interessenkonflikten und Risiken stellten. Hinter seinem Rücken gaben die Kollegen ihm deshalb alle mögliche Namen – Hurensohn und Wichser, aber auch Excel-Sherlock oder Mathe-Marlowe.

Als er Privatermittler gesagt hat, ist ihr das vermutlich wieder eingefallen.

»Und jetzt hast du mit Kryptowährungen zu tun? In Frankfurt?«

Er schüttelt den Kopf.

»Ich bin auf der Durchreise, habe nur ein halbes Stündchen. Fahre dann weiter nach Zürich.«

Sie nickt so, als ergebe das Sinn. Der Kellner bringt ihre Getränke.

»Und du? Offenmarktgeschäfte, wenn ich das richtig gesehen habe.«

»Ja. Wir sorgen dafür, dass die Entscheidungen des EZB-Rats umgesetzt werden – dass Geschäftsbanken durch Wertpapierkäufe am Markt Zentralbankgeld erhalten, solche Sachen. Ist gar nicht viel anders als das, was ich als Investmentbankerin am Geldmarkt gemacht habe. Von Kryptowährungen habe ich allerdings nicht viel Ahnung. Vermutlich weißt du mehr darüber als ich.«

»Ich interessiere mich vor allem für eine.«

»Bitcoin?«

»Nein, Moneta.«

Panagopoulos' Stirn legt sich einen Augenblick lang in Falten. Da sie jedoch nichts sagt, fährt Dante fort.

»Meine Ermittlungen haben unter anderem mit Juno zu tun.«

»Ein Monster«, sagt Panagopoulos.

»Was weißt du über sie, Nefeli?«

»Ich weiß, dass viele Notenbanken wegen Juno beunruhigt sind.«

»Inwiefern? Angst vor Konkurrenz?«

»Haha, nein, das trifft es nicht ganz. Na ja, du hast recht, es gibt einen gewissen Argwohn, denn Junos Moneta wird inzwischen von über neunhundert Millionen Menschen benutzt – es ist eine Parallelwährung ohne Staat, ohne Zentralbank dahinter. Das aber ist gar nicht so schlimm. Viel beunruhigender ist, dass man sich fragen muss, wer diesen Laden letztlich im Griff hat.«

»Wer soll ihn denn im Griff haben? Die US-Börsenaufsicht?«

»Wenn ich mich recht entsinne«, sagt sie, »lief es folgendermaßen: Als Juno noch recht klein war und im Wesentlichen die Heimüberweisungen von Migranten abwickelte, hat man sie einfach machen lassen. Aber dann wurde die Firma immer größer und Moneta logischerweise auch. Du weißt, was ein Stablecoin ist?«

»Eine digitale Währung, die von einem anderen Wert gedeckt ist«, erwidert Dante.

»Genau. Jeder Moneta-Coin ist mit einem US-Dollar hinterlegt. Das ist nicht gerade der gute alte Goldstandard, aber natürlich viel stabiler als diese ganzen anderen Coins, die nur was wert sind, weil die Leute dran glauben. Als das mit Moneta ins Rollen kam, haben die von Juno mal überlegt, ihren Coin nicht nur an den Dollar zu koppeln, sondern an einen ganzen Währungskorb – Dollar, Yuan, Pfund und ein paar andere, in verschiedenen Anteilen. Ich erinnere mich dran, weil gut zwanzig Prozent des Korbs aus Euro bestehen sollten. Wenn also jemand Geld in Moneta umgetauscht hätte, wären für jeden Coin zwanzig Eurocent in den Topf gewandert, außerdem fünfzig US-Cents und so weiter.«

»Aber so kam es nicht?«

»Nein«, erwidert sie.

»Warum nicht?«

»Dieser Währungskorb hätte natürlich vor allem aus den Dickschiffen Dollar, Euro und Yuan bestanden. Das mit den chinesischen Yuan gefiel aber dem US-Finanzministerium nicht. Die waren gerade mitten in einem Handelsstreit mit der Volksrepublik und fanden, so etwas sei das falsche Signal. Und wir haben Nein gesagt.«

»Wie, Nein gesagt? Die EZB wollte nicht, dass Euros in den Moneta-Korb wandern? Aber ihr könnt Juno doch kaum verbieten, an den Finanzmärkten mit Euros zu handeln?«

»Nein, das natürlich nicht. Aber mehrere europäische Regierungschefs sowie unser Präsident haben Juno seinerzeit klargemacht, dass sie das besser nicht tun sollten.«

»Sonst?«

»Sonst hätten EZB, Finanzaufsicht und EU-Kommission diesen Laden sehr genau unter die Lupe genommen, um sicherzustellen, dass im Moneta-Netzwerk keine Drogengelder gewaschen oder Steuern hinterzogen werden. Die Behörden hätten das Projekt vielleicht sogar ganz blockiert.«

»Und dann?«

»Haben die sich sofort auf den Rücken gelegt. Vermutlich hat Juno eingesehen, dass die Sache mit dem Währungskorb auch noch andere Probleme aufwirft, vor allem in Bezug auf kleinere Währungen, die nicht so liquide sind. Außerdem versteht das ja keiner. Die meisten Konsumenten halten Währungskörbe vermutlich für eine Art von Handtasche. Solch komplizierter Kram flößt niemandem Vertrauen ein. ›Ein Moneta ist so gut wie ein Dollar‹, das hingegen kapiert jeder.

Deshalb haben sie Moneta dann einfach zu hundert Prozent an den Dollar gekoppelt. Damit sind wir zwar formal raus, aber einige Leute betrachten das alles dennoch mit großer Sorge.«

»Weil Juno groß ist?«

»Sehr groß sogar. Fast eine Milliarde Nutzer, über dreihundertfünfzig Milliarden Transaktionen pro Jahr. Und dann vor allem das ganze Geld. Für jeden Moneta muss schließlich ein Dollar ins Töpfchen.«

»Was genau meinst du mit Töpfchen? Banken verleihen Geld doch normalerweise weiter oder legen es an.«

»Klar, aber Juno ist keine Bank. Die Amis haben der Firma für ihr Bezahl- und Währungssystem damals zwar grünes Licht gegeben, aber mit strengen Auflagen. Juno darf die Dollar-Einlagen seiner Kunden nicht weiterverleihen oder in Aktien investieren, so wie es eine Bank tun würde. Dadurch soll sichergestellt werden, dass die Kunden ihr Geld jederzeit zurücktauschen können.«

»Moment. Du meinst, irgendwo liegt ein gigantischer Dollarberg herum?«, fragt Dante.

»An die vier Billionen Dollar, Edward. Der größte Geldmarktfonds des Planeten.«

Geldmarktfonds werden verwendet, um nicht angelegtes Geld zwischenzuparken, bevor es in Aktien oder andere Wertpapiere investiert wird. Die Verzinsung ist in der Regel mickrig. Aber das Geld ist dafür kurzfristig verfügbar.

»Weißt du, in was für Werte dieser Juno-Fonds investiert? Kurz laufende Staatsanleihen? Dann müssten die ja so ziemlich alles aufkaufen, was verfügbar ist, bei dem Volumen.«

Nefeli schüttelt den Kopf.

»Nur ein Bruchteil ist angelegt, zehn Prozent oder so, in extrem kurzfristigen Papieren. Den Rest hält der Fonds tatsächlich in Cash.«

Dante lässt die immense Summe auf sich wirken. Er denkt an die Staatsfonds von Ölproduzenten wie Norwegen oder Abu Dhabi, die als die größten der Welt gelten. Beide sind rund eine Billion schwer. Zusammen sind sie nicht einmal halb so groß wie Junos Moneta-Fonds. Die Summe, die Hollisters Exfirma gebunkert hat, entspricht der jährlichen Wirtschaftsleistung von Japan oder Deutschland.

»Systemrelevant«, sagt Dante, »too big to fail.«

»Auf jeden Fall. Es gab deshalb meines Wissens mehrfach Bestrebungen, den Laden stärker zu regulieren.«

»Aber? Nein, lass mich raten. Juno hat sich in Washington einen Haufen Lobbyisten gekauft, die wiederum einen Haufen Kongressabgeordnete gekauft haben.«

»So in etwa, ja. Dass der Gründer von Juno neulich verstorben ist, hast du mitgekriegt, oder? Ich habe gestern in der FT was drüber gelesen.«

»Mmh, hab davon gehört. Und was stand in der FT?«

»Es ging um ein Video und um einen angeblichen Schatz, den dieser Hollister hinterlassen haben soll. Sie nennen ihn Montecrypto. Es wurde wohl schon was gefunden, aber es soll noch mehr ...«

In dem Moment kapiert sie es.

»Moment mal. Du suchst diesen Schatz? Den Schatz von diesem Ami?«

»Ja. Wenn es ihn denn gibt.«

»In der FT stand, dass es sich bei dem Geld um Hollisters Privatvermögen handelt, Gewinne aus Bitcoin-Spekulation. Aber du glaubst, dass die Sache mit seiner alten Firma zusammenhängt?«

»Das weiß ich noch nicht. Auf den ersten Blick sieht es nicht so aus. Aber vieles an der Geschichte ist mysteriös.«

»Zum Beispiel?«, fragt sie.

»Na, wenn Hollister einfach nur Bitcoins verstecken wollte, wozu dann das Video?«

»Ich hatte das so verstanden, dass es sich um eine Art Schatzsuche handelt.«

»Ja, schon. Aber wozu? Was bezweckte er damit? Ach, ich weiß auch nicht, Nefeli. Eigentlich soll ich ja nur das Geld finden. Der Rest kann mir egal sein.«

»Wer hat dich beauftragt?«

»Seine kleine Schwester. Die glaubt, dass ihr der Erblasser einen dicken Batzen vorenthalten will.«

»Und du glaubst, das Geld ist in der Schweiz?«

Dante hat Nefeli schon mehr erzählt als irgendjemand sonst – weil sie vertrauenswürdig ist, weil sie so schöne Augen hat, aber vor allem, weil er es einfach irgendwem erzählen muss. Dass er letztlich aufgrund eines Hinweises hier ist, den er dem Handy eines Toten entrissen hat, behält er dann aber doch lieber für sich.

»Keine Ahnung, wo das Geld ist. Wenn es Bitcoins sind, könnten sie überall sein. Es gibt in der Schweiz gewisse Briefkastenfirmen, die ich überprüfen will. Ich weiß allerdings nicht, ob dabei was herauskommt.«

»Weil bei Briefkastenfirmen nie etwas herauskommt?«

»Genau. Und stell dir vor, von der einen habe ich nicht mal eine Adresse.«

Sie lacht. »Du hast keine Adresse, fliegst aber mal eben über den Atlantik?«

»Bescheuert, ja. Ich weiß auch nicht. Kennst du dich eigentlich in Zürich aus, Nefeli?«

»Nicht besonders. Ich war vielleicht sechs-, siebenmal da, um mich mit Kollegen von der Schweizer Notenbank zu treffen. Wieso?«

»Es muss dort einen Ort namens Schelling geben, aber ich weiß nicht, wo er ist.«

»Ein Café? Restaurant?«

»Es ist nichts verzeichnet. Ich habe einen ... einen Mailverkehr gelesen, der teilweise codiert war. Und demnach gibt es einen Treffpunkt dieses Namens. Er sagte nur Schelling in Zürich, nichts weiter.«

Erneut lacht sie.

»Tss, tss. Edward.«

»Was?«

»Ich weiß noch, dass du während des Studiums zwar immer sehr gewissenhaft gelernt hast, aber nur für Fächer, die dich interessierten – Finanzrecht und Controlling. In den VWL-Seminaren hingegen warst du meist im Koma.«

»Stimmt. Und?«

»Wenn du da besser aufgepasst hättest, wüsstest du nämlich, dass es nicht nur in Zürich einen Treffpunkt namens Schelling gibt. Sondern überall.«

Dante kann Nefeli nicht folgen. Man sieht es ihm wohl an.

»Fällt der Groschen immer noch nicht? Thomas Schelling? ›The Strategy of Conflict‹?«

Dante atmet hörbar aus. »Meine Güte, das ist ein Vierteljahrhundert her. Irgendwas mit Konflikten, offensichtlich. Entscheidungstheorie?«

»Spieltheorie, ja. Schelling sagt, dass es Punkte gibt, die von Menschen instinktiv angesteuert oder ausgewählt werden, wenn sie zu wenig Informationen haben und nicht kommunizieren können. Nehmen wir an, ich sage dir, dass wir uns in sieben Tagen in New York treffen, sonst nichts. Wo würdest du auf mich warten?«

Dante muss nicht einmal nachdenken. Die Antwort liegt auf der Hand.

»Grand Central Station. Unter der Uhr.«

»Und wann?«

»Zwölf Uhr mittags?«

»Genau. In London würde man sich am Piccadilly treffen. In L. A.?«

Dante zuckt mit den Schultern. Normale Städte mögen solch einen fokalen Punkt haben, einen Schelling-Ort, an dem alles konvergiert. In dem amorphen Blob namens Los Angeles gibt es solch einen Punkt nicht.

»Pershing Square? Santa Monica Pier? Walk of Stars? Schwer zu sagen, Nefeli.«

»Auf jeden Fall hast du nun verstanden, was das Prinzip des Schelling-Punkts ist. In Frankfurt würde ich mich vermutlich vor die Alte Oper stellen. In Zürich ... keine Ahnung. Da kenne ich mich wie gesagt nicht aus.«

»Ich auch nicht. Aber nun, wo ich weiß, was ich suche, finde ich es raus.«

Sie unterhalten sich noch ein wenig, nicht über Kryptowährungen, sondern über die guten alten Zeiten, die zumindest nach Dantes Dafürhalten nicht besonders gut waren. Nach einer halben Stunde verabschieden sie sich voneinander. Dante lädt Nefeli ein, sie einmal in Los Angeles zu besuchen. Sie erzählt ihm im Gegenzug von einer Villa auf Kreta, die ihrer Familie gehöre und wo er im Sommer jederzeit willkommen sei. Dante ist sich sicher, dass keiner von ihnen je auf das Angebot des anderen zurückkommen wird. Etwas bedrückt geht er zurück zu seinem Auto, schaut auf die Uhr. Er wird verdammt schnell fahren müssen.

LÜCKENBÜßER

Normalerweise setzt Dante nie eine Baseballmütze auf. Nun aber lungert er mit Kappe und Sonnenbrille am Rande des Sechseläutenplatzes herum und versucht, sich unsichtbar zu machen. Der Platz ist recht groß und liegt nahe dem Opernhaus. Er ist leer, bis auf ein paar Zürcher Teenager, die miteinander und mit ihren Handys reden.

Dante hat einen Herrn an der Touristeninformation gefragt, wo man sich in Zürich treffe, wenn man gemeinsam weggehen oder shoppen wolle. Am Sächsilüüte, lautete die Antwort. Dante geht folglich davon aus, dass dieser Platz der Schellingpunkt ist, von dem die Rede war. Wenn nicht, wird er MONEYRAKER nie finden.

Dante lässt den Blick schweifen. Er ist versucht, nochmals nachzuschauen, ob Price' Tod inzwischen vermeldet wurde. Doch es scheint wichtiger, die Gegend im Auge zu behalten. Sonst verpasst er MONEYRAKER womöglich. Das könnte ohnehin passieren, egal, wie wachsam er ist. Dantes gesamter Plan basiert letztlich darauf, dass er Price' Chatpartner schon einmal gesehen hat und ihn folglich erkennt, wenn er an diesem kalten Novembermittag den Sechseläutenplatz betritt.

Er hört eine Turmuhr schlagen. Es ist Punkt zwölf. Um wen es sich bei Price' Kontaktmann handeln könnte, weiß er nicht. Sicherheitshalber hat Dante sich haufenweise Fotos des verstorbenen Kryptounternehmers angeschaut. Im Netz gibt es davon Unmengen, was unter anderem daran liegt, dass Price offenbar kaum einen Kongress zum Thema Kryptowährungen ausließ und auch sonst ein ziemliches Blitzlichtluder war. Die meisten Bilder zeigen ihn gemeinsam mit irgendwelchen anderen Kryptobros. Dante hat die vage Hoffnung, dass einer davon MONEYRAKER ist. Zusätzlich ist er die Forbes-Liste »Die hundert reichsten Kryptoinvestoren« durchgegangen. Insgesamt dürfte er sich mehr als zweihundert Visagen angeschaut haben. Es handelte sich durchgehend um Männer, über neunzig Prozent davon weiß. Dass es sich bei MONEYRAKER um einen Mann handelt, steht außer Frage. Geldscheffler, das klingt großkotzig. Es ist definitiv ein Typ.

Als sie in vielleicht zwanzig Metern Entfernung vorbeiläuft, erkennt Dante sie augenblicklich. Wie er selbst hat sie sich vermummt, dicke Wollmütze, Schal, Sonnenbrille. Aber er ist sich dennoch sicher. Sie steuert ein Café an, das sich in einem Pavillon auf der anderen Seite des Platzes befindet.

Dante folgt ihr. Sie betritt das Café und setzt sich an einen der Tische. Bevor Dante ebenfalls hineingeht, beobachtet er sie einen Augenblick lang durch die Scheibe und macht ein Foto mit seinem Handy. Erst dann tritt er ein und steuert ihren Tisch an.

»Guten Tag«, sagt er.

Alice Yang blickt auf. Ihre Augen weiten sich. Kurz spannt sich ihr Körper so, als wolle sie aufspringen und wegrennen. Sekundenbruchteile später hat sie den Fluchtreflex bereits niedergekämpft. Sie lächelt, tut überrascht.

»Ach, Mister Dante. So ein Zufall, was machen Sie denn hier?«

Ohne zu fragen, setzt er sich ihr gegenüber.

»Dasselbe wie Sie, denke ich.«

»Dasselbe wie ... ich habe ein paar Termine hier, Juno besitzt in Zürich ein Entwicklungszentrum.«

»Mag sein, aber deswegen sind Sie nicht hier. Sie sind MONEYRAKER. Aus der Chatgruppe, Sons of Hayek.«

»Aha. Na, wenn Sie meinen. Und Sie?«

Dante verschränkt die Arme vor der Brust, blickt Yang in die Augen.

»Ich bin Spirit Llama. Oder genauer gesagt Halverton Price.«

Der saß. Alle Farbe weicht aus Yangs Gesicht.

»Sie ... Sie ... Aber wo ist ...?«

»Price ist tot.«

Yang schaut sich gehetzt um. Ihre Schlussfolgerung ist falsch, aber naheliegend. Dante macht eine beschwichtigende Geste.

»Keine Sorge, damit habe ich nichts zu tun. Jemand anders hat ihn auf dem Gewissen.«

Sie schluckt.

»Und wer?«

Dante zuckt mit den Achseln. Der Kellner erscheint. Yang bittet um Wasser, Dante nimmt einen Assam.

»Keine Ahnung, wer ihn getötet hat. Ich hatte gehofft, Sie hätten vielleicht eine Idee.«

»Ich? Nein. Woher sollte ich ...«

»Mrs Yang. Sie, Price, Hollister und noch jemand, ich tippe auf Patel, haben gemeinsam einen größeren Betrug ausgeheckt. Das weiß ich aus den Chatprotokollen.«

»Wie konnten Sie ...«

»Berufsgeheimnis. Der Punkt ist: Ich müsste das eigentlich umgehend der Polizei melden. Was in den Chats stand, wer Price' mutmaßliche Komplizen sind und so weiter. Aber Price ist mir egal. Sie sind mir egal. Das Einzige, was mich interessiert, ist Hollisters Schatz. Wenn Sie mir helfen, den zu bekommen, haben Sie von mir nichts zu befürchten.«

»Sie drohen mir?«

»So nennt man das wohl.«

»Ich habe keine ...«, sie verstummt, da der Kellner mit den Getränken erscheint. Als er fort ist, sagt sie:

»Zeigen Sie mir Ihr Handy.«

Dante holt sein iPhone hervor.

»Was ist damit?«

»Schalten Sie es aus. Und hängen Sie Ihren Mantel und Ihr Jackett dahinten an den Haken. Ich habe keine Lust, auf einem Tape zu landen.«

Dante fährt das Telefon herunter, hängt seine Jacke auf. Das Handy steckt er ostentativ in die Manteltasche. Er streicht sich übers Hemd, damit Yang sehen kann, dass sich keine Kabel darunter verbergen.

»Dieser Irre«, murmelt sie.

»Price oder Hollister?«

»Ich meine Hollister. Dieses verdammte Video hat mir einen Riesenschrecken eingejagt. Price ging es vermutlich genauso. Hören Sie ... wenn irgendwas hiervon rauskommt.«

Dante legt einen Finger an die Lippen.

»Das meiste könnten Sie eh nicht beweisen, aber ... okay, ich fange von vorne an. Als Juno noch nicht so groß war wie jetzt, ich war damals die Chefin des Controlling ...«

»Wann war das?«

»Vor fünf Jahren. Hollister war damals noch CEO und CTO, also Technikchef. Finanzchef war Ernest Schneider.«

Dante meint den Namen schon einmal gehört zu haben. Nur wo?

»Mir fiel damals etwas Seltsames auf. Es gab kleinere Abweichungen bei unserem Geldmarktfonds. Wie Sie wissen, ist Moneta ein Stablecoin. Jeder Moneta-Coin ist mit einem Dollar abgesichert.«

Dante nickt.

»Und mit Abweichungen meinen Sie ...«

»Einen Moneta bekommt man nur, wenn man einen Dollar einzahlt. Folglich muss es stets genauso viele Moneta wie Dollar geben – in der Bilanz, meine ich. Das war aber nicht der Fall. Stattdessen gab es mehr Moneta als Dollar.«

Yang trinkt einen Schluck Wasser. Dante fällt auf, dass die Aufregung von ihr abgefallen zu sein scheint. Er glaubt zu wissen, warum. Alice Yang hat sich vorbereitet für den Fall, dass ihr dieser Betrug um die Ohren fliegt. Sie hat damit gerechnet – vermutlich nicht mit einem wie Dante, eher mit der Börsenaufsicht oder dem »Wall Street Journal«. Deshalb hat Yang sich eine Geschichte zurechtgelegt, vermutlich eine, in der sie das Opfer ist. Dante möchte sie dennoch hören.

»Ich ging der Sache nach. Es gab eine Deckungslücke von hundert Millionen Dollar, die jemand allerdings sehr gut verschleiert hatte. Die Zahlen in der Buchhaltungssoftware waren korrekt. Aber wenn man ein paar Dinge überprüfte und alles gründlich durchrechnete, auf die gute alte Art, mit Papier und Bleistift, dann haute es nicht hin.«

»Und warum? Hatte jemand Moneta aus dem Nichts erschaffen?«

Yang lächelt gepresst.

»Exakt. Dazu waren erhebliche Eingriffe ins Juno-System erforderlich. Man musste sich gut mit der Software auskennen. Und man musste über die notwendigen Zugriffsberechtigungen verfügen. Aus meiner Sicht konnte diese enormen Luftbuchungen nur Hollister selbst veranlasst haben, der ja auch unser Chefprogrammierer war.«

»Ist das der Grund, warum er das Unternehmen verlassen und all seine Anteile verkauft hat?«

»Es ist ein bisschen komplizierter. Wie ich schon sagte, auch die Buchhaltungssoftware war betroffen. Die zu manipulieren, das hätte Hollister kaum ohne jemand aus dem Finanzressort machen können. Schon wegen des notwendigen Fachwissens.«

»Dieser Schneider also.«

Nun weiß Dante auch wieder, woher er den Namen kennt.

»Ernest Schneider«, sagt Yang, »ist ein ehemaliger Kommilitone von Price und auch ein langjähriger Bekannter von Hollister. Er hing mit drin.«

»Und was haben Sie dann gemacht?«, fragt Dante.

»Ich habe lange darüber nachgedacht. Mir blieben eigentlich nur zwei Optionen. Entweder konnte ich den Whistleblower spielen oder direkt zu Hollister gehen.«

»Nicht zu Schneider? Als Controllingchefin war der Ihr Vorgesetzter.«

»Ich wusste ja, dass er versucht hätte, die Sache zu vertuschen.«

»Hollister nicht?«

Yang schaut aus dem Fenster, während sie weiterspricht.

»Nach Junos Gründung, aber vor meiner Zeit, da sollte die Firma schon einmal an die Börse gehen. Aber dann kam die Gerard-Krise, der ganze Markt schmierte ab. Der Börsengang musste verschoben werden.«

»Und?«

»Junos Topleute waren außer sich vor Wut. Ich weiß das nur aus Erzählungen, unter anderem von Greg. Die dachten, sie würden stinkreich, wegen ihrer Aktienoptionen. Und dann: nichts. Hollister musste seinem Team etwas anderes geben, ihm Halteprämien in Millionenhöhe zahlen. Aber dafür fehlte Juno das Geld.«

»Also machte er welches.«

»Richtig. Per Knopfdruck erschuf Greg hundert Millionen Moneta und verteilte sie nach Gutdünken an seine Angestellten.«

»Aber es war ja kein richtiges Geld.«

»Doch, weil die Besitzer es ja jederzeit in Dollar umwandeln konnten. Und solange nicht alle User auf einmal ihre Moneta umtauschen wollen, fällt die Lücke nicht weiter auf.«

Dante überlegt, welche US-Straftatbestände Hollisters Luftnummer erfüllt. Ihm fallen mehrere ein. Juno hätte die hundert Millionen in seiner Bilanz verbuchen müssen. Außerdem wäre die Firma verpflichtet gewesen, die Sache im Prospekt zum Börsengang zu erwähnen, ferner gegenüber ihren Kunden und der SEC, der Aufsichtsbehörde. Für denjenigen, der das alles eingefädelt hat, kommen etliche Jahre Gefängnis zusammen.

»Man muss zu Gregs Ehrenrettung sagen, dass er nichts von dem Geld für sich behalten hat«, sagt Yang.

Dante lächelt.

»Und zu Ihrer Ehrenrettung?«

»Wie meinen Sie das?«

»Ich kenne die Details ja nicht. Aber wenn es stimmt, was ich mir über Juno angelesen habe, hat Schneider das Unternehmen vor drei Jahren ziemlich abrupt verlassen, nach einer Gewinnwarnung.«

»Das ist korrekt«, erwidert Yang.

»Sie haben also einen Deal mit Hollister gemacht, richtig? Sie bekamen Schneiders Job und verpflichteten sich, im Gegenzug die Klappe zu halten. Ist übrigens kein Vorwurf.«

Yang runzelt die Stirn.

»Sie sagen, ich hätte Hollister erpresst und finden, das sei kein Vorwurf?«

Dante spreizt die Finger.

»Ich bin da Realist, Mrs Yang. Ich habe lange genug bei großen Unternehmen gearbeitet, um zu wissen, dass man mit Talent und Fleiß nach oben kommt. Aber nicht nach ganz oben.«

»Sie meinen wohl, wenn man dann auch noch eine nicht weiße Frau ist, muss man wirklich jeden miesen Trick anwenden.«

»Na, das haben Sie jetzt gesagt.«

»Schneider war ein Idiot, er hatte noch andere Dinger laufen, die ihn früher oder später zu Fall gebracht hätten. Er musste weg, da waren Greg und ich uns einig.«

»Hatten Sie keine Angst, dass Schneider redet?«

»Nein. Greg hat ihm einen anderen schönen Job besorgt.«

»Jetzt bin ich gespannt.«

»Ihre Recherche ist nicht besonders genau. Ernest Schneider ist Aufsichtsratschef von Cerro Nuevo.«

»Die Mining-Firma von Price? Ich habe mich schon gefragt, was der mit alldem zu tun hat.«

»Price hatte seinerzeit Probleme mit dem FBI, der SEC und den Geldwäscheexperten des Finanzministeriums. Seine verschiedenen Kryptofirmen – er machte nicht nur Mining, sondern betrieb auch einen Onlinebroker und einen Wallet-Anbieter – verstießen gegen alle möglichen Gesetze.

Price brauchte jemanden, der ein bisschen Ordnung reinbringt, gleichzeitig aber keine allzu großen Skrupel hat, der nicht, sagen wir, überkorrekt ist. Schneider war der ideale Mann.«

»Und was hat Price sonst noch bekommen?«

»Er stand damals nicht nur mit einem Bein im Knast, sondern

war außerdem fast pleite. Hollister hat auch ihm einige Millionen Moneta überwiesen.«

Dante brennt darauf, Yang zu fragen, was genau Hollister losgetreten hat – davon war schließlich in dem Chat die Rede. Aber wenn jemand freiwillig plappert, sollte man als Ermittler immer schön die Klappe halten.

»Zwei Jahre später«, so Yang, »hat Hollister mir dann gesagt, dass er rauswill. Ich war nicht wirklich verwundert. Dem Namen nach war er der Chef, aber alles Operative und die Finanzen habe bereits ich gemacht. Nur für die Technik hat er sich interessiert; der Rest ging ihm am Allerwertesten vorbei.

Und bevor Sie fragen: Nein, ich habe ihn nicht rausgedrängt oder erpresst. Natürlich wollte ich seinen Job, aber er ist mir quasi zugefallen. Der Aufsichtsrat wusste ja auch, wer die ganze Arbeit macht. Greg war letztlich ein Nerd, der am liebsten Codezeilen in den Computer drosch. Er hat den CEO-Job gemacht, weil er musste, nicht, weil er Spaß dran hatte. Ähnlich wie Sergey und Larry von Google.«

Yang nippt erneut an ihrem Wasser. Dante rührt in seinem Tee, der allmählich kalt wird. Er fragt sich, ob Yang ihn bewusst anlügt. Oft sind Leute ja von dem Unsinn überzeugt, den sie erzählen. Aber dass Yang für den Chefjob bei Juno nicht an allen Strippen gezogen hat, dass sie ihr Wissen um das hundert Millionen große Deckungsloch nicht voll ausgespielt hat, das erscheint ihm ziemlich unglaubwürdig.

»Okay«, sagt er, »Sie wurden CEO, Hollister trat ab, verkaufte seine Anteile. Aber das Moneta-Loch war noch immer da?«

»Klar war es noch da. Und um es zu stopfen, hätte man hundert Millionen Dollar gebraucht.«

»Angesichts der Moneta-Gesamtsumme von vier Billionen, die in Umlauf ist, kaum mehr als ein Rundungsfehler«, wendet Dante ein.

»Stimmt. Darum hat es ja bislang auch keiner gemerkt. Aber hundert Millionen sind auch nicht gerade Peanuts. Wo soll man die herbekommen? Wie will man die ins Juno-System schleusen?«

»Sie hatten tatsächlich vor, das Loch zu stopfen?«

Er kann an ihrem triumphierenden Gesichtsausdruck erkennen, dass sie auf diese Frage gewartet hat. Dante lag also richtig. Yang war auf ein Gespräch dieser Art bestens vorbereitet, und nun kommt der Höhepunkt ihrer Verteidigungsrede.

»Natürlich. Der Chat, den Sie gelesen haben, den Sie als ›größeren Betrug‹ bezeichnet haben, ist in Wirklichkeit das genaue Gegenteil. Es ist die Rückabwicklung eines Betrugs.«

»Und warum wollten Sie den Betrug ungeschehen machen?«

»Mister Dante, ich habe ein bisschen über Sie recherchiert. Sie waren Chef der Compliance bei Gerard Brothers.«

»Lange her, aber stimmt. Und sagen Sie es ruhig.«

»Was?«

»Dass ich mich, angesichts der zahllosen Rechtsverstöße und Durchstechereien bei Gerard, als Chief Compliance Officer nicht gerade mit Ruhm bekleckert habe.«

»Ach, das meine ich nicht. Wir machen alle Fehler. Aber aus Erfahrung wissen Sie, dass heutzutage alles rauskommt, irgendwann. Man muss sämtliche Geschäftsunterlagen archivieren, jahrzehntelang. In diesem Fall haben alle Begünstigten – es müssen an die zehn Personen sein – ein Interesse daran, die Klappe zu halten, aber ...«

» ... irgendwann kommt es trotzdem raus, verstehe schon. Ist das eigentlich auch der Grund, warum Sie neulich Blakeley vor die Tür gesetzt haben, Schneiders Nachfolger im Finanzressort bei Juno? Hatte der auch was gemerkt?«

»Dazu sage ich nichts, Mister Dante. Aber allgemein gesprochen: Ein aufmerksamer Insider ist nur *eine* Gefahr. Eine andere kann von außen kommen. Wenn uns beispielsweise jemand übernehmen würde, käme es möglicherweise bei der Buchprüfung raus. Und die Folgen wären unangenehm.«

»Vor allem für Sie.«

»Auch für Schneider und bis vor Kurzem auch für Price und vor allem für Hollister. Aber noch schlimmer wären die Auswirkungen auf Juno, auf Moneta. Der Erfolg unseres Produkts basiert ja gerade darauf, dass jeder Coin mit einem Dollar hinterlegt ist. Für die meisten Menschen ist das so gut wie Gold.«

»Eine Illusion.«

»Vielleicht. Aber die Leute glauben dran. Wenn jedoch ruchbar wird, dass ein Teil der Moneta nicht gedeckt ist – selbst, wenn es sich nur um einen Bruchteil der Gesamtsumme handelt –, werden die Leute Fragen stellen.«

»Okay, ich verstehe. Sie wollten diese schwärende Wunde in Junos ansonsten makelloser Bilanz also heilen.«

»Ihr Zynismus ist unangebracht, Mister Dante.«

Zynismus ist nach Dantes Erfahrung in fast jeder Lebenslage angebracht, dennoch vollführt er eine Geste der Entschuldigung.

»Auf jeden Fall haben Sie sich dafür mit Hollister, Price und diesem Patel abgestimmt. Wieso?«

»Ich brauchte jemand, der das Juno-System so gut kennt, dass er die notwendigen Umprogrammierungen vornehmen kann, ohne dass es auffällt.«

»Sie meinen, Sie haben Hollister Zugang zu Ihren Servern verschafft? Obwohl er gar nicht mehr für Juno arbeitet?«

Yang geht nicht auf seine Frage ein, sondern fügt hinzu: »Außerdem benötigten wir jemanden, der uns hilft, die hundert Millionen zu beschaffen. Hollister sagte, Price und Patel könnten das Geld beisteuern.«

»Moment mal. Ich verstehe, dass Hollister mitgemacht hat. Er hing in diesem Moneta-Betrug mit drin und die Sache war noch nicht verjährt. Aber Price? Klar, er hat was von dem Luftikus-Geld genommen. Aber da hätte ein guter Anwalt ihn rausgehauen.«

»Sein Babyface und diese ganze Cyberindianer-Nummer sollten Sie nicht darüber hinwegtäuschen, was für ein gerissener Kerl Price war. Die fünfzig Millionen von ihm und von Patel, das war Schwarzgeld.«

»Auf einem Schweizer Konto?«

»Schön wär's. Beide waren fast pleite. Cerro Nuevo macht mächtig auf Öko-Miner, aber das rechnet sich nicht. Patel wurde neulich mal fast der Strom abgestellt.«

»Dann wären seine ganzen alten weißen Männer aufgetaut«, sagt Dante.

»So ist es. Beide brauchten also respektables Geld, um ihre Firmen zu päppeln. Sie hatten aber nur stille Reserven in Bitcoin, privat, schwarz, unversteuert. Hollisters Plan sah vor, dass sie für ihr Krypto harte Dollars erhalten, von einem seiner Geschäftspartner. Und im Gegenzug für diese, sagen wir, Wechselstubendienstleistung hätten sie Geld für die Deckung der Lücke bereitgestellt.«

»Und wer war dieser mysteriöse Geschäftspartner von Hollister?«

Yang seufzt.

»Was?«

»Ich glaube, dass ich Ihnen bereits genug erzählt habe. Genug, um zu verstehen, wie Price, Hollister und ich in dieser Sache zusammenhängen.«

»Ich hätte noch Fragen«, erwidert Dante. »Aber Sie haben auch welche, hm?«

»Einige. Wie sind Sie an die Chats gekommen? Die sind verschlüsselt. Wer hat die noch?«

»Ich habe Price gefunden, in einer Hotelsuite in Vegas.«

»Wie passend.«

»Inwiefern?«

»Der passende Ort, um zu sterben, für einen Großkotz wie den. Aber fahren Sie fort.«

»Er war bereits tot. Am Vorabend war ich mit ihm unterwegs, hatte ihn beobachtet, wie er mit seinem Telefon hantierte. Deshalb kannte ich den Code seines Handys. Das ist eigentlich auch schon alles.«

»Und dann sind Sie hergeflogen? Von L. A.? Auf gut Glück?«

»Ich bin ein verzweifelter Mann, Mrs Yang.«

»Oh, bitte.«

»Ich wusste aus dem Chat, dass Price und Sie – Ihre Identität kannte ich natürlich noch nicht – von dem Video beunruhigt waren. Ich suche, wie gesagt, Hollisters verschwundene Millionen oder vielleicht auch Milliarden. Das, was manche inzwischen als Montecrypto bezeichnen.«

»Montec … oh Gott, diese Internetheinis. Und wer ist dann Hollister, bitte? Der Graf von und zu?«

»Ich glaube, so weit reicht die Analogie nicht. Der Punkt ist: Es gibt vielleicht einen Kryptoschatz. Deswegen bin ich hier. Ihre Moneta-Löcher interessieren mich nicht. Aber in dem Chat stand, Hollister habe irgendwas gestartet, etwas losgetreten, bevor er starb. Was soll das sein? Meinten Sie das Video?«

Yang schüttelt den Kopf, will antworten. Dann überlegt sie es sich anders.

»Sie haben meine zweite Frage noch nicht beantwortet, Mister Dante.«

»Und die wäre?«

»Wer hat die Chats noch?«

»Ich habe eine Kopie, als Ausdruck in meinem Safe«, lügt Dante, »aber die habe ich niemandem gezeigt.«

»Was haben Sie mit Price' Handy gemacht?«

»Liegen gelassen. Die Polizei war bereits im Anmarsch.«

»Und denen haben Sie das Passwort nicht gegeben?«, fragt Yang.

»Wider besseres Wissen, nein«, erwidert er.

»Aber Sie als Privatdetektiv wissen doch bestimmt, wie wahrscheinlich es ist, dass die Polizei an die Chats rankommt.«

»Es kommt drauf an«, sagt Dante.

»Worauf?«

»Darauf, wie sehr sie es wollen. Price hatte sein Handy vermutlich so eingestellt, dass es sich nach einigen falschen Eingabeversuchen automatisch löscht. Es ist also nicht so einfach, reinzukommen, aber möglich vielleicht schon. Dazu müsste das Handy für die Ermittler allerdings sehr interessant sein. FBI oder gar ein

Geheimdienst, die können so was. Die Frage ist also, weswegen ermittelt wird.«

»Vielleicht wegen Mord, Mister Dante? Mord ist nicht so uninteressant.«

Er lächelt. »Ich mag Ihren Humor, Mrs Yang. Aber Mord ist nicht halb so interessant, wie Sie vielleicht denken. Es sei denn, er hängt mit etwas anderem zusammen. Falls gegen Price bereits Ermittlungen liefen, zum Beispiel wegen Geldwäsche, organisierter Kriminalität, Wertpapierbetrug …«

Dante rattert eine ganze Liste von Tatbeständen herunter, um zu sehen, bei welchem Yang zuckt. Da hat er sie allerdings unterschätzt.

»Bei Price«, erwidert sie, »halte ich alles für denkbar. Dieses Krypto-Mining-Geschäft ist schmutzig.«

»Sie meinen es vermutlich nicht in dem Sinne, dass Coinschürfer Unmengen CO_2 in die Atmosphäre blasen.«

»Nein.«

»Sondern?«

»Bitcoins zu berechnen, ist ein Wettrüsten. Sie wissen, wie das läuft?«

»Price hat es mir erklärt. Die Berechnungen werden immer komplexer, man braucht immer größere Computer, um eine Chance auf den Lotteriegewinn zu haben.«

»So in etwa. Deshalb gibt es weltweit nur eine Handvoll Firmen, die das machen. Die meisten davon sitzen in Nordchina und Russland. Sie lassen ihre Anlagen mit billigem Kohlestrom laufen. Kühlung gibt es gratis. Sechs oder sieben große Mining Rigs, mehr nicht. Verstehen Sie das Problem?«

Dante nickt. Er fühlt sich an seine Wall-Street-Zeit erinnert. Dort kontrollierte eine Handvoll Investmentbanken den Handel mit bestimmten Wertpapieren und das Geschäft mit Börsengängen.

»Kollusion«, sagt Dante.

»Unerlaubte Absprachen zwischen diesen wenigen Firmen, mit dem Ziel, die Preise für Bitcoin oder andere Kryptowährungen zu manipulieren, ja. Man weiß nicht, ob und wie diese Miner miteinander verflochten sind. Außerdem gibt es immer wieder Gerüchte, das organisierte Verbrechen hänge mit drin und wasche mithilfe des Minings Geld. Anders als bei Juno sind die Transaktionen da ja weitgehend anonym.

Cerro Nuevo ist angeblich das Vorzeigeunternehmen der Branche, nachhaltig, grün und so weiter. Ein Haufen Scheiße. Price ist schon wieder fast pleite, seine Bio-Bitcoins rentieren sich, wie gesagt, nicht. Ich vermute, dass er stille Teilhaber hatte, irgendwelche Halbweltgestalten, die seinen Laden finanzieren.«

»Und wer soll das sein?«

Yang zuckt mit den Achseln. »Wahrscheinlich chinesische Miner. Ich weiß es nicht genau.«

»Also, wie gesagt: Falls FBI oder CIA Price bereits im Visier hatten, kommen die irgendwann auch an die Chats heran, oder sie haben sie sogar schon. Aber zurück zu Hollister. Was hat er losgetreten?«

»Price und Patel hatten die Bitcoins besorgt, Hollister das mit dem Umtausch in Dollar organisiert. Als Nächstes haben wir die Dollars bei Juno eingeschleust. Nicht alles auf einmal, stets kleinere Summen, über Hunderte von Accounts.«

»Das dürfte bei hundert Millionen eine Weile gedauert haben«, sagt Dante.

»Ein paar Monate. Allerdings sind es ziemlich viele Accounts. Weitgehend automatisiert.«

»Scheinkonten also«, erwidert er, »Bots, sozusagen. Und die haben im Gegenzug für die Dollars dann keine Moneta bekommen?«

»Doch, haben sie. Aber demnächst hätten wir all diese Scheinkonten gelöscht, peu à peu. Sie wären aus dem System verschwunden und mit ihnen die Moneta, die dort verbucht waren. Hundert Millionen Moneta hätten sich in Luft aufgelöst. So hätte sich die Lücke geschlossen.«

»Verstehe, damit wollten Sie alles in Ordnung bringen«, sagt Dante, »aber dann starb Hollister.«

»Ja. Er sollte die Kontolöschungen Anfang Januar starten. Vorher sollten alle noch mal grünes Licht geben. Das war für Dezember geplant. Wegen Gregs Tod lag die Sache dann natürlich auf Eis. Zumindest dachten wir das. Aber dann kam dieses verdammte Video.«

»Sie meinen, das Video hat etwas mit Ihrer Moneta-Sache zu tun?«

»Das kann ich mir eigentlich nicht vorstellen, aber ... kurz bevor es veröffentlicht wurde, hat es angefangen. Ich hätte es fast nicht gemerkt.«

»Was hat angefangen?«

»Einige der Bot-Accounts sind aufgewacht. Sie nehmen Transaktionen vor, allerdings nur vereinzelt. Ein paar wurden gelöscht. Das Loch ist ganz leicht geschrumpft. Es beträgt aktuell nur noch 99,5 Millionen.«

Eigentlich müsste dieser Umstand Yang glücklich machen. Stattdessen liegt ein Anflug von Panik in ihrer Stimme.

»Warum passt es Ihnen nicht, dass das Programm läuft? Das war doch die Intention.«

»Die Intention war, das alles still und heimlich zu tun. Aber nun ist der Gründer von Juno tot. Mysteriöses Zeug wird gepostet. Die halbe Welt interessiert sich dafür, die Medien, bald bestimmt auch Finanzministerium und Börsenaufsicht. Die Gefahr, dass jemand was merkt, ist zu groß. Ich habe deshalb Price kontaktiert. Aber der wusste angeblich von nichts.«

»Er schrieb etwas von einem Toter-Mann-Knopf.«

»Ein Computersystem, wo man in regelmäßigen Intervallen etwas eingeben muss, damit ein Programm im Tiefschlaf bleibt. Möglich. Aber vielleicht hat sich auch jemand des Servers bemächtigt, der die Bots steuert.«

»Wo steht der?«

»In der Schweiz. Darum bin ich ja hier. Wir wollten ihn abschalten.«

»Das geht?«

»Wie Sie sich vorstellen können, traute ich den anderen nicht besonders, und sie mir vermutlich auch nicht. Deshalb wurde eine Art Versicherung eingebaut. Um auf das System zugreifen zu können, benötigt man mehrere Codes. Insgesamt gibt es fünf.«

»Und wer hat die?«

»Price, Hollister, Patel, ich, außerdem ein Notar hier in Zürich. Es handelt sich um ein sogenanntes Multisignatursystem. Drei der fünf Codes erlauben Zugriff auf das Bot-Netzwerk, egal welche. Aber jetzt«, sie beißt sich auf die Lippe, »ist es sowieso egal.«

»Weil Sie nur zwei Codes besitzen. Ihren und den des Notars.«

»So ist es.«

»Handelt es sich bei den Codes um eine Abfolge von zusammenhangslosen Wörtern?«

»Woher wissen Sie das?«

»Möglicherweise«, sagt Dante, »sollten Sie mich zu diesem Bot-Server mitnehmen.«

BATAILLE

Fachwerkhäuschen schmiegen sich an den Hang. Dazwischen recken sich spätgotische Kirchtürme in den Himmel. Es ist kurz nach halb fünf, die Sonne ist gerade dabei, hinter den Gipfeln zu verschwinden. Ihre letzten Strahlen lassen den Zugersee glitzern. Man hat von hier oben einen sensationellen Blick. Sensationeller ist nur der örtliche Steuersatz. Wer sein Unternehmen in Zug anmeldet, zahlt Gemeinde-, Kantons- und Kirchensteuer von zusammen nicht einmal zehn Prozent. Etliche Großkonzerne sind in dem kleinen Kanton ansässig, außerdem, wie Dante inzwischen weiß, etliche Firmen aus der Bitcoinbranche.

Auf der knapp einstündigen Fahrt von Zürich nach Zug haben Yang und er kaum geredet. Nun befinden sie sich etwas oberhalb der Zuger Altstadt, laufen durch ein Büroviertel – kein Fachwerk, stattdessen funktionale Glaskästen. Ihr Ziel ist ein Haus hinter der nächsten Querstraße.

In Zürich waren sie beim Notar, genauer gesagt war Yang dort. Dante musste draußen warten. Nach einer halben Stunde Herumgestehe glaubte er schon, die Juno-Chefin habe sich aus dem Staub gemacht. Aber sie kam zurück.

Sie braucht ihn. Schließlich hat er den dritten Code. Nein, denkt Dante. Er hat nicht *den* Code. Er hat *einen* Code, von dem er hofft, dass es *der* Code ist. Vielleicht handelt es sich aber auch um das Passwort für Hollisters Pornosammlung. In dem Fall stünde er ziemlich blöd da, Yang allerdings auch. Sie besitzt nur zwei der drei Seed-Phrasen, die notwendig sind, um auf den Server zuzugreifen. Falls Dantes nicht korrekt wäre, dann ...

Sein Handy vermeldet eine neue Nachricht von Mondego, die

anscheinend früh aufgestanden ist. Sie bittet ihn um Rückruf, sagt, sie habe etwas zu der Stiftung. Er ist versucht, sie sofort anzurufen, weiß aber nicht, wie Yang das aufnähme. Möglicherweise ist es besser, wenn die beiden Damen nichts voneinander wissen. Mondego hat einen Link angehängt. Der eine führt zu einer Nachrichtenseite namens Slashdot. Dort gibt es einen Artikel mit der Überschrift »Der rätselhafte Tod des Cerro-Nuevo-Chefs«. Der zweite ist ein Reddit-Post mit der Überschrift »Ring-Rätsel«.

Yang mustert Dante, sagt aber nichts. Er steckt das Handy weg, versucht, sich auf die anstehende Aufgabe zu konzentrieren. Sie erreichen ihr Ziel, die Bullingerstraße 47. Als Yang ihm die Adresse nannte, musste Dante feststellen, dass ihm diese bereits bekannt war. In der Nummer siebenundvierzig residiert die Fondation Bataille. Dass sich die Stiftung im selben Gebäude befindet wie der Server, über den Hollisters Moneta-Betrug abgewickelt werden soll, wundert ihn nicht mehr sonderlich.

Die Siebenundvierzig ist ein Bürogebäude aus den Achtzigern, Beton und Stahl anstelle von Glas und Aluminium. Am Eingang sind die Namen mehrerer Firmen angeschlagen. Die meisten deuten auf Technologieunternehmen hin.

Yang holt eine Keycard hervor, und schon sind sie drin. Es gibt keinen Empfang, nur eine abgewetzte Sitzgruppe sowie zwei Kübel mit mumifiziertem Bogenhanf. Während die Juno-Chefin den Fahrstuhl ruft, dreht Dante sich um, blickt hinaus auf die Straße. Er sieht zwei Personen, die sich auf der anderen Seite in einen Hauseingang drücken, einen Mann und eine Frau. Vielleicht verabschieden die beiden sich gerade voneinander. Dann wäre es allerdings eine längere Angelegenheit. Dante hat die beiden schon vor dem Betreten des Gebäudes dort stehen sehen.

Für ihn sieht es eher so aus, als observierten sie die Siebenundvierzig – auf eher amateurhafte Weise. Die Frau, sie ist maximal fünfundzwanzig, hantiert mit einem Telefon. Dante wendet sich ab, bevor sie ein Foto von ihm machen kann.

Der Fahrstuhl ist da. Kurz darauf stehen sie im obersten Stockwerk vor einer Bürotür, für die Yang ebenfalls einen Schlüssel besitzt. Es gibt kein Logo neben der Tür, lediglich ein kleines Schild mit den Initialen »F. B.«.

»Wie oft waren Sie schon hier?«, fragt Dante.

»Nur ein einziges Mal, mit Hollister, Price und Patel, um zu überprüfen, wie das alles funktioniert.«

Die Büroräume umfassen etwa hundert Quadratmeter. Die Einrichtung lässt Dante vermuten, dass dies früher eine Arztpraxis war. Er bildet sich ein, die kranken Menschen und das Sterilium immer noch riechen zu können, was vermutlich Einbildung ist. Sicher scheint, dass seit geraumer Zeit niemand hier war. Die Räume sind muffig und überheizt.

»Kommen Sie? Wir haben nicht den ganzen Tag Zeit«, sagt Yang.

Dante folgt ihr. Yang steuert eine Tür an, die jenseits des Empfangstresens liegt. Wieder muss sie eine Keycard durchziehen, dann sind sie drin. Im ersten Moment glaubt Dante, er betrete einen Telekom-Laden – überall sind Handys, alle nagelneu und aufrecht in Regalen stehend. Der Raum ist nur spärlich beleuchtet. Bei genauerem Hinsehen erkennt er jedoch, dass die Regale gar keine sind. Eher erinnern sie an Spaliere. Sie reichen vom Boden bis zur Decke. Insgesamt müssen es an die zehn Stück sein, eines neben dem anderen, gerade mit genug Platz dazwischen, dass er und Yang sich seitwärts hindurchzwängen können. Von den Spalieren hängen Hunderte Smartphones herab, ihre Netzkabel ranken sich wie Schlingpflanzen gen Decke, wo sie in Kabelschächten verschwinden. Die meisten Handys sind von Apple und Samsung, aber er sieht auch andere Fabrikate.

Dante tritt näher heran. Das Gros der Displays ist inaktiv, nur wenige leuchten. Auf diesen öffnen und schließen sich Apps und Browserfenster in rascher Folge. Es ist, als wische eine unsichtbare Hand über die Bildschirme.

»Was zur Hölle ist das?«, fragt Dante.

»Eine Klickfarm. Der Löwenanteil des Internetverkehrs kommt heutzutage über Mobilgeräte. Wenn Sie Zugriffe in großer Zahl simulieren wollen, müssen Sie das über echte Smartphones tun, sonst fällt es auf.«

Im hinteren Teil des Raums befinden sich Computerserver sowie ein Monitor nebst Tastatur. Dante kann einen Lüfter röcheln hören. Yang geht zu dem Rechner. Sie legt einen Schalter um, woraufhin der Bildschirm aufflammt. Sobald sie ihm den Rücken zudreht, greift sich Dante eines der Spalierhandys, löst das Ladekabel, lässt es in seiner Tasche verschwinden.

Dante wendet sich wieder Yang zu. Der Bildschirm vor ihr ist vollständig weiß, abgesehen von einer schwarzen Textzeile.

`ENTER VALID CODE (3 ATTEMPTS LEFT): _`

»Wieso drei Versuche?«, fragt Dante.

»Vermutlich ein Formulierungsfehler«, antwortet sie. »Es sind ja drei Codes nötig.«

Yang setzt sich, holt ein Notizbuch hervor. Dante hat erwartet, dass sie ihre Wortfolge auf einer Seite notiert hat, aber stattdessen scheint sich das jeweilige Schlüsselwort jeweils am Ende eines mit anderem Text vollgeschriebenen Blattes zu befinden. Sie tippt, blättert um, tippt, blättert um. Dante ist offensichtlich nicht der Einzige, der paranoid ist.

Yang gibt alle zwölf Wörter ein, drückt die Eingabetaste.

`ENTER VALID CODE (2 ATTEMPTS LEFT)`

Dante runzelt die Stirn. »Hat er den jetzt genommen oder nicht?«

Yang antwortet nicht, holt einen Zettel hervor. Die zweite Seed-Phrase, jene aus dem Panzerschrank des Notars, wurde ebenfalls handschriftlich niedergelegt, allerdings auf cremefarbenem Büttenpapier. Vermutlich hat der Notar die Wörter höchstselbst niedergeschrieben, mit einem vergoldeten Montblanc-Füllfederhalter, und dreitausend Schweizer Franken dafür berechnet.

Yang tippt, drückt die Eingabetaste.

`ENTER VALID CODE (1 ATTEMPT LEFT)`

Dante fragt sich, ob hier alles mit rechten Dingen zugeht. Müsste das Programm nicht eine Bestätigung auswerfen, dass die beiden ersten Codefolgen akzeptiert wurden? Bevor er jedoch etwas in der

Art anmerken kann, macht ihm Yang Platz, deutet auf den Rechner. Er setzt sich, holt aus seiner Manteltasche eine zerlesene Ausgabe des »Bartender's Little Black Book« hervor und beginnt, darin zu blättern. Irgendwie hatte Dante erwartet, Yang werde sich erkundigen, wie genau er seine zwölf Wörter in den Cocktailrezepten versteckt hat. Aber sie fragt nicht, schade eigentlich.

Dante tippt, blättert, tippt. Als er fertig ist, wartet er einen Augenblick. Erst dann hämmert er auf die Eingabetaste.

CODE ACCEPTED.

Er kann hören, wie Yang hörbar ausatmet, nur um ein paar Sekundenbruchteile später aufzustöhnen, als eine weitere Zeile erscheint.

ACEPHALE INITIATED.

»Nein, nein, das kann nicht ...«, ächzt sie.

»Was bitte soll das heißen?«, sagt Dante.

»Keine Ahnung, was es bedeutet. Irgendwas mit einem Ass? Und Fail? Da stand, dass es gestartet wurde. Wieso wurde irgendwas gestartet, verdammt?«

Yang läuft hin und her, wirft einen bangen Blick auf die Displays der Telefone.

»Es sollte doch ... da hätte so ein Control Panel erscheinen sollen, mit dem man die Klickfarm steuern kann.«

»Kann es vielleicht sein«, sagt Dante, während er Yang mustert, »dass Hollister Sie alle episch verarscht hat?«

»Ich war hier, wir haben alle zusammen das System überprüft«, erwidert sie. Aber an ihrem Gesichtsausdruck kann Dante erkennen, dass sie zum selben Schluss gelangt ist. Was auch immer Hollister ihr damals vorgeführt hat, waren nur ein paar Screenshots eines angeblichen Control Panels, ein Potemkin'sches Programm, mehr nicht. In Wahrheit wusste nur Sir Holly, was sein Botnetz tut, wie man es steuert. Und dieses Wissen hat er mit ins Grab genommen.

»Er hat uns gelinkt«, sagt Yang leise.

»Sieht so aus. Lassen Sie uns von hier verschwinden.«

Yang nickt, strebt dem Ausgang zu. Sie sind bereits durch die Tür, als ein Geräusch ertönt, ein Summen, das nicht sehr laut ist. Die Juno-Chefin scheint es nicht gehört zu haben, geht weiter. Dante hingegen bleibt stehen. Es ist auf einmal so hell. Als er sich umdreht, sieht er, dass das Licht aus dem Computerraum kommt, dessen Tür noch immer halb offen steht. Er geht zurück, schaut hindurch.

Aberhunderte von Handys sind zum Leben erwacht. Ihre Displays leuchten, sie pulsieren in einem Rhythmus, den ihnen ein unsichtbarer Dirigent vorgibt. Dante weiß, dass ihm die Telefone nichts anhaben können. Dennoch fühlt er kalte Furcht in sich aufsteigen. So schnell er kann, verlässt er die Büroräume der Fondation.

SÚKROMNÝ DETEKTÍV

Unten bittet er Yang, einen Moment im hinteren Teil des Foyers auf ihn zu warten. Dante selbst tritt vors Haus und sieht sich um. Die zwei Gestalten im Hauseingang sind immer noch da. Ohne zu zögern, überquert Dante die dunkle, verlassene Straße, läuft direkt auf die beiden zu. Anscheinend haben sie das nicht kommen sehen, er erkennt es an ihrer Körpersprache. Der Mann, ein Mittzwanziger in Skinnyjeans und Oversized-Pulli, stellt sich vor das Mädchen. Seine Beschützerpose wirkt angesichts seiner Statur ziemlich lächerlich. Der Junge ist schmal und schlaksig, selbst Dante könnte ihn durchbrechen wie einen Besenstil.

Das Mädchen, zwei Köpfe kleiner und nicht ganz so dünn, ist genauso gekleidet wie ihr Romeo. Sie hält ein frühstückstellergroßes Handy vor sich, als wäre es eine Waffe. Vermutlich ist es das auch, in gewisser Weise. Sollte Dante dem Jungen eine verpassen, kann er sich das vermutlich später in Endlosschleife auf Tiktok oder Instagram anschauen.

»Guten Abend«, sagt Dante auf Deutsch, fügt auf Englisch an: »Was wird das denn hier?«

Das Mädchen flüstert dem Jungen etwas ins Ohr. Weil sie sehr aufgeregt ist, spricht sie laut genug, dass Dante es dennoch hören kann.

»Je to naozaj tak. Súkromný detektív, Quatermain. Eddy Dante.«

»Hey«, blafft Dante sie an, »niemand nennt mich Eddy, klar?«

Die beiden starren einander an.

»Was«, fragt er erneut, »wird das hier?«

Der junge Mann hat sich inzwischen etwas gefasst. Dante revidiert seine erste Einschätzung. Der Kerl ist keine fünfundzwanzig, eher zwanzig. Er hat Holzplugs in den Ohrläppchen und Mangafiguren auf den Armen.

»Wir sind wegen des Schatzes hier«, antwortet er und fügt hinzu: »Genau wie Sie, Mann.«

Das Englisch des Jungen weist einen osteuropäischen Akzent auf. Er starrt Dante herausfordernd an. Dieser lächelt.

»Bevor wir weiterreden, macht ihr erst mal das Handy aus.«

Das Mädchen schaut den Jungen fragend an. Dieser nickt. Sie senkt das Gerät.

»Und wo meint ihr, dass sich dieser Schatz befindet?«

»Bullingerstraße 47. Das Haus, wo Sie gerade drin waren. Wo ist eigentlich die Frau. Ist das auch eine?«

»Eine was?«

»Quatermain«, erwidert er. Schon wieder dieses Wort. Beim ersten Mal hat Dante geglaubt, er verstehe nicht richtig. Mit Jugendsprache kennt er sich nicht aus. Aber nun ahnt er etwas.

»Quatermain? So wie Allan Quatermain von Henry Rider Haggard?«

Der Junge schaut ihn verwirrt an.

»Quatermain wie Schatzsucher, meine ich, Mann, äh, Sir.«

Dante überlegt kurz. »Quatermain sucht aber nach König Salomos Schatzkammer und nicht nach dem Schatz von Monte Cristo. Falscher Roman.«

Das Mädchen zuckt mit den Schultern.

»Ist so Internetding«, sagt sie. »Nachdem das mit Montecrypto die Runde macht, viele Leute haben gesagt, dass sie auch sich auf die Suche machen, nach Schatz. Fleekaholic hat so Leute auf seinem YouTube-Channel als Quatermains bezeichnet, und dann ist das …«

» … so eine Art Meme geworden? So ein Internetding?«, fragt Dante.

»Ja. Wer Montecrypto sucht, ist Quatermain. Und Sie«, ihre Stimme klingt nun ein wenig ehrfürchtig, »sind First Quatermain.«

»First …?«

»Weil Sie gefunden haben ersten Schatz, in Wüste.«

Sie hebt die Hand mit dem Telefon, vermutlich, um diesen denkwürdigen Moment festzuhalten. Als sie Dantes Blick sieht, lässt sie ihr Gerät wieder sinken.

»Okay. Ihr seid also hier, weil ihr glaubt, dass der Schatz«, er zeigt hinter sich, »da drin ist. Wie kommt ihr drauf? Stand's auf Reddit?«

Dass er trotz seines biblischen Alters Reddit kennt, scheint die beiden zu erstaunen. Der Junge findet als Erster seine Sprache wieder.

»Ich habe da etwas rausgefunden, also diese Website. Wegen der Turtlecoins.«

Dante macht eine ermunternde Geste.

»Ja, also, nach dem Fund in der Wüste, da haben ein paar Leute die Casascius-Coins, die aus dem Loch, untersucht. Auf geheime Botschaften und so. Aber ich habe mir gedacht, vielleicht finde ich was in der Blockchain.«

Dante ruft sich ins Gedächtnis, was der Junge mit »in der Blockchain« meint. Er bezieht sich auf das digitale Kassenbuch, in dem alle Turtlecoin-Transaktionen verzeichnet sind, für jeden Interessierten einsehbar. Dante verspürt einen gewissen Respekt für den Jungen. Offenbar hat sich dieser als Hobby-Wirtschaftsprüfer betätigt und durch einen Wust von Daten gequält.

»Dabei ist mir aufgefallen, dass eine Adresse immer wieder auftaucht«, sagt der Junge.

»Adresse im Sinne von ...«

»Eine Turtlecoin-Adresse, quasi eine Kontonummer. Und das fand ich seltsam.«

»Weil?«

»Weil man eigentlich für jede Überweisung eine neue verwendet. Denn ansonsten könnte man den Nutzer ja identifizieren, möglicherweise.«

»Okay. Jemand hat also immer wieder die gleiche Adresse benutzt, um Shitcoins hin und her zu schieben.«

»Ja. Und ich glaube, dass das Sir Holly selbst war. Er wollte einen Hinweis hinterlassen. Aber vermutlich wissen Sie das doch eh schon alles.«

»Warum sollte ich?«

»Na, weil Sie hier sind. Die Adresse lautet, Moment ...« Er holt sein Handy hervor, schaut etwas nach, hält Dante das Gerät hin:

22dceFyHXfWKYoZu5yrCmeBfoMrPLMXEov

»Und«, fügt der Junge hinzu, »es gibt auch eine Internetseite, eine Domain, die so heißt. Mit .com hinten dran.«

Dante nickt. »Ja. Und die ist auf eine Stiftung registriert«, sagt er, »namens Fondation Bataille, Bullingerstraße 47, Zug.«

Der Junge mustert ihn, seine Augen verengen sich.

»Ich verstehe. Sie sind nicht über die Turtle-Blockchain zu der Adresse gekommen. Darf ich fragen, wie ...«

»Das kann ich euch nicht sagen. Was ich jedoch sagen kann, ist, dass ich da drin keinen Schatz gefunden habe.«

Die beiden schauen enttäuscht.

»Wo kommt ihr eigentlich her?«, fragt Dante

»Aus Trnava.«

Als er Dantes fragenden Blick sieht, fügt er hinzu: »In der Slowakei. Und wir sind anscheinend die Ersten. Also, außer Ihnen.«

»Ist das mit der Fondation Bataille denn sonst noch jemandem bekannt?«

»Ich weiß nicht. Im Netz stand noch nichts. Als wir es rausgefunden hatten, sind wir sofort losgefahren. Aber ich wette, dass bald viele Leute herkommen. War ja jetzt nicht so schwer rauszufinden.«

Dante versucht, seine Gesichtszüge unter Kontrolle zu behalten. Bis er halbwegs durchblickte, hat es Tage gedauert. Außerdem musste er dafür mehrere fragwürdige Dinge tun – einem Toten das Handy entreißen, eine Managerin erpressen. Dieser milchgesichtige slowakische Hacker war genauso schnell wie er. Wie soll

Dante den verdammten Schatz bloß finden, ohne dass ihm solch ein Nerd zuvorkommt, ohne dass ihm Dutzende zuvorkommen?

»Habt ihr mich fotografiert, als ich hergekommen bin? Und die Frau?«

»Nur Sie, Sir«, erwidert das Mädchen. Inzwischen scheint ihr das etwas peinlich zu sein.

»Okay«, erwidert er, »nein, nicht okay. Ihr könnt mich doch nicht einfach knipsen.«

»Aber in der Wüste wurden Sie auch gefilmt«, sagt der Junge.

»Und auch da hat mich keiner gefragt. Hört zu. Meine … Kollegin und ich, wir machen jetzt gleich einen Abflug. Ihr filmt uns dabei nicht. Ihr beobachtet uns auch nicht. Klar?«

Beide nicken, schauen betreten zu Boden.

»Also, dann. Was ihr macht, wenn wir weg sind, ist euer Ding. Aber ich weise euch darauf hin, dass man für dieses Bürohaus eine Keycard braucht, sonst kommt man nicht rein. Alles andere wäre Einbruch, und der wäre strafbar.

Und noch was. Ihr macht das aus Spaß, oder? Die Schatzsuche, meine ich. Weil's Bock macht.«

Erneut nicken beide.

»Wenn es den Schatz gibt«, fährt Dante fort, »dann könnte er ziemlich groß sein, ein paar Millionen …« Der Junge runzelt die Stirn.

»Was?«, fragt Dante.

»Allein Hollisters Turtlecoins müssen inzwischen über hundert Millionen wert sein.«

»Dann meinetwegen Hunderte von Millionen. Der Punkt ist, das Internet ist voll von Psychos. Die würden schon bei einer Million austicken, aber bei diesen Summen? Was ich sagen will, ist: Bei dieser Sache sind komische Leute unterwegs, passt also auf.«

»Hal Price«, sagt das Mädchen leise.

Dante nickt grimmig.

»Genau. Also passt auf euch auf.«

Er schaut die beiden an.

»Wie heißt ihr eigentlich?«

»Agnesa.«

»Zdenko.«

Er greift in die Tasche, holt seinen Turtlecoin hervor. Zdenkos Augen weiten sich. Dante hält ihm die Münze hin. Er weiß nicht, wie viel sie inzwischen wert ist, aber es ist ihm auch egal. Vielleicht wird sich die Investition irgendwann auszahlen.

Der Junge nimmt die Münze. Dante gibt ihm außerdem seine Visitenkarte. Die ist deutlich weniger wert, aber Zdenko scheint erneut sehr beeindruckt.

»Wenn was ist, ruft mich an, okay? Jetzt muss ich los. Und ihr auch. Wenn ich gleich mit der Kollegin rauskomme, seid ihr weg, klar?«

Sie versprechen es ihm, bedanken sich für die Münze. Vermutlich werden sie Fotos davon machen und einen ellenlangen Blogeintrag darüber verfassen. Dante will es gar nicht so genau wissen.

Die beiden ziehen ab. Nach ein paar Metern bleibt das Mädchen stehen, dreht sich nochmals um.

»Woher Sie haben eigentlich Keycard für Büros von Stiftung?«

»Die Wege des First Quatermain sind unergründlich«, erwidert er.

Sie wendet sich ab. Sobald beide hinter der nächsten Ecke verschwunden sind, geht Dante zurück zur Nummer siebenundvierzig, klopft gegen die Scheibe. Es dauert eine Weile, bis Yang auftaucht. Sie spricht aufgeregt in ihr Handy. Das Gesicht der Managerin verrät Anspannung. Sie steckt das Telefon weg, öffnet die Tür. Dante vergewissert sich nochmals, dass die slowakischen Kryptogroupies nicht mehr zu sehen sind.

»Die Luft ist rein. Kommen Sie.«

»War da jemand?«

»Nur ein paar Teenies. Ich habe sie weggeschickt.«

Yang fragt nicht nach, um was für Teenies es sich handelt. Sie laufen zu Dantes Wagen. Ein paar Minuten später sind sie auf der Autobahn Richtung Zürich. Da Yang offenbar nicht zu einem Gespräch aufgelegt ist, schaltet Dante das Radio an. Er wählt einen französischen Sender, weil er dessen Moderator zumindest halbwegs verstehen kann. Es laufen Nachrichten. Der neue US-Präsident hat inzwischen zwei Flugzeugträger in die Karibik entsandt, da die Lage in Venezuela immer mehr außer Kontrolle gerät. Die Regierung in Caracas will der galoppierenden Inflation Einhalt gebieten, indem sie die erst kürzlich eingeführte neue Währung Bolivar Pujante direkt an den Dollar koppelt. Dante fragt sich, ob die Venezolaner schon einmal darüber nachgedacht haben, Junos Moneta einzuführen. Er könnte Yang danach fragen. Regungslos sitzt sie auf dem Beifahrersitz, starrt hinaus in die Nacht. Dante lässt es lieber, hört weiter Radio.

Der Ölpreis hat wegen der Krise inzwischen die Marke von hundertfünfzig Dollar durchschlagen. Die Märkte fordern Zinssenkungen, aber soweit Dante weiß, gibt es da nichts mehr zu senken. Der nächste Schritt wäre, die Nationalgarde mit Konfettikanonen auszustatten und Dollarscheine in die Menge zu feuern.

Danach wird über den viel zu starken Schweizer Franken berichtet und über Gewinnwarnungen mehrerer großer Firmen. Dante fragt sich, ob er sich im Wirtschaftssegment befindet oder ob die Lage tatsächlich schon wieder derart beschissen ist, dass normale Nachrichtensendungen mit Zinsen, Wechselkursen und ähnlichem Quotengift aufmachen.

Dann sagt der Sprecher das magische Wort.

» ... Montecrypto. Das Internetphänomen zieht immer mehr Menschen in seinen Bann. Nun ist ein weiteres Video veröffentlicht worden, in dem ...«

Dante wendet den Blick von der Straße ab, schaut zu Yang hinüber. Sie zeigt auf das Radio.

»Was sagt er?«

» ... Hollister kritisch zu seiner früheren Firma äußert. Der Juno-Kurs gab in New York nach und ...«

»Hollister hat wieder eins rausgehauen«, erwidert Dante.

»Ein Video?«

»Sieht so aus.«

Ein Schild zeigt an, dass sie den Kanton Zürich erreichen. Dante fragt Yang, wo sie abgesetzt werden möchte. Sie bittet ihn, sie zum Sechseläutenplatz zu fahren. Dann steckt sie sich AirPods in die Ohren und wendet sich ihrem Handy zu.

Kurz darauf hält Dante am Rand des Platzes. Yang murmelt Dankesworte.

»Ich weiß nicht, ob Sie mir danken sollten.«

»Immerhin haben Sie mir den Code zur Verfügung gestellt, Mister Dante.«

»Wäre vielleicht besser gewesen, wenn nicht.«

»Möglich.«

»Was ist mit dem zweiten Video? Haben Sie es sich schon angesehen?«, fragt Dante.

»Ja. Es ist kryptisch. Beunruhigend.«

Yang scheint einen Augenblick mit sich zu ringen.

»Ich würde Sie gerne engagieren, Mister Dante.«

»In welcher Angelegenheit?«

»Ich will, dass Sie rausfinden, was Hollister im Schilde führt.«

»Der führt gar nichts mehr im Schilde. Er ist so tot wie die venezolanische Währungsreform.«

»Führte, meine ich. Der Mann hat vor seinem Tod einen ausgefeilten Plan entworfen, das ist offensichtlich. Ebenfalls offensichtlich ist, dass es nicht der Plan ist, den Price und ich mit ihm ausgeheckt hatten.«

Dante nickt langsam.

»Ich würde am liebsten eines unserer IT-Teams in die Bullingerstraße schicken, damit die dort alles auseinandernehmen. Aber ...«

»Aber dann fliegt auf, dass Sie einen Haufen Fake-Konten und einen noch größeren Haufen Fake-Moneta im Juno-System haben.«

»Für einen Engländer sind Sie sehr direkt.«

»Amerika macht selbst aus einem zuvorkommenden Menschen wie mir einen Rüpel.«

»Wie dem auch sei, Mister Dante. Ich brauche jemanden, der

mehr über die Sache in Erfahrung bringt. Und Sie sind ja ohnehin hinter Hollisters Vermächtnis her, wenn man das so sagen kann.«

Dante glaubt nicht, dass er ihr in der Sache maßgeblich wird helfen können. Dafür ist das alles zu technisch, zu viel Computercode, zu wenig gute alte Gewinn- und Verlustrechnung. Allerdings vermutet er, dass sie seine Hilfe in Wahrheit auch gar nicht will. Yang möchte ihm den Mund versiegeln, mit Geld. Sobald sie seine Klientin ist, unterliegt er der Schweigepflicht – nicht im juristischen Sinne, nur Anwälte genießen dieses Privileg, aber zumindest im moralischen.

Damit hätte er kein Problem, das wäre leicht verdientes Geld. Doch es gibt eine andere Schwierigkeit.

»Wenn ich Sie vertrete, beißt sich das möglicherweise mit einem anderen Mandat.«

»Dem von Jackie Martel.«

»Genau. Die will den Schatz, alles andere ist ihr egal. Aber es könnte natürlich sein, dass Hollisters geheime Erbschaft und ihre ›Operation Stopfsocke‹ miteinander zusammenhängen.«

»Vermutlich.«

»Woraus schließen Sie das?«

»Überschneidungen. Zum Beispiel diese Stiftung. Die Fondation Bataille wurde ja offenbar auch im Zusammenhang mit Montecrypto erwähnt.«

»Woher wissen Sie das jetzt schon wieder?«

»Internet.«

Dante muss an die beiden slowakischen Möchtegernschatzsucher denken. Falls sie noch in Zug sind, werden sie bald Besuch bekommen.

»Wie dem auch sei, Mister Dante. Gregs Geld interessiert mich nicht. Was mich interessiert, ist, dass nichts an die Öffentlichkeit gelangt, was mich kompromittiert. Das sollte sich doch eigentlich nicht mit Mrs Martels Geldgeilheit überschneiden.«

»Vermutlich nicht.«

»Gut. Dann sind wir uns einig?«

»Mein Tagessatz ...«

Yang holt eine voluminöse Louis-Vuitton-Brieftasche hervor, entnimmt ihr mehrere lilafarbene Scheine. Es handelt sich um Banknoten zu jeweils eintausend Franken, insgesamt fünf Stück.

»Sagen Sie Bescheid, wenn Sie mehr brauchen. Und nehmen Sie auch noch das hier.«

Sie händigt ihm das Geld sowie zwei Kärtchen aus. Auf dem einen ist handschriftlich ein achtstelliger alphanumerischer Code vermerkt. Das andere sieht wie eine Theaterkarte aus.

»Das ist meine Threema-ID«, sagt Yang, »ein anonymes Chatprogramm. Darüber können Sie mich kontaktieren. Das Codewort lautet«, sie denkt nach, »Empyrion. Dann weiß ich, dass Sie es sind.«

»Ganz schnöde anrufen scheidet aus?«

»Nur im absoluten Notfall, bitte. Eine zu große Zahl von Telefonaten zwischen uns könnte erklärungsbedürftig sein.«

Dante nickt. Er schaut sich die zweite Karte an. Es handelt sich um ein Ticket für die Zürcher Oper.

»›Der Messias‹ von Händel? Was zum Teufel soll ich damit?«

»Mögen Sie keine klassische Musik?«

Dante weiß ehrlich gesagt nicht, ob er klassische Musik mag. Er hat sich nie darauf eingelassen. An Interesse fehlt es ihm eigentlich nicht, eher an Geduld. Vielleicht hat es etwas mit den von ihm favorisierten Punksongs zu tun. Einszweidreivier, schrammelrammel Fuckfuckfuck, und nach zwei dreißig ist alles vorbei. Im Vergleich dazu dauert eine Oper so lange wie der Dreißigjährige Krieg. Und diesen ›Messias‹ kennt er gar nicht.

»Ich versuche«, sagt Yang, »in jeder größeren Stadt, die ich besuche, in die Oper zu gehen. Das hier ist eine sehr moderne Interpretation, aber mir ist die Lust vergangen. Wäre allerdings schade drum.«

Mit diesen Worten steigt sie aus.

Dante sieht ihr einige Sekunden nach, bevor er Gas gibt und ins Parkhaus fährt. Es ist kurz vor acht. Wenn er sich beeilt, erreicht er die auf der anderen Seite des Sechseläutenplatzes gelegene Oper noch, bevor die Türen geschlossen werden. Aber er rennt nicht gerne. Und eigentlich will er keine sakralen Choräle hören.

Stattdessen geht er wieder in das Café, in dem er zuvor schon mit Yang war, bestellt sich ein Bier und ein Sandwich. Während Dante isst, schaut er sich das neue Hollister-Video an. Dessen Abrufzahl ist bereits sechsstellig.

Hollister sitzt diesmal nicht auf der Graffiti-Treppe, sondern in einem kleinen Park. Im Hintergrund befinden sich ein Beet voller roter Tulpen sowie ein Brunnen mit Fontäne. Dante meint den Park schon einmal gesehen zu haben. Wo? Er kommt nicht drauf.

Hollister trägt eine schwarze Baseballmütze sowie ein schwarzes T-Shirt, auf dem fünf neongelbe Ringe aufgedruckt sind. Dante fragt sich, ob sie etwas bedeuten. Bevor er sie jedoch genauer in Augenschein nehmen kann, zoomt die Kamera weiter heran. Hollister beginnt zu sprechen.

»Hallo, Leute. Grüße aus dem Epizentrum. Inzwischen seid ihr vermutlich den Hinweisen vom letzten Mal gefolgt, wart vor Ort. Und manche von euch fragen sich bestimmt, ob es das schon war.«

Hollister hält einen der goldenen Turtlecoins in die Kamera.

»Nun, sagen wir mal: Das war *ein* Schatz, aber nicht *der* Schatz. Das war nur ein Vorgeschmack, ein Appetithäppchen. Der wahre Schatz ist digital. Und ich habe ihn«, Hollister lächelt, »natürlich noch besser versteckt.«

Dante verschüttet etwas von seinem Bier. Rasch greift er nach dem auf dem Tisch liegenden Handy, damit dessen Schaltkreise nicht in Heineken gebadet werden. Was ihn hat zusammenzucken lassen, waren nicht Hollisters Worte, sondern eine Erkenntnis. Er weiß nun, wo das Video aufgenommen wurde: Bowling Green. Dante drückt auf die Stopptaste, schaut genau hin. Kein Zweifel – als er an der Wall Street arbeitete, saß er mehr als einmal in dem Park und verzehrte dort einsam sein Mittagessen. Bowling Green liegt am südlichen Ende des Broadways und ist lächerlich klein,

ein Brunnen mit ein paar Bänken drumherum, eine homöopathisch bemessene Rasenfläche.

Hollister hat diesen Ort nicht zufällig ausgewählt. Oder vielleicht doch? Wird er bereits zum Verschwörungstheoretiker, sieht geheime Botschaften, wo gar keine sind? Möglicherweise hat er zu viele Montecrypto-Kommentare auf Reddit gelesen. Aber nein – das hier kann kein Zufall sein. Der kleine Park liegt mitten im Finanzdistrikt. Gegenüber seinem Eingang steht die berühmte Bronzestatue des Charging Bull. Hollister, dieser Hund, hat gewusst, dass ihm nach dem ersten Video und der Nummer mit den verbuddelten Coins die Aufmerksamkeit des halben Internets sicher sein würde. Was also will er andeuten? Dante atmet hörbar aus, drückt auf Play.

»Ihr habt euch bestimmt schon gefragt, wie groß mein Schatz ist. Tja, so genau kann ich das gar nicht sagen. Der Wert schwankt, natürlich. Aber als ich zuletzt nachgeschaut habe«, Hollister lächelt breit in die Kamera, »war er ziemlich groß. Wer ihn besitzt, kann damit die Welt verändern. Vorausgesetzt, er packt den Stier bei den Hörnern.«

Da ist er, der Hinweis auf den Stier. Jeder, der das Video sieht, wird es kapieren. Dante weiß, dass der Charging Bull täglich von Touristen heimgesucht wird, die Fotos machen und dem Tier die Eier schaukeln – die riesigen Hoden der Statue anzufassen, bringt angeblich Glück. In diesem Moment strömen die Möchtegern-Schatzsucher vermutlich bereits in Scharen zum Broadway, tanzen um das Goldene Kalb der Wall Street.

»Also, gute Jagd. Haltet die Augen offen. Wenn Ihr mich jetzt entschuldigen würdet, ich muss los. Ich habe gleich ein Date mit meinem neuen Kumpel Alex.«

Dann endet das Video abrupt.

KING OF KINGS

Dante starrt auf den Bildschirm seines Handys.

»Du bist tot, du Vollidiot«, entfährt es ihm, »wie zum Teufel willst du …«

Als Dante bemerkt, dass ihn mehrere Cafégäste beäugen, verstummt er. Vermutlich halten sie ihn für einen entlaufenen Irren. Man kann es ihnen kaum verdenken. Er ist gejetlagt und unrasiert, hat Bierflecken auf der Hose.

Dante schaut sich das Video nochmals an. Diesmal macht er sich Notizen:

Bowling Green
Charging Bull (bei den Hörnern packen)
Ringe auf dem Shirt?
Alex. Wer zur Hölle ist Alex?

Dante hat keinen Schimmer, was all das bedeutet, weiß aber, dass er sich die Sache anschauen muss. Er ruft bei American Airlines an, um seinen Flug umzubuchen. Während er der Warteschleifenmusik (»Learn to fly« von den Foo Fighters) lauscht, schreibt er eine weitgehend inhaltsleere Wasserstandsmail an Martel – gehe Hinweisen nach, prüfe Unterlagen, hoffe, Ihnen bald Näheres, yada, yada, yada.

Dave Grohl singt derweil bereits zum dritten Mal: »I'm lookin' to the sky to save me, lookin' for a sign of life.« Dann geht bei American endlich jemand an die Strippe. An diesem Abend kommt Dante nicht mehr nach New York, weder von Zürich noch von Frankfurt. Also bucht er für den kommenden Morgen einen

Flug nach John F. Kennedy, mit Anschluss nach Los Angeles sechs Stunden später.

Bereits in dem Moment, als der Servicemitarbeiter seine Buchung bestätigt, zweifelt Dante daran, dass er das Richtige tut. Die slowakischen Teenager mögen glauben, er sei Montecrypto-Avantgarde. Aber in Wahrheit läuft er hinterher statt vorneweg. In Zug besaß er kurz einen Vorsprung. Wenn er aber am Broadway aus dem Taxi springt, werden bereits Dutzende, ja Hunderte Schatzsucher den Ort inspiziert haben. Wahrscheinlich kann er bereits vor dem Abflug nach New York nachlesen, wie der zweite Schatz gefunden wurde.

Einen Moment lang schaut Dante in sein Bierglas. Dann wählt er Mondegos Nummer. Sie nimmt sofort ab.

»Hi, Ed.«

»Hallo.«

An den Hintergrundgeräuschen hört er, dass sie sich an einem Flughafen befindet.

»Noch LAX oder schon JFK?«

»Dann hast du das Video also auch schon gesehen. Kannst du dir einen Reim drauf machen?«

»Noch nicht wirklich. Irgendwas mit dem Börsenbullen.«

»Das ist offensichtlich. Aber da kann er ihn kaum versteckt haben.«

Dante murmelt etwas Zustimmendes. Jene Stelle am Broadway, wo der Bulle steht, ist dermaßen exponiert, dass man dort nichts verbuddeln oder anbringen kann. Ein Haufen Sicherheitsleute bekäme es mit. Hollister muss sichere Verstecke für seine Schätze ausgewählt haben, damit diese nicht schon vor der Veröffentlichung seiner Videos zufällig entdeckt werden. Da den Stier tagtäglich Aberhunderte Menschen befingern, scheidet er aus.

»Wo bist du, Ed?«

»In Zürich.«

Es dauert einen Moment, bis sie antwortet.

»Die Stiftung. Du hast dir diese Fondation Bataille angeschaut.«

Dante antwortet ihr nicht.

»Ed, bist du noch dran?«

»Ja.«

»Hab ich recht?«

»Können wir das persönlich besprechen? Ich komme auch nach New York. Wobei ich ehrlich gesagt nicht viel Hoffnung habe, noch was zu finden.«

»Klar. Die Ersten sind bereits vor Ort, posten Bilder. Ziemlich viele checken die Karte.«

»Was für eine Karte?«

»Der Link, den ich dir geschickt habe, mit dem Ring-Rätsel. Oder du googelst einfach: ›Hollister Schatzkarte Manhattan‹, dann siehst du's. Ich bleib so lang dran, aber mach schnell. Boarding läuft schon.«

Dante nimmt sein Telefon vom Ohr, gibt den Suchbegriff ein. Erster Treffer ist ein Eintrag in einer Reddit-Gruppe namens »MC_Quatermains«. Dort sieht man eine Karte Manhattans.

Dante entfährt ein Lacher. Wieder schauen ihn die anderen Gäste merkwürdig an, aber diesmal ignoriert er sie. Auf der Reddit-Karte sind insgesamt fünf Punkte eingezeichnet – einer in der Mitte, vier drumherum. Die Anordnung erinnert ihn an die kleinen Ringe auf Hollisters T-Shirt in dem neuen Video. In der Mitte der Karte befindet sich der Charging Bull. Die Punkte sind so darüber gelegt, dass der mittlere auf der Statue zentriert ist. Hollister hatte gesagt, er befinde sich »im Epizentrum«. Von Dante ist dies als Hinweis auf das Zentrum des globalen Finanzsystems interpretiert worden. Der Reddit-User, der diese Karte entworfen hat, schlussfolgert etwas anderes. Er sieht den Bullen ganz im wörtlichen Sinne als Zentrum der fünf Punkte. Die anderen vier sind demnach die New York Stock Exchange, die U-Bahn-Station Rector Street, das East Coast Memorial im Battery Park sowie eine Chase-Filiale in der Water Street.

»Meine Fresse«, murmelt Dante, »was für eine beschissene Kaffeesatzleserei.«

»Was sagst du, Ed?«

»Diese Karte. Keine komplett dämliche Idee. Aber der Maßstab ist ein Problem, oder?«

»Ja, stimmt. Das kritisieren auch die Leute im Forum. Je nachdem, welchen Maßstab man wählt, könnten die Punkte in Manhattan liegen, über alle Boroughs verteilt sein oder in einem Kartoffelfeld in Idaho. Folglich gibt es bereits ein Dutzend dieser Karten.«

»Und noch mehr Leute, die mit den Dingern gerade durch New York tapern. Was versprichst du dir davon, hinzufahren?«, fragt Dante.

»Ich bin Reporterin, Ed. Ich muss nichts finden, ich kann einfach drüber berichten. Das macht meinen Job in diesem Fall einfacher als deinen.«

»Wahre Worte.«

»Verrätst du mir jetzt, was deine Arbeitshypothese ist, First Quatermain?«

»Mercy, bitte.«

»Deiner rasant zunehmenden Berühmtheit bist du dir aber schon bewusst?«

»Schmerzlich. Hör zu, Mercy. Ich habe mehrere Hypothesen, aber das besprechen wir alles morgen, von Angesicht zu Angesicht, okay?«

Sie vereinbaren, sich am frühen Nachmittag vor dem Eingang zum Battery Park zu treffen. Dann kappt Dante die Verbindung. Eigentlich hätte er Mercy Mondego gerne schon jetzt einige Dinge gefragt, hat sich aber zurückgehalten. Wer weiß, ob jemand zuhört. Dante hat inzwischen eine erste vage Idee, worum es bei der Schatzsuche tatsächlich gehen könnte. Und seit die in seinem Kopf herumspukt, ist er paranoider als je zuvor.

Dante leert sein schon etwas schales Bier, scrollt währenddessen durch seine Inbox. Über die Adresse info@dante-investigations.com wird sein Postfach komplett geflutet. Menschen offerieren Dante Hilfe bei seiner Schatzsuche. Andere drohen ihm einen äußerst qualvollen Tod an, sollte er ihnen keinen Tipp geben, wo die Kohle zu finden ist. Siechend Kranke bitten um Spenden. Reporter betteln um Exklusivinterviews und versichern, man könne auch erst einmal streng vertraulich reden.

Dante signalisiert dem Kellner, dass er zahlen möchte. Als er das Café verlässt, will er zunächst das Parkhaus ansteuern. Er hat sich vorhin ein Hotel nahe dem Zürcher Flughafen gebucht, wo er nun hinfahren müsste. Vor der Oper sieht er jedoch Menschen in Abendgarderobe. Rauchend und schwatzend stehen sie vor dem Eingang. Anscheinend ist gerade Pause.

Ohne lange zu überlegen, nimmt Dante Kurs auf das Opernhaus, steigt die Treppe hinauf, zeigt seine Karte. Yang hat sich nicht lumpen lassen: Parkett links, drei Reihen hinter dem Orchestergraben. Er nimmt Platz, wartet auf die Glocke. Währenddessen schaut er hinauf zur aufwendig bemalten Decke, betrachtet Goldstuck, Cherubim, Kristallleuchter und was sonst noch im Angebot ist.

Der zweite Aufzug beginnt. Dante hat keine Ahnung von sakraler Musik. Aber immerhin weiß er, dass Stücke wie dieser »Messias« normalerweise von einem großen Chor gesungen werden, der an einem festen Platz auf der Bühne steht. Bei dieser Inszenierung scheint es sich, wie von Yang angedeutet, jedoch um eine moderne Interpretation zu handeln. Balletttänzer in jüdisch-orthodox anmutender Kleidung hüpfen über die Bühne. Ein Mann in einem schicken Businessanzug wird herumgeschubst. Er könnte problemlos als Investmentbanker durchgehen, ist aber offensichtlich der Messias.

Einige Tänzer piksen den sich inzwischen auf dem Boden windenden Erlöser mit Lanzen und Bajonetten. Ein Solist, gekleidet wie ein früher amerikanischer Missionar, singt mit hoher, eunuchenhafter Stimme: »He was despised and rejected.«

Dante hat keine Ahnung, ob der Missionary Man gut singt oder ob das Orchester etwas taugt. Also schaut er einfach zu. Jesus, der Aktienhändler, kriegt es nun richtig dicke und liefert eine ziemliche Performance ab. Der Verachtete und Verstoßene kriecht über die Bühne, windet sich, verliert Stück für Stück seinen Anzug, bis ihm am Ende nur noch das Notwendigste geblieben ist, Unterhose und Krawatte.

Irgendwann kommt jene Stelle, die sogar Dante schon einmal gehört hat, das Halleluja. Der bisher über die ganze Bühne verstreute Chor formiert sich erstmals im Halbkreis, derweil Jesus, der Anlageberater, bewusstlos vor dem Orchestergraben liegt.

Hallelujah! Hallelujah! Hallelujah! Hallelujah!
For the Lord God omnipotent reigneth.

Was Dante noch gleichgültiger ist als klassische Musik, sind Religion und Frömmigkeit. Aber selbst einem überzeugten Heiden wie ihm läuft beim Halleluja ein kleiner Schauer über den Rücken – hinterhältiger Händel, der Mann kannte alle miesen musikalischen Tricks. Der nackte Jesus beginnt sich wieder zu regen, und siehe da, die Schleusen des Himmels öffnen sich. Genauer gesagt öffnen sich Klappen oberhalb der Bühne. Konfetti regnet herab.

King of Kings forever and ever! Hallelujah! Hallelujah!

Jesus der Rainmaker erhebt sich. Er schaut sich verwirrt um. Sucht er vielleicht seinen Blackberry? Die anderen Tänzer huschen über die Bühne, die Hände nach den Papierschnipseln ausgestreckt, die, wie Dante nun erkennt, gar keine Schnipsel sind. Aus dem Bühnenhimmel regnen Geldscheine herab, Tausende hellgrüne Papierfetzen. Auf ihrem Weg zur Erde drehen sie sich um ihre Längsachsen, viele driften Richtung Orchestergraben.

Lord of Lords
And He shall reign forever and ever

Einer davon landet auf dem Schoß der Dame neben ihm. Sie greift danach. Es handelt sich um einen Dollarschein, keinen echten, natürlich, sondern um eine billige Kopie. Nur eine Seite ist bedruckt. Dante gehen ein Haufen Dinge durch den Kopf. Er denkt über Fiat-Geld nach, über das Video, über Hollisters Klickfarm, in der Hunderte Handys irgendwelche Aktionen ausführen. Das Halleluja bekommt er kaum mit, obwohl der Chor es aus voller Brust schmettert und der auferstandene Messias tänzerisch zur Hochform aufläuft.

Dante muss den Geldschein in der Hand der Frau neben ihm angestarrt haben, denn sie hält ihn ihm hin. Dante lächelt, nimmt den Fake-Dollar. Es handelt sich um einen Zehner. Zu sehen sind Hamiltons Konterfei, die Fackel der Freiheitsstatue sowie »We the People«, die ersten Worte der amerikanischen Verfassung. Die Rückseite ist wie gesagt unbedruckt, und Dante kann sich nicht erinnern, was dort normalerweise zu sehen wäre.

Ist das nicht seltsam? Wie oft hat er solch einen Schein bereits in der Hand gehalten? Wie oft hat er darauf vertraut, dass ihm dieser objektiv wertlose Fetzen einen Footlong BLT Sandwich oder eine Kinokarte kauft? Fünfhundertmal? Tausendmal?

Trotzdem weiß er nicht, was auf der Rückseite eines Zehners zu sehen ist. Dante schaut sich den Fake-Dollar eine Weile an. Irgendetwas daran beunruhigt ihn. Er wird das Gefühl nicht los, dass er gerade etwas Wichtiges übersieht. Aber da ist nur Hamilton mit seiner Föhnfrisur und seinem leicht indignierten Gesichtsausdruck. Einen Dank murmelnd, gibt er der Dame den Schein zurück.

Als Dollarregen und Lobpreisungen zu Ende sind, brandet Applaus auf. Dante klatscht minimaleffizient mit. Nach einer Weile öffnen sich die Saaltüren. Draußen bleibt Dante auf den Stufen vor der Oper stehen, holt sein Portemonnaie hervor. Darin stecken ein paar Dollarscheine, außerdem Euros und Franken. Er setzt sich auf die Stufen, blättert durch die Banknoten. Der Greenback ist am schmalsten, der Franken am breitesten. Letzterer ist deutlich farbenfroher als die anderen, als der Dollar ohnehin, aber auch als der Euro. Wieder und wieder geht Dante durch das schmale Bündel, so als handle es sich um Patiencekarten.

Opernbesucher huschen an ihm vorbei, er spürt ihre Blicke. Und irgendwann dämmert es ihm. Die Scheine sind so unterschiedlich. Aber gleichzeitig ... Halleluja.

Schweigend erhebt er sich, dankt im Stillen Yang für die Opernkarte und Jesus, dem Börsenspekulanten, für die Erleuchtung.

DREI BUCHSTABEN

Es ist lange her, dass ihn jemand am Flughafen abgeholt hat. Früher gabelte seine Frau ihn manchmal auf, wenn er von längeren Reisen heimkehrte. An ausländischen Airports erwartete ihn oft ein Fahrer mit Schild: Mr Dante, Gerard Brothers. Eigentlich braucht er so etwas nicht. Den Ausgang findet er selbst und U-Bahn fahren kann er auch. Dennoch fand Dante es immer nett, wenn jemand auf ihn wartete.

Auf das Empfangskomittee am New Yorker Flughafen hätte er allerdings verzichten können. Sie sind zu zweit, Männer in Anzug und Krawatte. Beide mustern die Ankommenden, ihr Blick bleibt an Dante hängen. Noch bevor die Männer sich in Bewegung setzen können, nickt er ihnen zu. Sie nicken zurück. Dante bleibt einen Meter vor ihnen stehen.

»Morgen, Officers.«

»Mister Edward W. Dante?«

»Ja?«

Einer der Männer hält ihm seine FBI-Marke hin.

»Special Agent Wilkins. Das ist mein Kollege, Agent Halberstam.«

»Guten Tag«, sagt Halberstam.

»Was kann ich für Sie tun, Gentlemen?«

»Wir würden uns gerne kurz mit Ihnen unterhalten.«

Bereits während er dies sagt, läuft Wilkins los. Dante beeilt sich, ihm zu folgen. Der Special Agent hat jenen Stechschritt, den man nie mehr loswird, selbst wenn man Drillich und Springerstiefel gegen Anzug und Pennyloafers tauscht. Dante tippt auf die Marines. Wilkins ist Mitte vierzig, Halberstam etwas älter. Anders als sein an einen Besenstiel gebundener Kollege geht Halberstam leicht vornübergebeugt, so als ob Jahrzehnte behördlicher Abläufe schwer auf ihm lasteten.

»Worum geht es denn?«, fragt Dante, obwohl er natürlich weiß, dass es um Hollister geht. Er hofft, die Sache zügig hinter sich bringen zu können. Vor seinem geistigen Auge sieht er Mondego, die genervt auf die Uhr schaut und einen Schmollmund macht. Letzterer ist wirklich niedlich.

» ... Kollegen auch anwesend sein«, sagt Halberstam. Dante schilt sich dafür, dass er nicht aufgepasst hat. Er ist müde, überdreht und vermutlich hormonell unausgeglichen – alles Dinge, die bei einer Vernehmung durch das FBI eher hinderlich sind. In zivilisierten Ländern darf man die Bullen nach Strich und Faden belügen, nur vor Gericht und unter Eid sind Falschaussagen strafbar. Im barbarischen Amerika hingegen kann man schon dafür im Knast landen, dass man das FBI anflunkert. Er muss also aufpassen, was er sagt.

»Kollegen welcher Behörden?«, fragt Dante.

»TFI, unter anderem«, erwidert Halberstam.

Terrorism & Financial Intelligence, kurz TFI, ist eine Einheit des US-Finanzministeriums, die sich um Geldwäsche und ähnliche Schweinereien kümmert. Wer mit »unter anderem« gemeint ist, weiß Dante nicht. Er hat aber eine Ahnung.

Die FBI-Agenten führen ihn in einen Bereich des Flughafens, der anscheinend Büros des Zolls beherbergt. An einer Sicherheitsschleuse zeigen beide ihre Ausweise vor. Ein paar Minuten später sitzt Dante in einem Meetingraum, der aus einer frühen Folge von »Hill Street Blues« stammen könnte – in Brauntönen gehaltene Möbel und Teppiche, abgehängte Decken. Sogar der Kaffee schmeckt nach den Achtzigern. Ihm gegenüber sitzen drei Männer und eine Frau. Die resolut dreinblickende Dame heißt Livetti, ist vom TFI und geht bald in Rente, vermutlich wider Willen. Der dritte Mann neben Wilkins und Halberstam ist der Benjamin im Raum. Älter als fünfunddreißig ist er nicht. Er sieht asiatisch aus und hat sich als Mister Park vorgestellt. Angeblich arbeitet er für den Internal Revenue Service, die US-Steuerbehörde. Dante bezweifelt das. Er kennt eine Menge IRS-Leute, und Park passt nicht ins Raster. Dante vermutet, dass es sich um eine Tarnidentität handelt und der Kerl in Wahrheit vom Geheimdienst ist – CIA, NSA, was auch immer.

»Wir möchten mit Ihnen über Gregory Hollister sprechen«, sagt Wilkins.

»Gerne doch«, erwidert Dante.

»Sie wollen diesen Schatz, den der Mann verbuddelt hat«, fügt die Dame vom TFI hinzu.

Dante will ihr entgegenhalten, dass Montecrypto mit an Sicherheit grenzender Wahrscheinlichkeit digital ist. Dann erinnert er sich an die Nummer in der Mojave und verkneift es sich.

»Nicht ich selbst, Mrs Livetti. Hollisters Halbschwester, Jacqueline Martel, hat mich beauftragt, das Geld zu lokalisieren.«

»Warum?«, fragt Halberstam zwischen zwei Schlucken Kaffee. Mit Genugtuung registriert Dante, dass dem FBI-Mann die Brühe auch nicht zu schmecken scheint.

»Mrs Martel vermutet, dass ihr Bruder über die ihr bekannten Vermögenswerte hinaus weitere Assets besaß, keine Dollars oder Aktien, sondern Kryptowährungen. Deshalb hat sie mich beauftragt, dieses Geld zu finden.«

»Sie sagten gerade«, hakt Wilkins nach, »dass dieses Geld nicht in den Büchern auftaucht. Sie meinen also, dass es sich um Schwarzgeld handelt?«

»Special Agent, ich habe lediglich gesagt, was Jacqueline Martel vermutet – nämlich, dass da noch Geld ist. Ob er das hinterzogen oder angemeldet hat, weiß Herr Park vom IRS«, Dante versucht, nicht zu grinsen, »vermutlich besser als ich. Die Sachen von Hollisters Steuerberater, die ich einsehen konnte ... also, wenn er tatsächlich eine Milliarde abgezweigt und in Bitcoins angelegt hat – in den Unterlagen waren keine größeren Abflüsse zu sehen. Ich habe aber gehört, dass Greg Hollister ein Kryptoinvestor der ersten Stunde war, vielleicht hat er die, wie sagt man, Coins schon sehr lange.«

Livetti runzelt die Stirn.

»Sie sollen also Schwarzgeld zurückholen, vermutlich aus einer Steuerhinterziehung. Das ist nach USC …«

»Moment, Moment. Ich habe meine Mandantin natürlich darüber aufgeklärt, dass sie einen Fund dieses Umfangs unverzüglich den US-Steuerbehörden melden müsste. Und dass sie das Geld, falls es sich im Ausland befindet, nicht einfach in die Vereinigten Staaten bringen darf.«

Livetti, offensichtlich sauer, dass Dante sie unterbrochen hat, erwidert: »Muss sie ja nicht. Das sollen Sie doch für sie tun.«

»Eine Unterstellung – ich habe Martel klargemacht, dass ich das Geld, so es denn überhaupt existiert, für sie aufspüren kann, sie sich um den Rest aber bitteschön selbst kümmern muss, weil ich bestimmt keine USB-Sticks voller Bitcoins über die Grenze schmuggeln werde. Und ich habe ihr dringend angeraten, einen Rechtsbeistand hinzuzuziehen, damit alle gesetzlichen Vorschriften eingehalten werden.«

»Ganz vorbildlich«, ätzt Livetti.

Wilkins beugt sich vor, lächelt.

»Wusste Martel von den Videos?«

»Als sie mich angeheuert hat, war noch keins raus.«

»Das war nicht meine Frage. Ich meine, ob sie Ihrer Ansicht nach schon davon wusste.«

»Dass ihr Bruder nach seinem Ableben Videos ausspielen wollte? Ich denke, nicht, nein. Sie hat zumindest nichts davon erwähnt.«

»Sie gehen aber schon davon aus«, sagt Halberstam, »dass Hollister wirklich tot ist, oder?«

»Ja, natürlich. Sie nicht? Ich meine, wie kommen Sie drauf?«, fragt Dante.

»Seit diese Montecrypto-Geschichte durchs Internet geht, gibt es einige Leute, die Gregory Hollisters Tod anzweifeln«, erwidert Halberstam.

»Ja, im Internet. Aber sorry, Agent, wenn das die Basis Ihrer Vermutungen ist, dann müssen Sie auch den Tod des Mannes anzweifeln, nach dem dieser Flughafen benannt ist.«

»Mister Dante, seien Sie doch nicht so stutenbissig. Wir wollen lediglich wissen, was *Sie* glauben«, sagt Wilkins.

»Klar ist er tot. In der Zeitung stand, dass man sterbliche Überreste gefunden hat. Stimmt das eigentlich?«

Wilkins müsste jetzt ernst dreinschauen und etwas in der Art von ›Wir stellen hier die Fragen‹ erwidern. Stattdessen nickt er.

»Die mexikanische Polizei hat was gefunden, viel war es allerdings nicht. Im Cockpit waren Haare und Blut, das in der Kabine verteilt war. Außerdem fand man ein verkohltes Stück Finger. Stammte alles definitiv von Hollister, die DNA-Tests sind eindeutig. Vermutlich wird er bereits in wenigen Tagen offiziell für tot erklärt.«

Der Herr von CIA oder NSA, der bisher noch nichts gesagt hat, fragt:

»Was halten Sie eigentlich von den Videos?«

Dante rätselt, ob sich die drei Drei-Buchstaben-Behörden eine wahnsinnig clevere Verhörstrategie zurechtgelegt haben oder ob ihre Vertreter alle wild durcheinander fragen. Er tippt auf Letzteres. Stehen sie in Konkurrenz zueinander? Sicher ist, dass die Vibes im Verhörraum mies sind, die Körpersprache der vier verrät es ihm. Dante wittert Nervosität, Unruhe.

»Die Videos? Na ja, seltsam auf jeden Fall. Hat was von Schnitzeljagd. Die Leute sind auf jeden Fall ganz wild drauf.«

»Haben Sie eine Erklärung, warum Hollister das getan hat?«, fragt Park.

Dante blickt hinauf zu der hellbraunen Decke, so als müsse er über diese Frage nachdenken.

»Erlösung vielleicht.«

Park blinzelt. Darauf war er nicht gefasst.

»Können Sie das«, sagt er, »bitte etwas ausführen?«

»Nach dem, was ich bisher über Hollister gelesen habe, war er früher einmal ein Libertärer – Ayn Rand, Patrick Henry, ›Gib mir die Freiheit oder gib mir den Tod‹, diese ganze Soße. Für Cypherpunks und Krypto-Anhänger war er quasi der Messias. Also das heißt, bevor er Juno gründete. Ich glaube, er hat nie ganz verwunden, dass die Szene ihn verstoßen hat, für einen Verräter hielt.«

»Wieso für einen Verräter?«, fragt Livetti. Dante ist sich sicher, dass sie die Antwort kennt. Aber offenbar will sie es von ihm hören.

»Juno. Moneta. In den Augen der Kryptobros eine durch böses Fiat-Geld gestützte Digitalwährung, außerdem der feuchte Traum des Staats und der Geheimdienste, weil sich alle Transaktionen nachvollziehen lassen. Posthum möchte Hollister die Sache vielleicht ausbügeln, indem er einen Haufen Kohle verteilt, sich dadurch wieder zum Krypto-Robin-Hood hochstilisiert, irgendwas in der Art.«

»Kommen wir zu etwas anderem«, sagt Wilkins, »Halverton Price. Was hat er Ihnen über Hollisters Pläne erzählt?«

Die Cops wissen natürlich, dass er zugegen war, als Price' Leiche gefunden wurde. Dante fragt sich, ob die Behörden dessen Handy inzwischen geknackt haben. Er schaut kurz zu dem angeblichen IRS-Mann. Bestimmt ist es den Geheimdiensten gelungen. Ob sie FBI und TFI davon erzählt haben, steht auf einem anderen Blatt.

»Price hat nicht viel erzählen können – oder wollen. Ihm zufolge wollte Hollister etwas Neues aufziehen, hat sich aber sehr bedeckt gehalten, was genau. Unter anderem wollte er eine Stiftung gründen.«

Dante ist nicht sonderlich erpicht darauf, FBI und Konsorten von der Fondation Bataille zu erzählen. Es lässt sich jedoch kaum vermeiden. Dank seiner Umbuchung ist ersichtlich, dass er von Zürich zurückgeflogen ist. Seine Bewegungsdaten verraten zudem, dass er in Zug war.

»Was für eine Stiftung?«, fragt Livetti.

»Eine, die Grundlagen von Kryptowährungen erforscht. Ich besitze Hinweise darauf, dass es sich um die Fondation Bataille handelt, eine in Zug ansässige Stiftung.«

Bei dem Wort ›Zug‹ zieht Livetti die Mundwinkel nach unten, so als handle es sich um ein Schimpfwort.

»Und Sie«, hakt Park nach, »waren dort?«

»Korrekt. Es gibt in Zug tatsächlich eine Stiftung dieses Namens. Ihre Büros sind allerdings ziemlich verlassen.«

Halberstam schaut Wilkins an. Sein Blick sagt: Dieser Schlapphut-Erbsenzähler ist dort eingebrochen. Wilkins vollführt, wie Dante mit einer gewissen Genugtuung registriert, eine abwiegelnde Handbewegung. Darauf hat er gehofft. Einbruchsdelikte in alpinen Steueroasen sind der US-Bundespolizei ziemlich schnuppe.

Dante hebt den Zeigefinger, fügt an: »Noch.«

Kims Gesichtsausdruck verrät Zustimmung, der von Livetti Verwirrung.

»Noch ... was?«, fragt sie.

»Noch ist sie verlassen. Hollisters Anwalt hatte mir von einer Schweizer Stiftung erzählt. Auf Hollisters Laptop befand sich ein Hinweis auf die Fondation Bataille. So bin ich draufgestoßen. Aber inzwischen ist die Katze aus dem Sack.«

Dante erzählt den Beamten von den slowakischen Schatzsuchern, von den digitalen Hinweisen in der Turtlecoin-Blockchain.

»Sie meinen, da tauchen demnächst ein Haufen Freaks auf und nehmen alles auseinander?«, fragt Livetti.

»Würde ich von ausgehen.«

»Okay. Kommen wir noch mal zu Price«, sagt Wilkins. »Wer hat ihn umgebracht?«

»Ich habe keine Ahnung. Woran ist er überhaupt gestorben?«

»Jemand«, antwortet Halberstam, »hat reines Oxycodon in sein Rapé gemischt, ein sehr starkes Opioid. Die letale Dosis liegt bei nicht einmal hundert Milligramm. Price hat mehr als das Zwanzigfache davon gesnifft.«

Dante sieht den toten Price vor sich, das auf seinem Shirt verteilte Rapé, das Handy auf dem Balkonboden.

»Sie haben nicht mal eine Theorie, wer ihn auf dem Gewissen hat? Das ist ein bisschen dürftig, Mister Dante«, sagt Wilkins.

»Ich habe den Mann am Vortag zum ersten Mal gesehen, war dann bis spät nachts mit ihm unterwegs. Das ist ja«, er gestattet sich einen Seufzer, »auf YouTube gut dokumentiert. Am Folgetag hat er mir morgens eine Nachricht zukommen lassen. Wir müssten noch mal reden.«

»Worüber wollte er reden?«

»Hat er nicht gesagt. Aber die Vermutung liegt nahe, dass Hollisters Video und der Fund in der Mojave Price dazu bewogen haben, mir doch etwas anvertrauen zu wollen. Etwas, das er bei unserem ersten Gespräch zurückgehalten hat.«

»Okay. Ich warte aber immer noch auf Ihre Theorie«, sagt Wilkins.

»Meine Mord-Theorie? Wenn Sie sich meine Akte angeschaut haben ...«, hebt Dante an.

»Haben wir«, erwidert Livetti. »Wir wissen, dass Sie während des größten Bilanzskandals der letzten Jahrzehnte der Chief Compliance Officer jenes Unternehmens waren, das beinahe das gesamte Finanzsystem ruiniert hat. Und dass Sie nur durch einen Vergleich mit der SEC unter Auflagen und dank hoher Strafzahlung an einer Gefängnisstrafe vorbeigeschlittert sind.«

»Prima. Dann wissen Sie bestimmt auch, dass ich nur Wirtschafts- und Finanzsachen übernehme – keine Morde, Entführungen, nicht mal Scheidungen, wenn sich's vermeiden lässt. Das ist das erste Mal, dass ich über eine Leiche gestolpert bin. Aber meinetwegen.

Zwei Theorien, aus dem Bauch heraus. Erstens: Price' Firma, Cerro Nuevo, macht ökologisch korrektes Bitcoin-Mining. Von dem, was man hört, ist das nicht sehr rentabel. Möglicherweise hatte Price deshalb irgendwelche zwielichtigen Investoren mit im Boot. Die meisten dieser Miner sitzen in Russland oder China, wegen des billigen Kohlestroms dort. Einige haben Verbindungen zur organisierten Kriminalität.«

»Woraus schließen Sie das?«, fragt Halberstam.

»Mrs Livetti und Mister Park mögen mich korrigieren, falls ich Vorurteile habe. Aber ich würde denken, jeder, der in Russland Millionen umsetzt, muss sich mit der Mafia arrangieren. In China vielleicht auch, keine Ahnung.«

Park tut Dante einen unerwarteten Gefallen und nickt.

»Also russische Mafia oder Triaden«, sagt Wilkins und runzelt die Stirn. »Das ist Ihre Theorie?«

»Ich hab Ihnen ja gesagt, Sie sollten lieber wen anders fragen, Special Agent. Theorie zwei: Price' Tod und der von Hollister hängen direkter zusammen als bislang angenommen.«

»Weil?«, fragt Wilkins.

»Weil zwei tote Kryptoboys, das ist ja fast schon ein Trend. Sorry, mehr fällt mir dazu nicht ein.«

Dante schiebt seinen Kaffee in die Mitte des Tisches. Dort kann die Suppe seinetwegen stehen, bis sie verdunstet ist. Er schaut in die Runde, sagt betont gleichgültig:

»Geben Price' Handy und Rechner nicht Auskunft darüber, mit wem er im Austausch war?«

Keiner der Anwesenden springt auf die Frage an. Lediglich Park zeigt eine Reaktion. Er schaut irgendwie übellaunig, woraus Dante schließt, dass es den Geheimdiensten vielleicht doch noch nicht gelungen ist, Price' Geräte zu knacken.

»Ich hätte eine Frage zu etwas, das Sie vorhin erwähnt haben«, sagt Park. »Sie sagten, Sie seien auf diese Stiftung gestoßen, weil Sie Infos auf Hollisters Laptop gefunden haben.«

»Das ist korrekt.«

»Wo haben Sie den Rechner gefunden? Und woher hatten Sie das Passwort?«

»Der Rechner lag in seiner Strandvilla, nahe Malibu. Hollisters Schwester hat mir die Schlüssel gegeben.«

»Und das Passwort?«, fragt Park misstrauisch.

»Nein. Das stand auf einem Zettel, der unter dem Bett klebte.«

»Und wo ist dieser Laptop jetzt? Den würden wir uns nämlich gerne mal anschauen«, sagt Wilkins.

»Dito«, sekundiert Livetti.

»Er wurde mir gestohlen«, erwidert Dante. Park gibt ein ärgerliches Brummen von sich. Wilkins mustert Dante. Auch er sieht nicht sehr glücklich aus.

»Von wem?«

»Weiß ich nicht. Jemand ist eingebrochen und hat ihn mitgenommen.«

Dante weiß, dass sie ihm nicht glauben. Eigentlich will er Mondego nicht in die Geschichte hineinziehen. Da er aber auch nicht wegen Unterschlagung von Beweismaterial, Behinderung der Justiz, was auch immer, ins Kittchen wandern möchte, bleibt ihm keine Wahl.

»Für den Diebstahl gibt es eine Zeugin, Mercy Mondego, eine Journalistin. Sie hat gesehen, wie der Typ mit dem Laptop aus meinem Haus getürmt ist.«

»Wieso haben Sie das nicht der Polizei gemeldet?«

Dante zuckt mit den Schultern. »Muss man?«

»Wenn es sich um ein mögliches Beweisstück in einem Mordfall handelt«, sagt Halberstam, »dann ...«

»Mord an Hollister?«, fragt Dante.

»Nein. An Price«, erwidert Wilkins.

»Der war damals erstens quicklebendig und mir zweitens noch unbekannt. Kommen Sie, Mrs Livetti, Gentlemen. Es geht um einen Schatz, der eine Milliarde Dollar wert sein soll, vielleicht mehr. Ich war nicht allzu verwundert, dass da noch andere hinterher sind. Auf dem Rechner war außerdem fast nichts drauf. Alles, was mir interessant erschien, habe ich natürlich gesichert.«

Und diese Sicherungskopie«, fragt Park, »haben Sie sich die auch klauen lassen?«

»Nein. Also, falls die während meiner Europareise nicht auch jemand entwendet hat, befindet sie sich in meinem Haus.«

»Okay«, sagt Wilkins, »Mister Dante, wir würden Sie bitten, uns diese Daten für unsere Ermittlungen zur Verfügung zu stellen.«

»Im Prinzip möglich.«

»Ein uneingeschränktes Ja ist, was ich eigentlich hören wollte«, sagt Wilkins.

»Wünschen wir uns das nicht alle? Im Ernst, Special Agent, von mir aus können Sie die Daten liebend gerne haben. Aber sie gehörten Hollister, der, wenn ich die juristischen Feinheiten richtig verstehe, offiziell immer noch nicht ganz tot ist. Entsprechend müsste man meine Klientin fragen, ob …«

»Wir können Ihnen auch eine Vorladung zukommen lassen. Dann kriegen wir die Daten auf jeden Fall.«

»Weiß ich, Agent. Aber wenn Sie an meiner Stelle wären, würden Sie auch zuerst Ihre Mandantin informieren.«

Wilkins schmeckt das nicht. Die anderen sehen auch nicht gerade überglücklich aus. Aber Beamte amerikanischer Bundesbehörden glücklich zu machen, ist erstens nicht Dantes Job und zweitens ohnehin unmöglich.

»Ich fliege heute Abend zurück nach L. A. Bis dahin würde ich auf die Rückmeldung von Mrs Martel warten. Wenn sie nicht Nein sagt, maile ich Ihnen die Dateien direkt nach meiner Ankunft, wie wäre das? Falls sie es mir verbietet, können Sie *ihr* ja eine Vorladung schicken.«

Dante ist sich der Tatsache bewusst, dass er vielleicht geschmeidiger und hilfsbereiter sein sollte. Aber es reicht ihm allmählich. Er hat diesen Typen bereits mehr geholfen, als sie erwarten dürfen. Die Ermittler wissen nun von der Stiftung und den Dateien. Das ist doch etwas. Warum, fragt er sich, ziehen dennoch alle so ein Gesicht?

»Was haben Sie als Nächstes vor?«, fragt Halberstam.

»Mir einen Tee besorgen.«

»Sie wollen in die Stadt, oder? Zum Bowling Green«, sagt Wilkins.

»Ich werde mir das mal anschauen, klar. Habe aber nicht viel Hoffnung.«

»Hoffnung, dass Sie erneut den Schatz finden?«, fragt Wilkins.

»Das Video«, erwidert Dante, »steht seit gestern im Netz. Am Charging Bull gab es bestimmt einen Menschenauflauf, oder?«

Wilkins nickt. »Ich habe es in den Lokalnachrichten gesehen.«

»Wenn dort irgendwas versteckt gewesen wäre – eine Botschaft oder so –, dann ist sie schon weg. Die Heuschrecken haben alles abgegrast.«

»Aber Sie fahren dennoch hin.«

»Entgegen aller Vernunft und bar jeder Hoffnung. Sagen Sie«, Dante deutet in die Runde, »darf ich vielleicht auch eine Frage stellen?«

Wilkins liegt wohl wieder ein ›Die Fragen stellen wir‹ auf der Zunge. Aber er schluckt es erneut herunter und sagt:

»Aber bitte.«

»Warum interessiert Sie diese Montecrypto-Sache so sehr? Ich meine, ich verstehe, dass«, er zeigt auf Park, »der Fiskus ein Interesse daran hat, sein Pfündchen Fleisch zu bekommen. Aber was ist sonst dran? Geldwäsche? Bilanzbetrug in großem Stil?«

»Sagen wir«, erwidert Park, »wir möchten nicht, dass dieses ganze Geld in falsche Hände gerät.«

»Sie gehen also davon aus, dass der Schatz existiert? Von wie viel reden wir denn?«

Park legt den Kopf schief. »Dazu kann ich nichts sagen. Es gibt allerdings eine Menge Kriminelle oder Terroristen da draußen, die an einer derart großen Summe Kryptogeld brennend interessiert sind. Es wäre völlig anonym und nicht nachverfolgbar, man könnte damit einen ganzen Dschihad finanzieren, einen Staatsstreich anzetteln. Aufgrund von Hollisters«, er verzieht die Mundwinkel, »Informationspolitik weiß nun die ganze Welt davon. Deshalb muss man ein Auge darauf haben.«

Kims Geschwurbel erklärt, warum die Nachrichtendienste die Sachen unter die Lupe nehmen – aber nicht unbedingt, warum das FBI den Fall untersucht. Hollisters posthume Videos mögen seltsam sein. Strafbar sind sie sicher nicht.

»Noch eine Sache«, sagt Halberstam, »was wissen Sie über Hollisters Reisen in den vergangenen zwölf bis achtzehn Monaten?«

»Ich habe ein paar Spesenbelege gesehen«, erwidert Dante. »Er fuhr öfter zu irgendwelchen Technologiekonferenzen, auf der ganzen Welt.«

»Können Sie sich an die Destinationen erinnern?«

Dante kratzt sich am Kopf, sagt: »Es waren ziemlich viele, also nicht an alle. London und Paris, definitiv Zürich, Orlando ... Dubai meine ich auch gesehen zu haben. Und irgendwas in China.«

»Peking, Shanghai?«, fragt Halberstam.

»Nein. Warten Sie. Dalian? Gibt es das?«

Sowohl Wilkins als auch Halberstam runzeln die Stirn.

»Sind Sie sicher, Mister Dante?«, fragt Wilkins.

Dante erwidert, dass er nicht völlig sicher sei, holt sein Handy heraus, öffnet eine Notizapp.

»Tokio, Seoul. Und Dalian, ja. Vor vierzehn Monaten, eine Kryptokonferenz. Ist das wichtig?«

»Vielleicht. Nun, Mister Dante«, sagt Wilkins, »wenn es vonseiten der Kollegen keine weiteren Fragen gibt, sind Sie hiermit entlassen. Es kann allerdings sein, dass wir noch mal auf Sie zurückkommen.«

»Natürlich. Und die Datei, wo darf ich die hinmailen?«

Wie so oft kommt das Interessanteste erst am Schluss. Halberstam zückt eine Visitenkarte, will sie Dante geben. Bevor er das jedoch tun kann, tippt ihm Park an den Arm und schüttelt den Kopf. Wilkins wendet sich Dante zu und sagt:

»Keine Mails, bitte. Rufen Sie die Nummer auf der Karte an, sobald Sie Zugang zu den Dateien haben. Wir schicken dann umgehend einen Kollegen vorbei, der sie abholt.«

Dante nimmt die Karte, verspricht es. Sie erheben sich, schütteln einander die Hand. Dante ist mit seinen Gedanken jedoch bereits woanders. Er soll die Dateien nicht ans FBI schicken. Warum nicht? E-Mail ist eine unsichere Angelegenheit. Aber glaubt der Mann vom Geheimdienst wirklich, jemand werde versuchen, Dantes Mails abzufangen? Wird seine Kommunikation überwacht? Und wenn ja, von wem?

Einer der Herren vom FBI geleitet Dante zum Ausgang. Kurz darauf steht er wieder in der Ankunftshalle. Es ist an der Zeit, sich ein Taxi nach Manhattan zu besorgen.

BULLENKLÖTEN

Mondego steht neben einem Imbiss-Wägelchen am Eingang zum Battery Park. Mit beiden Händen hält sie einen Hotdog und beißt gerade ab, als Dantes Taxi am Straßenrand hält. Er will bereits einige Zwanziger durch die dafür vorgesehene Öffnung in der Plexiglasscheibe zwischen Fond und Fahrerbereich stecken, als ihm ein Kartenlesegerät mit Juno-Logo auffällt. Er hält sein Handy dagegen.

Mondego winkt ihm kauend. Er steigt aus, wuchtet sein Gepäck aus dem Kofferraum. Sie kommt auf ihn zu.

»Hallo, Mercy. Freut mich, dich wiederzusehen.«

Sie schaut ihn an, als komme dieses Eingeständnis gänzlich unerwartet.

»Wie war der Flug?«, fragt sie kauend.

»Besser als die Ankunft.«

Dante erzählt ihr von den FBI-Agenten. Geheimdienst und TFI lässt er weg. Während sie zuhört, bedeutet Mondego dem Mann an dem Stand, einen weiteren Hotdog zuzubereiten.

»Und die Cops interessieren sich für Price? Oder eher für Montecrypto und Hollister?«, fragt sie.

»Mein Eindruck war«, sagt er, »dass der Mord an Price und der Tod Hollisters die Polizei nicht so interessieren wie der Schatz.«

»Wieso hast du mir das mit Price eigentlich nicht früher gesagt?«

»Die Cops in Vegas haben mir davon abgeraten, es weiterzuerzählen. Ich habe mich lieber dran gehalten.«

»Verstehe. Wie möchtest du's?«

Er braucht einen Augenblick, um zu verstehen, dass sie den Hotdog meint.

»Wenig Zwiebeln, viel Senf.«

»Keinen Ketchup?«

Dante verneint es energisch. Wenige Sekunden später kauen sie einträchtig.

»Und wie ist es dir ergangen?«, fragt er.

»Viel Arbeit wegen der Montecrypto-Geschichte, ich könnte Dutzende Artikel dazu schreiben. Turtlecoins, Videos, Price' Tod. Und das war definitiv Mord?«

»Hast du nicht von mir. Aber wenn er seinen Schnupftabak nicht selbst mit einer Überdosis Oxycodon versetzt hat, wohl schon.«

Dante beichtet Mondego, dass er sie bei den Bullen als Zeugin benannt hat, im Zusammenhang mit dem Diebstahl von Hollisters Laptop. Sie nimmt es erstaunlich gelassen auf.

Er ist immer noch nicht bereit, sämtliche Informationen mit Mondego zu teilen. Da sie bei den wesentlichen Punkten bisher jedoch dichtgehalten hat, riskiert er es, ihr von der Klickfarm in Zug zu erzählen, von den Bot-Handys. Yangs Anwesenheit lässt er aus. Als er fertig ist, schaut Mondego ihn entgeistert an.

»Noch mal, nur dass ich das jetzt richtig verstanden habe, Ed. Jemand, vermutlich Hollister, hat in dieser Stiftung einen Server aufgestellt und betreibt von dort aus ein Bot-Netzwerk – in Form von Handys, die auf irgendwelche Websites zugreifen. Und du hast den Mist aus Versehen aktiviert?«

»Vielleicht. An war das vermutlich schon, im Sinne von einsatzbereit. Aber möglicherweise habe ich irgendwas ausgelöst, ich weiß es nicht genau.«

»Woher hattest du den Zugangscode? Und die Schlüssel zu den Büros?«

»Darf ich nicht sagen, Mercy.«

Vorwurfsvoll schauen ihn große schwarze Augen an.

»Du traust mir also immer noch nicht.«

Dante wird ein bisschen weich, aber nicht so weich, dass er auf diese Mädchenmasche hereinfiele. Dazu ist er viel zu nüchtern.

»Ich traue dir mehr als vielen anderen. Aber ich würde damit einen Kontakt kompromittieren, dem ich absolute Verschwiegenheit zugesichert habe. Du als Journalistin müsstest das verstehen.«

»Diese Klickfarm würde ich mir ja gerne mal anschauen.«

»Davon würde ich abraten. Jetzt, wo der Standort der Stiftung öffentlich ist, werden bald eine Menge Leute vor Ort sein.«

»Alte News«, erwidert sie. Sie holt ihr Handy hervor, wischt herum, hält ihm den Bildschirm hin. Dante sieht ein Foto der Bullingerstraße. Auf dem Bürgersteig steht ein Häuflein Menschen, durchweg junge Leute. Viele von ihnen tragen Hüte.

»Was sollen die ... oh Scheiße«, sagt Dante. Er greift sich ans Haupt, streicht mit dem Finger über die Krempe seines Trilbys.

»Das«, Mondego zeigt auf seine Kopfbedeckung, »gilt in gewissen Kreisen übrigens als Schatzsucherhut. War eigentlich unausweichlich, dass die Leute das Outfit des Oberschatzsuchers kopieren.«

Sie grinst breit, als sie das sagt. Dante seufzt leise.

»Wer stellt die eigentlich her? Stetson? Vermutlich könntest du dich von denen sponsern lassen, Ed.«

»Witzig, Mercy. Sollen wir jetzt vielleicht mal«, Dante zeigt gen Downtown, »zu dem Bullen?«

Sie ist einverstanden. Gemeinsam laufen sie in Richtung Bowling Green. Dante ist ganz froh, Mondego dabeizuhaben. Nicht nur wegen der Montecrypto-Sache, sondern auch wegen der Stadt. New York bereitet ihm Bauchschmerzen. Zunächst dachte er, es liege an dem Hotdog, aber das ist es nicht.

Dantes Blick fällt auf einen zusammengeknüllten blau-weißen Kaffeebecher im Rinnstein. Er weiß, dass darauf in pseudogriechischen Lettern die Worte »We are happy to serve you« stehen. In Manhattan gibt es so viele Dinge, die Dante wiedererkennt. Wolkenkratzer und Straßenzüge natürlich, aber vor allem Details: die Art und Weise, wie sich Leute an der roten Ampel vordrängeln, um als Erste über die Straße hetzen zu können; das ganz spezielle Stahlgrau des Novemberhimmels; die Form der Mülltonnen. Jedes dieser Details ist mit einer Erinnerung verknüpft. Und jede dieser Erinnerungen tut weh.

Während sie zum Broadway laufen, sieht er einen Mann im Maßanzug, zweifelsohne ein Investmentbanker, der mit gehobenem Arm an einer Kreuzung wartet – genau an jener Ecke, wo zwei Einbahnstraßen aufeinander zulaufen. So maximiert man die Wahrscheinlichkeit, ein Taxi zu bekommen.

Dieser Typ da, denkt Dante, das war ich.

»Was sagst Du, Ed?«

»Nichts. Nur laut gedacht. Erinnerungen.«

»Du hast hier gelebt.«

»Acht Jahre lang.«

»Warst du glücklich hier?«

»Bis ich unglücklich wurde, schon.«

Sie hat den Takt, nicht weiter nachzufragen. Stattdessen wechselt sie das Thema.

»Warum hast du vorhin gesagt, ich soll mir die Stiftung lieber nicht anschauen? Weil ich dann so berühmt werde wie du?«

»Nein. Was ich meinte, war, dass außer diesen Kryptokiddies möglicherweise auch gefährlichere Leute da rumhängen. Mafiosi. Nachrichtendienste.«

»Ist das jetzt Paranoia oder hast du Belege?«

»Belege. Ich kann nicht ins Detail gehen. Es scheint aber, dass Price Geschäftspartner hatte, die nicht ganz koscher waren.«

»So weit nichts Neues.«

»Du weißt davon?«

»Wissen ist zu viel gesagt. Aber … schon mal von Kutschurhan gehört?«

»Nein.«

»Das liegt in Transnistrien. Auch davon haben viele noch nie gehört. Ist eine von niemandem anerkannte abtrünnige Republik. Da gibt es nichts außer einem riesigen Kraftwerk aus Sowjetzeiten. Und Kryptominern, die sich dort angesiedelt haben, weil die Kilowattstunde nur ein paar Cent kostet.

Der Ökostrom, mit dem Cerro Nuevo arbeitet, kostet locker das zwanzigfache. So etwas kann nicht rentabel sein.«

»Also ist Price' Laden eine Geldwaschanlage?«

»Für ausländische Kriminelle, ja, das zumindest ist die Vermutung. Russen oder Nordkoreaner – beweisen kann das natürlich keiner.«

»Russen – okay. Aber wieso Nordkoreaner?«

»Wenn es um digitalen Bankraub und Hacking geht, sind die Nordkoreaner ganz vorne mit dabei. Der glorreiche Führer, wie heißt er gleich …«

»Kim Jong-un.«

»Genau. Das ist dessen Devisenbeschaffungsprogramm. Die Nordkoreaner hängen in vielen organisierten Hacks mit drin. Wie dem auch sei, ich verstehe, was du meinst: Vielleicht ist Price von der russischen Mafia oder so ermordet worden, und in deren Visier will ich bestimmt nicht geraten. Aber ich möchte da ja auch nicht hinfahren, nach Zug, meine ich.«

»Sondern dich von hier reinhacken?«

»Eine Menge Leute wissen inzwischen, dass es diese Fondation Bataille gibt. Aber wenn ich das richtig sehe, weiß zurzeit noch kaum jemand, dass dort eine Klickfarm steht.«

Dante muss an sein Gespräch mit den Behörden denken, insbesondere an das mit Mister Park, dem angeblichen IRS-Beamten.

»Die Info geht auf jeden Fall noch nicht durchs Internet. Aber brauchst du dafür nicht eine Internetadresse, eine IP, so was?«

»Idealerweise schon. Eventuell gibt es andere Angriffsvektoren.«

Dante zögert einen Augenblick, beschließt dann jedoch, dass Mondego in Computerfragen die beste Hilfe ist, die er auf die Schnelle bekommen wird. Er bittet sie, stehen zu bleiben. Sie befinden sich auf Höhe des Museums für amerindische Kultur, das am südlichen Ende des Bowling Green liegt. Dante fällt auf, dass ziemlich viele Menschen unterwegs sind. Das ist per se nichts Ungewöhnliches. Doch viele der Leute, die er sieht, sind keine typischen Touristen auf dem Weg zu Freiheitsstatue oder Ground Zero. Das Publikum wirkt jünger, hipper. Einige tragen Trilbys.

Dante zieht Mondego in einen Hauseingang. Er vergewissert sich, dass niemand in der Nähe ist. Leise sagt er:

»In dieser Klickfarm hingen Hunderte Handys, vielleicht Tausende. Nehmen wir mal an, jemand hätte eines davon.«

»Du hast eins mitgenommen?«

Mondego tritt noch näher an ihn heran. Ihre Nasenspitze streift seine Wange.

Dante lächelt – wegen der zufälligen Berührung, die ihm einen Schauer den Rücken hinunterjagt, aber auch wegen des Bot-Handys.

»Die Frage ist, ob man es aufkriegt. Ich habe kein Passwort dafür.«

»Warum«, fragt Mondego, »jetzt eigentlich diese kuschelige Ecke hier?«

»Ich bin mir ziemlich sicher, dass ich observiert werde«, erwidert er leise, »beobachtet, abgehört, vermutlich das volle Programm.«.

»Wo ist es?«, fragt Mondego beiläufig, während sie den Blick auf ein Schaufenster gegenüber richtet.

»In meiner Jackett-Innentasche«, erwidert Dante.

Bevor er weiß, wie ihm geschieht, hat Mondego ihre Hände auf sein Gesicht gelegt und zieht ihn zu sich. Er spürt ihre Lippen auf seinen. Sie presst sich an ihn, schiebt einen Oberschenkel zwischen seine Beine.

Dante begreift natürlich, warum sie das tut. Falls jemand sie von der Straße aus beobachtet, wird es für ihn so aussehen, als ob sie schwer verliebt seien und ihnen Geknutsche eigentlich zu wenig sei. Dante fingert, den Rücken zur Straße, das Bot-Handy aus der Innentasche. Er schiebt eine Hand unter Mondegos T-Shirt, so als wolle er sich zu einer ihrer Brüste hocharbeiten. Stattdessen steckt Dante ihr lediglich das Bot-Handy in den Hosenbund.

Mondego lässt ihn los, allerdings etwas widerwillig. Zumindest bildet Dante sich das ein.

»Danke dafür«, sagt sie, »gehen wir dann weiter?«

Mondego nimmt seine Hand, zieht ihn zurück auf den Bürgersteig. Sie sind nun auf dem Broadway, gehen an dem kleinen Park vorbei, in dem Hollister sein Video aufgenommen hat. Nach ein paar Sekunden lässt sie seine Hand wieder los, zeigt in Richtung Charging Bull. Die Statue steht auf einer Verkehrsinsel in der Mitte des Broadway. Mehr als ihr bronzener Buckel und die Hörner sind allerdings nicht auszumachen, wegen der vielen Leute.

Sie gehen weiter. Dante erinnert sich daran, dass Hollister in seinem Video davon sprach, den »Stier bei den Hörnern zu packen«. Das kam ihm seltsam vor, zumindest bezogen auf den Charging Bull. Das Ding hat eine Schulterhöhe von zweieinhalb Metern, ist so groß wie ein Lieferwagen. Entsprechend lang und ausladend sind die Hörner. Nicht einmal Shaquille O'Neal könnte beide gleichzeitig umfassen.

Dante beobachtet die Schaulustigen. Ein junger Mann in einem Shirt mit Bitcoin-Logo ist dabei, die Statue mit einem Maßband zu vermessen. Ein anderer liegt wie ein Automechaniker darunter. Dante sieht Menschen mit Stativen und Kameras. Sie sehen nicht aus wie Reporter großer TV-Sender, eher wie Typen, die eine Webshow aufnehmen. Mondego erklärt ihm, für wen die Leute arbeiten. Von einer der Publikationen, sie heißt Gothamist, hat er schon einmal gehört. Die anderen sind ihm völlig unbekannt.

»Moment mal, Mercy«, sagt er.

»Was denn?«

Dante deutet auf einen Souvenirladen. Er geht hinein und erscheint kurz darauf wieder, trägt nun eine gefälschte Oakley-Sonnenbrille sowie eine ›I love NY‹-Basecap. Den Trilby hat er weggesteckt. Mondego mustert ihn kritisch.

»Angst, dass dich jemand erkennt?«

»Ein wenig. Ich habe keine Lust, von irgendwelchen dämlichen Bloggern interviewt zu werden. Anwesende natürlich ausgenommen.«

»Jaja, verstehe schon. Aber«, sie weist mit dem Kopf in Richtung des Bullen, »wie geht es nun weiter? Verrätst du mir jetzt endlich deine Theorie?«

»Weiß nicht, ob ich überhaupt eine habe. Ziemlich sicher bin ich mir allerdings, dass Hollister nichts in der Nähe des Charging Bull verbuddelt hat. Die Zeiten sind vorbei.«

»Welche Zeiten?«

»Als du hier nachts noch unbemerkt was abladen konntest, wie Arturo Di Modica damals den Bullen.«

Di Modica ist der Künstler, der den Charging Bull geschaffen hat. Die meisten Menschen glauben, das sei im Auftrag der Stadt oder der Börse geschehen, aber das stimmt nicht. Di Modica war von niemandem beauftragt worden. Er fertigte den Bullen aus eigenem Antrieb an und kundschaftete dann aus, in welcher Frequenz die Polizeistreifen an der New York Stock Exchange vorbeiliefen. Dann stellte er das Monster in einer Nacht-und-Nebel-Aktion eigenmächtig auf.

Das war 1989, vor 9/11, Occupy Wall Street und dem ganzen anderen Mist. Heute könnte man vor der Börse nicht einmal einen Gartenzwerg aufstellen, ohne von schwer bewaffneten Sondereinsatzkommandos niedergerungen zu werden.

»Dass Hollister hier was hinterlassen hat, in Form eines Graffitis, einer Gravur, was weiß ich, ist ebenfalls unwahrscheinlich.«

»Und wenn doch, stünde es bereits auf Reddit und Twitter«, erwidert Mondego.

»Denke ich auch. Bleibt noch diese Theorie mit der Karte und den fünf Orten.«

»Was ist mit der?«

»Die ist Bullshit«, sagt Dante.

»Ist sie? Du scheinst dir da sehr sicher zu sein.«

»Ich weiß es.«

Dante bedeutet Mondego, ihm zu folgen. Sie laufen den Broadway hoch. Den bronzenen Bullen würdigt er keines weiteren Blicks.

»Hollisters Shirt, das mit diesen Punkten drauf. Genauer gesagt sind es kleine Kreise. Ich hatte die schon mal irgendwo gesehen, kam aber erst nicht drauf.«

»Und?«

»Es handelt sich um die Eurion-Konstellation«, sagt Dante.

»Die Orion-Konstellation? Das Sternbild? Interessant. Heißt das, man kann daraus irgendwie wieder Koordinaten ableiten oder ein bestimmtes Datum oder …«

»Nicht Orion. Eurion.«

Vor einem Subway-Restaurant bleibt Dante stehen, deutet auf den Eingang.

»Schon wieder essen? Wir haben doch gerade erst einen Hotdog gehabt.«

Er schaut ihr in die Augen. Sie begreift, dass er nichts essen möchte, sondern einen anderen Grund hat, den Sandwichladen aufzusuchen. Sie gehen hinein. Der Laden ist völlig verwaist. Dante holt zwei Flaschen Poland Spring aus dem Kühlschrank, gibt sie Mercy, zusammen mit einem Zehn-Dollar-Schein.

»Das wollte ich nicht vor aller Augen tun. Geh zahlen«, sagt er, »aber schau dir vorher den Schein an. Such nach Punkten.«

Sie runzelt die Stirn, geht zur Kasse. Die Kassiererin zieht die Flaschen über den Scanner, wartet darauf, dass Mondego ihr das Geld aushändigt. Doch die steht regungslos da, gafft die Banknote an.

»Fuck«, entfährt es ihr. Dann kommt sie zu sich, bezahlt. Kurz darauf sind sie wieder auf dem Broadway, laufen weiter Richtung Norden.

»Auf dem Schein sind genau diese Kringel, die von dem Shirt. Ist das ein Sicherheitsmerkmal oder was?«, fragt sie.

»Exakt. Dieses Muster aus fünf Punkten ist auf vielen Geldscheinen, in der Regel gut versteckt. Auf Zehn-Dollar-Noten sind um die Fackel der Freiheitsstatue herum ganz viele kleine gelbe Zehnen verstreut, die man auf den ersten Blick kaum sieht. Und die Nullen dieser Zehnen bilden die Konstellation.«

»Ich habe die vorher noch nie gesehen«, sagt Mondego. »Die Nullen sehen komisch aus – nicht oval, sondern kreisrund. Genau wie die Dinger auf Hollisters Shirt.«

»Die Eurion-Konstellation ist nicht nur auf dem Dollar versteckt, sondern auch auf Euro, Franken, armenischem Dram und so weiter. Fast immer werden die Kringel in das jeweilige Design eingepasst, sodass man sie nicht wahrnimmt. Beim Zehn-Euro-Schein verbergen sie sich zum Beispiel im Sternenhimmel.«

»Und wofür genau ist diese Konstellation gut?«

»Kopierschutz. Farbkopierer und Scanner haben eine entsprechende Software eingebaut. Sobald sie die fünf Punkte erfasst, streikt das Gerät. Man kann die Scheine dann nicht kopieren.«

Sie haben die Börse hinter sich gelassen. Dante sieht immer noch Leute, die er für Schatzsucher hält, für Quatermains. Allmählich gewöhnt er sich an den dämlichen Begriff. Sie kommen an zwei jungen Frauen vorbei, die eine Karte studieren. Es handelt sich um eine Kopie des Plans mit den fünf Locations, den Dante im Internet gesehen hat.

»Okay, Du weißt also, wo die Pünktchen herkommen«, sagt Mondego, »aber wo führen sie hin?«

Dante bleibt stehen. Hunderte Male, vielleicht Tausende, ist er diese Straße entlanggelaufen, auf dem Weg zur Arbeit oder zu einem Lunchtermin. Doch obwohl er sich bereits während des Flugs den Kopf darüber zerbrochen hat, weiß er immer noch nicht, zu welchem Ort Hollister die Schatzsucher führen will. Dass er sie irgendwohin führen will, zu einem physischen Ort in der Nähe, davon ist Dante überzeugt. Er erzählt Mondego von seinen Überlegungen.

»Du meinst also, der Bulle ist nur der Ausgangspunkt und man muss von dort irgendwohin?«

»Ja. Und meine Vermutung wäre, dass die Konstellation irgendwie den Weg vorgibt.«

»Den Weg wohin?«

»Die offensichtlichste Assoziation mit Eurion ist Geld, genauer gesagt Geldscheine. Und wo kommen die Geldscheine her? Von der Notenbank.«

»Der Fed also? Bis nach Washington möchte ich aber nicht laufen«, erwidert sie.

»Es heißt ja nicht umsonst Federal Reserve System. Die US-Notenbank ist ein föderales Gebilde mit verschiedenen Filialen. Die New Yorker Fed ist gleich hier um die Ecke, Liberty Street. Das ist rechts hinter dem Park da vorne.«

Sie setzen sich wieder in Bewegung. Links vor ihnen erhebt sich die Trinity Church, ein gotisches Gemäuer, das auch in Oxford oder Gloucester stehen könnte. Es dürfte das älteste Gebäude auf dem Broadway sein. Der Rest wird regelmäßig abgerissen und neu aufgebaut, zumindest fühlt es sich für Dante so an. Er hat den Eindruck, seit seinem letzten New-York-Besuch sei die Hälfte der Gebäude ausgetauscht worden.

»Okay, wir spazieren also zur Fed. Und was glaubst du dort zu finden?«

Dante verzieht das Gesicht.

»Weiß nicht, auch da kann man eigentlich nur schwer was verstecken. Aber ich dachte, mir würde auf dem Weg vielleicht was ins Auge springen.«

Dante schaut umher, spürt Verzweiflung in sich aufsteigen. Mondego sieht es ihm an. Sie dirigiert Dante zu einer Parkbank. Inzwischen befinden sie sich auf Höhe des Zucotti Parks. Es handelt sich nicht wirklich um einen Park, kaum zwanzig erbärmlich dürre Bäumchen ragen aus einer Betonplatte, kein Quadratzentimeter Rasen ist zu sehen. Aber New Yorker sind in dieser Hinsicht eben genügsam.

Sie setzen sich. Mondego holt ein iPad und einen Notizblock hervor. Gemeinsam schauen sie sich nochmals das zweite Video an, obwohl Dante es wohl schon fünfzehnmal gesehen hat. Am Ende des Clips grinst Hollister in die Kamera, hebt eine Hand zum Gruß.

»Also, gute Jagd. Haltet die Augen offen. Wenn Ihr mich jetzt entschuldigen würdet – ich muss los. Ich habe gleich ein Date mit meinem neuen Kumpel Alex.«

»Wer zum Teufel ist Alex?«, fragt Mondego.

»Habe ich mich auch schon gefragt. Aber vielleicht ist das gar nicht die Frage«, sagt Dante.

»Wer Alex ist?«, erwidert sie. »Es gibt dazu natürlich schon einen langen Thread auf Reddit. Viele sind der Ansicht, dass Hollister hier auf die Hauptfigur aus ›Uhrwerk Orange‹ anspielt. Oder auf Alex van Dijsselberg, einen holländischen Kryptounternehmer, der …«

»Was ich meine, ist: Wie will Hollister sich mit jemand treffen, wenn er tot ist? Im Himmel?«

Mondego schaut nachdenklich.

»Na ja, als er das Video aufnahm, war er noch nicht … Du meinst, der Hinweis bezieht sich auf jemanden, der bereits unter der Erde liegt.«

»Scheiße, das könnte …«

Dante springt auf. Mondego erhebt sich ebenfalls.

»Warte. Wo läufst du hin, Ed? Da sind wir doch gerade hergekommen. Zur Fed geht es da lang. Oder wollen wir wieder zu dem Bullen?«

»Nein«, flüstert er ihr ins Ohr, »zum Friedhof.«

ALEX

»Wo soll denn hier bitte ein Friedhof sein?«, fragt Mondego.

»Wir sind dran vorbeigekommen«, erwidert Dante. »Hör zu, falls uns jemand beobachtet – wir trennen uns jetzt und treffen uns später wieder.«

Dante tritt ganz nah an Mondego heran, flüstert ihr einige Instruktionen ins Ohr. Sie nickt, löst sich von ihm. Dante sieht Mondego nach, wie sie durch den Pseudopark Richtung Westen verschwindet. Er hat ihr aufgetragen, zum 9/11-Memorial zu gehen und dort an zufällig ausgewählten Punkten Fotos und Notizen zu machen. Sollte jemand Mondego beobachten, wird er annehmen, sie suche nahe dem Ground Zero nach dem Schatz. Danach wird sie zur Metrostation Cortlandt Street laufen und eine Station fahren, bis Rector Street.

Dante hingegen spaziert nach Osten, Richtung Fed. Er kennt in dieser Gegend jeden Quadratmeter. Trotzdem ist er vorhin glatt an dem Friedhof vorbeigestiefelt.

Wenn man einen Ort gut kennt, fallen einem manche Dinge eben irgendwann nicht mehr auf. In gewisser Weise ist seine Betriebsblindheit ein Glücksfall. Falls sie jemand observiert, wovon er schwer ausgeht, hätten sie den Beobachter direkt zum Ziel geführt. Da sie jedoch vorbeimarschiert sind, bietet sich nun die Möglichkeit, etwaige Verfolger abzuschütteln.

Dante erreicht das Fed-Gebäude, das einen ganzen Block einnimmt. Es sieht aus wie ein italienischer Renaissancepalazzo, den man zu einem Geldspeicher umgebaut hat: Hohe, wehrhaft anmutende Wände, auf dem Dach kleine Türme. Die mehrere Meter hohen Fenster sind allesamt vergittert. Viele Menschen glauben, der Grund für diese Festungsarchitektur sei, dass die New Yorker Fed immense Summen Bargeld horte. Diese Annahme offenbart ein grundlegendes Missverständnis in Bezug auf Notenbanken, ja Banken überhaupt.

An der Ecke Liberty und Nassau bleibt Dante stehen, reckt den Hals, um das gesamte Gebäude betrachten zu können. Erstaunlich viele Menschen hängen noch immer der Vorstellung an, Banken passten auf das ihnen anvertraute Geld auf, verwahrten all die Dollar und Euro in einem großen Safe oder auf einer gut gesicherten Festplatte.

Sie tun nichts dergleichen. Gibt ein Kunde seiner Bank tausend Euro, landet nicht ein Cent davon im Tresor. Die Bank verleiht den Tausender weiter, noch bevor der Kunde durch die Drehtür ist. Das Geld bekommt ein anderer Kunde oder eine andere Bank, die das Geld erneut verleiht, und die nächste wieder, und immer so weiter.

Viele glauben, die Keller der Fed seien voller Gold, mit dem der Dollar abgesichert werde. Aber wie all die Coiner nicht müde werden zu betonen, ist ein Dollar letztlich ein ungedeckter Scheck. Hinter dem Greenback stehen keine Werte. Er ist, um diesen neumodischen Ausdruck zu verwenden, kein Stablecoin.

Vermutlich sind die Medien schuld. In den Nachrichten heißt es stets, die Zentralbank »werfe die Notenpresse an« oder »flute den Markt mit frischem Geld«. Also ist es vielleicht nachvollziehbar, dass die Leute an Goldbarren und nagelneue Scheinchen denken, die sich in irgendwelchen Tresoren stapeln. Aber wenn die Fed mehr Geld ins System pumpen will, sagt sie den Banken einfach, sie sollen mehr Kredite vergeben, an jeden Hinz und Kunz. Die Fed pumpt nicht. Sie lässt pumpen.

Über Geld grübelnd quert Dante die Straße. In einem Starbucks an der Ecke besorgt er sich einen Tee. Ohne groß darüber nachzudenken, zahlt er mit der Juno-App. Tee schlürfend läuft er einmal um das Fed-Gebäude herum, Nassau, Maiden, William und Liberty, immer an der Wand entlang. Seine Hoffnung, ihm werde dabei etwas auffallen, ist nicht sehr groß. Was sollte das auch sein? Das Gebäude ist schmucklos, frei von Graffiti oder Plakaten.

Dantes Handy summt. Mondego hat ihm ein Bild geschickt. Es zeigt eine Infotafel nahe dem Memorial. Das Foto hat keinerlei Bedeutung, es ist Teil ihrer kleinen Scharade. Aber es sagt ihm, dass Mondego noch gut zwanzig Minuten brauchen wird, bis sie ihren Treffpunkt erreicht.

Dante dreht eine weitere Runde. Diesmal geht er gegen den Uhrzeigersinn um die Fed herum. Er würdigt den Geldtempel diesmal keines Blickes, schaut stattdessen zur anderen Straßenseite. Das Einzige, was ihm auffällt, ist, dass sich an zwei der vier Kreuzungen, die den Fed-Block umschließen, ein Starbucks befindet. Dante fragt sich, wann die verbleibenden Lücken geschlossen werden. Wenn sich an jeder Ecke Manhattans ein Starbucks befindet, ist der Kapitalismus vermutlich zur wahren Vollendung gelangt.

Erst als er beinahe um den Block herum ist, bemerkt er etwas. Vor dem Eingang zu einem der Wolkenkratzer an der Maiden Lane erblickt er ein ihm nur allzu bekanntes Logo. Es ist im Boden eingelassen und zeigt einen Frauenkopf, der, wie er inzwischen weiß, jene antike Göttin darstellt, die in Griechenland Hera hieß und in Rom Juno. Sie ist die Ehefrau von Jupiter, dem CEO von Olympus Inc., macht aber ihr eigenes Ding.

Er läuft auf das Gebäude zu. Es handelt sich um einen ziemlichen Klotz, der das Fed-Gebäude weit überragt.

Die antike Juno galt als Schutzherrin der Römischen Republik. Für die Juno des 21. Jahrhunderts gilt das nicht. Sie ist auf eigene Rechnung unterwegs und hat mit dem Staat vermutlich nicht allzu viel am Hut.

Dante steht vor dem Eingang. Er sucht nach einem Schild. Es gibt keines. Auch in der Lobby, die durch die getönten Scheiben erkennbar ist, sieht er keinen Juno-Schriftzug. Das in den Marmorplatten eingelassene Logo scheint der einzige Hinweis zu sein. Dante geht auf einen Wachmann zu, der neben der Drehtür steht, fragt ihn.

»Hier befinden sich die New Yorker Büros von Juno, Sir«, erklärt der Mann.

»Der Bezahldienstleister?«

Der Wachmann bestätigt es. Dante fragt, ob Juno das gesamte Gebäude okkupiere, woraufhin ihm der Mann erklärt, einige der unteren Etagen seien seines Wissens an einen Hedgefonds untervermietet. Aber, ja, der Rest gehöre Juno.

Dante bedankt sich, geht weiter. Am Ende der Maiden Lane blickt er zurück. Wollte Hollister potenzielle Schatzsucher vielleicht gar nicht zur Fed führen, sondern zur Juno-Dependance? Ist auch das ein Hinweis? Er kann es sich eigentlich nicht vorstellen.

Er muss an sein Gespräch mit Yang denken, die inzwischen vermutlich auf dem Rückweg nach San Francisco ist oder sich in diesem Moment vielleicht gar in dem Wolkenkratzer da drüben aufhält und von ihrem Chefbüro auf die Fed herabschaut. Er fragt sich, was die feinen Herren Notenbanker wohl darüber denken, dass ihnen Juno derart auf die Pelle rückt. Und er fragt sich, was die Bot-Handys in Zug gerade tun. Schaufeln sie Dollars ins Juno-System? Schließen sie das Deckungsloch? Oder hat die Klickfarm am Ende gar nichts mit Juno zu tun?

Als ein Yellowcab auftaucht, schießt Dantes Arm wie ferngesteuert empor. Er steigt ein. Eigentlich will er zur Trinity Church auf dem Broadway, bittet den Fahrer jedoch, ihn nach Tribeca zu fahren, in die entgegengesetzte Richtung. Während der Fahrt schaltet er sein Handy ab. Mondego, die inzwischen zur U-Bahn unterwegs ist, wird dasselbe tun. Nachdem er den Fahrer in bar bezahlt hat, steigt Dante nahe der Canal Street aus und fährt mit der Linie N bis zur Rector Street. Mondego wartet bereits auf der Zwischenebene.

»Irgendwas bemerkt?«, fragt sie.

»Eigentlich nicht. Nur, dass Junos New Yorker Büros direkt neben dem Fed-Gebäude liegen.«

»Echt? Wusste ich nicht. Und was hat das zu bedeuten?«

»Vermutlich nur, dass Juno scheißreich und scheißgroß ist.«

»Und jetzt der Friedhof?«, fragt sie.

Dante nickt. Sie nehmen die Treppe nach oben, kommen in einer Parallelstraße des Broadway heraus. Direkt vor ihnen erhebt sich die Trinity Church. Die Kirche hat einen Friedhof, vermutlich der einzige in Lower Manhattan. Dante glaubt nicht, dass dort heutzutage noch Leute verscharrt werden. Wer hier liegt, liegt hier schon länger.

Das Kirchengelände wird von einer Mauer umgrenzt. Durch einen Torbogen gelangen sie ins Innere. Wie erwartet, sehen die Grabsteine stark verwittert aus. Dante wirft einen Blick auf eine der Inschriften.

»In liebendem Gedenken an Thomas Garner Dalton, verstorben am 20. Oktober 1862.«

Manche Gräber sind noch älter, stammen aus dem achtzehnten Jahrhundert. Mondego zieht ein Gesicht. Dante versteht, warum. Der Friedhof ist nicht groß, schon gar nicht verglichen mit dem monströsen Calvary Cemetery in Queens oder dem weitläufigen Evergreen in Los Angeles. Dennoch gibt es ein paar hundert Gräber. Und die müssen sie alle abklappern.

Sie machen sich an die Arbeit. Mondego übernimmt den westlichen Teil, Dante den östlichen. Er liest die Inschriften. Robert Fulton, John Alsop, Horatio Gates. War Letzterer nicht General im Bürgerkrieg? Vom Datum her könnte es hinkommen. Dante sucht weiter. Zwischendurch schaut er umher, vergewissert sich, dass sie niemand beobachtet. Mondego und Dante sind nicht allein auf dem Friedhof. Ein paar Touristen streunen zwischen den Gräbern umher. Immerhin sieht er niemanden mit Quatermain-Hut.

Nach gut einer halben Stunde sind sie sämtliche Gräber abgelaufen, treffen sich vor der Kirche. Keiner von Dantes Toten hieß Alex oder Alexander. Bei Mondego verhielt es sich genauso.

»Es war einen Versuch wert«, sagt sie.

Dante antwortet nicht. Stattdessen geht er in Richtung des metallenen Zauns, der das Kirchengelände auf dieser Seite umgrenzt und hinter dem der Broadway liegt. Mondego folgt ihm. Sie passieren das Hauptportal, gehen durch ein Tor im Zaun.

Mondego packt ihn an der Schulter.

»Da sind ja noch mehr«, sagt sie.

Dante dreht sich um. Tatsächlich gibt es auf der anderen Seite der Kirche eine Handvoll weiterer Gräber, zwischen Kirchenschiff und Rector Street. Durch ein kleines Tor gelangt man in diesen Teil der Anlage.

Bevor er auch nur eine einzige Inschrift gelesen hat, weiß Dante, um welches Grab es sich handelt. Die meisten Ruhestätten besitzen schlichte Steine aus Granit. Wie kariöse Schneidezähne stehen sie in Reih und Glied. Doch weiter hinten ragt ein ungewöhnlich opulentes Grabmal auf. Es besteht aus weißem Stein, Marmor vielleicht. Aus dem wuchtigen Sockel ragt ein Obelisk empor. Am Fuße des Grabmals liegt ein Kranz mit rot-weiß-blauem Band.

Dante hält auf das Grab zu. Als er die Inschrift liest, murmelt er: »Bingo.«

RUMBUDDEL

Dante betrachtet das Grabmal und die Inschrift.

ALEXANDER HAMILTON

Der PATRIOT unkorrumpierbarer INTEGRITÄT
Der SOLDAT anerkannten MUTES
Der STAATSMANN voller WEISHEIT
Dessen TALENTEN und TUGENDEN Bewunderung gebührt
Lange nachdem dieser MARMOR zu Staub zerfallen

Er starb am 12. Juli 1804 im Alter von 47.

Mondego tritt neben ihn.

»Alexander Hamilton? Ich wusste nicht, dass der hier begraben liegt.«

Dante wusste es auch nicht. Er ist an diesem Gründervater der amerikanischen Republik, Mitverfasser der Federalist Papers, Zierde des Zehn-Dollar-Scheins, zahllose Male vorbeigelaufen. Hollister hingegen wusste, dass Hamilton hier begraben ist. Doch warum hat er ihn ausgewählt?

Amerikanische Revolutionsgeschichte ist nicht gerade Dantes Spezialität. In der Schule hat er sich ausführlich mit der Magna Charta, Heinrichs Frauen und der normannischen Invasion beschäftigt, mit Hamilton, Madison oder Washington jedoch höchstens am Rande.

»Ist der Mann eine libertäre Ikone, Mercy? Ich meine, steht die Krypto-Community auf ihn?«

Sie schüttelt langsam den Kopf.

»Nein, um Gottes willen, nein. Im Gegenteil. Hamilton war unter George Washington Finanzminister. Er hat den Coinage Act durchs Parlament gebracht, der die Einrichtung einer staatlichen Münzprägeanstalt vorsah. Man kann sagen, dass er nicht nur einer der Gründerväter der USA ist, sondern auch der Gründervater des Dollars, des Federal Reserve Systems und so weiter. Die meisten Kryptoleute können ihn nicht leiden. Es gibt auf YouTube sogar einen Rap Battle, wo Alexander Hamilton und Satoshi Nakamoto gegeneinander antreten.«

Dante schaut sich um. Sie sind so allein, wie man es in Manhattan sein kann. Außer ihnen befindet sich niemand auf diesem Teil des Friedhofs, auf der anderen Seite des Zauns laufen aber Passanten entlang. Er hofft, dass sie etwaige Verfolger abgeschüttelt haben.

»Telefon ist aus?«, fragt er.

»Wie besprochen.«

»Okay.«

Gemeinsam nehmen sie das Grabmal unter die Lupe. Weitere Inschriften gibt es nicht. Sie fahren mit den Fingern über den Stein, betasten Vorsprünge und Vertiefungen. Doch niemand scheint an Hamiltons Ruhestätte etwas versteckt zu haben, keine Zettelchen, USB-Sticks, Casascius-Coins. Sie inspizieren die Blumenrabatte, ziehen die amerikanischen Fähnchen heraus, die irgendein Hamilton-Bewunderer in den Boden gesteckt hat.

Dante lässt sich auf den Stufen des Sockels nieder, lehnt sich an den kalten Stein. Mondego steht einfach nur da, starrt den Obelisken an. Ihre Lippen formen lautlos Worte. Dante mustert sie. Er sollte sich den Kopf darüber zerbrechen, wie er in dieser Sache weiterkommt. Aber ehrlich gesagt würde ihn viel mehr interessieren, wie er bei ihr weiterkommt. Mondego wendet sich ihm zu.

Dante lächelt sie an. Mondego lächelt nicht zurück. Sie scheint durch ihn hindurchzuschauen. Eine Falte bildet sich auf ihrer Stirn.

Mit der Rechten vollführt sie eine schnelle Handbewegung, so als wolle sie eine Fliege verscheuchen. Es dauert etwas, bis Dante begreift, dass die Wedelei ihm gilt. Rasch erhebt er sich.

Mondego holt ihren Block hervor, geht auf die Knie.

»Soldat anerkannten Mutes ... Staatsmann voller Weisheit ... Starb ... im Alter von siebenundvierzig«, murmelt sie.

»Nicht sehr alt geworden, der Gute«, wirft Dante ein. »Schwindsucht? Cholera?«

Mondego schaut ihn irritiert an.

»Was?«, fragt er.

»Das weißt du nicht? Hamilton hat sich duelliert. Mit dem Vizepräsidenten.«

Dante versucht sich vorzustellen, wie Mike Pence und Steve Mnuchin sich frühmorgens auf dem South Lawn treffen, um mithilfe ihrer Smith & Wessons ein für alle Mal zu klären, wer die schickeren Krawatten trägt – andere Zeiten damals.

»Wusste ich nicht. Dafür kann ich dir alles über Heinrich V. erzählen.«

Sie ignoriert ihn und schreibt etwas in ihren Block, streicht Wörter durch, ersetzt sie durch Zahlen. Dann erhebt sie sich.

»Lass uns gehen«, sagt sie.

»Wohin?«

»In mein Hotel.«

Als sie seinen verwirrten Blick sieht, fügt sie hinzu: »Da ist mein Laptop. Den werden wir brauchen. Übers Handy mach ich das nicht.«

Sie läuft los, Dante folgt ihr.

»Erzähl mal«, sagt er.

Sie bleibt stehen, schenkt Dante einen Blick, der ihm ganz und gar nicht gefällt.

»Du willst es für dich behalten, Mercy? Echt jetzt? Ohne mich wärst du nicht ...«

»Nein, will ich nicht. Aber vielleicht ist es an der Zeit, mal etwas grundsätzlich zu klären.«

»Und zwar?«

»Unser Verhältnis, unser Arbeitsverhältnis. Du verschweigst mir viele Sachen.«

»Möglich. Hör zu, wir hatten das doch schon mal. Quellenschutz, Vertraulichkeit von Klienten, das …«

»Ich weiß. Aber diese Sache, die wird riesig. In den Medien und überhaupt.«

»Sieht ganz so aus, ja.«

»Lass es uns gemeinsam durchziehen, Ed. Alle Infos zusammenschmeißen. Ich veröffentliche erst, wenn wir Montecrypto gehoben haben. Und nein, ich will nichts von dem Schatz, den kann deine komische Cosplay-Tussi für sich allein haben. Aber die Geschichte, Ed. Die will ich. Das wird die Story des Jahrzehnts.«

»Pulitzerverdächtig«, erwidert Dante. Er wollte es sarkastisch klingen lassen. Aber während er es ausspricht, wird ihm klar, dass es stimmt.

»Inzwischen müsstest du wissen, ob du mir trauen kannst oder nicht. Zeit, sich zu entscheiden, Quatermain.«

Dante möchte sich ungern so grundsätzlich festlegen. Das weiß Mondego natürlich, es ist der Grund, weswegen sie ihm derart auf die Zehen steigt. Die Bloggerin treibt die Sorge um, dass Dante sie noch ein paar Festplatten knacken, aber dann fallen lässt, sobald er hat, was er will – wham, bam, thank you, Ma'am. Dabei würde Dante so etwas nie tun. Außer wenn es absolut nötig ist.

»Meinetwegen, Partner«, hört er sich sagen. Er hält ihr seine Hand hin. Sie nimmt sie, drückt ihm außerdem einen Kuss auf die Wange.

Kurz darauf sind sie im Taxi unterwegs zu Mondegos Hotel.

»Verrätst du es mir jetzt?«, fragt Dante.

»Zehn Stellen. Der Code. Erinnerst du dich?«

»Scheiße, ja. Die Eingabemaske auf dieser Website.«

Sie hält ihm ihr Notizbuch hin. Er liest den letzten Eintrag:

07

~~Er starb am~~ 12. ~~Juli~~ 1804 ~~im Alter von~~ 47.

12 07 18 04 47

»Meine Fresse. Das habe ich nicht …«

»Ich zunächst auch nicht. Aber jetzt …«

Mondego holt ihr Telefon hervor, schaltet es ein. Dante schaut unterdessen aus dem Fenster. Sie sind auf der 3rd Avenue und fahren Richtung Midtown, kommen halbwegs gut voran. Mondego scrollt durch ihr Handy.

»Was schaust du nach?«

»Ich will wissen, ob die anderen Quatermains schon was Neues haben.«

Sie verwendet eine App, die er nicht kennt. Es scheint sich um eine Art Suchfilter zu handeln, der Social-Media-Kommentare, Nachrichten und Blogs nach Schlüsselwörtern durchsucht.

»Haha, ein paar Typen haben versucht, in diese Stiftung einzudringen. Aber die Schweizer Polizei hat sie gestoppt«, sagt Mondego, ohne den Blick vom Bildschirm abzuwenden.

»Der Gouverneur von Kalifornien fordert, Hollisters Todesumstände nochmals zu untersuchen. Und dann ist da noch dieser Spinner von Infobattle.«

»Du meinst diesen rechten Verschwörungstheoretiker? Jared Hines? Der erzählt, 9/11 wäre von der Europäischen Union geplant worden und die Obamas würden einen satanischen Kinderschänderring in einem Waffle House betreiben?«

»Genau der. Hines behauptet, es gebe Beweise dafür, dass Halverton Price von einem geheimen Killerkommando der US-Notenbank getötet worden sei.«

»Grundgütiger.«

Das Taxi ist inzwischen auf die East 47th abgebogen, kommt kaum noch voran. Crosstown Traffic nennen New Yorker das. Er blickt aus dem Fenster, sieht die Fußgänger an ihnen vorbeiziehen.

»Fuck!«, ruft Mondego.

Sie hält ihm ihr Handy hin. Zu sehen ist ein Reddit-Eintrag, der mit »Gregs mysteriöse Punkte« überschrieben ist. Darunter ist ein Fünf-Dollar-Schein zu sehen. Links neben Abraham Lincolns Konterfei befindet sich die Eurion-Konstellation. Die Punkte sind rot umrandet.

»Wenn sie das mit der Konstellation haben ...«, sagt Dante.

»Da hat auch schon wer geschrieben, dass das auf die Fed hindeutet. Und dass man den Weg mal ablaufen müsste.«

Sie schauen einander an. Beide springen aus dem Taxi. Der Fahrer flucht. Während Dante an dem Wagen vorbeieilt, klemmt er einen viel zu großen Schein unter den Scheibenwischer. Er wechselt von der Straße auf den Bürgersteig, Mondego ist direkt hinter ihm. Und dann rennen sie.

Es können höchstens sechs oder sieben Blocks sein, aber es sind viele Menschen unterwegs. Mehrfach prallt Dante mit Geschäftsleuten und Touristen zusammen. Doch er hält nicht an, rennt immer weiter.

Nach drei Blocks geht ihm allmählich die Puste aus. Mondego zieht an ihm vorbei. Federnden Schrittes läuft sie weiter, so wie jemand, der regelmäßig joggt. Dante spürt ein Ziehen in der Brust. Ist es das Herz oder der Stolz? So gut er kann, hechelt er ihr hinterher. Als er das Hotel erreicht, taumelt Dante zum Empfang, hält sich keuchend am Tresen fest. Mondego ist nirgendwo zu sehen, vermutlich ist sie bereits auf dem Zimmer. Er holt sein Handy hervor, schreibt ihr.

»Zimmer?«

»17345.«

Er setzt sich wieder in Bewegung. Mit dem Lift fährt er in die Siebzehnte, trabt den Gang entlang. Mondegos Tür steht einen Spalt offen. Er tritt ein. Sie hat bereits ihren Computer hochgefahren, klickt herum. Ein Browserfenster öffnet sich. Mondego tippt:

indubiopronummis.com

Natürlich. Dante hatte die Webadresse fast schon vergessen. Sie stand auf den goldenen Turtlecoins.

Die Seite ist noch immer leer und schwarz, mit Ausnahme der zehn weißen Eingabefelder. Zuvor waren diese gesperrt, nun anscheinend nicht mehr. Mondego tippt die Zahlen ein, drückt Return. Der Code verschwindet. Ein pixeliges animiertes Bild erscheint. Es zeigt diesen Piratenkapitän aus den Disneyfilmen, Jack Sparrow. Der Freibeuter hat den Kopf in den Nacken gelegt, will sich einen Schluck aus seiner Rumbuddel genehmigen. Die ist jedoch augenscheinlich leer. Sparrow blickt in die Kamera, macht eine entschuldigende Geste.

»Scheiße!«, brüllt Mondego, »so eine Riesenscheiße!«

Dantes Handy klingelt. Im Display erscheint eine unbekannte Nummer mit ausländischer Vorwahl, +421. Ihn beschleicht eine Ahnung.

»Ja?«

»Ich hab's geschafft, Mister Dante«, sagt eine aufgeregt klingende Stimme. »Ich hab's tatsächlich geschafft!«

»Wer spricht denn da, bitte?«

»Oh, Entschuldigung. Hier ist Zdenko.«

Dante fühlt sich auf einmal unglaublich müde.

»Zdenko, hi. Ich nehme an, du redest vom zweiten Schatz? Der zehnstellige Code?«

»Genau«, erwidert Zdenko. Dante bildet sich ein, Ehrfurcht in der Stimme des jungen Slowaken zu hören.

»Das heißt, dass Sie den Code auch schon haben, Mister Dante?«

Dante schaut zu Mondego. Sie hat ihren Rechner zugeklappt und starrt ihn entgeistert an. Dante stellt auf Lautsprecher und bedeutet ihr, still zu sein.

»Das stimmt, Zdenko. Ich bin in New York und habe den Code.«

»Haben Sie ihn schon eingegeben?«

»Ja. Aber du warst schneller. Es geht anscheinend nur einmal. Oder vielleicht ist es auch eine begrenzte Anzahl, auf jeden Fall war ich zu langsam. Meinen Glückwunsch euch beiden.«

»Danke, Mister Dante, Sir.«

»Darf ich dich was fragen, Zdenko?«

»Hm?«

»Nachdem du den Code eingegeben hast – was ist da passiert?«

»Da kam eine Seite, wo man seinen Juno-Schlüssel eingeben sollte.«

»Juno? Die Bezahlapp?«

»Ja. Also den öffentlichen Schlüssel, über den einem andere Menschen Geld überweisen können.«

»Verstehe. Und weiter?«

»Ich habe es gemacht. Nicht mal eine Minute später, fing ich an, Überweisungen zu bekommen – in Moneta. Jeweils so hundert, zweihundert. Krumme Beträge, außerdem. Manchmal mit ein paar Hollys dabei, siebte, achte Nachkommastelle.«

»Wie viel bisher?«

Dante kann hören, wie Zdenko etwas in einer fremden Sprache sagt, vermutlich Slowakisch. Eine Frau antwortet ihm – Agnesa.

»Bislang«, sagt Zdenko, »sind es rund neuntausend Moneta. Aber da kommt immer mehr. Und das ist auch der Grund, warum ich Sie anrufe.«

»Ah, ja?«

»Ich weiß nicht, was ich tun soll, Mister Dante.«

»Deinen Erfolg genießen, das solltest du tun«, erwidert Dante. Aber er weiß natürlich, was der Junge meint. Für Zdenko und Agnesa ging es bei Montecrypto nicht so sehr ums Geld, es ging um das Spiel, um die Jagd. Natürlich hatten die beiden sich gewünscht, zu gewinnen. Doch nun, da genau dies geschehen ist, denken sie vermutlich an das alte Sprichwort: Gib acht, was du dir wünschst.

»Hast du außer mir schon jemandem davon erzählt, von deinem Jackpot, meine ich?«

»Nein, habe ich nicht. Aber ... als die Seite meinen Juno-Code wollte, habe ich natürlich kurz gezögert. Weil der ja mit meiner Identität verknüpft ist. Aber das war so aufregend, und ... ich musste einfach wissen, was ...«

Für jemanden, auf den die Moneta gerade herniederregnen wie Konfetti auf einen Primary-Kandidaten, klingt Zdenko sehr unglücklich.

»Ich versteh schon«, sagt Dante. »Jetzt bist du in Sorge, weil die Moneta ja irgendwoher kommen und jede Juno-Transaktion protokolliert wird.«

»Ja. Ich meine, ist das jetzt irgendwie illegal?«

»Du hast nur einen Code eingegeben. Und dass jemand deinen öffentlichen Schlüssel benutzt ... wenn ein Krimineller dir ohne Vorwarnung Geld auf dein Girokonto überweisen würde, wärst du auch unschuldig. Vorausgesetzt, du meldest die Sache.«

»Bei der Polizei?«

Dante vermutet, dass die slowakische Polizei mit der Sache völlig überfordert wäre. Was der Junge zunächst braucht, ist ein Anwalt. Dante kennt eine Menge Wirtschaftsanwälte, mehr, als ihm lieb ist. Dennoch muss er einen Moment nachdenken, bis ihm jemand Passendes einfällt.

»Pass auf. Ich schicke dir gleich die Adresse von einer ziemlich guten Anwältin, Heather Sutherby. Spezialisiert auf internationale Geldgeschäfte. Sitzt in der City. London.«

»Ich habe nicht viel Geld«, erwidert Zdenko. Sein Tonfall legt nahe, dass er sich der Absurdität dieser Aussage durchaus bewusst ist.

»Da mach dir mal keine Sorgen. Sie ist eine alte Bekannte von mir. Ich rufe sie gleich an und kläre das. Du wirst nichts dafür zahlen müssen.«

Irgendwer wird definitiv dafür zahlen müssen. Den City-Anwalt, der umsonst arbeitet, hat der liebe Gott noch nicht erfunden. Heather Sutherby würde nicht einmal die Toilette eines Klienten aufsuchen, ohne ihm ihr Geschäft in Rechnung zu stellen. Dante plant, ihren Stundensatz von achthundertfünfzig Pfund mithilfe des Martel'schen Spesenkontos zu bezahlen. Das ist eine gute Investition, denn danach steht Zdenko in seiner Schuld, und vielleicht wird er ihn noch brauchen.

Zdenko ist zweifelsohne hochintelligent und clever dazu – deutlich cleverer als gewisse Privatdetektive, die Hollisters geheimen Zahlencode erst finden, nachdem sie stundenlang durch Manhattan gestolpert sind. Zdenko hingegen hat es von der Couch aus hinbekommen.

»Vielen Dank, Mister Dante.«

»Nenn mich Ed. Ich würde dir außerdem raten, niemandem von deinem Fund zu erzählen und weiterhin vorsichtig zu sein. In Sachen Montecrypto sind inzwischen ziemlich viele Leute unterwegs, auch zwielichtige.«

»Das sagten Sie bereits in Zug.«

»Man kann es nicht oft genug sagen. Noch was anderes: Als du deine Juno-Schlüssel eingegeben hast, auf der Website, kam dann noch was? Irgendeine Nachricht oder ein weiterer Hinweis?«

»Danach kam ein animiertes GIF.«

»Ein Pirat?«

»Nein, wieso ein Pirat? Da kamen Geldscheine. Insgesamt drei, die immer wieder nacheinander erschienen. Drachme, Mark, Simbabwe-Dollar.«

Dante ahnt etwas.

»Das waren alte Scheine, richtig?«, fragt er.

»Ich denke schon. Alt und mit hohen Werten. Der aus Zimbabwe lautete auf hundert Billionen Dollar, die Mark auf Milliarden, glaube ich. Hab erst gedacht, das wär ein Fake. Photoshop oder so.«

»Nein, solche Scheine hat es wirklich gegeben«, erwidert Dante.

»Ja, ich weiß, hab's gegoogelt.«

Mondego schaut ihn seit geraumer Zeit fragend an. Dante hat das bisher ignoriert. Nun jedoch sieht er, dass sie auf ihren Laptop zeigt. Zu sehen ist ein YouTube-Video. Im ersten Moment glaubt er,

Hollisters Geist habe schon wieder zugeschlagen. Dann jedoch erkennt Dante, dass es sich um etwas anderes handelt. Jemand hält eine Videokamera auf einen Laptop. Die Aufnahmequalität ist bescheiden, doch auf dem Monitor des Computers ist eindeutig indubiopronummis.com zu sehen.

Hände erscheinen, tippen den zehnstelligen Code ein. Eine neue Seite wird geladen. Alles läuft genauso ab, wie Zdenko es beschrieben hat. Ein Juno-Schlüssel wird eingegeben, der im Video allerdings verpixelt ist. Es folgt das GIF mit den Scheinen – Deutsche Reichsmark aus der Weimarer Republik, Griechische Drachmen aus den Vierzigern, der Schein aus Zimbabwe.

»Heilige Scheiße«, entfährt es Dante.

»Mister … Ed? Was ist?«

»Wir haben uns doch vorhin gefragt, ob du der Erste warst oder ob man den Code mehrmals eingeben kann.«

»Ja?«

»Hast du die Sache gefilmt und hochgeladen, Zdenko?«

»Was? Nein, ich …«

»Dann konnte man den Code wohl mehrmals eingeben. Jemand hat's auf YouTube hochgeladen. Ich habe es gerade gesehen.«

Dante sieht, dass das Video mit der Überschrift »EPISCHER GELDREGEN!!!! MONTECRYPTO-GEWINNER SCHATZSUCHE« bisher nur ein paar Aufrufe hat. Das dürfte sich bald ändern. Die Sache wird völlig außer Kontrolle geraten.

»Hör zu, Zdenko. Ich muss jetzt Schluss machen. Danke, dass du mich angerufen hast. Ich schicke dir die Daten der Anwältin und via Juno einen kleinen Vorschuss.«

»Vorschuss wofür?«

»Für die Anwältin. Anwälte wollen immer einen Vorschuss«, sagt Dante.

»Okay, ich … ich schicke Ihnen meine Juno-Kennung.«

»Mach das, Zdenko. Und wenn irgendetwas ist, ruf mich an, Tag und Nacht.«

»Danke, Sir.«

»Passt auf euch auf. Am besten ihr bleibt ein paar Tage zu Hause, schaut Netflix. Oder fahrt zu Freunden.«

»Okay.«

Sie verabschieden sich. Dante legt auf.

»Wer war das denn bitte?«, sagt Mondego.

»Zdenko, der Typ, der uns zuvorgekommen ist.«

»Und den kennst du woher?«

Während sie dies sagt, geht Mondego zur Minibar, holt sich etwas zu trinken. Sie schaut ihn fragend an.

»Definitiv. Gin Tonic, bitte, falls der Kühlschrank es hergibt.«

Und dann schaltet er erneut sein Telefon aus und erzählt von Zdenko und Agnesa und von der Spur, die sie in der Blockchain des Turtlecoin entdeckt haben. Weil der Gin seine Zunge lockert und vielleicht auch weil es an der Zeit ist, sein Versprechen einzulösen, erzählt er Mondego auch jene Dinge, die er bisher ausgelassen hat – nicht alle Details, aber die wichtigsten. Vor allem berichtet er ihr von seinem Zusammentreffen mit Yang.

»Das ist doch völlig unglaublich. Wenn das rauskommt …«

»Da kannst du nichts drüber schreiben. Es gibt keine Beweise und nur einen Zeugen – und den kannst du nicht zitieren.«

»Ja, Ed, ich hab's dir doch versprochen.«

»Das hast du, Mercy.«

»Und ich werde mich dran halten. Aber dass Hollister diesmal statt seiner dämlichen Schildkröten-Złotys harte Moneta verschenkt und außerdem wertloses Fiat-Geld zeigt, das wird für eine Menge Aufsehen sorgen.«

»Das glaube ich auch. FBI und TFI werden jetzt erst recht Witterung aufnehmen. Sie werden wissen wollen, von welchem Juno-Konto die Zahlungen an Zdenko und die anderen geflossen sind. Die Konten sind ja nicht anonym. Als ich mich da registriert habe, musste ich ein Ausweisdokument einscannen«, sagt Dante.

»Sag mal, Ed, die Behörde, die du gerade erwähnt hast, TFI. Wer soll das sein?«

»Geldwäscheeinheit des US-Finanzministeriums. Diese Livetti …«

»Wer ist das jetzt schon wieder?«

»Eine Beamtin, die bei der Befragung am Flughafen dabei war.«

Mondego mustert Dante. Anscheinend spürt sie, dass er wieder einmal einige Details zurückhält.

»Da war noch wer dabei, oder? Bei dem Verhör.«

»Ja«, erwidert er leise.

»Wer?«

»Jemand vom Geheimdienst. Ich tippe auf die NSA.«

»Fuck. Deshalb andauernd die Nummer mit dem Telefon«, sagt sie.

Mondego setzt sich neben ihn aufs Bett.

»Du glaubst doch nicht etwa, dass die uns abhören, weil sie den Schatz selber haben wollen?«

»Nein. Ich glaube, dass sie uns abhören, weil sie wissen wollen, wer wegen Montecrypto alles unter irgendwelchen Steinen hervorkriecht. Terroristen, russische Cyberkriminelle, ausländische Geheimdienste, was weiß ich.«

Sie nickt stumm.

»Wie geht es jetzt weiter?«

Dante schaut auf seine Uhr.

»Ich muss los. Mein Rückflug geht bald. Deiner?«

»Erst morgen. Ich habe heute noch ein paar Termine. Wobei …«

»Ja?«

»Wobei sich gerade niemand für irgendein neues Krypto-Start-up oder die Kursentwicklung von Brightcoin interessiert. Es gibt nur noch ein Thema.«

»Montecrypto.«

»Genau.«

»Dann flieg früher zurück. Oder bleib im Hotel und kümmere dich um Hollister, den Schatz, das Rätsel.«

Mondego verspricht Dante, ihn zu informieren, falls sie etwas Neues herausfindet. Er erhebt sich.

»Sobald du wieder in L. A. bist, gehen wir was trinken, wie wäre das?«

»Klingt gut, Ed.«

»Pass auf dich auf«, sagt er. Er lächelt ihr noch einmal zu und macht dann, dass er zum Flughafen kommt.

KOPFLOS

Dantes Rückflug geht über Newark. Genauer gesagt geht er zunächst gar nicht, die Maschine hängt in der Warteschleife. Seit über einer Stunde sitzt Dante deshalb in einer Lounge, keiner von American, sondern einer von Scandinavian. Sie sieht aus wie ein verdammter IKEA-Laden.

Die Verspätung gibt ein Bildschirm an der Wand mit zwei Stunden an. Dante hätte sich folglich nicht beeilen müssen, hätte noch ein wenig neben Mercy Mondego auf der Matratze sitzen bleiben können. Zumindest in seiner Fantasie hatte diese Situation Potenzial.

Stattdessen sitzt er nun zusammen mit anderen Geschäftsreisenden in einer Reihe knallbunter Sessel. Er trinkt einen Cocktail, der sich Skottlossning nennt und auch so schmeckt. Währenddessen löscht er E-Mails, hört seine Mailbox ab. Von Morddrohungen über flehende Bitten bis hin zu sexuellen Angeboten ist alles dabei. Ferner hat er Interviewanfragen von Bloomberg, dem Wall Street Journal, der Los Angeles Times sowie mehreren ausländischen Medien.

Dante erhebt sich aus Sandbacken, Söderham, was auch immer. Er geht zu einer anderen Sesselreihe, vor der ein Kleeblatt aus Bildschirmen an der Wand montiert ist. Es laufen Fox News, CNN, Bloomberg und CNBC. Dante setzt sich, greift nach einem der bereitliegenden Kopfhörer und wählt den Tonkanal von Fox. Normalerweise ließe er sich lieber rostige Nadeln unter die Fingernägel treiben, als sich diesen Murdoch-Dreck anzutun. Aber die perfekt geföhnte Moderatorin spricht, wie er an dem eingeblendeten Logo erkennen kann, über Juno.

» ... war die Website von Juno heute Morgen für zehn Minuten offline. Grund dafür scheint eine DDoS-Attacke zu sein. Bei dieser Art von Angriff rufen Hacker über Zigtausende Computer gleichzeitig dieselbe Website auf, bis deren Server zusammenbrechen. Das Juno-Bezahlsystem war von dem Angriff nach Unternehmensangaben nicht betroffen.

Auch im Fall der von Juno-Gründer Greg Hollister losgetretenen Schatzsuche gibt es neue Entwicklungen. Mehrere der auch Quatermains genannten Schatzsucher berichten, ihnen seien von einem gewissen Georges Bataille erhebliche Moneta-Beträge auf ihre Juno-Konten überwiesen worden. Was bedeutet das? Lassen Sie uns die Experten dazuholen.«

Drei Köpfe erscheinen. Laut der Moderatorin handelt es sich um Herbert East, Professor Emeritus für Finanzen, einen Wall-Street-Analysten namens Joe Ramirez sowie um Beth Mosbrucker, Journalistin bei USA Today.

Während er mit einem Ohr hinhört, schaut Dante sich auf dem Handy Junos Kurs an. Die Aktie hat in den vergangenen Tagen an Wert verloren – nicht viel, aber immerhin fünf Prozent, während der Gesamtmarkt gleichzeitig nach oben gegangen ist.

»… wird Juno einige Fragen beantworten müssen«, sagt der Professor, ein glatzköpfiger Endsiebziger, der dem Hintergrund nach zu urteilen aus seinem Wohnzimmer zugeschaltet ist.

»Ist dieser Bataille eine real existierende Person?«, fragt die Moderatorin.

»Muss wohl«, wirft der Bankanalyst ein, »bei Juno gibt es keine anonymen Konten.«

»Aber vielleicht hat jemand seinen Account gehackt«, sagt die Journalistin, »auch das würde natürlich Fragen aufwerfen.«

Die Moderatorin sagt: »Juno hat vor einer halben Stunde ein Statement veröffentlicht, laut dem, ich zitiere, ›der Sachverhalt zurzeit intern geprüft wird‹.

Professor East, wäre es möglich, dass derjenige, der sich diesen Montecrypto-Scherz ausgedacht hat, der Besitzer des Bataille-Kontos ist?«

East schüttelt energisch den Kopf.

»Wenn dem so wäre, würde er damit ja auffliegen. Ich denke eher, der Name ist ein Hinweis.«

»Ein Hinweis worauf?«, fragt die Moderatorin.

Der Professor macht ein Gesicht, als halte er sie für ziemlich begriffsstutzig.

»Georges Bataille? Das war ein französischer Philosoph und Surrealist. Genauso gut hätte der Kontoinhaber sich Jean-Paul Sartre nennen können. Das ist definitiv ein Fake-Name.«

Der Professor lehnt sich zufrieden zurück. Die Journalistin sagt: »Es gibt eine Schweizer Stiftung gleichen Namens, die mit Hollister in Verbindung gebracht wird. Das spricht für Herbs Hypothese.«

»Die Börsenaufsicht wird sich dafür interessieren«, sagt der Bankanalyst. »Einer der Gründe, dass man Juno damals genehmigt hat, war ja gerade, dass sämtliche Konten verifiziert sind, sämtliche Transaktionen protokolliert. Falls das nicht der Fall sein sollte ...«

Dante dreht den Ton herunter. Während die Experten durcheinanderreden, ruft er Wikipedia auf.

Georges Bataille, 1897 bis 1962, Schriftsteller, Philosoph – und Surrealist, wie der Rentnerprof richtig gesagt hat. Bataille veröffentlichte Poesie, Prosa, Studien zu aktuellen Themen und theoretische Arbeiten – vor allem zu Ökonomie, aber auch zu Soziologie, Anthropologie, Sexualität und Atheologie. Das letzte Wort ist Dante noch nie untergekommen. Vermutlich hat es etwas mit Atheismus zu tun.

Die Bildsuche fördert einen Mann zutage, der wie ein Archetyp des französischen Intellektuellen der Sechziger wirkt – schwarzes Jackett, schwarze Krawatte, schwarze Gedanken. Es gibt auch ein paar ungewöhnliche Fotos. Auf einem trägt Bataille zwar Anzug, auf seinem Kopf jedoch sitzt eine Dornenkrone. Dante scrollt weiter und entdeckt ein Bild, das er bereits kennt: Es zeigt den kopflosen Mann, der in Hollisters Strandhaus hing.

Der kopflose Mann. Was hat er mit diesem Bataille zu tun, nach dem Sir Holly, das wird nun offensichtlich, die Zuger Stiftung benannt hat? Dante klickt auf das Bild des kopflosen Mannes, landet auf einer obskuren Website, die sich offenbar mit antiquarischen Zeitschriften beschäftigt. Demnach ist die Figur ohne Haupt eine Art Logo, das Georges Bataille für eine von ihm herausgegebene Zeitschrift verwendete. Ihr Name lautet: Acéphale.

Dante sieht den Bildschirm in den Zuger Stiftungsbüros vor sich.

ACEPHALE INITIATED.

Der Begriff, das versteht er nun, hat nichts mit Assen zu tun, sondern mit Köpfen. Es gibt dazu sogar einen Eintrag bei Wikipedia.

»Acéphale (von griechisch ἀκέφαλος, aképhalos, ›ohne Haupt‹)«, so liest er, »ist der Name einer von Georges Bataille 1936 ins Leben gerufenen Geheimgesellschaft. Sie hielt ihre Treffen streng geheim und verstand sich als weltliche und antireligiöse Organisation, in der – unter anderem bei nächtlichen Treffen in Wäldern – mythische und orgiastische Riten abgehalten wurden. Bataille forderte einmal sogar bei einem dieser nächtlichen und mit Schwefeldampf inszenierten Rituale seine eigene Opferung zum Tode; dieses Anliegen wurde ihm von den übrigen Mitgliedern jedoch verwehrt.«

»Diese Scheiße«, entfährt es Dante, »wird immer abgefuckter.«

Ein Geschäftsmann neben ihm bezieht die Aussage anscheinend auf die Nachrichten zur Venezuela-Krise, nickt zustimmend. Dante lässt sich tiefer in den Schwedensessel sinken. Muss er vielleicht noch einmal ganz von vorne anfangen?

Hollister kommt bei einem Flugzeugabsturz ums Leben. Das löst Montecrypto aus, einen minutiös vorbereiteten Plan, der das Kryptovermögen des Verstorbenen in Form einer Schnitzeljagd unters Volk bringen soll. Hollisters digitales Vermächtnis versetzt Kryptofans wie Normalos weltweit in Aufruhr. Gleichzeitig bringt es seine ehemalige Firma Juno in die Bredouille. Erstens, weil sie, vermutlich wider Willen, Teil des Montecrypto-Hypes wird. Zweitens, weil Hollister der Vorstandschefin Alice Yang zugesagt hatte, eine höchst peinliche Deckungslücke bei Junos Kunstwährung Moneta zu schließen, unter anderem mithilfe seines Freundes Hal Price.

Nun sind Hollister und Price tot. Die Klickfarm, über die das Moneta-Problem gelöst werden sollte, ist außer Kontrolle und tut Gott weiß was. Die Öffentlichkeit stellt derweil unangenehme Fragen, zum Beispiel, wer hinter dem Konto eines gewissen Georges Bataille steckt. Es wird nicht mehr lange dauern, bis jemand den Verdacht äußert, Junos Systeme seien manipuliert worden.

Was ebenfalls herauskommen wird, ist die Sache mit Acéphale, so sie nicht bereits irgendwo auf Reddit oder Facebook steht. Zwar hat außer Dante mutmaßlich niemand das Bild des kopflosen Mannes gesehen. Aber Bataille-Experten, von denen es in den Romanistik-Fakultäten altehrwürdiger Universitäten bestimmt einige gibt, werden die Acéphale-Connection auch so finden. Und von da ist es nur noch ein kleiner Schritt zu einer griffigen Hypothese: dass Hollister eine Geheimgesellschaft gegründet hat, genau wie sein Vorbild, der französische Surrealist. Bataille wollte sich offenbar in einem elaborierten Ritual für »die Sache« opfern. Bald werden Leute behaupten, Montecrypto sei ebenfalls eine Art Ritual, eine posthume Inszenierung Hollisters, der sich ebenfalls geopfert habe.

Aber wofür eigentlich? Dante glaubt eher, dass es bei der ganzen Sache um Kohle geht und nicht um surrealistische Kabale. Aber was weiß er schon? Die Verschwörungstheoretiker werden auf jeden Fall durchdrehen.

Dantes Flug wird aufgerufen. Er erhebt sich aus Ekolsund oder vielleicht auch aus Järvsta. Wie in Trance verlässt er die Lounge, geht Richtung Gate. Eben noch hielt er es für eine vernünftige Idee, die Hollister-Sache erneut durchzugehen. Nun ist er sich nicht mehr so sicher. Denn das Ergebnis, so es denn überhaupt eines gibt, ist ganz und gar nicht nach seinem Geschmack.

Am Gate ist er der Letzte. Die Servicedame wundert sich, wie gemächlich Dante den Gang hinabschlendert. Man habe ihn bereits ausrufen lassen, sagt sie. Dante hat es nicht mitbekommen.

Als er durch den Mittelgang des voll besetzten Fliegers seinem Platz zustrebt, starren die Leute ihn an. Vielleicht liegt es daran, dass er der Letzte ist. Oder sie kennen ihn aus dem Internet. Dante will es gar nicht so genau wissen. Schnell setzt er sich, senkt den Kopf.

Er will gerade sein Handy ausschalten, als es klingelt. Die Vorwahl deutet auf Kalifornien hin.

»Ja, hallo?«

»Guten Morgen, Mister Dante«, sagt eine Baritonstimme, die nach Anlageberater klingt, »hier spricht Immo Patel.«

»Doktor. Wie nett, dass Sie zurückrufen.«

»Kein Problem. Es geht um Greg, richtig? Schreckliche Sache.«

»Absolut schrecklich. Ich wurde von seiner Schwester beauftragt. Sie kennen sie, glaube ich, Jackie Martel.«

»Ja. Ja, natürlich. Und Sie untersuchen, die ... seltsamen Umstände seines Todes?«

Dante findet Hollisters Todesumstände eigentlich nicht besonders seltsam. Triebwerk brennt, Maschine stürzt ab, Pilot stirbt – alles ganz normal. Seltsam erscheint ihm eher, was danach passiert ist.

Trotzdem sagt er: »Könnte man so ausdrücken, Doktor.«

Dante schaut auf, sieht eine Stewardess durch den Gang auf sich zukommen, den strengen Blick auf sein Telefon geheftet.

»Ich befinde mich gerade auf dem Rückflug nach Kalifornien. Wäre es möglich, dass wir persönlich über die Sache sprechen, Doktor Patel? An Ihrer Nummer sehe ich, dass Sie irgendwo im Großraum Los Angeles sind, richtig?«

»Unsere Einrichtung befindet sich in Burbank. Allerdings bin ich zurzeit nicht sehr oft dort, ich halte viele Vorträge. Aber morgen Nachmittag würde es gehen, wenn auch nur eine halbe Stunde.«

»Das passt hervorragend«, antwortet Dante.

»Gut«, erwidert Patel, »dann um vierzehn Uhr bei Future Guard.«

REPO MAN

Als Dante am LAX das Terminal verlässt, empfängt ihn der Brandgeruch, den er überhaupt nicht vermisst hat. Er holt sein Auto und fährt nach East Hollywood. Rund eine Stunde später hockt er vor seinem Haus, isst einen Double-Double-Burger und tippt währenddessen auf seinem Laptop herum. Normalerweise hält Dante feste Deadlines für vage Meinungsäußerungen. Wenn man jedoch dem FBI verspricht, Beweismaterial schnellstmöglich weiterzugeben, hält man sich besser daran. Er kopiert die Hollister-Daten von dem USB-Stick auf einen anderen. Danach ruft er die Nummer des Los Angeles Field Office an, die Agent Wilkins ihm gegeben hat. Der Herr am anderen Ende verspricht, schnellstmöglich jemanden zu schicken.

Dante schlingt den Rest seines Burgers herunter. Die Fritten lässt er liegen. Halbwegs satt ist er zwar, gleichzeitig aber irgendwie unbefriedigt. Vielleicht kann ein Drink die Leere füllen. Dante geht ins Haus, zur Salatbar. Er nimmt verschiedene Flaschen in die Hand, stellt sie zurück. Kurz denkt er über Whiskey Sour nach, stets eine erfrischende Angelegenheit. Aber eigentlich will er nichts, das ihn hochbringt, sondern eher etwas, das ihn ausknipst. Long Island Ice Tea böte sich an, ist ihm aber irgendwie zu holzhammermäßig. Nach einigem Hin und Her entscheidet er sich für den guten alten B&B, einen klassischen After-Dinner-Drink; komplexer Geschmack, aber dennoch gradlinig. Statt wie in den meisten Cocktailbüchern vorgegeben, Brandy und Bénédictine zu gleichen Teilen zu mischen, nimmt Dante vier Siebtel Weinbrand und drei Siebtel Kräuterlikör. Er ist eben ein Connaisseur oder vielleicht einfach ein Erbsenzähler.

Gerade, als Dante sich mit seinem fein austarierten B&B auf dem Sofa niederlassen will, fällt sein Blick auf die Bar und ihm etwas auf. Vorhin, als er seine Spirituosensammlung inspizierte, hat er nichts bemerkt. Nun aber registriert er, dass einige Flaschen nicht so stehen, wie sie sollen. Die Cocktailbar eines Exbuchhalters hat natürlich eine gewisse Systematik. Nach dem Alphabet hat er die Flaschen nicht sortiert, ein derart analer Charakter ist Dante dann doch nicht. Aber seine Spirituosen sind kategorisiert, Gruppe A, B und C, nach der Häufigkeit, in der sie benötigt werden, mit den Etiketten schön sauber nach vorne gedreht.

Einige stehen schief. Jemand war hier.

Vermutlich sollte ihm das einen gehörigen Schrecken einjagen. Aber dafür ist er zu müde. Außerdem hat Dante eigentlich nichts anderes erwartet. Ob sein Haus von Kriminellen gefilzt wurde, von der Polizei oder einem Geheimdienst, weiß er nicht. Während er an seinem – übrigens außerordentlich wohlgeratenen – B&B nippend die Wohnung inspiziert, beginnt er jedoch zu vermuten, dass die Besucher weder Mafiosi noch irgendwelche Quatermains waren. Wer auch immer die Bude auf den Kopf gestellt hat, ist sehr diskret vorgegangen. Außer den Flaschen scheint nichts durcheinander zu sein. Die Aktenordner, der Schreibtisch, alles ist exakt so, wie er es hinterlassen hatte.

Dante nimmt den letzten Schluck. Wenn die Besucher nichts mitgenommen haben, haben sie vermutlich etwas zurückgelassen – Mikrofone oder Kameras. Während er darüber nachdenkt, mixt er sich einen weiteren Drink. Da er mit dem B&B begonnen hat, kann er den eingeschlagenen Pfad schlecht verlassen. Nun beispielsweise fruchtig oder spritzig zu werden, wäre sehr beliebig, und Dante ist schließlich ein anspruchsvoller Alkoholiker. Deshalb mixt er sich einen Old Fashioned – Rye Whiskey, Angostura, Mineralwasser, etwas Zucker.

Dante bleibt neben der Salatbar stehen, lässt den Blick durchs Wohnzimmer schweifen. An einem Regal bleibt er hängen. In einem der oberen Fächer steht die Kiste mit den Dias. Zwischen uralten Urlaubsbildern, die einen recht pummeligen elfjährigen Eddy am Strand von Eastbourne zeigen, stecken seit Kurzem Hollisters Seed-Phrase-Bilder. Haben die Besucher sie gefunden? Es ist vermutlich egal. Er hat die Phrase ja bereits verwendet, in Zug. Aller Wahrscheinlichkeit nach ist der Code inzwischen folglich wertlos.

Dante schnappt sich sein Notebook, setzt sich damit aufs Sofa. Bei Google News tippt er »Fondation Bataille Zug« ein. So wie es aussieht, ist das hässliche kleine Bürogebäude in der Bullingerstraße inzwischen zu einer Pilgerstätte der Krypto-Community geworden. Graffiti-Künstler haben die Fassade mit Bitcoin-₿s verziert. Rechts des Eingangs, das ist auf mehreren Reuters-Fotos zu sehen, befindet sich eine Art Schrein. Grablichter, Blumenkränze und handgeschriebene Zettel stehen um eine Straßenlaterne herum, an der ein großes Poster befestigt ist. Das Bild zeigt Greg Hollister. Er trägt einen weißen Kaftan, über seinem Kopf schwebt ein regenbogenfarbener Heiligenschein. Zwischen den wie zum Segen erhobenen Händen seiner Hollyness befindet sich eine goldene Schildkröte, die der des Turtlecoin ziemlich ähnlich sieht.

»Heilige Scheiße«, murmelt Dante. In einem Zug leert er den Old Fashioned. Vermutlich wird er noch einen brauchen.

Vor dem Gebäude wacht inzwischen anscheinend eine Polizeistreife. Der Eigentümer der Immobilie hat Presseberichten zufolge zudem einen privaten Sicherheitsdienst beauftragt, da er befürchtet, irgendwelche Quatermains würden ansonsten versuchen, einzubrechen.

Von der Stiftung selbst gibt es keinerlei Statement, was nicht weiter verwunderlich ist. Laut Stiftungsregister, das hat Dante recherchiert, ist ihr Vorsitzender Armand Wenger jener Schweizer Notar, den Royce ihm genannt hatte. Der sagt sicher nichts, schon gar nicht, ohne zuvor Rücksprache mit Hollister gehalten zu haben, was sich schwierig gestalten dürfte.

Es gibt Stimmen aus der Politik, die fordern, man müsse den

Vorgängen in der Stiftung auf den Grund gehen. Die Behörden sollten sich Zugang zu den Räumlichkeiten verschaffen.

Der Kanton Zug, dessen Geschäftsgrundlage darin besteht, die Briefkastenfirmen von Waffenhändlern und Steuerflüchtlingen in Ruhe zu lassen, geht bisher nicht auf diese Forderungen ein. Ein paar Leitartikler regen sich darüber mächtig auf. Kühlere Köpfe hingegen weisen darauf hin, dass die Stiftung ordnungsgemäß angemeldet sei. Da es bisher keinerlei konkrete Hinweise darauf gebe, dass in den fraglichen Räumlichkeiten etwas Illegales passiere, ja dass dort überhaupt etwas passiere, gebe es für die Polizei auch keine Handhabe, die Tür einzutreten.

Von dem Bot-Netzwerk in den Bataille-Büros wissen offenbar tatsächlich nur Dante, Yang und vielleicht ein paar Geheimdienstler. Er fragt sich, ob Letztere wirklich mehr wissen als er. Auch für die Schlapphüte von CIA, FSB, wem auch immer, dürfte es momentan schwierig sein, ungesehen ins Gebäude zu gelangen. Das Haus besitzt seines Wissens keine Tiefgarage, rein geht es nur durch die Vordertür. Und diese wird derzeit tagein, tagaus belagert, von Quatermains, Reportern, Polizisten. Es ist eine Pattsituation, zumindest hofft Dante das. Es würde ihm etwas Zeit kaufen.

Er steht auf, begibt sich vor die Tür. Auf dem Handy öffnet er die Chat-App, die Yang ihm genannt und die er inzwischen heruntergeladen hat. Er liest ihren QR-Code ein, tippt eine Nachricht.

»Empyrion. Hallo.«

Zunächst kommt keine Antwort. Dante schreibt weiter, tippt sich ein paar Dinge von der Seele.

»Update: FBI & Co sind dran. Klickfarm scheinen sie noch nicht zu kennen. Aber nur Frage der Zeit.

Moneta in Schatz #2 Problem, oder? Falls Sie Hinweise zu Identität Account (Georges Bataille) haben, bitte Nachricht.«

Dante lässt das Handy sinken, schaut in den Himmel. Irgendwo da oben, jenseits von Licht- und Luftverschmutzung, funkeln ein Haufen Sterne. Er überlegt, ob er Mondego anrufen soll. Dass er es gerne täte, hat jedoch wenig mit dem Fall zu tun. Also lässt er es. Stattdessen sucht er Martels Nummer heraus. Bevor er dazu kommt, sie anzurufen, meldet sich Yang:

»Juno-Account sendete mit falscher Absenderkennung an MC-Schatzsucher.«

»Die lässt sich ändern?«, fragt er.

»Eigentlich nicht«, schreibt sie.

»Also Hack von Hollister?«

»Möglich. Finanzaufsicht will Infos.«

»Wem gehört Konto wirklich?«, fragt Dante.

»Einem gewissen Juan Reyes, Kontoeröffnung vor sechs Jahren.«

»Was sagt er dazu?«

»Nicht erreichbar. Adresse und Telefonnummer offenbar alt.«

»Aber es gibt ihn?«

»Wissen wir noch nicht«, schreibt Yang.

Dante lässt sich die Adresse dieses Reyes geben. Der möglicherweise fiktive Wohnsitz des möglicherweise fiktiven Mister Reyes befindet sich in Carlsbad. Das liegt in San Diego County, etwa zwei Stunden von hier.

»Haben Sie rausgefunden, was die Bot-Handys tun?«, fragt Dante.

»Ihr Job.«

»Blöde Klemmzicke«, entfährt es ihm.

»Schon klar«, tippt er, »Missverständnis. Meinte, ob Auswirkungen auf Juno erkennbar.«

»Keine.«

Dante bedankt und verabschiedet sich. Als Nächstes probiert er es bei Martel, bekommt jedoch nur ihren Anrufbeantworter zu fassen. Und dem hat er nichts zu sagen. Stattdessen ruft er trotz der späten Stunde noch einen Kontakt an: Dirk Rasch. Er weiß, dass Dirk nicht schläft. Wahrscheinlich arbeitet er sogar noch.

»Ja, Rasch?«

Dirk ist zwar seit über zehn Jahren Amerikaner, kam aber erst als Teenager aus München nach Kalifornien. Folglich klingt er ein wenig wie Arnold Schwarzenegger. Sicherlich könnte Dirk seinen teutonischen Akzent stärker zurücknehmen, aber er tut es nicht. Vielleicht meint er, seine zackige Aussprache flöße seiner Kundschaft Respekt ein.

»Hier ist Ed, Dirk. Wie läuft's?«

»Warte einen Moment. Ich bin gerade dabei, etwas abzuholen.«

Dante kann hören, wie ein Truck gestartet wird. Eine Tür klappt, dann ertönt wieder Dirks schneidige Stimme.

»So, jetzt. Ich habe so ein Gefühl, dass der Typ hier gleich auftaucht, einer der Nachbarn hat mich beobachtet und telefoniert. Und da will ich lieber weg sein.«

»Verstehe«, erwidert Dante, »was war's denn?«

»Porsche 911 Carrera 4S. Die extrafette Version. Keramikbremsen, Lederausstattung, das volle Programm.«

Dante hört Dirk beschleunigen. Er kann ihn förmlich vor sich sehen in seinem Abschleppfahrzeug, auf der Ladefläche den funkelnagelneuen Porsche. Dirk ist das, was man einen Repo-Agenten nennt. Für seine Auftraggeber sammelt er Dinge ein, deren Raten nicht bezahlt worden sind. In einem Land, wo alle alles auf Pump kaufen, ist das ein einträgliches Geschäft. Dirk pfändet Autos, aber auch Plasmafernseher, Einbauküchen, sogar Sturmgewehre. Als Dirk ihm Letzteres erzählte, dachte Dante, der Kerl nehme ihn auf den Arm. Aber im Gelobten Land gibt es alles auf Kredit, inklusive schwerer Artillerie – shoot now, pay later.

»Ich wundere mich, dass du den Elfer selbst holst, Dirk. Normalerweise hast du für so etwas doch deine Jungs.«

»Ja, aber wir sind gerade dünn besetzt. Außerdem habe ich dem Geschäftsführer der Porsche-Niederlassung in Beverly Hills in die Hand versprochen, mich persönlich darum zu kümmern. Und selbst so?«

»Och, das Übliche«, erwidert Dante, »vergrabenes Geld finden, Durchstechereien aufdecken.«

»Und was kann ich da für dich tun?«

»Ich suche jemanden.«

Dass Leute wie Dirk Rasch überhaupt existieren können, liegt unter anderem daran, dass Amerikaner keine Meldepflicht kennen. Menschen verschwinden deshalb des Öfteren von der Bildfläche – vor allem dann, wenn sie die Rate für ihr Zweihundert-Quadratmeter-Haus, ihre Yacht und ihren Sportwagen nicht mehr bezahlen können. Dirk muss oft jene finden, die nicht gefunden werden wollen. Er besitzt ein Netzwerk persönlicher Kontakte, hat Zugriff auf legale und vermutlich auch illegale Datenbanken, in denen verzeichnet ist, wer was gekauft, wer wen geschwängert, wer wo diniert hat.

»Und wen suchst du, Ed?«

»Einen Señor Juan Reyes aus Carlsbad. Kann aber sein, dass es sich um eine Tarnidentität handelt.«

»Mehr hast du nicht? Weißt du, wie viele Menschen dieses Namens es in Kalifornien gibt? Wahrscheinlich mehr als Johanssons in Minnesota. Und wieso Tarnidentität?«

Er erzählt Dirk von Reyes' Juno-Konto. Den Montecrypto-Kontext lässt er weg.

»Okay, ein Fake-Juno-Konto, so weit nix Neues.«

»Wie meinst du das? Kommt das öfter vor? Ich dachte, da gibt es eine Identitätsprüfung«, sagt Dante.

Statt einer Antwort schallt ihm eine Kanonade wüster Beschimpfungen entgegen – auf Deutsch. Nun klingt Dirk tatsächlich wie ein Sturmbannführer.

»Sorry, Ed. Galt nicht dir. Dieses Arschloch hat mich voll geschnitten. Warum kann in diesem Scheißland eigentlich keiner Auto fahren?«

»Ich weiß. Und auf der falschen Seite fahren sie auch.«

»Haha. Also, das mit den Konten, mit der Prüfung und so, das ist alles Bullshit. Bei Juno und den meisten anderen von diesen digitalen Finanzdiensten musst du deinen Ausweis vor die Laptopkamera halten und dann außerdem ein Foto von dir machen. Was ja erst mal nur beweist, dass der Typ vor der Webcam der gleiche ist wie der auf dem Ausweis, sonst nix. Ich kann dir binnen einer

Stunde ein Dutzend Vögel auftreiben, die das für fünfzig Dollar übernehmen. Oder du fälschst die Papiere. Glaubst du, der Depp in Junos philippinischem Callcenter, der diese ID-Checks überprüft, kann einen kolumbianischen Führerschein von einem mexikanischen Perso unterscheiden?«

»Okay, verstehe. Ich habe von diesem Reyes aber auch eine Adresse.«

»Schon vorbeigeschaut?«

»Noch nicht.«

»Kann sein, dass da nur ein Extrabriefkasten hängt. Aber ich lasse den Kerl gerne mal durchs System laufen. Vielleicht finde ich ja was.«

Dante bedankt sich bei Dirk, legt auf. Er geht zurück ins Haus, um sich den dritten Cocktail des Abends zu mixen. Es wird der letzte sein, großes Indianerehrenwort. Da er schon etwas entscheidungsschwach ist, nimmt er der Einfachheit halber einen weiteren Old Fashioned und setzt sich damit auf die Veranda. Eigentlich will Dante ins Bett, aber der Mann vom FBI war noch nicht da. Er trinkt in kleinen Schlucken, versucht, an nichts zu denken.

Bald ist der zweite Old Fashioned Geschichte. Das Indianerehrenwort wankt. Dante lehnt sich zurück, schließt für einen kurzen Moment die Augen.

CABALLUM TUUM

Als Dante erwacht, tut sein Rücken weh, und er friert. Es liegt wohl daran, dass er ohne Decke auf einer harten Pritsche liegt. Für einen Moment erfasst Panik sein Herz. Weder weiß er, wie er hierhergelangt ist, noch, wie er je wieder hier herauskommen soll. Dante rollt sich auf die Seite, seine Schulter quittiert es mit einem Stechen. Die unverputzte Wand ist nur zwei Armlängen entfernt. Insgesamt misst seine Zelle wohl zwei mal vier Meter und ist spärlich möbliert: Pritsche und Tisch, ein Stuhl, für die Notdurft ein Eimer. Das einzige Fenster ist winzig und befindet sich zu weit oben, als dass man hindurchschauen könnte. Dante kommt hoch, steht auf, steigt auf den Stuhl. Nun kann er die Gitterstäbe des Fensters umfassen und sich so weit hochziehen, dass er hinausblicken kann.

Um ihn herum erhebt sich eine Festungsanlage. Sie sieht ziemlich alt aus. Es ist kurz vor Sonnenaufgang, das Dunkelgrau des Himmels macht bereits hoffnungsvolleren Farbtönen Platz. Dante muss konstatieren, dass er sich im Paradies befindet, genauer gesagt befände er sich dort, wäre er auf der anderen Seite der Mauer. Die Festung liegt am Meer, in der Ferne ist schneeweißer Sandstrand zu erkennen. Wenn er raten müsste, würde Dante auf den Golf von Mexiko tippen oder vielleicht auf die Karibik. Die Luft ist warm, am Strand wiegen Palmen im Wind.

Dante ahnt, dass er träumt. Doch das ändert seltsamerweise wenig an dem Gefühl der Panik. Wer hat ihn hier eingesperrt? Ist er der einzige Häftling? Irgendwo in den Tiefen von Dantes brandygetränktem Gehirn analysiert ein Teil seines Verstands den Traum, während er ihn träumt. Zumindest bildet er sich das ein. Seine Vermutung ist, dass der Traum etwas mit Montecrypto zu tun hat.

Vielleicht beschwört sein Gehirn Versatzstücke aus einer alten Dumas-Verfilmung herauf und er ist nun Richard Chamberlain, lebenslang eingekerkert aufgrund einer Intrige gepuderter und livrierter Arschlöcher.

Dante fährt sich übers Kinn, und tatsächlich, er hat einen Zottelbart. Außerdem hat er lange Haare. Dass ihm auf seiner Platte noch mal etwas sprießt, ist nun wirklich megaunrealistisch – ein Traum, keine Frage.

Unschlüssig läuft er in der Zelle auf und ab. Er kann sich an die Geschichte kaum noch erinnern, meint aber, dass der Protagonist bei Dumas nicht allein einsaß. Während er darüber nachgrübelt, vernimmt Dante aus einer Ecke der Zelle ein Geräusch. Als er hinschaut, sieht er, dass sich ein Ziegelstein in Bodennähe bewegt.

Auf der anderen Seite ist jemand. Dante schaut zu, wie Stein um Stein in seine Zelle geschoben wird. Eine Hand erscheint. Dante geht zu der Mauer und hilft dem Unbekannten, weitere Ziegel zu entfernen. Bald ist das Loch groß genug, um einander in die Augen zu sehen. Dante legt sich flach auf den Boden. Er sieht die dreckigen Unterarme des anderen Sträflings, sieht das Ende seines Zottelbarts. Der Fremde senkt das Haupt und streckt gleichzeitig eine Hand durch das Loch, legt sie Dante auf die Schulter.

Nun kann er das Gesicht ausmachen. Herrgott, es ist ...

... ein glatt rasierter Typ im Anzug.

»Mister Dante?«

Schlaftrunken blinzelt er den Mann an. Dessen Gesicht ist mondförmig und platt, es wirkt beinahe eingedrückt. Der Kerl ist ein Pfannkuchen auf Beinen. Dante blinzelt erneut, aber die Visage verschwindet nicht. Er ist tatsächlich zurück auf seiner Veranda in East Hollywood. Für einen Moment hatte er geglaubt, diese seltsame Erscheinung sei ein Überbleibsel seines Traums.

Der Pfannkuchen hält ihm eine FBI-Marke hin.

»Hm?«, brummt Dante. Mehr bringt er nicht heraus.

»Jake Veriato. Ich komme im Auftrag von Agent Wilkins aus dem New York Field Office.«

Dante setzt sich auf, nickt.

»Wegen der Daten.«

»Ja.«

Er erhebt sich, holt den USB-Stick aus der Hosentasche. Er legt ihn auf den Verandatisch, macht eine einladende Geste. Der Pfannkuchenmann macht keine Anstalten, den Stick zu nehmen, sondern holt stattdessen ein iPad hervor, ruft ein Formular auf.

»Wenn Sie«, er hält Dante einen Stift hin, »hier unterschreiben würden, Sir.«

Vielleicht handelt es sich um eine schnöde Quittung. Wahrscheinlicher ist, dass Dante mit seiner Unterschrift bestätigt, dass dieser USB-Stick sowie alle Daten darauf nunmehr Eigentum des Federal Bureau of Investigation sind und er, Edward Wilmore Dante, niemand sonst Kopien derselben aushändigen wird und ferner für sämtliche Scheiße verantwortlich ist, die Dritte, Vierte oder auch Fünfte mit diesen Daten anstellen, und hiermit ferner einräumt, diese Vereinbarungen vollumfänglich zu akzeptieren ohne zeitliche oder räumliche Beschränkung und unter besonderer Berücksichtigung der anerkannten Rechtsgrundsätze stercus accidit sowie futueo te et caballum tuum.

Er unterschreibt den Wisch trotzdem, damit der Pfannkuchen sich verkrümelt. Was er dann auch tut.

Dante geht ins Haus, schafft es ohne einen weiteren Boxenstopp an der Salatbar ins Schlafzimmer. Er zieht sich aus und lässt sich aufs Bett fallen. Ein paar Sekunden später ist er bereits eingeschlafen.

BEKANNT VERZOGEN

Am nächsten Morgen wecken ihn die Klagelaute seines Handys. Er hatte das Gerät bis sieben Uhr stummgeschaltet, also ist es vermutlich kurz nach. Dante quält sich aus dem Bett und greift nach der Hose, die er gestern Nacht auf den Boden gepfeffert hat. Er nimmt das Handy aus deren hinterer Tasche, scrollt durch seine Nachrichten. Das Gefiepe wurde durch eine Nachrichtenkaskade von Mercy Mondego verursacht. Sie informiert ihn, dass sie Neuigkeiten habe und gegen siebzehn Uhr lande. Dante bietet an, sie abzuholen. Seine schlafverkrusteten Augen registrieren außerdem, dass er weitere siebenundzwanzig neue Chatnachrichten hat, vierzehn Anrufe auf der Mailbox und, er schaut zweimal hin, weil er es nicht glaubt, zweitausendeinhundertsechzig neue E-Mails.

Dante macht sich einen Tee – nicht nur einen, um genau zu sein. Er besitzt eine Brown Betty, eine jener traditionellen Kannen, in die genug English Breakfast für eine Großfamilie passt. Mit Kanne, Tasse und Zimt-Toasties setzt er sich aufs Sofa. Während er den Tee schlürft, schaut Dante Squawkbox auf CNBC, liest FT.com, Bloomberg, MarketWatch, Twitter, seine Mails, alles mehr oder minder gleichzeitig. Martel hat anscheinend versucht, ihn zu erreichen. Er wird sie zurückrufen, aber zunächst liest er einen Artikel über die Situation an der Börse, die gelinde gesagt unerfreulich ist. Gewinnwarnungen, invertierte Renditekurve, drohende Zinserhöhung, durch die Decke gehende Volatilität. Alle haben Muffensausen, inklusive der Moderatorinnen bei Squawkbox, zwei gertenschlanke Mittvierzigerinnen, die nur aus Make-up und Frisur zu bestehen scheinen.

»... das ist sicherlich auch ein Grund, warum Krypto heute Morgen nach oben geht. Bitcoin plus elf Prozent, Turtlecoin zwanzig, FlashLite neunzehn.«

»Warum diese Rallye, Becky?«

»Analysten sagen, die starke Nachfrage sei auf die schwache Performance von Aktien und Bonds zurückzuführen, Joan. Die Venezuela-Krise beunruhigt die Märkte, alle suchen nach sicheren Häfen.«

Becky, eine Asiatin in Glencheck-Kostüm, macht ein ungläubiges Gesicht. Dante kann es ihr nicht verdenken.

»Krypto als sicherer Hafen?«

»Ja, das wäre vor einigen Jahren noch undenkbar gewesen. Aber schauen wir uns diesen Chart an.«

Die Moderatorinnen verwandeln sich in kleine Talking Heads, wiewohl in sehr gut frisierte. Eine Kursgrafik nimmt den Großteil des Bildschirms ein. Sie zeigt den S&P-500-Aktienindex, den Preis von Gold sowie den von Bitcoin. Während der S&P abschmiert, bewegen sich die anderen beiden Kurven nach oben.

»Gold ist der traditionelle sichere Hafen für Investoren. Aber Bitcoin läuft fast parallel, so als wären beide miteinander gekoppelt. Was sie zwar nicht sind, aber ...«

Dante wendet sich dem Tablet auf seinem Schoß zu. Der Wert von Bitcoin ist nicht an den von Gold gekoppelt und der des Dollars auch nicht. Dafür ist Moneta an den Greenback gekoppelt, und zwar eins zu eins. Das ist keine neue Erkenntnis, Dante wusste es bereits. Dennoch scheint es ihm, dieser Umstand bedeute etwas, bedeute mehr, als er bisher angenommen hat. Nur was? Er weiß es nicht, es ist nur ein Gefühl. Rasch gießt Dante sich Tee nach und trinkt einige Schlucke, in der Hoffnung, das belebende Gebräu werde seine Assoziationsfähigkeit beflügeln, ihm zu einem Heureka verhelfen. Aber er verbrennt sich lediglich die Zunge.

Er scrollt weiter durch die Nachrichten, stöbert nach Neuigkeiten zu Montecrypto. Während seiner Nachtruhe haben mehrere maskierte Typen versucht, das Stiftungsbüro in Zug zu stürmen, allerdings vergeblich. Es gibt sogar ein Video davon. Die Angreifer tragen Hundemasken – japanische Shibas, wenn er sich nicht täuscht. Ein gutes Dutzend Maskierter versucht, ins Gebäude zu gelangen, wird aber von der Polizei und Sicherheitsleuten daran gehindert. Nein, nicht von Sicherheitsleuten – vermutlich sind es eher Gegendemonstranten. Ihre Overalls erinnern Dante an die der Ghostbusters. Er weiß nicht, was das alles bedeutet und welchen Fraktionen die Streithähne angehören. Entscheidend ist auch eher, dass es anscheinend immer noch niemandem gelungen ist, in die Büros der Fondation Bataille einzudringen.

Auch zu Juno gibt es Neuigkeiten. Einem Bericht des »Wall Street Journal« zufolge hat sich der Vorsitzende des Finanzausschusses im US-Kongress zu der Sache geäußert. »Falls es tatsächlich Scheinkonten bei Juno gibt, muss das restlos aufgeklärt werden«, wird der Abgeordnete zitiert. Wenn Dante Dirk Rasch richtig verstanden hat, ist die Frage aber ja gar nicht, ob es Fake-Accounts gibt, sondern wie viele es sind und wer sie kontrolliert. Einige gehen augenscheinlich auf Hollister zurück. Schließlich wollte der über solche fiktiven Konten Junos höchst reale Dollarlücke schließen.

Während Dante über diese Dinge nachdenkt, zieht er sich frische Sachen an. Er ist immer noch hundemüde, sein Trip nach Europa steckt ihm in den Knochen. Auch was das Wetter angeht, ist er noch ein bisschen verwirrt. Er streift zunächst einen Pullover über. Aber den braucht man in Los Angeles nicht einmal im November. Deshalb wählt er sein semioffizielles Outfit – schwarzer Anzug, T-Shirt, Trilby, Turnschuhe. Kurz darauf sitzt er in seinem Wagen und fährt Richtung Westen. Bevor Mondego ankommt, muss er noch ein paar Dinge erledigen.

Anders als Sam Spade hat Dante Wäsche, die er abholen muss. Chips und Klopapier sind auch alle. Er fährt zum Albertson's an der Ecke. Während er wahllos Knabberzeug in einen SUV-großen Einkaufswagen schaufelt, klingelt sein Telefon. Es ist Dirk Rasch.

»Dirk. Das ging schnell. Hast du was?«

»Hi, pass auf. Dieser Reyes, nennen wir ihn einfach mal so, der wohnt nicht unter der angegebenen Adresse. Da lebt eine Frau mit polnisch klingendem Nachnamen. Ich kenne wen bei Pacific Gas & Electric. Der konnte mir sagen, dass ein J. Reyes seinen Vertrag mit PG&E unter dieser Adresse gekündigt hat, vor über einem Jahr.«

Dante lässt die Doritos in den Wagen fallen. Reyes ist verzogen. Und wenn er sich bereits vor so langer Zeit aus dem Staub gemacht hat, ist die Chance, ihn noch zu finden, verdammt klein.

»Ed, bist du noch dran?«

»Was? Ja, klar.«

»Reyes scheint keine Sozialversicherungsnummer zu haben und auch keinen Pass. Ich habe deshalb ein paar andere Sachen versucht.«

»Und zwar?«

»Seine Bezahlapps.«

»Du meinst Juno?«

»Nicht Juno. Habe ich auch versucht, aber es scheint, dass Juan es kaum benutzt. Stattdessen verwendet er Freshpay, das ist ein kleinerer Konkurrenzanbieter.«

»Und woher hast du ...«

»Willst du das wirklich wissen?«

Dante spürt, dass Dirk es ihm gerne erzählen möchte.

»Wenn du mich danach nicht töten musst.«

Ein lahmer Witz, aber Dirk findet ihn offenbar komisch, lacht meckernd.

»Juno, Fresh und wie sie alle heißen – die verkaufen Nutzerdaten an Marketingfirmen. Anonymisiert, natürlich.«

»Natürlich«, sagt Dante.

»Aber Fresh ist relativ klein, und ich hatte noch einen zweiten Datenpunkt. Zwei Tage, nachdem Juan Reyes in Carlsbad seinen Strom abgemeldet hat, hat ein anderer Mann gleichen Namens in Escondido einen Anschluss angemeldet. Sagt mein Freund von PG&E.«

Dante rollt inzwischen durch den Gang mit den Hygieneartikeln, kippt zwei Zwölferpacks Charmin Ultra Gentle in den Wagen.

»Es muss derselbe Typ sein.«

»Muss nicht, kann aber. Dann hat ein anderer Kumpel von mir, der arbeitet bei einer Marketingfirma, überprüft, wer in fünfhundert Metern Umkreis von der Adresse in Escondido mit Freshpay bezahlt hat.«

»Das müssen aber doch ziemlich viele Transaktionen sein.«

»Nicht so viele. Vor allem, wenn man die Leute rausnimmt, die nicht regelmäßig in der Gegend was kaufen.«

Dante hat inzwischen alles, steuert auf die Kassen zu.

»Sodass nur Anwohner übrig bleiben.«

»Korrekt.«

»Aber wenn dein Marketingfreund die Namen der Nutzer von Juno oder Fresh nicht kennt, kann man nicht so richtig sicher sein, oder?«

»Er hat keine Namen. Aber was er hat, sind sogenannte Identifier. Er weiß, dass derjenige, der zu einem bestimmten Zeitpunkt ein bestimmtes Produkt an einem bestimmten Ort gekauft hat, Mister X ist. Er kann sich dessen Shoppinghistorie anschauen, ohne seinen Namen zu kennen.«

»Bewegungsmuster«, sagt Dante.

»Zum Beispiel«, erwidert Dirk. »Unser Mister X kauft in Escondido Zeug ein, in der Nähe der Adresse von Juan Reyes. Vor einem bestimmten Datum hat er das aber nie getan. Da hat er in Carlsbad eingekauft, in der Nähe der Adresse, wo Reyes früher wohnte. Dieser Mister X ist also mit an Sicherheit grenzender Wahrscheinlichkeit dein J. R., Juan Reyes.«

Dante hat inzwischen die Waren aufs Band gelegt, der Gesamtpreis wird bereits angezeigt. Sein erster Instinkt ist, eine Karte durch das Gerät zu ziehen oder sein Handy dagegenzuhalten. Dann überlegt er es sich anders und zahlt mit zwei nagelneuen Zwanzigern. Währenddessen redet er weiter mit Rasch.

»Ziemlich beeindruckend, Dirk.«

»Natürlich ist es das. Oder vielleicht auch nicht. Diese Daten fliegen überall rum, ist fast zu einfach.«

»Verrätst du mir Reyes' aktuelle Adresse?«

»Logo.«

Dante steht inzwischen auf einem Parkplatz. Er tippt die Adresse in sein Handy und läuft dann seinem Einkaufswagen hinterher, der sich auf dem leicht abschüssigen Asphalt davonzumachen droht.

»Wie kann ich mich revanchieren?«

»Wir finden schon was. Wird vermutlich mit Excel zu tun haben.«

»Jederzeit, Dirk. Vielen Dank.«

»Keine Ursache. Wir alten Europäer müssen schließlich zusammenhalten, stimmt's?«

Dantes paneuropäische Gefühle sind nicht sehr ausgeprägt, aber er widerspricht nicht. Stattdessen bedankt er sich nochmals. Er will gerade auflegen, als Dirk sagt:

»Eins noch, Sportsfreund?«

»Hm?«

»Die Adresse hast du ja. Aber eine Sache war noch auffällig. Der Ort, an dem der Typ am häufigsten einkauft, ist«, Dirk kichert, »es scheint sich um einen Sexshop zu handeln. Ganz in der Nähe. Porn-O-Rama, heißt der. Mehrfach die Woche ist er da, stets abends gegen halb acht.«

Dante wusste gar nicht, dass es derlei Läden noch gibt. Den einzigen Sexshop, den er in den vergangenen fünfzehn Jahren aufgesucht hat, heißt Internet. Er bedankt sich für die Bonusinformation und legt auf.

Als er im Auto sitzt, ruft er Martel an. Wieder einmal erreicht Dante nur ihre Box.

»Mrs Martel, ich bin aus Europa zurück. Wir sollten uns treffen. Es gibt einiges, das ich Ihnen erzählen muss, nicht nur über die ... die Schatzsuche. Bitte rufen Sie mich zurück.«

Dante legt auf, fädelt sich in den Verkehr ein. Es ist inzwischen halb elf, zu früh, um zu Mittag zu essen, aber nicht zu früh, um bereits daran zu denken. Er könnte zu seinem provisorischen Hauptquartier, dem Ararat, fahren, dort den Rest des Vormittags totschlagen und dann nahtlos zum Mittagessen übergehen.

Bevor er weiter über diese Möglichkeit nachdenken kann, ist er an der nächsten Kreuzung abgebogen, nicht Richtung Little Armenia, sondern gen Bel-Air. Was er dort will? Martel in Hollisters Villa einen Überraschungsbesuch abstatten? Das muss es wohl sein. Dante hat seine Klientin bereits mehrfach zu erreichen versucht, jedoch bisher nie einen Rückruf erhalten. Und irgendwie beschleicht ihn inzwischen eine Ahnung, dass es dafür einen Grund geben könnte, vermutlich einen unerfreulichen.

BARBIE-KLINIK

Als Dante in Martels Straße einbiegt, ahnt er schon, was los ist. Er parkt ein Stück entfernt und geht die letzten hundert Meter zu Fuß. Am Straßenrand stehen insgesamt drei Laster örtlicher TV-Sender. Ein Streifenwagen fährt betont langsam vorbei, die Polizisten darin mustern die zahlreichen Gaffer. Bei Dantes letztem Besuch war die Straße menschenleer, was in diesem Teil von Bel-Air dem Normalzustand entspricht. Wenn die Anwohner ihre Villen verlassen, dann in der Regel auf vier Rädern. Nun aber lungern viele Leute auf dem Bürgersteig herum. Dante kennt das Klientel bereits: junge Nerds mit bunten Shirts oder Caps, deren Aufdrucke von der Begeisterung für Kryptowährungen und Internetmemes künden. Einige tragen Trilbys. Dante hat gelesen, dass diese in der Szene inzwischen »Quatermain-Deckel« genannt werden. Ihn macht das wütend. Nicht nur, dass er sich mit seiner präferierten Kopfbedeckung nirgendwo mehr blicken lassen kann. Es ist zudem Schwachsinn, den Trilby mit Allan Quatermain zu assoziieren. Der trug einen breitkrempigen Fedora, zumindest in der Hollywood-Verfilmung mit Richard Chamberlain. Dante fällt auf, dass dieser Schauspieler ebenfalls den Grafen von Monte Cristo gespielt hat. Reiner Zufall, aber bestimmt gibt es auch dazu eine Verschwörungstheorie.

Vor dem Tor hat jemand Blumen niedergelegt und Fotos aufgestellt, genau wie in Zug. Wenn das so weitergeht, kann es bis zu Hollisters Seligsprechung nicht mehr lange dauern.

Dante hält auf das Tor zu. Mehrere Kryptogroupies haben bereits ihre Handys auf ihn gerichtet.

»Das ist er«, ruft ein Mädchen, »der First Quatermain!«

Dantes erster Instinkt ist, wegzulaufen. Das sähe auf YouTube aber vermutlich sehr dämlich aus. Also geht er ruhigen Schrittes weiter und versucht, die instastreamenden und livetwitternden Rotzgören zu ignorieren. Dante hofft inständig, dass Martel zu Hause ist. Wenn er unverrichteter Dinge wieder abziehen muss, wäre auch dies etwas, das er nicht unbedingt auf Video festgehalten sehen möchte.

Einer der TV-Kameramänner bringt sich in Stellung. Aus einem der Sendewagen steigt eine Moderatorin aus, die Dante schon einmal gesehen hat, vermutlich als Reporterin bei einer der ortsüblichen Naturkatastrophen – Waldbrände, Freewaystaus, Gangschießereien.

Dante klingelt, lächelt kurz in die Fischaugenkamera. Dann wendet er sich der Menschenmenge zu.

»Ich weiß nicht, warum Sie alle hier sind. Aber einen Schatz gibt es hier ganz bestimmt nicht«, sagt er.

»Gibt es denn überhaupt noch einen weiteren?«, fragt ein akneversehrter Teenager, der eine GoPro-Kamera an seiner Stirn befestigt hat.

Dante schaut durch seine schwarze Wayfarer in die Kamera des Jungen.

»Keine Ahnung. Wie kommst du drauf, dass ich mehr weiß als du?«

»Na ja, Sie sind ... Sie sind der First Quatermain.«

Dante hat sich diesen bescheuerten Titel verdient, indem er in der Mojave zufällig in ein Loch gefallen ist. Er war der Erste, der einen von Hollisters Schätzen entdeckte, woraus die Leute folgern, er sei kompetent. Irgendwie erinnert ihn das an seine Zeit an der Wall Street. Gelang es dort einem Fondsmanager, einmal eine gute Rendite zu erwirtschaften, glaubten alle, im nächsten Jahr werde ihm das erneut gelingen. Aber wie es in den Verkaufsprospekten so schön heißt: Vergangene Erfolge sind kein Garant für zukünftige. Bei Kryptoschätzen verhält es sich ähnlich. Ob diese Fanboys wohl wissen, dass er bei Schatz Nummer zwei keinen Stich gesehen hat?

Statt seine Fehlbarkeit einzuräumen, nickt Dante ernst. Inzwischen ist auch die TV-Tante bereit, drängelt sich durch den Pulk, Mikro im Anschlag.

»Mister Dante, Madchen Flores, KNBC. Sind Sie hier, um mit Ihrer Klientin Jacqueline Martel über das weitere Vorgehen im Fall Montecrypto zu beraten?«

»Alle Ermittlungen, die ich durchführe, sind vertraulich. Das Gleiche gilt für etwaige Klienten.«

»Aber Martel ist schon Ihre Klientin? Können Sie das bestätigen?«

Dante ignoriert die TV-Frau, drückt erneut auf die Klingel, diesmal länger. Er sieht, wie die Umstehenden einander verwundert anschauen. Sie fragen sich vermutlich, warum ihn niemand einlässt. Schließlich ist er doch der Privatschnüffler von Hollisters fantabulöser Schwester, Schatzsucher par excellence, First Quatermain und überhaupt. Dante fragt sich in etwa dasselbe.

Gerade will er sich wieder der interessierten Weltöffentlichkeit zuwenden, als er jemanden die Auffahrt herunterkommen sieht. Es ist der laufende Kleiderschrank, der ihn bereits bei seinem letzten Besuch empfangen hat. Statt eines Anzugs trägt Marcus diesmal Fitnessklamotten und Gewichtheberschuhe. Offenbar hat Dante ihn beim Eisenbeißen gestört. Der Butler, Bodyguard, was auch immer, geht zur Pforte rechts neben dem Tor. Er öffnet sie einen Spalt, sodass Dante hindurchschlüpfen kann. Keiner der Umherstehenden versucht, ihm zu folgen. Würde Dante an ihrer Stelle auch nicht tun. Martels Bediensteter sieht aus wie einer, der unbefugte Personen, ohne zu zögern, zwischen den Stäben des gusseisernen Tors zerquetschen würde.

Sie laufen zum Haus.

»Danke. Belagern die Sie schon lange?«, fragt Dante.

»Seit vorgestern.«

»Wegen des Videos?«

»Keine Ahnung. Irgendwer hat uns gedoxxt«, sagt Marcus.

»Ge-was?«

»Miss Jackies Koordinaten im Netz gepostet.«

Der Kleiderschrank öffnet die Haustür.

»Sorry, dass ich hier einfach so ohne Termin aufkreuze, Mister …«

»Nennen Sie mich einfach Marcus.«

»Ed. Ist Mrs Martel da?«

Marcus lässt die Schultern hängen. Er sieht immer noch wahnsinnig breit aus, aber weniger aggressiv.

»Nein. Ich erklär's Ihnen gleich. Aber kommen Sie erst mal rein.«

Marcus geleitet ihn in das Dante bereits bekannte Wohnzimmer. Seit seinem letzten Besuch hat sich nicht allzu viel verändert. Rückstände von Vanillearoma hängen in der Luft, vermutlich von Martels E-Zigaretten. Sie nehmen Platz.

»Ed, ich wollte Sie bereits anrufen, aber ich hatte einiges um die Ohren. Jackie geht es nicht gut. Sie hatte einen Nervenzusammenbruch.«

»Hollisters Tod nimmt sie mit?«, fragt Dante, obwohl er dies keine Sekunde glaubt. Wenn er Martel korrekt einschätzt, nimmt sie eher die Tatsache mit, dass ihr toter Bruder sein Geld unter den Kryptofreaks der Welt zu verteilen gedenkt, statt es ihr zu hinterlassen.

»Das auch«, erwidert Marcus und faltet seine Schaufelbaggerhände. »Aber ich glaube, es ist vor allem die mediale Aufmerksamkeit, die dieses … dieses Montecrypto verursacht.«

Dante lehnt sich zurück, schaut seinen Gesprächspartner fragend an.

»Jackie, Mrs Martel, ist Blitzlicht natürlich gewohnt, gehört ja zu ihrem Job. Aber seit dem ersten Video ist es von Tag zu Tag schlimmer geworden. Sie konnte sich nirgendwo mehr verstecken.«

»Wie meinen Sie das?«

»Allen ist klar, dass sie Hollisters Schwester war. Alle glauben folglich, dass sie etwas weiß. Sie hat täglich Auftritte, auf Messen, Conventions. Sie interagiert auf ihren Kanälen mit den Fans –

Facebook, Instagram und so weiter. Aber nun fragt keiner mehr nach ihrer ... ihrer Kunst.«

»Sondern nur noch nach dem Schatz. Erwartbar.«

»Vielleicht. Aber es hat sie sehr mitgenommen. Sie fühlte sich bedrängt, als eigenständige Person negiert, ausgelöscht. Egal wo sie hinkommt, es geht nur noch um ihren toten Bruder und sein Vermächtnis.«

Marcus besitzt augenscheinlich viel Mitgefühl und Empathie. Hätte Dante ihm gar nicht zugetraut, er sieht eher nach Möbelschieber als nach Frauenversteher aus.

»Verzeihen Sie die Frage, Marcus. Aber sind Sie Mrs Martels Bodyguard?«

»Sekretär. Personal Trainer. Bodyguard auch, wenn nötig. Ich bin immer für sie da.«

»Und Sie«, Dante deutet auf Marcus' schwitzige Sportsachen, »wohnen auch hier?«

»Manchmal, je nach Terminlage. Jetzt bin ich hiergeblieben, als Housesitter quasi, um die Sicherheit des Gebäudes zu gewährleisten. Mrs Martel war in Sorge, einer dieser Möchtegernschatzsucher könnte hier einbrechen.«

»Diese Sorge ist durchaus berechtigt. Aber wo ist sie denn nun?«

»Mrs Martel hat sich in Behandlung begeben.«

»Ins Krankenhaus?«

Marcus zögert einen Moment, sagt dann: »Healing Echoes.«

Healing Echoes ist eine Barbie-Klinik, ein Refugium für gestresste oder ausgebrannte Millionärsgattinnen, deren zerknittertes Nervenkostüm einmal gründlich dampfgebügelt werden muss. Der Laden befindet sich im Norden, nahe Santa Barbara.

»Kann man sie dort erreichen?«

»Nein. Das ist ja der Sinn der Sache. Sie hat sich digital detox verordnet, keine Computer oder Handys.«

»Das zumindest erklärt, warum sie mich nicht zurückgerufen hat. Ich versuche es schon seit längerer Zeit vergeblich.«

»Jackie hat ihre SIM-Karte deaktiviert, nachdem jemand ihre Mobilnummer gepostet hat. Sie bekam täglich Hunderte Anrufe, tonnenweise SMS. Kann man sich kaum vorstellen, was für eine Lawine das ist.«

Dante kann es sich sehr gut vorstellen. Vielleicht sollte er auch ein paar Tage in eine Barbie-Klinik, oder vielleicht besser in eine Ken-Klinik. Aber vermutlich kriegt man dort nichts zu trinken.

»Okay. Falls Sie Mrs Martel sehen, dann sagen Sie ihr doch, dass Ed Dante ihr gute Besserung wünscht und weitersucht.«

»Mache ich.«

»Und wenn sie wieder auf den Beinen ist, würde ich sie gerne briefen. Und ihr ein paar Fragen stellen.«

»Mit mir können Sie das nicht ausmachen?«

»Würde ich gerne, Marcus. Aber da meine Klientin mich bisher nicht angewiesen hat, Sie ins Vertrauen zu ziehen – nehmen Sie's nicht krumm, aber ...«

Der Hüne macht eine beschwichtigende Handbewegung.

»Ist schon okay, verstehe ich. Kann ich sonst noch was für Sie tun?«

»Erst mal nicht. Aber vielleicht geben Sie mir Ihre Handynummer, nur für den Fall.«

Sie tauschen Visitenkarten aus. Die Schrankwand, deren voller Name Marcus Thelonious Green lautet, bietet Dante an, ihn mit dem Auto bis an die nächste Ecke zu fahren, damit er kein weiteres Bad in der nerdigen Menge nehmen muss. Dante findet die Idee großartig. Kurz darauf rollen sie in einem schwarzen Cadillac mit getönten Scheiben an der Menschenansammlung vor dem Tor vorbei. Dante sagt Marcus, wo er geparkt hat. Martels Faktotum fährt einmal um den Block.

»Glauben Sie«, sagt er zu Dante, »dass das noch lange so weitergeht?«

»Mit diesen Videos?«

»Ja.«

»Ich habe keine Ahnung, Marcus.«

»Denn inzwischen frage ich mich, ob diese Sache auf einen Höhepunkt zusteuert.«

Der zweite Schatz scheint, das weiß er inzwischen aufgrund von Berichten im Netz, mehr wert gewesen zu sein als der erste. Hollisters Videos deuten zudem auf eine größere Enthüllung hin. Erfolgt diese im dritten Video? Im vierten? Überhaupt? Oder kommt am Ende vielleicht doch nur Werbung für irgendeinen beschissenen Onlinebroker, so wie es der Typ in Vegas damals vermutet hat?

»Hoffen wir mal«, erwidert Dante, »dass es bis zu dem Höhepunkt nicht mehr allzu lange dauert.«

Dante schaut auf die Uhr. Die Sache hat länger gedauert als erwartet. Er wird sich sputen müssen, um es rechtzeitig zu seinem Termin bei Future Guard zu schaffen.

Sie haben den Block inzwischen umrundet. Dante deutet auf seinen schäbigen Acura. Marcus hält auf dessen Höhe. Er bedankt sich, steigt aus und sieht zu, dass er in seinen Wagen kommt. Die Menschen vor der Villa haben inzwischen begriffen, was für ein Manöver sie da vollzogen haben – zu spät. Dante lässt den Motor an. Er sieht weitaus weniger, als ihm lieb ist. Es liegt daran, dass irgendwelche Idioten während seiner Abwesenheit haufenweise Post-it-Zettel und Notizen an seine Windschutzscheibe geklebt sowie unter die Scheibenwischer gesteckt haben. Auf den meisten scheinen Handynummern zu stehen.

Kurz erwägt er, wieder auszusteigen und die Scheibe frei zu machen. Aber der Pulk kommt bereits näher. Als Dante Gas gibt, fliegen die Zettelchen davon wie Schneeflocken.

SAFTLADEN

Dante hat im Stau gestanden, auf jenem fünfspurigen Fuck-up namens Ventura Highway, und so ist es bereits nach zwei, als er vor Future Guards Eingang parkt. Der Sitz der Kryofirma liegt an einer Ausfallstraße nördlich des Hollywood Burbank Airport und sieht aus wie ein gigantischer vom Himmel gefallener Schuhkarton. Das Gebäude ist Teil eines ganzen Ensembles solcher Schachteln, vermutlich die ehemaligen Studios vom Internet ermordeter Filmfirmen.

Dante steigt aus. Sein Blick fällt auf das Firmenlogo neben dem Eingang. Es zeigt eine stilisierte Version des vitruvianischen Mannes. Statt von einem Kreis wird er von einem pulsierenden Energiefeld umgeben. Das Ganze wirkt futuristisch und retro zugleich, wie die Schachtelillustration eines alten Atari-Spiels.

Er betritt das Gebäude, meldet sich am Empfang. Man bittet ihm, in einer Sitzecke zu warten. Die Future-Guard-Lobby wirkt wie der Eingangsbereich einer in die Jahre gekommenen Privatklinik – leicht abgewetzte Lederfauteuils, Tische aus Chrom und Glas. Neben den Sitzgelegenheiten liegen Infobroschüren, die mit »Sichern Sie sich Ihren Platz in der Zukunft« oder »Wiedergeburt im Jahr X« überschrieben sind.

Von seinem Platz aus sieht Dante einen an der gegenüberliegenden Wand montierten Fernseher, auf dem ein Future-Guard-Promovideo läuft. Zu dramatischer Synthesizermusik eilen Menschen in OP-Kleidung durch ein Labor, schließen eine leblose Gestalt an diverse Apparaturen an. Ein Schnitt, nun ist eine längliche Kiste aus unlackiertem Stahl zu sehen, die ihn an die Karosserie eines DeLorean erinnert. Offenbar handelt es sich um einen Designersarg. Die Kamera zoomt auf mehrere Anzeigen, die in die coole Kiste eingelassen sind.

Dante vernimmt Schritte. Als er sich umdreht, steht Immo Patel bereits vor ihm. Der Gründer von Future Guard ist nach Dantes Informationen sechsundfünfzig, wirkt aber alterslos, auf jene spezielle Weise des reichen Kaliforniers, der sämtliche Register zieht. Gefärbte Haare, überkronte Zähne, unterspritzte Wangen – Doktor Patelstein hat derart viel machen lassen, dass sich kaum sagen lässt, wo eigentlich noch Originalteile verbaut sind.

Dante erhebt sich, schüttelt Patels feuchte Hand. Seine Verabredung trägt Chinos und Buttondown, dazu cremefarbene Turnschuhe von New Balance.

»Morgen, Mister Dante.«

»Guten Morgen, Doktor.«

Er hat beschlossen, Patel so anzusprechen, weil er ihn für jene Art Mann hält, der auf Titel Wert legt. Auch wenn es sich bei diesem, wie Dante inzwischen weiß, nicht um einen medizinischen Grad handelt, sondern lediglich um einen Dr. phil. des Alamosa Saint Cajetan Baptist College.

Patel macht eine entschuldigende Geste.

»Mein Büro wird gerade renoviert, aber wir können in der Nähe etwas trinken gehen. Ich kenne da einen Laden, nur ein paar Meter weiter.«

Dante ist einverstanden. Neben der Schuhschachtel aus der Zukunft befindet sich eine kleine Mall, die außer der Dreifaltigkeit aus 7-Eleven, Rite Aid und McDonald's ein paar kleinere Läden enthält. Zu Dantes Überraschung steuert Patel keinen Coffeeshop an, sondern einen Laden, über dem »Romero Organic Juicery« steht.

Sie treten ein. Patel bestellt einen Meerrettich-Grünkohl-Rote-Beete-Saft. Dante nimmt einen Bio-Darjeeling, von dem er bereits weiß, dass er scheiße schmecken wird. Sie setzen sich draußen an einen Tisch.

»Also, was kann ich für Sie tun, Ed?«

»Es geht um Greg Hollisters Tod und sein, wie soll man sagen, seltsames Vermächtnis.«

Patel nickt. »Ich habe natürlich davon gehört. Habe allerdings noch keins der Videos gesehen. Derzeit gibt es bei uns sehr viel zu tun.«

Dante glaubt das keine Sekunde, geht jedoch nicht darauf ein.

»Nach meinen Infos kannten Sie und Hollister sich ganz gut, vom Burning Man. Ist das korrekt?«

»Ja, wir waren beide Azztec Warriors.«

»Und sie interessierten sich beide für Krypto.«

»Hm, nun ja, Greg wohl mehr als ich. Ich habe halt immer mitgekriegt, wie er und die anderen sich darüber unterhielten. Gesagt haben, dass es das nächste große Ding wird. Das war Anfang des Jahrzehnts.«

Patel schaut versonnen. »Irre, wie die Zeit vergeht.«

»Ja, irre. Und da sind Sie dann damals ebenfalls eingestiegen, in Krypto?«

»Ed, verzeihen Sie, aber wenn Sie mir sagen würden, worauf Sie hinauswollen, könnte ich besser helfen.«

Dante nippt an seinem Tee. Es ist erstaunlich, so viel Bio, so wenig Geschmack.

»Ich wurde von Jackie Martel engagiert, um etwas Licht in die undurchsichtigen Vermögensverhältnisse von Mister Hollister zu bringen.«

»Undurchsichtig inwiefern?«

»Er hatte«, Dante beobachtet Patel genau, während er spricht, »natürlich ganz offizielle, seriöse Finanzen. Und gleichzeitig ein erhebliches Kryptovermögen, das er versteckte – vor dem Fiskus, vor seiner Schwester, vor wem auch immer.«

»Und das ist dieser Schatz? Montecrypto?«

»Vielleicht, genau weiß das niemand. Von den Videos war ich anfangs genauso überrascht wie alle anderen. Aber ich dachte, Sie könnten mir diesbezüglich vielleicht weiterhelfen.«

»Ich? Wie denn das?«

»Mrs Martel sagte mir, sie und ihr Bruder seien Kunden bei Future Guard. Oder Kunden in spe, keine Ahnung, wie das bei Ihnen läuft.«

»Wenn sich jemand für Kryopräservation entscheidet, sind die ersten Schritte nicht technischer, sondern juristischer Natur, Ed. Vollmachten sind notwendig, damit wir im Todesfall so schnell als möglich Zugriff auf den Leichnam erhalten. Die Zeit ist knapp, je später wir beginnen, desto größer die Gefahr, dass Hirnzellen absterben.«

»Aha. Also, worauf ich hinauswill, Doktor, ist Folgendes: Wenn sich jemand für Ihre ... Dienstleistung entscheidet, bedeutet das, dass er über seinen Tod nachgedacht hat, oder über das Leben nach dem Tod.«

Patel nickt.

»Hollister hat offenbar sehr genau über seinen Tod und die Zeit danach nachgedacht. Nicht nur hat er bei Ihnen diese, ich nenne es jetzt mal Wette auf die Zukunft, abgeschlossen. Sondern er hat auch Vorkehrungen getroffen, was sein Vermögen angeht, hat vorab diese Videos aufgenommen, Schätze versteckt. Ich frage mich deshalb, ob er mit Ihnen über seinen Tod gesprochen hat, über seine Pläne.«

Dantes Gesprächspartner schaut in seinen Acht-Dollar-Saft, der laut der Infotafel der Romero Organic Juicery nicht nur entgiftend wirkt, sondern auch verdauungsfördernd. Letzteres könnte Patel auf jeden Fall gebrauchen, so randvoll mit Scheiße, wie er ist.

»Unsere Verträge – Greg und Jackie besaßen beide das Platinpaket – schließen die meisten Leute erst ab, wenn sie jenseits der sechzig sind, wenn man sich mit so etwas beschäftigt. Greg war da in der Tat vorausschauender als andere. Vielleicht, weil er Pessimist war.«

»Sie meinen, er glaubte, ihm werde was zustoßen?«, fragt Dante.

»Nicht unbedingt ihm. Eher der Welt.«

»Wie ist das zu verstehen, Doc?«

»Greg war der Meinung, dass unser Wirtschafts- und Sozialsystem in naher Zukunft zusammenbrechen wird. Das hat er des Öfteren erwähnt. Aber ein philosophisches Gespräch über den Tod? Nein, daran kann ich mich nicht erinnern.«

»Verstehe. Und über seinen Schatz? Hat er davon was erzählt?«

»Nein, nicht, dass ich wüsste. Wir haben aber auch schon einige Monate keinen Kontakt mehr gehabt. Zuletzt habe ich ihn beim Man gesehen, glaube ich.«

»Der wann war?«

»Spätsommer letzten Jahres.«

»Und danach kein Kontakt mehr?«

»Nein.«

Dante findet, dass es an der Zeit ist, die Haubitze herauszuholen.

»Aber wenn Sie keinen Kontakt hatten, wie haben Sie dann die Sache mit dem Bitcointausch koordiniert, Doktor?«

Patel macht ein Gesicht, als beginne der Supersaft zu wirken.

»Was? Was haben Sie gesagt?«

»Die vielen Millionen, die Hollister für Sie und Price in Dollars umtauschen sollte und, soweit ich weiß, auch umgetauscht hat. Dazu haben Sie doch in regem Kontakt gestanden.«

»Ich habe keine Ahnung, wovon Sie reden.«

»Doc, das ist doch sinnlos jetzt. Ich habe die Chats gelesen. Sons of Hayek. Sie sind AFTERLIFE, oder?«

Dante erwartet, dass Patel entweder wütend wird oder weiter auf ahnungslos macht. Stattdessen fängt er an zu zittern. Seine Lippen beben, und dann beginnt er allen Ernstes zu weinen. Entweder ist Patel ein verdammt guter Schauspieler oder sein Nervenkostüm ist nicht das Beste. Dante muss an die Diskussion zwischen Yang und Price denken, die er auf dem Handy gelesen hat. Price wollte lieber ohne Patel nach Zug, hatte Vorbehalte gegen ihn: »Ich würde es lieber ohne ihn machen. Du weißt ja, wie er ist.«

Nun weiß Dante es auch.

»Ich wusste das alles nicht«, schluchzt Patel.

Dante holt eine Packung Taschentücher hervor, legt sie auf den Tisch. Er bemerkt, dass einige der anderen Gäste herüberschauen.

Vermutlich wirken Patel und er auf den Rest der Welt wie ein alterndes schwules Paar, das gerade seine tränenreiche Trennung vollzieht.

»Was genau wussten Sie nicht, Doc?«

»Greg wusste, dass ich Bitcoins besitze. Und dass ...«

»Ihre Tiefkühlklinik nicht besonders läuft.«

»Es ist keine ... Greg sagte, er könne mir helfen, meine Bitcoins nicht nur in Dollar umzutauschen, sondern diese auch sauber und zugänglich zu machen.«

»Und wie genau?«

»Die Details kenne ich nicht. Ich bin in finanziellen Dingen ...«

... ein Volltrottel, denkt Dante. Und vermutlich nicht nur in finanziellen.

»Aber die Grundzüge, die kennen Sie?«, fragt Dante.

»Woher haben Sie eigentlich all diese Informationen, Ed? Ich ging davon aus, dass alles streng vertraulich ...«

»War es auch. Bis Hollister Dinge getan hat, die anscheinend nicht abgesprochen waren.«

»Sie meinen diese Videos?«

»Unter anderem. Aber noch mal zurück zu dem Geld.«

»Fünftausend Bitcoins. Ich habe sie an Hollister weitergeleitet.«

»Genau wie Price.«

»Ja. Hollister hat sie getauscht, mithilfe von Geschäftspartnern aus Asien.«

»Wo in Asien?«

»Das weiß ich nicht. Das Geld ist dann zunächst bei einer Stiftung in Zug gelandet. Von da ging es auf die Caymans, glaube ich.«

»Und wie wollten Sie es von dort in Ihre Firma einspeisen?«

»Über eine Stiftung.«

»Welche soll das sein?«

»Das Institute for a Better Tomorrow ist eine Stiftung mit Sitz in Boulder, Colorado. Offiziell fördert sie Extropianismus und Zukunftstechnologien. Über das Institut sollte das Geld an Tochterfirmen von Future Guard und Cerro Nuevo fließen, in Form von

Forschungsbeihilfen. Die Details habe ich Hal und Greg überlassen. Ich war nur … so eine Art stiller Teilhaber.«

Fast ist Dante geneigt, Patel zu glauben. Sein Gegenüber sitzt mit verkrampften Fingern da, mit der Situation völlig überfordert.

»Und diese Better-Tomorrow-Stiftung, haben Sie die gegründet?«

»Nein, aber ich sitze dort seit einigen Jahren im Beirat. Ich hatte damals gehofft, über die Stiftung Mittel für meine Projekte zu bekommen. Aber das hat nie richtig funktioniert. Zu wenig Leute haben der Stiftung Geld gespendet.«

»Lassen Sie mich raten«, erwidert Dante, »seit Kurzem hat sich das geändert, nun sprudeln die Spenden.«

Patel nickt. Er putzt sich mit einem von Dantes Taschentüchern die Nase.

»Sie werden mich anzeigen«, murmelt er. Dann wird er von einem weiteren Weinkrampf geschüttelt.

»Ich werde nichts dergleichen tun, Doc. Diese Geldnummer von Ihnen und Price, die interessiert mich nicht. Ich suche nur Hollisters Schatz.«

Patel nickt stumm, nippt an seinem Flitzeritis-Saft.

»Und deshalb«, fährt Dante fort, »ist es wichtig, dass Sie mir alles sagen, was Sie über Montecrypto wissen.«

»Von den Videos hat mir Greg vorab nichts erzählt, den anderen wohl auch nicht. Dass er eine Menge Krypto besitzt, viel mehr als Hal oder ich, ist wahrscheinlich. Er war einer der Pioniere auf diesem Gebiet. Was sagt eigentlich Price zu alldem? Haben Sie schon mit ihm gesprochen?«

»Price ist tot.«

Patels Botox-Visage fällt nun vollends in sich zusammen.

»Greg *und* Hal? Ist … ist jemand hinter uns her?«

»Das weiß ich ehrlich gesagt nicht, Doktor. Bei Hollister geht die Polizei von einem Unfall aus, bei Price nicht.«

»Oh Gott. Was soll ich bloß tun?«

»An Ihrer Stelle würde ich mit möglichst wenig Menschen reden. Außer vielleicht mit einem Anwalt.«

»Fliegt das jetzt alles auf?«

»Wenn Sie Ihre kleine Bitcoin-Waschanlage meinen – schwer zu sagen. Price' Tod wirbelt einigen Staub auf, von Hollisters Videos ganz zu schweigen. Aber wenn das Geld nicht mehr in Zug ist, wie Sie sagen, und die anderen Stiftungen und Firmen sauber verschachtelt sind ... vielleicht merkt es keiner.«

Dante greift in die Jackentasche, holt einen Flachmann hervor. Er hält ihn Patel hin.

»Was ist das?«, fragt der.

»Kein Rote-Beete-Saft.«

Patel greift nach dem Flachmann, in dem sich passabler Scotch befindet, nimmt einen großen Schluck.

»Was passiert als Nächstes?«, fragt Patel.

»Sie gehen zurück in Ihr Arbeitszimmer. Überlegen Sie, mit wem Sie reden. Vielleicht machen Sie ein bisschen Urlaub. Und falls Ihnen noch was einfällt, bezüglich Montecrypto, dann rufen Sie mich an.«

Patel nickt abwesend.

»Meine Auftraggeberin hat übrigens einen hohen Finderlohn ausgelobt«, hört er sich sagen. Manchmal fragt Dante sich, warum er sich diese Dinge aus den Fingern saugt. Vielleicht weil er glaubt, auf diese Weise noch etwas aus Patel herausholen zu können.

»Finderlohn?«

»Zwei Prozent der Gesamtsumme, das wäre immer noch ein Millionenbetrag.«

Patel nickt, sagt aber nichts. Dante bedankt sich für das Gespräch, steckt den Flachmann wieder ein, erhebt sich. Doktor Patelstein bleibt sitzen. Da es nicht so aussieht, als werde sich daran in naher Zukunft etwas ändern, läuft Dante los. Nachdem er ein paar Schritte getan hat, ruft Patel ihm hinterher:

»Unser seliger Roxy.«

Dante wendet sich um.

»Was haben Sie gesagt?«

»Das ist etwas, das Greg mal erwähnt hat, im Zusammenhang mit dieser Stiftungsgeschichte. Es war beim Burning Man, abends, als wir schwer zugedröhnt vor unserem Zelt saßen. Da hat er gesagt: »Unser seliger Roxy kann helfen.«

»Und wer soll das sein?«

»Keine Ahnung.«

»Haben Sie nicht nachgefragt?«

»In dem Moment kamen ein paar Gaukler vorbei, führten eine Performance auf. Das Gespräch brach ab. Später hatte ich es vergessen. Aber es ging um einen Roxy, im Zusammenhang mit Stiftungen. Da bin ich mir sicher.«

»Gut, Doc, danke. Das hilft mir weiter.«

Dante verlässt die Mall, läuft zu seinem Auto. Roxy? Wie Roxy Music? Das hilft ihm überhaupt nicht weiter.

TITTY TWISTER

Am Terminal wartet Dante auf Mercy Mondego, in der Rechten einen großen Becher Tee. Während er die automatischen Schiebetüren anstarrt, denkt er über den Umstand nach, dass seine Klientin in der Klapse sitzt – nicht richtig in der Klapse, aber in einer Art geschlossenen Einrichtung. Dante fragt sich, was das für sein Mandat bedeutet. Martel hat ihm weder gekündigt noch sonst etwas gesagt. Bezahlt hat sie allerdings, wie er vorhin überprüft hat, bisher auch nicht.

Dante nimmt einen großen Schluck nicht besonders guten English Breakfast. Er hat ihn bei Starbucks gekauft, und die können keinen Tee. Manche behaupten, Kaffee könnten sie auch nicht.

Aber zurück zu Martel: Vermutlich macht Dante sich zu viele Gedanken, ist einfach nicht abgefeimt genug. Seine Mandantin hat ihm schließlich einen USB-Stick voller Kryptocoins hinterlassen. Eigentlich sind die für Spesen vorgesehen, doch wenn die Dame ihre Rechnungen nicht bezahlt, wird er das Geld eben dort abzwacken, und das so lange, bis Martel entweder ›Stopp‹ ruft oder die Kohle alle ist, was freilich noch eine Weile dauern wird. Fünfzigtausend Dollar – das ist eine Titte, an der man eine Weile nuckeln kann.

Mondego tritt durch die Schiebetüren. Sie sieht müde aus. Dante tut es ein bisschen leid, dass er sie nicht wie versprochen nach Hause fahren und in ihr Bett kriechen lassen kann. Sie sieht ihn und lächelt.

»Hi, Mercy.«

»Gut, dich zu sehen, Ed.«

Dante nimmt ihr den Rucksack ab. Dem Gewicht nach zu urteilen enthält er Brennstäbe aus angereichertem Uran. Sie gehen Richtung Ausgang.

»Wie war dein Flug?«

»Ich saß zwischen einem österreichischen Professor und einer texanischen Politaktivistin. Beide waren beleibt und redselig.«

»Jesus.«

»Ich hatte veganes Essen bestellt, habe aber Hühnchen bekommen. Zumindest glaube ich, dass es Hühnchen war ...«

»Sollen wir dir vielleicht zuerst was zu essen besorgen?«

»Keine schlechte Idee. Da können wir auch in Ruhe reden. Danach will ich eigentlich nur noch in die Wanne.«

Dante versteht das. Er würde Mondego sogar einen Black Russian mixen und ihr bei Bedarf den Rücken schrubben. Stattdessen wird er sie bitten, mit ihm einem Phantom namens Juan Reyes nachzujagen. Aber ihr das zu sagen, bringt er gerade nicht übers Herz.

Eine Viertelstunde darauf halten sie an einer Quiznos-Filiale und besorgen Mondego ein großes Sandwich. Dante nimmt nur Wasser. Mit ihrem Essen setzen sie sich an einen der Tische.

Während Mondego ihr Veggie Guacamole vertilgt, erzählt sie ihm von den Ereignissen, die Hollisters zweites Video nach sich gezogen hat. Nachdem sich die Sache mit Alexander Hamilton in den Webforen herumgesprochen hatte, brach auf dem Trinity Church Cemetery die Hölle los. Die New Yorker Polizei sperrte alles ab, weil ein paar Spinner versucht hatten, Hamiltons sterbliche Überreste auszugraben.

Mondegos Termine mit zwei bekannten New Yorker Kryptoinvestoren haben nichts zutage gefördert, außer der Erkenntnis, dass beide extrem guter Laune sind. Nachdem Turtlecoins durch den ersten Schatz enorm an Wert gewonnen haben, hoffen viele Investoren, Hollister werde wie eine Art untoter König Midas demnächst weitere Shitcoins in Gold verwandeln. Infolge dessen ist eine rege Spekulation in Gang gekommen. Der gesamte Markt für Kryptowährungen befindet sich deshalb im Aufwind.

Auch Moneta werden nach Einschätzung der Leute, mit denen Mondego gesprochen hat, langfristig profitieren. Zwar interessiert sich die Finanzaufsicht für das Fake-Konto von George Bataille, und die Juno-Aktie ist unter Druck. Wichtiger scheint jedoch der Umstand, dass Hollisters Videos letztlich eine Riesenwerbenummer sind.

»Jeder, der Juno noch nicht kannte, weiß jetzt, wer die sind«, sagt Mondego kauend, »wirklich jeder.«

Dante glaubt, dass Yang auf diese Gratis-PR lieber verzichtet hätte. Er sagt jedoch nichts, sondern fragt stattdessen nach dem Handy aus der Zuger Klickfarm, das er Mondego gegeben hat.

»Ich bin reingekommen, das Ding hatte nämlich kein Passwort. Allerdings waren fast keine Daten drauf, dafür eine spezielle Software, über die das Bot-Handy mit dem Server kommuniziert, der es steuert. Vermutlich wäre es besser gewesen, wenn du mich gleich mitgenommen hättest.«

»In die Schweiz?«

»Ja.«

»Aber du hast doch das Handy. Ist es nicht egal, wo es sich befindet?«

Sie schüttelt den Kopf.

»Wenn man einem Rechner, den man knacken möchte, auch physisch nahe ist, hat man ganz andere Möglichkeiten, spezielle Angriffsvektoren.«

Sie sieht seinen verständnislosen Gesichtsausdruck.

»Ich hätte das Handy dort abklemmen, präparieren und wieder an die Klickfarm dranhängen können – dann hätte ich quasi einen Spion gehabt. Inzwischen ist bestimmt jemand anders drin.«

»In deren Rechnern in der Klickfarm?«

»Die Sache war überall in den Nachrichten. Kann sein, dass weder die Quatermains noch die Cops physisch rankommen, randürfen. Aber Geheimdiensten ist das schnuppe. Ich würde wetten, dass irgendwer von denen die Klickfarm bereits geknackt hat und weiß, was sie tut.«

»NSA?«

»Oder SSF, also die Chinesen oder die Russen. Vielleicht sogar die Schweizer selbst, ist ja deren Hinterhof.«

Sie spült den letzten Bissen ihres Sandwiches mit einem großen Schluck Dr. Pepper hinunter.

»Besser?«, fragt Dante.

»Ja, das habe ich jetzt gebraucht. Und jetzt heim.«

Dante schaut sie an. Er hat einen Anschlag auf sie vor.

»Was würdest du sagen, wenn ich wüsste, wer hinter dem Konto steckt, über das Hollister die Moneta verteilt hat?«

»Wie bitte? Woher ...«

»Von Yang weiß ich, dass Hollister einen Juno-Account manipuliert hat, genauer gesagt dessen Absenderkennung. Wie er das gemacht hat, ist unklar. Unklar ist auch, wie er dafür gesorgt hat, dass über das Konto Geld an jene ausgeschüttet wird, die den Hamilton-Code eingegeben haben.«

»Dass Georges Bataille ein Codename ist, habe ich mir schon gedacht. Das war ja dieser Philosoph, der zur Rebellion aufgerufen hat.«

»Hat er?«, fragt Dante.

»Es gibt ein Zitat von ihm, Moment ...« Sie wischt durch ihr Handy. »›Nichts in uns ist notwendiger oder stärker als der Drang zur Rebellion.‹«

»Kannte ich noch nicht. Yang untersucht derzeit, was es mit dem Bataille-Account auf sich hat. Anscheinend wurde er von jemandem angelegt, der Juan Reyes heißt.«

Sie runzelt die Stirn. »Ein hispanoamerikanischer Joe Smith. Garantiert ausgedacht.«

»Der Name ja, der Typ nicht unbedingt. Die Adresse, die er bei der Registrierung angegeben hat, ist nicht mehr aktuell, er ist inzwischen umgezogen.«

Dante gestattet sich ein etwas arrogantes Grinsen.

»Du hast seine neue Adresse?«, fragt Mondego.

»Yep.«

»Wie?«

Dante erzählt ihr von Rasch, dem Repo-Germanen.

»Und wer, glaubst du, ist dieser Reyes?«

»Keine Ahnung. Aber ich finde, man sollte ihm einen Besuch abstatten. Und zwar so schnell wie möglich.«

Mondego atmet hörbar aus. Er kann sehen, wie sie sich gedanklich von Schaumbad, Nickerchen und kaltem Bier verabschiedet.

»Und wo wohnt der Typ? Hoffentlich nicht an der Ostküste.«

»Nein, so schlimm ist es nicht. Escondido«, sagt Dante.

»San Diego County? Und da willst du jetzt hin?«

»Ich wäre längst weg, wenn ich nicht auf dich hätte warten müssen.«

»Ich wäre auch allein vom Flughafen weggekommen.«

»Klar. Aber wenn der Typ mit Montecrypto zusammenhängt, stehen da vielleicht Computer. Oder eine weitere Klickfarm. Außerdem wollten wir zusammenarbeiten. Also, Mercy?«

Sie seufzt. »Ziehen wir es durch, Quatermain.«

Sie gehen zum Auto. Eine halbe Stunde später sind sie auf der Interstate 405, Richtung Süden.

»Ist es«, sagt Mondego, »nicht ein bisschen seltsam, dass der Typ so nahe bei uns wohnt? Komischer Zufall.«

»Ich glaube nicht, dass es Zufall ist.«

»Sondern?«

»Ich gehe davon aus, dass Hollister den Kerl engagiert und ihm genaue Instruktionen hinterlassen hat. Folglich wäre es logisch, dass er jemanden beauftragt hat, der nicht allzu weit weg wohnte.«

Sie brauchen zweieinhalb Stunden bis Escondido. Der Ort besteht größtenteils aus properen Einfamilienhäusern. Dante befürchtet, dies könne ein Problem darstellen. Er hat sich die Adresse vorab nicht auf Google Streetview angeschaut, ist aber dennoch fest davon ausgegangen, dass es sich um ein gammeliges Gebäude handelt, fernab anderer Behausungen und in einer üblen Gegend. Aber die Straßen, durch die sie fahren, sind voller gepflegter Vorgärten und großer Autos. Die Bürgersteige wirken, als würden sie wöchentlich gekärchert.

Sie erreichen die Straße, die Dirk Rasch ihm genannt hat. Statt Einfamilienhäusern stehen hier farbenfrohe Wohnblocks in einer Art Pseudo-Pueblostil. Sie sehen recht neu aus, stammen vermutlich aus dem letzten Immobilienboom. Dante parkt. Sie steigen aus, er schultert Mondegos Rucksack. Vielleicht werden sie die Laptops darin brauchen.

Sie gehen zu dem fraglichen Gebäude. Es ist vierstöckig, insgesamt beherbergt es sechzehn Parteien. Mondego sucht nach Reyes.

»Da ist er. Oberstes Stockwerk. Eine WG.«

Dante schaut sich das Klingelschild an.

»Reyes / Heineman / Mendez / Wells«, steht da. Die sechs Schilder der unteren Etagen weisen jeweils nur einen Namen auf. Lediglich das Reyes-Apartment hat vier, außerdem das andere im vierten Stock. Dort wohnen Lee, Kotler, Miller und Sanders.

»Ich glaube nicht, dass es diese Leute gibt«, sagt Dante.

»Vermutlich nicht. Und nun?«

»Schauen wir bei Reyes' Lieblingsort vorbei.«

Mondego blinzelt ihn verständnislos an.

»Mein Freund Dirk hat es geschafft, den Typ über seine Bezahldaten zu finden. Und abends, so gegen halb acht, da schaut er meist in einem Laden namens Porn-O-Rama vorbei, ein Stück die Straße runter.«

»Komm, Bambino, wir gehen ins Pornokino?«

»Scheint so. Oder ein Sexshop.«

Dante zeigt die Straße hinab.

»Komm, wir haben nicht mehr viel Zeit.«

Sie gehen an einigen Fast-Food-Läden vorbei, einem CVS, einem Schlüsselservice. Der Rodeo Drive ist die Straße nicht, ein Ort für schmierige Shops, die Hardcore-DVDs und Penispumpen verkaufen, allerdings auch nicht. Dante hält nach Gebäuden mit folierten Fenstern und einer vergitterten Tür Ausschau, etwas in der Art, aber Fehlanzeige.

»Das muss es sein«, sagt Mondego. Sie klingt amüsiert, zeigt zur anderen Straßenseite.

Das Porn-O-Rama ist weder ein Sexshop noch ein Pornokino. Vielmehr handelt es sich um ein Café. Über dem Eingang hängt ein Schild, auf dem die Silhouetten mehrerer Menschen zu sehen sind, die nach Siebzigern aussehen – Fönfrisuren, Spiegelbrillen, fette Schnauzer.

Sie überqueren die Straße, um sich die Sache genauer anzuschauen. So wie es aussieht, ist das Porn-O-Rama tatsächlich eine ganz normale Gaststätte, deren Besitzer es aus unerfindlichen Gründen für originell hielt, Vintage Pornos als Dekothema zu wählen. An den Wänden hängen Fotos von John Holmes, Ron Jeremy oder Brigitte Lahaie, allerdings züchtige. Nicht einmal eine Brustwarze ist zu sehen.

Der Laden scheint nur mittelmäßig zu laufen. Lediglich zwei Tische im zur Straße hin offenen Innenbereich sind belegt.

»Und jetzt?«

»Legen wir uns auf die Lauer, also einer von uns. Der andere observiert Reyes' Apartment.«

Mondego scheint der Plan nicht zu gefallen. Dante fragt sie danach.

»Wir wissen nur, dass der Typ in gut zwanzig Minuten vielleicht hier auftaucht. Wir wissen nicht, wie er aussieht. Wie soll das gehen? Könnte ein totaler Reinfall werden.«

»Tja, weiß man vorher nie. Willkommen in meinem aufregenden Job.«

»Ja, mal im Ernst, Ed.«

»Das ist mein Ernst. Setz dich und bestell dir einen Cocktail.«

»Die heißen bestimmt ›Orgasmus‹ und ›Titty Twister‹.«

»Dann nimm vielleicht besser eine Sprite. Wenn er auftaucht, beobachtest du ihn unauffällig. Ich weiß, dass du ihn nicht erkennen kannst. Aber wir wissen, dass er mit Freshpay bezahlen wird, weil er das immer tut. Und so leer, wie die Bude ist, könntest du sogar Glück haben und es mitkriegen. Halt mich telefonisch auf dem Laufenden.«

»Und du?«

»Ich behalte das Haus im Auge. Wenn jemand gegen halb acht hier was trinkt und dann in unser Haus geht, kann es nur Reyes sein.«

»Und weiter?«

»Weiß ich noch nicht. Dann überprüfen wir, ob er wirklich dort wohnt oder vielleicht nur die Briefkästen leert.«

»Und wenn er nicht kommt?«

»Bestellst du noch was zu essen, während ich mir die Wohnung anschaue.«

»Du willst da einbrechen?«

Dante ist noch nie irgendwo eingebrochen. Klar, er besitzt ein paar Werkzeuge für so etwas, Dirk Rasch hat sie ihm besorgt. Aber sie liegen seit zwei Jahren unbenutzt in seinem Kofferraum. Nun jedoch zuckt er mit den Schultern und setzt ein Gesicht auf, als mache er so etwas jeden Tag.

»Ich glaube nicht, dass Reyes die Polizei einschalten wird«, sagt er.

»Da komm ich dann aber mit.«

»Ich möchte dich da nicht mit reinziehen.«

Sie rollt mit den Augen.

»Ed, du bist nicht mein …«

Ein Mann kommt die Straße heruntergeschlendert, steuert auf das Porn-O-Rama zu. Dante findet, dass er exakt der Typ ist – Mitte dreißig, Bartschatten, Trikot der San Antonio Spurs. Er sieht aus wie ein Taugenichts, wirkt ein bisschen verschlagen. Und als Juan könnte er auch durchgehen.

Mondego und er sehen den Mann gleichzeitig. Sie lässt ihn stehen und verschwindet im Lokal. Dante geht scheinbar ohne Eile in die andere Richtung. Als er an seinem Auto ankommt, holt er ein paar Sachen aus dem Kofferraum – Dirks Diebesbesteck, ein Paar khakifarbene Chinos und ein dunkelblaues Hemd, auf dessen Brust das Logo von AT&T eingestickt ist. Er nimmt alles mit in den Wagen, zieht sich auf dem Beifahrersitz um.

POSTLAGERND

Dante sitzt auf der Beifahrerseite, behält den Chat auf seinem Handy im Auge.

»Er bestellt sich was. Bier und Nachos. Ich glaube, er will sich das Spiel angucken. Spurs gegen Golden State.«

Dante seufzt. Das hätte er sich auch gerne angeschaut.

»Es ist wie befürchtet. Cocktailkarte pornoisiert, Menü auch. Es gibt einen Dirk-Diggler-Burger. Mit Banane.

Scheiße. Sein Kumpel ist gekommen. Die gucken echt das Spiel.

Jetzt kommt noch wer. Anzug. Typ Versicherungsvertreter. Asiate. Er bestellt einen Drink.

Und noch eine Frau, sehr hübsch. Sitzt allein an der Bar. Die Typen gaffen alle.«

Dante sitzt immer noch in seinem Wagen, schräg gegenüber von Reyes' Domizil, behält den Eingang im Auge. Doch niemand kommt, niemand geht. Zwanzig Minuten verstreichen.

»Der Asiate zahlt. Mit dem Handy.

Er geht raus. In deine Richtung.«

Dantes Körper spannt sich. Er schaut in den Rückspiegel. In einiger Entfernung kann er den Asiaten bereits ausmachen. Er trägt einen hellbraunen Anzug von der Stange, Loafers, Sonnenbrille. In der Hand hält er einen Aktenkoffer. Der Mann kommt näher, wechselt die Straßenseite. Nach kurzer Zeit erreicht er das Reyes-Haus. Und geht vorbei.

»Fehlanzeige«, tippt er.

»Fuck.«

»Weitere Kandidaten?«

»Sind noch drei aufgetaucht, aber zusammen. Gucken ebenfalls Basketball.«

»Keine Einzelpersonen?«

»Nur die Frau, aber nicht mehr lange. Der Typ in dem Spurs-Shirt gräbt sie gerade an. Scheint zu funktionieren.«

Dante flucht leise. Sie werden wohl doch einbrechen müssen. Seine Hände zittern bei der Vorstellung. Sam Spade würde sich totlachen.

»Was soll ich machen?«, fragt Mondego.

»Ich geh jetzt rein.«

»Ich komme.«

Kurz darauf steigt Mondego auf der Fahrerseite ein. Sie mustert ihn.

»Du siehst aus wie ein Servicetechniker von AT&T. Ist das deine Masche?«

»Irgendwie schon. Warte hier.«

»Nichts da.«

»Mercy, ich habe nur eine Uniform. Und Kabeltechniker kommen meistens allein. Sobald ich mir Zugang zum Haus verschafft habe, lass ich dich rein, okay?«

Widerwillig stimmt sie zu und wartet im Auto, während Dante zum Haus geht und aufs Geratewohl eine der Klingeln im Erdgeschoss betätigt.

»Wer ist da?«, fragt eine Frau durch die Gegensprechanlage. Dante schaut in die darüber angebrachte Fischaugenkamera. Man kann nur hoffen, dass der Mist nirgendwo gespeichert wird.

»Wartungstechniker, Ma'am.«

»Von wem kommen Sie?«

»AT&T, Ma'am.«

Dante hält den Ausweis, den er zu Hause am Laptop gestaltet hat, in die Kamera.

»Ich habe kein Telefon von Ihnen. Nur Handy, von Sprint.«

»Es geht um die Glasfaserleitung im Keller, Ma'am. Mister Mendez aus der vierten Etage hat uns angerufen. Aber er ist nicht da, anders als vereinbart.«

Es dauert ein paar Sekunden, dann geht der Türsummer. Dante tritt ein. Die Tür oberhalb des ersten Treppenabsatzes öffnet sich einen Spalt weit. Die Frau hinter der Tür, laut der Klingel Mrs Estevez, hat die Kette vorgelegt und mustert ihn durch den schmalen Spalt. Dante setzt ein Lächeln auf, nickt ihr zu.

»Vielen Dank, Mrs Estevez. Verzeihen Sie bitte die Störung.«

Estevez ist Mitte siebzig und schaut misstrauisch. Als sie das allseits bekannte, kugelförmige Logo auf seinem Hemd sieht, entspannt sie sich ein wenig.

»Bei mir müssen Sie aber nicht rein, oder?«

»Nein, Ma'am, nur in den Keller. Dort ist der Anschluss.«

»Schlüssel haben Sie?«

Dante hat keinen. Dennoch klopft er sich auf die Hosentasche und nickt.

Estevez murmelt etwas und schließt die Tür. Dante geht hinunter in den Keller, für den Fall, dass die Alte ihn durch den Türspion beobachtet. Dies verschafft ihm zudem Gelegenheit, den Rüttler auszuprobieren. Dante holt das Gerät aus dem dazugehörigen Plastikkoffer. Der Rüttler erinnert an ein Lichtschwert aus einem frühen Krieg-der-Sterne-Film. Statt einer Laserklinge ragt aus dem Heft ein fingerlanger Dorn heraus, so dick wie eine Wollnadel. Steckt man diesen in ein Sicherheitsschloss, rüttelt der elektrische Dietrich hin und her. Über vierzigtausend Vibrationen pro Sekunde lassen die Gehäusestifte und Schließbärte im Zylinder Cha-Cha tanzen.

Dante führt einen L-förmigen Dietrich in das Schloss ein, drückt ihn nach rechts. Den Dorn des Rüttlers steckt er ebenfalls hinein, aktiviert das Gerät. Ein hohes, sirrendes Geräusch ertönt. Der Dietrich dreht sich wie ein Schlüssel im Schloss, es klackt vernehmlich.

Dante schreibt eine Nachricht an Mondego, in der er sie bittet, die Augen offen zu halten und sich ansonsten in Geduld zu üben. Nach ein paar Minuten verlässt er den Keller und geht hoch in den vierten Stock. Bevor er sich an Reyes' Haustür zu schaffen macht, klingelt er zweimal. Niemand öffnet. Dante macht sich an die Arbeit. Auch dieses Schloss leistet kaum Widerstand, nach nicht einmal zehn Sekunden ist er drin.

Sein erster Impuls ist, die Wohnung zunächst allein in Augenschein zu nehmen. Aber er hat Mondego versprochen, sie mitzunehmen, und ist ehrlich gesagt auch gar nicht unglücklich darüber. Anders als Sam Spade hat er nämlich mächtig Muffe.

Er gibt Mondego Bescheid. Zwischen den Wasserwaagen und Inbusschlüsseln kramt er nach zwei Skimasken. Sobald er eine davon übergezogen hat, lugt Dante in den Flur. Seine Vermutung hat ihn nicht getäuscht: Am Ende des Ganges klebt über dem Durchgang zum Wohnzimmer eine kleine Kamera. Er drückt auf den Türöffner. Eine Minute später kommt Mondego die Treppe hoch. Dante hält ihr eine Sturmhaube hin. Sie schaut zweifelnd, streift die Maske jedoch wortlos über. Sie treten ein und ziehen die Tür hinter sich zu.

Der Flur wirkt unscheinbar – Kommode, Schlüsselbrett, Schuhe, gerahmtes Foto der Golden Gate Bridge. Als sie die anderen Räume inspizieren, wird allerdings schnell klar, dass in diesem Apartment niemand wohnt. Im Wohnzimmer gibt es statt Möbeln nur Server in billigen Metallregalen. Dicke Stränge gebündelter Netzwerkkabel schlängeln sich über den Boden. Das Schlafzimmer erinnert Dante an die Schweizer Klickfarm. Hunderte von Handys sind an spalierartigen Gittern befestigt. Die meisten scheinen inaktiv zu sein.

Mondego holt ihre Laptops sowie weitere Utensilien hervor. Dante verzichtet darauf, sie zu fragen, was genau das wird. Er verstünde es ohnehin nicht.

Stattdessen schaut er sich weiter um, in der Hoffnung, etwas Handfestes zu finden, etwas Analoges. Schließlich kommt Reyes vermutlich mehrmals die Woche her. Dante überprüft Schubladen, Küchenschränke, herumstehende Pappkartons. Danach vermag er sich Folgendes zusammenzupuzzeln: Reyes ist offenbar eine Art Wartungstechniker. Dante hat ein Clipboard mit einer Checkliste gefunden. Darauf steht, was turnusmäßig überprüft werden muss. Dazu gehören beispielsweise die Luftfilter der Kühlaggregate zwischen den Servern. In einem kleineren Zimmer stehen Kisten mit den Logos von Dell, Samsung oder Huawei. Darin befinden sich Ersatzserver, Festplatten sowie haufenweise Mobiltelefone. Wenn etwas kaputtgeht, tauscht Reyes es anscheinend aus. Dante findet ferner Aktenorder, auf denen die Namen der fiktiven Bewohner stehen: Heineman, Mendez und so weiter. Für alle wurden Verträge abgeschlossen für Strom, Wasser und Miete, Handy und Bankkonto, Letztere nicht nur einmal: Heineman etwa besitzt bei jedem der großen Mobilfunkanbieter mehrere Handys, unterhält Konten bei Chase, Capital One, Bank of America und anderen Instituten.

»Ed! Schau dir das an.«

Dante geht in das Klickfarmzimmer. Mondego hockt auf dem Boden, inmitten von Laptops und iPads.

»Hast du dich«, Dante zeigt auf die Handys, »da reingehackt?«

»Indirekt. Ich habe das Handy aus Zug«, sie zeigt auf ein Telefon, das an einem der Kabel hängt, »angeschlossen. Ich kann sehen, was es macht, und habe darüber einen der Server anzapfen können.«

Dante geht in die Hocke, was seine Knie knacken lässt.

»Und?«

»Die Server steuern die Klickfarm, so viel ist klar. Sie geben den Handys Anweisungen, auf welchen Seiten sie surfen, welche Transaktionen sie erledigen sollen.«

»Was meinst du mit Transaktionen?«

»Vor allem Banküberweisungen oder Zahlungen mit Moneta, manchmal auch mit Bitcoin. Und Einkäufe.«

»Klamotten von Nordstrom, Bücher von Amazon?«, fragt Dante.

»Vor allem digitale Produkte. E-Books, Netflix-Abos, solche Sachen.«

Bevor seine Kniescheiben bleibenden Schaden nehmen, richtet Dante sich lieber wieder auf, lehnt sich gegen den Türrahmen.

»Aber wieso? Was für einen Sinn sollte es machen, Hunderte Handys irgendwelches Zeug kaufen zu lassen?«

»Hunderte? Ed, diese Server steuern vermutlich mehrere Zehntausend Smartphones.«

Dante betrachtet die Spaliere.

»Das sind aber höchstens tausend«, sagt er.

»In etwa, ja. Wie viele waren es in Zug?«

»Auch in etwa so viele, schätze ich. Du meinst, es gibt noch mehr solche Klickfarmen?«

»Anscheinend«, erwidert Mondego.

»Okay, so weit, so beunruhigend. Und wer steuert die Server? Und vor allem: wozu?«

»Wer die Server kontrolliert, weiß ich nicht. Ich mache noch ein paar Tests, doch wer auch immer dieses Setup gebaut hat, wusste, was er tut. Der Bot-Master kann von irgendwo auf der Welt Befehle geben, ohne dass sich das zu ihm zurückverfolgen lässt. Aber mir scheint, dass hier die Kommandozentrale ist. Es gibt sicher noch anderswo diese«, sie zeigt auf die über ihnen baumelnden Telefone, »Handy-Plantagen, aber die werden vermutlich alle von diesen Servern hier gesteuert, zumindest sieht's so aus.«

Sie erhebt sich, einen ihrer Laptops in den Händen. Gemeinsam betrachten sie das Display. Codezeilen huschen vorbei. Das meiste könnte genauso gut Kantonesisch sein, Dante versteht nichts davon. Nur ab und an kann er einzelne Wörter entziffern: Walmart, iTunes, Juno, Wells Fargo, CVS, Home Depot, Zenni Optical.

»Sind das Transaktionen, die gerade passieren?«

»Transaktionen und Seitenaufrufe«, erwidert Mondego.

»Also noch mal: Wer baut so was und lässt die Bots dann einkaufen? Es ergibt keinen Sinn, wenn man nicht gerade vorhat, die Verkaufscharts von Amazon zu beeinflussen oder die«, eine weitere Buchung von Zenni Optical erscheint, »für Brillengestelle.«

Mondego nickt.

»Es ist in der Tat sinnlos. Außer ...«

»Ja?«

Sie setzt sich wieder. Dante tritt derweil ungeduldig von einem Fuß auf den anderen. Nicht, dass er noch Termine hätte. Aber mit jeder Minute steigt die Wahrscheinlichkeit, dass Reyes doch noch auftaucht. Und Dante ist sich nicht sicher, ob er der Liste der Straftaten, die er bereits begangen hat, auch noch Körperverletzung oder Kidnapping hinzufügen möchte.

Er will sich den Schweiß von der Stirn wischen, erkennt, dass er eine Maske trägt, lässt die Hand wieder sinken. Es ist verdammt heiß hier drin, die Server erzeugen eine Menge Abwärme. Dante geht zum Kühlschrank, der, wie er vorhin gesehen hat, voller Wasser und Limo ist. Er entnimmt diesem zwei Coladosen, geht damit zurück zu Mondego, hält ihr eine hin.

»Danke. Ich habe da eine Theorie.«

»Und zwar?«

»Was weißt du über KI-basierte Antivirus-Software?«

»KI, künstliche Intelligenz?«, erwidert Dante. »So gut wie nichts.«

»Herkömmliche Antivirus-Software«, sagt Mondego, »sucht nach bekannten Angreifern – Computerviren, die bereits in einer Liste gespeichert sind. Aber vor allem große Firmen setzen inzwischen Software ein, die mit künstlicher Intelligenz arbeitet. Die sucht auch nach anderen Sachen.

Was für Sachen? Vereinfacht gesagt nach Mustern, Strukturen, Vorkommnissen, die nicht dem Normalzustand entsprechen, Sachen, die seltsam sind. Stell es dir vor wie ein Immunsystem. Deine Körperwerte sollten sich innerhalb bestimmter Parameter bewegen. Wenn das nicht der Fall ist, schrillen die Alarmglocken, die Zytokin-Kavallerie reitet aus. So ähnlich funktioniert diese intelligente Antivirensoftware.

Solche Software kann auch Bot-Accounts aufspüren. Die KI vergleicht deren Klick- und Kaufverhalten mit dem von Millionen echter Nutzer. Und schaut, ob es Seltsamkeiten gibt.«

»Wie zum Beispiel?«

»Bots bestellen selten Pizza.«

»Und das weiß die Antivirus-Software?«

»Ist ja nur ein Beispiel. Aber hier auf dem Server habe ich ein Programm gefunden, das diese ganzen Handys dazu bringt, eine Vielzahl von Dingen zu tun, die wohl als normal gelten können. Vermutlich wird das von einem Algorithmus gesteuert, der auf irgendwelchen Marktforschungsdaten basiert.«

Dante muss an Rasch denken und an dessen Aussage, dass es sehr einfach sei, an derlei Daten zu kommen.

»Diese Bots«, fährt Mondego fort, »schlafen also nicht. Sie sind ständig aktiv und tun, was alle tun – Pornoseiten aufrufen, YouTube gucken, Buzzfeed-Listicles lesen, das neue Rihanna-Album streamen. Und dadurch sinkt die Wahrscheinlichkeit, dass die von KI gesteuerte Antivirus-Software auf sie aufmerksam wird. Das zumindest ist meine Theorie.«

Dante nimmt einen großen Schluck Cola, denkt einen Moment nach.

»Okay, das ganze Rumgeklicke der Handys, das Verhalten der Bots – das ist Tarnung, Mimikry quasi. Und die ist dazu da, dass es gerade nicht wie automatisiertes Verhalten aussieht, wie Bots. Ja?«

»Genau.«

»Das ergibt ein wenig mehr Sinn. Aber es hilft uns auch nicht weiter.«

»Warum, Ed?«

»Sich zu tarnen kann ja nur Mittel zum Zweck sein. Aber was ist der Zweck? Wofür ist die Klickfarm?«

Mondego zuckt mit den Schultern, fängt an, zusammenzupacken. Während sie die ganze Elektronik in ihrem Rucksack verstaut, sagt sie:

»Vielleicht wartet er auf irgendwas.«

»Wer?«

»Der Bot-Master, der Betreiber dieser Anlage.«

»Aber worauf?«, fragt Dante.

»Das ist die Hunderttausend-Bitcoin-Frage. Was mich stutzig macht, ist Folgendes: Hier stehen viel mehr Server, als für den

Betrieb dieses Netzwerks notwendig sind, zumindest bei dem, was die Handys jetzt tun. Was immer er oder sie vorhat, es dürfte was Größeres sein.«

Dante will darauf etwas erwidern, als sein Telefon summt. Die Nummer ist unterdrückt. Er geht trotzdem ran.

»Ja?«

»Hallo, Ed.«

»Wer spricht denn da, bitte?«

»Ich wollte Sie nur vorwarnen, dass Sie gleich Besuch bekommen. Reyes ist fast an der Tür.«

Die Stimme gehört einem Mann, Amerikaner zweifelsohne. Allerdings ist da ein Hauch eines Akzents. Irgendwo hat Dante die Stimme schon einmal gehört. Bevor er weiter darüber nachdenken kann, hat der Mann bereits aufgelegt.

»Jemand kommt«, sagt Dante.

»Sagt wer?«

Dante zuckt mit den Achseln, läuft zur Tür, bedeutet Mondego, ihm zu folgen. Sein Blick fällt auf das Schlüsselbrett neben dem Eingang. Daran hängt ein einsamer Sicherheitsschlüssel. Dante greift danach. Er öffnet die Vordertür, tritt in den Flur, geht zur gegenüberliegenden Haustür.

Sein Bauchgefühl hat ihn nicht getäuscht. Der Schlüssel passt. Er scheucht Mondego über die Schwelle. Den Schlüssel hängt er wieder ans Brett, schließt von außen die Tür zu Reyes' Apartment, bevor er Mondego folgt.

Das zweite Apartment hat den gleichen, wenn auch spiegelverkehrten Grundriss des ersten. Server gibt es keine, dafür erheblich mehr Bot-Handys. Obwohl keinerlei Licht brennt und die Fenster abgeklebt sind, wird das Apartment vom Pulsieren Tausender Displays erleuchtet.

Gemeinsam harren sie hinter der geschlossenen Vordertür aus. Dante schaut durch den Spion. Er sieht eine Frau die Treppe hinaufkommen. Sie ist Ende zwanzig und ausgesprochen hübsch. Während sie läuft, schaut sie einen dicken Stapel Briefe durch, vermutlich die Ausbeute aus den acht Briefkästen von Reyes und den sieben anderen Phantommietern. Dante bedeutet Mondego, durch den Spion zu schauen.

»Die aus dem Café«, flüstert sie. »Sie hat einen Schlüssel.«

Mondego wendet sich Dante zu.

»Was machen wir jetzt?«

»Abhauen, solange sie dadrin zugange ist. Bevor sie vielleicht rüberkommt.«

»Ja. Allerdings könnte es ...«

Dante legt ihr die Hand auf den Mund. Kurz regt sich Protest, dann wird Mondego wieder ruhig. Sie hat es inzwischen auch gehört. Auf der anderen Seite der Haustür tut sich etwas.

Dante schaut erneut durch den Spion. Er sieht die Frau, die gerade gegenüber abschließt. Sie kommt auf ihre Tür zu. Dante gibt Mondego ein Zeichen, zeigt auf eines der hinteren Zimmer. Sie läuft los, er hinterher. Mondego hat den Flur bereits verlassen, aber Dante, der den sperrigen Werkzeugkoffer dabeihat, ist nicht schnell genug. Er hört das Schloss klacken, wirft einen Blick zurück. Die Tür öffnet sich nach innen.

Dante bliebe wohl genug Zeit, sich aus der Schusslinie zu bringen, doch er ist wie erstarrt. Er kann den Atem der Frau hören. Warum tritt sie nicht ein? Was hat sie gesehen?

Er hört einen Schrei, gefolgt von Fußgetrappel. Dante weicht zurück. Die Haustür öffnet sich, die Frau stürzt herein. Ohne nach links oder rechts zu schauen, rennt sie in die direkt gegenüber dem Eingang liegende Küche. Dante hört, wie sie etwas öffnet, wieder schließt. Er ist völlig baff, dass sie ihn nicht gesehen hat. Rasch zieht er sich zurück. Dante vernimmt Fußgetrappel. Die Vordertür wird geschlossen.

Draußen im Flur hört Dante jemanden »Polizei« rufen.

»Komm doch endlich, Ed«, zischt Mondego.

»Moment. Ich muss erst ...«

»Da ist eine Feuerleiter. Vielleicht kommen wir hinten raus.«

Dante hört, wie sie eines der Fenster öffnet. Er eilt in die Küche.

Rasch öffnet er Schublade um Schublade. Seltsam, wie ruhig er auf einmal ist. Sam Spade wäre ausnahmsweise stolz auf ihn. Zumal vor der Tür Leute durcheinanderbrüllen. Eine Männerstimme donnert: »Öffnen Sie die verdammte Tür!«

Eine Frau erwidert: »Ich habe keinen Schlüssel, ich wohne hier gar nicht.«

Mondego erscheint im Türrahmen. Fassungslos mustert sie Dante, der gerade den Kühlschrank inspiziert.

»Was zur Hölle ...?«

»Sie hat hier etwas versteckt. Eben gerade.«

Mondego hilft ihm suchen, aber die Schränke und Schubladen sind leer, ebenso wie der Kühlschrank und das Eisfach. Dante versucht zu überlegen, wo man noch etwas verstecken könnte. Ist nicht ganz einfach, da Mondego an seinem Ärmel zerrt.

»Scheiße, Ed ...«

Er will bereits nachgeben, als ihm eine Fettschliere auf einer der Arbeitsflächen auffällt. Es sieht aus, als habe jemand Altöl verschmiert, die Substanz ist von karamellener Farbe. Sein Blick fällt auf die Haustür. Dort befindet sich eine weitere Schliere.

Dante zieht den Dunstabzug über dem Herd heraus, löst die Abdeckung. Darunter befindet sich ein Stück Schaumstoff, das dringend ausgewechselt gehört, ein Schwamm voller kondensiertem Fett. Als er ihn anhebt, kommt ein großformatiger, einstmals weißer Umschlag zum Vorschein. Er ist dermaßen fettverschmiert, dass es einiges an Zeit kosten würde, die Adresse auf der Vorderseite zu entziffern. Mondego zerrt weiter an seinem Ärmel. Er stopft sich den Umschlag in den Hosenbund, lässt sich mitreißen.

ZERKNITTERT

Das Knistern von Papier weckt ihn. Dante braucht ein paar Sekunden, bis er weiß, wo er sich befindet: Nicht in seinem Bett, auch nicht in Mondegos, aber immerhin auf ihrer Couch. Um ihn herum liegen Ausdrucke, und dem Knistern nach zu urteilen auch unter ihm. Dante stemmt sich hoch, was allerdings mühsam ist. Das fußballgroße Senkblei, das früher einmal sein Schädel war, zieht ihn erbarmungslos nach unten. Dante sieht die leeren Cocktailtumbler auf dem Couchtisch. Langsam kehrt die Erinnerung zurück.

Die Feuerleiter hinab, eine Gasse entlang, zurück nach Los Angeles, niemand hielt sie auf. Dante fragt sich inzwischen, ob die Kerle, die Reyes konfrontierten, wirklich Polizisten waren oder vielleicht eher etwas anderes. Ächzend setzt er sich auf, fährt sich über das Gesicht. Eine Rasur wäre gut, heißer Tee noch besser. Dante geht in die Küche und begibt sich auf die Suche.

Sie waren gestern direkt zu Mondego gefahren. Über das trojanische Handy, das sie in der Klickfarm angeschlossen hatte, wollte Mondego eine nicht zurückverfolgbare Verbindung zu den Servern in Escondido aufbauen und aus der Ferne beobachten, was das Handy-Botnetz als Nächstes tat oder wer darauf zugriff. Danach hatte sie Dante eingeladen, es sich auf der Couch bequem zu machen, und war ins Obergeschoss entschwunden.

In einem der Küchenschränke findet er Sencha, Sleepy Time und Schwarztee. Bei Letzterem handelt es sich um Dantes Nemesis, jenen bergamottegetränkten Bösewicht namens Earl Grey. Da tränke er lieber Eigenurin.

Aus lauter Verzweiflung gießt sich Dante Grüntee auf. Der

schmeckt nach nichts, wirkt aber immerhin entgiftend. Das kann er gebrauchen. Bis halb drei war er wach, zu aufgekratzt, zu viele Fragen. Während der schlaflosen Nacht hat Dante sich an Mondegos gut gefüllter Cocktailbar vergriffen und im Internet recherchiert. Den vielen Zetteln nach zu urteilen, hat er sogar etwas herausbekommen. Aber was?

Dante nippt an seinem Sencha. Er schmeckt wie Abwaschwasser, in dem man eine Fischgräte hat ziehen lassen. Rasch kippt er die Brühe weg. Kurz erwägt er, Mondegos Keurig-Kaffeemaschine zu benutzen, aber so weit ist es dann doch noch nicht. Aus dem Kühlschrank nimmt er sich stattdessen zwei Dosen Coke, leert beide. Cola zum Frühstück, das ist ein erschreckendes Ausmaß an Amerikanisierung. Aber mit irgendetwas muss er sein Gehirn anwerfen.

Dante sammelt die im Wohnzimmer verstreuten Zettel ein. Auf dem Esstisch findet er ein großformatiges Kuvert – den Umschlag aus dem Dunstabzug. Und dann fällt es ihm wieder ein.

Der Umschlag enthielt zwei ungeöffnete Briefe. Einer ist an Peter Heineman gerichtet und enthält den Aktivierungscode für ein Konto bei der Hongkong & Shanghai Banking Corporation, kurz HSBC. Der zweite Brief stammt von einem Vermögensverwalter in Macao. Ein gewisser Alexander Lee hat dort mehrere Millionen Euro hinterlegt, in deutschen Staatsanleihen.

Reyes hatte den Umschlag mit den beiden Briefen darin einwerfen wollen. Er war bereits frankiert. Dass sie ihn versteckte, um nicht damit erwischt zu werden, deutete für Dante auf einen brisanten Inhalt der beiden Briefe hin. Wer sind die Männer, die darin genannt werden? Vermutlich weitere Fake-Personen, online ließ sich rein gar nichts über sie finden.

Erst nach dem dritten Cocktail, einem Gin Fizz mit etwas zu viel Fizz, kam Dante auf die Idee, sich das Kuvert selbst vorzunehmen. Der Umschlag liegt vor ihm, notdürftig gesäubert. Man kann die Adresse wieder lesen. Sie lautet: »Instituto Futuro, Apartado Postal # 191. 39300 Acapulco, Mexico«.

Dante kann kein Spanisch, aber aufgrund seines früheren Jobs bei einer halbseidenen Bank kennt er in so ziemlich jeder Sprache das Wort für Postfach. Und in Mexiko heißen die Dinger apartado postal.

Auch wenn es sich um ein Postfach handelt, verrät die Adresse einiges. Zunächst erinnert der Name Instituto Futuro ihn ein wenig an das Institute For A Better Tomorrow, jene Stiftung in Colorado, über die Price und Patel ihr Geld waschen wollten. Das Instituto Futuro besitzt keine Website, ist aber im mexikanischen Stiftungsregister eingetragen, er hat dort online nachgeschaut. Der Stiftungszweck ist Technikfolgenabschätzung, also das Erforschen sozialer, politischer oder ökonomischer Auswirkungen neuer Technologien. Früher hieß das Institut anders, nämlich Instituto para la Investigación de Singularidades Disruptivas.

Eine Suche nach dem früheren, weniger griffigen Namen förderte zutage, dass die Stiftung vor gut sieben Jahren von einem Mann gegründet wurde, dessen Foto Dante während seiner Gin-und-Google-Rechercheorgie bereits ausgedruckt hat. Nun zieht er es aus dem Blätterstapel hervor. Ein Mittdreißiger blickt ihm entgegen. Dreadlocks umrahmen ein schmales Gesicht, der Blick ist trotzig, ja kämpferisch.

Dante vernimmt Schritte. Er dreht sich um und sieht Mercy Mondego ins Wohnzimmer tapsen, schlaftrunken und nur mit einem Oversized-T-Shirt bekleidet.

»Schon wach?«, sagt Dante.

»Na ja, halbwegs.«

Sie stellt sich neben ihn und beugt sich hinab, um den Mann auf dem Bild zu betrachten.

»Wer ist das?«

»Das ist Roxy Waters, ein amerikanischer Anarchist, der mithilfe von Technologie eine freiere Gesellschaft aufbauen wollte. Er scheint so eine Art Politguru gewesen zu sein.«

»Wie bist du auf den gestoßen?«

Dante erzählt ihr von der Adresse auf dem Umschlag und der umfirmierten Stiftung.

»Dieser Waters«, sagt er, »hatte ein paar Dutzend Anhänger. Die sind ihm gefolgt, als er die bösen, repressiven Vereinigten Staaten verließ und nach Acapulco umsiedelte, um dort eine Art Techno-Anarcho-Kommune zu gründen, finanziert mit den Gewinnen aus seiner Bitcoin-Spekulation.«

»War irgendwie klar.«

»Das mit den Bitcoins?«

»Das mit Acapulco. War früher eine Touristenhochburg, aber die Narcos haben alle vertrieben. Mexikos Mordkapitale und so. Ich habe schon öfter gehört, dass die Stadt bei libertär gesinnten Amerikanern beliebt ist. Failed State mit Palmen, mit dem notwendigen Kleingeld genießt du da absolute Narrenfreiheit.«

Mondego deutet auf die Keurig-Maschine, geht in die Küche.

»Das erklärt«, sagt Dante, »warum sich Waters die Gegend ausgesucht hat. Er wollte dort ein Utopia errichten.«

»Und, hat er?«

»Er hat es versucht. Es trug den Namen ›The Republic of the Golden Age‹ und besaß sogar eine eigene Flagge. Als Regierungssitz fungierte ein heruntergekommenes Nobelhotel. Und jetzt rate mal, was die offizielle Währung der Republik war.«

»Bitcoin?«

Dante schüttelt den Kopf.

»Turtlecoin. Hollisters Shitcoin.«

Eine Pause entsteht, weil das rhythmische Keuchen der Kapselmaschine jede Unterhaltung unmöglich macht. Mondego hält ihm fragend den Becher hin.

»Danke, nein. Hast du noch anderen Tee als den im Schrank?«

Sie nickt, kramt in dem Behälter mit den Kaffeekapseln. Kurz darauf hält sie Dante ein rotes Döschen mit dem Logo von Twinings hin. Der Widerstand des Puristen regt sich in ihm. Andererseits ist verkapselter English Breakfast vermutlich besser als verbeutelter Earl Grey. Kurz darauf sitzen sie mit ihren Bechern am Esstisch.

»Und das über Waters steht alles im Netz?«, fragt Mondego.

»Das meiste habe ich aus einem alten ›Wired‹-Artikel.«

»Und was wurde aus Utopia?«

»Das Goldene Zeitalter von Waters' Republik währte nicht lang. Dem Großen Vorsitzenden Roxy wurde bei einem Drogendeal von mexikanischen Gangstern das Gesicht weggeblasen. Einige seiner Getreuen harrten noch eine Weile aus, bis ihnen die Coins und Psilocybin-Pilze ausgingen, vermutlich. Bin ich zu zynisch?«

»Dem Sujet angemessen, würde ich sagen. Aber warum interessiert dich der Kerl? Ein paar durchgeknallte Kalifornier mit zu viel Geld, die im Ausland die Revoluzzer spielen ...«

»Nichts Besonderes, klar. Aber von diesem Immo Patel weiß ich, dass Hollister mal jemanden erwähnt hat, den er ›den seligen Roxy‹ nannte. Als ich die Stiftungseinträge durchgesehen habe, bin ich dann über einen Roxy Waters gestolpert. Und ich habe mich gefragt: Warum gibt es Waters' Stiftung eigentlich immer noch, wenn auch mit neuem Namen?«

»Wer führt sie denn jetzt?«

»Das ist es ja gerade. Waters ist immer noch als Stiftungspräsident verzeichnet, was ja nicht sein kann. Aber möglicherweise arbeitet die mexikanische Verwaltung ein bisschen langsam. Oder jemand hat sie geschmiert, damit der alte Eintrag erhalten bleibt.«

Mondego trinkt ihren Kaffee aus, greift nach einem iPad auf dem Tisch.

»Da war was.«

»Was meinst du?«, fragt Dante

»Dieser Waters. Ich dachte, ich hätte noch nie von ihm gehört. Aber vielleicht ...«

Sie tippt auf dem Tablet herum. Liest etwas. Lacht.

»Was?«

»Ah, das Los aller Blogger. Als ich angefangen habe, wurde ich quasi im Akkord bezahlt. Ein Pixiecoin pro Blogartikel.«

»Ich erinnere mich. Damit hast du das Haus gekauft.«

»Genau. An manchen Tagen habe ich zwanzig, dreißig Posts geschrieben. Ich wusste abends oft nicht mehr, was ich morgens veröffentlicht hatte. Nachts habe ich geträumt, dass ich Texte umschreibe. Wie auch immer, das hier«, sie hält ihm das iPad hin, »hatte ich vergessen.«

Dante nimmt das Tablet, liest den Artikel.

Finanziert Sir Holly die Revolution?

Gregory Hollister, der in Kryptokreisen als »Sir Holly« bekannte Bitcoin-Pionier, hat sich erstmals zum Golden-Republic-Projekt geäußert. Dabei handelt es sich um den Plan einer Gruppe von US-Anarchisten, eine Art exterritoriale Enklave zu errichten, als Vorstufe zu einem eigenen Staat, der auf »libertär-mutualistischen Prinzipien« basieren soll, wie es auf der Website des Projekts heißt.

Bisher hat die Republik nur eine Handvoll Bürger sowie eine Flagge. Eine eigene Währung gibt es nicht, aber die Anarchokapitalisten favorisieren nach eigenen Angaben nun Hollisters bislang nur mäßig erfolgreichen Turtlecoin. In der Szene war zuletzt die Frage aufgekommen, wie Hollister, der unlängst eine neue Paymentfirma namens Juno gegründet hat, dazu steht. Gestern sagte er während eines Panels auf der Austin Crypto Conference, jeder dürfe Turtlecoin verwenden: »Wenn Waters und seine Leute auf unseren Coin setzen – schön für sie.«

Offenbar blieb es nicht bei warmen Worten. Ebenfalls am Dienstag postete ein User namens @propertyistheft auf Twitter einen Screenshot seines Krypto-Kontos. Dort war eine Einzahlung in Höhe von fünfhunderttausend Turtlecoins zu sehen, mit dem Hinweis: »Ein Geschenk von @the_holly DANKE!!! #RevolutionNow #Crypto #Turtle4Eva.«

Bei @propertyistheft handelt es sich nach Informationen dieses Blogs um Jules Duroc, den inoffiziellen Schatzmeister der Golden Republic. Sein Post wurde allerdings nach wenigen Minuten wieder gelöscht. Weder Duroc noch Hollister reagierten bis zur Veröffentlichung dieses Artikels auf eine Bitte um Stellungnahme.

Dante lässt das iPad sinken.

»Das ist sie. Die Verbindung zwischen Waters und Hollister. Sie kannten sich irgendwoher.«

»Aber woher?«, fragt Mondego.

Dante zuckt mit den Achseln. »Krypto. Nerdkram. Burning Man. Ist vermutlich egal. Klar scheint, dass sich ihre Wege trennten. Waters bleibt ein durchgeknallter Anarchorevoluzzer. Hollister hingegen wird respektabel. Aber er schiebt seinem alten Kumpel noch eine Anschubfinanzierung zu, er wird quasi zum Wagniskapitalgeber dieser Splittergruppe. Wieso? Und waren diese Coins damals was wert?«

Mondego überlegt einen Moment.

»Nicht viel, aber bei der Summe ... an die fünfzigtausend Dollar müssen es schon gewesen sein. Für Hollister natürlich Spielgeld, er hat die Turtlecoins ja quasi gratis gekriegt.«

»Ja, aber trotzdem: Wieso? Selbst Millionäre verschenken nicht einfach mal so fünfzigtausend – gerade Millionäre nicht. Vielleicht hatte Waters was gegen ihn in der Hand.«

»Diese Moneta-Lücke?«

»Haut zeitlich nicht hin. Der geplatzte Juno-Börsengang, der Hollister dazu veranlasste, ungedeckte Moneta zu erschaffen, war erst ein, zwei Jahre später.«

Mondego gähnt, hält sich die Hand vor den Mund.

»Vielleicht«, sagt er, »sollten wir erst mal frühstücken.«

»Ein Power Breakfast? Mit Strategiesitzung?«

Dante überlegt kurz.

»Ich kenne da was Nettes. Müssen wir aber ein Stückchen fahren.«

»Wo?«

»Draußen Richtung Malibu, direkt am Pazifik.«

Mondego ist einverstanden. Sie geht duschen. Als sie zurückkommt, reicht sie Dante ein Handtuch, außerdem ein paar frische Boxershorts sowie ein Bandshirt der »Alderaan Warmongers«. Die Sachen, erklärt sie, gehörten ihrem Exfreund, der in etwa die »gleiche Kragenweite« gehabt habe wie Dante. Er fragt lieber nicht nach, wie das gemeint ist, trollt sich ins Bad.

Die heiße Dusche lockert Dantes von der Nacht auf dem Sofa verspannte Rückenmuskeln. Das Ding war nicht sehr bequem. Dante versteht Mondego da nicht. Wenn er mit waghalsigen Währungsspekulationen Millionen gemacht hätte, käme ihm kein beschissenes Ikea-Sofa ins Wohnzimmer.

In seinem Hinterkopf vernimmt er eine Stimme. Zunächst glaubt er, es handle sich um seine Exfrau, aber es ist seine Mutter, auch nicht viel besser.

»Wieso ›wenn‹, Eddy?«, schilt ihn die Stimme. »Bei, wie heißen sie gleich, Gerard Brothers, da hast du einen Haufen Geld verdient, mit Börsenspekulation.«

»So viel war's jetzt auch nicht«, murmelt Dante.

»Mehr als dein Bruder und deine beiden Cousins zusammen verdienten. Und die hatten alle gute Handwerkerjobs. Dein Gehalt hätte locker für ein italienisches Designersofa gereicht, und für ein zweites für deine alte Mutter. Und dann diese Wohnung in der Upper North Side.«

»West. Upper West Side, Mama.«

»Egal welche Seite, ich habe nur die Fotos gesehen. Riesig, größer als unsere.«

Dante senkt den Kopf, damit das heiße Wasser besser über seinen Nacken laufen kann. Er dreht den Hahn weiter auf, in der Hoffnung, das Brausen der Dusche werde Mamas Stimme übertönen. Aber Pustekuchen.

»Und dann das ganze Geld aus den Aktiengeschäften, Eddie.«

Es waren keine Aktien. Mit etwas derart Langweiligem hielt sich Dante am Schluss nicht mehr auf. Er bevorzugte Rasanteres – Power Puts, Währungswetten.

»Das hättest du lieber auf ein Sparbuch legen sollen. Das hat Onkel Rick auch immer gesagt, der war bei NatWest in Croydon, zwanzig Jahre, der muss es ja wohl wissen. Aber du! Du hast noch mehr Aktien gekauft, Eddie. Und am Ende, was hattest du da in der Tasche?«

»Die Shitcoins der Wall Street«, murmelt er.

»Ganz recht. Und dieses Mädchen da draußen, ihre Tattoos gefallen mir ja nicht, aber das war schlauer als du. Also mach dich nicht über ihr Sofa lustig. Wenigstens ist es abbezahlt.«

Jemand klopft an die Badezimmertür. Dante schreckt auf. Den dichten Dampfschwaden nach zu urteilen, hat er das halbe Silver Lake Reservoir weggeduscht.

»Sorry, Mercy. Ich hab's gleich.«

»Lass dir Zeit«, ruft Mondego von jenseits der Tür. »Ich wollte nur sagen, dein Handy klingelt wie irre.«

»Ja. Okay.«

Dante steigt aus der Kabine. Sobald dieser Mist vorbei ist, muss er sich eine neue SIM-Karte kaufen. Gestern hatte er insgesamt siebenundvierzig Anrufe, die meisten von unbekannten Nummern. Die Mails zählt er schon nicht mehr.

Kurz darauf sitzt er pieksauber auf dem Beifahrersitz von Mondegos Prius und scrollt durch sein Handy. Die meisten Anrufe stammen wieder einmal von unbekannten Nummern, viele haben Nachrichten hinterlassen. Dante ist inzwischen dazu übergegangen, alles, was nicht von Personen in seinem Telefonbuch kommt, unabgehört zu löschen, mit der Ausnahme von Washingtoner Nummern. Letzteres könnten FBI oder Finanzbehörden sein.

Mondego fährt, Dante löscht, scrollt, löscht, bis er zu einem Anruf von Royce Thurstow gelangt, Hollisters Anwalt. Dieser bittet um Rückruf. Dante kommt der Bitte prompt nach.

»Royce, Morgen. Ed Dante. Ich sollte Sie zurückrufen.«

»Ja, danke, Ed. Es geht um die … äh … die Hollisters.«

»Wie kann ich Ihnen helfen?«

»Mrs Martel ... darf ich fragen, hatten Sie kürzlich Kontakt zu ihr?«

»Nun ja. Ich habe sie regelmäßig über den Fortgang der Ermittlungen informiert, aber ... haben Sie bereits mit Marcus gesprochen, ihrem ... Assistenten?«

Es dauert einen Moment, bis Thurstow antwortet, was Dante zu dem Schluss kommen lässt, dass der Anwalt bezüglich des Verhältnisses zwischen Martel und ihrem muskulösen Butler auch schon Spekulationen angestellt hat.

»Habe ich. Sie war in Behandlung.«

»Ja, das sagte er mir auch. Die Nerven, der Medienansturm.«

Dante fällt etwas auf.

»Sagten Sie gerade ›war‹, Royce?«

»Ganz richtig. Mrs Martel hat die Healing Echoes Clinic offenbar gestern am späten Nachmittag verlassen, in Begleitung eines Herrn.«

»Aber nicht Marcus? Und darf man da eigentlich einfach so raus?«

»Ed, das ist ja keine Klapse. Es ist eher ...« Thurstow lässt den Satz verenden. Dante sekundiert ihm.

» ... ein Fünf-Sterne-Retreat mit angeschlossener Therapieeinrichtung für überspannte Trophy Wives und Trustafarians.«

»Wenn Sie das so nennen wollen. Martel hat gestern ausgecheckt, so wie es aussieht.«

»Details rücken die nicht raus?«, fragt Dante.

»Nein, ich habe schon das Übliche versucht.«

Da Thurstow Anwalt ist, bedeutet dies vermutlich, dass er der Klinik Mails oder Faxe mit einem viel zu großen Briefkopf sowie der Betreffzeile LETZTMALIGE AUFFORDERUNG !!!! geschickt hat.

»Weiß man was über ihren Begleiter?«

»Wenig. Dieser Marcus war persönlich da. Dem haben sie zumindest gesagt, dass eine Mietlimousine vorgefahren sei und dass der Fahrer asiatisch ausgesehen habe. Und dass er Martels Taschen getragen habe. Die am Empfang hielten ihn für einen Uber-Chauffeur.«

»Vielleicht war er einer.«

»Vielleicht. Aber der Umstand, dass Mrs Martel möglicherweise die Erbin von fünfzehn Milliarden Dollar ist, könnte andere Schlussfolgerungen nahele ...«

»Stopp, stopp, stopp – Royce, Royce, Moment. Fünfzehn? Fünfzehn Milliarden? Was ist denn das für eine irre Zahl.«

»Na, das ist Montecrypto, Ed. Die letzte Schätzung, wie groß Hollisters Schatz ist.«

»Scheint mir ein bisschen überzogen. Nein, eigentlich megaüberzogen.«

»Es ist auf jeden Fall die Zahl, mit der Bud Vukovic hausieren geht.«

Dante kennt Bud, höchstpersönlich sogar. Der Mann ist ein Überbleibsel der Dotcom-Ära, mehr Cheerleader als Finanzanalyst, mit unklaren Geschäftsbeziehungen und noch unklarerer Vermögenssituation. Soweit Dante weiß, lebt der Typ in einem Ein-Zimmer-Apartment auf der Lower East Side und kann sich nicht einmal vernünftige Schuhe leisten. Aber die braucht man im Fernsehen schließlich nicht. Vukovic hat es irgendwie geschafft, zum Darling des Finanz-TVs zu werden. Mit seinen Hosenträgern, den hochgekrempelten Hemdsärmeln und den zurückgekämmten tiefschwarz gefärbten Haaren sieht er genauso aus, wie sich Lieschen Müller einen Wall-Street-Trader vorstellt. Dabei hat »The Vuk« nie auf der Street gearbeitet, sondern nur bei einer drittklassigen Klitsche in Jersey. Seine einzige Qualifikation ist sein großes Maul.

»Und Bud hat das mit den fünfzehn Milliarden auf Bloomberg erzählt?«

»Ja. Und auch auf CNBC, Fox, CNN.«

Dante fragt gar nicht erst, ob Vukovic irgendwelche Belege für die Zahl geliefert hat. Stattdessen erwidert er: »Okay. Danke für die Info. Ich hole ein paar Erkundigungen ein und melde mich wieder bei Ihnen.«

»Danke, Ed. Und noch was.«

»Ja?«

»Greg Hollister ist seit Mitternacht offiziell tot. Sie wissen schon, beschleunigte Feststellung des Todes.«

Dante will bereits auflegen, da fällt ihm noch etwas ein. Er wühlt in der Mappe auf seinem Schoß. Darin befinden sich die Ausdrucke und Notizen der vergangenen Nacht. Er fischt den Zettel heraus, auf dem die Namensänderung von Waters' Stiftung vermerkt ist.

»Royce, eins noch. Sagt Ihnen der Name Roxy Waters etwas?«

»Nicht, dass ich wüsste. Ein Bekannter von Hollister?«

»Es scheint so. Erinnern Sie sich an diese Stiftung, die Greg Hollister damals eröffnen wollte?«

»Die in der Schweiz? Die ist doch inzwischen bekannt. Ed, haben Sie das etwa nicht verfolgt?«

»Herrgott, ich war sogar da«, erwidert er säuerlich. Dabei gibt es keinen Grund, sich aufzuregen. Eigentlich ist es ein gutes Zeichen, dass Thurstow nicht weiß, dass Dante die Fondation Bataille besichtigt hat. Es bedeutet nämlich, dass die Mainstreammedien noch nicht darüber berichtet haben, dass Zdenko und Agnesa die Klappe gehalten haben.

»Ah, entschuldigen Sie bitte mein Gepampe, Royce, harte Woche. Was ich meinte, ist: Sie haben mir damals diesen Notar in Zürich genannt und so weiter. Aber wissen Sie vielleicht noch, wann Hollister wegen der Stiftungsgeschichte erstmalig an Sie herangetreten ist? Über den exakten Zeitpunkt hatten wir nicht gesprochen, glaube ich.«

Dante möchte herausfinden, ob das anwaltliche Gespräch zum Thema Stiftungen zeitlich mit der Umfirmierung des Instituts in Acapulco zusammenhängt.

»Hm. Lassen Sie mich nachschauen. Bei vielen unserer Treffen war kein Thema vermerkt, das war immer mehr so Jour fixe. Aber ich denke, es müsste wohl im Mai gewesen sein, also Anfang Mai letzten Jahres. Moment ... neunter Mai, ja. Ich habe auch ein Kürzel, IF.«

»Ein Kürzel? Wieso haben Sie das beim letzten Mal nicht erwähnt?«

»Weil es nicht im Betreff des Kalendereintrags steht. Aber jetzt sehe ich, dass meine Assistentin offenbar noch etwas in die Notizzeile darunter geschrieben hat. Da steht: ›Einrichtung einer Stiftung namens IF (???)‹. Das IF in Großbuchstaben, mit Fragezeichen versehen. Vielleicht hat sie den Namen nicht richtig verstanden. Ich nehme an, dass es so gemeint ist, dass es um die Zukunft geht. ›What if‹, ›was wäre, wenn?‹ oder so. Würde irgendwie passen, die Zukunft war ja Gregs Ding.«

Dante hört nicht mehr richtig hin. Stattdessen starrt er auf den Zettel vor sich, auf dem der neue Name von Waters' Stiftung steht: Instituto Futuro. IF.

DIGITALWAL

Während sie den Freeway entlangfahren, erzählt Dante Mondego von dem Telefonat mit Thurstow. Als er fertig ist, sagt sie:

»Das Gespräch wegen der Stiftung war vor über anderthalb Jahren. Hollister hat also alles von langer Hand geplant? Ist aber nicht überraschend, wenn man die Videos bedenkt und so.«

»Das meine ich nicht – du musst da lang, nimm die Ausfahrt Kanan Road, dann weiter in Richtung N9. Dass er es geplant hat, ist ja klar. Aber dass er schon vor derart langer Zeit vorhatte, eine Stiftung namens Instituto Futuro zu gründen, mit seinem toten Anarcho-Kumpel als Strohmann, das beweist für mich, dass Hollister das alles viel genauer vorbereitet hat, als ich bisher dachte. Mehrere Stiftungen, diese Klickfarmen – und das beweist noch was.«

»Und zwar?«

»Dass es ihm nicht nur um sein Erbe ging, sein Vermächtnis, den großen Abgang.«

»Sondern?«

Dante schaut aus dem Fenster, sagt nichts. Statt erneut nachzufragen, steckt Mondego ein USB-Kabel in ihr Telefon, scrollt einhändig durch Spotify. Bei so einer Aktion hat Dante sein letztes Auto zerstört.

»Soll ich vielleicht lieber?«, fragt er.

Mondego reicht ihm das Handy, wendet ihre Aufmerksamkeit wieder der Straße zu. Er scrollt durch ihre Playlists und Alben: Breeders, Pixies, Sonic Youth, Ramones. Nicht übel, vorausgesetzt man hat schon gefrühstückt. Hungrig und verkatert kann er den Punk inzwischen manchmal nicht mehr ertragen, geschweige denn genießen. Dafür ist er einfach zu alt. Dante ist versucht, nach seinen Lieblingsbands zu suchen, eigene musikalische Akzente zu setzen, fühlt sich aber an seine Jugend erinnert. Damals nahmen Jungs den Mädchen immer Mixtapes auf – um zu zeigen, dass sie bereit waren, sich die Mühe zu machen, nur für die Herzensdame.

Gleichzeitig wollte der Boy so dokumentieren, dass er über immenses diskografisches Fachwissen verfügte und willens, ja fest entschlossen war, dem Girl beizubiegen, warum Megadeths »Rust In Peace« ein Meisterwerk war, ob sie dies nun interessierte oder nicht. Mixtapes waren immer auch musikalisches Mansplaining, und Dante glaubt, Mondego könnte da empfindlich sein. Deshalb entscheidet er sich für eine redaktionelle Playlist namens »Easy Morning«, wohl wissend, dass er das möglicherweise bereuen wird.

Es ist weniger schlimm als befürchtet. Lana Del Reys Stimme erfüllt das Fahrzeuginnere.

Out on the West Coast
They got a saying
If you're not drinking
Then you're not playing

Dante plagen noch immer arge Kopfschmerzen. Der Vorsatz, heute nichts zu trinken, ist so ehern, wie er das zu früher Stunde immer ist. Am Abend wird er es dann möglicherweise doch wieder mit Lana Del Rey halten.

»Hab ich dir eigentlich von dem Wal erzählt?«, sagt Mondego unvermittelt.

»Von dem ... im Pazifik?«

»Nein, ein Kryptowal.«

»Sagt mir nichts.«

Sie erklärt es ihm. Ein Wal ist eine besonders große Transaktion, bei der sehr viele Bitcoins, Litecoins, was auch immer, den Besitzer wechseln. Dante kennt das von der Wall Street. Dort bezeichnet man derlei große Käufe oder Verkäufe als Blocktrades. An der Börse werden alle Transaktionen in einem für jeden einsehbaren Orderbuch gespeichert. Bei Kryptowährungen landen sie in der Blockchain. Dante weiß, dass sehr große Verkäufe an der Börse meist gestückelt werden. Will jemand eine halbe Million Microsoft verkaufen, tut er dies per Eisbergorder. Dabei werden immer zehn- oder fünfzehntausend Stück angeboten, bis alles verkauft ist. Bei Kryptogeld scheint derlei unüblich zu sein. Man verkauft en bloque, völlig anonym. Spezialisierte Software überwacht die Blockchains der wichtigsten Coins und meldet Wal-Deals automatisch.

»Habe ich in einem Quatermain-Forum gelesen«, sagt Mondego. »So ein Typ aus Japan hat die Turtle-Blockchain komplett auseinandergenommen, alles analysiert. Und dabei hat er drei extrem große Wale gefunden. Jeder in einem Volumen von einer Million Coins.«

»Das ist wie viel von der gesamten Geld ... ich meine Coinmenge?«

»Gut dreißig Prozent.«

»Und wann wurden die überwiesen?«, fragt Dante.

»Februar und März letzten Jahres, glaube ich.«

»Also etwa drei Monate, bevor Hollister sich mit seinem Anwalt wegen der Stiftung getroffen hat. Und kurz vor seinem Treffen mit Price, glaube ich.«

»Welchem Treffen?«

»Dem, wo Hollister ihn gefragt hat, was seiner Ansicht nach die drängendsten zu lösenden Probleme der Krypto-Community sind.«

»Verstehe. Da vorne links?«

»Rechts. Und dann noch am Malibu-Pier vorbei.«

»Natürlich weiß man nicht, wer da wem Geld überwiesen hat«, sagt Mondego, »nur, dass fast sechs Millionen Turtlecoins von einer Wallet in eine andere transferiert wurden. Aber die Theorie im Netz ist jetzt halt, dass das Transaktionen von Hollister waren. Dass er seine Turtles in eine spezielle Montecrypto-Wallet gelegt hat.«

»Wie viel wären die jetzt wert?«

»Bevor die Wal-Story veröffentlicht wurde, etwa anderthalb Milliarden. Danach sind die Turtles noch mal durch die Decke. Jetzt wären es an die drei.«

Sie befinden sich inzwischen auf dem Pacific Coast Highway. Links von ihnen glitzert der Pazifik. Kurz hinter Malibu geht eine schmale Straße ab, führt hinunter zum Wasser. Der Paradise Cove ist eine kleine, von Hügeln gesäumte Bucht. Ein Geheimtipp ist das Paradies nicht mehr. Es gibt einen ziemlich großen Parkplatz und ein Strandcafé. Dante ist ein bisschen verwundert, dass sie noch nie hier war, fragt sie danach.

»Man braucht ein halbes Leben, um in dieser Stadt alles zu sehen«, erwidert Mondego.

Es ist noch etwas frisch und ziemlich windig, weswegen sie sich drinnen an einen Fenstertisch setzen. Dante bestellt Huevos Rancheros, verhandelt mit dem Kellner darüber, ob es möglich ist, eine ganze Kanne Tee zu bekommen. Mondego ordert Pfannkuchen und Obstschale.

Sie gehen noch einmal alles durch, die Videos, Wale, Klickfarmen, Stiftungen und Fake-Konten. Dante erstellt eine Liste aller relevanten Personen, angefangen mit Hollister und Martel über Price, Waters, Yang bis hin zu diversen Leuten, die man vielleicht als Komparsen bezeichnen könnte: die slowakischen Teeniehacker; die Typen vom FBI und von anderen US-Behörden; Reyes, die Klickfarmerin; Hollisters Anwalt und einige mehr. Dante würde gerne sagen, dass sich die Teilchen allmählich zu einem Gesamtbild zusammenfügen. Aber es wirkt für ihn eher, als habe jemand mehrere unterschiedliche Puzzles vermischt und die Teilchen vor ihm ausgekippt.

»Motiv«, murmelt Dante. »Wir brauchen ein Motiv. Sonst wird das alles nichts.«

»Die Welt mit Kryptogeld beschenken?«

»Glaube ich keine Sekunde, Mercy.«

Dante stochert in seinen Refrito-Bohnen herum, fragt sich, warum er dieses Zeug eigentlich bestellt hat. Ein paar anständige Frühstückswürstchen wären ihm lieber.

»Ich frage mich, ob Hollisters Plan funktioniert. Was auch immer er ist«, sagt Mondego.

»Zumindest im Sinne der Aufmerksamkeitsökonomie funktioniert er hervorragend. Der Typ macht inzwischen die ganze Welt verrückt.«

»Mag sein, Ed. Aber Videoaufnahmen und eine Kiste mit Münzen verstecken – das ist einfach. Das mit der Webseite und den Moneta war schon schwieriger. Aber zumindest ließ es sich vorbereiten, niemand bekam was davon mit, bis es passiert war. Doch nun steuert die Sache ja aufs Finale zu, oder?«

»Vermutlich«, sagt Dante.

»Inzwischen sind Tausende Quatermains hinter Montecrypto her. Außerdem Cops, Geheimdienste, Gott weiß, wer noch – Verbrechersyndikate, vielleicht. Alles kommt raus, von den vorbereitenden Wal-Transaktionen bis zu den Klickfarmen. Das kann er unmöglich alles vorausgesehen haben. Hollister, meine ich.«

»Er war doch angeblich ein Genie«, erwidert Dante.

»Meinetwegen war er das, IQ wie Elon Musk, in der Lage, vierdimensionales Schach zu spielen. Aber die Zahl der beweglichen Teile, das schiere Chaos, das Montecrypto verursacht – das kann er nicht alles vorausgesehen haben. Weil sich Chaos eben nicht vorausberechnen lässt.«

»Mit Chaos meinst du das Internet.«

»Ja, aber nicht nur. Die Gesamtheit von ... allem. Klingt irgendwie dämlich.«

Dante findet nicht, dass es dämlich klingt. Außerdem könnte er ihr stundenlang zuhören, zumal, wenn er währenddessen Assam trinken und dem Meeresrauschen lauschen darf.

»Wenn der Typ so schlau war«, wirft Dante ein, »muss er auch das vorausgesehen haben.«

»Was?«

»Die Unplanbarkeit, Unvorhersehbarkeit. Und damit eigentlich auch die Undurchführbarkeit seines Vorhabens.«

»Kommt drauf an, was sein Vorhaben genau ist, Ed.«

»Womit wir wieder bei meinem Punkt wären. Motiv. Intention. Wenn Hollister einfach seriell Schätze vergraben hätte, schön und gut. Aber diese Klickfarmen und Server? Den in Carlsbad hat die Polizei ausgehoben – oder jemand, der sich dafür ausgibt. Und den in Zug – wissen wir nicht.«

Sie holt ihr Handy hervor, schaut etwas nach.

»Mein Mäuschen im Netzwerk von Escondido sagt, dass weiterhin alles läuft.«

»Das Zuger Bot-Handy?«

»Genauer gesagt eine Software, die darauf läuft und via Mobilfunknetz Daten an mich sendet. Wenn die Typen vom FBI oder wem auch immer dort alles runterfahren, würde ich es mitkriegen. Dito, wenn die Bot-Handys einen Gang hochschalten. Doch bisher scheint alles normal weiterzulaufen.

Aber ich verstehe, was du meinst. Wenn Hollisters Plan auf diesen Klickfarmen basierte, funktioniert der letzte Teil vielleicht nicht mehr – weil jemand die Dinger abklemmt oder umprogrammiert. Also falls er nicht noch viel mehr von den Dingern hat und die Systeme redundant sind.«

»Redundant in dem Sinne, dass es Reservecomputer gibt?«

»Ja, sodass wenn ein Teil ausfällt, die anderen übernehmen. Ein dezentrales Netzwerk, das man nicht so einfach lahmlegen kann. Aber ehrlich gesagt glaube ich gar nicht, dass die Klickfarmen was mit Montecrypto zu tun haben, nicht unbedingt.«

»Wieso nicht?«

»Du hast erzählt, dass Hollister mithilfe von Yang und Price diese Lücke schließen wollte, die fehlende Deckung von hundert Millionen Dollar bei Junos Moneta-Coins. Dafür waren doch die Klickfarmen da, um das unauffällig zu tun, oder? Vielleicht sind sie inzwischen wie Zombies, die einfach weiterlaufen, obwohl Hollister tot ist.«

Sie zahlen und lassen sich jeder noch einen To-go-Becher mit ihrem präferierten Heißgetränk geben, bevor sie das Café verlassen und hinunter zum Strand gehen. Der Sand ist feucht, in der Nacht hat es tatsächlich ein bisschen geregnet. Die Feuer rund um

Los Angeles scheint das nicht beeindruckt zu haben. Der Rauchgestank ist immer noch da.

Sie schauen hinaus auf den Pazifik. Da es ein Wochentag ist, haben sie den Paradise Cove fast für sich allein. Außer ihnen ist lediglich eine asiatisch aussehende Familie mit zwei kleinen Kindern da. Letztere tollen zusammen mit einem Cockerspaniel im Sand herum. Eines der Kinder rennt an ihnen vorbei. Sand spritzt durch die Luft, Dante muss sein Gesicht wegdrehen, um nichts abzubekommen. Während er sich das Jackett abklopft, ermahnt der Vater seine kleine Tochter.

»Entschuldigen Sie, Sir. Ich hoffe, Sie haben nicht zu viel abgekriegt«, sagt er. Der Mann ist untersetzt und in Freizeitgarderobe von Ralph Lauren eingekleidet – entsetzliche Chinos mit aufgestickten Poloreitern, Button-down-Hemd, pseudoenglisches Tweedjackett. Dante hätte ihn für einen Touristen gehalten, aber sein Akzent deutet darauf hin, dass er von hier ist.

»Alles okay«, erwidert Dante, »Kinder, Strand, so ist das.«

Der Mann nickt ihn dankbar an, so als sei Verständnis für spielende Kinder etwas, das die meisten nicht aufbrächten.

»Darf ich fragen, sind Sie Engländer?«, sagt er.

Dante bejaht es.

»Ich war ein paar Jahre in London, für einen Autohersteller. Hat mir gut gefallen. Jetzt aber wieder zu Hause.«

»Hier in L. A.?«, fragt Mondego.

»Drüben in Torrance«, erwidert der Mann.

Sie lächelt. »Toyota oder Honda?«

»Gut geraten, Miss. Honda.«

Der Mann deutet auf seine Kinder, die sich gerade anschicken, auf den abgesperrten Hochsitz des Strandwärters zu klettern.

»Einen schönen Tag noch«, ruft er, während er durch den Sand zu den Kindern stapft.

»Ebenso«, sagt Mondego.

Dante sagt nichts. Er starrt dem Mann nach. Mondego mustert ihn.

»Irgendwas nicht okay mit dem Typ?«

»Der Anruf. Die Warnung.«

»Ich kann dir gerade nicht folgen, Ed.«

»In Escondido hat mich wer angerufen, kurz bevor die Cops auftauchten, weißt du noch?«

»Ja. Ich dachte, du wüsstest nicht, wer es war«, erwidert Mondego.

»Ich wusste, dass ich es nicht mehr wusste. Aber ich hatte die Stimme schon mal gehört.«

Fassungslos blickt sie ihn an, schaut dann zu dem Mann hinüber, der seinen Vier- oder Fünfjährigen von dem Ausguck herunterzuholen versucht. Genauso gut könnte er versuchen, einen Makaken von einem Baum zu holen.

»Der? Das ist der Typ, der dich ...«

»Nein, nein. Aber er ist Asiate, Japaner vermutlich, wenn er bei Honda arbeitet. Aber hier aufgewachsen, keinerlei Akzent. Ich habe vor einiger Zeit einen anderen Asian American getroffen, der aber Chinese oder Koreaner war, also herkunftsmäßig, und ...«

»Und der war der Anrufer? Wie heißt er?«

Dante schlägt Mondego vor, zum Parkplatz zurückzugehen. Er muss sich etwas anschauen gehen, jetzt gleich.

»Dieser Kerl hatte mich damals angequatscht, an der Bar des Cosmo, mir irgendwas über Geld erzählt. Ich habe ihn für einen Spinner gehalten. Sein Name war Tang, Tommy Tang.«

»Klingt nach einem ausgedachten Namen.«

»Vermutlich. Ich habe damals geglaubt, er sei Privatdetektiv – ein Kollege, der bei einem Kollegen recherchieren will. Ich hasse solche Pfeifen. Und da er später nie wieder aufgetaucht ist ...«

» ... hast du dich in dieser Einschätzung bestätigt gefühlt.«

Sie steigen in den Wagen.

»Vermutlich. Aber jetzt bin ich sicher, dass er das war, Escondido. Also hat er wohl mehr drauf als gedacht.«

»Oder er hat einfach bessere Ressourcen.«

»Wie meinst du das, Mercy?«

»Triaden. Oder MSS.«

»Ministerium für Staatssicherheit, also chinesischer Geheimdienst?«

»Ist doch denkbar, oder? Denk an Price' Firma. Ich hab dir doch erzählt, dass manche vermuten, sein Bitcoin-Miner liege mit den Chinesen im Bett, wasche Geld oder so was.«

Mondego fährt die schmale Straße zum Pacific Highway hinauf. Oben will sie rechts abbiegen, Richtung Stadt.

Dante schüttelt den Kopf.

»Links.«

Obwohl er nichts weiter sagt, begreift sie sofort, wo er hinwill.

»Hollisters Strandhaus. Ist das eine gute Idee?«

»Ich habe immer noch den Schlüssel.«

»Ja, aber seit dem letzten Mal ist eine Menge passiert. Oder warst du zwischendurch noch mal da?«

»Nein.«

»Nach was suchst du?«

»Nach irgendwas, das ich beim ersten Mal übersehen habe.«

»Keine Ahnung also«, erwidert Mondego.

»Durchschaut, ja.«

Sie sind auf Höhe von Zuma Beach und biegen vom Highway ab. Kurz darauf schlängelt Mondegos Prius sich die Serpentine zum Point Dume hinauf.

ULLAAH

Mondego hält in einiger Entfernung des Strandhauses, sicherlich eine gute Idee. Möglicherweise wimmelt es auch dort von Möchtegern-Quatermains. Dante schaut sie an.

»Was?«

»Wieder die Frage, ob du wirklich mit rein willst.«

Mondego setzt einen Ausdruck gespielten Entsetzens auf.

»Könnte es etwa gefährlich werden? Ist es nur was für harte Jungs?«

»Dann sollten wir besser beide hierbleiben. So meine ich es nicht, Mercy.«

»Wie dann?«

»Es ist vielleicht illegal, Hausfriedensbruch. Erregt eventuell Aufmerksamkeit. Die Cops, irgendwelche anderen Behörden.«

»Beeindruckt mich nicht.«

»Wie du willst.«

Dante ist manchmal ein ziemlicher Heuchler. Seinen mahnenden Worten zum Trotz hat er insgeheim von Anfang an gehofft, dass er da nicht allein hineinmuss. Er holt sein Telefon hervor, legt es ins Handschuhfach.

»Besser, wir lassen die hier.«

»Immer noch Überwachungsparanoia?«

»Nur weil ich klinisch paranoid bin, bedeutet dies nicht, dass sie nicht hinter mir her sind.«

Mondego seufzt, platziert ihr Handy neben seinem. Sie steigen aus. Dante schärft ihr ein, während des Aufenthalts in der Mancave leise zu reden. Er geht davon aus, dass der Laden inzwischen verwanzt wurde, von FBI, CIA, wem auch immer. Sie gehen bis zur

Außenpforte. Glücklicherweise gibt es keinen Menschenauflauf wie vor der Villa in Bel Air. Niemand hat Blumensträuße niedergelegt oder Bilder des heiligen Holly an die Pforte gepinnt. Nur an der Mauer steht mit pinker Sprühfarbe geschrieben: »Wo ist das Geld, Hollister?«

Dante kramt die Schlüssel hervor. Während sich das Tor leicht öffnen lässt, geht die Haustür etwas schwer. Das lässt ihn vermuten, jemand könnte sich bereits am Schloss zu schaffen gemacht haben. Sie gehen zunächst ins Wohnzimmer. Dante tritt an den alten Plattenspieler heran. Er schaltet den Verstärker ein, legt die Nadel auf die LP auf dem Teller. Eine Männerstimme erfüllt den Raum.

»In den letzten Jahren des neunzehnten Jahrhunderts hätte niemand geglaubt, dass die Menschheit aus den zeitlosen Weiten des Weltraums beobachtet wurde ...«

Dante inspiziert den Diaprojektor. Einige der Rahmen wurden aus der Kassette genommen, liegen auf dem Wohnzimmertisch verstreut.

»Wir wurden genau beobachtet«, sagt die sonore Männerstimme, »so, wie jemand mit einem Mikroskop Geschöpfe inspiziert.«

Dante dreht den Verstärker weiter auf, bis die Stimme unangenehm laut klingt.

»Was zur Hölle ist das?«, schreit Mondego.

»Krieg der Welten. Die Musical-Version von Jeff Wayne.«

E-Gitarre und bombastische Keyboards setzen ein, die späten Siebziger erfüllen den Raum. Mondego zuckt zusammen.

Dante geht zu den Münzvitrinen. Mondego folgt ihm. Ihre Hand tastet nach ihrem Handy, greift ins Leere. Ihr Gesicht verzieht sich – Phantomschmerz oder Verärgerung? Vermutlich Letzteres, Hollisters Cryptocave wäre bestimmt eine gute Story. Und nun kann Mondego keine Fotos oder Videos schießen.

Dante betrachtet Hollisters numismatische Sammlung. Nun, da er die Geldobsession des Verstorbenen besser versteht, sieht er sie mit anderen Augen. In gewisser Weise lässt sich mithilfe der Vitrine die Genese des Geldes nachvollziehen. Erst gab es Münzen aus Wertmetall, Drachmen und Sesterzen, die einen inhärenten Wert besaßen. Darauf folgte Geld aus wertlosem Metall oder Papier, Pfund, Dollar oder Mark, jedoch durch Gold gedeckt. Später hob man den Goldstandard auf. Nur der Glaube, das Geld besitze einen Wert, verlieh ihm diesen nun. Fiat lucre. Et facta est lucre.

Mondego tritt ganz nahe an ihn heran, damit er sie trotz des Wayne'schen Bombast-Rocks hören kann.

»Was soll das alles, Ed?«

»Hollisters Obsession. Ich glaube inzwischen, der Wichtigste ist der hier.«

Dante zeigt nicht auf die Münze, auf der »Republic of Minerva« steht, für den Fall, dass sie nicht nur belauscht, sondern auch beobachtet werden. Sie versteht trotzdem, welche er meint.

Dante hat inzwischen eine Ahnung. Sie ist derart vage, dass er sie noch nicht aussprechen möchte, nicht einmal Mondego gegenüber. Er befürchtet, sich lächerlich zu machen.

Vielleicht ist das aber gar nicht der Grund. Vielleicht befürchtet Dante, dass es wahr wird, wenn er es ausspricht.

Er bittet Mondego, ihm hinaus auf die Terrasse zu folgen. Während schmetternde Trompeten die Ankunft der marsianischen Invasoren verkünden, stehen sie draußen an der Balustrade. Von der Terrasse kann man über die Dünen auf den Pazifik hinabschauen

»Was hat es mit dieser Münze auf sich?«, fragt sie.

»Minerva, römische Göttin des Handels. Hollister hatte es mit diesen alten Göttern. Deshalb auch Juno. Womit er es ebenfalls hatte, war die Idee, eine vom Staat unabhängige Währung zu schaffen. Eine Kryptowährung, die ihren Wert behält, obwohl kein Staat und keine Zentralbank dahintersteht.«

Mondego schüttelt den Kopf.

»Das war einmal. Das war der alte Hollister. Moneta ...«

»Ist mit Dollars gedeckt, ich weiß. Aber neulich ist mir diese Münze in der Vitrine dort wieder eingefallen.«

»Was soll das eigentlich sein, die Republik der Minerva?«

»In den frühen Siebzigern«, erwidert Dante, »hat ein US-Millionär namens Michael Oliver versucht, seine erzlibertären Ideen in die Tat umzusetzen. Er wollte einen eigenen Staat gründen, eine anarchokapitalistische Republik.«

»In der Südsee? Auf der Münze steht Südsee.«

»Genau. Oliver und ein paar seiner steinreichen Kumpels hatten sich zwei Atolle südlich von Fiji und Tonga ausgeguckt. Beides kaum mehr als Untiefen, sie lagen unterhalb des Meeresspiegels. Kein Land hatte zuvor Anspruch darauf erhoben. Also ließ Oliver einen Stahlturm auf einem der Atolle errichten, pflanzte eine Flagge drauf. Im Januar 1972 rief Minerva seine Unabhängigkeit aus. Um diesen Tag zu feiern, wurden die Münzen geprägt.«

»Eine Unterwasser-Republik? Klingt ziemlich bescheuert.«

»Dieser Oliver war ziemlich bescheuert. Aber es ging ja nicht darum, dort zu wohnen, zumindest erst mal nicht, sondern um Exterritorialität, Unabhängigkeit vom Staat. Eigene Flagge plus eigene Währung gleich Legitimation.«

»Hat aber nicht geklappt, oder?«

»Nein. Niemand hat Minerva anerkannt. Heute gehören die Atolle zu Tonga.«

Dante schaut hinaus aufs Meer.

»Die Münze in der Vitrine ist recht selten. Es dürfte nicht mehr viele davon geben, ein echtes Sammlerstück. Als ich das von Waters und seiner Techno-Anarcho-Kommune in Acapulco de Juárez hörte, fiel mir die Minerva-Geschichte wieder ein. Ich hatte kurz dazu recherchiert, die Sache dann aber beiseitegelegt. Sie erschien mir nicht relevant. Inzwischen aber weiß ich, dass Hollisters Kumpel Waters ja etwas Ähnliches versucht hat wie dieser Oliver, nur ein halbes Jahrhundert später.«

»Und du glaubst, Hollister war da stärker involviert als bisher angenommen? Dass auch er so eine Republik gründen wollte?«

»Vielleicht. Vielleicht wollte er die Währung aber auch ganz ohne Staat«, sagt Dante.

»Es gibt seit zehn Jahren digitale Währungen. Manche haben prophezeit, die würden die Nationalstaaten überflüssig machen. Sieht aber bisher nicht danach aus.«

Dante nickt.

»Lass uns wieder reingehen, Mercy. Ich will mir noch was anschauen.«

Als sie das Wohnzimmer betreten, schallt ihnen das metallische Kriegsgebrüll der Wayne'schen Marsmenschen entgegen: »Ullaah! Ullaah!«

Dantes Ohren klingeln. Gerne würde er den Mist ausmachen. Dann aber könnten jene Typen, die Hollisters Cryptocave mutmaßlich abhören, sein und Mondegos Geflüster vernehmen. Oder ist die Technik inzwischen bereits derart fortgeschritten, dass der Computer ihre Stimmen ohnehin aus dem Klangbrei herausfiltert? Dante dreht die Anlage noch weiter auf. Mondego verzieht das Gesicht, flieht in den Flur.

Sie steigen die Treppe ins Obergeschoss hinauf. Dante zeigt Mondego die Stelle, wo er den Laptop gefunden hat, sowie jene, wo der Zettel mit dem Passwort versteckt war.

»Ordentliches Versteck«, sagt sie, »trotzdem fast ein Anfängerfehler.«

»Zum Glück macht jeder Fehler. Sonst käme ich ja nie voran.«

Mondego verschränkt die Arme, mustert ihn.

»Und was, wenn nicht, Ed?«

»Wenn nicht was?«

»Hollister muss gewusst haben, dass jemand die Bude filzen wird.«

Sie flüstern einander ins Ohr. Obwohl die Boxen sich im Erdgeschoss befinden, ist Jeff Wayne im gesamten Haus zu hören, und Dante muss sich konzentrieren, um alles mitzubekommen.

»Vermutlich«, erwidert er. »Die Passphrase für die Server in der Schweiz, die war auch echt gut versteckt, in den Dias«, erwidert Dante. Seine Stimme hat einen etwas selbstgefälligen Ton, als er dies sagt. Er findet allerdings, dass er nicht ganz zu Unrecht stolz darauf ist, diesen gut verborgenen Code gefunden zu haben.

»Dieser Dia-Code – vielleicht«, flüstert Mondego, »der vom Laptop – nein. Wie gesagt, er wusste, irgendwann kommt jemand her. Und dieser Jemand findet den Laptop. Wobei ›findet‹ das falsche Wort ist. Das Ding lag da ja wie auf dem Präsentierteller.«

»Worauf willst du hinaus?«

»Der Laptop wollte, sollte gefunden werden. Die Frage ist, ob das auch für das dazugehörige Passwort gilt.«

Dante nickt abwesend, schaut sich ein Bild an der Wand im Obergeschoss an. Es handelt sich um einen Siebdruck, der zwei gegeneinander verschobene Dollarzeichen zeigt, in Orange und Gold, vor einem türkisfarbenen Hintergrund. Der Stil erinnert ihn an Andy Warhol. Dante tritt etwas näher heran. Ist der Druck möglicherweise echt?

»Ed?«

»Was?«

»Du solltest den Tatsachen ins Auge sehen.«

Er wendet sich von dem Bild ab, von dessen Echtheit er inzwischen beinahe überzeugt ist. Er möchte gar nicht wissen, was Hollister auf dem Klo hängen hat.

»Welcher Tatsache, Mercy?«

»Der Tatsache, dass du benutzt wurdest.«

»Wie meinst du das?«

»Wir vermuten doch, dass dieses Skript auf dem inzwischen verschwundenen Hollister-Laptop alles losgetreten hat – irgendein Server wurde durch die Pings instruiert, die vorgefertigten Videos ins Netz zu stellen, die Website freizuschalten, wo man die Moneta bekommen konnte.«

»Und ich habe diese ganze Maschine angeworfen? Ich war der nützliche Idiot?«

»Die Möglichkeit besteht«, flüstert sie. Dante tritt einen Schritt zurück, damit er ihre Augen sehen kann. Sie sagen nicht, dass die Möglichkeit bestehe, dass er in eine Falle getappt ist. Sie sagen, dass die Wahrscheinlichkeit dafür bei hundert Prozent liegt.

Vielleicht hat Mondego recht. Aber ändert das irgendetwas?

Hätte Dante die Sache nicht in Gang gesetzt, wäre diese Aufgabe jemand anders zugefallen: Martel, dem LAPD, der Putzfrau. Wichtiger ist, dass sie sich inzwischen fast sicher sein können, dass es neben der mit maximaler Öffentlichkeitswirksamkeit lancierten Montecrypto-Geschichte ein weiteres, verborgenes Element gibt, das mit den Klickfarmen zu tun hat, mit Junos millionenschwerem Finanzloch.

Dante will bereits nach unten gehen, aber Mondego zeigt auf eine weitere Tür. Sie steht halb offen. Es handelt sich um Hollisters Zinnfiguren-Spielraum.

»Was ist dadrin?«, fragt sie.

»Sein Spielzimmer.«

Sie hebt eine Augenbraue, drückt langsam die Tür auf. Vermutlich erwartet sie eine Sadomaso-Spielweise – Sling, Andreaskreuz, Ketten, was auch immer.

Sie schnaubt. »Was, bitte schön ...«

»Warhammer.«

»Dieses Spiel mit den kleinen Männchen?«

»Die korrekte Bezeichnung lautet Zinnfiguren, Mercy.«

Mondego steht vor der großen Platte in der Mitte des Zimmers. Sie erinnert an ein Modelleisenbahn-Diorama, minus Gleise. Es gibt Gras, Hügel, einen Fluss. Auf beiden Seiten sind Armeen aufgestellt, links Trolle und Orks, rechts Elfen und Engel.

Hinter der Schlacht-Platte steht ein Arbeitstisch mit Modellbauausrüstung – Farben, Pinsel, Pinzetten – sowie mehrere Regale. Letztere sind mit Büchern und Spielen vollgestopft.

Dante schaut Mondego ungeduldig zu.

»Da ist nichts. Oder glaubst du, die Art und Weise, wie die Kobolde und Zwerge aufgestellt sind, offenbart ein geheimes Muster?«

Sie schüttelt den Kopf, kniet vor den Regalen nieder, zieht einen großen Karton hervor. Sie schaut hinein, wirft ihm einen fragenden Blick zu. Dante tritt näher. Die Kiste enthält Mauern, Brücken, Wachtürme – alles en miniature und in liebevoller Handarbeit bemalt.

»Terrainteile«, murmelt er. »Ich glaube, die kannst du verwenden, um das Diorama umzubauen, also die Platte.«

»Immer Fantasy?«

Er kniet sich neben sie, damit sie leiser sprechen können.

»Was meinst du, Mercy?«

»Dieses Spiel mit den Männchen. Ist das immer Fantasy, Herr der Ringe, Game of Thrones, so was?«

»Ich bin da kein Experte. Vermutlich kannst du auch Weltraumkämpfe nachspielen oder die Schlacht von Gettysburg. Aber warum …«

Mondego hat die Terrainelemente achtlos auf den Boden geworfen. Sie holt etwas hervor, das sich offenbar darunter befand. Es handelt sich um ein Gebäude, eine Art Kastell oder Schloss.

»Passt nicht, oder?«

Dante versteht den Einwand zunächst nicht. Dass sich ein Schlösschen unter den Modellen befindet, erscheint nicht ungewöhnlich. Dann versteht er, worauf sie hinauswill. Es handelt sich nicht um ein mittelalterliches Gemäuer, sondern um ein modernes Gebäude. Zwar besitzt es Mauern und einen Turm, sieht ansonsten aber aus, als stamme es aus dem zwanzigsten Jahrhundert.

Dante fühlt sich an kalifornische Retrobauten erinnert, an falsche Zugbrücken und Pseudozinnen oder vielleicht an die Burg in einem Medieval-Times-Vergnügungspark. Mondego steht auf, schaut sich das Kastell aus der Nähe an. Sie späht durch seine winzigen Fenster.

»Was machst du?«, flüstert Dante.

Anstatt ihm zu antworten, platziert sie das Modell auf dem Arbeitstisch. Es besteht aus einem großen Gebäude, einem vierstöckigen Haus, mit einem Turm an einer der Ecken. Es besitzt zinnenbewehrte Balkone auf allen Etagen. Das Burgtor ist überhaupt keines. Es besteht aus Glas und hat eine Drehtür. Auf der kleinen Platte, auf die das Modell geklebt wurde, erkennt Dante zudem Parkplätze und einen Pool.

Mondego hat derweil das Dach abgenommen. Sie schauen in

das oberste Stockwerk hinein. Wie bei einem Puppenhaus sind die einzelnen Räume bemalt und mit allerlei Details ausgestattet. Es gibt winzige Stühle, Sofas, Tische. Das, was man erkennen kann, sieht nach Sechzigerjahren aus. Dante ist sich relativ sicher, dass es sich um ein Hotel handelt. In der obersten Etage befinden sich insgesamt zehn Suiten, alle mit identischen Grundrissen und einem Gang in der Mitte.

Mondego atmet hörbar aus. »Okay, der Typ war also Modellbaufreak. Aber das hier ...«

Sie hebt das Modell hoch, klopft gegen die Bodenplatte, so als suche sie nach einem verborgenen Hohlraum.

Und dann kapiert Dante es. Bevor er jedoch etwas sagen kann, bricht das aus dem Erdgeschoss heraufschallende Ullaaa-Geträller der Marsianer abrupt ab.

»Dach drauf!«, zischt er Mondego an. Sie schaut etwas befremdet, tut aber, was er sagt. Dante schnappt sich das Modell, bewegt sich zur Tür. Kurz darauf steht er nahe dem Kopfende der Treppe, an die Wand gepresst, damit man ihn von unten nicht sehen kann. Wenn da jemand sein sollte, hat er möglicherweise eine Waffe im Anschlag. Dante ist lediglich mit einem staubigen Modellhäuschen bewaffnet. Von irgendwo meint er Sam Spade lachen zu hören.

Dante überlegt noch, was sein Plan sein könnte, da ruft Mondego auf einmal:

»Wer ist da? Sie befinden sich auf Privatbesitz. Ich habe bereits die Polizei verständigt.«

Dante wäre es lieber, sie hielte ihre hübsche Schnute. Doch Mondego hat nicht nur eine große Klappe, sondern augenscheinlich auch eine Menge Mumm. Schon ist sie an ihm vorbei, rennt die Treppe hinab. Dante sieht etwas in ihrer rechten Hand. Es glänzt metallisch. Eine Schusswaffe? Dante flucht, beeilt sich, Mondego zu folgen.

Er hört, wie jemand die Terrassentür aufstößt. Als er den Treppenabsatz erreicht, bietet sich ihm folgendes Bild: Ein schwarz gekleideter Kerl steht auf der Terrasse. Einen Fuß hat er bereits über das Geländer geschwungen. Mondego befindet sich im Wohnzimmer, vielleicht drei Meter von dem Einbrecher entfernt, und hat auf ihn angelegt. Dante kann nun erkennen, dass sie keine Schusswaffe in der Hand hält, sondern eine silberne Sprühdose mit der Aufschrift »Pepper Gun«.

Er rennt in den Raum hinein, ruft ihr etwas zu, doch es ist bereits zu spät. Mondego hat den Sprühknopf gedrückt, rötlich-braunes Aerosol schießt aus dem Ventil. Es hüllt den Mann ein. Gellend schreit er auf, bevor er über das Geländer nach hinten kippt.

Was Mondego in der Aufregung nicht bedacht hat, ist, dass es heute ziemlich windig ist. Ein gehöriger Teil des Pfeffersprays kommt folglich zu ihr zurück. Dante kriegt auch etwas davon ab, allerdings nur eine homöopathische Dosis. Mondego hingegen erwischt es voll.

Er hält die Luft an, greift nach ihrer Hand. Der Einbrecher scheint zwar fort zu sein, aber vielleicht kommt er mit Verstärkung zurück, und das will Dante lieber nicht abwarten. Sie rennen den Flur entlang, raus aus dem Haus, die Straße hoch. Mondego heult wie ein verwundetes Tier, stolpert blindlings neben Dante her. Ihm läuft ebenfalls Rotz aus der Nase, aber er sieht zumindest noch einigermaßen.

Sie erreichen den Wagen. Dante bugsiert Mondego auf den Beifahrersitz. Wenige Sekunden später gibt er Gas, das Modellschlösschen auf dem Schoß.

»Scheiße, scheiße, fuck, fuck, fuck. Scheiße, tut das weh!«

»Was hast du dir dabei gedacht?«, ruft er.

»Ich wollte ihn erwischen.«

»Erst wolltest du ihn verschrecken, das hatte doch funktioniert. Warum …?«

Sie sind inzwischen auf dem Pacific Highway. Mondego heult und flucht. Dante sieht selbst nur so mittelgut, ist aber halbwegs sicher, dass ihnen niemand folgt. Rechter Hand erstreckt sich der Strand. An einem Parkplatz fährt er raus, hält neben dem Strandkiosk. Rasch kauft er ein paar Flaschen Wasser, außerdem Milch. Er hat einmal irgendwo gelesen, die sei gut gegen Pfefferspray in den Augen.

Etwas später befinden sie sich im Picknick-Areal am Rande des Parkplatzes. Mondego liegt auf einer der Bänke und lässt sich von Dante wechselweise California Sunshine Milk und Polish Spring Water übers Gesicht träufeln. Nach einiger Zeit setzt sie sich halb auf, lehnt sich an ihn.

»Was für 'ne Scheiße.«

»Wird's langsam besser?«

»Sehr langsam. Fuck. Wer war der Typ?«

»Keine Ahnung. Nicht LAPD oder FBI, so viel ist sicher.«

»Und was war jetzt mit dem Modell? Hast du es mitgenommen? Ist was ... Scheiße ... was drin versteckt?«

»Nein, sieht nicht so aus. Aber ich habe sowieso eine andere Theorie.«

Sie erheben sich. Dante geleitet Mondego zum Wagen. Kurz darauf sind sie wieder in Bewegung.

»Ich müsste jetzt zu Hennessey & Ingalls«, sagt er.

»Was soll das sein?«

»Eine Kunstbuchhandlung im Art District.«

»Echt jetzt? Ich würde eigentlich lieber nach Hause«, erwidert sie schniefend.

»Ich fahre dich heim. Geh duschen. Schmeiß die Klamotten weg.«

»Das ist eins meiner Lieblingsshirts.«

»War. Das Zeug geht nie wieder raus. Habe ich zumindest gehört. Ruh dich aus. Und dann pack ein paar Sachen zusammen.«

Sie schaut ihn fragend an. Ihre Augen sehen aus wie die eines Laborkaninchens.

»Kann sein, dass wir verreisen müssen. Also, ich zumindest. Aber wenn sich meine Theorie bestätigt, willst du bestimmt mit.«

»Wohin?«

»Das weiß ich noch nicht.«

Er liefert Mondego zu Hause ab, wechselt in seinen Wagen. Das Modell nimmt er mit und macht sich auf den Weg zu Hennessey & Ingalls. Er hat dort schon des Öfteren eingekauft. Keiner, der je in Dantes schäbigem Domizil war, würde es glauben, aber er hat eine Schwäche für Architektur. Vielleicht ist das einer der Gründe, dass er es schon so lange in Los Angeles aushält. Dante schaut sich gerne Fotos alter Häuser und Interieurs an, Bilder von Bibliotheken, Bars, Bürokomplexen, was auch immer. Bei Hennessey gibt es meterweise Bücher zu diesem Sujet – »Toskanische Landhäuser«, »Kalifornische Condos«, »Serbischer Brutalismus«, die volle Bandbreite.

Eine Dreiviertelstunde später betritt Dante die Buchhandlung, die in einem modernen Gebäude gegenüber der Bahngleise liegt. Zunächst spricht er mit einem der Buchhändler, erklärt diesem, dass er nach Hotels im Retrostil suche. Er hält dem Mann eine große Wal-Mart-Tüte hin, in der er das Modell verstaut hat. Der Buchhändler kennt ihn, was natürlich von Vorteil ist. Er weiß, dass Dante keiner dieser Art-District-Penner ist, die stundenlang im Laden herumhängen, die komplette »New Erotic Photography« durchblättern und dann doch nichts kaufen. Deshalb sucht er Dante ein Dutzend passende Fotobände heraus, bringt ihm sogar ein Glas Wasser.

Dante setzt sich in eine Ecke des Ladens und beginnt zu blättern. Erstaunlich, was Menschen sich bauen lassen, wenn sie zu viel Geld haben: Pseudopaläste, römische Patriziervillen, süddeutsche Fachwerkhäuser. Auch viele absurde Hotels sind dabei, die meisten natürlich in L. A. und Vegas.

Zwei Stunden und acht Bildbände später ist Dante ermattet, aber nicht erleuchtet. Gerade will er dem Buchhändler die bereits durchgeackerten Bücher zurückbringen, als ihm dieser aufgeregt zuwinkt. Dante geht zum Tresen.

»Ich brauche nicht mehr lange«, sagt er.

»Lassen Sie sich Zeit, gar kein Problem. Ich wollte Sie lediglich darauf hinweisen«, der Buchhändler zeigt auf einen fast siebzigjährigen Japaner in blauem Denim-Anzug, »dass Mister Horimoto hier ist.«

Es klingt wie »Mister DiCaprio ist hier«. Der Tonfall des Verkäufers legt nahe, dass Dante diesen Horimoto kennt. Aber er hat noch nie von ihm gehört. Dante lächelt verlegen.

»Ich stehe wohl gerade auf dem Schlauch. Mister Horimoto ...«

»Ikki Horimoto, ein bekannter Architekturexperte. Er schreibt für GA, AD, hat mehrere Fotobände bei Taschen veröffentlicht. Der Band über Motels im amerikanischen Südwesten der Siebziger, den ich Ihnen gegeben hatte, der ist auch von ihm.«

»Oh, wirklich?«

»Ja. Er weiß bestimmt, wo sich das Gebäude befindet, wenn es denn je gebaut wurde. Soll ich ihn fragen?«

»Ich wäre Ihnen sehr verbunden.«

Der Buchhändler geht zu Horimoto, der gerade die Neuerscheinungen begutachtet, begrüßt ihn. Er zeigt auf Dante, sagt etwas. Horimoto nickt. Der Buchhändler winkt ihm zu.

Dante geht zu den beiden, stellt sich vor. Dabei ist er darauf gefasst, dass sein Gegenüber ihn erkennt, ihn First Quatermain nennt oder ihn um Schatzsuche-Tipps angeht. Horimoto jedoch mustert ihn mit bestenfalls mildem Interesse. Vielleicht ist der Japaner einer jener glücklichen Menschen, die nie ins Internet gehen.

»Sie wollen ein Gebäude identifizieren?«, fragt der Architekturexperte. Sein Englisch ist stark akzentuiert, aber ansonsten fehlerfrei.

Dante nickt, macht die Tüte auf. Horimoto zieht eine Designerbrille hervor, setzt sie auf.

»Ein Modell? Aber gebaut worden ist das schon?«

»Ich gehe stark davon aus, Sir. So würde heute ja niemand mehr bauen.«

Horimoto zieht die Mundwinkel leicht nach unten, so als sei Dantes Einlassung wenig kenntnisreich.

»Darf ich?«, fragt er und deutet auf die Tüte.

Dante nickt. Horimoto holt das Modell heraus, dreht es hin und her.

»Dieser Stil ... Charles Hellweg.«

Horimoto gibt ihm das Modell zurück. Dante lässt es wieder in der Tüte verschwinden.

»Sie glauben, der Architekt, der das gebaut hat, heißt Charles Hellweg?«

Wieder zucken Horimotos Mundwinkel.

»Mein Herr, ich bin mir sicher.«

»Natürlich. Ich danke Ihnen ganz herzlich, Mister Horimoto.«

»Ich bitte Sie. Außerordentlich gerne.«

Die Audienz scheint beendet, Horimoto wendet sich wieder dem Büchertisch zu. Der Verkäufer zieht Dante beiseite.

»Ich meine, es gibt nur einen Band über das Werk dieses Architekten. Ziemlich dick. Moment, ich schaue nach.«

Kurz darauf kommt der Buchhändler mit einem Folianten von absurdem Ausmaß zurück. Es ist so groß wie ein Grabstein und scheint auch in etwa so viel zu wiegen. Der Mann wuchtet das Ungetüm auf den Tresen.

»Von einem kleinen italienischen Verlag, Auflage fünfhundert Stück. Wir haben nur ein Exemplar.«

Sein Tonfall verrät Dante, dass die Buchhandlung dieses eine Exemplar bereits ziemlich lange besitzt. Sehr zur Freude des Buchhändlers kauft er es, trotz des astronomischen Preises von fünfhundert Dollar. Allerdings bringt er es nicht mehr über sich, das Buch hier und jetzt durchzublättern. Er wird das zu Hause erledigen, bei einer schönen Tasse Tee oder vielleicht besser bei einem gepflegten Nachmittagscocktail. Vielleicht spült der das Pfefferspraykratzen in seiner Kehle endgültig fort.

NUMMER DREI

Dante sitzt schon wieder am Flughafen, trinkt schon wieder miesen Tee und wartet auf Mercy Mondego. Das Ziel der Reise hat Dante ihr ebenso wenig verraten wie seine Beweggründe. Mondego hat ihn deswegen einen Verschwörungstheoretiker geschimpft, aber trotzdem versprochen, rechtzeitig da zu sein, um acht Uhr vor dem Starbucks in der Abflughalle.

Nun ist es bereits zehn nach acht. Dante betrachtet die Tickets vor sich. Zwei Flüge nach Mexiko-Stadt, zwei nach Toronto, jeweils für Mondego und ihn. Dante hofft, dass die Doppeldestination etwaigen Beobachtern zu kauen gibt.

Dann sieht er sie. Mondego kommt die Rolltreppe hoch, eine große Tasche über der Schulter. Sie muss gerannt sein, ihr Atem geht schwer. Rasch erhebt er sich, winkt ihr zu. Sie kommt herbei, lässt sich auf den Stuhl gegenüber fallen.

»Puh. Sorry. Stau.«

Dante mustert Mondego. Ihre Augen sind immer noch gerötet.

»Müde?«

»Wenn es sich anfühlt, als würde dir jemand mit dem Sparschäler über die Augäpfel gehen, schläft es sich schlecht. Selbst?«

Dante macht eine So-lala-Handbewegung. Die Wahrheit ist, dass er bis halb eins damit beschäftigt war, alles vorzubereiten. Währenddessen musste er zwei Americano sowie einen Horse's Head trinken – als Nerventonikum. Folglich quält ihn ein mittelschwerer Kopfschmerz.

Mondegos Blick fällt auf die Tickets. Sie sieht die Airport-Codes, LAX-MEX, LAX-YYZ, schaut ihn fragend an.

»Toronto?«

»Ja. Fliegen wir aber nicht hin.«

»Verstehe. Haben wir noch Zeit für einen Kaffee? Und vielleicht für eine Erklärung dazu?«

Dante fragt sie nach ihrem genauen Getränkewunsch. Er steht auf, um zu ordern, zeigt im Weggehen auf einen großen Umschlag unter den Flugtickets. Als er einige Minuten später mit einem Iced Hazelnut Cappuccino zurückkehrt, blättert Mondego durch die Fotos, die in dem Umschlag waren. Die meisten hat Dante gestern Abend aus dem Hellweg-Bildband herausgetrennt – schweren Herzens, aber das monströse Buch wäre nicht als Bordgepäck durchgegangen. Dazu kommen einige Computerausdrucke. Alle zeigen jenes Gebäude, das sie bereits als Modell kennen. Dante setzt sich, zeigt auf eines der Fotos.

»Nur Architekturexperten kennen das Gebäude – entworfen von Charles Hellweg, ein obskurer kalifornischer Architekt aus den Sechzigern. Er hat einige sehr abgefahrene Sachen gebaut – unter anderem ein Haus in den Hollywood Hills, das aussah wie eine normannische Burg.«

»Habe ich noch nie gesehen.«

»Längst abgerissen. Aber solche Retrosachen, die waren Hellwegs Spezialität. Das auf dem Bild ist ein Hotel namens Castillo del Mar. Wie du siehst, schaut es aus wie das Modell.«

»Und das ist in Mexiko?«, fragt sie.

»Gute halbe Stunde von Acapulco de Juárez. Es wurde 1964 eröffnet, ein Luxushotel in einer abgelegenen Bucht. In den Fünfzigern und Sechzigern war Acapulco die absolute In-Location. Frank Sinatra, Errol Flynn, Brigitte Bardot, die Kennedys, alle feierten dort. Weil die Stadt zunehmend übervoll wurde, baute ein Investor das Castillo, als exklusiven Rückzugsort der Reichen und Schönen.

In den Siebzigern ging Acapulco den Bach runter und das Castillo mit. Weil es ziemlich abgelegen ist, wollten nicht einmal mehr Pauschaltouristen hin. Anfang der Achtziger sollen mexikanische Drogenbosse das verfallene Hotel eine Zeit lang als Hauptquartier genutzt haben. Dann wurde es geschlossen. In den Nullerjahren kaufte ein Immobilienentwickler die Anlage und wollte sie instand setzen. Aber die Finanzkrise sorgte dafür, dass er pleiteging.«

»Das alles hast du gestern Nacht rausgefunden?«

»Sobald ich den Namen hatte, war das nicht schwer. Das Castillo del Mar ist wohl das, was man als Lost Place bezeichnet, ein gottverlassener Ort, der allmählich verfällt. Es gibt Leute, die sich für so etwas begeistern. Es gibt Websites dazu.«

Dante schaut auf die Uhr.

»Wir sollten los.«

»Nach Acapulco?«

»Erst Mexiko-Stadt. Von dort nehmen wir einen Charterflug. Hat den Vorteil, dass unser Endziel niemandem bekannt ist.«

»Es sei denn, jemand hat gestern Nacht deine Recherche überwacht. War es klug, das alles übers Internet zu machen?«, fragt Mondego.

»Ich hab's nicht zu Hause gemacht. Sondern von einem Rechner in einer Kinko's-Filiale.«

»Ah. Totale Paranoia inzwischen? Ist das auch der Grund, warum ich saubere Handys mitbringen sollte?«

Mondego greift in ihren Rucksack und holt zwei nagelneu aussehende Telefone sowie zwei Tabletcomputer nebst Tastaturen hervor.

»Wirklich sauber?«, fragt er.

»Inklusive neuer SIM-Karten. Ich habe außerdem ein VPN installiert – Software, die unsere Zugriffe anonymisiert. Aber warum genau glaubst du, dass es sich lohnt, da hinzufliegen? Meinst du, da stehen ebenfalls irgendwelche Server?«

»Die Spur von der Klickfarm in Escondido führt zu einer Stiftung in Acapulco, dem Instituto Futuro. Es hieß früher anders, wurde von diesem Anarcho namens Waters ...«

»Weiß ich doch alles, Ed.«

»Nicht alles. Du hast dir die Bilder nicht richtig angeschaut.«

Er blättert durch die Fotos, sucht zwei heraus. Das eine zeigt das

Castillo del Mar in seiner ganzen ehemaligen Pracht. Das andere muss einige Jahrzehnte später aufgenommen worden sein. Man sieht einen großen Raum, vielleicht den Speisesaal. Überall liegt von der Decke herabgestürzter Putz. Die Panoramascheiben sind grünlich verfärbt und halb erblindet.

»Die habe ich gesehen, Ed. Aber …«

Dante holt nun einen Ausdruck des Artikels aus der »Wired« hervor, in dem es um Waters' kurzlebige Golden Republic geht.

»Und schau hier. Das Aufmacherbild.«

Es handelt sich um ein Porträt. Breitbeinig sitzt Waters auf einem verkehrt herum stehenden Stuhl, die Arme über der Rückenlehne verschränkt. Im Hintergrund erstreckt sich etwas, das wie eine Hotellobby aussieht.

»Moment. Du glaubst, das wurde im Castillo aufgenommen?«

»Schau dir den Stuhl da an. Und jetzt die hier, im Speisesaal. Designerstühle, vermutlich extra fürs Hotel entworfen. Beide sind identisch. Das ist kein Zufall. Zumal irgendwo in der Geschichte erwähnt wird … Moment, hier ist es.«

»Das Hauptquartier«, liest Mondego leise, »von dem aus Waters seine quixotische Queste plant, befindet sich in einer opulenten, aber halb verfallenen Residenz außerhalb Mexiko-Stadts. ›Wired‹ musste zusichern, den genauen Ort in diesem Artikel nicht zu nennen, da es ›mit der Sicherheit in Acapulco und Umgebung nicht so gut bestellt‹ sei. Waters zufolge ›gibt es eine Menge Leute, die der Goldenen Republik schaden, die unser Utopia scheitern sehen wollen‹.«

Mondego schüttelt den Kopf.

»Was für ein aufgeblasener Idiot.«

»Ja, wobei er mit der Sicherheit letztlich recht hatte. Aber damit ist klar, dass Waters und seine Leute aus dem Castillo heraus operierten.«

Dante packt die Ausdrucke ein, erhebt sich.

»Wir müssen echt los.«

»Und du glaubst also, wer immer Waters' Stiftung übernommen hat, hat auch sein Hauptquartier übernommen?«

»Vielleicht. Meine Vermutung ist, dass Hollister den Laden gekauft hat, möglicherweise schon vor zwei, drei Jahren. Das Hotelmodell – ich vermute inzwischen, dass er es gar nicht selbst gebastelt hat, sondern dass es von einem Architekturbüro stammt. Vielleicht wollte er den Laden komplett renovieren lassen.«

»Warum?«

»Einfach, weil es zu ihm passen würde. Ein Hackerrefugium in einem Schloss, Cryptocastle am Meer – nerdiger geht es doch kaum. Ich habe keinen Hinweis darauf, dass die geplanten Renovierungen auch stattgefunden haben, dass Hollister je dort war. Aber ...«

Sie laufen in Richtung der Sicherheitskontrolle.

»Aber was?«

»Der Schatz. Montecrypto. Das große Finale. Wenn ihm das Castillo tatsächlich gehört – gäbe es dann eine bessere Location, um so einen Schatz zu verstecken?«

Mondego atmet hörbar aus.

»Ich hoffe, dass du recht hast.«

»Weil wenn nicht?«

»Video Nummer drei. Meiner Ansicht nach ist es überfällig. Das Ding könnte jeden Moment droppen. Und wenn das geschieht, möchte ich nicht am falschen Ende der Welt sein.«

TAMALES

Schilder, die ihnen den Weg zum Castillo del Mar weisen könnten, gibt es nicht. Google Maps wäre eine Option. Sie haben jedoch beschlossen, ihre neuen Mobiltelefone zunächst ausgeschaltet zu lassen. Und so bleibt Dante nichts anderes übrig, als in seinem japanischen Leihwagen die Küstenstraße entlangzufahren und nach einem Ort mit dem Namen La Estación Ausschau zu halten. Ein paar Meilen dahinter müsste das Hotel liegen.

Es ist früher Nachmittag. Die meisten Einheimischen verstecken sich vor der sengenden Sonne. Die Straße wird auf beiden Seiten von karstigem Land gesäumt, ab und an erhebt sich ein Haus im Nirgendwo. Meistens handelt es sich um bessere Schuppen. Davor stehen Schilder mit abblätternder Farbe, versprechen *cocina económica* und *habitaciones libres.*

Vor ihnen taucht etwas auf, das wie ein Kiosk oder Imbiss aussieht. Dante fährt rechts ran.

»Wir könnten fragen«, sagt er. Genauer gesagt möchte er, dass Mondego fragt. Obwohl er bereits seit einigen Jahren in Los Angeles wohnt, hat er bisher keine Veranlassung gesehen, sich zumindest ein bisschen Spanisch anzueignen. Er kann ja schon Englisch. Dantes Erfahrung nach muss man die Menschen nur beharrlich zutexten, dann lassen sie irgendwann von ihrem Chinesisch, Französisch, was auch immer, ab und sprechen Englisch mit einem. Aber er hat so eine Ahnung, dass diese Kommunikationsstrategie hier draußen an ihre Grenzen stoßen könnte.

Sie betreten den Laden, offenbar Bar, Kiosk und Imbiss in einem. Mondego grüßt die verhutzelte Verkäuferin, wünscht ihr einen guten Tag. Den Rest versteht Dante nicht. Etwas später verlassen sie den Laden wieder, mit kalten Getränken und etwas zu essen. Mondego stellt sich in den Hausschatten, hält Dante eine Art Maisfladen hin.

»Danke, ich mag keine Tortillas.«

»Das sind Tamales.«

»Auch nicht. Was hat sie gesagt?«

»Sie weiß von dem Castillo. Zwei Kilometer geradeaus, dann bei einer Seitenstraße rechts ab, hinter dem blauen Corona-Werbeschild am Wegesrand.«

Sie beißt ab. Anerkennend deutet sie auf den Tamal oder die Tamale, Dante weiß es nicht so genau, will es auch eigentlich gar nicht wissen.

»Die sind verdammt gut, Ed. Also, sie hat außerdem gesagt, das Hotel sei abgesperrt, mit Bauzäunen. Ist relativ neu. Es gibt das Gerücht, eine amerikanische Firma wolle das Castillo renovieren. Aber sie glaubt nicht dran.«

»Weil?«

»Das hätten schon mehrere versucht, sei aber nie was draus geworden. Weil das Castillo nämlich verflucht ist.«

»War klar.«

Mondego isst den Rest ihres gefüllten Maisfladens, nimmt einen Schluck Coke.

»Hast du«, sagt sie, »diesmal eigentlich einen Plan? Oder ziehst du wieder deine Kabeltechnikeruniform an und klingelst?«

Dante will protestieren. Der Plan mit der Uniform hat seines Erachtens gut funktioniert. Stattdessen erwidert er:

»Nein. Und nein. Außer, dass wir vorsichtig sein sollten.«

Sie schürzt die Lippen und nickt so, als sei sein Plan ganz schön beeindruckend. Dante fragt sich, ob er sie irgendwie verärgert hat oder ob sie mit dieser passiven Aggression nur ihre Aufregung zu kaschieren versucht.

»Sollen wir wieder?«, sagt er und geht zum Wagen. Sie steigen ein und fahren weiter. Mondego stellt das Radio an, wählt einen Sender mit mexikanischer Popmusik.

Schweigend fahren sie bis zu jener Stelle, welche die Verkäuferin erwähnt hat. Hinter einer Bierwerbung am Straßenrand geht es rechts ab, was Dante zunächst verwirrt, denn das Meer liegt links von ihnen. Die Straße entpuppt sich als Piste, nicht asphaltiert, sondern geschottert. Sie fahren ein Stück landeinwärts, kommen zu einer wenig vertrauenerweckend aussehenden Brücke.

Auf deren anderen Seite mutiert die Schotter- zur Staubpiste. Dante will etwas sagen, aber Mondego bedeutet ihm, still zu sein. Im Radio laufen gerade Nachrichten. Er hört die Wörter ›Juno‹ sowie ›Moneta‹. Mondego holt ihr nagelneues Samsung hervor, gibt etwas ein, flucht leise.

»Deine Freundin Alice Yang bekommt mächtig Probleme.«

»Sie ist nicht meine ... was für Probleme?«

»Sie kriegt es jetzt von allen Seiten. Der Finanzausschuss des Kongresses hat beschlossen, sie vorzuladen. Und das Journal hat Zweifel an der Moneta-Deckung gestreut.«

»Das Wall Street Journal? Die haben Beweise für die Lücke?«

»Das nicht. Ich hab es grad überflogen. Die haben einen Artikel veröffentlicht, in dem noch mal genau erklärt wird, wie Juno seine Währungsbestände verwaltet und wie hoch die sind – drei Komma neun Billiarden Dollar.«

»Dass Juno systemrelevant ist, ist nichts Neues.«

»Nö. Aber sie haben es als Kursivgeschichte gemacht, auf der Eins, unter dem Bruch.«

»Für Nichtjournalisten?«

»Kursivtexte enthalten keine harten News. Das sind Erklärgeschichten, oft ein bisschen kommentierend. Davon haben die immer eine unten auf der Titelseite. Mag sein, dass nichts Neues drinsteht, zumindest nicht für Spezialisten wie dich und mich. Aber das sehen Millionen von Menschen. Und die Überschrift lautet: ›Auf Vertrauen gebaut‹.«

»Klingt ein bisschen wie ›auf Sand gebaut‹.«

»Genau. Außerdem«, Mondego wedelt mit dem Handy, »werden in der Geschichte nicht namentlich genannte europäische und japanische Zentralbankkreise zitiert. Die sagen, die Amerikaner hätten Juno zu groß werden lassen, zu einer Neben-Fed quasi.«

Auch das ist nichts Neues. Dante muss an Junos Büros in Manhattan denken, von denen aus man der New Yorker Fed aufs Dach spucken kann.

»Also zu viel Rampenlicht«, sagt er.

»Ja. Die Aktie gibt auch nach. Anscheinend wird der Markt nervös.«

Dante hört nur mit einem Ohr hin. Er hat das Gefühl, dass er demnächst irgendwo abfahren müsste. Die Landschaft ist nun weniger karstig, die Vegetation üppiger, man kann nicht sehr weit sehen. Soweit er es auf den Fotos erkennen konnte, liegt das Hotel nicht direkt am Pazifik, sondern etwas zurückgesetzt.

»Da!«, ruft Mondego.

Dante stoppt den Wagen, setzt zurück. Nun sieht er es ebenfalls. Aus der Vegetation ragt eine Metalltafel hervor. Sie ist an vielen Stellen durchgerostet, kein Pigment der ursprünglichen Farbbeschichtung ist mehr übrig. Aber das Schild ist geformt wie ein Schloss, sein Umriss lässt Zinnen und einen Turm erkennen.

Dante fährt langsam weiter. Nach fünfhundert Metern geht linker Hand ein Weg ab. Das muss es sein. Er fährt den Hang hinunter, vorsichtig. Nun verflucht Dante sich dafür, dass er derart knauserig war und diesen japanischen Kleinwagen gemietet hat. Ein Geländepanzer wäre die bessere Wahl gewesen. Die Vegetation wird lichter. Sie können nun sehen, dass sich in vielleicht fünfhundert Metern Entfernung das Meer erstreckt. Dante kann ein Steilkliff erkennen. Auf halber Strecke zum Pazifik ragt ein Gebäude aus dem satten Grün hervor: das Castillo del Mar. Es sieht genauso aus wie auf den Fotos, nur weniger gut in Schuss. Die einstmals senfgelben Wände haben eine grünbräunliche Färbung angenommen. Viele Stellen sind von Schlingpflanzen überwuchert. Aber die Fenster scheinen größtenteils intakt, ebenso Mauerwerk und Dach.

Die Straße vollführt eine Biegung. Dahinter versperrt ihnen ein

Bauzaun den Weg. An ihm ist ein großes Schild angebracht, auf dem etwas auf Spanisch steht.

»Da steht ...«, beginnt Mondego.

» ... verpisst euch?«

»Ja. Und dass das Gelände rund um die Uhr bewacht wird.«

Letzteres hält Dante für eine Lüge. Von hier oben kann man die Rückseite des Castillo sehen, den überwucherten Parkplatz, die Tenniscourts nahe dem Kliff und natürlich den Haupteingang. Nirgendwo regt sich etwas. Auf dem Parkplatz stehen keine Autos, abgesehen von einem verrotteten Cadillac Eldorado, der vermutlich seit Richard Nixons Amtsenthebungsverfahren nicht mehr bewegt wurde.

Sie steigen aus.

»Und jetzt?«, fragt Mondego.

»Lass uns zu Fuß weiter. Wenn da unten wer ist, hat er unser Auto mit etwas Glück noch nicht gehört.«

Dante geht zum Kofferraum, holt einen Rucksack heraus, in dem sich seine Expeditionsausrüstung befindet. Er wuchtet auch Mondegos Tasche hoch, die anscheinend wieder einen halben Computerladen enthält.

Sie steht immer noch am Zaun, die Hände vor der Brust verschränkt.

»Was ist los, Mercy?«

Sie mustert ihn wie jemanden, der sie nächtens auf dem Hollywood Boulevard angesprochen hat und von dem sie noch nicht weiß, welche Art von Spinner er ist.

»Was finden wir da unten, Ed?«

»Vielleicht den Schatz. Ganz sicher eine Menge Schlingpflanzen.«

»Was noch?«

Dante zuckt mit den Achseln.

»Glaub ich dir nicht.«

»Was?«

»Dass du keine Ahnung hast, was uns erwartet.«

Sie macht einen Schritt auf ihn zu. Ihre dunklen Augenbrauen ziehen sich zusammen.

»Du hast eine Vermutung, oder? Über den Schatz hinaus, meine ich.«

Dante seufzt, macht einen Schritt auf sie zu.

»Ja. Eine starke sogar.«

»Und warum teilst du die nicht mit mir? Wir wollten zusammenarbeiten.«

»Meine Ahnung ist zu verrückt.«

»Ja, und? Glaubst du, ich lache dich aus?«

»Nein. Nein, das ist es nicht.«

Ihre Hand drückt gegen seine Brust. Es ist keine zärtliche Geste. Sie stößt ihn weg. Dante macht einige Schritt zurück, fällt beinahe den Hang hinunter.

»Diese Scheiße jetzt wieder?«, sagt sie.

»Du verstehst das nicht. Es geht um zu viel ...«

» ... um zu viel Geld, schon klar. Das brauchst du ziemlich dringend, hm?«

Dante weiß nicht, was er darauf antworten soll. Aber anscheinend ist er eh noch nicht an der Reihe.

»Edward Dante, Head of Compliance bei Gerard Brothers. Glaubst du, ich habe das nicht recherchiert? Eine der größten Bankenpleiten der Geschichte, ungedeckte Kredite in Milliardenhöhe. Die Sicherheiten der Bank gab es nur auf dem Papier. Und du warst dafür mitverantwortlich.«

»Es ist ein bisschen komplizierter.«

»Hättest du gerne dein altes Leben zurück? Wie viel hast du damals verdient im Jahr? Eine halbe Million?«

»Eher eine. Aber du siehst das völlig falsch.«

»Du warst also nicht mitschuldig am Untergang von Gerard?«

»Doch. Aber ich bin nicht scharf auf den Schatz.«

Mondego schüttelt ungläubig den Kopf, will etwas sagen. Aber nun ist Dante dran.

»Diesen riesigen Batzen Kryptogeld, den es angeblich geben

soll – es gibt gar keinen. Nein, das ist auch falsch. Es gibt einen Batzen, also einen Schatz, und er ist viel größer als angenommen. Bud Vukovic liegt komplett daneben, ich meine, er liegt drunter und …«

»Wer ist Bud Vukovic?«

»Er ist ein … es spielt keine Rolle, Mercy. Was ich sagen will, ist, dass niemand was davon kriegen wird. Denn Montecrypto ist … es ist …«

Dante ringt nach Worten. Währenddessen schaut er an Mondego vorbei Richtung Meer. Demnächst wird die Sonne untergehen. Schon wirft sie lange Schatten auf den Hang, taucht die Anlage in ein weiches Licht, das die Hotelanlage von Minute zu Minute weniger gammelig erscheinen lässt. Dante kann sich vorstellen, wie drüben am Pool Amerikanerinnen mit toupierten Haaren und Nylonbadeanzügen Life oder People lesen und die letzten Sonnenstrahlen aufsaugen, während ihre Männer vom Tennis zurückkommen, auf dem Weg zur Bar, um die ersten Wodka Martinis des noch jungen Abends zu trinken und einige Chesterfields zu rauchen. Im Hintergrund läuft Musik, die Beach Boys oder vielleicht die Monkeys.

»Montecrypto ist … ein …«

Dantes Stimme erstirbt. Einen Moment lang schaut Mondego ihn verwirrt an. Dann hört sie es auch. Da läuft tatsächlich Musik. Sie ist nicht sehr laut oder vielleicht zu weit weg, aber der Wind weht Fetzen davon herüber, eine E-Gitarre, einen Drumbeat. Der Sound klingt nicht nach den Sechzigern. Er klingt nach dem Hier und Jetzt.

»Was ist das?«, sagt Mondego.

»The Prodigy, würde ich sagen«, erwidert Dante. Schon ist er an dem Absperrgitter vorbei und läuft den Weg hinab.

CASTILLO_IF

Der abschüssige Weg ist erodiert und überwuchert, Dante kann nicht so schnell laufen, wie er gerne möchte. Während er sich dem Hotel nähert, achtet er auf die Musik. Zwischenzeitlich schien sie verstummt, nun ist sie wieder da. Zu den Elektrobeats und der Gitarre hat sich eine Männerstimme gesellt. Dante versteht den Text eigentlich nicht, er geht in der heranwabernden Klangsuppe unter. Doch er kennt den Song. Deswegen weiß er, was der Sänger sagt.

Light up the sky
Illuminate

»Here come the dance we instigate«, stimmt er ein.

Mondego hat ihn inzwischen eingeholt.

»Was hast du gesagt?«, fragt sie.

»Dass wir uns beeilen müssen. Ich glaube, uns bleibt nicht viel Zeit. Und, Mercy?«

»Ja?«

»Du kannst das alles haben. Alles. Die Geschichte, den Schatz. Ich will nichts davon. Außer …«

»Ja?«

»Ich will, dass nicht wieder alles den Bach runtergeht.«

Mondego runzelt die Stirn, sagt aber nichts. Sie erreichen den Haupteingang des Hotels. Die Drehtür ist blockiert, das verglaste Portal daneben steht zwar einen Spalt offen, wurde jedoch mit rostigen Ketten und einem noch rostigeren Vorhängeschloss gesichert. Dante beschirmt die Augen, tritt an die Scheibe, um besser in die im Halbdunkel liegende Lobby schauen zu können. Innen sind die Sechziger noch präsenter als außen. Der einstmals weiße Plastiktresen ist mit orangefarbenen Paneelen verkleidet. Linker Hand stehen Kugelsessel mit lilafarbenen Polstern. Alles wirkt bunt und trippig, so als wäre das Interieur von Verner Panton designt worden. Und warum eigentlich nicht? Acapulco war damals einer der heißesten Ferienorte der Welt, und vermutlich heuerte man zur Gestaltung solch eines Luxusbunkers Stardesigner wie ihn an.

Falls das Interieur tatsächlich von Panton ist, hätte man pfleglicher damit umgehen sollen. Die Farbenpracht wird von einem grünlich-gräulichen Schleier überzogen, Schimmel vermutlich. Teile der Deckenverkleidung sind heruntergekracht, an einigen Stellen sieht Dante Pfützen auf dem einstmals wohl türkisfarbenen Teppich. Mondego tritt neben ihn. Dante fällt auf, dass die Musik verstummt ist.

»Alles dicht«, sagt er. »Komm, wir versuchen es von der Seite.«

»Sollten wir nicht erst mal zu der Musik?«

Dante horcht. Aber es ist wieder still.

»Jetzt, wo sie wieder aus ist, dürfte es schwer festzustellen sein, wo genau sie herkam. Vielleicht von der Seeseite. Aber ich würde lieber durch das Gebäude zur Rückseite vordringen. Da hätten wir mehr Deckung.«

Sie pirschen sich an der Außenwand entlang. Über ihnen erheben sich insgesamt vier Stockwerke sowie der Turm, der noch einmal fünfzehn bis zwanzig Meter über das Gebäude hinausragt. Am Ende der Vorderfront lugt Dante vorsichtig um die Ecke. Es ist niemand zu sehen. Sie gehen weiter. Nach etwa zehn Metern kommen sie an eine Brandschutztür, auf der ein Elektrizitätssymbol klebt. Sie ist verschlossen.

Dante holt den Rüttler aus dem Rucksack, gibt Mondego bei der Gelegenheit eine der Taschenlampen und ein Leatherman-Allzweckwerkzeug. Dann bearbeitet er das Schloss. Es ist alt und macht keinerlei Ärger.

Sie finden sich in einem Technikraum wieder. An den Wänden

hängen Aberdutzende Sicherungen aus cremefarbener Keramik. Linker Hand steht ein riesiger Apparat, den Dante für einen ölbetriebenen Generator hält.

»Notaggregat?«, fragt Mondego, während sie die Taschenlampe auf das Ungetüm hält.

»Vermutlich. Braucht man hier draußen wohl. Aber an ist der nicht.«

Dante geht zu einem Lichtschalter an der Wand, betätigt ihn. Eine nackte Glühbirne an der Decke flammt auf.

Mondego schaut überrascht.

»Wieso gibt's hier trotzdem Strom?«

Dante unterlässt es, sie darauf hinzuweisen, dass Keith Flynt vorhin ohne Stromzufuhr kaum so laut hätte brüllen können. Sie hat schließlich einen Punkt. Auf den ersten und auch auf den zweiten Blick ist das Castillo del Mar nur noch Rott und Gammel. Und der Generator ist wie gesagt aus.

Seine Finger fahren über den Lichtschalter. Neu ist er nicht. Aber sechzig Jahre alt ist er auch nicht.

»Es gab zwischenzeitlich doch immer mal wieder Versuche, das Hotel wiederzueröffnen. Der Lobby sieht man das nicht an, aber vielleicht haben die zuerst Elektrik oder Wasserleitungen in Schuss gebracht. Das wäre eine Erklärung.«

Sie sehen sich weiter um. Außer einer Menge Dreck und Ölschmiere findet Dante nichts. Mondego macht sich unterdessen an einer Falltür im Boden zu schaffen, wuchtet sie keuchend auf. Sie rümpft die Nase, leuchtet mit ihrer Taschenlampe hinab.

»Ein Zugang zum Keller?«

»Ich glaube, da unten wurde das Öl gebunkert. Da sind ein Kessel und Fässer. Meine Fresse, stinkt das.«

Sie schließt die Luke wieder. Dante hat inzwischen einen weiteren Ausgang gefunden, der vermutlich ins Hotel führt. Diesmal benötigt er den Rüttler nicht, die Tür ist offen. Dahinter liegt ein schmuckloser Gang, kein Verner Panton, die Kegel ihrer Taschenlampen erfassen nur Linoleum und weiße Wände. Sie befinden sich irgendwo im Servicebereich. Langsam bewegen sie sich vorwärts. Dass ihnen jemand auflauert, schließt Dante inzwischen fast aus. Aber das Gebäude wirkt morsch, und er hat keine Lust, in ein Loch zu fallen oder über Schutt zu stolpern. Nach kurzer Zeit kommen sie zu einer Schwingtür, die in eine Großküche führt. Auch hier scheint seit langer Zeit niemand gewesen zu sein. Einmal meint Dante eine Bewegung zu erahnen, hört leises Getrappel – Ratten. Mondego greift nach seinem Arm.

Sie durchqueren die Küche, erreichen über einen weiteren Gang die Lobby. Auch dort rührt sich nichts. Mondego probiert, ob die Fahrstühle funktionieren. Sie sind so tot wie Theresa Mays Brexit-Plan. Er fragt Mondego, warum sie nach oben will. Die Musik spielt ja vermutlich auf der Poolseite, im wahrsten Sinne des Wortes.

»Wenn es hier weitere Server gibt, eine Klickfarm oder so was – dann ist die garantiert«, Mondego zeigt auf die Pfützen, »weiter oben. Außerdem hab ich an einem der Turmfenster was gesehen.«

»Und zwar?«

»Erst dachte ich, ich hätte mich geirrt. Aber jetzt, wo ich weiß, dass es Strom gibt ... es könnte eine Satellitenschüssel gewesen sein.«

»Jemand will kein Spiel seiner Lieblingsmannschaft verpassen?«

»Oder ins Internet gehen.«

Sie nehmen die Treppe. Die oberen Stockwerke sind ebenfalls kunterbunt, jedes hat einen eigenen Farbcode. Im zweiten sind die Türen froschgrün, Böden und Wände in hellblau gehalten. Die dritte Etage ist orange und rot. Dante folgt Mondego, die nun die Führung übernommen hat. Sie will in die vierte Etage. Warum, ist ihm unklar. Vielleicht gefallen ihr deren Farben.

Sie finden sich in einem lilafarbenen Gang wieder, von dem an die zwanzig dunkelrote Zimmertüren abgehen. An der Wand hängt ein Schild mit den Zimmernummern, ferner werden der Weg zur Eisbox, zur Bibliothek und zu etwas angezeigt, das ›La Aguilera‹ heißt. Dante zeigt fragend darauf.

»Adlerhorst«, antwortet Mondego.

Sie hat ihre Tasche geöffnet und etwas herausgeholt, das wie ein GPS-Gerät für Hikingtouren aussieht.

»Da lang«, sagt sie.

»Was suchen wir?«

»WLAN.«

»Ich glaube nicht, dass es hier ...«

Sie holt ihr Handy hervor, öffnet die WLAN-Einstellungen. Und tatsächlich wird Internet angezeigt – nicht nur ein Zugangspunkt, sondern mehrere. Sie heißen C1, C2, C3 und Castillo_IF.

»Was zur Hölle ist das alles?«

Mondego antwortet nicht, geht stattdessen den Gang entlang, Taschenlampe in der einen, Gadget in der anderen Hand. Dante fragt sich, ob man den Lichtschein ihrer Taschenlampen draußen sehen kann. Vermutlich ist die Sorge unbegründet. Lediglich am Ende des Ganges gibt es Fenster, und die werden von Vorhängen verdeckt. Erst wenn sie die Hotelzimmer betreten, müssen sie aufpassen.

Mondego stoppt vor einer Tür mit der Nummer 407, deutet darauf. Dante nickt, macht den Rüttler bereit.

»Was liegt hinter der Tür?«, fragt er.

»So wie ich es sehe, ist auf dem Turm eine Schüssel. Von da kommt das Internetsignal. Wenn da auch ein WLAN-Router ist, ist er natürlich zu weit weg von den Zimmern und dem Rest. Deshalb hat jemand Verstärker aufgestellt, also weitere Router. Mit dem Gerät hier kann ich die orten. Und dadrin ist einer.«

Dante knackt das Schloss. Sie löschen ihre Taschenlampen, öffnen die Tür. Die Vorsicht erweist sich als unnötig. Erstens ist niemand im Zimmer, zweitens sind die Fenster hinter dicken Vorhängen verborgen. Jemand hat das Bett und die beiden Schalensessel zur Seite geschoben und auf einem Campingtisch in der Mitte des Raumes einen kleinen Rechnerpark aufgebaut – einen Laptop, zwei PC-Türme, außerdem insgesamt vier Handys. Die von Mondegos Sniffer geortete WLAN-Kiste steht auf dem Boden, neben einer Steckdose.

»Das hier würde ich mir gerne genauer anschauen«, sagt sie.

Dante nickt, geht zu einem der Fenster, schiebt den Vorhang beiseite. Das Zimmer geht auf den Parkplatz.

»Ich würde gerne in den Turm«, sagt er.

»Wieso?«

»Weil man von dort vermutlich die ganze Gegend im Blick hat. Falls von irgendwo Ärger droht, sieht man es bestimmt.«

Dante schärft Mondego ein, die Tür von innen zu verriegeln. Dann verlässt er das Zimmer. Er vermutet, dass ›Adlerhorst‹ eine prosaische Beschreibung für die oberste Etage des Turms ist, und er scheint recht zu haben. Nachdem er den Hinweisschildern eine Weile gefolgt ist, gelangt er zu einer Wendeltreppe, neben der wieder »La Aguilera« steht.

Hundert Stufen später erreicht Dante die oberste Etage des Turms. Einst scheint es dort eine kleine Bar gegeben zu haben. In einer der Vitrinen blinkt etwas – ein weiterer WLAN-Router. Sitzgelegenheiten sind Fehlanzeige, aber an einer der Wände ist eine Stahltreppe angebracht, über die man noch weiter nach oben gelangt, zu einer Luke in der Decke. Dante steigt hinauf. Das alte Metall knirscht und ächzt.

Jenseits der Luke liegt die Burgspitze, eine von Zinnen bekränzte Plattform, vielleicht fünfundzwanzig Quadratmeter messend. Dort stehen mehrere Sofas, genauer gesagt Sofaskelette. Wind und Wetter haben die ehemaligen Designermöbel fast komplett zerfallen lassen. Von hier oben kann Dante nun auch die andere Seite des Hotels sehen.

Direkt unter ihm liegt eine terrassenförmige Anlage, die anscheinend direkt in den Fels der Steilküste gehauen wurde. Weiter hinten erstreckt sich das Meer. Dante kann einen Steg erkennen, an dem eine Yacht festgemacht ist, ein modernes, ziemlich flott aussehendes Boot. Es muss also einen Weg geben, der hinunter zum Wasser führt.

In diesem Moment setzt die Musik wieder ein. Dante blickt hinab. Auf der oberen Terrassenebene befindet sich eine Bar. Auf der nächsttiefergelegenen gibt es einen Pool. Von dort kommt die Musik

In dem ausgetrockneten nierenförmigen Poolbecken hüpft ein Kerl herum, tanzt zu der Musik. Es ist immer noch The Prodigy. Der Mann verrenkt sich wie ein Irrer, springt um eine Feuerschale herum. Dante muss an Rumpelstilzchen denken. Der Unbekannte trägt ein Acapulco-Shirt sowie einen Sombrero, weswegen Dante aus seiner Adlerperspektive relativ wenig von ihm sieht – nur einen Haufen Hutkrempe, schlackernde Arme, etwas Vollbart, einen Turnschuh, jedoch kein Gesicht.

I'm a firestarter
Twisted firestarter
You're a firestarter
Twisted firestarter.

Außer Rumpelstilzchen befindet sich noch eine Boombox im Pool, ferner ein Campingtisch, auf dem ein Laptop und mehrere Bierflaschen stehen. Es ist inzwischen fast dunkel, von hier oben sind die Details nur schwer auszumachen. Dennoch ist Dante sich ziemlich sicher, dass auf dem Laptop YouTube geöffnet ist. Ein Video ist zu sehen, es ist eingefroren.

So schnell er kann, hastet er die Wendeltreppe hinab zu Zimmer 407. Panik hat Besitz von ihm ergriffen. Obwohl er außer dem verrückten Tänzer bisher niemanden gesehen hat, sorgt er sich auf einmal um Mondego. Als Dante das Zimmer erreicht, schlägt sein Herz wie verrückt. Er klopft. Ihm wird bewusst, dass sie gar kein Klopfzeichen ausgemacht haben.

Niemand antwortet.

Dante klopft erneut, genauer gesagt hämmert er gegen die Tür. Er ist bereits einige Schritte zurückgewichen, will die Tür eintreten, als sie sich einen Spalt öffnet. Mondego hat von innen die Kette vorgelegt und mustert ihn.

»Geht's noch?«

Dante kommt sich dämlich vor. Erstens, weil seine Nerven ihn im Stich gelassen haben, zweitens, weil er allen Ernstes die Tür eintreten wollte. Sam Spade kann so etwas vermutlich, ohne sich das Sprunggelenk zu verstauchen, Dante nicht. Außerdem besitzt er ja den Rüttler. Was also hat er sich dabei gedacht?

»Sorry«, sagt Mondego, »ich hatte grad Kopfhörer auf.«

»Du hast dir das Video reingezogen.«

Sie schaut ihn verwundert an. Er erklärt ihr, was er am Pool gesehen hat. Sie will zum Fenster.

»Falsche Seite, Mercy. Da siehst du nur den Parkplatz. Sag mal, was ist der Inhalt des Videos?«

»Warte, ich zeige dir die entscheidende Stelle. So viel Zeit haben wir noch. Vorher labert er ein bisschen rum, sagt, dass er ein Geständnis machen müsse.«

Mondego hält ihm ihr Handy hin. Dante kann sehen, dass das Video bereits fünfzigtausend Abrufe aufweist.

»Wann ist das raus? Und wieso haben wir ›noch Zeit‹? Oder keine Zeit?«

»Ich habe mir die Rechner angeschaut. Da läuft ein Countdown.«

»Für was?«

»Weiß ich noch nicht. Vielleicht hat es mit den Klickfarmen zu tun, erweckt sie zum Leben. Halte ich zumindest für wahrscheinlich.«

»Wie lange?«

»Eine Dreiviertelstunde.«

Sie klickt auf die Zeitleiste des Videos. Hollister erscheint. Er sitzt auf den Stufen einer sehr breiten Treppe, irgendwo am Meer. Im Hintergrund ist eine imposante Kirche zu erkennen. Sie wirkt europäisch, vielleicht spanisch.

» ... ist Moneta ja gar keine richtige Kryptowährung, sondern ein Instrument des Staates, des alten Geldes. Außerdem ist es nicht einmal ein Stablecoin. Das schmutzige Geheimnis ist nämlich, dass Junos Moneta gar nicht durch Dollars gedeckt sind.«

PHARAO

In dem Video macht Hollister eine Kunstpause, schaut hinaus aufs Meer.

»Weiß man, wo das aufgenommen wurde? Irgendwo hier?«, fragt Dante.

»Nein, auf Malta. Und achte auf seine Klamotten.«

Diesmal trägt Hollister ein weißes Shirt mit einem blauen Kreis darauf sowie eine Baseballkappe mit der Aufschrift »Scubapro«. Er fährt fort.

»Zur Deckung von Moneta fehlen über zehn Milliarden Dollar. Das Kartenhaus namens Juno«, fährt Hollister fort, »wird folglich einstürzen.«

Mondego stoppt das Video.

»Und so weiter, blablabla.«

»Zehn Milliarden? Was redet der da? Das ist unmöglich.«

»Wieso?«

»Weil Alice Yang gesagt hat, die Lücke betrage hundert Millionen. Das war vor drei Tagen. Wenn sich die Lücke seitdem derart vergrößert hat, müsste sie was davon wissen.«

»Vielleicht weiß sie es, hat dir aber nichts gesagt.«

»Denkbar, aber unwahrscheinlich. Was ist mit dem Schatz?«, fragt Dante.

»Anscheinend recht einfach. Dass er Malta ausgewählt hat, ist bestimmt kein Zufall. Gilt als Crypto Island, es gibt dort ähnlich wie in Zug viele Start-ups aus der Branche. Der blaue Punkt auf Hollisters Shirt symbolisiert das Blue Hole auf Gozo, einer maltesischen Insel. Das zumindest glauben sie in den Quatermain-Foren. Es handelt sich um ein Loch im Meeresboden, fünfzehn

Meter tief, beliebt bei Tauchern.«

»Die Mütze. Scubapro. Das ist auch ein Hinweis – aufs Tauchen.«

»Genau. Irgendwo unter Wasser in dem Loch liegt der Schatz. Das Video wurde vor zehn Minuten veröffentlicht, es sind also vermutlich bereits Quatermains auf dem Weg dorthin.«

Dante schüttelt langsam den Kopf. Seine Lieblingstheorie ergibt auf einmal weitaus weniger Sinn als erhofft.

»Pass auf. Der Typ da unten. Ich will näher ran«, hört er sich sagen.

»Sein Gesicht sehen?«

»Ja. Vielleicht mit ihm reden.«

»Okay. Ich komme mit«, sagt Mondego.

Er macht eine abwehrende Handbewegung, was ihm einen wütenden Blick einträgt.

»Klar kannst du mit. Aber«, er zeigt auf die Rechner auf dem Tisch, »kannst du das hier vorher abstellen? Was auch immer genau es ist.«

»Ich kann's versuchen. Aber warum? Das Video ist online, die Quatermains schwärmen aus. Junos Aktienkurs wird demnächst massiv einbrechen.«

»Ich vermute, dass das alles nur ein Vorspiel ist. Diese Klickfarmen müssen schließlich zu irgendwas gut sein.«

»Und wozu, Mister Finanzexperte?«

»Ich glaube, sie sollen Greg Hollisters Lebenstraum verwirklichen – einen Sieg der Kryptowährungen über das Fiat-Geld.«

»Was?«

»Glaub mir, Mercy. Hier geht's nicht um eine Schatzsuche, es ging von Anfang an nie darum. Das alles ist ein gigantisches Ablenkungsmanöver. Stell bitte das Ding ab. Ich gehe jetzt runter und beobachte den Typen.«

»Du wirst nicht …«

»Mache ich nicht. Ich verspreche, in Deckung zu bleiben, bis du kommst. Ich tue nichts«, er lächelt, »ohne meinen Kompagnon.«

Mondego nickt, scheint ihm aber nicht zu glauben.

»Gib mir zehn Minuten. Ich hab's fast. Das hier ist nicht so gut abgesichert wie das andere Zeug. Die haben nicht mit Besuch gerechnet. Und, Ed?«

»Ja?«

»Mach keinen Scheiß.«

Er nickt, geht zur Tür. Über die Treppe gelangt er zurück in die Lobby. Dort findet er eine knallgelbe doppelflügelige Tür, neben der »Speisesaal« steht. Dante vermutet, dass man von diesem einen Blick aufs Meer hat – und hinunter zum Pool gelangt. Vorsichtig öffnet er einen Flügel.

Der Speisesaal ist ein weiterer verblasster Sixties-Traum. Quadratische und konkave Plastikelemente mit darin eingelassenen Lampen bedecken das Gros der Wände, organisch anmutende Möbel stehen auf grellbunten Teppichen. Im Speisesaal ist allerdings nicht nur die Deckenverkleidung heruntergekommen, sondern anscheinend auch ein Teil der Decke selbst. Dante erkennt ein großes Loch. Darunter liegen Ziegelsteine und Betonstücke. Am anderen Ende des Saals befinden sich hohe Glasscheiben, halb erblindet zwar, aber größtenteils intakt. Nur ein oder zwei fehlen. Soweit Dante es von dieser Seite ausmachen kann, befindet sich hinter den Panoramascheiben eine etwas niedriger liegende, überdachte Terrasse mit Bar. Hinter dieser liegt, wiederum eine Ebene tiefer, der Pool. Sehen kann er ihn von hier nicht. Aber die Musik ist noch immer zu hören.

Dante pirscht sich vorwärts. Rechts hat jemand die vergammelten Möbel beiseitegeräumt. Auf der frei gewordenen Fläche steht ein Igluzelt. Um das Zelt herum liegen verschiedene Utensilien auf dem Boden. Dante erkennt Konservendosen, einen Gaskocher, Wasserflaschen. Er geht auf alle viere, kriecht auf das Zelt zu. Die vordere Plane ist geschlossen. Dante glaubt nicht, dass jemand im Zelt ist, möchte aber trotzdem nachschauen. Wenn er den Speisesaal auf der anderen Seite verlässt, hat er ansonsten vielleicht jemanden im Rücken. Er atmet tief ein, zieht den Reißverschluss hoch.

Das Zelt ist leer. Auf dem Boden liegen ein verkrumpelter Schlafsack, ein zerlesen wirkendes Taschenbuch, eine kleine Plastiktüte. Dante steckt seinen Kopf ins Zelt, schaut sich um. Bei dem Buch handelt es sich um einen Science-Fiction-Roman, zumindest deutet das Cover darauf hin – Mann mit Elektroden am Kopf, futuristische Landschaft im Hintergrund. Das Buch trägt den Titel »True Names«. In einer Kiste befinden sich Socken, Unterhosen – und ein Holster mit einer Pistole. Dante nimmt die Waffe an sich. Er hat nicht vor, sie zu benutzen. Aber er möchte auch nicht, dass jemand anders es tut. Er clippt das Holster an seinen Gürtel, verlässt das Zelt.

Er geht weiter, Richtung Terrasse. Sobald er die Panoramascheiben erreicht hat, kriecht er auf allen vieren bis zu einem Rahmen, in dem das Glas fehlt. Er kann die Terrasse auf der anderen Seite nun gut sehen. Sie wird von einer steinernen, anderthalb Meter hohen Brüstung umgrenzt, in der von Schlingpflanzen und Unkraut überwucherte Blumenkästen eingelassen sind. Die Mauer wird ihm Deckung geben. Das Rumpelstilzchen im Pool wird ihn nicht sehen, vorausgesetzt der Kerl ist immer noch da. Die Musik ballert weiterhin. Inzwischen läuft »Sonic Reducer« von den Dead Boys, jener Song, über den Mondego und er bei ihrer ersten Begegnung sprachen. Einen Moment erstarrt er, so eigenartig kommt ihm das vor.

I'll be a pharaoh soon
Rule from some golden tomb

Er kriecht durch die Öffnung. Seine Hose bleibt an einer scharfen Kante hängen. Leise fluchend befreit er sein Bein, robbt über die Terrasse bis zum Rand der Brüstung.

Things will be different then
The sun will rise from here

Die Brüstung ist in der Mitte durchbrochen. Eine Treppe führt hinab zum Pool. Vorsichtig blickt Dante um die Ecke.

Then I'll be ten feet tall
And you'll be nothing at all

Er kann den Pool nun sehen, erhascht einen weiteren Blick auf Rumpelstilzchen, allerdings nur von hinten. Sein Handy fiept. Dante kann kaum glauben, dass er es nicht stumm gestellt hat. Schnell holt er das Telefon hervor. Vermutlich ist es eine Nachricht von Mondego, niemand sonst hat diese Nummer.

Die Nachricht ist von jemand anders.

Wo sind Sie? Wir müssen reden. TT.

TT. Tommy Tang. Die Dead Boys verstummen abrupt. Dante lauscht, hört Schritte die Treppe heraufkommen. Gebückt läuft er los, in Richtung der Bar. Deren Theke besteht aus einem Betonsockel, beschichtet mit blauem Plastik. An vielen Stellen ist es bereits abgesplittert. Hinter der Theke befinden sich Kühlschränke, Schubladen und große Mengen zersplitterten Glases, das den gesamten Fußboden bedeckt. Dante geht hinter der Bar in die Hocke, in der Hoffnung, dass Rumpelstilzchen nur zu seinem Zelt will. Das Glas knirscht unter seinen Fußsohlen.

Die Schritte kommen näher. Dante sieht das Licht einer Taschenlampe über die Wände hüpfen. Ihm wird klar, dass sein Versteck suboptimal ist. Schnell hochzukommen, ohne sich dabei haufenweise Glassplitter in Beine und Hände zu rammen, dürfte schwierig werden. Dantes Rechte tastet nach dem Pistolenholster, während er sich mit der Linken am Griff eines Barschranks festhält.

Wie ihm erst jetzt auffällt, steht an einer der Wände ein kleiner Kühlschrank, von jenem Format, das Minibars in Hotels üblicherweise haben. Er gehört augenscheinlich nicht zum Rest der archaischen Einrichtung, sondern ist neu.

Rumpelstilzchen taucht auf. Sein Sombrero hängt an seinem Rücken wie das Ersatzrad eines Geländewagens. Er geht zu dem Mini-Kühlschrank, kniet sich hin. Dantes Hand umschließt die Waffe, zieht sie langsam aus dem Holster. Der Mann mit dem Sombrero hat offenbar immer noch die Dead Boys im Ohr, leise singt er: »I got my devil machine, got my electronic dream. Sonic reducer, ain't no loser.«

Noch immer kann Dante das Gesicht des Mannes nicht sehen. Aber er erkennt ihn an der Stimme. Es gibt keinen Zweifel. Während Rumpelstilzchen zwei Flaschen Tecate aus dem Kühlschrank holt, richtet sich Dante langsam auf. Das Glas unter seinen Füßen knirscht und knistert.

Rumpelstilzchen fährt herum. Dante ist sich nicht sicher, ob er den Mann auf der Straße erkannt hätte. Greg Hollister hat zehn Kilo zugenommen und sich außerdem einen Bart wachsen lassen, der dicht und schwarz ist und den Großteil seines Gesichts bedeckt. Sein Schädel ist kahlrasiert, was ihn in Kombination mit Bart und gebräunter Haut wie einen islamischen Terroristen aussehen lässt.

Ein Krypto-Taliban – das ist es, was du bist, denkt Dante. Hollister mustert ihn, sieht die Waffe, erkennt, dass es seine eigene ist. Sein Blick wandert nach links, vermutlich, um zu schauen, ob da noch mehr Eindringlinge sind.

»Überrascht?«, sagt Dante.

»Ein wenig.«

Die Art und Weise, wie Hollister ihn anschaut, zeigt Dante, dass der Juno-Gründer genau weiß, wer er ist. Einen Moment lang stehen sie einander gegenüber. Keiner der beiden sagt etwas. Dante fällt auf, dass sich an Hollisters linker Hand ein Verband befindet. Der sieht seinen Blick, zuckt mit den Schultern.

»Tja, das war der Preis.«

»Dafür, Ihren Tod glaubhaft wirken zu lassen?«

»Irgendwas mussten die Bullen halt finden. Oder sagen wir mal, es war besser. Scheiße, ich hab die Finger in ein Fach im Cockpit gesteckt. Hat gar nicht so wehgetan, wie ich gedacht hätte. Aber ich hatte auch gut getankt. Apropos?«

Hollister hält die beiden Tecate-Flaschen hoch. Auf dem Glas hat sich ein verführerischer Tröpfchenfilm gebildet. Mit der Andeutung eines Nickens signalisiert Dante Zustimmung. Hollister öffnet beide Flaschen, schiebt eine davon ein Stück weit die Theke hoch.

»Salud, Señor Dante.«

Dante greift nach dem Bier. Während er trinkt, schaut er Hollister an.

»Sie hatten vermutlich einen Fallschirm«, sagt er. »Und Komplizen.«

Hollister blickt zu Boden, schüttelt den Kopf.

»Fallschirm ja, Komplizen keine, also fast keine. Aber ein Rettungsboot. Mit Autopilot.«

»So was gibt's?«

»Selbst gebaut. Sie wissen doch, was für ein Bastler ich bin. Ich hatte aufgrund des Boot-GPS eine ziemlich genaue Idee, wo ich abspringen muss. Und das Boot wiederum wusste, wo ich runterkomme. Der Scheißwind hat mich abgetrieben, aber das Boot fand mich rechtzeitig, zum Glück. Ist eine Riesenscheiße, im Golf von Mexiko zu treiben und zu hoffen, dass das Drohnenboot einen vor den Haien findet.«

Unruhig tritt Dante auf den Scherben hin und her. Natürlich möchte er die Geschichte hören, gleichzeitig ist Hollister ihm entschieden zu redselig. Es ist zwar denkbar, dass er sich die Sache schlichtweg von der Seele reden will. Dante hält es jedoch für wahrscheinlicher, dass der Kerl ihn einzulullen versucht.

»Ich möchte, dass Sie auf die andere Seite der Theke gehen, Mister Hollister.«

Sir Holly tut wie ihm geheißen. Dante deutet mit der Waffe Richtung Treppe.

»Jetzt runter zum Pool. Sie zuerst.«

»Wird gemacht, Mister Dante, Sir. Und meine Hände da, wo Sie sie sehen können, hm?«

»Sie lernen schnell.«

Sie gehen hinab zum Pool. Dante fällt siedend heiß ein, dass er Hollister nicht auf Waffen durchsucht hat. Er holt dies nun nach, findet jedoch nichts. Danach bedeutet er Sir Holly, ins Becken hinabzusteigen und sich auf den Klappstuhl in der Mitte des Pools zu setzen. Dante selbst lässt sich in einigen Metern Entfernung am Beckenrand nieder. Seine Beine baumeln über die Poolkante. Die Sonne ist inzwischen untergegangen, der Himmel ist tiefrot, durchzogen von schwarzen Schlieren. Weiter draußen tuckern ein paar Boote die Küste entlang.

»Wo war ich?«, fragt Hollister. »Ach ja. Ich bin dann erst mal nach Veracruz. Von da ...«

»Ihren wahnsinnig clever gefakten Tod überspringen wir«, unterbricht ihn Dante. »Wir machen gleich bei den Videos weiter.«

Hollister nippt an seinem Bier. »Wie fanden Sie die?«

»Im Nachhinein betrachtet ... also angesichts der Tatsache, dass das gesamte Internet mitsuchte, waren Ihre Rätsel doch ziemlich simpel.«

»Aber das mussten sie ja auch sein. Die Leute sollten die Schätze finden. Ich wollte eine Hysterie entfachen, einen Goldrausch. Damit hab ich allerdings nicht gerechnet.«

Dante schaut ihn fragend an.

»Das Geile am Internet ist: Wenn du weißt, wie es funktioniert, und wenn du einen Haufen Geld investierst, dann kannst du seine Mechanismen ausnutzen. Mechanismen der Informationsverbreitung, Mechanismen der Massenpsychologie.«

Hollister nimmt einen weiteren Schluck, rülpst leise. Er scheint sich prächtig zu amüsieren. Dantes Handy summt. Diesmal ist es tatsächlich Mondego. Sie schreibt: »Fünf Minuten.«

»Was du aber nie weißt«, fährt Hollister fort, »das ist, welche Gestalt es annimmt. Verstehen Sie? First Quatermain«, Hollister lacht meckernd, »da muss man erst mal drauf kommen, auf so einen Scheiß. Internetkultur, so geil.«

»Und Montecrypto erst«, erwidert Dante.

»Nee, Chef, der geht auf mich. Ich fand den Namen zwingend. Er war in gewisser Weise der Anfang der ganzen Geschichte, die Idee vom Kryptoschatz. Natürlich war ich die ganze Zeit mit von der Partie, in diesem Reddit-Schatzsucherforum und anderswo, um den Hype zu schüren, Hinweise zu geben.«

»Und Ihr letzter Schatz, der liegt wirklich auf Malta? In diesem Tauchloch?«

»Wenn die Bekloppten da rumschnorcheln, werden sie nichts finden. Ich hab da nie was deponiert. Zu weit weg, zu kompliziert. Aber wer wird das schon glauben? Niemand. Alle werden davon ausgehen, dass schon wer anders da war, irgendein Anonymus, der sich den Jackpot bereits geholt hat. Wer dieser Graf von Montecrypto ist, das wird Gegenstand von Verschwörungstheorien werden, TV-Dokus, Investigativrecherchen. Dabei …«

»Dabei sind Sie's selbst, schon klar. Das ist ja offensichtlich.«

Hollister blinzelt, schaut Dante an.

»Ist es das?«

»Für mich schon, Hollister. Irgendwann nach dem zweiten Schatz habe ich begriffen, dass es Ihnen bei dieser ganzen Nummer nicht darum geht, sich selbst posthum – ich dachte damals noch, sie wären tot – zur größten Internetlegende aller Zeiten zu machen. Sondern um Rache.«

»Wie bei Dumas, hm? Der reiche Graf kehrt zurück, stürzt ehemalige Weggefährten ins Unglück. So haben Sie sich das zusammengereimt?«

»So in etwa.«

»Unsinn, Dante. Erstens versuche ich hier nicht, irgendeine alte Schmonzette nachzuspielen. Zweitens geht es keineswegs um Rache. Sondern um ausgleichende Gerechtigkeit.«

»Was passiert, wenn Ihre Klickfarmen zum Leben erwachen?«, fragt Dante.

»Sie haben die in Zug gefunden, oder?«

»Korrekt. Sie haben Ihre Spuren nicht gut genug verwischt. Der

Ping von dem Laptop in Ihrer Strandvilla. Ließ sich zurückverfolgen.«

Der Kryptounternehmer schürzt die Lippen.

»Was, Hollister?«

»Glauben Sie wirklich, Sie hätten die Stiftung in Zug gefunden, wenn ich es nicht gewollt hätte?«

Mondego hatte also recht. Hollister schaut ihn herausfordernd an.

»Es war kein Zufall, dass Ihre Schwester ausgerechnet mich engagiert hat«, sagt Dante.

»Zehn Punkte. Jackie wusste nicht viel von meinem Plan. Ich habe ihr nur gesagt, dass sie, falls sie von meinem Ableben erfährt, ganz cool bleiben soll. Und dass sie einen gewissen Ed Dante auf den Schatz ansetzen soll. Während Ihrer Recherchen sind Sie dann den Spuren gefolgt, die ich ausgelegt habe, zumindest einigen.«

Dante nickt abwesend. Er hatte stets vermutet, Martels Trauer sei gespielt. Das stimmte, aber bezüglich des Grunds lag er falsch: Sie war nicht herzlos; sie wusste schlichtweg, dass ihr Bruder noch lebte.

Er könnte Hollister fragen, warum dieser unter Hunderten Privatdetektiven in Los Angeles ausgerechnet ihn ausgesucht hat, doch er kennt die Antwort bereits. Wenn FBI, TSI, NSA, wer auch immer, diese ganze Geschichte später eingehend untersuchen, werden sie feststellen, dass überall Dantes Spuren auftauchen. Wer aktivierte den Laptop und startete die Skripte? Er. Wer war zugegen, als Price ermordet wurde? Er. Wer hatte bei der Zuger Klickfarm seine Finger im Spiel. Er, er, immer wieder er.

Das mögen nur Indizien sein. Doch sie alle deuten auf einen einstmals wegen diverser Finanzvergehen angeklagten Ausländer hin, der seinen Kopf seinerzeit nur mithilfe hoher Strafzahlungen und Auflagen aus der Schlinge ziehen konnte. Dante wird den perfekten Buhmann abgeben.

Andererseits ist er, anders als von Gregory Hollister geplant, nun hier, im Castillo del Mar. Er trinkt dem Arschloch sein Tecate weg und zielt mit dessen eigener Knarre auf ihn. Was darauf hindeutet, dass Hollister doch kein so brillanter Puppenspieler ist, wie er glaubt.

Dante wedelt mit der Waffe, einer Glock, sagt: »Wir kommen vom Thema ab, Greg. Jetzt mal zum Kern des Ganzen.«

»Okay, okay. Juno ist der Schlüssel. Oder genauer gesagt der Hebel. Sie wissen von der Lücke? Haben das dritte Video gesehen?«

»Ich weiß schon länger von der Lücke. Yang hat mir davon erzählt. Aber wie haben Sie die jetzt so viel größer gemacht, in derart kurzer Zeit?«

»Habe ich ja gar nicht.«

»Aber im dritten Video …«

Hollister grinst. »Eine weitere Sache am Internet, die ich schon immer faszinierend fand, ich meine jetzt, philosophisch betrachtet: Es besteht nur aus Nullen und Einsen, aber trotzdem kann keiner sagen, was Null und was Eins ist, was wahr oder falsch.

Verstehen Sie? Wer will denn bitte überprüfen, wie groß die Lücke ist? Die Medien? Die Nerds? Die SEC? Juno selbst? Bis die damit fertig sind, kursieren da draußen schon so viele Gerüchte und Fake News, dass Juno längst pleite ist.«

»Ihre Internetphilosophie ist Unsinn. Mit dieser ungeheuerlichen Lüge kommen Sie nie durch.«

»Doch. Jede erfolgreiche Lüge enthält einen wahren Kern. Ist auch hier so. Es gibt ja tatsächlich eine Lücke. Was mir zudem in die Hände spielt: Die Leute halten uns Hacker inzwischen für mächtige Zauberer. Fast wie im Mittelalter.«

»Sie meinen, dass man Typen wie Ihnen alles zutraut?«

Hollister wirft seine Flasche weg. Klackernd rollt sie über den Poolboden.

»Hacker können spektakuläre Dinge tun, Geld von Bankkonten verschwinden lassen, unsichtbar durchs Netz streifen, in jede noch so gut befestigte Anlage eindringen. Das zumindest glauben die Leute. Wenn man ihnen dann erzählt, der Juno-Gründer habe vor seinem Tod diesen irren Plan ersonnen, mit automatisch ausgespielten Videos, mit Rätseln und Schätzen, dann glauben sie auch das. Dabei habe ich die dämlichen Videos alle von Hand hochgeladen und freigeschaltet. Der von Ihnen in Zuma ausgelöste Laptop-Ping aktivierte rein gar nichts. Und dass ich binnen weniger Wochen bei Juno unbemerkt mehrere Milliarden Dollar abzapfen kann, das glauben die Leute zwar. Dabei ist es Bullshit.«

»Sie meinen, es übersteigt selbst Ihre immensen Fähigkeiten.«

»Gegen Ihren britischen Sarkasmus bin ich unempfindlich, Ed. Aber im Prinzip liegen Sie richtig. Klar kenne ich die Sicherheitsarchitektur von dem Laden, klar habe ich noch ein paar Zugangscodes. Aber so einfach ein paar Milliarden klauen, ohne dass es einer merkt – nein, das geht nicht.«

»Sie behaupten trotzdem, es getan zu haben – um eine Panik auszulösen?«

»Vorhin lief es über Bloomberg. Ich habe das Video ja nicht ohne Grund gegen 17.30 Uhr hiesiger Ortszeit ausgespielt.«

»Nein?«

»Nein. Da ist es halb vier in New York, Wall Street macht gerade zu. Fünfundsechzig Prozent der Juno-Nutzer sitzen außerhalb der USA, vor allem in Asien und Afrika. In Tokio ist jetzt Morgen. Die User werden also einen ganzen Tag Zeit haben, darüber nachzudenken, ob ihre Moneta noch sicher sind. Viele werden reagieren.«

»Sie wollen einen Bank Run auslösen.«

»Ja. Aber keinen altmodischen, mit Schlangen vor Geldautomaten. Dieser hier wird in Lichtgeschwindigkeit ablaufen.«

Dante fragt sich, wo Mondego bleibt. Er schaut auf die Uhr. Der Countdown oben auf dem Computer läuft in ein paar Minuten ab, falls sie ihn nicht gestoppt hat. Nicht zum ersten Mal fragt er sich, ob Hollister ihn mit seiner wortreichen Beichte hinhalten will, bis die Zeitspanne verstrichen ist. Der lacht leise.

»Die blöde Alice Yang wird gar nicht wissen, wie ihr geschieht. Und dann werden ...«

»Auf wen warten wir, Hollister?«

»Hm?«

»Wir warten auf jemanden. Anders kann ich mir Ihr Verhalten nicht erklären. Sie schinden Zeit. Ich glaube Ihnen nämlich nicht, dass Sie das alles allein durchgezogen haben.«

»Das geht jetzt aber gegen meine Hackerehre, Edward. Die Videos, die Schätze, die Undercover-Postings in den Foren – alles mein Werk. Seit mehr als zehn Tagen sitze ich rum, lebe von Vorräten, die ich schon vor längerer Zeit hier deponiert habe, Dosenzeugs vor allem. Ich bin schon«, er schaut an sich herab, »ein wenig verwahrlost, glaube ich.«

»Sie lenken ab. Die Klickfarmen. Ich habe Hinweise darauf, dass es etliche davon gibt. Jemand muss die warten. Jemand musste sie überhaupt erst in Betrieb nehmen.«

»Okay. Okay, erwischt. Ich erzähle es Ihnen.«

»In kurzen, knappen Sätzen, wenn ich bitten darf.«

»In einem Wort: Nordkorea.«

0,000000001

Dante erinnert sich an jenes Foto, das Hollister beim Internationalen Filmfest in Pjöngjang zeigt. Der Juno-Gründer schaut suchend umher, so als hoffe er, irgendwo stehe noch eine Flasche kaltes Bier herum. Dann fährt er fort.

»Wenn es um kriminelle Hackeraktivitäten geht, sind die Nordkoreaner seit Jahren ganz vorne mit dabei. Wissen Sie, was Supernotes sind?«

Dante nickt. Als Supernotes bezeichnet man extrem aufwendig hergestellte Blüten, in der Regel Hundert-Dollar-Scheine.

»Dieses Falschgeld war made in North Korea, ein Exportschlager des lieben Führers. Irgendwann wurde Pjöngjang das mit den Supernotes aber zu mühsam. Der neue Chef, Kim Jong-un, hat komplett auf digitale Devisenbeschaffung umgestellt. Einige der spektakulärsten Cyberdiebstähle der letzten Jahre gehen auf das Konto von Büro 39, einer nordkoreanischen Hackereinheit. Die haben unter anderem die Zentralbank von Bangladesch ausgeraubt.«

»Und mit diesen Herzchen haben Sie sich ins Bett gelegt? Ihnen Zugang zu Juno versprochen, wenn sie ihre Infrastruktur zur Verfügung stellen? Wieso unterhalten Nordkoreaner überhaupt Klickfarmen in den USA?«

»Na, zur Geldwäsche, vor allem. Bis vor ein paar Jahren hat man dafür Mules benutzt, menschliche Helfer. Man koordiniert dabei Tausende Kleinkriminelle übers Internet. Jetzt geht das auch mithilfe Tausender Fake-Accounts. Sie sollten übrigens nicht den Fehler machen, diese Leute mit dem nordkoreanischen Regime gleichzusetzen. Die Erebus Group, so nennt sich die Gruppe, mit der ich zu tun hatte, arbeitet zwar vor allem für Pjöngjang. Ich habe den Kontakt zu denen damals bei einem Kongress im chinesischen Dalian geknüpft. Das liegt nahe der Grenze zu Nordkorea, da bin ich kurz rüber, ganz diskret. Aber Erebus macht auch einiges auf eigene Rechnung, zusammen mit den Russen oder Chinesen – und natürlich den mexikanischen Kartellen. Ich habe denen ein Geschäft angeboten.«

»Die sollten die Bitcoins von Hal Price und Immo Patel in saubere Dollars verwandeln«, sagt Dante.

»Nicht schlecht, Ed. Ja, Hal und Immo brauchten Dollars. Erebus hatte welche, Bargeld aus Drogengeschäften und anderen Unternehmungen. Auf jeden Fall war es ein Geschäft, das sich lohnte.«

»Für Price ja eher nicht«, erwidert Dante.

»Hal war ein Idiot. Er hätte einfach die Klappe halten und sich aus der Montecrypto-Sache raushalten sollen.«

»Wusste er davon?«

»Von der Schatzsuche? Natürlich nicht. Aber selbstverständlich davon, dass ich Alice versprochen hatte, die Moneta-Lücke zu schließen. Da hing er wie gesagt mit drin, mehr als Patel. Der kannte nur grobe Details. Price hingegen war über den genauen Deal informiert.«

»Und wie sah der aus?«

»Patel und Price saßen, wie Sie schon wissen, auf einem Haufen Bitcoins, der nicht in den Büchern oder bei der Steuer auftauchte. Folglich war es Geld, mit dem die beiden vielleicht Koks im Netz bestellen oder eine Immobilie in Lagos kaufen konnten. Aber es war kein Geld, mit dem sie ihre Firmen retten konnten.«

»Ist es nicht egal, ob man pleitegeht, wenn man irgendwo noch fünfzig Millionen in Bitcoins liegen hat?«

»Existenziell betrachtet schon, aber fürs Ego nicht. Hal war gerne der erfolgreiche Kryptovisionär. Immo gefiel sich als Mann der Zukunft. Und hier kamen die Nordkoreaner ins Spiel. Sie zahlten für die Bitcoins von Price und Patel insgesamt zweihundert Millionen Dollar.«

»Ich dachte, die beiden hatten nur Bitcoins im Wert von hundert.«

»Das stimmt.«

»Dann ist das aber kein guter Wechselkurs, den Ihre nordkoreanischen Freunde bekommen haben. Zwei zu eins, das ...«

Mit einer Handgeste bedeutet Hollister ihm, nicht so ungeduldig zu sein.

»Die ersten hundert Millionen wurden zunächst an die Fondation Bataille in der Schweiz transferiert. Von da ging das Geld an eine Shell Company auf den Caymans. Von dort wiederum peu à peu via zwei Firmen in Delaware an diese Stiftung in Colorado, bei der Price und Patel als Bevollmächtigte eingetragen sind, Better Tomorrow. Das ist jetzt etwas vereinfacht, aber so in etwa.«

»Geht es noch etwas genauer?«

»Nein, denn den Teil hat Price organisiert. Wichtiger ist ohnehin, was mit den zweiten hundert Millionen Dollar passierte. Sie wurden mithilfe von Mules, also so einem Netzwerk von Kleinkriminellen, auf Bankkonten eingezahlt.«

»Mafia-Crowdsourcing, okay. Was für Bankkonten?«

»Bankkonten, die auf nicht existente Personen liefen, Fake-Accounts des nordkoreanischen Erebus-Netzwerks«, erwidert Hollister.

»Accounts, die von den Bot-Farmen gesteuert werden und Juno-Konten besitzen.«

»Genau. Damit landeten bei Juno eben jene hundert Millionen, die fehlten. Es hat Monate gedauert, aber nun ist das Geld auf die Bot-Konten eingezahlt worden.«

»Und liegt dort nun in Form von hundert Millionen Moneta. Und wenn die Fake-Konten geschlossen werden, verschwinden diese Moneta.«

»Ja. Der Plan war, sie peu à peu zu schließen. Am Ende wären alle glücklich gewesen. Price und Patel hätten ihre schmutzigen Bitcoins in blitzsauberes Fiat-Geld verwandelt. Die Nordkoreaner hätten ihre heißen Dollars in Bitcoins getauscht. Und Yang hätte ihr Loch gestopft bekommen. Ha! Das klang jetzt schmutziger, als es gemeint war.«

»Doch dann?«

»Ist Price nervös geworden. Als ich starb und in den Videos auftauchte, muss er den Kopf verloren haben. Kann ich ihm nicht verdenken. Er hat deshalb mit den Chinesen gesprochen.«

Dante schüttelt den Kopf.

»Allmählich verliere ich den Überblick, Greg.«

»Ist aber ziemlich simpel. Price hatte bei Cerro Nuevo einen großen chinesischen Investor drin. Geschäftsleute, keine Mafiosi, die Geld waschen wollen – glaube ich zumindest. Die Übergänge sind da ja oft fließend. Dieser Investor soll gute Kontakte zur chinesischen Staatssicherheit haben. Und Price hat bei denen wohl rumgejammert, vermutlich in dem Glauben, die Chinesen hätten irgendwelchen Einfluss auf die Nordkoreaner, könnten das Botnetz abwickeln helfen, bevor die Behörden Wind von der Sache bekämen.«

»Aber wer hat ihn jetzt ermordet?«, fragt Dante.

»Chinesen. Koreaner. Spielt es eine Rolle? Ich hatte auf jeden Fall nichts damit zu tun. Ich mochte ihn ja irgendwie.«

Dante schaut erneut auf seine Uhr. Er bedeutet Hollister, sich nicht zu rühren, ruft Mondego an. Sie nimmt nicht ab.

»Und auf wen warten Sie?«, fragt Hollister.

»Geht Sie nichts an. Weiter im Text.«

»Weiter gibt's nichts. Ich habe mit Montecrypto maximale Aufmerksamkeit erzeugt. Nun nutze ich diese Plattform, um Juno ins Taumeln zu bringen, beende diesen Irrweg einer falschen Kryptowährung. Danach übergebe ich Erebus meine Zero Days.«

»Ihre was?«

»Exploits, Sicherheitslücken im Juno-System, die nur ich kenne. Sie hatten nämlich recht. Erebus verlangte noch was extra. Der Wechselkurs war wirklich nicht besonders.«

Dante hört etwas, das wie ein gedämpfter Schrei klingt. Er erkennt die Stimme, kommt auf die Beine. Mercy Mondego steht am oberen Absatz der Treppe, die zum Pool führt. Hinter ihr steht ein Mann, er hat Mondego den Arm auf den Rücken gedreht. Es ist Tommy Tang, Dantes seltsame Begegnung aus dem Hotel in Las Vegas. In seiner freien Hand hält er etwas, das wie eine Maschinenpistole mit Schalldämpfer aussieht.

»Die Waffe weg, Dante«, sagt Tang.

Er tut wie ihm geheißen. Tang bedeutet Dante, sich zu Hollister in den Pool zu gesellen. Er klettert die Stiegen hinab. Tang stößt Mondego unsanft die Treppe hinunter, die Waffe im Anschlag.

»Sie verstehen nicht«, ruft sie, »ich muss wieder da hoch, den Countdown stoppen. Sonst …«

Tangs Gesicht verzerrt sich. Vermutlich haben er und Mondego diese Diskussion bereits geführt. Genauer gesagt wollte Mondego sie führen, obwohl Tang ihr befahl, die Klappe zu halten. Dante merkt, wie sich trotz der Umstände ein Lächeln auf seine Lippen schleicht. Die Klappe halten, das kann sie nicht besonders gut.

»Genug!«, brüllt Tang. Er stößt Mondego von sich weg. Sie taumelt vorwärts, mehrere Stufen auf einmal nehmend, knickt um und fällt. Die Bloggerin schlittert über den Boden, auf den Pool zu. Dante rennt los, doch sie ist bereits über die Kante, schlägt hart auf den zwei Meter darunter liegenden Kacheln auf.

»Alles klar, Mercy?«

Sie nickt matt. Blut läuft aus ihrer Nase. Dante fühlt, wie ihn Wut durchströmt. Er ist bereits halb die Stiege hoch, auf dem Weg zu Tang, um den Wichser um seine Vorderzähne zu erleichtern, Sam-Spade-Style. Als er oben ankommt, hat Tang bereits einen Fuß in Position und tritt Dante mit voller Wucht in die Brust. Er fliegt rückwärts durch die Luft, landet auf dem Rücken. Einen Moment ist er blind vor Schmerz. Als sich der Schleier vor seinen Augen lüftet, kommt er langsam hoch, schaut sich um. Hollister steht ein paar Meter entfernt, den Blick auf Tang gerichtet. An seinem entgeisterten Gesichtsausdruck kann Dante erkennen, dass Tang nicht der ist, den Sir Holly erwartet hat.

Dante kommt langsam hoch, hebt seinen Trilby vom Boden

auf. Seine rechte Schulter tut weh, scheint aber noch ganz zu sein. Mondego ist ebenfalls aufgestanden, geht hinüber zu Hollister.

»Sie auch, Mister Dante«, sagt Tang und zeigt mit der Maschinenpistole auf die andere Seite des Pools. Dante tut, was von ihm verlangt wird, sinkt dann neben Mondego zu Boden. Sie legt ihre Hand in seine.

Tang mustert sie, nickt Dante zu.

»Sorry, Mister Dante.«

»Wenn Sie jetzt ein ›Ist schon okay‹ erwarten, haben Sie sich geschnitten, Tang.«

Tang zuckt mit den Achseln.

»War halt ein Scheißtag, bis jetzt. Aber ich bin Ihnen zu Dank verpflichtet.«

Mondego und Hollister schauen ihn fragend an.

»Du kennst den Typen?«, sagt Mondego.

»Das ist der aus Vegas.«

»Wieso Vegas?«, fragt Hollister.

»Wir überwachen Sie natürlich seit Längerem«, sagt Tang, »aber der Hut, die neuen Handys und das doppelte Ticket haben uns zwischenzeitlich Probleme bereitet. Nicht so doof gemacht.«

»Wieso der Hut? Was meinen Sie?«, sagt Mondego. Sie lispelt, weil ihre Unterlippe inzwischen stark angeschwollen ist. Dante fällt außerdem auf, dass sie stinkt. Nicht nach Schweiß oder Urin, sondern als habe sie in der Mülltonne übernachtet. Hollister rümpft ebenfalls die Nase.

Tang deutet auf Dantes Trilby. »Da ist ein Sender drin, seit Längerem. Aber Mister Dante hat den Hut zuletzt nicht mehr so oft getragen – verständlich, wenn einen das halbe Internet damit in Verbindung bringt. Aber zum Glück hat er ihn mit nach Acapulco genommen. Damit hatten wir Sie.«

Dante fährt mit dem Finger an seiner Hutkrempe entlang. Ihm fällt auf, dass Tangs Chinos bis zum Oberschenkel durchnässt sind. Ist er mit einem Boot angerückt? Das würfe die Frage auf, wo sich seine Crew befindet.

Tang zeigt auf Hollister, sagt zu Dante gewandt: »Sie wissen, dass er lügt, oder?«

»Ja. Es passt alles nicht so richtig zusammen.«

»Mister Hollister«, sagt Tang, »würden Sie uns die Wahrheit sagen, bitte.«

»Anscheinend kennen Sie die ja schon«, erwidert Hollister.

»Ich will sie aber noch mal von Ihnen hören.«

Hollister räuspert sich. »Wenn es Ihnen Freude macht: Ich zerstöre Juno. Ich brenne den beschissenen Laden bis auf die Grundmauern nieder.«

»Weil?«, fragt Tang.

»Weil Alice und diese ganzen anderen Wall-Street-Arschlöcher meine Idee ins Gegenteil verkehrt haben. Ich wollte ...«, Hollister gerät ins Stocken, so als müsse er kurz nachdenken, warum er diesen ganzen Wahnsinn eigentlich angezettelt hat. Dann fährt er fort. » ... ich wollte eine echte Alternative zum Fiat-Geld. Bitcoin 2.0, eine Kryptowährung ohne die Kinderkrankheiten des Originals. Nicht diese Orwell-Coins, die ...«

Tang schaut ihn gelangweilt an.

»Tun Sie nicht so aufgeregt, Hollister. Darauf falle ich nicht rein. Und die beiden Möchtegern-Quatermains hier auch nicht. Das Wort hatte ich vorher übrigens noch nie gehört. Ist bei uns nicht sehr populär, dieser«, Tang verzieht das Gesicht, »imperialistische englische Kolonialheld.«

»Sie haben vorhin erzählt«, sagt Dante zu Hollister gewandt, »Sie hätten einen Deal mit dieser Erebus Group. Und Sie würden denen umfänglichen Zugang zu Juno verschaffen, mit diesen Zero-Day-Exploits. Aber was nutzt das denen, wenn Juno bis auf die Grundmauern niederbrennt, wie Sie sagen? Das ist ...«

» ... Bullshit«, pflichtet Tang ihm bei. Er greift in seine Jackentasche und zieht eine Packung Silk Cut heraus, steckt sich eine an. »Noch jemand? Nein? Ihr Westler seid so freudlos.«

»Sie klingen auch wie ein Westler, sind aber offenbar keiner«, sagt Hollister. »Für wen arbeiten Sie?«

Tang ignoriert Hollisters Frage, sagt stattdessen:

»Wir haben die Nordkoreaner auf dem Schirm. Deshalb weiß ich, was die Erebus Group für die Bereitstellung der Klickfarmen und den Bitcoin-Umtausch bekommt.«

»Geldwäsche und Juno-Exploits, nein?«, sagt Dante.

»Das ist nur Kleinkram. Erebus und mit ihnen verbundene Firmen haben bei Brokern in ganz Asien riesige Short-Positionen aufgebaut – Wetten auf fallende Kurse. Und wissen Sie auch, gegen was gewettet wird?«

»Gegen den Dollar«, erwidert Dante leise.

»Was?«, sagt Mondego.

»Klären Sie Mrs Mondego ruhig auf.«

»Ich habe«, sagt Dante, »eine Weile gebraucht, bis ich es kapiert habe. Dabei hätte ich es schon bei meinem ersten Besuch in der Strandvilla erkennen müssen. Hollister geht es nicht um Juno, nicht um sein Vermächtnis, nicht um die Deckungslücke. Es geht ihm auch nicht darum, irgendeiner Kryptowährung zum Durchbruch zu verhelfen. Zumindest nicht direkt.«

Er schaut Mondego an. Ihr Gesicht sieht aus wie das eines untalentierten Preisboxers, und sie stinkt wie eine Skid-Row-Pennerin. Er findet sie trotzdem hinreißend.

»Und was will er dann, Ed? Ed?«

»Was? Sorry, ich war kurz ... er will den Dollar zerstören.«

»Den ...? Und wie soll das bitte gehen?«, fragt sie.

»Das«, mischt sich Tang ein, »ist der Teil, zu dem mir noch Informationen fehlen. Aber Mister Hollister kann unsere Wissenslücken sicher schließen.«

Der Juno-Gründer macht eine beschwichtigende Geste. Dante kann sehen, dass er gleich zu einer seiner ausufernden Erklärungen ansetzen wird. Aber Hollister kommt nicht dazu. Tang hebt die Maschinenpistole, feuert eine Dreiersalve ab. Die Projektile schlagen direkt vor Hollisters Füßen ein. Kachelsplitter fliegen ihnen um die Ohren, Dante fühlt, wie etwas seine Wange streift. Es brennt fürchterlich.

»Fuck, Alter!«, brüllt Hollister, wirft die Hände über den Kopf.

»Ich habe wirklich keine Geduld mehr«, sagt Tang. »Raus damit.«

»Und keine Zeit«, mischt Mondego sich ein. »Wir …«

»Klappe«, blafft Tang. »Das Problem ist keines mehr.«

Dante versteht nicht so recht, worüber sich die beiden streiten. Während Tang redet, wandert sein Blick zum Turm des Hotels. Dante schaut ebenfalls hinauf. Er bildet sich ein, zwischen den Zinnen eine Bewegung wahrzunehmen.

Tang hebt den Lauf etwas nach oben, zielt auf Hollisters Körpermitte.

»Ist ja schon gut, Mann. Dante hat recht. Es geht um den Dollar«, sagt Hollister.

»Und wie genau?«, fragt Tang.

»Die Klickfarm. Es gibt an die zwanzigtausend Juno-Fake-Accounts, die ich alle steuern kann. Mit ihrer Hilfe werde ich eine Sicherheitslücke ausnutzen.«

»So einen Zero-Day-Exploit?«, fragt Tang.

»Ja, nein.«

»Was denn jetzt?«

»Es ist keine Sicherheitslücke, über die man von außen reinkommt. Es ist … es sind die …«

Tangs Finger krümmt sich.

»Hollys! Es sind die Hollys, Mann!«

Tang runzelt die Stirn, lässt die Maschinenpistole sinken. Er scheint mit der Antwort wenig anfangen zu können. Dante geht es ähnlich. Hollys sind die kleinstmögliche Moneta-Einheit, null Komma null null null irgendwas. Was können die schon anrichten?

Mondego hingegen fängt an zu lachen, wobei es in Wahrheit eher wie Röcheln klingt, weil sie zwischendurch husten muss.

»Wow. Das ist brillant, Greg«, sagt sie.

»Danke«, erwidert Hollister.

»Und jetzt bitte noch mal für die Leute von der Landwirtschaft«, sagt Dante.

»Anders als Fiat-Währungen lassen sich Kryptowährungen im Prinzip beliebig weiter aufspalten«, sagt Mondego.

»Einen Moneta beispielsweise kann man bis zur zehnten Dezimalstelle teilen, also in zehn Milliarden Stück. Diese winzigen Inkremente haben keinen offiziellen Namen, es sind einfach 0,0000000001 Moneta. Aber alle nennen sie Hollys.«

»Schon mal gehört. Braucht man aber ja wohl nicht sehr oft, diese winzig kleinen Bruchteile«, sagt Tang.

»Doch. Ständig«, erwidert Mondego. »Bei Juno sind diese winzigen Beträge nämlich das Sicherheitsfeature. Jedes Mal, wenn man bezahlt, wird ein Holly mitüberwiesen. Die Idee dahinter ist, dass Spammer oder Hacker nicht einfach ganz viele Transaktionen umsonst durchführen können, wie bei Spam-E-Mails, zum Beispiel.«

»Ja, und?«, sagt Dante.

»Und Greg hat einen Weg gefunden, dieses Sicherheitsfeature in ein Unsicherheitsfeature zu verwandeln.«

Mondego mustert Hollister. Der sagt zunächst nichts, lächelt nur. Als Tang den Lauf der Maschinenpistole wieder hebt, beginnt er zu sprechen.

»Sie hat recht. Ich kannte das mit den Hollys verbundene Problem natürlich, aber ich hielt es lange für rein theoretisch. Dann aber wurde mir klar, dass ich es nutzen kann. Mithilfe der Bots. Und Javascript.«

»Ohne Technikscheiß«, knurrt Tang. Er blickt sich um. Offenbar wartet auch er auf jemanden. Als Tang den Kopf dreht, erkennt Dante, dass der Mann etwas im linken Ohr hat, vermutlich einen kleinen Kopfhörer.

»Okay«, erwidert Hollister, »ich mach's einfach. Zwanzigtausend Bot-Kontos. Auf jedem liegen fünftausend Moneta, macht zusammen hundert Millionen. Das entspricht unserer altbekannten Deckunglücke, es ist der wahre Schatz von Montecrypto, wenn man so will. In Holly-Inkrementen macht das zehn hoch achtzehn – eine Trillion Hollys.«

»Eine Riesenzahl«, erwidert Tang, »aber eine lächerlich kleine

Summe, wenn man die Leitwährung des globalen Finanzsystems crashen will.«

»Stimmt«, erwidert Hollister. »Aber Juno-Konten können einander theoretisch einzelne Hollys überweisen – plus einen weiteren, als Transaktionsgebühr – mindestens zwei also. Das heißt, meine Bots können fünfhundert Billiarden Transaktionen durchführen. Und zwar alle auf einmal.«

»Gibt es kein vom System vorgegebenes Limit an Transaktionen?«, fragt Mondego.

»Doch. Aber das habe ich vor einer Stunde deaktiviert. Bis Junos EDV das merkt, haben die Bot-Accounts das gesamte System paralysiert, überweisen jedem der circa neunhundert Millionen Juno-Nutzer zwei Hollys und dann noch zwei und noch zwei und noch zwei und immer so weiter.«

»Das ist wie eine DDoS-Attacke, ein Ansturm auf ein Computersystem«, murmelt Mondego. »Aber von innen.«

Hollister nickt. »Genau. Und das, während Millionen von Kunden ohnehin versuchen, ihre Kohle aus dem System zu ziehen. Weil der Juno-Gründer öffentlich behauptet, Moneta seien nicht gedeckt.«

»Aber früher oder später werden Yangs Leute die Bots identifizieren und abklemmen. Dann funktioniert alles wieder«, sagt Mondego.

»Dann ist es zu spät«, erwidert Hollister. »Alle werden sich fragen, wann das Juno-System das nächste Mal in die Knie geht. Die kurzfristige Paralyse führt zur langfristigen. Alle werden ihre Moneta verkaufen. Das wird der größte Bank Run aller Zeiten.«

»Aber wie zerstört es den Dollar?«, fragt Mondego. An Tangs Blick erkennt Dante, dass dieser die Antwort bereits ahnt, genau wie er selbst. Den bevorstehenden Juno-Crash mit einem Bank Run zu vergleichen, ist nämlich nicht ganz korrekt. Eine Bank hat gerade *nicht* das gesamte Geld ihrer Kunden im Tresor. Deshalb rennen ja alle zum Schalter, weil sie wissen, dass den Letzten die Hunde beißen.

Juno hingegen ist von den Aufsichtsbehörden dazu verdonnert worden, zur Deckung seiner Moneta-Coins den kompletten Gegenwert in US-Dollar vorzuhalten, in einem Geldmarktfonds von gigantischem Ausmaß, rund vier Billionen schwer.

Jedes Mal, wenn ein panischer Kunde Moneta in Dollar zurücktauscht, muss Juno folglich Greenbacks aus dem Fonds herausrücken. Dadurch wird binnen kurzer Zeit eine immense Menge Geld ins Wirtschaftssystem gepumpt. Das Angebot an Dollars steigt rasant, der Wert der US-Währung fällt massiv.

In der Folge ist jede verbleibende Moneta weniger wert, was wiederum weitere Juno-Kunden veranlasst, ihre Kryptocoins zurückzutauschen.

»Eine Todesspirale«, sagt Dante. »Absolute Kernschmelze. Die hätten das Ding nie so groß werden lassen dürfen.«

»Die?«, fragt Mondego.

»Die Amerikaner«, sagt Tang. »Langsam verstehe ich, warum Sie Ihren Tod inszeniert haben, Hollister.«

Der lächelt. »Manche Dinge kann man eben nur tun, wenn man tot ist.«

»Noch leben Sie«, erwidert Tang. »Und falls Sie an einem Fortdauern dieses Zustands interessiert sind, verraten Sie mir jetzt, wie man die Scheiße stoppt.«

»Der Countdown«, Hollister deutet mit dem Kopf Richtung Hotel, »in Zimmer 407.«

»Ich bin mir nicht sicher, ob …«, hebt Mondego an.

»Klappe!«, schreit Tang. Er neigt den Kopf, spricht in ein Mikro, das offenbar in seinem Kragen versteckt ist. Es klingt wie Chinesisch. Nach kurzer Zeit wendet er sich wieder Hollister zu.

»Ihr Rechner da oben ist über WLAN mit dem Netz verbunden, das von der Satellitenschüssel auf dem Turm kommt. Mein Kollege hat die Kabel durchtrennt. Ihr Countdown läuft ins Leere.«

Hollister schaut Tang mit einer Mischung aus Entsetzen und Unverständnis an.

»Wieso tun Sie das?« Tang hebt fragend die Augenbrauen.

»Sie arbeiten doch für die Chinesen, oder nicht? Ich will Krypto zum Durchbruch verhelfen. Sie mögen meine wirtschaftlichen und politischen Ideen nicht teilen, aber ich zerstöre gerade den Dollar, vielleicht die ganze USA. Die Dominanz der Amerikaner in der Weltwirtschaft wird dahin sein. Das muss doch in Ihrem Interesse liegen.«

Dante sieht, wie zwei Männer in Jeans und T-Shirt die Treppe zum Pool herunterkommen. Beide sind bewaffnet, sehen asiatisch aus. Tang bedeutet ihnen, etwas Abstand zu halten.

»Ich denke nicht, dass das, was Sie vorhaben, in unserem Interesse ist. Deshalb bin ich ja hier.«

»Aber ...«

»Die Chinesen«, unterbricht ihn Dante, »kaufen seit Jahren amerikanische Staatsanleihen. Deren Zentralbank hält US-Papiere im Wert von mehr als einer Billion Dollar. Und es werden jeden Tag mehr, weil ihnen jedes T-Shirt und jedes iPhone weitere Dollars einbringt. Wieso sollte die Volksrepublik also an einem Dollarcrash interessiert sein?«

Tang macht eine zustimmende Geste, sagt:

»Ich denke, damit wären wir hier fertig, zumindest fürs Erste.«

Tang gibt seinen Kompagnons ein Zeichen. Einer von ihnen öffnet eine Tasche, die er geschultert hat, holt Kabelbinder heraus, wie man sie zum Fesseln Gefangener benutzt.

»Was haben Sie vor?«, fragt Dante.

»Sie kommen mit uns. Wir bringen Sie zu einem Flugplatz in der Nähe. Dort wartet eine Diplomatenmaschine.«

»Nach China?«, sagt Hollister.

Dante sieht, dass Tang darauf eine patzige Antwort geben möchte – ›Nach L. A. bestimmt nicht‹ oder ›Wünschen der Herr vielleicht nach Davos geflogen zu werden?‹, etwas in der Art. Vielleicht wäre es eine originelle Riposte geworden. Dante wird es nie erfahren. Denn bevor Tang den Mund aufmachen kann, platzt sein Kopf.

Dante vernimmt das Rattern einer Maschinenpistole. Im Moment des Todes scheint Tang den Abzug betätigt zu haben. Während er kopflos und blutüberströmt vornüber in den Pool kippt, bellt die Waffe. Überall explodieren Kacheln. Dante wirft sich auf den Boden, auch Hollister und Mondego gehen in Deckung, wobei das vielleicht nicht der richtige Ausdruck ist. Sie befinden sich in einem leeren Betonbecken. Es gibt rein gar nichts, hinter dem man sich verstecken könnte.

Er hört ein schmatzendes Geräusch, als Tangs Körper aufschlägt. Dessen Waffe ist verstummt, aber die anderen beiden Chinesen haben angefangen, um sich zu ballern. Sie nehmen jemanden auf der gegenüberliegenden Seite des Pools unter Beschuss, Dante erkennt das am wechselseitigen Mündungsfeuer. Ansonsten ist es zappenduster. Bis auf etwas Mondlicht gibt es keinerlei Beleuchtung.

Er kommt auf die Ellenbogen hoch, schaut sich um. Eben noch glaubte Dante, der Pool sei eine Todesfalle. Nun aber ist es ihm ganz recht, dass er hier unten ist. Auf beiden Seiten des Beckens haben sich Schützen verschanzt, beharken sich mit automatischen Waffen. Da oben pfeifen Projektile durch die Luft, aber hier unten sind sie verhältnismäßig gut geschützt.

Mondego liegt zwei Meter entfernt auf dem Boden, ruft ihm etwas zu. Dante kann sie nicht hören, fragt sich, ob er je wieder etwas wird hören können. Das Geballer hat nicht nur die Stille der Nacht zerfetzt, sondern möglicherweise auch sein Trommelfell.

»Countdown ... cht ... ots ... be!«

Dante schüttelt den Kopf, zeigt auf sein Ohr. Etwas trifft ihn an der Stirn. Er zuckt zusammen, schaut auf das Ding, das vor ihm liegt. Es handelt sich um eine Patronenhülse.

Er hält Ausschau nach Hollister. Dieser sitzt in einigen Metern Entfernung neben der kopflosen Leiche Tangs und ist dabei, dem Toten die Maschinenpistole zu entwinden. Dante weiß nicht, was der Irre damit vorhat, aber vermutlich nichts Erfreuliches. Er kommt hoch, läuft in geduckter Haltung auf Hollister zu. Als er ihn erreicht, hat der Juno-Gründer die Waffe bereits im Anschlag. Hollister schaut ihn an, schüttelt den Kopf, sagt etwas. Dante macht eine beschwichtigende Handbewegung, geht wieder auf alle viere. Hollister robbt von ihm weg, zur Stiege am Rand des Pools.

Mondego kommt zu Dante gekrochen. Sie schreit ihm direkt ins Ohr. Nun versteht er sie.

»Wir müssen raus hier! Schnell!«

Dante nickt, zeigt auf eines der kurzen Enden des Pools. Dort befindet sich zwar keine Leiter, aber das Feuergefecht scheint sich, soweit man das von hier unten beurteilen kann, eher an den langen Seiten des Pools abzuspielen. Mit etwas Glück können sie sich in die angrenzenden Büsche schlagen, die den ehemaligen Tennisplatz überwuchert haben. Mit etwas Pech fangen sie sich vorher jeder ein halbes Dutzend Kugeln ein.

Hollister kommt ihnen zur Hilfe. Während sie durch den Pool robben, hält er die Maschinenpistole mit ausgestrecktem Arm über den Rand und beginnt die Chinesen unter Beschuss zu nehmen, die sich kaum drei Meter weiter hinter einem Stapel verrosteter Poolliegen verschanzt haben. Dante hört einen Schrei. Auf der anderen Seite des Pools kommt jemand aus der Deckung, rollt sich ab, springt ins Becken.

»Los jetzt«, schreit er. Dante stellt Mondego eine Feuerleiter. Sobald sie über den Beckenrand ist, zieht er sich ebenfalls hoch. Hinter sich hört er weitere Schreie. Das Dauerfeuer erstirbt. Dante dreht sich nicht um, sondern behält Mondego im Auge, die vor ihm zwischen zwei Büschen verschwindet.

Zweige peitschen ihm ins Gesicht. Seine Füße wirbeln roten Staub auf, Reste des Tennisplatzbelags. Erst, als sie die andere Seite des Courts erreichen, hält Mondego an. Dante bleibt ebenfalls stehen, orientiert sich. Der Pool ist nicht mehr zu sehen, aber hinter ihnen erhebt sich das von fahlem Mondlicht beschienene Castillo del Mar mit seiner terrassenartigen Anlage. Vor ihnen geht es abwärts. In vielleicht dreißig, vierzig Metern Entfernung endet die letzte Terrassenebene an einem Kliff, das zum Meer hin steil abfällt.

Keuchend lehnt Mondego sich an einen Baum.

»Verdammte Scheiße. Wer waren die anderen?«, fragt sie.

»Nordkoreaner.«

»Nord ...? Und was ist mit Hollister?«

»Der steckt mit denen unter einer Decke. Aber wenigstens«, Dante muss Luft holen, bevor er weiterreden kann, »hat Tang diesen Countdown noch gestoppt, bevor ...«

»Ed, das ist ja, was ich die ganze Zeit sagen will. Ich bin mir nicht hundertpro sicher, aber ich glaube, dass es außer dem Countdown noch einen ...«

»No te muevas. Manos arriba«, schreit jemand.

Dante sieht zunächst einen Gewehrlauf, dann bricht der Besitzer der Waffe durchs Unterholz. Er sieht aus wie ein Einheimischer, hat ein Sturmgewehr im Anschlag. Mondego hebt die Hände über den Kopf, Dante ebenfalls.

Der Mann bedeutet ihnen, sich auf den Boden zu legen. Sobald sie unten sind, holt er ein Walkie-Talkie hervor, spricht hinein. Dante versteht kaum etwas, aber offenbar sagt der Mann seinen Compañeros, Compadres, was auch immer, dass er die Flüchtigen habe, gibt seine Position durch.

Ein Handy klingelt. Es ist Mondegos. Der Ton klingt allerdings nicht wie der Standardklingelton, sondern wie ein Wecker. Dante schaut sie an.

»Countdown?«

Sie nickt.

»Aber die Satellitenschüssel ist kaputt.«

»Stimmt. Das verhindert möglicherweise, dass der Rechner die Juno-Bots aktiviert. Es verhindert aber nicht, dass er ein Signal über die im ganzen Hotel installierten WLAN-Repeater weitergibt.«

Dante will fragen, was genau sie meint. Aber in diesem Moment dringt wieder dieser wenig betörende, irgendwie faulige Geruch, den Mondego seit einiger Zeit verströmt, in seine Nase. Er hatte es für Müllgestank gehalten. Aber wo sollten hier größere Mengen davon sein? Der Müll des Hotels ist seit sechzig Jahren verrottet.

Ihm wird klar, dass der Gestank von Chemikalien herrühren muss. Er tippt auf Schwefel.

In der Ferne ist ein dumpfer Knall zu hören, dann noch einer. Der Mexikaner schreckt auf, brüllt etwas in sein Funkgerät. Von irgendwo vernimmt Dante ein seltsames Knistern, gefolgt von einem Rauschen. Wieder ist ein dumpfer Knall zu hören. Außerdem hat er den Eindruck, dass jemand das Licht angeschaltet hat. Es ist auf einmal so hell.

»Mercy, was zum ...«

»Treibstoff. Eine Menge davon.«

»Wo?«

»Ich habe auf dem Computer was gefunden, das nicht nach Skript für ein Botnetz aussah. Dann bin ich mit dem WLAN-Sniffer noch mal durchs Hotel. Unter der Luke, wo die alten Öltanks waren, da ist alles voller Fässer und ...«

Das Funkgerät ihres Bewachers quakt. Der Mann flucht, rennt los. Schon ist er im Gebüsch verschwunden. Mondego und Dante schauen einander ungläubig an. Sie stehen auf. Dichter, gelblich leuchtender Qualm steht über dem Castillo del Mar. Das Flackern eines Feuers erhellt die Wände. Wieder ist ein dumpfer Knall zu hören, noch einer, und noch einer, so als sei das Hotel ein gigantischer Topf voller Popcornmais, der allmählich in Wallung gerät.

»Er wollte alle Spuren verwischen«, sagt sie. Vermutlich meint sie Hollister. Dante bleibt keine Zeit, nachzufragen, denn in diesem Moment schwappt eine Welle lichterloh brennender Flüssigkeit über die Kante der obersten Terrassenebene, ergießt sich nach unten. Dante macht ein paar Schritte rückwärts. Schon hat das lodernde Öl, Napalm, was auch immer, die nächste Ebene erreicht. Es kommt auf sie zu, wird den ganzen Bereich unterhalb des Hotels binnen kürzester Zeit in ein Inferno verwandeln.

Dante packt Mondego am Arm, will sie Richtung Pool ziehen. Dort muss es eine Treppe hinab zum Meer geben, unten lag schließlich ein Boot. Die Büsche hinter ihnen gehen in Flammen auf. Dante erblickt die Treppe. Das flüssige Feuer hat bereits die oberen Stufen erreicht. Mondego ruft etwas, zeigt in Richtung der Klippen. Sie laufen los, bleiben an der Kante stehen.

»Wir können da nicht runter. Das sind mindestens sechzig Fuß, eher mehr«, schreit Dante.

»Acapulco-Springer machen so was dauernd«, brüllt sie. »Los jetzt. Du zuerst.«

Dante springt. Unter ihm rauscht das Meer, hinter ihm faucht das Feuer. Doch das Einzige, was er hört, ist sein eigener gellender Schrei.

DOLLARDRAMA

Dante hat diese Acapulco-Springer schon einmal im Fernsehen gesehen. Bisher dachte er, das saubere Eintauchen sei der schwierige Teil. Aber wie er nun lernt, ist Auftauchen das Problem, vor allem wenn es zappenduster ist. Der Aufprall hat ihm die verbleibende Luft aus den Lungen gedrückt, Flecken tanzen vor seinen Augen. Dante rudert mit den Armen, strampelt mit den Beinen. Aber die Wasseroberfläche scheint nicht näher zu kommen. Schwimmt er überhaupt in die richtige Richtung? Wo ist oben, wo unten?

Das Inferno rettet ihn. Über sich macht Dante ein Flackern aus. Ihm wird klar, dass es von der brennenden Flüssigkeit herrühren muss, die inzwischen die Klippen hinuntertropft und auf dem Wasser weiterbrennt. Nun weiß er endlich, wo oben ist. Ein paar Züge und Dante bricht durch die Oberfläche, saugt gierig Luft ein. Köstlich kühl würde sie sein, so hat sein unterversorgtes Gehirn es sich ausgemalt. Stattdessen muss Dante husten. Um ihn herum sieht er brennende Ölteppiche, schwarzer Qualm zieht über das Wasser. Weiter oben glüht der Berg, die Klippen stehen in Flammen. Rauchgeruch liegt in der Luft. Es ist fast wie zu Hause.

Nervös blickt er sich um, hält Ausschau nach Mondego. Die Wasseroberfläche ist hell erleuchtet, orangefarbene und gelbe Reflexionen tanzen über die Wellen. Dante holt Luft und taucht. Das Licht reicht zwei, drei Meter tief, darunter liegt nachtblaue See. Er will schon wieder hochkommen, als er vor sich eine Bewegung sieht. Hoffentlich ist es kein Hai.

Er schwimmt darauf zu. Es ist Mondego. Sie bewegt sich wie in Zeitlupe. Ihre Augen sind geschlossen. Dante packt sie von hinten, schwimmt aufwärts. Mondego wirkt schwerelos, aber er hat

Mühe sie mit sich zu ziehen. Als sie durch die Oberfläche brechen, schreit Dante sie an, schüttelt sie. Mondego beginnt zu husten, öffnet die Augen.

»Geht's dir gut?«

»Ich ... ich glaube schon. Nach dem Eintauchen war ich kurz weg.«

Sie halten einander fest, treten Wasser. In vielleicht hundert Metern Entfernung liegen zwei Bote am Pier. Eines davon wird gerade Opfer des brennenden Öls. Die beiden Taue, mit denen es am Pier festgemacht ist, scheinen sich damit vollgesogen zu haben, brennen wie eine gigantische Lunte. In Kürze werden die Flammen das Boot erreichen. Die zweite Yacht befindet sich auf der anderen Seite des Piers und sieht noch intakt aus. Mondego zeigt darauf.

»Die letzte Mitfahrgelegenheit.«

Dante nickt. Sie schwimmen auf das Boot zu, erreichen nach wenigen Minuten das Heck, von dem aus eine kleine Leiter auf das Hinterdeck führt. Mondego greift nach der Sprosse, aber Dante bedeutet ihr, ihm den Vortritt zu lassen.

So leise wie möglich klettert er die Leiter empor. In der Ferne ist ab und zu eine Detonation zu vernehmen, wenn wieder ein Ölfass hochgeht. Er fragt sich, wie viel Zeit ihnen bleibt, bevor die Bullen auftauchen. Draußen auf dem Meer sind Schiffe unterwegs, vermutlich wurde die Küstenwache bereits verständigt. Er späht über die Reling. Auf dem Hinterdeck ist es dunkel, die Beleuchtung abgeschaltet. Im Schein des Feuers kann er eine Vertiefung erkennen, in der sich ein Jetski befindet. Mithilfe einer Winsch kann man das Gefährt zu Wasser lassen. Außerdem gibt es eine Sitzecke mit darüber gespannter Plane. In einer Ecke liegt Taucherausrüstung herum. Zu sehen ist niemand, aber Dante meint einen schwachen Schein ausmachen zu können – dort, wo sich mutmaßlich ein Abgang ins Schiffsinnere befindet.

Dante klettert über die Reling. Die Tür zum Unterdeck ist geöffnet. Als er herantritt, sieht er, dass auf den Stufen der Treppe ein Mann sitzt. Es ist Greg Hollister. Der Lichtschein, den Dante gesehen hat, rührt von einem Handy her, das der Juno-Gründer in der Rechten hält. Dante schleicht sich heran. Hollister tippt etwas in sein Telefon, murmelt vor sich hin.

Das mit dem Schleichen hätte funktioniert, möglicherweise. Aber Mondego hat inzwischen beschlossen, ihm zu folgen. Bei dem Versuch, die Stiege hinaufzuklettern, veranstaltet sie leider einen mordsmäßigen Krach. Selbst in Dantes lädierten Ohren klingt es, als seien sie auf ein Riff gelaufen. Hollister hört es ebenfalls, kommt hoch, dreht den Kopf.

Er rennt los. Hollister ist bereits auf den Beinen, greift mit der freien Hand nach etwas. Dante ist nicht sonderlich erpicht darauf, herauszufinden, ob der Irre eine weitere Waffe aufgetrieben hat. Deshalb tritt er dem Mann aus vollem Lauf vor die Brust. Hollister fliegt rückwärts die Treppe hinunter, schlägt in der Dunkelheit mit einem dumpfen Geräusch auf. Fluchend folgt Dante ihm. Licht wäre hilfreich, doch er hat keine Ahnung, wo sich der Schalter befindet. Die einzige Lichtquelle in der Kabine ist folglich das Handy, das Hollister hat fallen lassen. Dante vernimmt ein Schnaufen, etwas Hartes trifft ihn an der Schulter. Instinktiv weicht er zurück. Es gibt einen Knall, im aufblitzenden Mündungsfeuer erkennt er für einen Sekundenbruchteil Hollisters Umrisse. Dieser steht nicht einmal einen Meter von ihm entfernt. Dante schnellt nach vorne, bekommt Hollister am Oberkörper zu fassen, wirft ihn gegen die Wandverkleidung, die mit einem hässlichen Krachen splittert.

Hollister sackt in sich zusammen. Dann sind sie auf dem Boden, ein Knäuel aus Beinen und Händen, die treten, zerren und nach der Waffe tasten. Mehrfach streichen Dantes Finger über das kalte Metall. Dann hat er sie. Hollister bekommt es mit, weicht zurück.

»Keinen Scheiß jetzt«, ruft Dante.

Sein Widersacher kriecht in eine Ecke des Raums. Immer noch kann Dante nur Schemen ausmachen. Es knallt. Hollister zuckt zusammen. Dabei war es nicht Dante, der geschossen hat, sondern jemand da draußen. Ein Nordkoreaner oder ein Chinese? Sind die Federales bereits eingetroffen? Dante weicht zurück Richtung Treppe, Waffe im Anschlag. Die Finger seiner Linken streichen über die Wandverkleidung, finden einen Schalter.

Es wird hell. Hollister sitzt in einer Ecke, das Handy in der Hand. Er schaut Dante an, dann die Mündung der Waffe. Besonders verängstigt sieht er nicht aus.

»Das Handy weg«, sagt Dante.

Hollister schüttelt den Kopf.

»Los jetzt. Ich«, Dante gestikuliert mit der Glock in seiner Hand, »bin der mit der Scheißwaffe.«

»Da wäre ich mir nicht so sicher, Eddy.«

Hollister hält das entsperrte Mobiltelefon in der offenen linken Hand. Langsam lässt er es von der Handfläche auf den Boden gleiten. Hollister kann sehen, dass eine Website geöffnet ist. Darauf steht ein bisschen Text, darunter sind zwei Schaltflächen, eine grün, eine rot.

»Und ich dachte, Sie hätten einen Countdown programmiert.«

»Habe ich auch. Aber glauben Sie, ich bin so dämlich und habe keinen Plan B? Ich kann den Mist auch übers Handy starten. Das Netz ist nicht doll hier draußen. Aber für die paar Bits reicht's.«

»Und der zweite Countdown? Das Feuer?«

»Das alte Treibstoffreservoir des Hotels. In den Sechzigern hatte man so was noch, da fiel hier dauernd der Strom aus. Deshalb auch das Notaggregat. Ich habe das Reservoir letztes Jahr auffüllen lassen, mit Fässern voller Öl. Die habe ich außerdem mit Schwefel und Phosphor versetzt. Ich will ja keine Spuren hinterlassen.«

»Ziemlich dramatisch.«

Hollister macht eine entschuldigende Geste.

»Ich bin jemand, der mitunter zur Dramatik neigt.«

»Wäre mir gar nicht aufgefallen.«

Das Boot beginnt zu vibrieren. Jemand hat den Motor angeworfen. Dante hofft, dass es Mondego war. Hollister zuckt mit den Achseln. Er sieht ziemlich mitgenommen aus. Seine Klamotten sind zerfetzt, sein Bart versengt, er blutet aus zahllosen Schnittwunden.

Dante hört einen weiteren Schuss. Der Motor des Boots heult auf, der Steuermann schlägt hart ein. Dante, der auf der vorletzten Stufe steht, verliert das Gleichgewicht, muss sich am Treppengeländer festhalten. Nach ein, zwei Sekunden hat er sich wieder unter Kontrolle.

Das ist alle Zeit, die Greg Hollister braucht.

»Nein!«, brüllt Dante. Doch es ist bereits zu spät. Hollister greift nach dem Handy, tippt darauf, gibt seiner Bot-Armee den Marschbefehl. Junos Server ächzen vermutlich bereits unter der gestiegenen Last, weil nach dem dritten Video alle ihr Geld abzuziehen versuchen. Nun feuern zusätzlich die Fake-Accounts aus allen Rohren. Sie überfluten das Juno-System mit Millionen und Abermillionen winziger Orders, bringen alles zum Stillstand, lösen totale Panik aus.

Hollister kommt auf die Beine, klopft sich die Hände an der Hose ab, so als hielte sein Gegenüber keine geladene Waffe in der Hand. Dantes schwitzige Finger krallen sich um den Griff der Glock. Noch nie hat er sich so wehrlos gefühlt.

»Was haben Sie getan, Greg?«

»Die Welt vom Tyrannen befreit.«

»Die Zentralbanken werden eingreifen«, hört Dante sich sagen.

»Schnarchnasen. Alte Männer in Anzügen. Wenn die morgen – ich vermute eher übermorgen – ihre erste Notsitzung einberufen, ist schon alles zu spät.«

»Ein einziger Geldmarktfonds kann nicht das gesamte System zerstören.«

Hollister lächelt.

»Wie groß war die Bilanzsumme bei der Gerard-Brothers-Insolvenz? Sie müssten das doch wissen.«

»Sechshundert Milliarden Dollar«, erwidert Dante leise.

Er hat schon oft über diese Zahl nachgedacht. Sie ist kaum zu greifen. Wie viele Häuser mit Hypothek sind das, in denen Familien wohnen? Wie viele Firmen mit wie vielen Mitarbeitern? Wie viele Rentner mit Pensionsdepots, Studenten mit Collegefonds?

»Und das war nur eine blöde Bank. Aber alle großen Volkswirtschaften schlitterten nach ihrer Pleite in die Rezession. Das Vertrauen war zerstört. Und nun«, Hollisters Augen leuchten, »stellen Sie sich vor, was passiert, wenn Juno liquidiert wird. Das Volumen ist x-mal größer.«

»Äpfel und Birnen, Hollister.«

»Und diesmal geht es außerdem an den Kern der Sache«, sagt Hollister, der ihn gar nicht zu hören scheint, »um das Geld an sich. Nach dieser Geschichte wird keiner mehr Fiat-Geld wollen. Alle werden verstehen, dass man sein Geld nicht in Dollar oder Euro anlegen sollte. Alle werden kapieren, dass nur Krypto ...«

Ohne groß darüber nachzudenken, macht Dante zwei Schritte auf Hollister zu und zieht ihm die Glock über den Schädel. Lautlos sackt der Juno-Gründer in sich zusammen. Dante betrachtet die Waffe in seiner Hand, wundert sich über sich selbst. Er wendet sich ab, steigt hoch aufs Deck. Sie sind bereits ein ordentliches Stück von der Küste entfernt. Hinter ihnen liegt das brennende Castillo. Dante läuft an der Steuerbordseite entlang, in die Richtung, wo er den Steuerstand vermutet. Dieser befindet sich in einem Aufbau auf dem Oberdeck. Durch eine getönte Scheibe sieht er Mondego. Sie winkt ihm zu. Als sie seinen Gesichtsausdruck bemerkt, hört sie auf zu winken. Dante klettert zu ihr hoch, betritt den Steuerstand.

»Was ist los?«

»Hollister hat seine Dollar-Doomsday-Maschine gestartet.«

Ihr Blick fällt auf die Glock. Ihre Augen weiten sich.

»Und du hast ihn ...?«

»Herrgott, nein. Er ist nur ohnmächtig.«

»Aber ich habe einen Schuss gehört. Mehrere sogar. Ich war mir nicht sicher, von wo der kam. Aber einer der Nordkoreaner kam den Pier runter, da habe ich mich erst mal darum gekümmert, dass wir wegkommen.«

»Das hast du gut gemacht. Aber Hollister habe ich nicht stoppen können.«

»Und jetzt?«

»Geht die Welt unter.«

Sie schüttelt den Kopf.

»Wir haben schon mehrere Finanzkrisen überstanden. Der Typ überschätzt sich.«

»Nein. Nein, das tut er nicht. Oder vielleicht doch. Auf jeden Fall wird es schrecklich. Schlimmer als damals bei Gerard. Rezession, Unruhen, vielleicht Krieg.«

»Wo ist er jetzt?«

»Unten. Schläft, wie gesagt. Was machen wir mit ihm?«

»Wir übergeben ihn den Bullen.«

Dante nickt. Er schaut auf den Monitor neben dem Steuerrad. Wenn er die Karte richtig interpretiert, fahren sie gen Westen – nicht Richtung Acapulco, sondern die Küste hinauf.

»Wohin fahren wir?«, fragt er.

»Ich wusste nicht, was du vorhast. Aber ich dachte mir, wenn die Federales auftauchen oder die Küstenwache, kommen sie bestimmt aus Richtung Stadt. Und ich war mir nicht sicher, ob wir die mexikanischen Bullen treffen wollen.«

»Uns bleibt wohl kaum was anderes übrig«, erwidert Dante. Natürlich wäre es ihm lieber, Hollister den US-Behörden zu übergeben. Er könnte Agent Wilkins anrufen und versuchen, ihm die Sache auseinanderzusetzen. Das FBI hat zumindest eine Ahnung, worum es geht. Aber wie bitte sollen sie den mexikanischen Behörden erklären, was passiert ist? Dass sie da unabsichtlich hineingeraten sind?

Das Boot wirkt recht seetüchtig. Damit in die USA zu schippern, ist dennoch keine Option. Bis San Diego dürften es an die dreitausend Seemeilen sein.

»Lass uns umdrehen und nach Acapulco fahren«, sagt Dante. Vielleicht kann ich vorab über das Funkgerät an Bord das FBI verständigen. Dann könnten ...«

Splitter fliegen ihnen um die Ohren. Dante hört Schüsse, sieht Mondego zu Boden gehen. Ob sie getroffen wurde oder sich nur aus der Schusslinie zu bringen versucht, kann er nicht erkennen. Er wirft sich ebenfalls zu Boden. Als er aufschaut, sieht er Hollisters Gesicht hinter der halb geborstenen Scheibe. In den Händen hält Sir Holly etwas, das wie eine kleine Maschinenpistole aussieht, eine Uzi. Fluchend fingert er daran herum.

Dante ist sich der Tatsache bewusst, dass es dämlich von ihm war, Hollister am Leben zu lassen. Dessen Plan beruht schließlich darauf, dass ihn alle für mausetot halten. Folglich kann er keine Zeugen gebrauchen. Aber den wehrlosen Hollister kaltblütig erschießen, das konnte er nicht. Ihn zu fesseln wäre allerdings eine gute Idee gewesen. Kurz fragt Dante sich, wo Hollister die zweite Waffe herhat, aber eine Stimme in seinem Hinterkopf weist ihn darauf hin, dass diese Yacht den nordkoreanischen Hackern gehört und diese das Schiff vermutlich von ihren mexikanischen Narco-Kumpels geliehen haben. Weswegen es eher erstaunlich wäre, wenn auf dem Kahn keine Knarren herumlägen.

Dante weiß nicht viel über Waffen. Als er Hollister mit der Uzi hantieren sieht, fällt ihm jedoch ein, dass diese Dinger angeblich oft Ladehemmungen haben. Vermutlich versucht Hollister gerade, eine zu beseitigen. Dante reißt die Glock hoch und drückt ab. Der erste Schuss durchschlägt den Türrahmen. Hollisters Gesicht verschwindet. Dante schießt erneut, diesmal auf den unteren, unverglasten Teil des Aufbaus. Er hört einen Schrei. Es ist nicht Hollisters, sondern sein eigener. Dante hält die Waffe nicht richtig, der Rückstoß hat ihm das Handgelenk verdreht. Es tut höllisch weh.

Dante kommt hoch, tritt gegen die Tür. Nun ist es tatsächlich Hollister, der schreit. Er scheint die Tür voll abgekriegt zu haben. Hollister kommt hoch, steht nun vor dem Steuerhäuschen. Dante legt an, auch der Juno-Gründer reißt die Waffe hoch. Hollister ist schneller. Dante hört das Knattern der Waffe, sieht das Mündungsfeuer. Um ihn herum schlagen Kugeln ein. Dann erstirbt das Geräusch. Hollister hat das gesamte Magazin geleert. Aufgrund des Rückstoßes hat er währenddessen auf dem glitschigen Oberdeck einige unfreiwillige Schritte nach hinten getan, rudert mit den Armen. Dante ist offenbar nicht der Einzige, der mit Büroarbeit besser zurechtkommt als mit Ballermännern.

Hollister fällt, knallt gut zweieinhalb Meter weiter unten auf die Back, den Teil des Vorderdecks nahe dem Bug. Schon ist Dante hinterher, drischt mit bloßen Fäusten auf den am Boden Liegenden ein. Doch Hollister ist ein zäher Knochen, schüttelt ihn ab. Auf einmal liegt Dante auf dem Rücken, und der Juno-Gründer kniet über ihm. In der Hand hält Hollister etwas, das wie ein Rohrstück aussieht. Dante will hochkommen, doch alle Kraft hat ihn verlassen. Er sieht, wie sein Gegner das Rohr hebt.

Ein hohles, glockenartiges Geräusch ertönt, und auf einmal ist Hollister in der Luft. Dante kann Mondego erkennen, ihr Gesicht und ihr Hals sind blutverschmiert. Mit beiden Händen hält sie einen Feuerlöscher umklammert. Bevor Hollister weiß, wie ihm geschieht, drischt Mondego erneut mit dem Löscher auf ihn ein. Er verliert das Gleichgewicht, taumelt, geht über Bord.

Mondego lässt den Feuerlöscher fallen, bricht zusammen. Dante robbt auf sie zu. Sie sieht entsetzlich aus. Die Stellen ihres Körpers, die nicht zerkratzt oder versengt sind, sind mit öliger Schmiere bedeckt.

»Alles klar?«, fragt er.

»Keine Kugel abgekriegt. Glaube ich.«

Sie mustert ihn, streicht ihm mit der Hand über die Schläfe.

»Sehe ich auch so scheiße aus wie du?«, fragt sie.

»Ja. Aber zusätzlich stinkst du auch noch.«

Sie grinst. »Arsch.«

Jetzt wäre ein guter Zeitpunkt, sie zu küssen. Aber ausgerechnet in diesem Moment meldet sich Dantes Gewissen.

»Sollten wir nicht versuchen, ihn rauszufischen, bevor die Haie es tun?«

Sie robbt näher heran.

»Keine Lust.«

»Mercy, wir …«

»Du hast ja recht. Scheiße, leider hast du recht.«

Sie helfen einander auf, klettern zurück aufs Oberdeck. Mondego wendet das Boot. Dante blickt hinaus aufs Meer. Sie haben das Castillo weit hinter sich gelassen, befinden sich schätzungsweise eine Seemeile von der Küste entfernt. Außer dem Mond gibt es keine Lichtquelle. Das Boot hat zwar einen schwenkbaren Scheinwerfer, aber obwohl sie ihn in alle Richtungen drehen, finden sie niemanden. Nach einiger Zeit geben sie auf.

Etwas später sitzen sie auf einem der plastiküberzogenen Sofas im Heckbereich, jeder einen Jack Daniels in der Hand. Normalerweise würde Dante diese Südstaatenpisse nicht einmal als Pinselreiniger benutzen. Doch heute wird es gehen.

Mondego schaut in ihr Glas. Sie sagt nichts, aber es macht ihr eindeutig zu schaffen, dass sie Hollister über Bord befördert hat.

»Er hat's nicht besser verdient. Und Notwehr war's auch.«

»Irgendwie ein passendes Ende«, murmelt Mondego.

»Inwiefern?«

»Vielleicht ist er tot. Vielleicht schafft er es aber auch bis zum Ufer. Oder vielleicht hatte er noch irgendein Gadget dabei und wird demnächst von seinem Drohnenboot rausgefischt.«

»Mysteriös bis zum Schluss«, pflichtet Dante ihr bei. Aber er tut es eher, um sie zu beruhigen. Er ist sich ziemlich sicher, bei Mondegos zweitem Feuerlöscher-Hieb Knochen knacken gehört zu haben. Vermutlich ist Sir Holly untergegangen wie ein Shitcoin.

Sie dümpeln dahin. Über ihnen funkeln die Sterne. Mondego lehnt sich an Dantes lädierte Schulter. Das tut weh, ist aber dennoch angenehm.

»Ich frage mich, wie Hongkong eröffnet hat«, sagt Dante.

Sie schaut ihn entgeistert an.

»Du bist zweifelsohne der unromantischste Mensch, den ich je getroffen hab.«

»Ich bin Engländer.«

»War mir gar nicht aufgefallen.«

Sie nimmt einen Schluck, steht auf.

»Und wenn wir hier Bloomberg empfangen könnten – was würde es uns helfen?«

»Nichts. Juno ist paralysiert, blutet aus. Der Dollarkurs rutscht vermutlich bereits, der von US-Staatsanleihen logischerweise auch, von Aktien ganz zu schweigen. Es ist unaufhaltsam.«

Dante erhebt sich ebenfalls, legt einen Arm um sie.

»Wir müssen einfach warten, was passiert. Ob es vielleicht eine konzertierte Aktion der Zentralbanken gibt, die den Leuten wieder Vertrauen einflößt«, sagt Dante.

Er prostet ihr zu.

»Immerhin hast du jetzt eine Mordsstory für dein Blog.«

Sie stehen ganz nah beieinander. Mondego schaut ihn an. Ihre Lippen öffnen sich. Jetzt oder nie, denkt er. Der Jack Daniels hat seine britische Zurückhaltung weitgehend weggespült. Dante beugt sich vor, schließt die Augen.

»Scheiße, das isses«, sagt Mondego.

Dante öffnet die Augen wieder.

»Hm, was?«

Mondego ist bereits dabei, die Treppe hinabzusteigen.

»Komm und hilf mir!«, ruft sie ihm über die Schulter hinweg zu.

»Wobei?«

»Schau in allen Schränken nach, ob es hier irgendwo einen Computer oder ein Handy gibt.«

LAST QUATERMAIN

Zdenko wendet seinen Blick von den Computern ab, schaut zur Zimmertür. Er meint, etwas gehört zu haben. Ist da jemand? So leise wie möglich steht er auf und geht zum Nachttisch, in dem er ein Messer sowie eine Dose Pfefferspray deponiert hat. Er zieht die Schublade vorsichtig auf. Seine Hand greift nach dem Messer, einem Hightech-Ding mit eloxierter schwarzer Klinge, schreckt zurück. Zdenko Molnár, in der Kryptoszene besser bekannt als Commander Z, hat Angst vor Waffen. Das war schon immer so. Auch der Umstand, dass er nun eine benötigt oder zumindest glaubt, eine zu benötigen, ändert daran nichts. Zdenko lässt das Messer, wo es ist, greift sich stattdessen das Pfefferspray. Er schleicht zur Tür. Wieder vernimmt er dieses Knirschen auf der anderen Seite.

Er linst durch den Spion. Es ist das Zimmermädchen. Zdenkos Muskeln entspannen sich etwas, aber sein Herz hämmert immer noch. Ein Gedanke geht ihm durch den Kopf. Vielleicht ist die Frau mit dem Rollwägelchen da draußen gar kein Zimmermädchen, sondern eine verkleidete russische Geheimagentin.

Zdenko seufzt leise, lässt das Spray sinken. Er ist intelligent und auch introspektiv genug, um den Gedanken als das zu erkennen, was er ist: eine Wahnvorstellung. In letzter Zeit ertappt er sich des Öfteren bei solchen Überlegungen. Manchmal gibt er dem First Quatermain die Schuld daran, Ed Dante. Der hat Zdenko die Paranoia quasi eingeimpft, als er sagte: »Passt auf euch auf. Am besten ihr bleibt ein paar Tage zu Hause, schaut Netflix. Oder fahrt zu Freunden.«

Andererseits hat Dante nur ausgesprochen, was auf der Hand liegt. Der Schatz von Montecrypto zieht Leute an – Irre aus dem

Internet, Journalisten, zwielichtige Sicherheitsleute, Geheimdienstler.

Zdenko geht wieder zu seinem improvisierten Arbeitsplatz. Auf dem Schreibtisch des Hotels stehen zwei Laptops und zwei iPads, deren Bildschirme voller Zahlen und Kurven sind, so als sei er ein Daytrader, ein Börsenspekulant. In gewisser Weise ist er das vielleicht auch.

Zdenko fröstelt. Er wünschte, Agnesa wäre hier. Gleichzeitig ist er ganz froh, dass sie fort ist. Sie streiten sich oft in letzter Zeit. Vorhin beim Frühstück gab es schon wieder Zoff. Mit einer dramatischen Geste ist Agnesa abgezogen, um woanders allein zu frühstücken. Vermutlich sitzt sie schmollend im Starbucks an der Sedlárska und wartet, dass es zehn Uhr wird, dass die Geschäfte in der Altstadt öffnen. Sollte Agnesa tatsächlich shoppen gehen, wird das erfahrungsgemäß eine ganze Weile dauern, nun, da Geld keine Rolle mehr spielt.

Zdenko nippt an seinem nur noch lauwarmen Cappuccino, erwägt den Zimmerservice wegen Nachschub anzurufen. Aber möglicherweise wird ihn das noch paranoider machen – das Getränk könnte vergiftet sein, die Untertasse verwanzt. Deshalb studiert er lieber die Zahlen vor sich.

Nachdem er den zweiten Schatz gefunden hatte, gingen tagelang mittelgroße Geldsummen auf seinem Juno-Konto ein. Am Ende waren es eineinhalb Millionen Moneta, eine unvorstellbare Summe. Inzwischen liegt auf seinem Juno-Konto nur noch die Hälfte davon. Den Rest hat er nicht verprasst und auch nicht in eine Eigentumswohnung in Wien investiert – Agnesas neueste Idee – sondern angelegt, in Bitcoins und Turtlecoins. Spekulation war das nicht, zumindest nicht in Zdenkos Augen. Er wollte einfach diversifizieren, nicht alle Eier in einem Körbchen aufbewahren, wie man so schön sagt.

Aber der Hype um den Schatz wurde in den darauffolgenden Tagen immer größer. Montecrypto war nichts mehr, das nur bei Reddit oder 4Chan verhandelt wurde. Das Thema entstieg den Untiefen des Internets und erreichte Guardian, New York Times und CNN. Sogar in der Nový Čas, der slowakischen Antwort auf The Sun, war die Schatzjagd auf der Titelseite.

In der Folge stieg das Interesse an Kryptowährungen und damit deren Kurse. Warum der Umstand, dass ein Irrer irgendwo digitales Geld versteckt, dazu führt, dass Bitcoins mehr wert sind, erschließt sich ihm nicht. Aber genauso läuft es. Mit dem Resultat, dass Zdenko Molnár inzwischen fast vier Millionen Euro schwer ist.

Zdenko ruft die neuesten Nachrichten auf. Noch immer hat niemand den Schatz in Malta gefunden, der viel größer sein muss als die vorherigen. Eigentlich sollte Zdenko dort sein, sich an der Suche beteiligen. Es ist schon seltsam. Vor nicht einmal einer Woche hat er sich per Anhalter von Trnava bis nach Zug durchgeschlagen. Nun könnte er am Airport von Bratislava einen Charterjet mieten und nach Malta düsen. Stattdessen sitzt er im Radisson Danube auf seinem Allerwertesten.

Nach dem Geldregen waren Agnesa und er zunächst bei Zdenkos Bruder Štefan untergekommen. Aber dort hielten sie es nur einen Tag aus. Štefan merkte natürlich, dass irgendwas im Busch war, stellte zu viele Fragen. Außerdem bildete Zdenko sich ein, dass sein Bruderherz ein bisschen zu viel mit Agnesa schäkerte und sie ihm auch nicht gerade die kalte Schulter zeigte. Also fuhren sie nach Bratislava, in die Metropole, um sich von deren Anonymität verschlucken zu lassen. Zwei Tage wohnten sie in einer Jugendherberge, bevor sie in diese Suite umzogen.

Routinemäßig kontrolliert Zdenko seine Konten – Juno, Coinbase, Gemini, Raiffeisen. Bitcoin, Turtlecoin, Firecoin sowie seine anderen Investitionen sind kaum verändert. Juno hingegen ist immer noch so gut wie down, erst beim vierten Versuch gelingt es ihm, sich einzuloggen. Zdenko fällt auf, dass seine letzte Überweisung – ein Umtausch von einhunderttausend Moneta in Dollar – nicht durchgegangen ist. Stattdessen hat er vierzehn Überweisungen erhalten, alle von ihm unbekannten Nutzern. Er scrollt durch die Informationen, runzelt die Stirn. Jede der Überweisungen lautet auf 0,000000002 Moneta, also zwei Hollys. Was soll das? Anscheinend spinnt das System jetzt komplett.

Eine Menge Leute sind nervös, wegen der IT-Probleme bei Juno ebenso wie wegen der Deckungslücke, von der Hollister in seinem letzten Video gesprochen hat. Auf Reddit sagen sie, es könne kein Zufall sein, dass beide gleichzeitig aufträten. Und in der New York Times stand, dass der Rutsch des US-Dollar auf Notverkäufe des Juno-Geldmarktfonds zurückzuführen sei.

Er ruft den Kurs des Greenback auf. Gegenüber dem Euro hat er seit dem Auftauchen des dritten Montecrypto-Videos um 01.30 Uhr mitteleuropäischer Zeit sieben Prozent an Wert verloren. Zdenko hält das zunächst nicht für viel, aber im Aufmacher von Bloomberg steht, ein derartiges Minus sei ein »nie dagewesenes« Ereignis. Da Zdenko Journalisten von Mainstreammedien grundsätzlich für unglaubwürdig hält, recherchiert er bei ein paar anderen Quellen. Aber es stimmt wohl. Minus sieben Prozent sind kein kleiner Kurssturz, sondern ein katastrophaler Crash.

Zdenko trinkt den Rest des Cappuccino aus, schaltet den Fernseher ein. Auf CNBC ist ein Marktstratege aus Asien zugeschaltet, der erklärt, sieben Prozent Dollarminus bedeuteten, dass der US-Aktienmarkt auf einen Schlag zwei Billionen Dollar weniger wert sei. Unnötigerweise fügt er an, es stehe »eine sehr erhebliche Kurskorrektur« an.

Zdenko lehnt sich zurück, denkt nach. Da draußen scheißen sich vermutlich gerade eine Menge Menschen in die Hosen – Investmentbanker, Pensionäre, Zentralbanker, sogar Kryptofreaks. Zdenko hingegen registriert mit einer gewissen Genugtuung, wie ruhig er ist. Seit er derart viel Kohle besitzt, hat er ständig Schweißausbrüche, Albträume, Angstzustände. Doch nun, da vielleicht alles den Bach runtergeht, ist er auf einmal ganz locker. Er kann nicht genau sagen, warum. Ist es, weil er vorgesorgt und mehrere HyperVaults und Geldbündel (Franken, Euro, Dollar) in einem Schließfach deponiert hat? Oder wünscht er sich vielleicht insgeheim, wieder so bettelarm zu sein wie noch vor wenigen Tagen?

»Nicht albern werden jetzt«, murmelt er. Zdenko geht auf die Juno-Seite, versucht erneut, Moneta in Dollar umzutauschen. Beim zweiten Mal nimmt das System den Auftrag an. Allerdings steht da: »Order is pending. Thank you for your patience.«

Gerade will Zdenko nochmals den Dollarkurs checken, als sein Handy fiept. Es handelt sich um eine Chatnachricht von Jochen, einem Quatermain aus Leipzig, mit dem er des Öfteren Tipps austauscht.

»Unfassbar, falls echt«, steht da auf Englisch. Angehängt ist ein Link zu einem Blog mit dem reichlich bescheuerten Namen »Tales from the Crypto«. Zdenko klickt darauf. Die Überschrift lautet »EXKLUSIV: First Quatermain hebt Montecrypto-Schatz (schon wieder)«. Darunter ist ein Video eingebunden. Zdenko klickt es an.

Ed Dante erscheint. Er befindet sich auf einem Boot. Wo das Video aufgenommen wurde, ist schwer zu sagen. Dante sitzt auf Deck, an eine Wand gelehnt. Die Szene ist schlecht ausgeleuchtet, anscheinend herrscht Nacht. Der First Quatermain sieht ein bisschen fertig aus – sogar ziemlich fertig. Schrammen verunzieren sein Gesicht. Er hat verkrustetes Blut an der Schläfe. Und sein Trilby ist auch futsch.

Man kann erkennen, dass Dante einen Neoprenanzug trägt. Eine Taucherbrille liegt in seinem Schoß. Zdenkos Mund entfährt ein Schrei, noch bevor der Mann im Video überhaupt den Mund aufgemacht hat.

»Verdammt, ich wusste es!«, ruft er.

Dante nickt dem Publikum zu.

»Hallo, liebe Quatermains auf der ganzen Welt. Hier spricht Ed Dante.«

Während das Video läuft, tippt Zdenko auf Twitter »dante montecrypto video« ein. Er findet einen Tweet, den das Tales-Blog vor zehn Minuten abgesetzt hat. Er wurde bereits zweitausend Mal geteilt.

»Ich weiß, dass viele von euch nach Malta unterwegs sind, auf der Suche nach dem dritten Schatz.«

Dante beugt sich vor. In seinem Blick liegt Genugtuung, gepaart mit einer gehörigen Prise Selbstgefälligkeit.

»Ihr könnt dann mal aufhören zu suchen.«

»Alter!«, entfährt es Zdenko.

»Diesmal war ich schneller als ihr. Wie genau sich das Rätsel lösen ließ, möchte ich an dieser Stelle nicht verraten. Das wäre ein Spoiler, es wäre unfair gegenüber denen, die es gerne selbst knacken wollen.«

Zdenko ist der Ansicht, dass der Taucheranzug bereits alles sagt, was es zu der Sache zu sagen gibt. Das Blue Hole bei Gozo – Dante war als Erster da, ist runtergetaucht, hat den Schatz geborgen, Ende der Geschichte.

»Ich möchte euch jedoch erzählen, was sich in der Schatztruhe befand. Sie enthielt Kryptogeld im Wert von«, Dante hält kurz inne, blickt direkt in die Kamera, »zehn Milliarden Dollar.«

»Heilige Scheiße«, ächzt Zdenko.

Dante pausiert einige Sekundenbruchteile, um seinen Zuschauern Gelegenheit zu geben, die Summe zu verdauen. Dann hält er etwas in die Kamera, das wie ein gewöhnlicher USB-Stick aussieht. Befindet sich das ganze Geld wirklich da drauf?

»Einigen von euch ist bestimmt gerade aufgefallen, dass diese Summe deckungsgleich ist mit der Lücke bei Juno, von der Greg Hollister in seinem posthumen Video berichtet hat, den fehlenden Dollarreserven im Moneta-Sicherungsfonds. Das ist natürlich kein Zufall. Greg Hollister hat das Geld vor seinem Tod dort gestohlen und«, Dante schaut auf den Stick, »auf diesem Ding deponiert.

Außerdem hat er Junos Server gehackt. Das habe ich bei meinen Recherchen herausgefunden. Dass gerade niemand Moneta tauschen kann, liegt nicht daran, dass Juno, die Fed oder die Cops den Laden dichtgemacht haben, wie viele glauben. Sondern an einem Virus, den Hollister bei Juno eingeschleust hat.«

Der First Quatermain schaut ernst in die Kamera.

»Er hat das getan, um eine Massenpanik auszulösen, die zu einem Crash des Dollar führt. Manche in der Kryptoszene halten das vielleicht für eine gute Idee. Aber in der Folge wird die ganze Weltwirtschaft abschmieren. Millionen Menschen verlieren ihre Existenzgrundlage, Unruhen und Kriege werden ausbrechen, weltweit. Und das zu einer Zeit, wo die Menschheit eigentlich genug Probleme hat. Ich sage nur: Klimawandel.«

Dante scheint mit den Worten zu ringen. Zdenko fällt auf, dass sein britischer Akzent nun, da der Quatermain aufgeregt ist, deutlich stärker hervortritt. Er klingt ein bisschen wie ein BBC-Nachrichtensprecher.

»Was ich eigentlich sagen will, ist: ruhig Blut, Leute. Die Attacke auf Juno wird in ein, zwei Tagen vorbei sein. Was die Deckungslücke angeht – ich habe mit der Geschäftsführung von Juno telefoniert und denen gesagt, dass ich natürlich die gesamte Summe zur Verfügung stelle. Ihr habt richtig gehört, den gesamten Schatz von Montecrypto, umgerechnet zehn Milliarden Dollar. Damit kann Juno die Lücke wieder schließen. Niemand muss folglich Angst haben, dass er seine Kohle nicht wiedersieht.

Alice Yang von Juno hat meinen Vorschlag bereits akzeptiert, und auch die Federal Reserve wird den Plan unterstützen. Damit ist der Drops gelutscht, wie man so schön sagt, und alles kommt wieder in Ordnung.«

Dante hält den Stick zwischen Daumen und Zeigefinger.

»Der Transfer an Juno ist bereits erfolgt. Den hier brauche ich deshalb nicht mehr.«

Der First Quatermain wirft den Stick über die Reling. Mit zwei Fingern seiner rechten Hand tippt er sich gegen die Stirn.

»Das war's Leute. Der Quatermain sagt: Cheerio.«

Das Video endet. Zdenko bemerkt, dass ihm jemand die Hand auf die Schulter legt. Es ist Agnesa. Er hat sie gar nicht kommen hören, wendet sich ihr zu. Sie trägt ein nagelneues Sweatshirt von Supreme, das ihr ausnehmend gut steht.

»Schick.«

Sie lächelt, zeigt auf den Bildschirm.
»Danke. War das Dante? Hat er den Schatz gefunden?«
»Ja, es sieht so aus.«
»Und nun ist er märchenhaft reich?«
Zdenko zieht Agnesa auf seinen Schoß und küsst sie sanft.
»Nicht so reich wie ich.«

EPILOG

Dante betrachtet Mondego, die neben ihm auf der Düne hockt, die Beine übereinandergeschlagen, den Blick auf den Pazifik gerichtet. Nicht allzu weit von hier befindet sich die Strandvilla, wo die Sache angefangen hat. Dante schaut zu, wie sie mit ihrem großen Zeh Linien in den Sand zeichnet. Ein Lächeln schleicht sich auf sein Gesicht. Wenn man es genau nimmt, haben hier draußen mehrere Sachen begonnen.

Sein Handy fiept. Dante checkt die Nachricht, runzelt die Stirn. Mondego wendet sich ihm zu, legt ihre Hand auf sein Knie.

»Was Wichtiges?«

Er zuckt mit den Achseln.

»Mein Anwalt.«

»Ich kann immer noch nicht glauben, dass du diesen Thurstow engagiert hast. Gibt es dafür einen bestimmten Grund?«

Dante muss an Thurstows Assistentin denken. Sie ist ganz sicher nicht der Grund. Die Wahrheit ist eher, dass der Kerl ziemlich gut zu sein scheint. Jemand von diesem Kaliber hätte Dante damals gebraucht, während des Gerard-Skandals.

»Die Sache könnte noch hakelig werden. Ohne Anwalt geht's leider nicht.«

»Inwiefern?«

»Während ich von Martel nie wieder etwas gehört habe, sind zwei andere Verwandte von Hollister auf den Plan getreten. Hast du doch bestimmt gelesen. Die wollen den Malteser Fund, die Milliarden aus dem Meer.«

»Aber die gibt es doch gar nicht. Wir haben sie uns ausgedacht.«

Dante legt einen Arm um ihre Schulter.

»Das wissen *wir*«, erwidert er.

»Der Rest der Welt wird es auch irgendwann rausfinden. Es war eine Notlüge, um die Leute zu beruhigen. Um zu verhindern, dass Juno alles mit in den Abgrund reißt.«

»Vielleicht kommt es raus, vielleicht auch nicht. Diese Verwandten von Hollister argumentieren, dass ich aus der Sache eine Menge Kapital geschlagen, dass ich das Vertrauen meines Auftraggebers missbraucht hätte. Vertragsverletzung, treuhänderische Pflichten, Unterschlagung, blablabla. Der Schriftsatz ist vierhundert Seiten lang. Ich habe ihn nicht gelesen.«

»Und wie zahlst du das? Ich denke, du bist pleite?«

Sie tippt gegen seinen Trilby. »Oder hast Du jetzt doch den Deal mit der Hutfirma gemacht?«

»Witzig, Mercy.«

»Jetzt sag mal. Weitere Bitcoins, von denen ich nichts weiß?«

Dante schüttelt den Kopf. »Nichts dergleichen. Wenn die Anwälte mit mir fertig sind, wird nicht mal ein Holly übrig bleiben.«

Sie beugt sich vor und küsst ihn. Als sie sich nach einer Weile voneinander lösen, kuschelt Mondego sich an Dantes Schulter.

Leise sagt sie: »Was ist mit den Typen vom FBI?«

»Ich habe mit Wilkins gesprochen. Er war zunächst etwas aufgebracht. Drohte mir, er werde mich wegen Falschaussage drankriegen. Aber ich konnte ihn umstimmen. Ich habe ihm alles erzählt, vor allem die Sache mit den Chinesen und Nordkoreanern. Die kann ich zwar nicht beweisen. Aber Wilkins schien zu wissen, wovon ich spreche. Ich habe zugestimmt, auch noch dem Kerl vom Internal Revenue Service Bericht zu erstatten, der bereits bei dem New Yorker Verhör dabei war. Der, von dem ich glaube, dass er in Wahrheit vom Geheimdienst ist.«

»Und das war's dann?«

»Nicht ganz. Weil ich in dem Video behauptet habe, ich hätte Juno Geld überwiesen und das mit Plazet der Fed, könnte man mir Marktmanipulation vorwerfen, sagen sie.«

»Nicht ganz aus der Luft gegriffen.«

»Ich habe ja keine einzige Juno-Aktie. Oder sonst irgendein Wertpapier. Klar war es eine dreiste Lüge. Aber andauernd dreist zu lügen fällt bei euch Amerikanern ja unter die Meinungsfreiheit.«

»Manchmal glaube ich, du nimmst deine Adoptivheimat nicht für voll.«

»Ist ja auch fast unmöglich. Auf jeden Fall glaube ich nicht, dass da was kommt. Und von Juno auch nicht.«

»Obwohl du sie da ebenfalls mit reingezogen hast, ohne vorher zu fragen.«

Dante mustert Mondego ungläubig.

»Habe ich da etwas falsch in Erinnerung? War dieses Quatermain-Exklusivvideo etwa meine Idee? Oder vielleicht eher die einer durchgeknallten Bloggerin?«

»Hast du falsch in Erinnerung. Vermutlich der Schock.«

»Soso. Yang und Juno könnten mich bestimmt auch wegen irgendetwas verklagen. Aber warum sollten sie? Dann kommt ja alles auf den Tisch. Die jahrelange Deckungslücke, die Durchstechereien von Price, Yang und Hollister.«

»Ob man von dem noch mal was hört?«

»Hollister ist entweder tot oder in Pjöngjang. Was vermutlich aufs Gleiche hinauskommt.«

Dantes Handy fiept erneut. Es ist keine Nachricht, den Ton kennt er. Irgendeine App will etwas. Dante ignoriert das Telefon, zieht Mondego zu sich heran, drückt sie sanft nach hinten, in den Sand. Während sie sich küssen, fiept immer wieder sein Handy.

»Ich schmeiß es gleich in den Pazifik«, knurrt er.

»Ausmachen würde fürs Erste vielleicht reichen.«

Sie nestelt an seinem Hemd. »Du hast hier was anderes zu erledigen, Quatermain …«

Bimm. Bimm. Bimm. Bimm. Dante holt das Telefon hervor, will den Ausschaltknopf betätigen. Da sieht er, dass sein Homescreen voller Juno-Mitteilungen ist.

»Was zum …«

Dante schaut nach. Er hat Geld erhalten. Insgesamt sind in den vergangenen zehn Minuten elf Kleinbeträge eingegangen, zwischen einem halben und zwei Moneta. Sie stammen von Peter Müller, Andrea Calini, Hideo Nakamura – Namen, die ihm rein gar nichts sagen. Während Dante durch sein Juno-Konto scrollt, trudelt weiteres Geld ein. Ein Moneta. Fünf. Zwanzig.

Er hält Mondego das Telefon hin.

»Wo kommt das her? Mir hat noch nie jemand Geld geschickt bei Juno. Woher haben die meine …?«

Sie schauen einander an. Mondego holt ihr eigenes Telefon hervor. Sie scrollt durch einen ihrer speziellen Suchfilter, die wichtige Social-Media- und Nachrichtenseiten nach Neuigkeiten zu Montecrypto, Hollister und dem First Quatermain durchforsten. Bald hat sie es gefunden. Es ist ein Eintrag auf Twitter, kaum eine halbe Stunde alt. Er wurde verfasst von jemandem, der sich »Commander Z« nennt. Der Tweet besteht aus einem Link zu einem Artikel in der USA Today, in dem es um die Zivilklagen der Hollister-Erbengemeinschaft gegen Dante geht. Darüber steht:

> Dante hat uns allen den Arsch gerettet. Ohne ihn wäre die Weltwirtschaft jetzt Toast. Zeit für ein bisschen Dankbarkeit, Bitches! #xmas4dante

Darunter ist ein 2D-Barcode eingefügt. Der Tweet ist bereits mehrere hundertmal geteilt worden.

»Was ist das für ein Code?«, fragt Dante. Statt ihm zu antworten, öffnet Mondego ihre Juno-App, scannt den Barcode, tippt etwas. Sekunden später trudelt eine weitere Überweisung bei ihm ein.

> 22. 12. / 11 : 37 : 14 – Überweisung von
> Mondego, Mercedes: 5 M

Dante lässt sein Handy sinken, das inzwischen nonstop vibriert und fiept.

»Da ist … es ist …«

»Ein vorweihnachtlicher Spendenaufruf.«

Mondego verschränkt die Arme vor der Brust.

»Tja, sieht so aus, als sei die Pleite erst mal abgewendet. Welch Ironie.«

»Ironie?«

»Du hast vergeblich nach Montecrypto gesucht. Und nun kommt der Schatz ganz von selbst zu dir.«

Sie erhebt sich

»Komm, Ed. Wir gehen.«

Dante steht ebenfalls auf. Ihm ist ein wenig schwindelig. In seiner Hosentasche summt und brummt es nonstop.

»Äh, wohin?«, fragt Dante.

»Es ist fast Mittag. Wir hatten doch mal über diesen neuen Nobeljapaner in Malibu geredet.«

»Das Kyofu? Der, wo drei Gurken-Maki achtzehn Dollar kosten?«

»Das sind ganz seltene Kingyuri-Gurken.«

»Sagtest du nicht, der sei dir zu teuer?«

»Viel zu teuer«, erwidert Mondego grinsend.

Dante ist ganz schön langsam heute. Nach einigen Sekunden erwidert er:

»Aber das ist dir egal. Weil ich dich ja einlade.«

»Genau, Ed. Zumindest heute.«

»Nicht nur heute, so oft du willst. Zumindest, bis mir die Moneta ausgehen.«

Arm in Arm laufen sie den Strand hinauf.

ANMERKUNG & DANK

Die Idee einer digitalen Schatzsuche spukte mir im Kopf herum, seit ich von einem Erben des traditionsreichen Bankhauses Carnegie Mellon gehört hatte. Dessen fast vollständig in Kryptowährungen angelegtes Vermögen war nach seinem Tod unauffindbar. Das ist es bis heute und wird es wohl auch für immer bleiben, weil sein Besitzer die zur Entschlüsselung notwendigen Passwörter mit ins Grab genommen hat.

Bereits zu Beginn meiner Recherche wurde mir klar, dass für ein Buch über einen kryptografischen Schatz eigentlich nur ein Titel infrage kommt: Montecrypto. Kurz spielte ich mit der Idee, die Geschichte eng an Alexandre Dumas berühmten Abenteuerroman »Der Graf von Monte Cristo« anzulehnen. Aber dann erschien mir dies erstens vermessen und zweitens arg vorhersehbar.

Kennern des Dumas-Klassikers wird die eine oder andere Namensähnlichkeit, die eine oder andere Anspielung auffallen. Davon abgesehen hat Montecrypto mit »Monte Cristo« verhältnismäßig wenig gemein. Das Buch hat ebenfalls nichts mit dem Computerspiel »Montecrypto: The Bitcoin Enigma« zu tun, in dem Spieler vor einigen Jahren insgesamt 24 digitale Rätsel lösen sollten. Der Gewinner erhielt seinerzeit einen Bitcoin – deutlich weniger, als Gregory Hollister bei seiner Schatzsuche ausgelobt hat.

Montecrypto taucht tief ein in die Welt der Finanzen und der Geldpolitik. Um die wirtschaftlichen Vorgänge und Mechanismen halbwegs akkurat wiedergeben zu können, habe ich mir professionelle Hilfe geholt. Ich bedanke mich herzlich bei Prof. Dr. Marcel Thum, dem Leiter der Dresdner Niederlassung des ifo-Instituts und bei Dr. Markus Demary, Senior Economist beim Institut der deutschen Wirtschaft. Beide waren so freundlich, mit mir über die potenziellen Auswirkungen einer globalen Digitalwährung auf die Weltwirtschaft zu sprechen. Ich danke ferner dem IT-Sicherheitsexperten Frank Dröge, der mich in Sachen Hacks, Klickfarmen und Kryptografie beraten hat.

Alle sachlichen Fehler, die sich dennoch eingeschlichen haben sollten, sind meine eigenen.

»Tom Hillenbrand regt genussvoll den Appetit der Krimileser an.« *Die Welt*

Das Handbuch des Astrocoachings

Hermann Meyer

Das Handbuch des Astrocoachings

Coach dich selbst und andere zu einem besseren Leben

Trigon-Verlag

2. Auflage

Dieses Buch will Sie informieren. Die Angaben sind nach bestem
Wissen zusammengestellt; dennoch sind Fehler nicht vollständig
auszuschließen. Verlag und Autor übernehmen infolgedessen keinerlei
Verpflichtung oder Haftung für etwaige inhaltliche Unrichtigkeiten.
Bei den verwendeten Fallstudien wurden die Namen, Berufe, Orte
und andere biografische Details geändert.
Irgendwelche Übereinstimmungen mit lebenden Personen wären
demnach rein zufällig.

Bitte beachten Sie: Der Verfasser gibt weder direkt noch indirekt
medizinische Ratschläge. Es liegt nicht in der Absicht des Verfassers,
Diagnosen zu stellen oder Verordnungen zu erteilen.
Seine Zielsetzung besteht lediglich darin, Informationen anzubieten.
Wenn Sie die vorliegenden Informationen ohne Einschaltung eines
Arztes anwenden, so verordnen Sie sich eine Selbstbehandlung,
ein Recht, das Ihnen zusteht. Verlag und Verfasser übernehmen hierfür
jedoch keine Verantwortung.

Umschlaggestaltung: Guter Punkt, München, www.guter-punkt.de
Umschlagmotiv: © Sabine Dunst unter Verwendung von Motiven von Shutterstock

Grafische Gestaltung: Gregor Sueng, office@sueng-consulting.com,
www.sueng-consulting.com

Cartoons: Copyright www.johannmayr.de
Satz, Druck und Bindung: CPI – Ebner und Spiegel, Ulm
Printed in Germany
ISBN: 978-3-00-041936-2

«Es gibt einen Platz,
den du füllen musst,
den niemand sonst füllen kann,
und es gibt etwas für dich zu tun,
das niemand sonst tun kann.»

(Platon)

Inhaltsverzeichnis

Vorwort 13

Vorwort des Verfassers 17

I. Astrologie und Coaching – eine neue Synthese 19

Psychologische Astrologie 21

Astrologie und Coaching 23

Die Ziele des Astrocoachings 26

Astrocoaching und Zeitqualität 28

Astrocoaching und Lernaufgaben des Klienten 29

Abgrenzung von Astrocoaching gegen psychotherapeutische Verfahren 30

Astrocoaching ist Schicksalscoaching 31

Notwendiges Grundwissen 35

II. Die 10 Bausteine des Astrocoachings 41

Baustein 1: Die Umpolung der Sonne-Energie von destruktiv auf konstruktiv 47

Baustein 2: Aufstieg und Fall von Pluto, Jupiter, Saturn, Uranus und Neptun 57

Pluto 57

Jupiter 63

Die Parabel von der Raupe Stripe 67

Saturn 72

Uranus 77

Neptun 81

Die unterschiedliche Bedeutung und Wirkungsweise der Planeten 85

Warum ist die Unterscheidung der Aufbauphase von der Abbauphase so wichtig? 95
Baustein 3: Die Folgerichtigkeit der kosmischen Prinzipien 103
Die Folgerichtigkeit im III. Quadranten bzw. von Venus, Pluto und Jupiter 105
Die Folgerichtigkeit im IV. Quadranten bzw. von Saturn, Uranus und Neptun 110
Baustein 4: Die zwei Hauptachsen im Horoskop als Schlüssel für Glück und Erfolg 119
Die Verwirklichung des DC bzw. MC als Erfolgskriterium 123
Baustein 5: Die goldene Mitte 135
Baustein 6: Die Diskrepanz zwischen Kulturmensch und Säugetier Mensch 147
Baustein 7: Die Befreiung von bewussten und unbewussten Glaubenshaltungen 169
Die Bipolarität der Gefühle 176
Fragen, die man sich in Bezug auf Glaubenssätze stellen könnte 184
Beispiele für irreale Glaubenshaltungen 186
Was sich hinter „Authentizität“ verbirgt 187
Glaubenssatz: „Ich muss immer ehrlich sein!“ 188
Glaubenssatz: „Das Schicksal belohnt die Ehrlichen und bestraft die Lügner.“ 198
Glaubenssatz: „Ich muss mich für alles rechtfertigen.“ 200
Glaubenssatz: „Ich muss andere positiv beeinflussen.“ 201

Der unbewusste Glaubenssatz:
„Ich bin noch ein Kind.“ ... 201
Die bewusste oder unbewusste Glaubenshaltung:
„Alle Menschen sind gleich.“ ... 202
Die „Wanderer-zwischen-zwei-Welten-Methode“ ... 205
Baustein 8: Abwehr und Widerstände des Klienten ... 209
Fragen, die sich der Klient in Bezug auf eigene Widerstände stellen könnte ... 221
Baustein 9: Zeitliche Entwicklungsthemen ... 225
Der Sieben-Jahres-Herrscher und das damit verbundene Schicksal ... 231
Baustein 10: Die Aspekte ... 243
♀ (Waage)-☽ – Erfahrungsmöglichkeiten (= als Schicksal) ... 246
⛢ -☽ – Erfahrungsmöglichkeiten (= als Schicksal) 251
Wie ein Oppositionsaspekt erlöst werden kann ... 253
Seiner „Schrift“ gemäß leben ... 255

III. Psychosomatik und Astrologie ... 269
Chronische Blockierung im Stillen von Bedürfnissen als Ursache von Krankheiten ... 271
Bedürfnisse ... 279
Gesundheit bedeutet Gleichgewicht ... 280
Die sechs Hauptebenen der Tierkreiszeichen ... 283

IV. Interventionen bei Partnerkonflikten ... 293
Die zehn irrealen Formen der Liebe ... 295
Wahre Liebe ... 303
36 verschiedene Frauen- bzw. Männertypen und was sie erwirken ... 307
Partnerschafts-Checkliste ... 319

Geschlechtsspezifische Identität 323
Die Folgerichtigkeit im II. Quadranten bzw. von Mond, Sonne und ♍-Merkur 326
Wie die ☉ im Horoskop einer Frau ihre Partneranziehung widerspiegelt 335
Wie der ☾ im Horoskop eines Mannes dessen Partneranziehung widerspiegelt 361
Lösungsmöglichkeiten bei dissonanten Sonne-Aspekten 371
Lösungsmöglichkeiten 379
1. Bewusstwerdung 379
2. Erweiterung des Blickwinkels 380
3. Ausbildung der Mond- und der Venus-Anlage 381
4. Ausbildung der Anlage, die die Sonne attackiert 382
Die Ursachen für mangelndes Partnerglück 385
Der Partner und andere Mitmenschen als Krankheitsursache 387

V. Die Praxis des Astrocoachings 391
Die Praxis des Astrocoachings 395
Die Folgerichtigkeit im I. Quadranten bzw. von Mars, ♉-Venus und ♊-Merkur 397
Der Fall von Nicole 405
Nicoles Energiekette bzw. Regelkreis 415
Nicoles Regelkreis der Probleme 416
Nicoles Regelkreis der Glaubenshaltungen 417
Nicoles Regelkreis der Widerstände 418
Lösung der Problematik 420
Nicoles erlöster Regelkreis 433
Arbeit ohne Ende mit einer unausgebildeten Anlage 435

Hilfe beim Astrocoaching – Zusammenfassung 445

VI. Anhang **447**

Anhang **448**

Hemmung, Kompensation, erwachsene (erlöste) Form 451

Die Hemmung 451

Die Kompensation 453

Die erwachsene (erlöste) Form 456

Umpolung des Gewissens 459

Symbolketten der kosmischen Prinzipien 467

♈ - ♂ - Haus 1 - Symbole 469

♉ - ♀ - Haus 2 - Symbole 470

♊ - ☿ - Haus 3 - Symbole 471

♋ - ☾ - Haus 4 - Symbole 472

♌ - ☉ - Haus 5 - Symbole 473

♍ - ☿ - Haus 6 - Symbole 474

♎ - ♀ - Haus 7 - Symbole 475

♏ - ♇ - Haus 8 - Symbole 476

♐ - ♃ - Haus 9 - Symbole 477

♑ - ♄ - Haus 10 - Symbole 478

♒ - ♅ - Haus 11 - Symbole 479

♓ - ♆ - Haus 12 - Symbole 480

Bibliografie 481

Ausbildung zum/zur psychologischen Astrologen/Astrologin 483

Ausbildung zum Astrocoach 484

Vorwort

Im Jahr 2005 erschien Hermann Meyers „Grundlagenwerk der psychologischen Astrologie“. Damals hatte ich die Freude, das Vorwort dafür verfassen zu dürfen. So möchte ich auch den Fortsetzungsband vorstellen, nach meiner Ausbildung an seinem „Institut für psychologische Astrologie“ und langen Jahren fruchtbarer Zusammenarbeit.

Es zeigt sich immer wieder, dass Einzelberatungen einer Fortsetzung bedürfen, eines Stückes Begleitung, Vertiefung und Unterstützung auf dem Weg, der für viele Klienten ein schmerzhafter, beängstigender Prozess ist. Denn keiner von uns verlässt ohne Not die gewohnten Bahnen, die – seien sie auch noch so frustrierend – die Sicherheit des einmal Erlernten bieten und Schuldgefühle vermeiden helfen.

Die Astrologie ist uralt, das Coaching ist „in“ die Synthese einer großen Geschichte mit den Erfordernissen modernen Persönlichkeitstrainings ist ein Gebot der Stunde.

Der Dreiklang Astrologie – Tiefenpsychologie – Fitnessentwurf *in einer Wettbewerbswelt, die man bewältigen muss, ohne sich an sie zu verkaufen*, – dafür hat Meyer das Astrocoaching entwickelt.

Was ich besonders schätze, ist die Abgrenzung seiner „psychologischen Astrologie“ von der weltflüchtig verquasten Scheinesoterik der die Realität verweigernden Nischensucher, die anderen die Verantwortung und Bewältigung ihrer Existenz überlassen. Dies ist Hermann Meyers Sache nicht. Immer bleibt er konkret, decodiert die Symbolik astrologischer Sprache, indem er sie in die Lebenspraxis

psychologischer, soziologischer und historischer Realität übersetzt und dabei auf ihre konkrete Anwendbarkeit überprüft.
Etwas ganz Neues, was in dieser umfassenden Systematik sonst nirgends zu finden ist, sind die Kapitel über Aufstieg und Fall der überpersönlichen Planeten, ihre Aufbau- und Abstiegsphasen und schließlich die Wirkung, die sie auf die Grundbedürfnisse haben, welche die persönlichen Planeten repräsentieren.
Auch das IV. Kapitel, in dem es um das unerschöpfliche Thema Partnerschaftskonflikte geht, sucht seinesgleichen. Es finden sich darin sämtliche Sonnenstände im Horoskop einer Frau, die Mondstände im Horoskop des Mannes und 36 verschiedene Typen von Partnerbildern im Sinne von Animus und Anima. Irgendwie ahnte man es, dass sie existieren, aber nirgends erscheinen sie solchermaßen ordnend zusammengefasst. Ein Lehrstück fürwahr, das einem das Durcharbeiten etlicher Fachbücher erspart oder zumindest erleichtert.
Abschließend stellt sich die Frage: Kann die psychologische Astrologie neben den Erkenntnissen der Neurowissenschaften und der Evolutionsbiologie bestehen? *Sie kann es*. In der Tat, es gibt keinen freien Willen, ich kann nur wollen, was mein Gehirn automatisch befiehlt, aber es gibt eine Handlungsfreiheit – was ich *will*, ist nicht automatisch identisch mit dem, was ich *tue*. Zudem ist die Plastizität des Gehirns unerschöpflich. Bis ins hohe Alter kann es lernbereit und lernfähig sein, anderenfalls wäre das Coaching vergebliches Mühen. Und die Genetik? Ja, unsere DNA ist ein harter Code, aber die Epigenetik zeigt, dass Umwelteinflüsse – und damit wir selbst – gefährliche Gene aus- und gelungene anschalten können. Wenn also unser Horoskop auf analoger Ebene ein ebenso prägender kos-

mischer Code ist, so ist es andererseits dennoch möglich, Ressourcen zu nutzen und eigenes Potenzial zu verwirklichen.

Wir können den humanistischen Anspruch von Hermann Meyers Programm, *das der Ethik den Platz der Moral zuweisen will*, zu unserem eigenen machen, den „obskuren Göttern" des Über-Ichs und seinem „unmöglichen" Gebot, das uns alle zu Schuldigen macht, „widersprechen lernen", wie Jacques Lacan, der große Lehrer des Unbewussten, uns rät. Dies aber *nicht*, indem wir Saturn feige flüchtend ausweichen, das Realitätsprinzip eliminieren, sondern indem wir ihn mit Inhalten füllen, die *unser* Lebensrecht sind, für das wir Verantwortung tragen.

Jeder hat das Potenzial, um besser, sinnvoller und glücklicher zu leben. Jeder kann mehr aus sich machen. Dazu leistet dieses Buch jedwede Hilfe – nüchtern und konfrontativ, aber auch liebevoll und empathisch.

Christine Kobbe, München

Vorwort des Verfassers

Eine astrologische Beratung findet gewöhnlich nur einmal statt und soll für das ganze Leben des Klienten gelten. Es ist aber kaum möglich, in 1 ½ Stunden all das zur Sprache zu bringen, was notwendig wäre, um wirklich eine Veränderung und Verbesserung des Schicksals einzuleiten. Man kann als Berater zwar einige Dinge ins Bewusstsein rücken und vielleicht auch das eine oder andere in Gang bringen, doch häufig wäre es hilfreich, den betreffenden Klienten in seiner neuen Lebensphase zu begleiten, ihn bei Rückschlägen aufzufangen bzw. zu ermutigen, ihn in seinem Veränderungsprozess wirksam zu unterstützen und zu stärken, ihn da zu korrigieren, wo er sich „vergaloppiert" hat, und ihm Strategien aufzuzeigen, wie sein Lebensweg erfolgreicher werden kann.

Aus diesem Grunde habe ich das Astrocoaching entwickelt, das seit über 10 Jahren fester Bestandteil unseres Seminarprogramms ist und das ich auch in meinem Grundlagenwerk der psychologischen Astrologie (2005) bereits kurz vorgestellt habe.

Dieses Buch soll jetzt differenzierter in das weite Feld des Astrocoachings einführen und zugleich aber auch ein neues Lehrbuch der psychologischen Astrologie sein, quasi ein Fortsetzungsband des Grundlagenwerkes, der aber auch für sich allein stehen kann, wenn man das andere Buch nicht gelesen hat.

So wie die meisten Film- und Sportstars ganz selbstverständlich einen Coach haben, so sollte es auch für einen Menschen, der mehr aus sich machen möchte und sein Leben entscheidend verbessern möchte, kein Luxus sein, die Leistungen eines **persönlichen** Coachs oder Trainers in Anspruch zu nehmen.

Im Grunde genommen können die Stars der Film-, Musik- und Sportszene nur deshalb so hell leuchten, weil sie Millionen von Menschen Projektionsflächen bieten, die ihre eigenen „Sterne“ nicht entdeckt und zum Leuchten gebracht haben. Astrocoaching ist dazu da, den Einzelnen zu seinen eigenen Sternen (Anlagen) zu führen und deren Leuchtkraft (= Energielevel) zu erhöhen.

Hermann Meyer, München

I. Astrologie und Coaching – eine neue Synthese

Schicksal ist nichts anderes als die Folge des Abweichens von der eigenen Identität.

Psychologische Astrologie

Die psychologische Astrologie eröffnet dem Einzelnen die Möglichkeit, sich folgendes Wissen anzueignen:

- Wissen um die eigene psychische Struktur bzw. Identität
- Wissen um die Persönlichkeitsanteile und Fähigkeiten sowie um deren differenzierte Möglichkeiten
- Wissen um die eigene prä- und postnatale Prägung
- Wissen um die eigenen innerseelischen Spannungen und Konflikte
- Wissen um die eigenen gegengeschlechtlichen Anteile (Animus und Anima)
- Wissen um die Wechselwirkungen und Vernetzungen der eigenen Persönlichkeitsanteile
- Wissen um die Gesetze des Schicksals
- Wissen um das eigene Schicksal (Warum erwirke ich gerade dieses spezifische Schicksal?)
- Wissen, warum andere ihr spezifisches Schicksal haben
- Wissen um die Andersartigkeit der anderen
- Wissen um die Anziehungs- und Abstoßungsmechanismen

- Wissen um die Wechselwirkungen der Persönlichkeitsanteile in Partnerbeziehungen
- Wissen um die Symbolwelt, in der wir leben
- Wissen um die erwachsene bzw. erlöste Form einer Anlage oder Energie
- Wissen um die Symbolsprache des Körpers (Psychosomatik)
- Wissen um die eigene Berufung und den eigenen Sinn auf dieser Welt
- Wissen, wie man sein Leben und sein Schicksal verändern kann
- Wissen um die Lernaufgaben (Welche Anlagen können bzw. müssen noch ausgebildet werden?)

Kein Problem kann durch dasselbe Bewusstsein gelöst werden, welches das Problem geschaffen hat.
(Albert Einstein)

Astrologie und Coaching – eine neue Synthese

Astrocoaching ist eine Synthese aus (psychologischer) Astrologie und Coaching. Es besteht aus einer ausführlichen Horoskopberatung, einer Schicksalsanalyse und einem Coaching-Angebot. Der Astrocoach unterstützt besonders da, wo die meisten Klienten Hemmungen, Blockaden und Schwierigkeiten haben, nämlich bei der **Umsetzung** gewonnener Einsichten in konkretes Handeln. Für viele Menschen ist während der Beratung alles sonnenklar und sie fassen viele gute Vorsätze, etwas zu verwirklichen oder zu verändern. Aber nach ein paar Wochen stellt sich der alte Schlendrian wieder ein und es geschieht wenig, manchmal auch gar nichts. Daher brauchen die Betreffenden einen Umsetzungshelfer, der, wann immer es nötig ist, zur Verfügung steht.

Astrocoaching bietet sich besonders deshalb an, weil über das Horoskop des Klienten nicht nur dessen Probleme und Konflikte aufgezeigt werden, sondern auch deren Lösungen.

Wie kann das sein?

Ein einfaches Beispiel: Wenn jemand in seinem Horoskop ein Quadrat, also einen Spannungsaspekt, zwischen Mars und Saturn aufweist, kann er nach der psychologischen Astrologie diese Spannung in der Hemmung, in der Kompensation oder in der erwachsenen, erlösten Form erleben. Hat er den Aspekt in der Hemmung, leidet er unter Durchsetzungsblockaden, ist in seinem Triebleben gehemmt, lässt sich darin hemmen oder trägt diesen Konflikt über chronisch rezidivierende Kopfschmerzen aus.

Agiert er diesen Konflikt kompensatorisch aus, dann sucht er unbewusst in der Außenwelt Hindernisse, Blockaden oder Autoritätspersonen auf, um mit seinem Mars dagegen angehen zu können (Identifikation mit Mars).

Wenn er sich hingegen mit dem Saturn identifiziert, sucht er unbewusst nach Personen, die initiativ, aktiv, tatkräftig, impulsiv oder auch rivalisierend und aggressiv sind, um sie maßregeln, kontrollieren oder abblocken zu können.

Er erfährt also dann seinen eigenen Mars in der Außenwelt.

Der Kampf gegen sich selbst (Hemmung) und der Kampf gegen die eigenen nach außen projizierten Persönlichkeitsanteile machen krank und kosten viel Kraft und Energie.

Deshalb ist es wichtig, ein Lösungs- oder Zielbild zu haben, das deutlich macht, wie dieselben Energien konstruktiv im eigenen Leben eingesetzt werden können.

Die psychologische Astrologie zeigt bei jeder Konstellation auf, wie dieselbe Konstellation, die einem bisher so viel Schwierigkeiten und Leid gebracht hat, auf einer erwachsenen, entwickelten Ebene aussehen könnte. Damit liefert sie ein Lösungs- oder Zielbild, das die Gefahr einer rein subjektiven oder gar ideologischen Interpretation sowohl des Klienten als auch des Beraters oder Coachs ausschließt.

Mars Quadrat Saturn heißt dann für den Horoskopeigner:

„Ich muss bei meinen Aktivitäten und Taten immer auch die Regeln, die Gesetze, die Ordnung und die Hierarchie in der Kollektivneurose beachten und ich brauche konkrete Ziele, die ich für mich vorher formulieren muss. Ich muss um meine Lebensrechte und um meine Verantwortung meinem Leben und dem Leben der anderen gegenüber wissen, weil mir sonst diese Lebensrechte immer wieder genommen werden."

Mars Quadrat Saturn – erwachsene Auslebensform:

- das Recht (♄) auf Durchsetzung und Initiative (♂)
- die Erlaubnis (♄), die eigenen Triebe (♂) verantwortungsbewusst (♄) zu leben
- die Erlaubnis (♄), eine Pionierarbeit oder ein Pilotprojekt (♂) zu starten
- die Erlaubnis (♄), Zeit (♄) für sportliche Betätigungen (♂) zu verwenden.
- das Recht und die Erlaubnis (♄), die eigene Männlichkeit (♂) zuzulassen und zu leben (für Männer)
- das Recht und die Erlaubnis (♄), den eigenen gegengeschlechtlichen Persönlichkeitsanteil, den eigenen inneren Mann, zu entdecken und dem äußeren Mann seine Männlichkeit zuzugestehen und ihm seinen Platz zu lassen (für Frauen)
- das Recht und die Erlaubnis (♄), die eigenen Lebensenergien (♂) zielgerichtet (♄) einzusetzen (statt ersatzweise den „Feind" in sich oder in der Außenwelt zu bekämpfen)

Der Astrocoach ist also ein Wegbegleiter von der gehemmten bzw. kompensatorischen zur erwachsenen Auslebensform. Im Grunde betreibt er ein Energieflusscoaching, bei dem es darum geht, verdrängte, blockierte, projizierte, verwunschene, verzauberte und in ungünstigen Symbolebenen gebundene Energien freizusetzen und neue Energiequellen zu erschließen. Dies erfordert die Fähigkeit, symbolisch und vernetzt zu denken, und den Mut, das Entdeckte in die Tat umzusetzen. Astrocoaching heißt, den Klienten Schritt für Schritt dazu zu bewegen, sein Potenzial maximal auszuschöpfen.

Der Klient hat zwölf Persönlichkeitsanteile, das sind gleichsam innere Familienmitglieder, deren Gesamtfamilie er selbst ist. Wichtig ist für ihn, dass er zu all diesen inneren Personen Kontakt aufnimmt.

Jeder Planet, jede Energie muss leben dürfen (und dies nicht nur – wie wir später sehen werden – als Anpassungs- und Abwehrmechanismus) und muss in der Welt „untergebracht“ werden, das heißt, er braucht hierfür einen äußeren Bezug.

Die Ziele des Astrocoachings

Indem das, was der Klient eigentlich schon immer unbewusst gewollt, gewusst oder zumindest geahnt hat, vom Coach erkannt und ausgesprochen wird, erhält das scheinbar Unaussprechliche eine Bestätigung und wird bewusst. Diese Bestätigung für seine wahre erste Natur (nicht aber für seine zweite Natur!) ist ein Meilenstein auf seinem Weg zu einem besseren Leben.

Astrocoaching hat als Ziel, die bisher ungelebten Persönlichkeitsanteile des Klienten hervorzulocken und zur Entfaltung zu bringen. Astrocoaching ist wie ein Erlaubnis-Workshop. Der Klient braucht zuerst eine äußere Instanz, die ihm erlaubt, so zu leben, wie er wirklich angelegt ist, ehe seine innere Instanz (sein Über-Ich) ihm diese Erlaubnis dazu erteilen kann.

Astrocoaching kann einem Menschen helfen, dorthin zu kommen, wohin er will:

- zu beruflichem Erfolg
- zu menschlichem Erfolg
- zu einer erfüllenden Partnerschaft
- zu einem schönen Wohnen
- zu Geborgenheit
- zu einem effizienten Energieeinsatz
- zu einem großen Freundeskreis
- zur Lösung von Problemen und Konflikten
- zu mehr Fitness
- zu mehr Lebensfreude

Jeder kann aber nur das erreichen, was in ihm **angelegt** ist, er kann nicht etwas erlangen, was ihm nicht entspricht, was nicht seiner Identität gemäß ist. Er kann alles entsprechend seiner Konstellation erreichen, sofern er nicht abwehrt und nicht unbewusst gegenüber seinem Glück und seinem individuellen Paradies Widerstand leistet bzw. diesem selbst im Wege steht. Dazu gehört auch, dass er nicht etwas haben kann, was der Norm oder den gängigen Idealen entspricht, wenn seine Konstellation anders ist. So sind z. B. viele Menschen partner- und beziehungsfähig, aber nicht in der Form, die als Norm und Ideal vorgegeben wird. Solange sie auch „normal" sein wollen und sich mit den Idealen der Kultur- und Zeitepoche identifizieren, fühlen sie sich ausgestoßen oder es scheitern immer wieder ihre Beziehungen. Wenn sie jedoch den Mut haben, **anders** zu sein und **andersartige** Beziehungsformen zu leben, wird Glück und Erfüllung in ihren Beziehungen möglich.

Astrocoaching und Zeitqualität

Die Realisierung einer Absicht hängt nicht nur vom Vorhandensein der nötigen Ressourcen und Fähigkeiten ab, sondern auch entscheidend vom Zeitpunkt der Investition, der Aktivität oder des Handelns, sprich vom richtigen Timing. Deshalb muss beim Astrocoaching besonders auf die **Transite** und die **Auslösungen** der Planeten geachtet werden.

Nur so kann der richtige Zeitpunkt bestimmt und genutzt werden. Ferner spielt bei den Transiten eine Rolle, ob ein Aspekt applikativ oder separativ ist. Zu erkennen, was im Moment gerade ansteht, worauf die Konstellation hinauswill, welche unbewusste Intention damit verbunden ist, gehört sicherlich zu den besonderen Stärken des Astrocoachings.

Astrocoaching und Lernaufgaben des Klienten

Neben diesen zeitspezifischen individuellen Lernaufgaben des Klienten geht es beim Astrocoaching aber auch um Vorgehensweisen, die eine große Hilfe zur Selbsthilfe sein können.

Der Klient kann über das Astrocoaching wirksame Methoden lernen,

- um sich selbst zu erkennen,
- wie er sich selbst ausgleichen und stabilisieren kann,
- wie er sich komplettieren kann,
- wie er sich selbst korrigieren kann,
- wie er sich selbst verbessern kann,
- wie er seine Potenzen, Chancen und Möglichkeiten erweitern kann (z. B. Erhöhung der Wahlmöglichkeiten durch Ausbildung einer Anlage oder Fähigkeit),
- um sein Schicksal zu erkennen, zu sehen, warum er spezifisch dieses Schicksal hat und kein anderes, welcher **Zusammenhang** zwischen seinem Charakter, seinen Defiziten, seinen Stärken, seinen Glaubenshaltungen und seinem Verhalten mit diesem Schicksal besteht, und
- wie er sein Schicksal verändern kann – unter anderem über den Weg von Schicksalssimulationsspielen, bei denen erfahren wird, wie man eine Größe in einem vernetzten Persönlichkeitssystem verändert, um positive Kettenreaktionen auszulösen.

Das Astrocoaching ist so angelegt, dass der Klient im Laufe der Zeit die Fähigkeit erlangt, sich immer mehr selbst zu coachen. Insofern besteht keine Abhängigkeit vom Coach, sondern das Ergebnis ist eine Eigenständigkeit, die synonym ist mit einem selbstbewussten, verantwortungsvollen Handeln auf einer realen Ebene.

Abgrenzung von Astrocoaching

gegen psychotherapeutische Verfahren

Der Begriff „Coaching" stammt vom englischen „to coach" (betreuen, trainieren) und bezeichnet den Prozess der Entwicklung von Fähigkeiten in Sport und Beruf.

Astrocoaching heißt, maßgeschneiderte Lösungen zu finden, nämlich solche, die genau zu der psychischen Struktur (Horoskop) des Klienten passen.

Der Astrocoach befasst sich aber ausdrücklich nicht mit der Behandlung von psychischen Störungen und grenzt sich dadurch von der Psychotherapie ab.

Der Coachee (Klient), der zum Astrocoach geht, hat zwar Probleme und Konflikte, ist aber nicht psychisch krank. Er möchte mithilfe des Astrocoachs etwas erreichen, was er bisher nicht geschafft hat. Er will endlich sein Leben so leben, wie es in ihm von Natur aus angelegt ist.

Wie der Trainer einen Sportler dazu bringen soll, dessen optimale Leistungsfähigkeit zu erreichen und abzurufen, so hat der Astrocoach die Aufgabe, dem Klienten zu einem optimalen Leben entsprechend seiner Horoskopkonstellation zu verhelfen.

Astrocoaching ist Schicksalscoaching

Schicksal ist im Grunde genommen nichts anderes als immer wieder mit der Realität konfrontiert zu werden. Die meisten Menschen wollen die Wirklichkeit einfach nicht sehen und bleiben lieber im „Gefängnis“ ihrer alten Glaubenshaltungen, Verstrickungen und Illusionen. Sie wollen keine **Ver**antwortung für ihr Schicksal übernehmen, d. h. die **Antworten** des Schicksals nicht mit dem eigenen Fühlen, Denken, Handeln und Verhalten in Beziehung bringen.

Warum ist es so schwer, das Leben, so wie es wirklich ist, wahrzunehmen und anzunehmen?

Sechs Punkte sind hierfür entscheidend:

1. aufgrund der skriptbedingten Wahrnehmungsverzerrung (Unter- oder Überschätzung der eigenen Stärken und Schwächen, Diskrepanz zwischen Anspruch und Wirklichkeit)
2. aufgrund der Diskrepanz zwischen dem Bewussten und dem Unbewussten
3. aufgrund der derzeit vorherrschenden Ideale, z. B. Schönheitsideale, Modeströmungen und Leitbilder (Diskrepanz zwischen Ideal und Wirklichkeit)
4. aufgrund der Diskrepanz zwischen dem Säugetier Mensch und dem Kulturmensch (das Säugetier läuft immer mit!)
5. aufgrund der Unkenntnis der Bipolarität (z. B. Nähe – Distanz, Madonna – Hure, Unterdrückter – Unterdrücker)
6. aufgrund unzureichender Kenntnisse über das andere Geschlecht

Letztendlich ist jeder Schicksalsschlag nur auf einen Punkt oder gar gleichzeitig auf mehrere Punkte dieser Aufzählung zurückzuführen und letztendlich heißt die Ursache allen Übels:
Nicht-Anerkennen der Realität (♄)!

Erst durch die differenzierte Auseinandersetzung mit den sechs Punkten kann das, was Realität wirklich ist, erfasst werden.
In den folgenden Ausführungen werden wir auf all diese Punkte eingehen.

Astrocoaching bedeutet also auch, den Klienten auf dem Weg zu begleiten, der von falschen Annahmen, selbstschädigenden Glaubenshaltungen und Illusionen zur Realität führt. Auf der Basis dieser Realität lässt sich dann ein Leben aufbauen, das im wirklichen Sinne erfolgreich ist und keinen Schein mehr beinhaltet, der zwangsläufig immer wieder zu Krisen und Auflösungen führt.

JUNGFRAUEN HABEN EINEN BESONDERS AUSGEPRÄGTEN BLICK FÜRS DETAIL, EINE FÄHIGKEIT ZU FEINER BEOBACHTUNG

Die Öffentlichkeit hat eine unersättliche Neugier alles zu wissen – nur nicht das Wissenswerte.
(Oscar Wilde)

Notwendiges Grundwissen

Es ist immer wieder erstaunlich, wie wenig Menschen über sich selbst und über die Welt wissen. Dies liegt auch daran, dass uns die Schulen unzureichend fürs Leben vorbereiten. Der Schüler erfährt so gut wie nichts über Psychologie, Medizin, Soziologie, Ökologie, Ernährungskunde, Schicksalskunde, Wirtschaft und Finanzen, Partner- und Beziehungsfähigkeit, Pädagogik, Kommunikationsfähigkeit, Managementfähigkeiten oder über humanes Bauen und Wohnen, obwohl gerade diese Wissensgebiete für die spätere Lebensbewältigung von entscheidender Bedeutung sind.

Wenn sich jemand nicht selbst auf die Suche nach diesen Kenntnissen begibt, bleibt er zeit seines Lebens eine Marionette seiner Prägung und der jeweiligen Modeströmungen.

Um als selbstverantwortlicher und mündiger Mensch in der Welt bewusst agieren zu können, ist es notwendig, über ein Grundwissen zu verfügen, das einen davon abhält, seine Lebenszeit primär für Irrwege und Umwege zu opfern.

Das notwendige Grundwissen umfasst die folgenden vier Bereiche:

1.) Selbsterkenntnis

Ich muss um meine psychische Struktur wissen, meine Identität erkennen. Ich muss wissen, wer ich bin und wer ich werden könnte. Hier ist das Horoskop als symbolische Aufzeichnung der eigenen psychischen Struktur die Via Regia (der Königsweg) zum eigenen Selbst. Über die Planeten(-herrscher) und über die Aspekte ist es möglich, die eigenen Stärken und Schwächen, die Potenzen und Möglichkeiten sowie die Verläufe und Regelkreise der eigenen Lebensenergien zu erkennen.

2.) Das Urprogramm des Menschen

Ich muss wissen, wie Mann und Frau „ticken“, muss darum wissen, wie der Mensch von Natur aus angelegt ist, muss die archetypische Grundstruktur des Menschen kennen. Es ist wichtig, sich immer wieder in Erinnerung zu rufen, dass der Mensch ein Säugetier ist und dass daher ein Urprogramm wirksam ist, das man nicht ungestraft verleugnen kann. Insbesondere gilt es, den Trieben dieses Säugetieres (Reviertrieb, Sammeltrieb, Nesttrieb etc.) Rechnung zu tragen. Ferner ist es für das Gelingen einer guten Paarbeziehung entscheidend, dass man erkennt, wie das jeweils andere Geschlecht von Natur aus angelegt ist. Wer nicht wahrhaben will, dass die Geschlechter verschieden sind, und immer nur von seinem Geschlechtspol ausgeht, wird es schwer haben, einen Heimathafen zu finden.

3.) Weltkenntnis

Ich muss wissen, wie die erste Natur (Ökologie) und wie die zweite Natur (Kollektivneurose) funktioniert. Es ist das Wissen um die Welt, in der wir leben. Ich muss den Kontext verstehen, in den ich hineingeboren wurde. Die Kollektivneurose (die zweite Natur) ist die dem Menschen aufgepfropfte Natur. Das Wesen der Kollektivneurose besteht darin, dass die menschlichen Anlagen und Fähigkeiten in ihrer Entwicklung durch Normen, Konventionen und Ideale sowie durch eine lebensfeindliche Moral gehemmt werden. Aufgrund dieser Blockierung der Anlagen kommt es zu den sogenannten Abwehr- und Anpassungsmechanismen, die die zweite Natur bilden. Der Einzelne strebt nicht mehr danach, seine Anlagen und Fähigkeiten zu entwickeln, sondern nur noch nach dem Ersatz (Surrogatkultur).

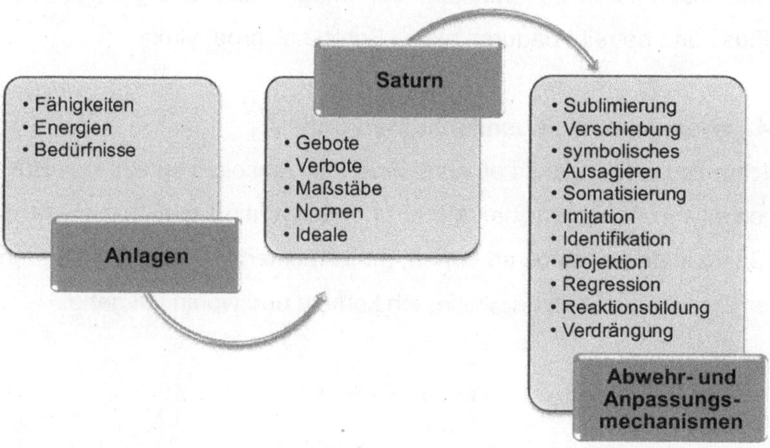

Außerdem führen die Abwehr- und Anpassungsmechanismen dazu, dass die Energie, das Bedürfnis oder die Anlage (z. B. Rivalität, Sexualität, Machtstreben) in ihrer ursprünglichen Form nicht mehr spürbar bzw. erkennbar sind. Sie tritt nicht mehr als sichtbares Verhalten in Erscheinung. Ihre physische Energie bleibt aber im Energiehaushalt des Organismus erhalten und zeigt sich im Rahmen einer verschobenen organischen Funktionsstörung oder unter einem anderen Deckmantel wieder.

Dagegen ist die wahre Natur (die erste Natur) die unter dem künstlichen Überbau der zweiten Natur verborgene wirkliche Natur des Menschen. Wem es gelingt, seine von Natur aus angelegten Talente und Fähigkeiten zu entfalten, der bringt seine Energien in freien Fluss und betreibt dadurch aktive Schicksalsprophylaxe.

4.) Wissen um die kosmische Herkunft

Ich muss wissen, dass es noch eine Welt jenseits von Gut und Böse, jenseits von bürgerlicher Moral und Konvention gibt. Ich muss die Gesetze des Kosmos erkennen, muss meinen kosmischen Ursprung erfahren, muss wissen, woher ich komme und wohin ich gehe.

Aus diesem Grundwissen resultieren schließlich die entscheidenden Fragen zur Selbstfindung, die mit der Bewusstwerdung sowohl der ersten Natur als auch der zweiten Natur verbunden sind:

Stimme der wahren Natur (erste Natur)

- Was will die menschliche Natur von mir?
- Was will meine männliche bzw. weibliche Natur?
- Was will meine individuelle Natur?

Stimme der Neurose (zweite Natur)

- Was erwartet die Kollektivneurose von mir?
- Welche Rolle als Mann oder als Frau verlangt die Zeitströmung von mir?
- Was will meine individuelle Neurose (mein Skript)?

Selbsterkenntnis

- eigene Identität
- eigene Stärken und Schwächen
- eigene Potenziale
- eigene Anlagen

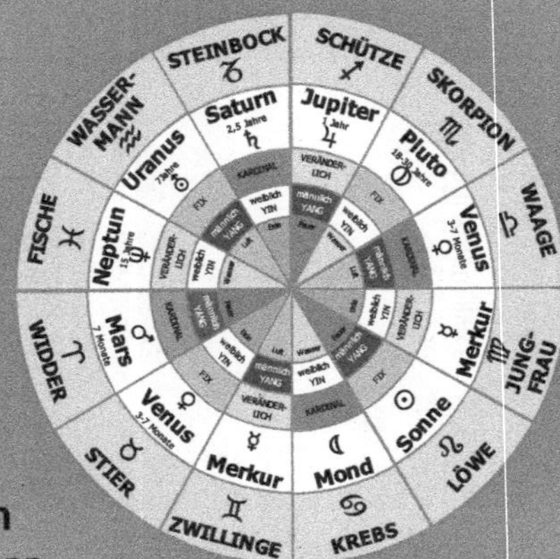

Weltkenntnis

- erste Natur (Ökologie)
- zweite Natur (Kollektivneurose) Normen, Moral, Konventionen

Urprogramm des Menschen

- Wie „ticken" Mann und Frau?
- Mensch als Säugetier

Wissen um die kosmische Herkunft

- Bewusstwerdung der Transzendenz
- Welt jenseits von Gut und Böse
- Woher komme ich und wohin gehe ich?

II. Die 10 Bausteine des Astrocoachings

Im Folgenden wollen wir systematisch in das weite Feld des Astrocoachings einsteigen. Dabei werden 10 Bausteine vorgestellt, die neben dem „Herrschersystem“ und anderen klassischen Methoden besonders für die Bewusstwerdung der Ursachen von eigenem Schicksal und für die Lösung von Schwierigkeiten und Konflikten verwendet werden können.

Wir werden zuerst darauf eingehen, wie allein durch eine andere Auslebensform des eigenen Tierkreiszeichens sehr schnell positive Schicksalsveränderungen eintreten können, werden dann Aufstieg und Fall der Langsamläufer Pluto, Jupiter, Saturn, Uranus und Neptun betrachten und über die Folgerichtigkeit der kosmischen Prinzipien neue Ansatzpunkte für eine Krisenintervention bei sich selbst oder bei Klienten finden.

Dann geht es darum, an den zwei Hauptachsen im Horoskop zu erkennen, was es noch an Anlagen und Fähigkeiten auszubilden gilt, und der Baustein „die goldene Mitte“ soll aufzeigen, wann jemand eine Energie zu wenig oder zu viel einbringt und mit welchen Konsequenzen dies jeweils verbunden ist.

Von besonderer Bedeutung für das Astrocoaching sind die Bausteine 6, 7 und 8. Hier stellen sich die Fragen: Darf das Säugetier, das jeder auch in sich beherbergt, leben oder wird es zugunsten von Sitte, Moral, Anstand und Kultur unterdrückt und verdrängt? Welche Glaubenshaltungen sind übernommen, veraltet oder nicht wirklichkeitsadäquat? Welche Auswirkungen auf das Schicksal haben Glaubenshaltungen, die dem wahren Wesen widersprechen? Warum haben so viele Menschen Abwehrhaltungen und Widerstände gegen ein besseres Leben, obwohl sie sich letzteres doch so sehr wünschen?

Schließlich werden wir auf die Ereignisauslösungen und Transite eingehen, über die erkannt werden kann, welche Aufgabe gerade jetzt ansteht und – last, but not least – soll über das Kapitel „Aspekte" bewusst werden, dass dissonante bzw. kritische Aspekte nur Aufforderungscharakter haben und daher auch „erlöst" werden können. Von diesen 10 Kapiteln stellt bereits jeder einzelne Baustein eine Interventionsmöglichkeit dar. Effizienz und Erfolg können sich jedoch erhöhen, wenn mehrere Bausteine zur Anwendung kommen.

BAUSTEIN 1

Eure Zeit ist begrenzt.
Verschwendet sie nicht,
indem Ihr das Leben
anderer lebt.
(Steve Jobs, US-Unternehmer [1955-2011])

Baustein 1:
Die Umpolung der Sonne-Energie von destruktiv auf konstruktiv

Astrocoaching ist Coaching zum besseren Erkennen der Realität. Deshalb soll im Folgenden aufgezeigt werden, wie sehr Krankheit, Leid und Misserfolg mit irrealen Vorstellungen, falschen Glaubenshaltungen, Täuschungen und Illusionen im Zusammenhang stehen.

Bei den meisten Menschen liegt das Problem schon bei dem Tierkreiszeichen, in dem sie die Sonne stehen haben. D. h., wir ziehen jetzt zu Beginn die Komplexität der einzelnen Horoskope noch nicht in Betracht, sondern betrachten zunächst nur die Tierkreiszeichen als solche.

Ein Mensch eines bestimmten Tierkreiszeichens hat die Tendenz, im Leben Situationen zu schaffen bzw. sie so zu interpretieren, dass er glaubt, berechtigt zu sein, mit der tierkreisspezifischen Energie in Aktion zu treten.

So findet der Widder immer wieder einen Grund und eine Gelegenheit, um streiten zu können, der Stier, um die Notwendigkeit zu be-

gründen, sich abgrenzen zu müssen, die Zwillinge, um unterwegs sein zu dürfen, der Krebs, um sich verletzt zu fühlen und „eingeschnappt" zu sein, der Löwe, um angeben und feiern zu können, die Jungfrau, um kritisieren zu können, die Waage, um sich stilvoller und niveauvoller als andere zu fühlen, der Skorpion, um anderen seine Vorstellungen aufzuzwingen und um die Berechtigung abzuleiten, andere zu überwachen und zu kontrollieren, der Schütze, um seinen Missionierungsdrang auszuleben, der Steinbock, um für seine Rechte zu kämpfen, der Wassermann, um sich aufzulehnen und zu rebellieren und die Fische, um zu lügen, zu flüchten und um Heimlichkeiten haben zu können.
Jedes Tierkreiszeichen schafft sich also auf diese Weise ständig Gelegenheiten, das eigene Prinzip zu verwirklichen. Es macht Freude und Spaß, das eigene Prinzip zu erleben, weil man auf diesem Gebiet gewöhnlich besser ist als die anderen. Das hebt das Selbstbewusstsein (☉).

Jedes Tierkreiszeichen fasst die jeweilige Situation als **Einladung** auf, um mit dem entsprechenden Prinzip in Aktion zu treten.

Das Fatale ist, dass all die

- Streitigkeiten (Widder),
- all die Abgrenzungen (Stier),
- das ständige Unterwegssein (Zwillinge),
- all die schlechten Gefühle (Krebs),
- all die Angebereien und Feiern (Löwe),
- die viele Kritik (Jungfrau),
- das vornehme Getue um Stil und Niveau (Waage),
- der ganze Druck und die vielen Erwartungshaltungen (Skorpion),

- die vielen missionarischen Bemühungen (Schütze),
- das ganze Gerangel, wer wo und wann recht hat (Steinbock),
- die ständigen Auflehnungen und Rebellionen (Wassermann) sowie
- die vielen Fluchtversuche und Süchte (Fische)

nicht nur wenig einbringen, sondern oft sogar ungünstig für einen selbst und eine Belastung für die Mitmenschen sind. Es ist nur immer wieder eine andere Art von ineffizientem Energieeinsatz. Diese Aktionen strukturieren zwar die Zeit, aber wirkliches Glück und wirklicher Erfolg können damit nicht erreicht werden.

Deshalb ist schon ein großer Schritt vorwärts getan, wenn der Klient im Astrocoaching dazu bereit ist, von solchen Energievergeudungen Abstand zu nehmen und das Tierkreiszeichen, unter dem er geboren ist, **konstruktiv** auszuleben. Jedes Tierkreiszeichen hat eine ungünstige, manchmal sogar destruktive, und eine günstige, konstruktive Einlösungs- und Auslebensform.

Die nachfolgende Tabelle soll aufzeigen, welche Möglichkeiten für den Einzelnen bestehen, in den konstruktiven Pol überzuwechseln.

Sonne	Ungünstige, destruktive Auslebensform	Günstige, konstruktive Auslebensform
⊙ im Widder	⇨ statt immer wieder einen Grund zum Streiten zu suchen	⇨ Initiative ergreifen, sportliche Betätigung, akquirieren, Pionierarbeit leisten
⊙ im Stier	⇨ statt nach Status und Prestige zu streben, sich ständig gegenüber anderen abzugrenzen und andere zu entwerten, um sich selbst aufzuwerten	⇨ Entwicklung eines gesunden Eigenwertes, Sicherung und Bewahrung des eigenen Besitzes, Beschäftigung mit den Themen „Wirtschaft", „Finanzen" und „Immobilien"
⊙ in den Zwillingen	⇨ statt ständig unterwegs (always on the road) oder am Handy bzw. am Computer tätig zu sein	⇨ Aufnahme und Abgabe von Informationen, Ausbildung der eigenen Kommunikationsfähigkeit, Verbesserung der eigenen Darstellung
⊙ im Krebs	⇨ statt sich immer wieder verletzt zu fühlen, beleidigt zu sein und eine miese Stimmung zu verbreiten	sich selbst Wohlgefühle verschaffen, die eigene Identität entdecken, sich sozial engagieren, andere versorgen, eine Queen oder ein King of Tenderness werden
⊙ im Löwen	⇨ statt dauernd sich selbst zu beweihräuchern und immer wieder einen Grund zum Feiern zu finden	⇨ ein Unternehmen gründen, organisieren, managen, delegieren, Projekte verwirklichen, Einsatz der eigenen Kreativität

Sonne	Ungünstige, destruktive Auslebensform	Günstige, konstruktive Auslebensform
☉ in der Jungfrau	⇨ statt ständig andere zu kritisieren oder einem übertriebenen Sauberkeitsideal nachzujagen	⇨ Selbstkritik üben, dadurch eine Verbesserung erreichen und das Verbesserte umsetzen; Analyse der Missstände der Gesellschaft, Beschäftigung mit den Themen „Gesundheit" und „Krankheit"
☉ in der Waage	⇨ statt sich ständig stilvoller, niveauvoller und vornehmer zu fühlen, nur nach der Mode zu gehen und einem Harmonieideal nachzujagen	⇨ Entwicklung eines wirklich eignen Geschmackes, der Fähigkeit zu werben und erotisch zu reizen; Entwicklung von Designerfähigkeiten; die Fähigkeit entwickeln, die Bipolarität in sich selbst zu erkennen und sich selbst auszugleichen
☉ im Skorpion	⇨ statt ständig von anderen zu erwarten, dass sie die eigenen Vorstellungen erfüllen; statt immer wieder Druck auszuüben, zu überwachen und zu kontrollieren; statt Machtkämpfe auszutragen	⇨ eigene Vorstellungen selbst verwirklichen; den eigenen Weg gehen; ein eigenes Lebensprogramm entwerfen und verwirklichen; Konzepte und Programme entwickeln, die wirklichkeitsadäquat sind; Macht über sich selbst gewinnen

Sonne	Ungünstige, destruktive Auslebensform	Günstige, konstruktive Auslebensform
⊙ im **Schützen**	⇨ statt sich immer wieder selbst edel darzustellen und andere „veredeln" und missionieren zu wollen oder eine Fernreise nach der anderen zu buchen; statt die eigene konventionelle Bildung als Statussymbol zu verwenden	⇨ Reisen in die eigene Innenwelt, Durchführung eines „Selbstveredelungsprozesses", Verbesserung der eigenen Partnerschaft, Entwicklung einer eigenen Weltanschauung oder Lebensphilosophie; Bildung als Autodidakt, Besuch von Weiterbildungsveranstaltungen, Schaffung von Bildungsmöglichkeiten für andere; sich selbst und andere fördern
⊙ im **Steinbock**	⇨ statt immer wieder einen Grund zu suchen, um andere zu maßregeln oder statt ständig recht haben zu wollen oder um sein Recht kämpfen zu müssen	⇨ Verwirklichung von eigenen Zielen, einen eigenen Gesetzeskodex entwickeln, Einhaltung der Lebensgesetze, Entdeckung der eigenen Rechte und Übernahme der eigenen Verantwortung, Verwirklichung der eigenen Berufung
⊙ im **Wassermann**	⇨ statt ständig Widerstand zu leisten, aufzubegehren und zu rebellieren; statt sich immer wieder von Bindungen und Verpflichtungen befreien zu wollen	⇨ Ansammlung der eigenen Rechte und der eigenen Verantwortung, um wirkliche Freiheit zu erlangen; Reformen, Erneuerungen und Renovierungen durchführen; neue Ideen verwirklichen; neue Erfindungen auf den Markt bringen

Sonne	Ungünstige, destruktive Auslebensform	Günstige, konstruktive Auslebensform
☉ in den Fischen	⇨ statt immer wieder zu fliehen und den Süchten zu frönen, statt ständig nur zu träumen und sich Illusionen hinzugeben	⇨ seine Träume verwirklichen, Aufdeckung von Hintergründen, aktive Bewusstseinserweiterung (ohne Drogen), Beleuchtung des eigenen Unbewussten; das Verdrängte aus seinem „verwunschenen" Zustand erlösen

Nach einem Wechsel von der linken zur rechten Spalte ist es so, als sei man aus einem Delirium erwacht. Plötzlich hat der Einzelne so viel Zeit zur Verfügung – Zeit für den konstruktiven Einsatz der Energie für sich selbst und für die Welt.

BAUSTEIN 2

Baustein 2:
Aufstieg und Fall von Pluto, Jupiter, Saturn, Uranus und Neptun

In der Kollektivneurose gilt:

Wenn die Energie von Pluto, Jupiter, Saturn, Uranus und Neptun in der Kompensation zum Einsatz kommt, ist mit folgenden Verläufen zu rechnen:

Pluto

Der Einzelne ist unterdrückt und fremdbestimmt worden. Er fühlt sich ohnmächtig.

Es entsteht dadurch ein Drang, den anderen Pol von Pluto aufzusuchen, nämlich selbst machtvoll zu werden, über andere bestimmen zu dürfen, anderen etwas aufoktroyieren zu können.

Die Bipolarität von Pluto ♇

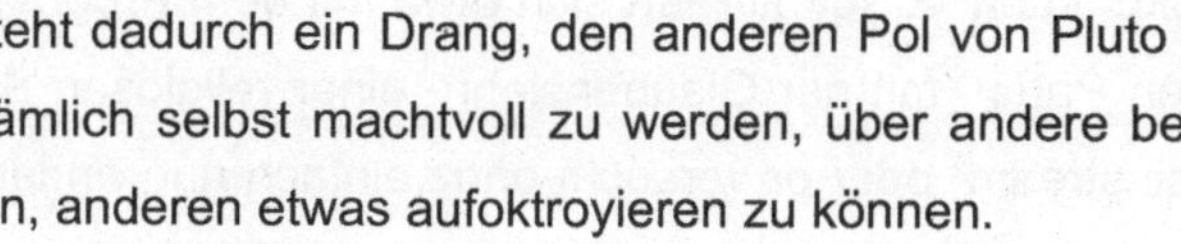

Um diesen anderen Pol zu erreichen, muss jedoch ein Weg zurückgelegt werden und dieser Weg ist sehr beschwerlich. Er ist meist schmerzhaft und kostet sehr viel Energie und Kraft.
Vereinfacht lässt sich dieser beschwerliche Weg aus folgender Grafik ablesen.

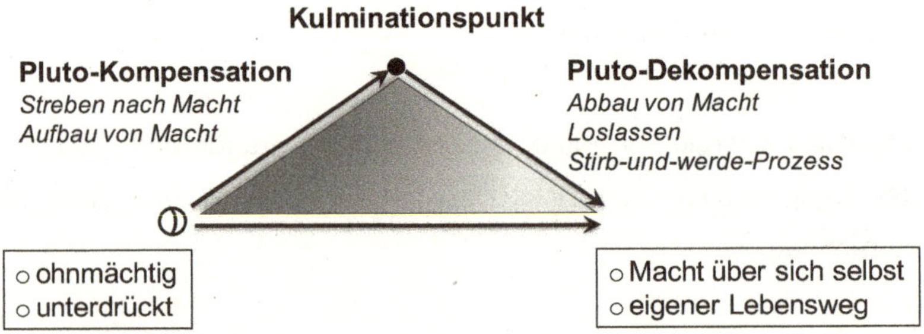

In der Aufbauphase von Macht übernimmt der Betreffende fremde Vorstellungen, Glaubenshaltungen und Programme, um damit nach oben zu kommen. Er identifiziert sich etwa mit dem Programm einer politischen Partei, mit der Glaubenslehre einer religiösen Sekte, mit dem „Mainstream" oder er versucht ganz einfach nur, andere zu bewegen, an der Realisation seiner Vorstellungsbilder mitzuarbeiten. Dies geschieht u. a. aus der Angst heraus, wieder in den Minuspol zurückzufallen, was gleichbedeutend damit wäre, wieder von anderen dominiert zu werden oder ständig unter Druck zu stehen.
Doch je mehr er darauf bedacht ist, andere in die eigene Vorstellung zu pressen, andere stets zu überwachen und zu kontrollieren, umso weniger ist er imstande, seine eigene Lebenszeit freudvoll zu gestalten.

Als Ersatz dafür hat er das Gefühl der Macht. Dieses wirkt wie ein süßes Gift, das ihn berauscht und manchmal sogar in einen Wahnzustand versetzt. Er kann sich dann an all den Unterdrückten, Fremdbestimmten und Manipulierten stabilisieren und ein Gefühl der Überlegenheit empfinden.
Es gelang ihm der Ausgleich. Und dennoch fühlt er sich nicht glücklich, weil er – das weiß er nur noch nicht – nichts **Eigenes** hat: keine wirklich **eigene** Vorstellung, keine wirklich **eigene** Meinung, keinen **eigenen** geistigen Besitz, keinen **persönlichen** Lebensweg und keine Macht über sich selbst.

Am Kulminationspunkt des Strebens nach Macht ist das Energiepotenzial des Pluto, das einem die Natur mitgegeben hat, erschöpft. Die Folge ist häufig ein physischer oder ein psychischer Zusammenbruch – schwere Krankheiten wie Krebs, Herzinfarkt oder Schlaganfall oder ein seelisches Ausgebrannt-Sein (Burn-out).
Jetzt ist das System gekippt, jetzt schlägt die Energie um und geht in eine andere Richtung. Es beginnt die Phase der Dekompensation, die Phase des Abstiegs. In dieser Phase schwimmen dem Betreffenden die Felle weg. Er ist gezwungen, innezuhalten, einiges zu überdenken und loszulassen.
Der Einzelne merkt: Das ist das Ergebnis von all dem Streben. Er wird sich dessen bewusst, dass alle Bemühungen, nach oben zu kommen, nur Illusion waren, dass er nur einer Fiktion nachjagte.

Jetzt beginnt ein „Drop-Out" und schließlich der Abstieg, d. h. die Dekompensation. Dekompensation (von lat. decompensatio: „Unausgeglichenheit", „Entgleisung") bedeutet, dass man die Kompensation nicht mehr aufrechterhalten kann. Dieser Begriff wird in der

Medizin häufig verwendet. Er bezeichnet den Verlust der körpereigenen Regulations- und Reparaturfähigkeiten im Verlauf einer Erkrankung. Von einer Dekompensation spricht man, wenn der Körper die durch die Erkrankung entstandenen Defekte nicht mehr ausgleichen (kompensieren) kann. Auf die psychische Ebene übertragen bedeutet Dekompensation, dass die Fassade, die man aufgebaut hat, zusammenbricht, dass man nicht mehr wie gewohnt funktionieren kann. Man ist entgleist. Aber erst in diesem Stadium – und das ist das Phänomenale – beginnt Pluto wirklich **lebendig** zu werden, indem er einen **Transformationsprozess** einleitet. Erst jetzt können alte Glaubenshaltungen losgelassen werden und neue Vorstellungen entstehen, die nicht mehr mit der Wirklichkeit des Lebens kollidieren. Dieser Punkt ist ein „Point of no Return" im **positiven** Sinne. Während man sonst bei diesem „Point" assoziiert, dass die Situation dermaßen verfahren ist, dass es für eine Umkehr zu spät ist (obwohl man gerne alles rückgängig machen würde), will man bei dieser positiven Form gar nicht mehr zurück, sondern nur noch vorwärts, vorwärts zu neuen Ufern, zu einem neuen Leben.

Insofern entspricht dieser Punkt auch nicht einer Rehabilitation, bei der bei dem Betreffenden sein vormals existierender Zustand, nämlich die Kraft zur Pluto-Kompensation, wiederhergestellt wird, sondern hier beginnt eine neue Entwicklungsstufe des Pluto. Zu diesem Punkt vorzustoßen ist ein besonderes Erlebnis. Es ist, als ob man eine alte Haut abgestreift hätte, als ob man endlich erwacht wäre – erwacht in der Wirklichkeit, erwacht auf dem Hauptfeld des Seins.

Nach dieser harten Wegstrecke der Krise und des Leids kommt man auf seiner Reise nach unten schließlich an einen Punkt, an dem der Schmerz und die Trauer in Lust und Freude umschlagen. Es ist der

Punkt der Erkenntnis der Realität und der goldenen Mitte der Anlage, von der bereits Aristoteles sprach.

Nach Aristoteles gibt es drei Grundhaltungen: „Zwei fehlerhafte, durch Übermaß und Unzulänglichkeit gekennzeichnet, und eine richtige, die Mitte." Dabei gilt es zu beachten, dass diese Mitte nicht einfach nur eine statische Mitte oder nur ein ruhender Pol ist, an dem sich Trübsal und Langeweile breitmachen, sondern im Gegenteil: Bei der goldenen Mitte sind wir am **Wesenskern** des Planeten angelangt, und damit an seiner Urkraft. An diesem Punkt hat man das Gefühl, als würde man jetzt erst geboren, als würde man jetzt erst zu leben beginnen.

Übertragen auf Pluto bedeutet dies, dass man die Fremdbestimmung und die Gier nach Macht abgelegt hat und endlich zu dem kommt, was die (konstruktive) Plutoenergie ausmacht, nämlich zu einer wirklich eigenen Vorstellung, zu einer wirklich eigenen Meinung, zu einem eigenen geistigen Besitz, zu einem eigenen Lebensweg und zu der Erfahrung der Macht über sich selbst.

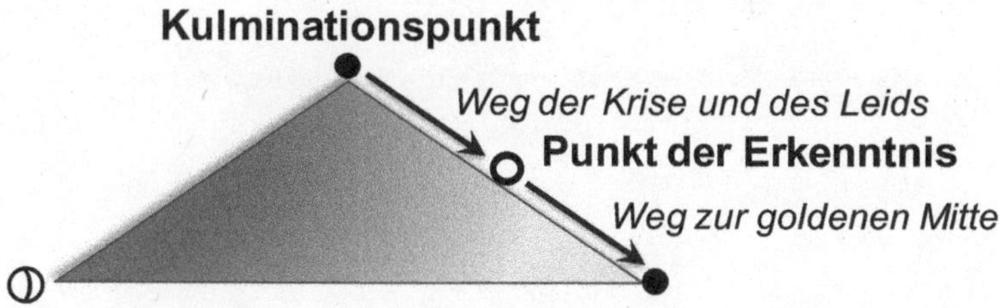

Bei Pluto ist der Weg der Krise und des Leidens der **Sterbeprozess** und der Weg zur goldenen Mitte der **Werdeprozess**.

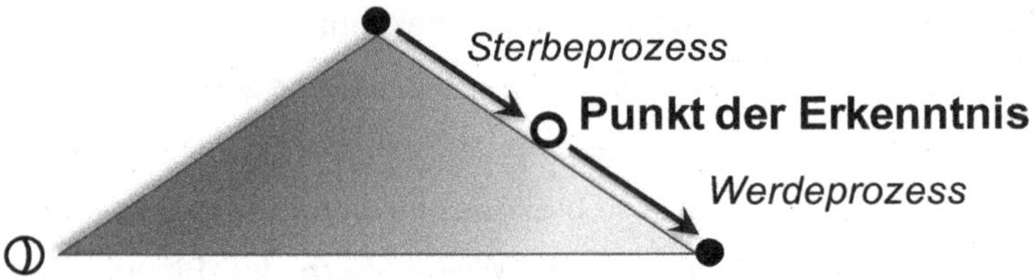

*Natürlicher Verstand kann fast jeden Grad von Bildung ersetzen,
aber keine Bildung den natürlichen Verstand.
(Arthur Schopenhauer)*

Jupiter

Man hat den Mangel und die Enge erlebt und strebt jetzt nach dem Gegenpol, d. h. nach Fülle und Weite. Man will von allem immer mehr. Man will mehr essen, mehr trinken, mehr verdienen, mehr besitzen, mehr konsumieren …

Der Einzelne will ein größeres und besseres Auto, eine größere Wohnung, ein größeres Haus, er will mit seinem Unternehmen expandieren, will neue Märkte erschließen, mehr Umsatz und Gewinn erzielen.

Die Bipolarität von Jupiter ♃

ungebildet	(konventionell) gebildet
Mangel	Fülle
Enge	Weite

Eines Tages jedoch sind die Grenzen des Wachstums erreicht (wie auch die Grenzen des Wirtschaftswachstums auf der kollektiven Ebene irgendwann erreicht sind, denn auf einem beschränkten Planeten kann es kein unbeschränktes Wachstum geben).

Dort, am Kulminationspunkt des Strebens nach Vermehrung und Fülle, stellt sich dann auch die Frage nach dem Sinn. Der Einzelne fragt sich dann: Hat das größere Auto, das größere Haus, der übermäßige Konsum mich wirklich glücklich gemacht? Beginnt Besitz nach Überschreitung eines gesunden Maßes nicht auch zu knechten?

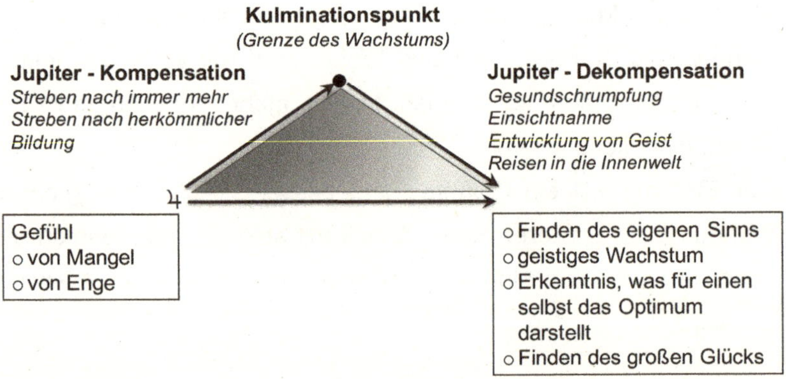

Jetzt, an diesem Punkt ist man eher geneigt, auf einigen Lebensfeldern eine „Gesundschrumpfung" einzuleiten. Und nicht nur das! Jetzt beginnt man sich auch für **geistige** Dinge zu interessieren, fragt danach, ob es denn nicht auf dieser Welt noch ganz andere Werte gibt. Man wird **einsichtig**, aber dabei gibt es natürlich auch Einsichten, die sehr schmerzhaft sind, weil sie mit dem eigenen bisherigen Selbstbild, auf das man so stolz war, nicht in Einklang zu bringen sind.

Jupiter bedeutet also in der Abbauphase (vgl. in der Medizin: die Assimilationsphase [Aufbauphase] und Dissimilationsphase [Abbauphase] der Leber): Zunahme von Einsichten, das materielle Wachstum schlägt um in geistiges Wachstum, es kommt zu einer vermehrten Sinnsuche.

Die Vermehrung der Einsichten erfolgt durch eigenes Nachdenken, durch Einholen von Informationen, durch Lesen von Büchern, durch den Besuch von Vorträgen und Weiterbildungsveranstaltungen. Dadurch entwickelt sich eine andere Form von Bildung. Diese unterscheidet sich von der herkömmlichen Bildung, deren Abschlüsse häufig nur zu Status- und Prestigezwecken verwendet werden. Durch die umfangreichen Reisen in die Innenwelt lässt der Drang zu Fernreisen allmählich nach. Schließlich entdeckt man seinen ureigenen Sinn auf dieser Welt. Auf einmal ist man nicht mehr Sinnsuchender wie Millionen anderer Menschen, sondern kann den eigenen Sinn, wofür man auf dieser Welt ist, verwirklichen. Man hat endlich sein großes Glück gefunden.

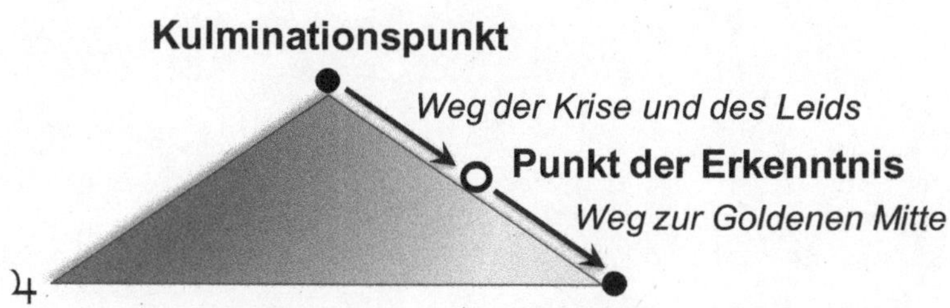

Übertragen auf den Planeten Jupiter bedeutet der Weg der Krise und des Leidens „Prozess der Gesundschrumpfung“ und der Weg zur goldenen Mitte „Prozess der eigenen Sinnfindung“.

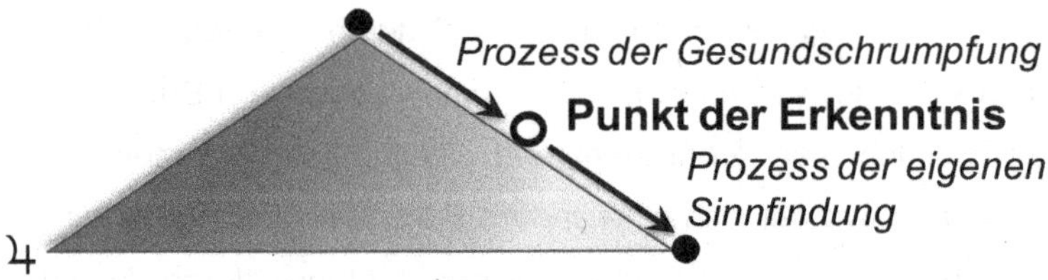

Die Parabel von der Raupe Stripe

Die amerikanische Schriftstellerin Trina Paulus erzählt in ihrem Buch „Hoffnung für die Blumen“ eine Geschichte, die im Zusammenhang mit dem Aufstieg und Fall von Pluto, Jupiter, Saturn, Uranus und Neptun bemerkenswert ist:

Stripe, eine männliche Raupe, findet sein Dasein langweilig und sinnlos und macht sich auf den Weg, das Geheimnis des Lebens zu erkunden. Er trifft andere Raupen, die anscheinend auch nicht mehr über den Sinn des Lebens wissen als er, die aber immerhin alle in eine bestimmte Richtung kriechen. So schließt er sich ihnen erst einmal an.

Bald treffen sie auf eine riesige Säule von wimmelnden, krabbelnden Raupen, die anscheinend unendlich hoch bis in den Himmel hinaufragt. Die Raupen versuchen verzweifelt, übereinander zu steigen, um die Spitze der Säule zu erreichen, und Stripe merkt, wie ihn eine kribbelnde Erregung erfasst. Vielleicht wird er ganz oben auf der Säule das finden, wonach er sucht.

„Was ist denn dort oben?“, fragt Stripe, als eine andere Raupe vorbeikriecht. Offensichtlich weiß es der andere auch nicht so genau: „Es muss etwas ganz Tolles sein, da jeder dort hinaufwill.“

Stripe beobachtet, wie immer mehr seiner Artgenossen an ihm vorbeikriechen und in der Raupensäule verschwinden. Und schließlich fasst er einen Entschluss. Er stürzt sich in die Masse von wimmelnden Raupenkörpern und beginnt ebenfalls, sich seinen Weg in die Säule hinein zu erkämpfen. Er trampelt auf anderen herum und auch andere treten ihn, während er den Weg an die Spitze antritt.

Eines Tages freundet Stripe sich mit einer weiblichen Raupe, Yellow, an. Beide fühlen sich im Kampf auf dem Weg nach oben ein wenig müde und desillusioniert. Sie verlieben sich ineinander und beschließen, sich dem Raupenrennen zu entziehen. Irgendwie gelangen sie schließlich nach unten auf den Boden der Säule und entfernen sich von dem allgemeinen Gewimmel, um in Glück und Eintracht zusammenzuleben – aber nur für kurze Zeit. Schon bald beginnt Stripe wieder, sich zu langweilen, und er stürzt sich erneut in den Raupenkampf. Vergeblich versucht Yellow, ihn davon abzubringen. Sie trennen sich und Stripe kehrt zurück zu der wimmelnden, krabbelnden Raupensäule, um noch einmal beim Rennen um die Spitze sein Glück zu versuchen.

Yellow geht indessen ihren Weg weiter und entdeckt, wie man als Raupe zu einem Schmetterling wird. Während sie sich in ihren Kokon einspinnt, erkämpft sich Stripe noch einmal den Weg an die Spitze der Raupensäule. Mit Energie und Skrupellosigkeit trampelt er auf den anderen herum, um den Gipfel zu erreichen. Als er sich dem höchsten Punkt dieser wimmelnden Säule nähert, entdeckt er, dass er nicht ganz bis oben hinaufkommen kann, wenn er nicht die vor ihm liegenden Raupen beiseitestößt. Er hört schon die Schreie der fallenden Raupen, die von ihren Kameraden in den Abgrund befördert worden sind. Als er jedoch nur noch ein paar Zentimeter von der Spitze entfernt ist, hört er jemanden flüstern:

„Dort oben ist ja gar nichts."

Stripe hält inne und sieht sich um. Er befindet sich am Rande der Säule und während er über die krabbelnde Menge hinabschaut, erkennt er, dass um ihn herum die ganze Welt aus nichts anderem als aus riesigen Säulen besteht, ganz ähnlich seiner eigenen, jede zusammengesetzt aus zahllosen Raupen, die versuchen, nach oben zu kommen.

Stripe fällt jedoch nichts Besseres ein, als weiterzumachen. Plötzlich bemerkt er eine allgemeine Unruhe. Er blickt nach oben und sieht einen wunderschönen gelben Schmetterling, der mit leichtem Schlagen seiner schönen Flügel die Säule umschwebt. Der Schmetterling kommt näher und blickt offen in Stripes Augen. „Irgendwie", denkt Stripe, „sind mir jene Augen sehr vertraut." Plötzlich kommt in ihm eine Erinnerung hoch: „Könnte das vielleicht Yellow sein? Hat sie den Sinn und das Geheimnis des Lebens entdeckt?" Es gibt nur einen Weg, um das herauszufinden.

Stripe dreht sich um und beginnt seinen Rückzug. Während er sich nach unten drängt, erzählt er den anderen, wie sinnlos ihr Kampf ist. Er versucht, ihnen zu sagen, dass dort oben wirklich gar nichts ist – aber sie können nicht zuhören: Sie sind zu sehr mit sich selbst und mit ihrem Wühlen und Drängen beschäftigt. Natürlich nehmen sie an, er sei nur neidisch, weil er es selbst nicht bis ganz oben geschafft hat. Insgeheim sind sie sich zwar ein wenig unsicher, aber sie wissen nicht, was sie sonst tun sollten. Selbst wenn dort oben nichts wäre, so möchten sie es eigentlich gar nicht wissen. Sie müssen immer weitersteigen, denn sie haben keine Alternative in ihrem Leben.

Einer der Krabbler bemerkt, Stripe sei eben ein Dummkopf, wenn er meint, er könne etwas anderes als eine Raupe sein. Er ist und bleibt eben ein Wurm – und er solle versuchen, dieses Leben als Wurm einfach zu genießen.

Stripe wird unsicher. Immerhin gibt es keine Beweise, dass er tatsächlich zu einem Schmetterling werden kann. Aber er beschließt, sich darum zu bemühen, seinen eigenen Weg zu finden. Schließlich kommt Stripe wieder auf dem Boden an. Er kriecht davon, um Yellow wiederzufinden, und schafft es schließlich wie sie, seinen Kokon zu spinnen und ein schöner Schmetterling zu werden.

Diese Parabel macht deutlich, dass es einem wenig nützt, beruflich erfolgreich zu sein, sich an der Spitze zu befinden, wenn man als Mensch dabei auf der Strecke bleibt. Es geht darum, sich weiterzuentwickeln, zu reifen, sich zu vervollkommnen, um dadurch eine höhere Lebensqualität und mehr Lebensfreude zu erlangen, nicht aber darum, die Nummer eins zu werden und ohne jedes Maß Geld zu scheffeln.

Denn im ehrgeizigen Streben, nach oben zu gelangen, der Beste, der Sieger zu sein, ist ein qualitätvolles Leben kaum möglich. Man merkt, dass ganz oben die Luft sehr dünn ist, dass man immer einsamer wird und nur noch von Konkurrenten, Neidern, Speichelleckern und Vasallen umgeben ist.

Viele, die es geschafft haben, an die Spitze zu kommen, stellen fest, dass es ihnen eigentlich wenig gebracht hat. Sie sind dadurch nicht glücklicher geworden. All ihre wirklichen Wünsche und Träume sind trotz allem nicht in Erfüllung gegangen!

STEINBÖCKE KÖNNEN SEHR HART ARBEITEN UND LANGE ZEIT UNTER GRÖSSTEN ENTBEHRUNGEN LEBEN

Es lohnt sich,
beim Aufstieg freundlich zu den Mitmenschen zu sein,
denn man begegnet ihnen beim Abstieg wieder.
(Harry S. Truman, US-Präsident [1884 – 1972])

Saturn

Das Gefühl, gehemmt, unwichtig und bedeutungslos zu sein, treibt hier den Betreffenden dazu, nach Anerkennung zu streben. Er möchte endlich wichtig, bedeutend und maßstäblich sein. Er will unbedingt nach oben. Dies glaubt er nur zu schaffen, wenn er die Normen, Gesetze und Verbote der Gesellschaft strengstens beachtet, wenn er moralisch immer sauberer und einwandfreier wird und immer mehr allen Konventionen zu entsprechen vermag. Er ist stets strebend bemüht, die Ideale der Gesellschaft (Mutterideal, Vaterideal, Schönheitsideal, Karriereideal etc.) immer besser zu verkörpern. Dies ist eine Sisyphusarbeit ohnegleichen, denn bei all dem Streben macht ihm immer wieder sein Schatten bzw. sein Verdrängtes einen Strich durch die Rechnung. Es passiert ihm also oft mal ein Lapsus, den er nicht verhindern kann. Auch bedenkt der Betreffende bei all dem Streben nach oben, dem Streben, mehr zu sein und besser zu sein als die anderen, nicht, dass die Konkurrenz nicht schläft. So gibt es immer wieder Rückschläge, man wird bei der Beförderung übergangen oder eine bestimmte Position bleibt einem gänzlich verwehrt.

Die Bipolarität von Saturn ♄

gehemmt	Ideal, Norm
unwichtig	wichtig
bedeutungslos	bedeutend

Außerdem wird ganz vergessen, dass die anderen einem die so sehr gewünschte Anerkennung nicht zuteilwerden lassen können, weil sie selbst darauf fixiert sind, Anerkennung für ihre **eigene** Person zu erhalten. Doch was ist mit den wenigen, die tatsächlich öffentliche Anerkennung bekommen? Sie bekommen diese auch nur, weil man sich mit ihnen gut stellen will und sich verspricht, durch sie nach oben zu kommen. Kurzum: Es gibt bei all dem Streben nach oben keine echte Anerkennung für den Menschen in seiner wirklichen Eigenart und in seinem wirklichen Sosein, sondern immer nur – wenn überhaupt – Anerkennung für den Status, für den Titel, für den Rang, für die Rolle, für die Form.

Plötzlich fällt es einem wie Schuppen von den Augen: Ich selbst bin gar nicht gemeint! Ich habe meine Lebenszeit und meine Lebenskraft für etwas eingesetzt, das es gar nicht gibt!

Kulminationspunkt

Saturn - Kompensation
Streben nach Idealen
Streben nach Karriere
und Anerkennung

Saturn - Dekompensation
Bewusstwerdungsprozess
Abbau des Strebens nach
Anerkennung
Umpolen des Gewissens von
herkömmlicher Moral auf Ethik
des Lebens

- Gefühl von Hemmung
- Unwichtigkeit
- Bedeutungslosigkeit

- eigene Ziele
- Übernahme von Verantwortung
- Inanspruchnahme der eigenen Lebensrechte

Jetzt, am Kulminationspunkt, beginnt die Saturnenergie zu kippen. Man möchte sich nicht mehr nach einer lebensfremden Moral und den derzeitig geltenden Normen und Idealen ausrichten, sondern nach einer neuen Ethik, bei der die Lebendigkeit des Menschen Vorfahrt hat und bei der ein neuer Maßstab von Gut und Böse eingeführt wird: **Gut ist, was dem Leben dient, und schlecht ist, was dem Leben zuwiderläuft.**

Und noch etwas Gravierendes passiert in diesem Stadium: Man lernt Saturn als Bewusstmacher der Gesetze des Lebens und des Schicksals zu schätzen und ist ihm dankbar dafür, dass er nicht müde wird, einen immer wieder mit der **Realität** zu konfrontieren. Wenn man dann noch weiter in der Dekompensationsphase des Saturn fortgeschritten ist, dann kann man auch immer mehr die Realität annehmen, kann immer mehr **verantworten**, weil man die Antworten des Schicksals auf sich selbst **ver**antworten kann und damit die Chance hat, das Steuerrad des eigenen Lebens selbst in die Hand zu nehmen und selbst Korrekturen vorzunehmen, solange, bis es für einen stimmig ist. Endlich erkennt man, dass moralisch sauber zu sein und der Norm gemäß zu leben keine wirklich eigenen Ziele darstellen. Ja mehr noch! Man konnte bei all dem Streben, so zu werden wie alle sein sollen, die eigenen Ziele gar nicht wahrnehmen, geschweige denn verwirklichen.

Saturn-Dekompensation heißt also:

Saturn blockiert nicht mehr meine eigenen Triebe, Gefühle und Gedanken, sondern **erlaubt** sie (Umpolung des Saturns von Verbot auf Erlaubnis). Saturn fungiert als Bewusstmacher und zeigt sich als Prinzip der Realität. Ferner wird in der Phase der Dekompensation die Lebenszeit (Saturn als Chronos) konstruktiv für eigene Ziele genutzt.

Im Grunde kann einem nichts Besseres passieren, als Saturn schon in der Dekompensationsphase zu erleben.

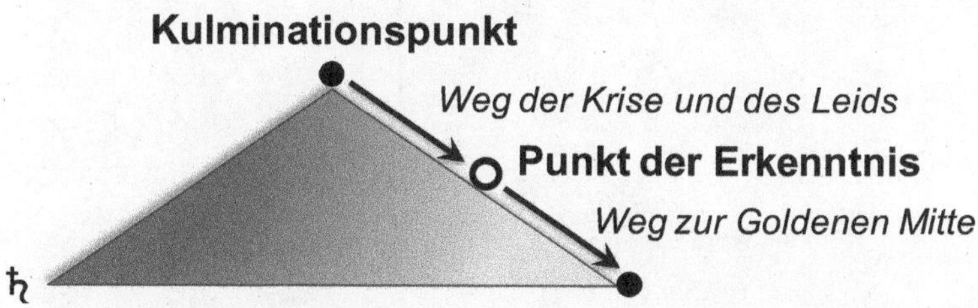

Bei Saturn werden die zwei Phasen des Abstiegs besonders deutlich: Der Weg der Krise und des Leidens ist hier nichts anderes als der Bewusstwerdungsprozess und der Weg zur goldenen Mitte der Prozess des Findens von eigenen Zielen.

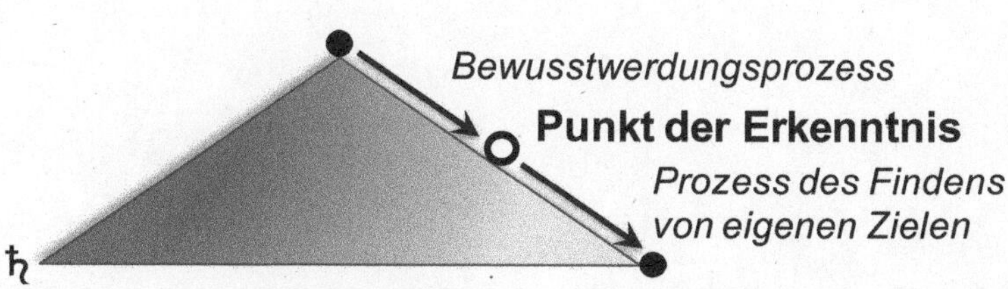

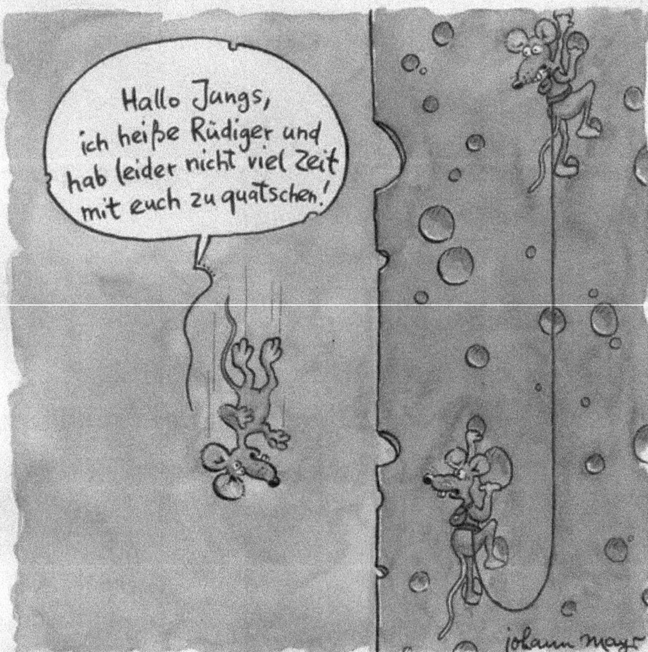

DER WASSERMANN SCHLIESST SCHNELL BEKANNTSCHAFTEN, DIE JEDOCH MEIST UNVERBINDLICH BLEIBEN

Die Freiheit des Menschen liegt nicht darin,
dass er tun kann, was er will, sondern
dass er nicht tun muss,
was er nicht will.
(Jean-Jacques Rousseau)

Uranus

Der Einzelne fühlt sich abhängig und unfrei und strebt deshalb nach dem anderen Pol, dem Pol der Freiheit, der Unabhängigkeit und der Emanzipation.

Die Bipolarität von Uranus ♅

Dies ist ein sehr beschwerlicher Weg, bei dem man glaubt, sich ständig widersetzen, auflehnen und rebellieren zu müssen. Es ist ein Kampf um mehr Rechte, um mehr Gleichberechtigung, um mehr Mitbestimmung, um mehr Freizeit und mehr Freiheiten. Unbewusst schließt man hier Verträge ab, geht Bindungen und Verpflichtungen ein, schließt Ehen etc., um sich dann in einem mühseligen Kampf daraus wieder befreien zu können.

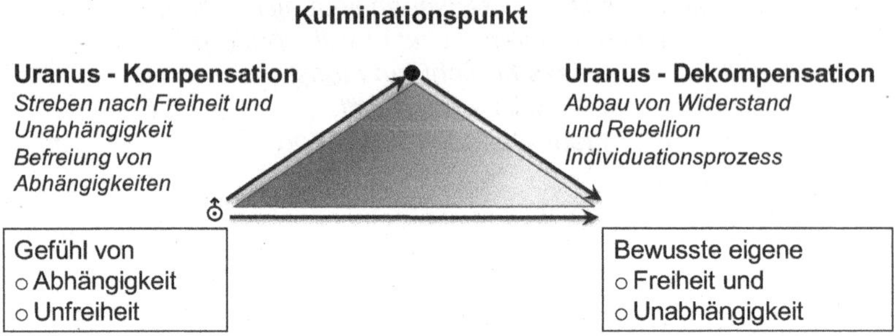

In der Aufbauphase der Uranus-Kompensation versucht der Einzelne alles, um sich von anderen zu unterscheiden. Er will partout etwas Besonderes sein, will um jeden Preis auffallen – über eine extravagante Kleidung, über ein unkonventionelles Auto, über eine ungewöhnliche Wohnungseinrichtung …

Die Antihaltung gegenüber Anpassung und Norm kann in allen Formen und auf allen Lebensgebieten zum Ausdruck kommen, so etwa in einer Abneigung gegen Schals, gegen Krawatten, gegen konventionelle Anzüge, gegen Gürtel, gegen Ringe, also gegen alles, was als Einengung empfunden werden kann, im Arbeitsbereich in der Auflehnung gegen strenge Vorschriften, starre Schablonen, Routine, Gesetze und Erwartungen oder in der Rebellion gegen Arbeitszeit oder Vorgesetzte, im Liebesleben in einer provokativen Bindungslosigkeit und Enthemmung … Indem man jedoch gegen die Norm angeht, hat man sie noch nicht überwunden.

Hier wird deutlich, dass die schnelle und plötzliche Befreiung eines Menschen, bei dem das Uranus-Prinzip stark ausgeprägt ist, nicht schon die Freiheit schlechthin ist. Der Planet Uranus ist der Eisbrecher, er lässt das Eis noch nicht tauen. Diese Auflösung des Eises ist erst die Aufgabe von Neptun.

Die uranische Energie treibt also zu einem ständigen Befreiungs- und Emanzipationsprozess, der in der Welt überall zu beobachten ist. Frauen akzeptieren ihre mindere Bezahlung für gleiche Arbeit nicht mehr, die Arbeitnehmer verlangen nach Mitbestimmung, Völker streben nach Unabhängigkeit...

Das alles ist sehr wichtig für die individuelle und kollektive Entwicklung. Oft schießt jedoch die uranische Energie über dieses Ziel hinaus. Wenn der Einzelne nur dagegen ist um des Dagegenseins willen, werden dadurch notwendige Entscheidungen und Handlungen verzögert oder gar verhindert. Manchmal sind auch Antihaltung, Rebellion und Auflehnung sogar kontraindiziert, ja oft erreicht man dadurch das Gegenteil dessen, was man erreichen wollte.
(So hat etwa die antiautoritäre Erziehung aus vielen Kindern kleine Tyrannen gemacht!)

Am Kulminationspunkt merkt man, dass man bisher wie in Trance war. Man hat gekämpft, hat sich von allen Verpflichtungen, Arbeitsverhältnissen, Bindungen und Ehen befreit und sitzt jetzt **frei und unabhängig**, **aber armselig und einsam, in seinem Ein-Zimmer-Appartement**. Es wird einem bewusst, dass man jetzt mit seiner Freiheit und Unabhängigkeit gar nichts anfangen kann. Jetzt, da man alles tun und lassen kann, was man will, jetzt macht das alles keinen Spaß mehr!

Was ist da falsch gelaufen?

In dem ganzen Wirrwarr der Befreiungskämpfe wurde kein Individuationsprozess absolviert. Es wäre wichtig gewesen, die eigene Identität zu entdecken und seine individuellen Stärken auszubauen. Man hätte zuerst in seinem eigenen seelischen Land Reformen und Innovationen durchführen müssen, dann hätte man als Vorbild für andere fungieren können und wäre glaubhafter erschienen. Man hätte sich selbst verändern sollen, dann wäre man nicht gezwungen gewesen, sich ständig von den verschiedenen Partnern, Jobs und Wohnungen zu befreien.

Da man jetzt darum weiß, kann man die Uranus-Dekompensationsphase begrüßen und einen Erneuerungsprozess durchführen, der zu einer echten Freiheit und Unabhängigkeit führt, sodass man auch **in** einer Bindung frei sein kann.

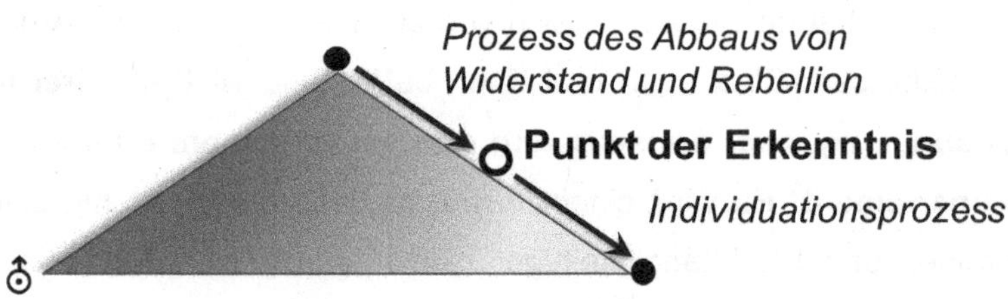

Träume sind wie Seifenblasen:
Sie bringen unsere Augen und Herzen zum Leuchten.
Und wenn sie platzen, werden wir von der Realität eingeholt.

Neptun

Im Minuspol dieser Anlage hat man das Gefühl, orientierungslos, schwach und unsicher zu sein. Daraus folgt das Grundgefühl der Angst. Man will nicht hinschauen, wo die eigenen Defizite und Schwächen liegen und was verdrängt wurde. Deshalb strebt man **unbewusst** nach dem Gegenpol im Neptun-Prinzip, nämlich nach Illusion und Schein.
Dadurch, dass dies **unbewusst** geschieht, wird der Unterschied zu den anderen Langsamläufern, zu Pluto, Jupiter, Saturn und Uranus, deutlich. Während man bei diesen meist bewusst nach Macht, nach der Fülle, nach der Anerkennung und nach Freiheit strebt, geschieht bei Neptun das Streben zum anderen Pol unmerklich, verschleiert, nebulös und unbewusst. Und nicht nur das! Der Einzelne will hier ohne einen mühseligen Weg zu beschreiten, also ohne Anstrengung, sein Ziel erreichen. Wenn etwa jemand schwach in der Partner- und Beziehungsfähigkeit ist, strebt er das Komplementärbild davon an, nämlich den Traumpartner und die Traumpartnerschaft. Oder wenn ein Mensch schwach in wirtschaftlichen und finanziellen Fähigkeiten ist, dann entsteht bei ihm das Komplementärbild, er könne über einen traumhaften Besitz und über ein traumhaftes Vermögen verfügen.

Aus diesem Grunde erfreuen sich die Konzepte einer irrealen Esoterik so großer Beliebtheit (im Unterschied zu einer realen Esoterik, mit der eine Entwicklung und Reifung der Persönlichkeit verbunden ist). Anhänger einer irrealen Esoterik meinen: Man sendet einfach diese Komplementärbilder bzw. Wünsche an den Kosmos und kurze Zeit später gehen sie in Erfüllung. Der Kosmos sorgt dafür, weil er einfach diesem spezifischen Menschen so wohl gesonnen ist und sagt: „Dieser gute Mensch braucht sich nicht zu bemühen, er braucht nicht kommunikationsfähig, partner- und beziehungsfähig etc. zu werden. Bei ihm machen wir eine Ausnahme: Er soll, weil **er** es ist, seinen Traumpartner bzw. seine Traumpartnerschaft einfach nur so geschenkt bekommen."

Die Bipolarität von Neptun ♆

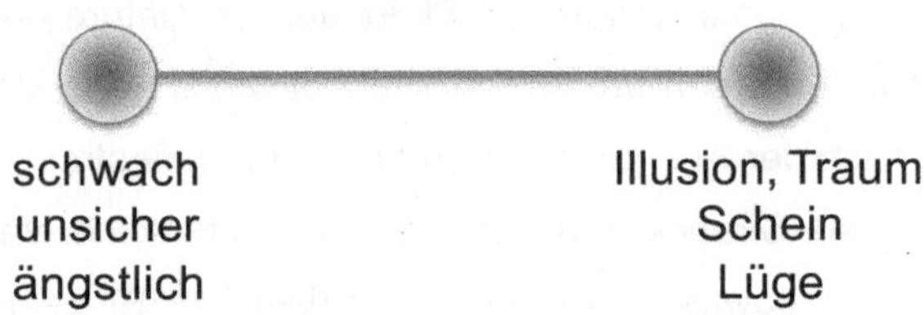

Wenn man ein Neptun-Kompensator in der Aufbauphase ist, dann macht man sich etwas vor – aus der Angst heraus, ansonsten der Realität ins Auge schauen zu müssen (deshalb neigt man in dieser Phase auch zu Süchten). Es wäre zu schmerzhaft, erkennen zu müssen, dass man z. B. für einen beruflichen Erfolg oder für eine tolle Beziehung gar nicht das entsprechende Potenzial entwickelt hat. Man möchte all die schönen Dinge haben, aber scheut die Mühe, die hierzu erforderlichen Anlagen auszubilden.

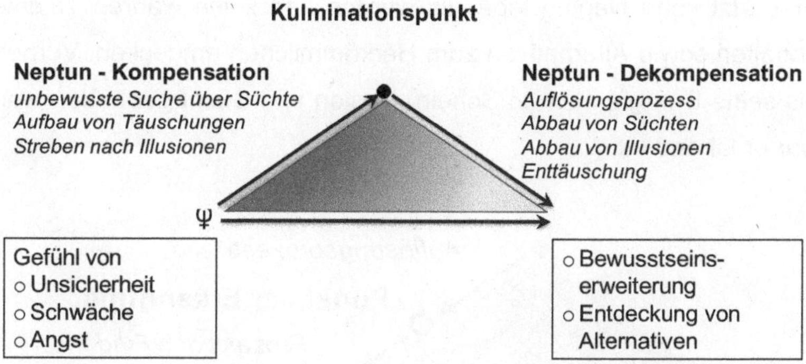

Am Kulminationspunkt kommt es nach all den Selbst- und Fremdtäuschungen sowie den Illusionen zu Enttäuschungen (= die Täuschungen haben ein Ende) und zur Desillusionierung.

War Neptun in der Aufbauphase der Kompensation ein Meister der Vernebelung, der Lüge und des Scheins, so wird er in der Abbauphase zu einem Meister der Entlarvung und der Aufdeckung von Hintergründen. Nur er selbst kann sich jetzt in dieser Phase auf die Schliche kommen, nur er selbst weiß, wie er vorher gelogen und getäuscht, mit Illusionen geblendet und wie er sich eine Scheinwelt aufgebaut hat.

Auch die Abbauphase der Neptun-Kompensation, die Dekompensationsphase, kann sehr schmerzhaft sein. Wer ist schon davon begeistert, enttäuscht und desillusioniert zu werden? Es hebt nicht die Stimmung, wenn eine Illusion nach der anderen platzt, wenn sich der

Schein, den man sich auf den verschiedenen Lebensgebieten vorgemacht hat, immer mehr auflöst.

Auch hier, bei der Neptun-Dekompensation, ist es so wie bei der Abbauphase der Pluto-Kompensation:

Erst jetzt kann Neptun lebendig werden und seine wahren Talente entfalten sowie Alternativen zum Herkömmlichen entdecken. Vorher, als seine Energie noch in Schein, Illusion und Sucht gebunden war, war er lebend tot.

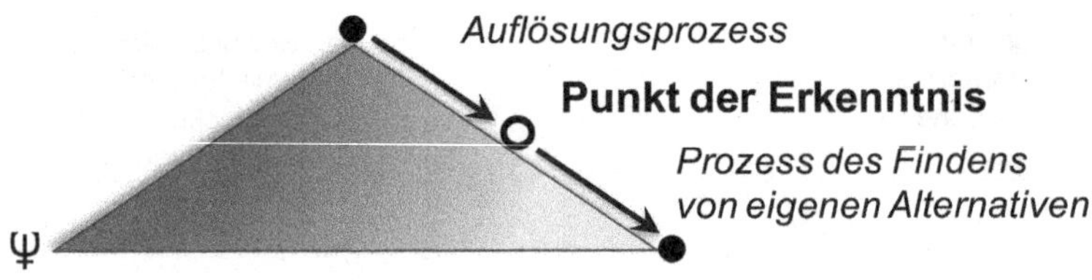

Das Leben eines Menschen ist gewöhnlich lang genug,
sodass er seine Fehler ständig wiederholen kann.
(Chinesisches Sprichwort)

Die unterschiedliche Bedeutung und Wirkungsweise der Planeten

Wir können Aufstieg und Fall aber auch noch von einer ganz anderen Warte aus betrachten:

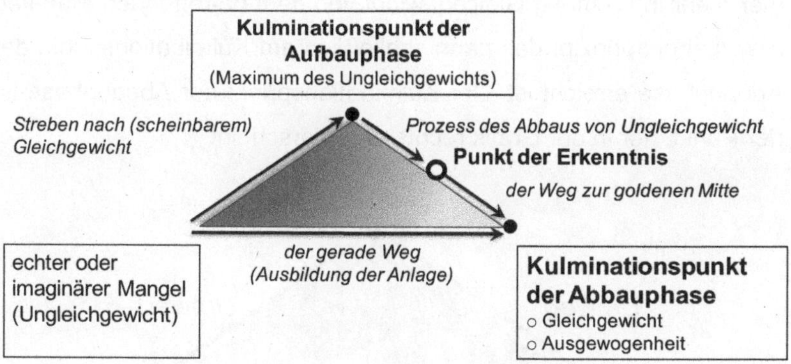

Zunächst empfindet man einen echten oder durch ein Trauma bedingten imaginären Mangel. Man fühlt sich zurückgesetzt und wenig wert. Dann versucht man, diesen Mangel auszugleichen, indem man nach oben strebt, es den anderen zeigen will. Man stürzt sich in das Karmakarussell der Kollektivneurose, erreicht aber auf diesem Wege nur ein **scheinbares** Gleichgewicht, das jederzeit wie ein Kartenhaus zusammenfallen kann. Dieses scheinbare Gleichgewicht kann nur so lange aufrechterhalten werden, solange man sich an denen stabilisieren kann, die weniger besitzen, weniger verdienen, weniger attraktiv sind oder einen niedrigeren Rang haben, kurzum an denen, die sich im Minuspol der Anlage befinden.

Dann, nach dem Kulminationspunkt des Strebens nach oben, ist dies nicht mehr möglich. Durch irgendwelche Umstände und Einflüsse fällt man da abrupt auf den Minuspol zurück.

Jetzt empfindet man das innere Ungleichgewicht am stärksten und ist nun in der von vielen Krisen geschüttelten Abbauphase gezwungen, dieses Ungleichgewicht abzubauen, bis man dann am Punkt der Erkenntnis eine klare Linie bekommt und den Weg zur goldenen Mitte einschlägt. Auf diese Weise kommt man Schritt für Schritt immer mehr in Richtung Gleichgewicht von dem betreffenden Planeten bzw. Lebensprinzip, das dann schließlich am Kulminationspunkt der Abbauphase erreicht ist. Der Kulminationspunkt der Abbauphase ist der Punkt, der in der Grafik rechts unten erscheint.

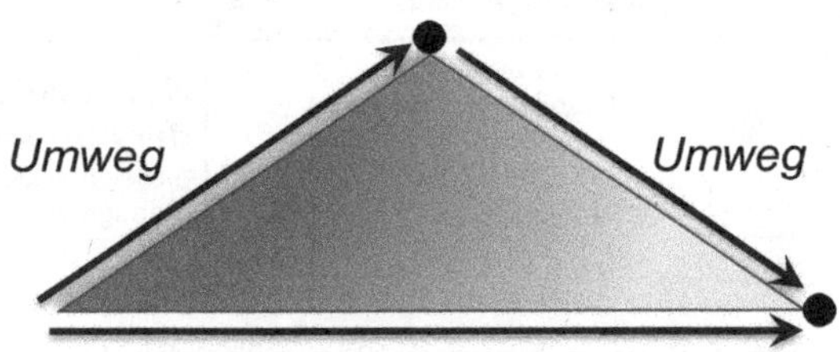

Im Grunde muss der Einzelne häufig nur deshalb so einen extrem weiten Umweg gehen, der oft sein ganzes Leben ausmacht, weil insbesondere im Rausch der Aufbauphase eine Abwehr besteht, über seine Problematik nachzudenken. Insofern kann er ohne diesen Umweg keine höheren Bewusstseinsstufen erreichen.

Und noch etwas: Die erste Phase im Abbau hat Saturn-Charakter, d. h.,sie ist mit Unglück, Leid und negativem Schicksal gekoppelt, während die zweite Phase im Abbau unter der Protektion von Jupiter steht, die mit Glück, Freude und Verbesserung der Lebensqualität ganz anderer Art synchron läuft.

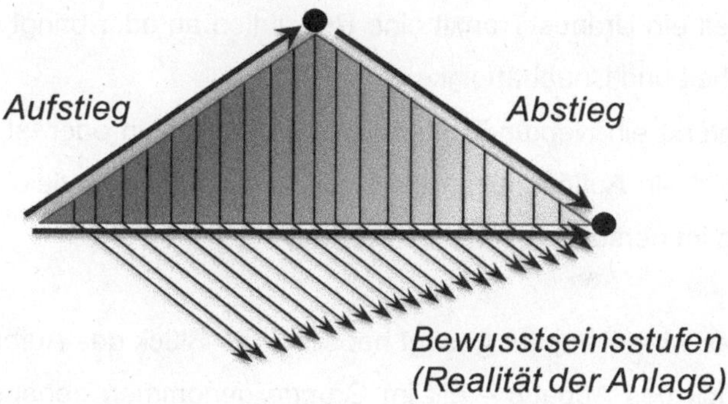

Jede Stufe des Aufstiegs und jede Stufe des Abstiegs hat nämlich – wie die Grafik zeigt – ein fortschreitendes Bewusstwerden der wahren Anlage zur Folge. Es wird einem in der Phase des Aufstiegs und in der Phase des Abstiegs immer mehr von dem Minuspol und dem Pluspol der Anlage bewusst, bis man schließlich am unteren Kulminationspunkt beide Pole in der goldenen Mitte vereint und somit eine neue Entwicklung mit neuen Inhalten und neuen Formen beginnen kann.

Wie wir gesehen haben, macht es einen großen Unterschied, ob sich ein Planet in der Aufbauphase oder in der Abbauphase der Kompensation befindet. Dies hat ganz entscheidende Konsequenzen für die Transite und für die Planetenauslösungen im Horoskop!

- Ist mit einem Pluto-Transit ein Machtzuwachs zu verzeichnen oder kommt es zu einer Krise oder gar zu einer Entmachtung?
- Bringt ein Jupiter-Transit mehr Fülle oder mehr Einsichten, mehr das Glück im Aufbau oder das Glück im Abbau?
- Sorgt der transitierende Saturn für einen Karrieresprung oder für eine Konfrontation mit der Realität?
- Zettelt ein Uranus-Transit eine Revolution an oder bringt er mehr Freiheit und Unabhängigkeit?
- Verstärkt ein Neptun-Transit Illusion und Schein oder ist mit ihm bereits ein Auflösungsprozess verbunden, der erst viele Alternativen im persönlichen Leben eröffnet?

Das, was wir bei Jupiter gesagt haben – das Glück des Aufbaus und das Glück des Abbaus – gilt im Grunde genommen genauso auch für Pluto, Saturn, Uranus und Neptun: Man empfindet bei Pluto zuerst das Glück der Macht und später in der Dekompensation das Glück des Loslassens von Fixierungen, Macht- und Ohnmachtverhältnissen und von falschen Glaubenshaltungen.
Bei Saturn ist man zunächst begeistert vom Karriereglück, vom Aufstieg in die höheren Regionen der Hierarchie und beim Abstieg wird einem das Glück der Bewusstwerdung und des Erkennens der Realität zuteil.
Bei Uranus erlebt man zuerst immer wieder das Glück der Befreiung und später dann, nach dem Überschreiten des Kulminationspunktes, ist man glücklich, weil man endlich nicht mehr kämpfen muss und einen echten Individuationsprozess vollziehen darf.
Bei Neptun ist das Glück beim Aufstieg besonders groß, man erlebt das Glück von Illusion, Sucht und Schein und beim Abstieg das

Glück, aus den eigenen Lebenstäuschungen erwacht zu sein und endlich hinter die Kulissen sehen zu können.
Doch normalerweise empfinden die Menschen nur das Glück im Aufbau der Kompensation, nicht aber im Abbau. Das Glück in der Dekompensationsphase empfindet der Einzelne gewöhnlich erst ab einer bestimmten Stufe im Abstieg und ab einer bestimmten Bewusstseinsstufe. Erst da erfährt der Einzelne eine ganz andere Frequenz bzw. Ebene und eine ganz andere Bedeutung des Planeten.
Der Planet, der einem bisher zu schaffen gemacht hat und mit so viel ungünstigem Schicksal verbunden war, ist jetzt eine konstruktive Energie, die man in allen Lebenslagen einsetzen kann.
Es ist ein ganz anderes Lebensgefühl, den Pluto etwa als eigenes Lebensprogramm und eigenen Weg, den Jupiter als geistige Weiterentwicklung und als Sinnfindung, den Saturn als eigene Ziele und eigene Verantwortung, den Uranus als Individualität und Freiheit oder den Neptun als Aufdeckung von Hintergründen und als Finden von eigenen Alternativen zu erleben.
Wenn jedoch der hierfür notwendige Bewusstwerdungs- und Erkenntnisprozess nicht vollzogen wird, wenn nicht genau analysiert wird, was falsch gelaufen ist und was richtig war, und man die Schuld an dem Abstieg, an Leid und Verlust auf andere schiebt, dann hat der „Schicksalsschlag", d. h. das Umkippen von der Kompensation in die Dekompensation, nur wenig bewirkt.
Bei der herkömmlichen Bewusstseinshaltung erfolgt eine Dekompensation meist **zwangsweise** nur mit großen seelischen Schmerzen, mit Krankheiten und u. U. sogar mit Suizidversuchen.
Hier wird aber auch deutlich, dass man niemals die Hoffnung aufzugeben braucht, dass es immer eine Lösung gibt und dass oft nur noch ein kleiner Entwicklungs- oder Bewusstseinsschritt gefehlt hat,

um das Blatt zu wenden, d. h. um eine andere Sichtweise und eine andere Empfindung zu bekommen. Bevor es jedoch dazu kommt, zeigen die meisten Menschen eine andere Reaktion: Sie wollen sich nicht „unterkriegen" lassen, wollen dem Schicksal trotzen und sagen, wenn sie entmachtet werden, wenn die Expansion gestoppt wird, wenn ein Karriereknick zu verzeichnen ist, wenn eine Trennung oder Scheidung erfolgt ist oder wenn eine Illusion geplatzt ist: **„Jetzt erst recht!"**

Ohne über den Misserfolg reflektiert zu haben, regredieren sie und stürzen sich dann wie die Raupe Stripe aus der vorher geschilderten Parabel wieder ins Getümmel. Sie versuchen erneut und meist mit noch stärkerem Energieeinsatz, nach oben zu kommen. Sie suchen sich neue Objekte zur Unterdrückung, wollen mit einer anderen Sache expandieren, gehen wieder eine Ehe ein oder bauen sich neue Illusionen auf, denen sie nachjagen können. Nur, irgendwann ist Schluss mit dem bunten Treiben, irgendwann muss man dann doch in den sauren Apfel beißen und die Realität erkennen und annehmen – die Realität von Pluto, die Realität von Jupiter, die Realität von Uranus, die Realität von Neptun.

Realität heißt: Ich bin aus dem Aufstiegswahn erwacht und kann jetzt die Realität erkennen und damit umgehen.

Doch da taucht die Problematik auf – das soll in diesem Zusammenhang nicht verschwiegen werden –, dass man nicht einfach von vornherein sagen kann: „Wenn es um Kompensation geht, da mache ich einfach nicht mit! Der ganze Wahnsinn geht mich nichts an, ich erspare mir dadurch viel Unglück und Leid!" Macht man in dem Irrsinnskarussell mit, so schafft man für sich und andere Karma am laufenden Band, macht man nicht mit, so bleibt man unbewusst und kann nicht zu den wichtigen Erkenntnissen und Bewusstwerdungsprozessen der Abbauphase vorstoßen. Es bleibt einem deshalb letztendlich nichts anderes übrig als mitzumachen. Die Frage ist nur, wie oft und vor allen Dingen wie lange und in welcher Intensität man beim Aufstieg dabei ist. Der eine hat den Kulminationspunkt, d. h. den Punkt, an dem alles kippt, schon als junger Mensch erreicht, ein anderer braucht dazu vielleicht ein ganzes Leben.

Außerdem hängt die Höhe des Kulminationspunktes stark von den subjektiven Ansprüchen ab.

Glaube ich, bereits die Spitze erklommen zu haben, wenn ich Abteilungsleiter geworden bin, oder ist diese Stufe für mich nur die erste Sprosse auf der Karriereleiter?

Und dann stellen sich die Fragen:

Wie widerstandsfähig bin ich gegenüber Intrigen und Anfeindungen?

Wie verkrafte ich Rückschläge?

Wie lange hält meine physische und psychische Konstitution bei dem Aufstieg durch?

Wann sind meine Kräfte aufgebraucht?

Wann droht ein Burn-out?

Wann mag ich nicht mehr weiter aufsteigen?

Wann bereite ich meinen Rückzug, Ausstieg bzw. Abstieg vor?

Das alles ist individuell sehr verschieden. Im Grunde genommen verhält es sich bei Aufstieg und Abstieg ähnlich wie bei dem Aufstieg und Fall des Römischen Reiches oder der hellenistischen Kultur. Diese Hochkulturen gingen unter und sind nachher fast bis zum Ausgangspunkt regrediert, weil man nicht genügend die Ursachen für Erfolg und Misserfolg erforscht hat und daher nicht rechtzeitig die eigenen Schwächen abstellen und die eigene Dekadenz verhindern konnte. Der Hybris folgte daher die Nemesis nach.

Doch gehen wir jetzt zum Ausgangspunkt zurück, betrachten die Transite und Planetenauslösungen und halten wir uns hierzu jetzt zusammengefasst die unterschiedlichen Bedeutungen und Wirkungsweisen in der Auf- und Abbauphase der Kompensation vor Augen:

Pluto

Pluto - Aufbauphase

- *Streben nach Macht*
- *Unterdrückung*
- *Fixierung*
- *Vorstellungsgebundenheit*
- *Erwartungshaltungen an andere*
- *Eingehen einer festen Bindung*

Pluto - Abbauphase

- *Transformationsprozess*
- *Stirb-und-werde-Prozess*
- *Krise und Erneuerung*
- *Abbau von Macht*
- *Loslassen*

Jupiter

♃

Jupiter - Aufbauphase	**Jupiter - Abbauphase**
• *Streben nach herkömmlicher Bildung* • *Streben nach Wachstum und Expansion* • *Streben nach Fülle* • *Streben nach immer mehr* • *im Aufstieg gefördert werden* • *Fernreisen*	• *Streben nach wahrer Bildung* • *Weiterbildung* • *Lesen von Büchern* • *neue Einsichten (auch schmerzhafte!)* • *Entwicklung von Geist* • *Fähigkeit, sich selbst zu fördern* • *eigene Glücksfähigkeit* • *Gesundschrumpfung auf ein optimales Maß* • *Perspektivenwechsel vom Maximum auf das Optimum* • *Finden des eigenen Sinns*

Saturn

♄

Saturn - Aufbauphase	**Saturn - Abbauphase**
• *Streben, moralisch anständig zu sein* • *Streben, den Normen oder den Idealen zu entsprechen* • *Streben nach Karriere, nach Ruhm und Ehre* • *Streben nach Anerkennung* • *Streben, wichtig oder bedeutend zu sein* • *Streben, in der Hierarchie aufzusteigen*	• *Umpolung des Gewissens* • *Abbau des Strebens nach Anerkennung* • *Bewusstwerdungsprozesse* • *Übernahme von Verantwortung* • *Erkennen der Realität* • *Entwicklung von* ***eigenen Zielen*** • *die eigene Lebenszeit wird kostbar*

Uranus

♅

Uranus - Aufbauphase	Uranus - Abbauphase
• *Auflehnung* • *Rebellion* • *Trotz* • *Widerstand* • *Demonstration* • *Streben, sich aus Abhängigkeiten zu befreien* • *Streben nach Freiheit und Unabhängigkeit* • *Emanzipation* • *Trennung* • *Scheidung*	• *Abbau von Rebellion und Kampf* • *Individuationsprozess* • *Reformprozess* • *Erneuerungsprozess* • *Erkennen, was wirkliche Freiheit und Unabhängigkeit bedeuten*

Neptun

♆

Neptun - Aufbauphase	Neptun - Abbauphase
• *unbewusstes Streben nach Illusion und Schein* • *unbewusste Suche nach Alternativen über Süchte* • *Täuschungen* • *Aufbau eines Lügengebäudes*	• *Phase der Desillusionierung* • *Phase der Enttäuschung* • *Abbau von Süchten* • *Aufdeckung von Hintergründen* • *Auflösungsprozess* • *Prozess der Bewusstseinserweiterung* • *Prozess des Findens von Alternativen*

Eine neue Art von Denken ist notwendig,
wenn die Menschheit weiterleben will.
(Albert Einstein)

Warum ist die Unterscheidung der Aufbauphase von der Abbauphase so wichtig?

Wenn ein Klient erscheint, der sich gerade in der Aufbauphase der Saturn-Kompensation befindet, kann der Astrocoach ihm nicht den Rat geben: „Hören Sie auf mit dem Streben nach Anerkennung! Das bringt Ihnen nichts! Das ist aussichtslos!"
Oder einem Klienten, bei dem gerade ein Neptun-Transit über seine Radix-Venus geht, sagen: „Vergessen Sie die Frau, die Sie kennengelernt haben, diese Liebe ist eine Illusion! Sie werden von ihr enttäuscht werden! Wenn der Betreffende sich in der Aufbauphase der Neptun-Kompensation befindet, braucht er dringend diese Illusion. Er muss da durch! Und er braucht die damit verbundene Enttäuschung, um sich weiterentwickeln zu können und vor allem, um die wahre Qualität von Neptun zu entdecken – nämlich die Fähigkeit, die herkömmliche Bewusstseinshaltung auflösen und Hintergründe zu erfassen.

Im Grunde genommen – dadurch wird einiges etwas leichter – kommen jedoch die meisten Menschen erst zum Astrocoaching, wenn sie schon den Kulminationspunkt überschritten haben und sich schon in der Phase der Dekompensation befinden. Sie kommen, wenn es darum geht, ihr Leben zu ordnen, ihrem Leben eine neue

Ausrichtung zu geben und eine höhere Qualität zu verleihen. Die Grundfragen lauten dann:

- Wie kann ich das Beste aus meinen Horoskop-Anlagen herausholen?
- Wie kann ich meine Energien so leben, dass ich mich selbst beglücke und auch auf meine Mitmenschen einen positiven Einfluss ausübe?

Und dann gilt es noch etwas ganz Entscheidendes zu beachten: Man wird in der Aufbauphase – das darf man bei alledem nicht vergessen – immer wieder mit dem Minuspol der Anlage (als Ausgleich) konfrontiert, entweder über Partner und Mitmenschen oder in Form von eigener Erleidensform, wenn man – aus welchen Gründen auch immer – wieder in die Hemmung zurückgefallen ist.

In diesen Fällen haben die Transite und Auslösungen der Langsamläufer folgende Bedeutung:

Pluto:

- einem Guru oder einer Ideologie anheimfallen
- unter Druck stehen
- unter Erwartungsdruck stehen
- unterdrückt und manipuliert werden
- Probleme mit dem Chef oder anderen Autoritätspersonen
- Machtkämpfe
- massive Krise
- Todesfall
- Erbschaft
- Beziehungsschwierigkeiten
- Operationen
- Todesängste

Jupiter:

- ♃ gefördert werden, wenn man sich (z. B. für eine Weltanschauung) selbst verleugnet
- ♃ missioniert werden
- ♃ Gewichtszunahme
- ♃ unbewusste Projektion auf die Expansion eines anderen oder des Unternehmens, bei dem man arbeitet
- ♃ unbewusste Projektion auf den Erfolg und das Glück von anderen
- ♃ Vermehrung von Arbeit, von Krankheiten etc.

Saturn:

- ♄ Hemmung
- ♄ Blockade
- ♄ Absturz
- ♄ Konkurrenzsituation
- ♄ Reduzierung
- ♄ Einschränkung
- ♄ berufliche Schwierigkeiten
- ♄ Kniebeschwerden
- ♄ Wirbelsäulenleiden

Uranus:

- ⛢ Irritation
- ⛢ Zersplitterung
- ⛢ Nervosität
- ⛢ Nervenleiden
- ⛢ Unfall
- ⛢ Erleiden einer Trennung
- ⛢ Distanzierung des Partners
- ⛢ Seitensprünge erleiden

Neptun:

- ♆ Verunsicherung
- ♆ Orientierungslosigkeit
- ♆ Verwahrlosung
- ♆ Schwäche
- ♆ Ängste
- ♆ Auflösung
- ♆ Ungezieferbefall
- ♆ Verarmung
- ♆ Einsamkeit
- ♆ Ausgestoßenheit
- ♆ Krankenhausaufenthalt
- ♆ enttäuscht werden
- ♆ getäuscht werden
- ♆ betrogen werden
- ♆ belogen werden

BAUSTEIN 3

DER SCHÜTZE FÜHLT SICH MORALISCH ÜBERLEGEN

Ursprünglich eig'nen Sinn lass dir nicht rauben!
Woran die Menge glaubt, ist leicht zu glauben.
(Johann Wolfgang von Goethe)

Baustein 3: Die Folgerichtigkeit der kosmischen Prinzipien

Das jeweils vorhergehende Tierkreiszeichen beeinflusst das folgende

Nachdem wir Aufstieg und Fall der Langsamläufer kennengelernt haben, gilt es jetzt, sich Gedanken darüber zu machen, wie das jeweils vorherige Prinzip das nachfolgende beeinflusst.

Z. B. ist Jupiter bzw. das Schütze-Prinzip in unserem Horoskop nicht einfach in seinen Inhalten und in seinen Formen abstrakt vorhanden, vielmehr hängen seine Qualität und seine Auslebensformen von den im Tierkreis vorhergehenden Planeten bzw. Tierkreiszeichen ab.

Je nachdem wie man die Venus bzw. das Waage-Prinzip auslebt, wird Pluto bzw. der Skorpion in seiner Auslebensform und Frequenz beeinflusst und die Art, wie man das Skorpion-Prinzip bzw. Pluto einlöst, wirkt sich auf die Ebene des Schütze-Prinzips bzw. vom Jupiter aus.

Diese Folgerichtigkeit im Horoskop wird meist nicht beachtet. Dabei ist diese logisch und einleuchtend: Wenn ein Baum keine Blüten gebildet hat, kann er auch keine Früchte hervorbringen, und wenn er keine Früchte trägt, kann man auch nichts ernten.

Deshalb ist es zuerst wichtig, dass es einem mit seiner Venus gelingt, ein Gleichgewicht im eigenen Persönlichkeitssystem herzustellen, d. h., dass man selbst **bewusst** einen Ausgleich zu den eigenen Defiziten schafft. Durch die eigene Ausgeglichenheit werden die nachfolgenden Prinzipien Pluto bzw. Skorpion und Jupiter bzw. Schütze günstig beeinflusst.

Beginnt man jedoch diese Reihe mit einem Ungleichgewicht, mit einer Disharmonie oder mit einer Unzufriedenheit, so ist mit negativen Folgeerscheinungen bei Pluto und schließlich auch bei Jupiter zu rechnen. Man muss dann z. B. beim Pluto-Skorpion-Prinzip unter der Macht und Dominanz eines anderen leiden oder man will aufgrund der eigenen Unzufriedenheit und Disharmonie Macht über andere ausüben.

Beispiel:

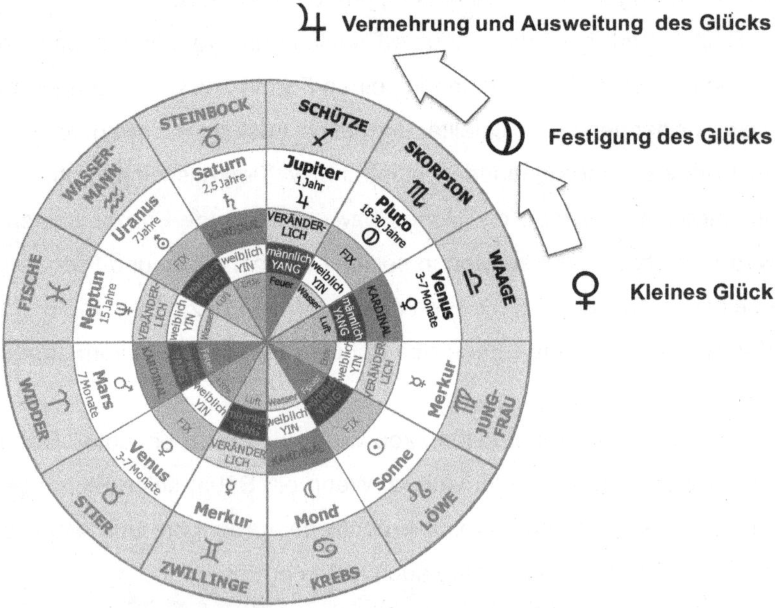

Die nachfolgende Tabelle zeigt die jeweilige Abhängigkeit von der Auslebensform des vorhergehenden Planeten.

Die Folgerichtigkeit im III. Quadranten bzw. von Venus, Pluto und Jupiter

(unabhängig davon, wo sie im Radix stehen)

♀ ➡	♇ ➡	♃
Disharmonie (aufgrund eines eigenen Ungleichgewichtes)	⇨ Machtkämpfe (Minuspol: Ohnmacht; Pluspol: Macht)	Ausweitung bzw. Vermehrung der Disharmonie und der Machtkämpfe
Ungleichgewicht (aufgrund von Defiziten)	⇨ Ansammlung von Ausgleichsbildern in Form von Vorstellungen, Begierden und Erwartungen (Es wird auf fanatische Weise erwartet, dass andere einen ausgleichen oder die eigene Ideologie freudig übernehmen) ⇨ Identifikation mit einer Ideologie bzw. Übernahme einer Ideologie, die von Menschen entwickelt wurde, die dieselben oder ähnliche Defizite in ihrem Persönlichkeitssystem aufweisen	⇨ Erweiterung und Vermehrung der Ausgleichsbilder bzw. Vorstellungen und Erwartungen ⇨ Daraus entsteht eine Weltanschauung oder Lebensphilosophie (die aber nicht wirklich die eigene ist)
eigene Gedanken	⇨ Ansammlung von	⇨ Erweiterung der eige-

♀ ⇨	☌ ⇨	♃
	eigenen Gedanken ⇨ eigene Vorstellungen, ⇨ eigene Meinung, ⇨ eigener geistiger Besitz	nen Vorstellungen. ⇨ Es entsteht eine eigene Weltanschauung oder Lebensphilosophie.
Rendezvous mit dem „Partner“	⇨ Ansammlung von vielen Rendezvous mit dem Partner, ⇨ dadurch entsteht eine Beziehung	⇨ Erweiterung der Partnerbeziehung, Verbesserung der Beziehung
Einbringen von künstlerischen Ideen	⇨ Ansammlung von Gedanken zu Bildern (Kunst)	⇨ Erweiterung und Darstellung von Kunst (Vernissagen)
erotischer Reiz	⇨ Ansammlung von erotischen Reizen (daraus entsteht Geilheit)	⇨ Vermehrung der erotischen Reize und der sexuellen Erregung
kleines Glück	⇨ Ansammlung von Glücksreizen ⇨ Festigung des Glücks	⇨ Vermehrung und Ausweitung von Glück (= großes Glück)
Diskrepanz zwischen Inhalt und Form	⇨ Geschmack und Vorstellungen werden aktiv anderen oder passiv einem selbst aufgezwungen	⇨ Ausweitung der Diskrepanzen zwischen Inhalt und Form
Harmonie	⇨ Ansammlung von Harmonie (= Friede)	⇨ Vermehrung und Erweiterung der Harmonie (des Friedens)
eigener Geschmack	⇨ Ansammlung und Festigung des eigenen	⇨ Zeigen des eigenen Geschmacks

♀	☊	♃
	Geschmacks	
Aufkeimen des Geistes	⇨ Ansammlung und Festigung des geistigen Besitzes	⇨ geistige Erweiterung
fremde Gedanken (z. B. Mode-strömung)	⇨ Ansammlung von fremden Gedanken (= Ideologie)	⇨ Vermehrung und Ver-breitung von fremden Gedanken und Ideologien ⇨ Einsicht in fremde Ge-dankenwelten und Ideologien (zur Hori-zonterweiterung)
Ausgeglichenheit (man hat einen Aus-gleich im eigenen Persönlichkeitssystem hergestellt).	⇨ Ansammlung, Festi-gung und Verstärkung der Ausgeglichenheit (man nimmt noch wei-tere Dinge hinzu, um den Ausgleich noch stabiler zu machen, noch ausgeglichener zu werden).	⇨ Zeigen und Praktizie-ren des Ausgleiches (man erweitert und dif-ferenziert noch die Ausgleichsmaßnah-men.)
Anziehung	⇨ Verstärkung der Anzie-hung	⇨ Erweiterung und Ver-mehrung der Anzie-hung
Gleichgewicht zwi-schen Inhalt und	⇨ Weitere Festigung des Gleichgewichts zwi-	⇨ Zeigen der Formen für eigene Inhalte

♀	⚸	♃
Form	schen Inhalt und Form	
Aufkeimen der Partnerschaft	⇨ Festigung von Partnerschaft und Beziehung	⇨ Auftreten als Paar, Optimierung der Beziehung

DER FISCH MÖCHTE NICHT ALS EINZIGER LEIDEN

Freiheit bedeutet Verantwortung.
Darum fürchten sie die meisten Menschen.
(George Bernard Shaw)

Die Folgerichtigkeit im IV. Quadranten bzw. von Saturn, Uranus und Neptun

Die Entwicklungsfolge, die wir im III. Quadranten des Horoskops, bzw. bei Venus, Pluto und Jupiter kennengelernt haben, können wir jetzt auch im IV. Quadranten, dem Bewusstseinsquadranten, bzw. bei Saturn, Uranus und Neptun beobachten.

Das Bewusstsein rekrutiert sich aus den Maßstäben, Idealen, Normen, Geboten und Verboten (♄), die man verinnerlicht hat. Der Inhalt des Über-Ichs (♄) bestimmt daher die Auslebensform und Frequenz der Persönlichkeitsanteile Uranus und Neptun. Je strenger das Über-Ich (♄), desto unangenehmer machen sich Uranus und Neptun bemerkbar. Richtet sich der Horoskopeigner vorwiegend nach Konvention und herkömmlicher Moral, so muss er seine Individualität (⛢), Originalität (⛢) und Freiheit (⛢) verdrängen. Dieses verdrängte Potenzial ist hochexplosiv (⛢) und kann zu negativen Überraschungen (⛢), wie z. B. zu Unfällen, führen. Als Folge davon wird Neptun dann auf der Frequenz von Ausgestoßenheit, Ausgegrenzt-Sein, Sucht oder Krankenhausaufenthalt erlebt.

Hier im IV. Quadranten wird das Gesetz von Ursache und Wirkung besonders augenscheinlich. Durch Saturn wird (unbewusst) die Ursache gesetzt und die Wirkung ist an Uranus und Neptun abzulesen. Besonders deutlich wird dies, wenn Saturn die alte Sexualmoral und

eine falsche Form von Anstand zum Inhalt hat und schließlich deshalb Uranus als Seitensprung (aktiv oder in der Erleidensform) und Neptun als Lügen und Heimlichkeiten (aktiv oder in der Erleidensform) erlebt wird. Wenn die Lügen entlarvt werden und die Heimlichkeiten auffliegen, dann läuft der Mechanismus rückwärts. Neptun aktiviert dann Uranus → es kommt zum Skandal (♅), zu Aufregung (♅) und Tumult (♅). Bei Saturn sitzt man dann über den, der den Übertritt bzw. den moralischen Fehltritt begangen hat, zu Gericht, und schließlich folgen Maßregelung (♄) und Strafe (♄).
Ein weiteres Beispiel:
Wenn jemand in seiner Arbeit perfekt (♄) sein will, gerät er in Stress (♅). Aufgrund von Hektik und Stress unterlaufen ihm immer mehr Fehler (♆) und Fehlleistungen (♆). Er erwirkt also durch den Perfektionsanspruch gerade das Gegenteil dessen, was er eigentlich erreichen will.

Völlig anders sieht die Situation jedoch aus, wenn der Betreffende sein Gewissen bzw. sein Über-Ich bereits von Moral und Konvention auf Ethik des Lebens und auf die Lebensgesetze umgepolt hat: In diesem Falle ist die Saturnenergie auf der Frequenz der Entdeckung der eigenen Rechte und der eigenen Verantwortung. Als Folge davon ist Uranus auf der Frequenz der Ansammlung von eigenen Rechten und eigener Verantwortung (Dadurch kristallisiert sich erst wirkliche Freiheit heraus.) und Neptun auf der Frequenz „Zeigen der eigenen Rechte und der eigenen Verantwortung".
Deshalb wird klar:
Wer ein angenehmes Schicksal haben will, kommt um eine Umpolung des Gewissens[1] nicht herum.

---

[1] siehe Anhang

Es macht einen großen Unterschied, ob man in der Regierung seines Seelenlandes einen Despoten und Tyrannen am Ruder hat, der jegliche Lebendigkeit und individuelle Lebensäußerung blockiert und unterbindet, oder ob man sich als selbstverantwortliches Individuum nach den Lebensgesetzen richtet und dadurch die Lebendigkeit und Lebensqualität aller Persönlichkeitsanteile fördert und stärkt.

Beispiel:

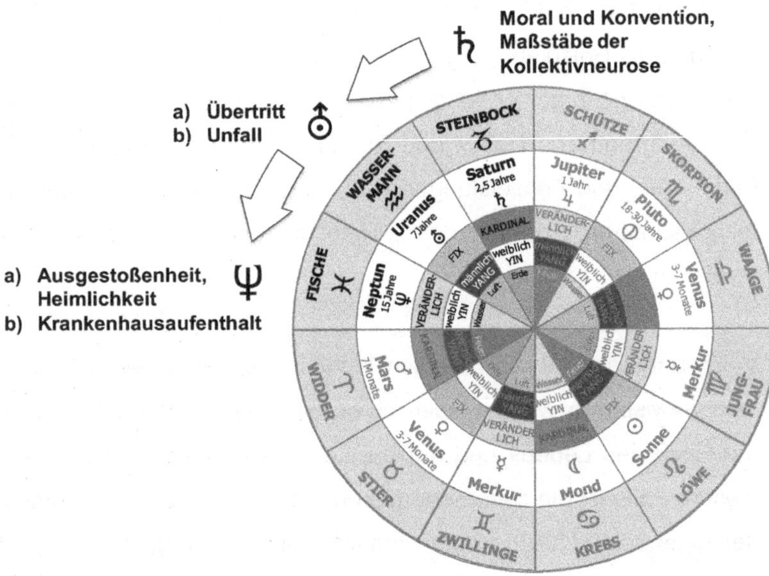

Die **Folgerichtigkeit im IV. Quadranten**

bzw. von Saturn, Uranus und Neptun

♄	♅	♆
Normalität, Starre, Eintönigkeit	⇨ Streben nach ständiger Abwechslung und nach Neuem (Neophilie)	⇨ Auflösung der Eintönigkeit und der Starre
Verbot	⇨ Übertreten des Verbotes	⇨ Umgehen des Verbotes
alte Sexualmoral; Maßstab: Treue	⇨ Seitensprung	⇨ Lügen und Heimlichkeiten
Norm; Anstand; Langeweile	⇨ Trend	⇨ Sucht (Suchtmittel je nach Trend)
Maßregelung	⇨ Trotz	⇨ Flucht
keine Berufung	⇨ Wunsch nach Veränderung und nach Befreiung	⇨ Sucht oder Betäubung (durch Filme, ständiges Fernsehen etc.), um die Realität ertragen zu können
Berufung (Kompetenz)	⇨ Festigung der Berufung durch Innovationen und trendgerechte Veränderungen	⇨ Entwicklung von Fantasie, Erweiterung und Differenzierung der Kompetenz
Perfektionsanspruch	⇨ Hektik, Stress	⇨ Vergessen, Übersehen, Verschlampen, Fehlleistungen
fremde Ziele	⇨ Auflehnung, Befreiung	⇨ Erschöpfung (Hemmung) Sucht (Kompensation)
Akt der Verdrängung	⇨ Bestand des Verdrängten (explosiv)	⇨ a) Funktion des Verdrängten (Schicksal) b) Angst
Moral und Konven-	⇨ a) Übertritt	⇨ a) Ausgestoßenheit,

♄	⛢	♆
tion, Maßstäbe der Kollektivneurose	b) Unfall	Heimlichkeit b) Krankenhaus-aufenthalt
Verantwortung (i. S. v. Moral und Konvention), Einhalten der Normen und Ideale	⇨ Befreiung von Verantwortung	⇨ Flucht vor Verantwortung (Sucht); die Norm kann nicht mehr aufrechterhalten werden.
Regierung	⇨ Opposition	⇨ Alternativbewegung, Randgruppen
Leistung	⇨ herausragende Leistung, Superleistung	⇨ Zusammenbruch
Derzeitiges Bewusstsein	⇨ Sprengung der derzeitigen Bewusstseinshaltung	⇨ Bewusstseinserweiterung
Eigene Ziele	⇨ Festigung u. Sicherung der eigenen Ziele	⇨ Erweiterung und Ausbau der eigenen Ziele
Eigene Rechte und eigene Verantwortung (i. S. d. Lebens)	⇨ Vermehrung der eigenen Rechte und der eigenen Verantwortung (Mitbestimmung, Freiheit, Unabhängigkeit)	⇨ Zeigen und Praktizieren der eigenen Rechte und der eigenen Verantwortung
Vergangenheit	⇨ Zukunft	⇨ Ewigkeit
Lebensgesetze	⇨ Festigung der Lebensgesetze	⇨ Praktizieren der Lebensgesetze
Hierarchie	⇨ Auflehnung gg. Hierarchie, Kampf für die Gleichheit	⇨ Hierarchielosigkeit

Dieser Baustein „Folgerichtigkeit der kosmischen Prinzipien“ ist für das Astrocoaching von großer Bedeutung, weil dadurch klar wird, dass man in dem vernetzten Persönlichkeitssystem oft nicht an dem auftretenden Problem selbst, sondern oft an einer ganz anderen Stelle ansetzen muss, um eine Lösung zu erreichen.

Deshalb ist es für den Astrocoach wichtig, strategische Fähigkeiten auszubilden und die Fähigkeit, vernetzt zu denken. Wenn er das Problem oder den Konflikt des Klienten erkannt hat, muss er wissen, wo in dem komplexen Persönlichkeitssystem sich eine Lösungsmöglichkeit eröffnet und wie er den Betreffenden dazu bewegen kann, genau an dieser Stelle anzusetzen und dort wirklich die notwendigen Schritte zu unternehmen.

Wir werden später auch auf die Folgerichtigkeit im II. und schließlich auch im I. Quadranten eingehen, sodass sich schließlich ein Gesamtbild ergibt, mit dem man als Astrocoach arbeiten kann.
Im nächsten Kapitel soll aufgezeigt werden, wie wichtig es ist, nicht nur die Folgerichtigkeit im Tierkreis, bei den Planeten und Häusern zu beachten, sondern auch den jeweiligen Gegenpol.

BAUSTEIN 4

Je mehr Einlösungsformen einer Konstellation
man bewusst zu leben versteht,
desto weniger ist man den Einlösungsformen
des Unbewussten unterworfen.

Baustein 4:

Die zwei Hauptachsen im Horoskop als Schlüssel für Glück und Erfolg

Zwei Faktoren üben einen weiteren entscheidenden Einfluss auf das Schicksal des Einzelnen aus:
die Achse AC↔DC (Haus 1 ↔ Haus 7) und die Achse IC↔MC (Haus 4 ↔ Haus 10)
Die Wichtigkeit der beiden Achsen rührt daher, dass – wie wir gesehen haben – das jeweils erste Haus eines Quadranten die Frequenz und Auslebensform der nachfolgenden Häuser bestimmt.
Bei diesen Hauptachsen stellt sich die Frage:

Habe ich das dem AC und dem IC gegenüberliegende Tierkreiszeichen bzw. Lebensprinzip ausgebildet oder habe ich die entsprechende Anlage verdrängt?

Die Erfahrung lehrt, dass die meisten Menschen die zum AC und IC in Opposition stehende Lebensenergie nicht zur Verfügung haben, d. h. zu wenig oder falsch erlernt bzw. verdrängt haben.

Schauen wir uns einmal an, zu welchen Verdrängungen die archetypischen Tierkreiszeichen neigen:

Der **Widder (Opposition Waage)** hat die Tendenz, Taktgefühl, gutes Benehmen und das „Du“ zu verdrängen (aufgrund von eigenem Egoismus).

Der **Stier (Opposition Skorpion)** hat die Tendenz, den gemeinsamen Lebensstil, das Revier des anderen und das gemeinsame Revier zu verdrängen.

Die **Zwillinge (Opposition Schütze)** haben die Tendenz, die Sinnsuche und die wahre Bildung zu verdrängen.

Der **Krebs (Opposition Steinbock)** hat die Tendenz, die Realität, das Überpersönliche und die Konfliktlösung zu verdrängen (aufgrund von mangelndem Eingeständnis eigener Mitschuld und eigenem Unrecht).

Der **Löwe (Opposition Wassermann)** hat die Tendenz, die eigene Freiheit, Unabhängigkeit und Revolution sowie Licht und Glanz des anderen, die Gleichwertigkeit der Menschen zu verdrängen.

Die **Jungfrau (Opposition Fische)** hat die Tendenz, die kosmische Sicht, die Welt jenseits von Gut und Böse (die Transzendenz), das Chaos und die Nichtanpassung zu verdrängen.

Die **Waage (Opposition Widder)** hat die Tendenz, den eigenen Egoismus, die Aktivität, den Tatendrang und die Entscheidungsfreude zu verdrängen.

Der **Skorpion (Opposition Stier)** hat die Tendenz, den Lebensstil des anderen, das Recht des anderen auf ein eigenes Revier und auf einen eigenen Lebensstil zu verdrängen.

Der **Schütze (Opposition Zwillinge)** hat die Tendenz, den Alltag, das Weltliche, das Profane und die Gesetze der Logik zu verdrängen.

Der **Steinbock (Opposition Krebs)** hat die Tendenz, die individuelle Gefühls- und Stimmungslage, die eigene Natur und die seelische Eigenart des Mitmenschen zu verdrängen.

Der **Wassermann (Opposition Löwe)** hat die Tendenz, die Selbstständigkeit, den Unternehmungsgeist, Licht und Glanz des Einzelnen zu verdrängen.

Die **Fische (Opposition Jungfrau)** haben die Tendenz, die Anpassung, Ordnung, Sauberkeit und die Arbeit zu verdrängen.

Nach der Gegenüberstellung der archetypischen Tierkreiszeichen wird klar, dass eine Überbetonung des einen Pols mit einer Vernachlässigung des anderen verbunden ist. Daraus ergeben sich die spezifischen tierkreiszeichenbedingten Probleme und Schwierigkeiten, die man aber meist aufgrund der eigenen Subjektivität nicht als selbst verursacht anerkennen will. Um diesen Schwierigkeiten vorzubeugen und um in der Begegnung und in Beruf und Öffentlichkeit besser anzukommen, bzw. um dort Erfolg zu haben, ist es wichtig, das Tierkreiszeichen, das dem eigenen AC und IC gegenübersteht, (= DC und MC) zu beachten. Dieses Lebensprinzip gilt es, auf reale Weise zu erlernen und auszubilden. Je mehr auf ein Gleichgewicht zwischen den Tierkreiszeichen am AC und am DC sowie am IC und am MC geachtet wird, desto weniger kommt es zu den typischen Ungleichgewichtsmanifestationen (Krankheiten und Schicksalsschläge).

Deshalb heißt es, sich folgende Fragen zu stellen:

⇨ Was muss ich **lernen** und was muss ich den Mitmenschen **geben**?

⇨ Was fehlt mir selbst und was den Mitmenschen?

Und es leuchtet ein: Wer das abdeckt, was die Mitmenschen dringend brauchen, ist gefragt und beliebt. Wenn man das Prinzip einbringt, das am DC steht, zeitigt dies positive Wirkungen bei den Menschen, die sich im **persönlichen Umfeld** (Partner, Bekannte, Nachbarn etc.) befinden. Wenn man das Prinzip einbringt, das am MC steht, erzielt man positive Wirkungen bei den Menschen, mit denen man **beruflich** zu tun hat, bzw. verbessert sich die Symbolebene des 10. Hauses (z. B. das Niveau des Stellenplans oder der öffentlichen Rolle).

Aus der nachfolgenden Tabelle wird ersichtlich, welche Anlage ein bestimmter AC- und IC-Typus ausbilden müsste, um auf diesen Feldern erfolgreich zu werden.

Die Verwirklichung des DC bzw. MC als Erfolgskriterium

AC / IC Widder	**→ DC / MC Waage**	Mehr gutes Benehmen, mehr Werbemaßnahmen, mehr Taktgefühl, mehr Strategie und Taktik, mehr Diplomatie, mehr auf den Mitmenschen eingehen, stets auf Balance achten. Der Mitmensch sucht nach Schönheit, Erotik, Stil und Niveau und will wieder ins Gleichgewicht kommen. Und er will sich auch durchsetzen.
AC / IC Stier	**→ DC / MC Skorpion**	Mehr Mut zur Wandlung, mehr Gemeinsamkeit, mehr auf die Beziehung zum Partner achten, mehr eigene Konzepte und Programme. Der Mitmensch sucht nach einer echten Bindung und nach einem eigenen Weg, nach einem Konzept. Er braucht Hilfe in der Krise und er will in seinem Eigenwert bestätigt und verstärkt werden.
AC / IC Zwilling	**→ DC / MC Schütze**	Mehr Sinnhaftigkeit, mehr Weite und geistiges Wachstum, mehr kosmopolitisches Verhalten. Der Mitmensch braucht Sinn und geistige Weiterbildung. Er will gefördert werden. Er sucht das große Glück und er möchte sich auch selbst darstellen können.
AC / IC Krebs	**→ DC / MC Steinbock**	Mehr Realität, mehr Kompetenz, mehr Ordnung und Klarheit, mehr die wichtigen Dinge im Leben anpeilen, mehr eigene Ziele anstreben. Der Mitmensch möchte entschuldet werden und er braucht Hilfe, um seine eigenen Ziele zu erreichen. Man bringt ihm den Gesetzeskodex des Lebens nahe. Außerdem: Der Mitmensch möchte auch in seinen eigenen Gefühlen, in seiner seelischen Eigenart und seiner eigenen Identität beachtet und anerkannt werden.

AC / IC Löwe	**➔ DC / MC Wassermann**	Mehr die Vogelperspektive beachten, mehr auf gruppendynamische Prozesse achten, mehr Progressivität und mehr auf Bewusstseinsentwicklung achten. Der Mitmensch möchte frei und unabhängig sein. Er möchte einer Gruppe angehören, mit der er sich identifizieren kann. Der Mitmensch will das Unorthodoxe, er will zur Avantgarde zählen. Und er will auch sein Licht leuchten lassen.
AC / IC Jungfrau	**➔ DC / MC Fische**	Mehr Bewusstseinserweiterung, mehr Spiritualität, mehr Zeigen der eigenen Rechte und Verantwortung, mehr das Unbewusste und die kosmische Sicht beachten. Der Mitmensch ist ängstlich, süchtig oder sucht nach Alternativen und nach Spiritualität. Er sucht nach Hilfe. Und er will auch Kritik üben dürfen.
AC / IC Waage	**➔ DC / MC Widder**	Mehr Mut zur Tat, mehr Entscheidungsfreude, mehr Aktivitäten, mehr Sport, mehr das eigene Triebleben beachten. Der Mitmensch will sich mit einem messen, er möchte aktiv werden und in der Welt etwas bewegen.
AC / IC Skorpion	**➔ DC / MC Stier**	Mehr ein eigenes Revier abstecken, sich mehr abgrenzen, mehr das Leben genießen. Der Mitmensch sucht nach Sicherheit und Genuss. Er will in seinem eigenen Revier beachtet werden. Er will in seinem Eigenwert gestärkt werden.
AC / IC Schütze	**➔ DC / MC Zwillinge**	Mehr Einholen von Informationen, mehr Aussöhnung mit dem Alltag, mehr freier Aktionsradius, mehr Beschäftigung mit der Technik. Der Mitmensch will informiert werden und er will sich **auch** verbal und schriftlich darstellen dürfen. Der Mitmensch will über Dinge kommunizieren, die ihn bewegen.

AC / IC Steinbock	**DC / MC Krebs**	Mehr auf die eigenen Gefühle, Bedürfnisse und auf die eigene innere Stimme achten, mehr seelische Eigenart und Identität entwickeln. Der Mitmensch sucht nach seiner eigenen Identität, sucht danach, versorgt zu werden, sucht nach Widmung und Zärtlichkeit. Er sucht nach einer Familie, nach einer Heimat oder nach etwas, womit er sich identifizieren kann.
AC / IC Wasser-mann	**DC / MC Löwe**	Entwicklung von mehr pädagogischen Fähigkeiten, mehr seelische Bindung, mehr Spiel, Spaß und sexuelle Freuden, mehr „Glanz und Gloria". Der Mitmensch möchte glänzen bzw. sein Licht leuchten lassen, will etwas unternehmen und sich für eine Sache engagieren. Er möchte selbstständig etwas durchziehen und nicht alles in der Gruppe tätigen.
AC / IC Fische	**DC / MC Jungfrau**	Mehr auf Sauberkeit und Ordnung achten, mehr Differenzierung auf allen Lebensgebieten, mehr Entwicklung von analytischen Fähigkeiten, mehr Zeigen der eigenen Gefühle und mehr Wahrnehmung und Beobachtung von diesseitigen Dingen. Der Mitmensch möchte etwas nutzen und verwerten, sucht nach Sauberkeit und Ordnung sowie nach einer Arbeit, die seinem eigenen Wesen gemäß ist. Er möchte sich mit den Themen Krankheit und Gesundheit auseinandersetzen.

Bildet man das dem AC oder IC gegenüberliegende Tierkreiszeichen **nicht** aus oder hat jenes gar als **Feindbild** auserkoren, so muss man ständig mit Begegnungen der **unerlösten** Auslebensformen dieses Prinzips rechnen.

Drei Beispiele:

- AC Stier – **DC Skorpion**
- AC Steinbock – **DC Krebs**
- IC Wassermann – **MC Löwe**

DC Skorpion

Wenn das Tierkreiszeichen Skorpion am Deszendenten des Horoskopeigners steht, aber nicht oder nicht genügend integriert wird, hat dieser ständig mit den neurotischen, pervertierten, verzerrten und unerlösten Formen dieses Prinzips zu tun, also mit Menschen (Partnern),

- die vorstellungsgebunden sind
- die ihre Vorstellungen partout durchdrücken wollen
- die dominant sind
- die Druck ausüben
- die autoritär sind
- die manipulativ sind
- die Macht ausüben wollen
- die Machtkämpfe austragen wollen
- die Zwangsneurotiker sind
- die ihren Hund zur Machtausübung verwenden

- die andere psychisch schachmatt setzen wollen
- die eine Meinung oder Ideologie fanatisch vertreten und damit missionieren wollen
- die Anhänger eines Gurus sind
- die zu Sadismus neigen
- die sexuell pervers sind
- die ständig Rituale absolvieren (z. B. Rituale des Zu-Bett-Gehens)
- die übergriffig sind (z. B. das Revier des anderen nicht beachten)
- die genaue Vorgaben machen
- die anderen fest umrissene Rollen zuweisen
- die eifersüchtig sind
- die in der Partnerschaft klammern
- die ihren Partner überwachen und kontrollieren
- die ständig irgendwelche Erwartungen haben

DC Krebs

Wird das Tierkreiszeichen Krebs am Deszendenten nicht integriert, hat man Begegnungen mit den unerlösten Auslebensformen dieses Prinzips, also mit Menschen (Partnern),

- die launisch sind
- die fest davon überzeugt sind, dass nur sie „richtig" und die anderen „falsch" fühlen
- die häufig „eingeschnappt" sind
- die Gefühlsterror ausüben
- die infantil, also noch nicht wirklich erwachsen sind
- die alles persönlich nehmen bzw. alles auf sich beziehen
- die Gefühlsegoisten sind
- die emotionale Erpresser sind

- die einen zu wenig oder zu viel „bemuttern“ bzw. versorgen
- die in ihrer subjektiven Gefühlswelt gefangen sind
- die eine ungute Stimmung verbreiten
- die zu falschen (unrealistischen) Annahmen neigen
- die einen grundlos beschuldigen
- die anderen Schuldgefühle einflößen, z. B. weil diese sich angeblich zu wenig um sie kümmern
- mit denen kein Konflikt gelöst werden kann, weil sie sich absolut unschuldig fühlen und den anderen die hundertprozentige Schuld zuweisen
- die auf „seelisch arm“ arbeiten (und behaupten, dass andere ihnen übel mitgespielt haben)
- die starke familiäre Bande haben und erwarten, dass man ebenso viel Freude in dieser Familie empfindet und ebenso viel Interesse für die jeweiligen Familienmitglieder bekundet.

Dabei kann es sein, dass der Partner nur eine von diesen unerlösten Verhaltensweisen zeigt, er kann aber auch mehrere von diesen Symptomen aufweisen.

MC Löwe

Wenn das Tierkreiszeichen Löwe am MC des Horoskopeigners steht, aber nicht integriert wird, hat er Begegnungen mit den unerlösten Auslebensformen dieses Prinzips, also mit Menschen,

- die selbstherrlich sind
- die herrschsüchtig sind
- die als Chef ständig Anweisungen geben und Befehle erteilen wollen, ohne selbst die Thematik oder das Problem richtig erfasst zu haben

- die Angeber sind (ihr Licht überdimensioniert strahlen lassen)
- die sich selbst stark überschätzen (Tendenz zu Größenwahn)
- die von vielen Menschen überschätzt werden
- die sich sehr gut „verkaufen“ können, obwohl nur wenig Substanz vorhanden ist. Sie beherrschen die Kunst, sich selbst glänzend darzustellen.
- die ständig etwas unternehmen wollen
- die immer wieder etwas erleben wollen
- die häufig ausgehen und / oder feiern wollen
- die häufig in Lokale, Bars und / oder Restaurants gehen wollen
- die zu Übertreibungen neigen, um im hellen Licht zu erstrahlen
- die zu Dramatisierungen neigen
- die von einem bewundert und verehrt werden wollen
- die nur Arbeiten delegieren, ohne selbst wirklich etwas zu tun
- die als große Manager oder Lichtgestalten auftreten
- die „verschrobene“ Designer, Künstler, Maler oder Schauspieler sind (pervertierte Kreativität)
- die sich bereits nach kurzer Zeit der Aneignung einer Fähigkeit oder von Wissen selbstständig machen wollen
- die Konkurrenzunternehmen oder -geschäfte gründen
- die nur glanzvoll reden, aber nicht handeln und nichts verwirklichen
  (es geschieht nichts!)
- die als Projektleiter ungeeignet bzw. erfolglos sind
- die pädagogisch nicht qualifiziert sind

Immer wieder berichten Klienten, welch ein Leid sie mit diesen Schattenanteilen des jeweiligen Prinzips, das bei ihnen am DC oder

MC steht, erfahren mussten. Doch nach den obigen Ausführungen dürfte evident geworden sein, dass es nicht darum geht, nun gegen diese Schattengestalten zu kämpfen oder sich zurückzuziehen und zu sagen: „Ich will mit Löwen, Jungfrauen, Waagen, Skorpionen, Schützen etc. nichts mehr zu tun haben“, sondern es gilt im Gegenteil, diesen **Schattengestalten dankbar zu sein**, denn sie werden nicht müde, einen darauf hinzuweisen, was man noch nicht integriert hat. Das ist es! Der Schatten ist ein Hinweis und ein unmissverständliches Signal dafür, die Anlage doch endlich in ihrer **realen** Form auszubilden.

BAUSTEIN 5

WAAGEN ERGREIFEN NUR ZÖGERND PARTEI

Wir brauchen den Mut,
das zu ändern, was wir ändern können.
Wir brauchen die Gelassenheit,
das hinzunehmen und zu ertragen,
was wir nicht ändern können.
Und wir brauchen die Weisheit,
das eine vom anderen unterscheiden zu können.

Baustein 5: Die goldene Mitte

Wir haben vorher als Beispiel den Stier-Aszendenten und den Skorpion-Deszendenten als den Gegenpol angeführt. Dabei wurde deutlich, wie ungünstig es sich auswirkt, wenn das Gegenpolprinzip Skorpion nicht zur Verfügung steht, sondern nach dem Gesetz der Wiederkehr des Verdrängten in pervertierter Form erfahren werden muss. An anderer Stelle haben wir von der von Aristoteles postulierten goldenen Mitte erfahren. Zu dieser goldenen Mitte gehört auch „das gesunde Maß“, z. B. bei Saturn:

Zu wenig Verantwortung zu haben, wirkt sich genauso ungünstig auf den eigenen Schicksalsverlauf aus wie zu viel Verantwortung. Zu viel Verantwortung zu übernehmen, bedeutet, mit Saturn übergriffig zu werden und anderen ihre Verantwortung, die sie selbst entwickeln müssten, zu nehmen, d. h. diese in ihrer Unmündigkeit zu lassen.

Es geht in diesem Fall darum, das **Überdimensionierte von Saturn loszulassen**, um zu einer wirklich eigenen Verantwortung zu kommen.

Z. B. bei Pluto: Hier heißt es, den eigenen Weg zu finden.

Man lässt Erwartungen und Rollenzuweisungen an andere los. Man hört ganz einfach mit den Pluto-Übergriffen auf. Man lässt sich einerseits nicht mehr fremdbestimmen und mischt sich andererseits nicht mehr in die Lebenswege der Mitmenschen ein. Durch dieses Loslassen wird man frei und kann sich voll auf den eigenen Weg konzentrieren.

Die goldene Mitte eines kosmischen Prinzips kann nur gefunden werden, wenn man sich über die Folgen eines Zuwenigs und eines Zuviels davon bewusst ist, und zwar über die Folgen bei sich selbst und bei den Mitmenschen – und damit noch nicht genug – auch über die Folgen im Gegenpolprinzip. Z. B.: Wenn der Horoskopeigner sich zu wenig abgrenzt und über zu wenig Eigenwert verfügt (Stier), gewinnt der andere an Macht (Skorpion).

Jedes Abweichen von der goldenen Mitte zieht über kurz oder lang ungünstige schicksalsmäßige Konsequenzen nach sich. An dieser Stelle wird auch besonders das Gesetz von Ursache und Wirkung deutlich. Wer denkt denn daran, dass er negatives Schicksal nur deshalb anzieht, weil er sich zu wenig abzugrenzen vermag?
Nach seiner Meinung hat er doch gar nichts Schlechtes getan. Deshalb versteht er nicht, dass er dennoch vom Schicksal so hart bestraft. Viele glauben sogar, sie seien besonders gute Menschen, wenn sie sich nicht abgrenzen und nicht auf ihr eigenes Revier pochen. Sie haben vielleicht sogar in der Kindheit die Botschaft erhalten, dass Abgrenzung böse sei, dass dies einen Affront gegenüber den Mitmenschen darstellen würde oder dass es von Egoismus zeuge, wenn man so etwas tut.

Die nachfolgenden Übersichten über zu wenig und zu viel Abgrenzung und über zu wenig und zu viel Vorstellung sollen aufzeigen, wie subtil die Mechanismen in diesem Zusammenhang ablaufen und welche Wechselwirkungen zwischen den beiden kosmischen Prinzipien Stier und Skorpion zu verzeichnen sind.

Venus (Stier) – Schicksalsvarianten

Die Folgen von **zu wenig** Abgrenzung (kein persönlicher Raum) und zu wenig Eigenwert

bei sich selbst:

- kein Eigenleben
- keine Ruhe
- keine Zeit für sich selbst
- kein Genuss
- Man ist nicht in sich zentriert.
- Man kann nicht aus einer Position der Sicherheit im Leben operieren.
- Man ist unfrei.

bei anderen:

- Der andere sieht die Grenzen nicht und wird übergriffig.
- Der andere nimmt einen als Individuum nicht richtig wahr.

Anziehung:

- Revierverletzer
- Fremdbestimmer, Fremdbesetzer
- Machthaber

Auswirkungen im Gegenpolprinzip (Skorpion): Machtungleichgewicht

bei sich selbst:

- Verlust an Macht
- Eifersuchtsgefühle

bei anderen:

Zunahme an Macht und Einfluss

Venus (Stier) – Schicksalsvarianten

Die Folgen von **zu viel** Abgrenzung (zu viel an persönlichem Raum) und zu viel Eigenwert

bei sich selbst:

- Ruhe und Gelassenheit
- viel Spaß mit sich selbst im Revier
- Isolation
- wenig Nähe
- Mangel an Intimität
- Es fehlt das „Wir".
- wenig Gemeinsames
- Eigenbrötlerei

bei anderen:

- Einschränkung des persönlichen Raumes des anderen
- wenig Nähe
- wenig Gemeinsames
- Mangel an Intimität
- Schmälerung des Eigenwerts
- Gefühl, abgelehnt zu werden

Anziehung:

- Personen, die wenig Eigenwert haben

Auswirkungen im Gegenpolprinzip (Skorpion): Machtungleichgewicht

bei sich selbst:

- Zunahme an Macht und Einfluss

bei anderen:

- Reduzierung von Macht und Einfluss
- Hemmung der Bereitschaft, sich zu binden

Plutos - Schicksalsvarianten

Die Folgen von **zu wenig** Vorstellung (Pluto):

- Der andere oktroyiert mir seine Vorstellung auf.
- Ich bekomme nie das, was ich will.

Anziehung:

- Machthaber
- dominante Persönlichkeiten
- vorstellungsfixierte Personen
- Fremdbestimmer

Die Folgen für mich:

- Ich ernte die Vorstellung des anderen.
- Ich teile das Schicksal des anderen, weil ich seine Vorstellung mitlebe.

Folgen für den anderen:

- Orientierungslosigkeit
- Freude, dass er endlich mit seinem Programm durchkommt
- Er bekommt endlich die Gelegenheit zur Pluto-Kompensation.

Auswirkungen im Gegenpolprinzip (Venus – Stier):

- Wertlosigkeit, weil man sich nach einem anderen Programm richten muss, weil über den eigenen Körper, die eigene Seele und den eigenen Geist verfügt wird.

Plutos - Schicksalsvarianten

Die Folgen von **zu viel** Vorstellung (Pluto)

- Der andere steht unter Druck und Zwang.
- Der andere ergreift die Flucht.
- Der andere wird nervös, wird gestresst und kommt in Hetze.
- Der andere kommt nicht zu seinem eigenen Programm (und kommt dadurch in Zeitnot).
- Man selbst bleibt unzufrieden, weil die vielen Vorstellungen nicht genau erfüllt werden können.
- Oder: Erschöpfung aufgrund des enormen Energieaufwands, den anderen manipulieren, überwachen und kontrollieren zu müssen, damit endlich die eigenen Vorstellungsbilder erfüllt werden.

Anziehung:

- Menschen, die auf den verschiedensten Lebensgebieten kein eigenes Konzept und kein eigenes Programm haben

Auswirkungen im Gegenpolprinzip (Venus – Stier):

bei sich selbst:

- Erhöhung des Eigenwerts aufgrund von Macht

bei anderen:

- Reduzierung des Eigenwerts
- Beeinträchtigung des Reviers des anderen

Es können jedoch nicht nur Konflikte aufgrund eines Zuwenigs oder eines Zuviels entstehen, sondern auch aufgrund anderer Spannungen.

Konfliktmöglichkeiten

zu wenig	↔	zu viel
Mangel	↔	Fülle
Gleichheit	↔	Ungleichheit, Unterschiedlichkeit (Hierarchie)
Minderwert	↔	Mehrwert
Quantität	↔	Qualität
Verlust	↔	Gewinn
Angebot	↔	Nachfrage
Depression	↔	Manie
Ich	↔	Du
Geben	↔	Nehmen
Individualität	↔	Gruppe (Gesellschaft)
passiv	↔	aktiv
Hingabe	↔	Verweigerung
Bewahren	↔	Verändern
Schicksal annehmen	↔	Schicksal verändern
Nähe	↔	Distanz (Nähe-Distanz-Konflikt)

Um in der Praxis des Lebens die richtigen Entscheidungen zu treffen, gilt es bei den verschiedensten Situationen zu überlegen:

⇨ Gebe ich oder nehme ich?

⇨ Ist es zu wenig oder zu viel?

⇨ Bewahre ich oder verändere ich?

⇨ Warte ich ab oder handle ich?
(Bleibe ich passiv oder werde ich aktiv?)

⇨ Passe ich mich an oder lehne ich mich auf bzw. will ich unangepasst sein?

⇨ Handle ich aus einem imaginären Mangel oder aus einer echten Notwendigkeit heraus?

Wenn wir zur goldenen Mitte vorstoßen wollen, können wir noch einen Schritt weitergehen.

Es fungiert nämlich nicht nur das in Opposition stehende Tierkreiszeichen als Regulativ, vielmehr sind auch die im Quadrat stehenden kosmischen Prinzipien regulierende Faktoren.

Dadurch erst kann ein Prinzip in der realen Form bzw. im richtigen Maß erlebt werden.

Hierzu als Beispiel das Zwillinge-Prinzip und das Fische-Prinzip:

Das reale Prinzip: Fische

Wenn die Fische-Energie keine Korrektur und Ergänzung durch das Schütze-Prinzip und durch die Zwillinge sowie durch das Jungfrau-Prinzip erfährt, ist sie zu verträumt, zu illusionär und zu realitätsfern. Um mit ihrer Spiritualität nicht abzuheben und jegliche Bodenhaftung zu verlieren, braucht die Fische-Energie den logischen Verstand der Zwillinge (Intellekt), den weltoffenen Geist des Schützen und die analytische und kritische Vernunft der Jungfrau.

Die Spiritualität vergaloppiert sich also nicht in irreale, spleenige oder gar paranoide Bereiche, wenn sie durch den Intellekt bzw. durch die Informationen der Zwillinge, durch Reisen, Bildung und Weiterbildung des Schützen und durch Analyse und Kritik der Jungfrau reguliert wird. Werden die in Quadrat und Opposition stehenden Zeichen integriert, so entsteht ein spiritueller Geist, der die **Ganzwerdung** der Persönlichkeit vorantreibt.

Er befruchtet und erweitert durch das Wissen um das Unbewusste die Bildung, das positive Denken und den Horizont des Schützen, bereichert durch die Aufdeckung von Hintergründen die Informationen (Zwillinge) und vermindert durch ein Allbewusstsein die Tendenz der Jungfrau, den Fokus zu sehr auf Details zu richten und dabei das große Ganze aus den Augen zu verlieren.

Das reale Prinzip: Zwillinge

Wenn die Zwillinge-Energie keine Korrektur bzw. Ergänzung durch das Jungfrau-Prinzip und durch das Fische-Prinzip sowie durch den Schützen erfährt, ist sie zu abstrakt, zu oberflächlich und zu neutral.

Um zu einer wirklichkeitsadäquaten Kommunikation zu kommen, braucht die Zwillinge-Energie den analytischen, kritischen Verstand der Jungfrau, die durch Reisen, Bildung und Weiterbildung erfolgte geistige Horizonterweiterung des Schützen und die Spiritualität des Fische-Prinzips, das jenseits der vorherrschenden Ideologien und Maßstäbe angesiedelt ist, Hintergründe aufzudecken vermag sowie Lüge und Schein entlarvt.
Der Intellekt (Zwillinge) wird also erst **befruchtet** durch den analytischen Verstand der Jungfrau, durch den gebildeten Geist des Schützen und durch die Spiritualität des Fische-Prinzips.

Wenn diese wichtigen Ergänzungen, die zugleich als Regulative fungieren, fehlen, sind Sprache und Schrift, d. h. die Informationen des Zwillinge-Prinzips, kritiklos (Jungfrau), sinnlos (Schütze) und „hintergrundlos" (Fische).
Werden dagegen die in Quadrat und Opposition stehenden Zeichen integriert, so wird daraus ein „ganzheitlicher" Geist, der nicht mehr mit der Wirklichkeit und der Wahrheit kollidiert.

Fazit:
Sowohl die Informationen, die man erhält, als auch die Informationen, die man selbst abgibt, müssen durch die Filter von Jungfrau, Schütze und Fische laufen.
Auf diese Weise kann die Realität besser erkannt und können die Informationen besser verarbeitet werden, sodass man wirklich auch etwas damit anfangen kann.

BAUSTEIN 6

In jedem von uns
ist auch ein anderer,
den wir nicht kennen.
(Carl Gustav Jung)

Baustein 6: Die Diskrepanz zwischen Kulturmensch und Säugetier Mensch

Es gibt auf fast allen Lebensgebieten eine offizielle und eine inoffizielle Version. Wer diesen Unterschied nicht kennt, wird es sehr schwer im Leben haben – ja, nicht nur das, er wird vielmehr früher oder später scheitern, weil die Wirklichkeit ihn immer wieder einholt.

Betrachten wir hierzu zwei Interviews eines Sportreporters. Das erste führt er mit einem Profi-Fußballspieler, der gerade ein Spiel verloren hat.

Reporter: „Das war ja heute wieder mal eine schwere Schlappe! Woran lag's?"

Spieler: „Heute hatten wir kein Glück. Wir konnten einfach unsere Leistung nicht abrufen, haben hinten zu viele Zweikämpfe verloren und vorne zu viele Chancen liegen lassen. Dazu kommt, dass wir die Räume nicht konsequent genutzt haben."

Das ist die offizielle Version des Spielers.

Was der Spieler jedoch in Wirklichkeit dachte, war: „Die Taktik des Trainers war falsch. Außerdem hat er zwei Leute im Mittelfeld aufgestellt, die nicht harmonieren. Letztendlich war diese Niederlage auch die logische Konsequenz einer verfehlten Einkaufspolitik des Vereins." Diese inoffizielle Version darf der Spieler aber auf keinen Fall aussprechen. Würde er dies tun, so würde dies einen Skandal auslösen und sein Marktwert als Spieler könnte rapide sinken.

Darauf interviewt der Reporter den Mittelstürmer der siegreichen Mannschaft:

Reporter: „Den Gegner mit 4:0 vom Platz gefegt zu haben, das hebt doch die Stimmung! Ihnen ist sogar ein lupenreiner Hattrick gelungen. Drei Tore hintereinander in einer Halbzeit – das ist sensationell!"

Spieler: „Ich bin froh, dass ich der Mannschaft helfen konnte. Aber der Sieg ist das Verdienst aller Spieler. Ich muss mich auch bei meinen Nebenleuten bedanken, die mir die Vorlagen gegeben haben."

Das ist seine offizielle Version, aber die inoffizielle, d. h. die unaussprechliche, lautet: „Da staunt ihr, was? Ich bin doch der Beste! Mich kann man keine Hundertstel Sekunde alleine lassen, sonst netze ich sofort ein. Wir hätten sogar noch höher gewinnen können, wenn meine Mitspieler nicht so eigensinnig gewesen wären und mir den Ball öfter gegeben hätten."

So wie diesen Fußballstars geht es den meisten Menschen. Sie müssen im Beruf und Privatleben Rollen spielen, müssen sich anders darstellen, als sie in Wirklichkeit sind. Der Begriff „Rolle" ist von der dramatischen Rolle des altgriechischen Schauspiels als ein durch Thema und Inhalt vorgeschriebenes Verhalten eines Akteurs abgeleitet. In der Sozialpsychologie bedeutet Rolle die Summe der von einem Individuum erwarteten Verhaltensweisen, auf die das

Verhalten anderer Gruppenmitglieder abgestimmt ist. An den Träger einer sozialen Rolle werden einerseits Ansprüche an sein Handeln, andererseits an seine Erscheinung und seine Persönlichkeit gestellt. So muss z. B. ein Landarzt bei den Dorfbewohnern eine Vorbildfunktion erfüllen. Er muss immer seriös gekleidet und gut gelaunt sein, soll sich einer gepflegten, gebildeten Sprache bedienen, ein Auto der gehobenen Mittelklasse fahren, in einer vornehmen Villa wohnen (mit einem gepflegten Garten), die aber keinen luxuriösen Charakter haben darf. Seine Kinder sollen in der Schule immer besser als die anderen sein und auf alle Fälle aufs Gymnasium gehen.

Ansonsten erwartet man von ihm, dass er bei einem Notfall Tag und Nacht zur Verfügung steht (Muss-Erwartung). Urlaubsaufenthalte, die länger als zwei bis drei Wochen andauern, werden bei ihm mit Unzuverlässigkeit und mangelndem Verantwortungsbewusstsein assoziiert. Er darf sich also nie gehen lassen und muss immer Format, Stil und Niveau verkörpern.

C. G. Jung sprach in diesem Zusammenhang von einem Funktionskomplex, der aus Gründen der Anpassung an die Außenwelt zustande gekommen ist, und bezeichnete diesen als „Persona“. Bei einem gut angepassten Menschen ist die „Persona“ ein flexibler Schutzwall, der ihm natürliche Umgangsformen mit der Umwelt ermöglicht. Ist die „Persona“ zu starr, wird sie zur Maske, hinter der der individuelle Mensch verschwindet.

Wie die in einer Familie aufgesetzte Fassade das Leben eines Kindes massiv beeinträchtigen kann, zeigt der Fall von Reinhard S.:

Reinhard S. war der einzige Sohn einer Mutter, deren oberste Maxime Stil und Niveau waren. Sie wahrte immer die „Contenance“ und ihr unterlief so gut wie nie ein „Fauxpas“. Sie spielte vor sich selbst und vor der Umwelt die Rolle einer vornehmen Dame, die sich in jeder Situation zu benehmen weiß, die immer stilvoll gekleidet ist und nur in den besten Kreisen verkehrt. In dieses Rollenspiel wurden auch ihr Ehemann Heinrich, der für sie de facto nur als eine Art Vasall fungierte, und ihr Sohn Reinhard eingebunden. So wurde Reinhard immer, wenn Freunde oder Bekannte zu Besuch waren, als adrett gekleideter Junge mit gestärktem Hemdkragen und Fliege vorgeführt und musste nach kurzer Zeit wieder verschwinden, damit er die Gespräche der Erwachsenen nicht mithören konnte. In Wirklichkeit hätte er jedoch ohne Weiteres bleiben können, denn die Gespräche hatten nur formellen Charakter und erschöpften sich in banalen Alltagsgeschichten und langweiligen Berichten von den Urlaubsreisen der letzten Jahre.

Und so war es immer: Ständig wurde bei Familie S. das Leben ausgespart. Man tat so, als würde es Rivalität, positive Gefühle wie Freude, Genuss, sexuelle Leidenschaft, Freiheit und Glück, negative Gefühle wie Aggression, Hass, Wut, Missgunst oder Kritik, Scheinheiligkeit, Streben nach Macht, religiöse Glaubenszweifel, Widerstand und Rebellion, Lüge, Schein und Täuschung nicht geben.

So erschien Reinhard jede Regung seiner Lebendigkeit, jedes Gefühl und jeder Gedanke außerhalb der von der Mutter vorgegebenen Norm suspekt. Positive Gefühle konnten sein Gemüt nicht aufhellen und negative Gefühle konnten nicht als Signal und Aufforderung verstanden werden, eigene Bedürfnisse zu stillen. Sein Lebenslicht verfinsterte sich, er versank in Schwermut. Die Depression wurde zu seinem Grundgefühl, das sein Schicksal bestimmte.

Im Grunde genommen gelingt es keinem Menschen, seinen eigenen Schatten und seine animalische Natur auf Dauer zu unterdrücken. Insofern besteht immer eine Diskrepanz zwischen dem kulturellen, von seiner eigenen Natur entfremdeten Menschen und dem Säugetier Mensch, das man vor sich selbst und anderen zu verbergen sucht. Man spielt die Rolle des aktiven, etablierten, intelligenten, informierten, mobilen, coolen, bescheidenen, unternehmungslustigen, sorgfältigen, fleißigen, arbeitsamen, harmonischen, friedliebenden, beziehungsfähigen, edlen, verantwortungsvollen, unabhängigen und angstfreien Bürgers und ahnt oft nicht im Geringsten, was da im „Underground" für Kräfte und Energien brodeln.

> Man hat alles, was mit dem eigenen positiven Selbstbild oder dem eigenen Ideal-Ich nicht vereinbar war, ins Unbewusste verdrängt oder auf andere projiziert. Man will damit nichts zu tun haben.

Erstaunlich ist, dass unglaublich viele Menschen allen Ernstes annehmen, sie wären tatsächlich so, wie sie sich geben, und auch die aufgesetzte Fassade ihrer Mitmenschen für deren wahres Wesen halten.

Der Verkäufer ist freundlich und zuvorkommend, weil er etwas verkaufen will, er legt dieses wohlwollende Verhalten nicht primär deshalb an den Tag, weil er den Kunden so toll und so sympathisch findet oder ihn gar als Freund gewinnen will.

Wiederholen wir den Satz von C.G. Jung:

„Bei einem gut angepassten Menschen ist die „Persona" ein flexibler Schutzwall, der ihm natürliche Umgangsformen mit der Umwelt ermöglicht."

Aber man muss wissen, dass dies bei einem selbst und bei anderen nur eine **Form** ist, dass das nur aufgesetzt ist, nur eine Rolle ist und dass hinter dieser Kulturmaske ein ganz anderer steckt – womöglich ein rivalisierender, mit starkem Revier- und Sextrieb ausgestatteter, nach Macht strebender, intoleranter, unanständiger, rebellischer, ängstlicher Chaot.

Hierzu zwei Beispiele: In Schulen und Betrieben, Vereinen und Familien tobt seit jeher ein wahrer Krieg: Rivalität und Konkurrenz. Jeder kämpft gegen jeden und jeder will besser, beliebter, erfolgreicher, schöner … sein als der andere oder die anderen. Der Schweizer Psychotherapeut Kurt Theodor Oehler hat in seinem Buch „Rivalität" treffend beschrieben, wie man – obwohl dies alles so offensichtlich ist – das Rivalisieren verdrängt und so tut, als würde man so etwas nie tun.

Ähnlich verhält es sich mit dem Reviertrieb. Obwohl die meisten Partnerschaften an dem verleugneten Reviertrieb scheitern, wird darüber kaum gesprochen.

Nachdem man zusammen einen Hausstand gegründet hat, tun viele Paare so, als wäre „Kommunismus" in der Partnerschaft möglich. Von nun an gehört beiden Partnern alles gemeinsam. Jegliches Eigentum fließt gewöhnlich in den gemeinsamen Haushalt ein. Jeder Stuhl, jeder Tisch, jedes Glas, jeder Blumentopf, jeder Löffel und jede Gabel gehört jetzt den beiden zusammen.

Besonders verstärkt wird diese Tendenz durch den Einheitsgrundriss der herkömmlichen Architektur, die fast überall nur Gemeinschaftsräume vorsieht – Küche, Wohnzimmer, gemeinsames Schlafzimmer, Bad und WC.

Lediglich dem Auto gewährt man ein eigenes großzügiges Zimmer (Garage) von meist über 25 qm und damit die Möglichkeit zur »Individuation«.

Da der Reviertrieb unter den gegebenen Rahmenbedingungen nicht befriedigt werden kann, beginnen schon bald nach Bezug der gemeinsamen Wohnung die ersten Revierkämpfe. Letztere werden als solche nicht erkannt, sondern man leidet dann unter der Fixierung, der Unnachgiebigkeit, der mangelnden Kompromissbereitschaft, dem Machtgebaren oder dem Egoismus des anderen. Oft werden ganz triviale Dinge vorgeschoben, um von der tatsächlichen Problematik abzulenken. Die Vehemenz, mit der dabei jedoch gekämpft wird, lässt erkennen, dass es hier um etwas **Grundlegendes** geht, nämlich um den **Territorialinstinkt** des Säugetieres Mensch.

In der nachfolgenden Tabelle wird ersichtlich, wie sehr die Kluft zwischen Kulturmensch und Säugetier Mensch bzw. Schatten bei den zwölf Tierkreiszeichen auseinanderklafft – bei den **Schattenanteilen** besonders auch durch die Bipolarität bedingt (z. B. hat auch der Fleißige Tendenzen zur Faulheit oder auch der Edle hat unedle Anteile, die aber verborgen bleiben). Wie sehr das Säugetier und der Schatten immer wieder zum Durchbruch kommen, kann man unschwer an den inzwischen unzähligen Skandalen in der Politik, in der Filmwelt, in der Musikbranche, in der Sportszene etc. beobachten. Nach dieser Übersicht ist es vielleicht leichter, in manchen Fällen Verständnis zu zeigen und von einer übertriebenen moralischen Entrüstung Abstand zu nehmen. Denn wer ist schon immer und überall integer?

Tierkreiszeichen	Das Säugetier Mensch *Was man vor sich und anderen verbirgt; Schatten; Tabu*	Der kulturelle, von seiner Natur entfremdete Mensch *Aufgesetzte Fassade (man stellt sich dar als ...); Rolle (Form)*
Widder ♈	• Rivalität • Verlierer • Triebhaftigkeit (instinktgesteuert) • Egoismus • Aggression • Schwäche • Feigheit • fehlende Eignung für eine Führungsposition	• aktiv • Sieger • tatkräftig • Fitness • Stärke • Sportlichkeit • Mut • Führungskraft
Stier ♉	• Abgrenzung • Reviertrieb • Gier • Unsicherheit • Bequemlichkeit • Minderwertigkeitskomplex	• Besitz • Sicherheit • etabliert sein • Verkörperung von Status und Prestige • finanziell versiert und gesichert (solvent) • wirtschaftlich
Zwillinge ♊	• uninformiert • dumm • technisch unbegabt • unbeständig • nicht mobil	• informiert, vielseitig interessiert, intelligent • technisch begabt • kommunikativ • mobil
Krebs ♋	• negative Gefühle • hingabegestört • Ungeborgenheit • Launenhaftigkeit • Mimosenhaftigkeit • sich ständig verletzt fühlen • beleidigt sein	• mitfühlend • zurückhaltend (in Bezug auf Gefühle) • identitätsbewusst • Versorger(in) • sozial engagiert • mütterlich

Tierkreiszeichen	**Das Säugetier Mensch** *Was man vor sich und anderen verbirgt; Schatten; Tabu*	**Der kulturelle, von seiner Natur entfremdete Mensch** *Aufgesetzte Fassade (man stellt sich dar als …); Rolle (Form)*
Löwe ♌	• Drang, andere zu übertrumpfen • Drang, anzugeben • Größenwahn • Eitelkeit • hysterisch • cholerisch	• Bescheidenheit • unternehmungslustig • Ausgehen (Lokale) • sexuell potent • großzügig • glanzvoll • väterlich • humorvoll
Jungfrau ♍	• Faulheit • subaltern • Unsauberkeit • übergenau • Detailversessenheit	• angepasst • fleißig, arbeitsam • ordentlich, hygienisch und sauber • genau, gewissenhaft • kritisch
Waage ♎	• disharmonisch • geschmacklos • deplaziert • neidisch • konfliktscheu • Entscheidungsschwäche • modisch „out“ • Gefühl, zu wenig attraktiv zu sein • Suche nach erotischen Reizen	• ausgeglichen • harmonisch • friedliebend • kompromissfähig • taktvoll • diplomatisch • Stil und Niveau verkörpernd • gutes Benehmen • modisch „in“ • gut geschminkt • Gefühl, attraktiv zu sein
Skorpion ♏	• Machtstreben, • Fanatismus, Dogmatiker • Manipulator, Erpresser • Geilheit, Sexualfantasien • Tendenz zur Zwangsneurose • Neigung zu Übergriffen	• beziehungsfähig • über großes Wissen verfügend • Chef • leidenschaftlich • prinzipientreu

Tierkreiszeichen	Das Säugetier Mensch *Was man vor sich und anderen verbirgt; Schatten; Tabu*	Der kulturelle, von seiner Natur entfremdete Mensch *Aufgesetzte Fassade (man stellt sich dar als ...); Rolle (Form)*
Schütze ♐	• Glaubenszweifel • Atheismus • Arroganz • Intoleranz • Gefühl der Sinnlosigkeit • besserwisserisch • ungebildet • missionarisch	• religiös • edel • Toleranz • Optimist • Förderer (Mäzen) • Kosmopolit • (konventionell) gebildet
Steinbock ♑	• unanständig, amoralisch • unkonventionell • der / die Einzige sein wollen • verantwortungslos • fehlerhaft • ungerecht • Hierarchie, Schichtzugehörigkeit	• anständig, integer • Verkörperung von Ideal und Norm • moralisch anständig • verantwortungsvoll • treu, gesetzestreu • gerecht • perfekt, ehrgeizig, zielstrebig
Wassermann ♒	• Rebellion, Auflehnung, Widerstand • Antihaltung, Trotz • Nervosität • Drang, sich zu befreien • Überlegenheitsgefühl • seelisch-geistige Hierarchie (Entwicklungshierarchie) • in der Entwicklung zurückgeblieben • neophil • Utopist	• freier Bürger • Freigeist • ideenreich • unabhängig • distanziert • progressiv • extravagant • variabel, flexibel • emanzipiert • zur Avantgarde gehörend

Tierkreiszeichen	**Das Säugetier Mensch** *Was man vor sich und anderen verbirgt; Schatten; Tabu*	**Der kulturelle, von seiner Natur entfremdete Mensch** *Aufgesetzte Fassade (man stellt sich dar als …); Rolle (Form)*
Fische ♓	• Ängste • Illusionen • Heimlichkeiten • Lügen (sich selbst und anderen gegenüber) • Hilflosigkeit • suchtgefährdet	• angstfrei • illusionslos • Hintergründe erfassend • wahrhaftig • fantasievoll • Helfer • suchtfrei • Heiler

Dadurch, dass man so tut, als ob man all die Eigenschaften und Verhaltensweisen der linken Spalte nicht hätte, kommt es immer wieder zu Konflikten – zu Rivalitäts-, Revier-, Kommunikations-, Identitäts-, Sexual-, Anpassungs-, Sauberkeits-, Attraktivitäts-, Macht-, Sinn-, Konkurrenz-, Nähe- und Distanz- und zu Isolationskonflikten, die wiederum meist mit spezifischen körperlichen Erkrankungen einhergehen.

In diesem Zusammenhang darf jedoch nicht unerwähnt bleiben, dass die Eigenschaften der linken Spalte nicht nur verleugnet werden, weil sie mit einem positiven Selbstbild nicht vereinbar sind, sondern auch, weil sie bereits in der Herkunftsfamilie tabuisiert oder verboten wurden. Um dies deutlich zu machen, hier eine stark vereinfachte Liste über das, was man – landläufig gesehen – alles nicht darf:

Man darf nicht	in Rivalität treten
Man darf nicht	egoistisch sein
Man darf nicht	gierig sein
Man darf nicht	sich abgrenzen
Man darf nicht	einen freien Aktionsradius beanspruchen
Man darf nicht	neidisch sein
Man darf nicht	negative Gefühle entwickeln
Man darf nicht	angeben
Man darf nicht	kritisieren
Man darf nicht	erotisch reizen oder nach erotischen Reizen suchen
Man darf nicht	geil sein
Man darf nicht	nach Macht streben
Man darf nicht	Glaubenszweifel hegen (z. B. am politischen System)
Man darf nicht	sich auflehnen oder rebellieren
Man darf nicht	Befreiungswünsche haben
Man darf nicht	sich überlegen fühlen
Man darf nicht	Alternativen finden und leben
Man darf nicht	Ängste zeigen

Wie sieht es mit den Tabus und Verboten in der Psycho-, Astro- und Alternativszene aus?

Es ist schlichtweg eine Katastrophe! In dieser Szene darf man eigentlich fast gar nichts mehr fühlen und denken, was nicht „edel, hilfreich und gut" ist. Das Über-Ich in dieser Szene ist gewöhnlich um ein Vielfaches strenger als das des Durchschnittsbürgers.

Wenn hier jemand so „garstige" Gefühle wie Aggression, Neid oder Hass zeigt, wird er sofort schief angeschaut. Er darf auch auf keinen Fall hierarchisch denken, angeben, nach Macht streben, auf einem Gebiet intolerant sein oder gar sich überlegen fühlen, weil er auf einem Lebensgebiet kompetenter ist als andere, sonst geben ihm die anderen Mitglieder der Szene sofort zu verstehen, dass er in seiner Entwicklung noch nicht so weit sei und, dass er noch viel an sich arbeiten müsste, um die Entwicklungsstufe des reinen Seins zu erreichen. Sie fühlen sich dann ihm gegenüber überlegen. (Diese Art von Überlegenheit meint man aber als edler und geistig hoch stehender Mensch haben zu dürfen!)

Wenn jemand gar keine menschliche Regung mehr zeigen darf und so tun soll, als sei er schon fast divinisch, wirkt sich das sehr ungünstig aus, denn seine animalische Natur verlangt ihren Tribut.

Es ist deshalb nicht verwunderlich, dass die Mitglieder dieser Szene oft mehr an Krankheiten leiden als sogenannte normale Menschen – obwohl sich letztere meist schlechter ernähren und gewöhnlich weniger auf ihre Gesundheit achten.

Um Missverständnissen vorzubeugen: Es geht nicht darum, all diese Eigenschaften der linken Spalte der Tabelle auf den Seiten 154 ff. gutzuheißen, sondern darum, zu erkennen, dass einige dieser Triebe, Gefühle und Eigenschaften in einem selbst wohnen. Insbesondere gilt es, auch „negative" Gefühle zuerst zuzulassen, ehe man imstande ist, wahrzunehmen, wofür sie als Ersatz fungieren und wie man diese Energien konstruktiv einsetzen kann. Weder die Verdrängung bringt einen weiter, noch das permanente Ausagieren von solchen Gefühlen als Reaktionsmuster und eingefahrenes Raster.

Im Grunde genommen handelt es sich bei der aufgesetzten Fassade um eine neurotische Stabilisierung der eigenen Persönlichkeit. Während eine reale Stabilisierung des eigenen Persönlichkeitssystems durch Ausbildung und Einsatz von Anlagen und Fähigkeiten sowie durch Wissensaneignung geschieht, versucht man bei der neurotischen Form die Rolle des Stil- und Niveauvollen zu spielen, um andere dadurch zu übertrumpfen bzw. in die Hemmung zu treiben. Die neurotische Form der Stabilisierung bringt für die Persönlichkeitsentwicklung des Einzelnen wenig, weil er dadurch nur seine Schwächen und Defizite konserviert und die Reaktionen der Mitmenschen (Lüge, Aggression, Hass, Rückzug, Flucht etc.) nicht als Reaktionen auf sich selbst erkennt, sondern als schlechte Eigenschaften der anderen.

Da er sein wirkliches Selbst nicht kennt, möchte er sich auch besonders mit Menschen umgeben, die ein ähnliches Kompensationsgebäude wie er aufgebaut haben. Er will mit Menschen von Format zusammen sein und nicht mit Menschen, die „Schwächen“ zeigen. Wer also keine aufgesetzte Rolle spielt, hat bei ihm „schlechte Karten“.

Welche Reaktionen sind in der Umwelt zu erwarten, wenn es jemand nicht gelingt, die Kulturmaske aufzusetzen oder wenn jemand mit einigen der auf der linken Seite der Tabelle auf den Seiten 154 ff. aufgeführten Verhaltensweisen provozieren will?

Es gibt drei Reaktionsweisen:

1) Menschen, die sich am unedlen oder stil- und niveaulosen Verhalten des anderen stabilisieren. Sie brauchen den Betreffenden, um die Bestätigung zu haben, wie gut, edel und niveauvoll sie selbst sind.

2) Menschen, die sich solch unedle Dinge nicht selbst zu sagen getrauen, sondern hierfür ein Sprachrohr brauchen. Auf diese Weise können sie sagen: „Der oder die hat das formuliert", sie hingegen stehen weiter sauber und integer da.

3) Menschen, die den Mut bewundern, wenn es einer wagt, zu dem Säugetier in sich selbst zu stehen oder Schattenanteile zuzugeben.

Fragen, die der Klient sich in diesem Zusammenhang stellen könnte:

1) Ist es mir möglich, meine eigene und die von den Mitmenschen aufgesetzte Fassade sowie die Wirklichkeit, die dahinter steht, zu erkennen?

2) Bei welcher Anlage bzw. auf welchem Lebensgebiet lasse ich das Säugetier in mir nicht zu?

3) Wo will ich das Säugetier bei anderen (z. B. bei meinem Kind oder bei meinem Partner) nicht wahrhaben oder versuche gar, es zu unterdrücken?

4) Bei welchem kosmischen Prinzip besteht bei mir eine Diskrepanz zwischen dem Bewussten und Unbewussten bzw. zwischen meinem Selbstbild und der Wirklichkeit?

5) Sehe ich bei anderen Menschen (z. B. bei meinem Partner) eine Diskrepanz zwischen ihrem Selbstbild und dem, was sie tatsächlich zu leben imstande sind?

6) Welche Krankheit (in der Vergangenheit oder in der Gegenwart) ist auf eine tabuisierte oder unterdrückte Lebensenergie bzw. auf einen Konflikt zwischen dem Kulturmenschen und dem Säugetier in mir zurückzuführen?

7) Ist es mir möglich, meine Schattenanteile zu erkennen und sie zu integrieren?

8) Auf welchem Lebensgebiet bzw. mit welcher Anlage oder Fähigkeit möchte ich gerne mein Licht leuchten lassen, wage es aber nicht?

9) Wenn ich ganz ehrlich zu mir bin: Mit welchen Personen stehe ich ständig in Rivalität?

10) Auf welchen Lebensgebieten ist es dringend notwendig, Informationen einzuholen, um alte Vorurteile bzw. falsche Glaubenshaltungen ablegen zu können?

11) Ist es mir möglich, meine Lebensqualität gravierend zu verbessern, indem ich das Säugetier in mir zulasse und meine Schattenanteile mehr integriere? Wie würde mein neues Leben dann aussehen?

BAUSTEIN 7

FÜR DEN SKORPION GIBT ES NUR ZWEI ARTEN VON MEINUNGEN – SEINE UND FALSCHE

Man bestreite keines Menschen Meinung, sondern bedenke, dass wenn man alle Absurditäten, die er glaubt, ihm ausreden wollte, man Methusalems Alter erreichen könnte, ohne damit fertig zu werden. Aller noch so wohlgemeinter korrektioneller Bemerkungen sollte man im Gespräche sich enthalten. Denn die Leute zu kränken ist leicht, sie zu bessern schwer, wenn nicht unmöglich. Wer die Welt ernstlich und in den wichtigen Dingen zu belehren sucht, der kann von Glück sagen, wenn er mit heiler Haut davonkommt.
(Arthur Schopenhauer)

Baustein 7:

Die Befreiung von bewussten und unbewussten Glaubenshaltungen

Bevor wir in das weite Gebiet der „Beliefs" einsteigen, gilt es zunächst zu unterscheiden zwischen bewussten und unbewussten Glaubenshaltungen. In der Psycho- und Esoterikszene redet man seit Jahrzehnten davon, dass man das anzieht, was man denkt, und dass man aus diesem Grunde positiv denken soll, dass man sich vorstellen soll, was man haben will – finanziellen Reichtum, beruflichen Erfolg, glückliche Partnerschaft oder robuste Gesundheit – und die Vorstellung wird Wirklichkeit werden. Die Anhänger dieser Lehre erkennen jedoch häufig zu wenig, dass das Unbewusste sich durch solche Suggestionsformeln nicht beeinflussen lässt. Es ist nicht möglich, vom Bewussten aus das Unbewusste dazu zu bewegen, so etwas anzuziehen bzw. in der eigenen Welt manifest werden zu lassen

– vor allen Dingen auch nicht, weil man die notwendigen Anlagen und Fähigkeiten nicht ausbildet, die z. B. zu finanziellem Reichtum oder zu einer glücklichen Partnerschaft führen würden. Ferner können diese Vorstellungs-, Wunsch- oder Zielbilder nicht Wirklichkeit werden, weil das Unbewusste entsprechend seiner Prägung in der Kindheit die Ereignisse anzieht und diese Prägung wiederum aus vielen (übernommenen) Glaubenshaltungen besteht, die familien- , milieu-, kultur- und zeitepochenspezifisch sind, und die – solange man sie sich nicht bewusst gemacht hat – im Unbewussten verankert sind. Es sind also nicht die bewussten Glaubenshaltungen, die das Schicksal machen, sondern die **unbewussten**.

Das bedeutet also, dass der Grundgedanke, Glaubenshaltungen würden die Anziehung und das Schicksal bestimmen, zwar richtig ist, aber man darf dabei nicht unbewusste Glaubenshaltungen mit bewussten Vorstellungs-, Wunsch- oder Zielbildern verwechseln.

Insofern ist also auch z. B. die weitverbreitete These falsch: „Wenn du Angst hast, ziehst du das an, wovor du Angst hast." Man kann im Bewussten noch so viel Angst vor Einbrechern oder vor Krebs haben und zieht deshalb solche Ereignisse trotzdem **nicht** an. Doch bei einem anderen, der glaubt, angstfrei zu sein, wird eingebrochen oder wird ein Krebsleiden festgestellt.

Man erliegt also einer Täuschung, wenn man glaubt, das Unbewusste überlisten zu können. Wer bewusst scheinbar keine Angst hat, hat meist nur erfolgreich seine Ängste ins Unbewusste verdrängt und wird dann nach dem Gesetz der Wiederkehr des Verdrängten auf pervertierte Weise mit ihnen konfrontiert.

Dann gilt es noch, das Über-Ich und zwangsneurotische Tendenzen zu beachten:

Kann der Mensch nicht handeln, um seine Bedürfnisse und Triebe zu befriedigen, weil sich ein zu strenges Über-Ich dagegenstellt, kommt es zu Ersatzhandlungen, z. B. zu Zählzwang, Ordnungszwang oder Sauberkeitszwängen. Mit diesen magisch anmutenden Zwangshandlungen sollen jene Ängste und Bedrohungen abgewehrt werden, die aus all den verdrängten Impulsen entstanden sind. Auch das weitverbreitete „toi, toi, toi" soll Misserfolg und Unglück abwenden. Dabei ist interessant, dass man das Wort dreimal rufen muss, sonst ist der Ausruf nicht gültig.

Handelt der Betreffende und übertritt das innere Verbot, muss er mit einer Bestrafung rechnen, aufgrund der Selbstbestrafungstendenz des Unbewussten: Wenn er sich am Arbeitsplatz mal ausruhen und entspannen möchte, kommt der Chef herein oder das Telefon läutet. Magisch zieht er solche Situationen an, weil er ein Schuldgefühl bei Wohlleben und Entspannung empfindet, das nur durch eine „Strafe" ausgeglichen werden kann.

Genauso verhält es sich bei den Botschaften, die die Eltern übermittelt haben: „Geh nie mit nassen Haaren nach draußen, sonst erkältest du dich", „Du darfst niemals auf Kernobst etwas trinken, sonst bekommst du furchtbare Magenschmerzen" oder „Trinkst du unterm Essen rein, schaut der Tod zum Fenster rein". Oder, wenn man aus Angst vor Krankheiten eigene Vorstellungen und Maßstäbe entwickelt, wie etwa „Ich darf nach 19 Uhr nichts mehr essen, weil die Nahrung dann unverdaulich ist", „Ich muss vor Mitternacht ins Bett gehen, weil ich sonst die ganze Nacht nicht schlafen kann" oder „Ich brauche unbedingt 8 Stunden Schlaf, bei weniger bin ich den ganzen Tag schwach und abgeschlagen".

Solche Botschaften der Eltern und solche eigenen Glaubenshaltungen haben magischen Charakter. Auch wenn man bewusst

weiß, wie unsinnig so manche Glaubenshaltung ist, wird dennoch jeder Übertritt mit einer Strafe, einer Krankheit, einem Unfall oder mit einem anderen Schicksalsschlag geahndet.
Manche Menschen haben so viele Programme oder Glaubenshaltungen, die sie einzuhalten haben, dass sie nicht mehr richtig leben: Die Abwehrrituale, die eigentlich vor Krankheit und Leid schützen sollen, machen den Mammutanteil ihres Lebens aus.
Zusammenfassend lässt sich sagen: *Die Magie setzt sich aus übernommenen oder selbst entwickelten Glaubenshaltungen (= magische Formeln) und aus der durch das Über-Ich verursachten Selbstbestrafung zusammen.* Man hat dann das Gefühl, als ob irgendwie ein Hexer oder eine Hexe im Spiel wäre. Diese Magie ist aber – wie wir gesehen haben – leicht erklärbar.
In Wirklichkeit geht es darum, das strenge Über-Ich zu entschärfen und zu mehr Toleranz zu bewegen sowie im Windschatten davon die eigenen und übernommenen Glaubenshaltungen zu verändern. Wenn es hier nicht zu einer Umprogrammierung kommt, bleibt dem Betreffenden nichts anderes übrig, als genau nach seinen alten Maßstäben und Programmen zu handeln – so unsinnig sie auch sein mögen. Nur so kann er gesund bleiben. Allerdings besteht bei vielen Menschen die Gefahr, dass der eigene Maßstab oder das eigene Programm durch die Mitmenschen durchbrochen wird, etwa wenn man aufgrund von Gruppendruck (d. h. um nicht als Außenseiter zu gelten) dann doch zu Silvester um 24 Uhr die Gulaschsuppe isst (obwohl man doch ab 19 Uhr nichts mehr essen darf!).

Gehen wir noch einen Schritt weiter:

Bei fast jedem herrscht eine große Abwehr, seine Defizite selbst auszugleichen.

Lieber kämpft man ein Leben lang für seine persönlichen Vorstellungsbilder (= Ausgleichsbilder) oder übernimmt vorgefertigte kollektive Ausgleichsbilder und kämpft z. B. für den Kommunismus (= Ausgleichsbild für Defizite an wirtschaftlichen Fähigkeiten und Defizite an unternehmerischen Fähigkeiten) oder für die Verbreitung einer asketischen, sexualfeindlichen Sekte (= Ausgleich für Defizit an Genussfähigkeit und Defizit an erotischen und sexuellen Fähigkeiten).

Die Betreffenden glauben, sich für eine gute Sache einzusetzen, sind sich jedoch nicht darüber im Klaren, dass ihre Vorstellungen oder Ideologien nur Abwehrhaltungen sind, die dazu dienen, die eigenen Defizite nicht ins Bewusstsein treten zu lassen, sodass man nicht die Notwendigkeit erkennt, sie aufzufüllen.

Es wäre viel einfacher, ein Defizit im eigenen Persönlichkeitssystem auszugleichen als für eine Fiktion sein ganzes Leben zu opfern (denn das Defizit bleibt nicht nur bestehen, sondern wird dabei sogar noch verstärkt).

Diese einfache Tatsache, **dass jeder Mangel, jede Schwäche, jedes Defizit ein bestimmtes Vorstellungsbild erzeugt,** wird an allen Ecken und Enden ignoriert, weil dadurch ganze Weltbilder ins Wanken geraten würden.

Wie schon kurz angerissen kann man auch in der Esoterik- und Psychoszene in diese Falle geraten. Wie schlecht muss man sich fühlen, um (im Gegenpol) fanatischer Anhänger des positiven Denkens zu werden? Oder man glaubt, wenn man Wünsche an den Kosmos sendet, würden diese von dort erfüllt werden.

In Wirklichkeit sendet man in den Äther nur immer wieder aufs Neue seine eigenen den Wünschen zugrunde liegenden Defizite und Unfähigkeiten. Was soll da zurückkommen?

Im Grunde genommen ist es sonnenklar: Man hätte die schöne Partnerbeziehung, die Liebe des Partners, das Traumhaus oder den Reichtum, wenn man die entsprechenden Fähigkeiten ausgebildet hätte, daher bräuchte man sich das alles nicht zu wünschen.

Der eigene Mangel erzeugt das Bild der Fülle (♃), die eigene Hemmung das Bild des Ideals (♄), die eigene Schwäche das Bild des Traumes (♆) …

Nun gilt es aber, zwischen minuspoligen und pluspoligen Bildern zu unterscheiden.

Ein *minuspoliges Bild* ist ein Bild, mit dem man sich *mit einer Anlage in der Hemmung* befindet. Z. B. durch Glaubenshaltungen wie: „Heutzutage kann es sich kein Normalsterblicher mehr leisten, ein Haus zu bauen", „Bei dieser starken Konkurrenz kann man sich nicht mehr selbstständig machen" oder „Wenn man mal über 60 Jahre alt ist, kann man sich nichts mehr merken" oder durch negative Glaubenshaltungen die eigene Person betreffend: „Ich bin dumm, unwichtig, ungebildet, unerwünscht, ausgestoßen, habe keine besonderen Talente, bin ein Pechvogel …"

Ein *pluspoliges Bild* hingegen ist ein Bild, mit dem man sich mit einer *Anlage in der Kompensation* befindet. Hierbei besteht die Tendenz, sich ein irreales Selbstbild aufzubauen. Während ein reales positives Selbstbild auf wirklichen Stärken und auf dem Vertrauen in die eigenen Entwicklungsmöglichkeiten basiert, besteht ein *irreales positives Selbstbild primär aus einem künstlichen Überbau*, der die eigenen Unfähigkeiten und Schwächen zudecken soll. **Man spielt nur die Rolle des Fähigen, ohne aber wirklich fähig zu sein.** Man hält sich für intelligent, gefühlvoll, selbstständig, differenziert, stil- und niveauvoll, für gebildet, erfolgreich, integer und korrekt und spielt diese Rollen vor sich selbst und vor den Mitmenschen.

Die Frage ist also: *Ziehe ich Schicksal, also Menschen und Ereignisse, im Minuspol bzw. in der Hemmung an oder im Pluspol, also in der Kompensation?*

Zum besseren Verständnis der Übersicht auf Seite 178 hier eine kurze Darstellung der Bipolarität der Gefühle und welches reale Gefühl jeweils Ausgangspunkt und zugleich Entwicklungsziel des Wechselspiels zwischen Minus- und Pluspol ist:

Die Bipolarität der Gefühle

Haus-Prinzip	Minuspolige Gefühle	Pluspolige Gefühle	Reale Gefühle
♂ ♈ **Haus-1-Prinzip**	Gefühl von Ärger	Aggression, übersteigertes Ego-Gefühl	Gefühl von Kraft und Vitalität; Gefühl, energetisch aufgeladen zu sein
♀ ♉ **Haus-2-Prinzip**	Minderwertigkeitsgefühl, Gefühl von Neid	Prestige-Gefühl; Status-Gefühl; Gefühl, etabliert zu sein	Gefühl, wertvoll zu sein
☿ ♊ **Haus-3-Prinzip**	Gefühl der Beengung; Gefühl, nicht intelligent genug zu sein	Gefühl, sich besser als andere ausdrücken zu können; Gefühl, intelligenter als andere zu sein	Gefühl, intelligent zu sein; Gefühl, einen freien Aktionsradius zu haben
☽ ♋ **Haus-4-Prinzip**	depressive Gefühle; Gefühl der Ungeborgenheit	Gefühl der Geborgenheit in der Kollektivneurose	Identitätsgefühl
☉ ♌ **Haus-5-Prinzip**	innerer Hass; Gefühl, emotional blockiert zu sein	Gefühl von Stolz; sich großartig fühlen; Gefühl der Großzügigkeit	Gefühl, selbstbewusst und selbstsicher zu sein
☿ ♍ **Haus-6-Prinzip**	Gefühl der Abhängigkeit; Gefühl, körperlich oder seelisch verschmutzt zu sein	Gefühl, angepasst zu sein; Gefühl, moralisch sauber zu sein	Gefühl, materiell, körperlich und seelisch sauber zu sein
♀ ♎ **Haus-7-Prinzip**	Gefühl, zu wenig attraktiv und liebenswert zu sein; Ekelgefühle; Gefühl der Disharmonie und des Ungleichgewichts; Gefühl, der Mode und dem Ideal von Stil und Niveau nicht entsprechen zu können.	Gefühl, schöner und geschmackvoller als andere zu sein; Gefühl, mehr Stil und Niveau als andere zu haben; (kompensatorisches) Gefühl von Harmonie und Glück	Gefühl für Harmonie und Gleichgewicht; Gefühl von Schönheit und Ästhetik; Gefühl für den eigenen Stil

Haus-Prinzip	Minuspolige Gefühle	Pluspolige Gefühle	Reale Gefühle
♇ ♏ Haus-8-Prinzip	Gefühl der Ohnmacht; Gefühl, unter Druck zu stehen	Machtgefühl; Gefühl der Dominanz	Gefühl, sich seiner selbst mächtig zu sein, Macht über sich selbst zu haben
♃ ♐ Haus-9-Prinzip	Gefühl der Sinnlosigkeit; Gefühl, nicht gebildet zu sein; Gefühl, nicht edel genug zu sein; Gefühl der Intoleranz	Gefühl, den Sinn gefunden zu haben und ihn anderen vermitteln zu müssen; Gefühl, (konventionell) gebildet zu sein; Gefühl, edel und tolerant zu sein	Gefühl, einen Sinn zu haben; Gefühl, i. S. des Lebens gebildet zu sein
♄ ♑ Haus-10-Prinzip	Schuldgefühl; Gefühl der Rechtlosigkeit; Schamgefühl	(neurotisches) Gefühl, im Recht zu sein; Gefühl, dem jeweiligen Ideal entsprechen zu können; neurotisches Verantwortungsgefühl (= Verantwortung i. S. von Moral und Konvention oder in Form von Überverantwortung)	Reales Rechtsgefühl; reales Verantwortungsgefühl
♅ ♒ Haus-11-Prinzip	Gefühl der Unfreiheit; Gefühl von Nervosität; Aufregung und Unruhe; Spannungsgefühl	Überlegenheitsgefühl; Gefühl, außergewöhnlich zu sein, Gefühl, im Trend zu sein	Gefühl, frei und unabhängig zu sein; Gefühl der Freundschaft
♆ ♓ Haus-12-Prinzip	Angstgefühle; Unsicherheitsgefühle; Zurücksetzungsgefühle; Gefühl der Schwäche; Gefühl der Hilflosigkeit	Gefühle der Illusion und des Scheins	Gefühl von Hoffnung, Zuversicht und Vertrauen; Gefühl, Alternativen zu haben

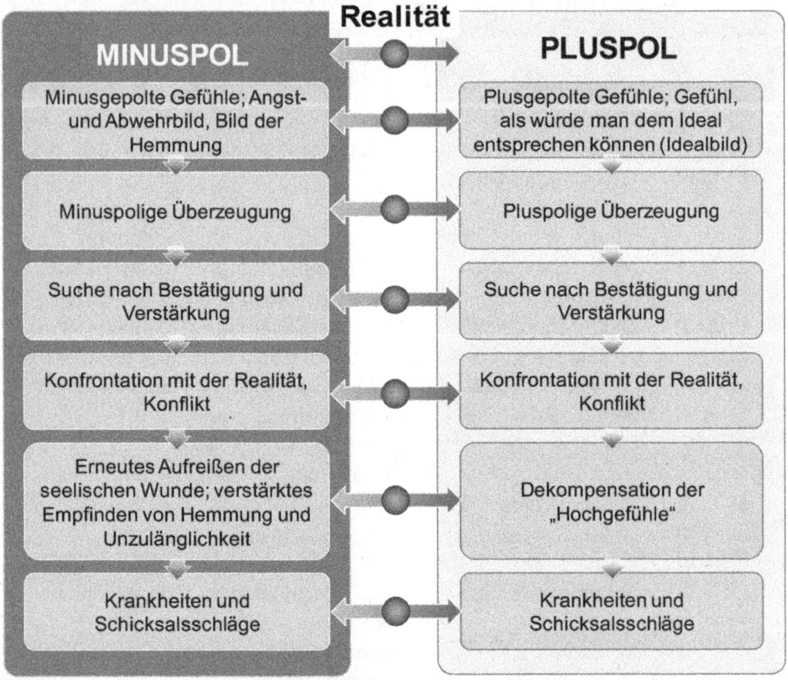

Entweder man findet selbst die Mitte bzw. die Realität oder man wird via Schicksal mit der Realität konfrontiert. Entweder man schafft selbst das Gleichgewicht auf dem betreffenden Gebiet oder das Schicksal gleicht einen aus.

Zwei Beispiele für den Minuspol und den Pluspol:

Minuspol

Wer sich z. B. von dem vorherrschenden Bildungsideal hemmen lässt, hat das Gefühl und die Überzeugung, ungebildet zu sein. Aufgrund dieser Überzeugung sucht er unbewusst nach Bestätigung und Verstärkung dieses Gefühls bzw. dieser Überzeugung. Tatsächlich liefert ihm dann das Schicksal die entsprechende Situation, in der ein anderer, der gebildeter ist als er, ihm vorgezogen wird. Dies bedeutet für den Betreffenden einen schweren Schicksalsschlag, der wieder die alten Gefühle auslöst. Diese Gefühle wiederum haben dann die Tendenz, somatisiert zu werden.

Pluspol

Hierzu ein Beispiel: Jemand findet sich ganz toll und begehrenswert. Daraus folgt das Gefühl des Stolzes (plusgepoltes Gefühl). Dieses Gefühl sucht er in der Welt zu bestätigen und zu verstärken.

Die Wirklichkeit holt ihn jedoch von seinem Podest. Die Frau, die er sich als Partnerin gewünscht hat, gibt ihm einen Korb und entscheidet sich für einen anderen Mann. Diese Niederlage macht ihm schwer zu schaffen. Er fällt von der plusgepolten Gefühlslage in die minusgepolte, was häufig mit den entsprechenden körperlichen Symptomen verbunden ist.

Halten wir also fest:

Ein minuspoliges Gefühl ist eine verfestigte Überzeugung, ein Defizitbild.

Ein pluspoliges Gefühl ist ein Ausgleichsbild zu einem Defizit.

Diese Bilder haben die Unart, dass sie bei den meisten Menschen fast alle Energien rauben, fast alle Lebenszeit in Anspruch nehmen und letztendlich für fast jedes negative Schicksal verantwortlich sind.

Die Bilder in uns:

- Man **kämpft** für das Bild.
- Man **schützt** das Bild.
- Man **missioniert** mit dem Bild.
- Man **wehrt** mit dem Bild Informationen, Erfahrungen und Entwicklung **ab**.
- Man **fühlt sich** mit dem Bild **überlegen und gut**.
- Man hat mit dem Bild eine **selektive Wahrnehmung**.
- Man **sucht** mit dem Bild nach **Bestätigung**.
- Man stellt mit dem Bild **Vergleiche** an.
- Man **interpretiert** mit dem Bild das Geschehene.
- Man **sucht** mit dem Bild nach dem passenden **Partner**.
- Man **sucht** mit dem Bild seine **Freunde** aus.
- Das Bild ist **mit** entsprechenden **Gefühlen gekoppelt**.
- Das Bild **erwirkt** spezifische **Schicksalsereignisse**.

Der Geist eines Menschen setzt sich aus vielen verschiedenen Bildern zusammen, die sein Selbstbild und schließlich auch sein Schicksal ausmachen.
Sind diese Bilder irreal, erzeugen sie Krankheitsbilder.
Beim Astrocoaching, das ein besseres Schicksal für den Klienten anvisiert, ist es daher besonders wichtig, sich mit diesen Glaubenshaltungen und Bildern auseinanderzusetzen.
Der Astrocoach achtet im Gespräch mit dem Klienten besonders auf solche Beliefs und ordnet diese den entsprechenden astrologischen Konstellationen zu. Z. B.: ♄ □ ♆ = Glaubenshaltung (in der Hemmung): „Heimlichkeiten sind böse." Oder: ☿ □ ♄ = Glaubenshaltung

(in der Hemmung): „Ich muss mich im Gespräch zurücknehmen und anderen den Vortritt lassen."

Vor allem gilt es, die **verborgenen** Glaubenssätze ans Licht zu bringen, z. B.: „Wenn ich Zeit für mich alleine beanspruche, signalisiere ich meinem Partner: „Ich liebe dich nicht mehr."

Damit verbunden sind dann die Glaubenshaltungen: „Wenn ich Zeit für mich alleine haben will, werde ich von meinem Partner nicht mehr geliebt bzw. verliere ich die Liebe meines Partners." Oder: „Wenn mein Partner Zeit für sich selbst in Anspruch nimmt, fühle ich mich nicht mehr geliebt."

Bei einer solchen Gelegenheit kann dann der Astrocoach gleich sämtliche Glaubenshaltungen des Klienten, die sich um das Thema Liebe ranken, zur Sprache bringen.

- Bedeutet Liebe wirklich, dass ich immer lieber mit meinem Partner zusammen sein will als mit mir selbst?
- Muss ich wirklich, wenn ich liebe, meine ganze Freizeit mit meinem Partner verbringen?

Wird ein solcher Begriff wie hier z. B. die Liebe aufgegriffen, ist es oft möglich, Dutzende von weiteren Glaubenshaltungen, die damit verbunden sind, zutage zu fördern.

Der Astrocoach kann gemeinsam mit dem Klienten sämtliche Beliefs, die in jenem teils bewusst und teils unbewusst vorhanden sind, systematisch durchgehen. Dabei spielen insbesondere eine Rolle:

- die Beliefs seiner Herkunftsfamilie
- die Beliefs der Schicht (des Milieus), in die er geboren wurde (Unterschicht, Mittelschicht, Oberschicht)
- die Beliefs der Zeitepoche, also Beliefs, die gerade en vogue sind

- die Beliefs der Region, in der er aufgewachsen ist oder in der er schon längere Zeit lebt (Glaubenshaltungen des jeweiligen Bundeslandes)
- die Beliefs der Nation (Glaubenshaltungen der jeweiligen Nationalität)
- die Beliefs der Kultur (Glaubenshaltungen der jeweiligen Kultur)

Nach einer solchen Bestandsaufnahme und Bewusstmachung ist der Klient gewöhnlich überrascht, wie wenig Glaubenshaltungen übrig bleiben, die wirklich seine ureigenen sind. Insofern hat er auch nicht ein ureigenes Schicksal, das bei **jedem** Menschen angenehm wäre, sondern eines, das sich aus verschiedenen meist falschen Fragmenten zusammensetzt. **Es ereilt ihn immer ein fremdes Schicksal, das eigentlich nicht wirklich etwas mit ihm zu tun hat.** Es entspricht zwar der Symbolik seines Horoskops, aber er befindet sich durch die übernommenen Glaubenshaltungen auf einer ungünstigen Frequenz der Symbolik in seiner Innen- und Außenwelt.

Wenn diese Erkenntnis da ist, ist der Klient eher bereit, seine alten, meist bisher unreflektiert übernommenen Glaubenssätze durch neue zu ersetzen. Es ist dabei aber enorm wichtig, nicht nur negative Beliefs gegen positive auszutauschen oder nur einfach bessere Versionen für die bisherigen zu finden, die neuen Glaubenshaltungen müssen vielmehr einer Realitätsprüfung standhalten, also wirklichkeitsadäquat sein.

Es handelt sich dabei dann eigentlich nicht mehr im wirklichen Sinne um Glaubenshaltungen, sondern um realitätsgerechte Einstellungen.

Die Astrologie ist, wenn es um die Befreiung von lebensfeindlichen oder selbstschädigenden Beliefs geht, für das Coaching eine große Hilfe:

- Der Coach sieht nicht nur isoliert die Glaubenshaltung, sondern kann über das Horoskop genau die Folgen, die Verkettungen und die Kettenreaktionen erkennen, die damit verbunden sind (über das Herrschersystem und über die Aspekte).

- Er kann über die Aspekte im Horoskop erkennen, welche Glaubenssätze sich gegenseitig widersprechen (Quadrate und Oppositionen) oder sich gegenseitig stabilisieren und stützen (Trigone und Sextile). Er kann die Vernetzung sichtbar und erfahrbar machen (siehe hierzu u. a. den Fall von Nicole – S. 375 ff.).

- Er kann aufgrund des symbolischen Wissens, das mit der Astrologie einhergeht, die Symbolik und die Symbolebenen erkennen, in der bzw. in denen sich der Klient aufhält.

- Er weiß aufgrund der verschiedenen Auslebensformen der Planeten – Hemmung, Kompensation und erwachsene Form – wie die erlöste Form aussehen würde. Damit hat er die Möglichkeit, den Klienten dabei zu unterstützen, zur Realität vorzustoßen.

Fragen, die man sich in Bezug auf Glaubenssätze stellen könnte

1. Woher kommt der Glaubenssatz?
2. Liegt dieser Glaubenssatz in meiner persönlichen Biografie begründet?
3. Ist es ein unreflektiert übernommener Glaubenssatz (z. B. von den Eltern)?
4. Ist es ein Glaubenssatz der Schicht, aus der ich stamme (z. B. Arbeiterschicht, Beamtenschicht, Akademikerschicht), der Region, der Nationalität, der Kultur oder der Zeitepoche?
5. Ist der Glaubenssatz auf ein Defizit im eigenen Persönlichkeitssystem zurückzuführen? War dieses Defizit schon bei meinen Eltern bzw. Vorfahren vorhanden?
6. Wovor will mich der Glaubenssatz schützen?
7. Welche seelische Wunde überpflastert der Glaubenssatz?
8. Welchen Sinn hat die mit dem Glaubenssatz verbundene Abwehrhaltung?
9. Welchen „Gewinn" erziele ich mit der Glaubenshaltung?
10. Wird durch den Glaubenssatz ein ganzes Lebensgebiet bzw. kosmisches Prinzip verdrängt oder ausgeklammert?
11. Welche Auswirkungen in meinem Umfeld und im Schicksal schlechthin hat der Glaubenssatz?
    Welche Konflikte werden durch ihn heraufbeschworen?
    Welche Gefühle sind mit dem Glaubenssatz verbunden?
12. Habe ich zwei oder drei Kernglaubenssätze, die ganze Bündel von Glaubenssätzen zur Folge haben?

13. Inwieweit werden durch den Glaubenssatz andere Lebensbereiche beeinflusst, verfälscht, auf eine ungünstige Frequenz gebracht oder zu einer Kompensationsleistung (bzw. zur Überdimensionierung) gezwungen?
14. Führen zwei oder mehrere existierende Glaubenssätze zu einem widersprüchlichen Verhalten? Mache ich das eine, so ist es falsch, mache ich das andere, so ist es auch falsch!
15. Ist es mir möglich, den alten Glaubenssatz durch eine realitätsgerechte Sichtweise zu ersetzen?

Beispiele für irreale Glaubenshaltungen

- Was Hänschen nicht lernt, lernt Hans nimmermehr.
- Ich darf zu Lebzeiten mein Vermögen nicht verbrauchen, weil ich meinen Kindern viel vererben will.
- Ich schenke nur etwas, was ich selbst gerne haben möchte.
- Wenn man bereits einen Menschen liebt, kann man keinen anderen mehr lieben.
- Mein Sparguthaben darf auf keinen Fall angegriffen werden, selbst wenn ich deshalb ein armseliges Leben führen müsste.
- Nur das ist real, was ich sehen und anfassen kann.
- Wenn ich immer brav und gehorsam bin, werde ich dafür im Jenseits belohnt.
- Nur wer viel arbeitet und schuftet, bringt es zu etwas.
- Reichtum verdirbt den Charakter.
- Ich muss meinen Kindern alle Widrigkeiten des Lebens ersparen.
- Ich muss noch Karma vom letzten Leben abtragen und darf mich deshalb nicht von meinem rabiaten Partner trennen.
- Trunksucht ist erblich.
- Ich kann vieles nicht verstehen, weil ich kein Abitur habe.
- Ich werde nur geliebt, wenn ich mich verleugne und die Rollenzuweisungen meines Partners erfülle.
- Wenn man erst einmal über 60 ist, dann rentiert es sich nicht mehr, Weiterbildungsveranstaltungen zu besuchen.
- Wenn das eigene Horoskop viele dissonante Aspekte aufweist, kann man kein gutes Karma haben.

Beim Lauf der Welt ist ehrlich
einer von zehntausend.
(Shakespeare: Hamlet)

Was sich hinter „Authentizität" verbirgt

(Outen oder nicht outen?)

Jeder beherbergt in seiner Psyche Hunderte Beliefs. Es wäre günstig, sich wenigstens die Glaubenshaltungen über so wichtige Lebensbereiche wie Gesundheit, Krankheit, Partnerschaft, Liebe, Kindererziehung, Ernährung etc. ins Bewusstsein zu hieven. Eine Glaubenshaltung ist aber besonders weit verbreitet. Es ist die Glaubenshaltung: „Ich muss immer und überall die Wahrheit sagen, ich muss unter allen Umständen authentisch sein!"
Im Folgenden wird aufgezeigt, wie diese Glaubenshaltung mit mehreren anderen Glaubenshaltungen, die meist nicht offen zum Ausdruck kommen, verflochten ist und wie sich solche Glaubenshaltungen gegenseitig stützen und verstärken.

Es ist sehr wichtig für ein gesundes Seelenleben, ein paar Menschen in seinem eigenen Umfeld zu haben, bei denen man die Maske fallen lassen und sich so geben kann, wie man wirklich ist. Auch in dem geschützten Rahmen eines Astrologieseminars oder einer psychologischen Fortbildung ist dies möglich. Ansonsten ist davon abzuraten, dem Ideal, immer authentisch zu sein, allzu genau entsprechen zu wollen.

Untersuchen wir zunächst die Diskrepanz zwischen der Glaubenshaltung, stets authentisch sein zu müssen, und der Wirklichkeit, dann die Fragen, was sich hinter der Forderung nach „Wahrhaftigkeit" verbirgt und mit welchen Konsequenzen zu rechnen ist, wenn man sich moralisch verpflichtet fühlt, diese Forderung zu erfüllen.
Ein Mensch, der immer, überall und zu jeder Zeit Authentizität an den Tag legt, gilt als aufrichtig, gut und mutig. Aber diese Authentizität wird gespeist von Glaubenssätzen und Ängsten, die alles andere als „erwachsen" sind und die vor allen Dingen nicht der Realität entsprechen.

Glaubenssatz: „Ich muss immer ehrlich sein!"

Die Mutter sagt zu dem kleinen Lukas: „Du darfst mit allen Kindern spielen, nur nicht mit Paulchen, denn der stammt von einer asozialen Familie ab. Wir wollen nicht, dass du mit dem Umgang hast!"
Am Abend fragt sie Lukas: „Mit wem hast du heute Nachmittag gespielt?" Lukas: „Ich war heute bei Robert, dem Sohn des Ministerialdirigenten." Mutter: „Brav, Lukas, mit dem kannst du immer zusammen sein. Hast du dich bei dieser Familie auch anständig benommen?" Lukas: „Klar, Mutti!"
Die Mutter ist ganz angetan, ruft freudig bei der Ehefrau des Ministerialdirigenten an und fragt, wie sich ihr Sohn verhalten hat und ob alles in Ordnung ist. Dabei erfährt sie, dass er dort gar nicht aufgetaucht ist.
Die Mutter ahnt Fürchterliches und knöpft sich Lukas vor. Nach mehrmaligem Leugnen gesteht Lukas schließlich, dass er mit Paulchen gespielt hat.
Die Mutter fällt aus allen Wolken und schreit ihn an: „Das hätte ich nicht von dir gedacht! Du bist ein gemeiner Lügner! Du tust immer

so, als ob du kein Wässerchen trüben könntest und in Wirklichkeit hintergehst du deine Mutter, belügst sie und betrügst sie!"

An diesem Fall wird deutlich, wie die Mutter unbewusst die Lüge ihres Sohnes provoziert hat. Nicht nur, dass sie durch ihre Anordnung „Du darfst mit allen Kindern spielen, nur nicht mit Paulchen!" eben diesen erst interessant gemacht hat, sondern auch durch ihre unterschwellige Erwartungshaltung, dass er „in besseren Kreisen" verkehren sollte.

Lukas belog seine Mutter, um ihre Erwartungshaltung zu umgehen. Diese ging seiner Lüge voraus, seine Lüge war nur eine Reaktion darauf.

Der obige Fall ist prototypisch für die komplementäre Verflochtenheit im Unbewussten zwischen dem Lügner und dem Belogenen.

Indem der Elternrollenspieler dem anderen das Selbstbestimmungsrecht nimmt und schließlich daraufhin belogen wird, wechselt er im Unbewussten zum Täter und im Bewussten zum Opfer. Der Lügner wird im Unbewussten zum Opfer und im Bewussten zum Täter.

Wir sehen also: Im Unbewussten sieht es anders aus, da ist der Belogene der Täter und der Lügner das Opfer – in der Außenwelt wird dies jedoch spiegelbildlich dargestellt.

Die komplementäre Verflochtenheit im Unbewussten zwischen dem Lügner und dem Belogenen:

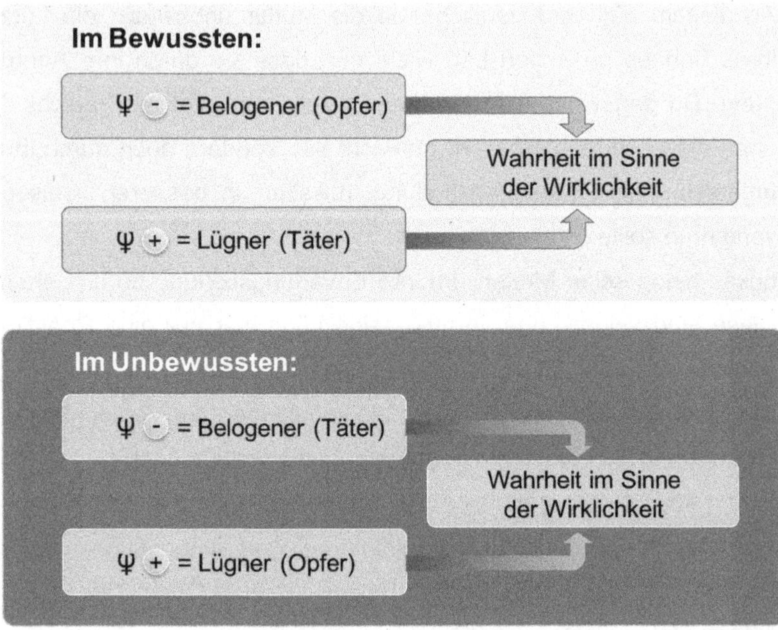

So kommt es, dass derjenige, der die Wahrheit im Sinne der herkömmlichen Moral und Konvention lebt, dies zwar offen tun kann, damit aber gleichzeitig – ohne es auch nur zu ahnen – seine wahre Natur belügt, während derjenige, der die Wahrheit im Sinne seiner wirklichen Natur zu leben versucht, dies aufgrund der Vorherrschaft der ubiquitären zweiten Natur oft nur unter großen Anfeindungen oder nur heimlich tun kann.

Es gibt zwei Arten von Wahrheit: Die eine Wahrheit ist im Sinne der Kultur, der Zeitepoche und der politischen Richtung, im Sinne von individuellen und kollektiven Vorstellungsmustern, also gemäß der jeweiligen individuellen und kollektiven Neurose, entsprechend der zweiten Natur des Menschen. Im Gegensatz dazu steht die andere Wahrheit. Sie ist im Sinne der primären Natur des Menschen, im Sinne der Lebendigkeit seiner Anlagen, Fähigkeiten und Energien sowie der Wirklichkeit des Lebens.

Jeder erwachsene Mensch ist selbst verantwortlich für seinen Körper, für seine Seele und für seinen Geist, muss also nicht anderen gegenüber verantworten, wie er seine wesentlichen Bedürfnisse stillt (sofern nicht andere dabei in Mitleidenschaft gezogen werden) oder welche Gefühle und Gedanken er entwickelt.
Dieser Selbstverantwortung ist bereits immanent, dass man als erwachsener Mensch gegenüber seinem Partner, seinen Mitmenschen oder gegenüber seinen Eltern eigentlich gar keine Heimlichkeiten zu haben braucht, denn es geht um einen selbst und dabei haben an-

dere nichts zu erwarten und zu bestimmen. Jeder Mensch ist frei und darf selbst entscheiden.

Nur aus der Sicht derjenigen – darüber muss man sich mal im Klaren sein –, die bestimmte Erwartungshaltungen auf einen projizieren, die einen **fremdbestimmen** wollen, erscheinen einige der eigenen Aktivitäten als heimlich vollzogen. Da der in seinen Lebensrechten verunsicherte Mensch meist an den Mythos glaubt, dass Heimlichkeiten schlecht oder böse seien, anstatt sich im Recht zu fühlen und überzeugt zu sein, so leben zu dürfen, wie er es sich vorstellt, hat er oft auch Schuldgefühle, wenn er Geheimnisse und Heimlichkeiten hat.

Die Angst, die Heimlichkeit könnte auffliegen, sowie die Schuldgefühle gegenüber dem Partner oder gegenüber den Eltern treiben dabei viele Menschen in die Krankheit, weil Gefühle der Angst, der Verunsicherung, des Ausgestoßenseins, der Isolation, der Spannung, des Stresses und der Schuld das Immunsystem schwächen.

Die Krankheit wiederum scheint dem an einem Defizit an Recht Leidenden zu signalisieren, er wäre wirklich vom rechten Weg abgekommen, sodass die Krankheit noch als **negativer Verstärker** fungiert.

Das Statement des Belogenen hierzu: „Lügen haben kurze Beine." Um es noch deutlicher zu sagen: Wer Heimlichkeiten hat und lügt, hat Schuldgefühle, weil er sich tragischerweise bewusst und unbewusst mit dem scheinbar objektiven Recht identifiziert, wonach mangelnde Offenheit und mangelnde Ehrlichkeit als frevelhaft erscheinen. Tragischerweise deshalb, weil man dabei in eine Falle gerät, denn bei diesem Recht handelt es sich um das Recht im Sinne der Elternrollenspieler und der Autoritäten, die bestimmen und vorgeben, was Recht und Wahrheit ist, und die Wert darauf legen, dass ihr Denken und Verhalten, das das Symptom „Lüge" beim anderen erzeugt hat, nicht infrage gestellt wird. Insofern bekämpft der Elternrollenspieler immer nur die Symptome bzw. Wirkungen auf sein eigenes Verhalten und kann sich dabei noch moralisch, anständig und gut fühlen.

Es ist irgendwie verrückt: Es entspricht diesem angeblichen Recht und der scheinbaren Moral, über Körper, Seele und Geist des anderen zu bestimmen, über seine Lebenszeit zu verfügen und über ihn richten zu dürfen, so als sei er ein **Leibeigener**. Der Übergriff wird zum objektiv geltenden Recht und das Sich-Wehren gegenüber diesem Übergriff gilt als Ausdruck des Unrechts, wird als verwerflich angesehen.

Sich mittels Lüge gegen diese seelische Vergewaltigung zu wehren, ist „böse", der vorher erfolgte Akt der seelischen Vergewaltigung wird als solcher gar nicht wahrgenommen.

Was müsste der Belogene und was der Lügner lernen?

Aus der komplementären Verflochtenheit und dem Wechselspiel zwischen dem Lügner und dem Belogenen ergeben sich folgende Lebensaufgaben:

Der Lügner lernt durch die Lüge:

1. zu sich zu stehen und sein Eigenleben gegen Fremdbestimmung und psychische Vergewaltigung zu schützen (Schutzfunktion der Lüge)
2. seine eigenen Bedürfnisse kennenzulernen (Bewusstmachungsfunktion der Lüge)
3. seine eigenen Lebensrechte wenigstens heimlich durchzusetzen (Durchsetzungsfunktion der Lüge)

4. seine Fantasie anzuregen und dadurch komplexer zu werden sowie seine Merkfähigkeit zu schulen (Entwicklungsfunktion der Lüge)
5. Moral und Konvention infrage zu stellen und schließlich aufzulösen (Auflösungsfunktion der Lüge).

Der Belogene lernt durch die Lüge:

1. eigene Projektionen zu erkennen und zurückzunehmen
2. Fixierungen loszulassen
3. seinen Maßstab von Moral und seine „Wahrheit“ zu überprüfen (unter anderem auch die doppelte Moral zu hinterfragen)
4. vom hohen Ross zu steigen, seine Toleranz zu erhöhen und Einfühlungsvermögen sowie Verständnis zu üben
5. sich des Gesetzes von actio et reactio bewusst zu werden
6. die Ursachen seiner Dominanz aufzuspüren (Angst?)
7. zu erkennen, dass man das Leben nicht in eine Vorstellung oder in eine Norm pressen kann
8. seinen eigenen Weg zu gehen, um so nicht mehr den Drang zu verspüren, die Wege der anderen fremd bestimmen zu wollen
9. zu überdenken, was wirklich der lebendigen Natur des Menschen entspricht
10. Hintergründe zu erfassen und so sein Bewusstsein zu erweitern

Entwicklungsziel dieses Wechselspiels zwischen dem Lügner und dem Belogenen ist es, dass die Wahrheit ans Licht kommt. Gemeint ist hier nicht eine Wahrheit im Sinne von herkömmlicher Moral und Konvention oder die subjektive Wahrheit des Elternrollenspielers bzw. des Belogenen, sondern die ganze Wahrheit im Sinne des Lebens und der Wirklichkeit.

Die subjektive Wahrheit des Belogenen und die Lüge des Lügners sind nur die zwei Pole einer übergeordneten Wahrheit, nur die zwei Kehrseiten ein und derselben Medaille.
Bei dieser Wahrheit als Ganzheit ist die Wahrheit der bisherigen Bewusstseinshaltung nicht mehr gut und die Lüge nicht mehr böse. Insofern ist diese Wahrheit mit einer neuen Bewusstseinshaltung gekoppelt, in der die starren Rollen des „Wahrheitsverkörperers“ und des „Lügners“ transzendiert werden.
Da sich der Belogene seiner Selbst- oder Lebenslüge sowie deren Widerspiegelung in der Außenwelt nicht bewusst ist und ein rigides Abwehrsystem aufbaut, um eine Bewusstwerdung auf alle Fälle zu verhindern, vollzieht er leider in den seltensten Fällen Lernschritte in Richtung Wahrheit als Ganzheit.
Im Gegenteil: Jede Lüge des anderen verstärkt seine Position und sein Abwehrsystem, bestätigt ihn in seiner „Wahrheit“. Wenn er ein „weiches“ Herz hat, dann ist er vielleicht bereit, dem Lügner zu *verzeihen*, aber gegen die Aufdeckung seiner eigenen Ursachen, Schwächen, Mängel und Lebenslügen wird er vehement Widerstand leisten.
Aber auch der Lernprozess des Lügners ist nicht einfach zu bewältigen. Er müsste so weit kommen, dass er zu seiner Meinung und zu seinem Tun, also zu sich selbst, steht und aufgrund seiner daraus resultierenden Stärke nicht mehr zur Lüge greifen muss.
Doch dem stehen zwei große Schwierigkeiten entgegen: Die meisten Menschen können die „Wahrheit“ nicht ertragen, weil sie – wie oben ausführlich dargelegt – mit der bisherigen Bewusstseinshaltung nicht vereinbar ist. Es ist nicht immer ratsam, etwa den Eltern offen zu sagen, dass man keine Lust mehr hat, mit ihnen alle Feiertage des Jahres zu verbringen, oder dem Partner zu erzählen, dass man auf

einer Geschäftsreise Nächte voller Zärtlichkeit mit einer anderen Frau bzw. einem anderen Mann erlebt hat.
Auch hier sind das eigene Entscheidungen, die getroffen wurden und verantwortet werden müssen. Sie müssen den Mitmenschen nicht unbedingt berichtet werden. In solchen Fällen könnte die Wahrheit sogar als Waffe missbraucht werden, um einem anderen eins auszuwischen oder um unbewusst seinen Sadismus auszuspielen.
Würde man stets und überall die Wahrheit sagen, würde man nur Trauer, Streit und Zwietracht, Hass, Wut und Aggressionen ernten!
Wenn das eigene Umfeld nichts von dem Säugetier Mensch und der Existenz eines „Schattens" weiß, ist es kontraindiziert, authentisch zu sein. Wenn man sich so outet, kann es sein, dass man von den Eltern enterbt, vom Partner nicht mehr geliebt, dass man erpresst oder verlassen wird, dass der eigene Freundeskreis auseinanderbricht oder sich Freundschaften in Feindschaften verwandeln. Man stünde letztlich mittellos, einsam und verlassen am Wegesrand.
Dieser Preis ist zu hoch für ein Leben ohne Lüge! Und es zeugt außerdem noch von falschem Ehrgeiz, unbedingt die Abwehrmechanismen des anderen sprengen zu wollen. Ja, auch dies ist ein Übergriff! Der andere hat ein Recht auf seine Neurose und auf seine Bewusstseinshaltung, und sei sie noch so rückständig. Niemand hat das Recht, sich zum Psychotherapeuten des anderen aufzuschwingen.
Als oberstes Gebot hierbei gilt, zuerst einmal bei sich selbst anzufangen und selbst authentischer zu werden, also alles zu versuchen, um im eigenen Leben Inhalt und Form in Einklang zu bringen, etwa den Beruf zu ergreifen, der den wirklichen Talenten, also der wahren

Natur entspricht, oder, statt sich anzupassen, die Freizeit so zu gestalten, dass man daraus Lebensfreude und Glück beziehen kann.
Indem man so mehr Kraft, Zuversicht und Selbstvertrauen gewonnen sowie seine Selbstverantwortung erkannt hat, kann man immer besser ermessen, ob und wann man etwas sagen soll, wann die Wahrheit angebracht ist und wie man sie gegebenenfalls zum Ausdruck bringt.
Die zweite Schwierigkeit besteht darin, dass das, was von der Lüge geschützt werden soll, nicht immer das reale Ausleben der eigenen lebendigen Natur ist, sondern oft tatsächlich auch Reaktionen dieser Natur sind, die nicht als „gesund" und „erwachsen" oder als aktive Problemlösung angesehen werden können.
Es sind krankhafte Reaktionen dieser Natur auf eine krankhafte Moral, auf krankhafte Maßstäbe und Normen oder auf mangelnde Bedürfnisbefriedigung. So kann z. B. ein Mangel an Anerkennung zu Hochstapelei führen.

Wenn die Lüge nicht die erste Natur, sondern die eigene Neurose schützen soll, etwa in Form von Machtgelüsten, destruktiven Impulsen oder gar kriminellen Akten, kann sie selbstverständlich nicht mehr gerechtfertigt werden. Dann verstößt sie gegen die Fairness oder stellt gar einen Affront gegen die Lebensrechte anderer dar.

Außerdem sind manche Lügen völlig unnötig. Sie werden manchmal nur deshalb erzählt, weil man eigene Maßstäbe auf einen anderen projiziert und irrtümlicherweise glaubt, dieser würde einen ebenso danach bewerten.
Fazit: Beide, sowohl der Lügner als auch der Belogene, sind Opfer eines fremden Programms, das in ihrer Seele installiert wurde, eines

Programms von lebensfeindlicher Moral und Konvention, von ungünstigen Denkhaltungen und Maßstäben, das die Wirklichkeit des Lebens in Wahrheit (gut) und Lüge (böse) aufspaltet.
Solange dieses Programm nicht hinterfragt wird und stattdessen die Gesetze des Lebens und der Natur als Richtschnur genommen werden, werden sich Lügner und Belogener in die ewig gleichen Spiele verstricken. Erst wenn das Lebendige auch im Gewissen der Menschen Vorrang gegenüber anachronistischen Wertmaßstäben hat, wird es möglich, mit seinem Partner oder seinen Mitmenschen wirklich offen zu kommunizieren, weil man darauf vertrauen kann, auf echtes Verständnis und gewachsene Toleranz zu stoßen.

Glaubenssatz: „Das Schicksal belohnt die Ehrlichen und bestraft die Lügner."

Dies wäre nur in einer Welt der wahren Natur der Menschen der Fall. Im Kontext der Kollektivneurose ist es in vielen Fällen umgekehrt: Man wird für die Lüge belohnt und für die Ehrlichkeit bestraft.

Besonders ungünstig ist es, etwas von sich selbst preiszugeben, wenn der andere (Partner, Vater, Mutter etc.) davon **betroffen** ist oder glaubt, davon betroffen zu sein. Ist man für andere Menschen ein Projektionsobjekt, macht es ihnen zu schaffen, wenn man ihren Projektionen nicht mehr entspricht.
Dies ist leicht nachzuvollziehen, wenn diese Menschen dadurch Macht verlieren oder bestimmte Vorteile wegfallen. Erstaunlich ist jedoch, dass der projizierende Mensch auch dann seelische Schmerzen erleidet, wenn man nur irgendwo aus der Norm ausschert, z. B. nicht mehr „normale" Hausmannskost zu sich nimmt, den erlernten Beruf aufgeben oder sich scheiden lassen will.

Die Angst vor eigener Verantwortung bzw. Projektion von Verantwortung auf andere

Die meisten Konflikte im zwischenmenschlichen Bereich entstehen dadurch, dass man dem Partner oder den Mitmenschen etwas sagt, was diese nichts angeht, nur weil man authentisch sein will.
Dabei wird aber nicht beachtet, dass man ein Recht auf Abgrenzung, auf ein eigenes Intimleben und auf Heimlichkeiten hat.
Man kann und muss vieles im Leben nur vor sich selbst verantworten. Wenn man dies nicht weiß, z. B. weil man noch in der Kindrolle verharrt und glaubt, das wäre böse oder schlecht, lotet man die Grenzen der eigenen Verantwortung zu wenig aus. Man öffnet sich dann den Mitmenschen (Elternübertragung), ohne die Grenzen des eigenen „Verantwortungslandes" erreicht zu haben.

Häufig geschieht dies, um sich zu ***entschulden***, obwohl man sich – real gesehen – keine Schuld aufgeladen hat oder aus einer Sklavenmentalität heraus, aufgrund derer man glaubt, seinem Herrn oder seiner Herrin über alles Rechenschaft geben zu müssen, weil der oder die sich diese als Eigentümer(in) des Körpers, der Seele und des Geistes des Sklaven aufgeschwungen hat.
Solange man niemandem schadet, ist es nur wichtig, seine Identität und sein Sosein vor sich selbst verantworten zu können.

Alles andere ist eine **Über**verantwortung, d. h., es geht in den Verantwortungsbereich des anderen, der für einen tabu sein muss, weil man sonst verhindern würde, dass der andere Verantwortung für sich selbst übernimmt.

Oder es liegt eine **Unter**verantwortung vor, bei der man aus der oben erwähnten Sklavenmentalität heraus glaubt, sich ständig anderen Menschen gegenüber rechtfertigen zu müssen.
Außer der **Über**- und **Unter**verantwortung gibt es jedoch auch eine **Mit**verantwortung. Z. B. ist man **mit**verantwortlich für das Gelingen oder Misslingen der Partnerbeziehung und auch dafür, wie gut oder schlecht es dem Partner geht.
Hingegen hat der Einzelne die **volle** Verantwortung für seine Kinder, solange diese ihre eigene Verantwortung noch nicht vollständig übernehmen können. Auch hat man im Berufsleben die volle Verantwortung für seinen Kompetenzbereich und im Zuge der Vernetzung allen Lebens auch in einem gewissen Maße darüber hinaus.

Kurzum: Man kann zu wenig oder zu viel an Über-Ich haben, beides zeitigt negative Folgen. Beim Über-Ich verhält es sich genauso wie bei allen anderen Persönlichkeitsanteilen und Energien. Nur die richtigen Inhalte und das richtige Maß bringen gutes Schicksal.

Glaubenssatz: „Ich muss mich für alles rechtfertigen."

Dahinter steht: Ich identifiziere mich mit antiquierten Normen, Maßstäben sowie Idealen und fühle mich daher **schuldig**, wenn ich etwas fühle, denke oder tue, was außerhalb der Normen und Ideale ist, kurzum, was **individuell** ist.

Als Folge davon möchte ich mich – ähnlich wie bei dem Glaubenssatz „Das Schicksal belohnt die Ehrlichen und bestraft die Lügner" - exkulpieren (***entschulden***) und verhalte mich deshalb authentisch.

Doch wenn der andere in der herkömmlichen Moral und Konvention verhaftet ist, wird eine Entschuldung ganz sicher misslingen.

Glaubenssatz: „Ich muss andere positiv beeinflussen."

Dahinter steht: Ich möchte andere dazu bringen, auch so zu fühlen, zu handeln und zu denken wie ich (als Elternrollenspieler).
Ich möchte in meinem Umfeld **wirken**. Ich bin also nur authentisch aufgrund meines Missionierungsdranges.

Der unbewusste Glaubenssatz: „Ich bin noch ein Kind."

Dahinter steht: Ich muss meinem Partner, den ich unbewusst als meinen Vater bzw. meine Mutter sehe, und anderen Autoritätspersonen gegenüber Rechenschaft abgeben, wo ich war, was und wie ich etwas getan habe.

Auch hier übernehme ich zu wenig Verantwortung für mich selbst und erwirke dadurch einen Verantwortungs**übergriff** oder gar eine **Bestrafung** von Personen, die in unbewusster Übertragung als Vater oder Mutter gesehen werden.

Auch kann es in solchen Fällen zu einer unbewussten **Selbstbestrafung** via Krankheit oder Unfall kommen.

Die bewusste oder unbewusste Glaubenshaltung: „Alle Menschen sind gleich."

Alle Menschen sind zwar gleich im Wert, d. h. gleichwertig, aber in jeder anderen Hinsicht oft sehr verschieden.

Es ist daher kontraindiziert, sich gegenüber einem anderen Menschen authentisch zu verhalten, wenn dieser sich z. B. auf einer anderen Bewusstseinsstufe befindet. (Man nimmt nicht wahr oder verdrängt, dass es unterschiedliche menschliche Bewusstseinsstufen gibt.)

Da Menschen Authentizität entsprechend ihrer Bewusstseinsstufe interpretieren und bewerten, also meist so, wie man es nicht erwartet, wird einem Ehrlichkeit oft nicht gelohnt.

Im Gegenteil: Man muss mit negativen Konsequenzen rechnen (ähnlich wie bei dem Glaubenssatz „Ich muss ehrlich sein") – mit Bestrafung, Verleumdung, Intrigen, Trennung, Entlassung, Distanzierung, oder Liebesverlust.

Fazit:

Wer meint, sich aufgrund von erlernten Maßstäben und Idealen überall und in jeder Situation authentisch verhalten zu müssen, weist eine Reihe von Mängeln auf – z. B. einen Mangel an eigener Verantwortung, einen Mangel an tiefenpsychologischem und soziologischem Wissen, einen Mangel an Unterscheidungsvermögen, einen Mangel an Realitätssinn oder einen Mangel an Kenntnissen über die Zusammenhänge des Systems der Kollektivneurose.

Aufgrund der Realität in der Kollektivneurose und der aufgezeigten Zusammenhänge werden leider die Werte „Ehrlichkeit", „Wahrheit", „Aufrichtigkeit", „Toleranz" und „Nächstenliebe" ad absurdum geführt. Im Kontext der Kollektivneurose wird man gewöhnlich nicht mehr geliebt, wenn man die übliche Moral und Konvention verlässt.
So wird z. B. die Nächstenliebe bereits auf eine harte Probe gestellt, wenn eine Frau drei Kinder geboren hat und jedes von einem anderen Mann stammt.

Aber: Gibt es nicht auch Menschen, die fast überall authentisch sein können?
Ja, die gibt es! Aber die Betreffenden können nur deshalb ehrlich und wahrhaftig sein, weil sie nichts anderes leben als die vorgeschriebene Norm.
Sie haben keine **individuellen** Gefühle, Gedanken, Anlagen oder Fähigkeiten entwickelt. Sie sind nur „individuell" innerhalb der Kollektivneurose.
Da sie als Fühlende und Denkende der Norm authentisch sein können, glauben sie, berechtigt zu sein, dies auch von ihren Mitmenschen zu fordern. Dabei wissen sie aber nicht, dass es auch ein Leben außerhalb der Norm gibt.

Die bisherigen Ausführungen machen klar, warum bei der Frage, welche Glaubenshaltung als Beispiel ausgewählt werden sollte, die Entscheidung auf die weitverbreitete Meinung, immer und überall authentisch sein zu müssen, fiel, denn beim Astrocoaching ist es enorm wichtig, dass der Klient unterscheiden lernt zwischen Lüge und Wahrheit und vor allem auch, dass ihm bewusst wird, was in seiner persönlichen Verantwortung liegt und dass Lügen und Heimlichkeiten in manchen Situationen nichts Schlechtes sind. Auch nach dem Kapitel „Diskrepanz zwischen Säugetier Mensch und Kulturmensch“ dürfte evident geworden sein, dass es den zu hundert Prozent wahrhaftigen Menschen gar nicht geben kann. Zu sehr ist jeder von seinem Unbewussten und seiner animalischen Natur her beeinflusst, als dass man einem solchen Anspruch gerecht werden könnte. Aufgrund des Wissens um das Säugetier Mensch und den „Schatten“ erübrigen sich viele Ängste und Schuldgefühle und man kann entspannter durchs Leben gehen. Es wird dem Ganzen etwas an Schwere genommen.

Beim Astrocoaching stellt sich hier die Frage:

> Welche Antworten des Schicksals werden aufgrund meines Fühlens, Denkens und Handelns erfolgen und muss ich verantworten?

Schicksal wird aufgrund dieser Gesetzmäßigkeiten vorhersagbar. Dadurch wird einem schlagartig bewusst: Was kann ich wie, wo und zu wem sagen? Und wann ist es besser, sich für „Small Talk“ zu entscheiden?

Mithilfe dieses Wissens ist es gar nicht mehr so schwierig, beruflich und als Mensch in einer bestimmten Gesellschaft und in einer bestimmten Zeitepoche erfolgreich zu sein.

Es lebt sich leichter, wenn man die Kunst beherrscht, Wanderer zwischen zwei Welten zu sein.

Man muss denken wie die wenigsten und reden wie die meisten.
(Arthur Schopenhauer)

Die „Wanderer-zwischen-zwei-Welten-Methode“

Viele Menschen fragen immer wieder: „Wie soll man die eigene Identität verwirklichen können, wenn im eigenen Umfeld fast überall die Kollektivneurose vorherrscht?“

Hier hat sich die „Wanderer-zwischen-zwei-Welten-Methode“ bewährt. Dass die Umwelt primär neurotisch ist, ist Fakt. Daran kann man als Einzelwesen wenig ändern. Doch es besteht ein großer Unterschied, ob man als Schauspieler auf der riesigen Theaterbühne der Kollektivneurose die einem zugewiesenen Rollen unbewusst und wie im Delirium erfüllen muss oder ob man die Mechanismen und Gesetze der Kollektivneurose erkannt hat und sie für sich selbst, aber auch für die Belange einer Gruppe zu nutzen weiß. Im letzteren Fall ist man imstande, als Schauspieler *bewusst* seine Rolle zu spielen. Und die Betonung liegt auf den Wörtern *bewusst* und *spielen*! Wenn man weiß, wie die Kollektivneurose funktioniert, wenn man deren Spielregeln beherrscht, dann kann man entsprechend vorgehen. Man agiert so, stellt sich so dar, verhält sich so, kleidet sich so, wie es der Situation angemessen ist. Man hat Spaß daran, seine Rollen zu spielen, und man freut sich, wenn man damit seine Ziele erreichen kann.

Das Motto lautet:

„Im System der Kollektivneurose leben,
aber nicht zur Marionette des Systems werden.“

Auf diese Art und Weise ist der Einzelne nicht mehr Opfer oder muss die Rolle eines Außenseiters oder Verlierers einnehmen, sondern er wird zum Gewinner im und außerhalb des Systems. Er hat jeden Tag aufs Neue die freie Wahl zwischen zwei Welten – der Welt der Kollektivneurose und der Welt der wahren Natur, in der er ganz er selbst sein kann und die Möglichkeit hat, seine **echten** Bedürfnisse zu stillen sowie die Wünsche und Träume zu verwirklichen, die seiner wahren Identität entsprechen. Er findet sich überall zurecht und kann bewusst und souverän agieren.

BAUSTEIN 8

Das, was du nicht bewusst berührst,
geschieht dir als Schicksal.
(Carl Gustav Jung)

Baustein 8: Abwehr und Widerstände des Klienten

Das Astrocoaching beginnt damit, dass der Klient seine Lebensgeschichte schildert, d. h. seine Herkunftsfamilie, seine Vater- und Mutterbeziehung, seine Stellung in der Geschwisterreihe, wie er im Kindergarten und in der Schule zurechtgekommen ist, was seine Berufs- und Partnerwahl bestimmt hat, die Ursachen der Trennungen und Veränderungen in Partnerschaft und Beruf, sein heutiges Verhältnis zu seinen Expartnern, seine derzeitige Partnerschaft, seine Krankheiten, seine Umzüge, seine Erfolge und seine Misserfolge …
Nach der Schilderung seiner Lebensgeschichte formuliert der Klient seine Wünsche, Träume und Ziele:

- Was möchte er erreichen?
- Mehr beruflichen Erfolg?
- Eine bessere finanzielle Situation?
- Eine gut funktionierende Partnerbeziehung?
- Mehr Liebe, mehr Glück, mehr Leidenschaft?
- Schöner und angenehmer wohnen?
- Mehr Lebensgenuss? Mehr Wohlleben?
- Mehr körperliche Fitness?

Aufgabe des Astrocoachs ist es, die entsprechende auf den Klienten zugeschnittene Strategie zu entwickeln, welche Schritte notwendig sind, um diese Ziele zu verwirklichen. Die Strategie und Taktik muss dem Klienten einleuchten, weil er sonst nicht genügend motiviert ist, mitzuarbeiten, zur Tat zu schreiten und wirklich in seinem Leben etwas zu verändern und umzusetzen. Im Grunde genommen wäre dies alles gar nicht so schwer, wenn da nicht die Abwehrmechanismen und Widerstände des Klienten wären.

Solche Widerstände sind jedoch nicht nur in der Beziehung zwischen Coach und Klienten, sondern ubiquitär zu beobachten. Die Betreffenden leisten Widerstand, sich mit einem lebenswichtigen Wissensgebiet wie z. B. Psychologie oder Medizin zu befassen, gegen das Lesen eines Buches, gegen Weiterbildung über Seminare, gegen potenzielle Partner oder Freunde, die sie in ihrer Entwicklung weiterbringen würden.

Auf welche Weise kann sich Widerstand (gegen Entwicklung und Reifung) bemerkbar machen?

Ein Widerstand dient paradoxerweise meist dazu, sich gegen die Realität und – das ist das Verblüffende – sich u. a. auch gegen ein besseres und viel schöneres Leben zu sträuben (gegen ein gesünderes sowieso)!

Manche Menschen wollen gesund werden und ein besseres und schöneres Leben führen als bisher, doch ohne sich entwickeln zu müssen, ohne auch nur einzige Anlage ausbilden zu müssen.

Z. B. möchte jemand beruflich aufsteigen, will aber dabei seinen Dialekt, den die meisten anderen Menschen kaum verstehen, im Berufsleben beibehalten. Er weigert sich, dort hochdeutsch zu sprechen.

Er sagt dann: „Wenn mich die Leute nicht so wollen, wie ich bin, dann sollen sie es bleiben lassen! Ich will mich nicht verleugnen, will mich nicht verbiegen!“

Solange er nicht bereit ist, seine Kommunikationsfähigkeit (☿) zu verbessern, wird er in seinem Beruf subaltern bleiben. Er sieht nicht, dass er nicht sich selbst verleugnet, sondern die Entwicklungsmöglichkeit seiner Merkur-Anlage.

Es ist immer wieder erstaunlich, wie viele Menschen unbewusst eine massive Abwehr haben gegenüber dem, was sie sich eigentlich sehnlichst wünschen und was sie erreichen wollen.

Dazu ein Beispiel: Bewusst will Marion K. einen Alphamann und eine gute Partnerbeziehung, doch ihre unbewussten Abwehrmechanismen und Widerstände wissen dies zu verhindern. Ja mehr noch! Durch ihre bewussten und unbewussten Glaubenshaltungen sowie durch ihre Bewertungskriterien kann sie einen wirklichen Alphamann gar nicht erkennen, geschweige denn anziehen.

So bemühen sich viele Menschen unbewusst darum, Lob, Anerkennung, Erfolg, Ruhm, Ehre, Liebe, Erfüllung von Wünschen, Gesundheit etc. von sich **fernzuhalten**.

Wie soll da etwas Gutes in ihr Leben kommen?

Wie lautet die Lösung?

Zuerst gilt es eine Antwort auf folgende Frage zu finden:

Wie behindere ich mich selbst?

Hier ist schonungsloses Aufdecken von falschen Glaubenshaltungen und alten Moralmaßstäben angezeigt, ferner das Einholen und Auswerten von wichtigen Informationen sowie das Nachreifenlassen von Anlagen.

Es gibt – abgesehen von den Freud'schen Abwehrmechanismen – 25 Vorgehens- und Verhaltensweisen, die auf Widerstand hindeuten.

Widerstand ist möglich:

1. ***durch Beharren:***

   Man meint, dass man sich nicht ändern darf, wenn man sich selbst treu bleiben will, und sagt:
   „Ich will ich sein. Ich bin o. k. und will so, wie ich bin, angenommen und geliebt werden!"
   Die meisten Menschen verbringen ihre Lebenszeit damit, gleichsam als Wachhund ihr irreales (rundum positives) Selbstbild zu schützen. Sie sind permanent damit beschäftigt, ihre Unfähigkeiten vor sich selbst und vor anderen zu verbergen bzw. nicht evident werden zu lassen. Es ist, als ob sie einen Gotteskomplex hätten, denn sie glauben, bereits perfekt und unfehlbar zu sein und sich demzufolge nicht mehr weiterentwickeln zu müssen. Ihre Forderung lautet:
   „Zeige mir bloß nicht meine Unzulänglichkeiten, Schwächen und Defizite auf, sonst kannst du mich mal von einer anderen Seite kennenlernen!"
   Deshalb sind nicht diejenigen wirklich stark, die ihre Schwächen stets übertünchen, sondern diejenigen, die den Mut haben, ihre Unfähigkeiten zu erkennen und sie dann in Fähigkeiten zu verwandeln.
   Außerdem: Man glaubt, dass man das wäre, was man bisher gefühlt, gedacht und gelebt hat. Doch was ist, wenn man dabei nur Anpassungs- und Abwehrmechanismen gelebt hat? Die

Frage lautet hier: „Bin ich das wirklich oder ist das nur eine verzauberte, unerlöste Form meines Selbst?“

Jeder ist mehr als er derzeit ist. Doch liegt die Schwierigkeit darin, dass man sich in dem, was man bisher noch nicht gelebt hat, noch fremd ist. Man sagt dann gewöhnlich: „Das bin ich nicht!“ Man will wieder zurückkehren zu den alten Denkgewohnheiten, Verhaltensmustern und Auslebensformen und wehrt das Neue ab. In Wirklichkeit kann man aber nur durch die Aktivierung und durch die Integration von bisher vernachlässigten oder verdrängten Anlagen wachsen und zu einer Ganzheit werden. Fjodor

Dostojewski drückt dies so aus: *„Sehnsüchtig grüßt der, der ich bin, den, der ich sein könnte!“*

2. ***durch Verleumdung von und Unterstellungen gegenüber dem, der eine Entwicklung, Veränderung oder Integration eines Persönlichkeitsanteils erwartet***

Wenn man jemandem etwas sagt, das der Betreffende nicht annehmen kann, das er abwehrt, wogegen er Widerstand leistet, dann kann man erleben, dass man als Feind gesehen wird oder als gemeiner, schlechter Mensch.

Der Betreffende kann die „Wahrheit“ oder die „Wirklichkeit“ nicht ertragen, sie **tut ihm „weh“**.

Ein Beispiel: Jennifer A. will nicht einsehen, dass sie ihren Partner mit ihrem Egoismus und ihren stundenlangen trivialen Monologen in die Trunksucht[2] treibt. Sie verharrt in der Schuldprojektion. Wenn man ihr sagt, was sie durch ihr Verhalten erwirkt, schreit sie vor **seelischen Schmerzen** auf und verflucht den

---

[2] Selbstverständlich muss bei jenem aber dazu eine Disposition vorliegen, aber Jennifer weckt durch ihr Verhalten diese Disposition.

Verkünder dieser Wahrheit. Sie ist noch nicht so weit in ihrer persönlichen Entwicklung, dass sie dem Bewusstmacher ihrer Defizite bzw. ihres Fehlverhaltens dankbar sein kann.

3. ***durch Projektion der eigenen Unfähigkeiten und Defizite auf andere***

Bei diesem Punkt ist es jedoch wichtig zu erkennen, wann es sich um eine solche Projektion der eigenen Unfähigkeit handelt und wann der andere tatsächlich unfähig ist und z. B. sein Fach nicht beherrscht.

Im letzteren Fall gibt es noch eine andere Form der Abwehr, bei der man, weil man ein guter und lieber Mensch sein will, Inkompetenz, Unfähigkeit und unwirtschaftliches Verhalten von anderen nicht benennen darf. *Das eigene innere Verbot wird dann nach außen projiziert.* Wer es wagt, Unvermögen, Fehler oder Missstände von anderen aufzuzeigen oder gar anzuprangern, wird sofort von den „Edlen" gemaßregelt oder angegriffen. Bei diesem „Gutmenschen" gilt dann der als böse und unmenschlich, der so etwas ausspricht und nicht der, der aufgrund seiner Fehler und Mängel der Allgemeinheit – z. B. der Firma, Institution, Partei oder dem Verein – Schaden zufügt.

Doch nicht nur edle Motive verhindern oft, dass Missstände ans Licht kommen, sondern auch mangelndes Unterscheidungsvermögen, ob jemand fähig ist oder nicht.

In diesem Zusammenhang ist vielleicht folgender Spruch hilfreich:

„Eine der seltensten Befähigungen ist die Befähigung, Befähigung anzuerkennen." (Elbert G. Hubbard)

Wenn jemand auf einem Gebiet fähig ist, dann kann er aber auch genauso Unfähigkeit erkennen.

4. ***durch falsche Annahmen und falsche Glaubenshaltungen***
5. ***durch Ablenkung und Vernebelung***
6. ***durch die Annahme, immer und überall „neutral" sein zu müssen***
7. ***durch Verdrehung***

   Man verdreht einen Sachverhalt so, dass man damit von fast allen Menschen recht bekommt und einem bestätigt wird, dass man richtigliegt. Oder man verdreht dem anderen das Wort, sodass dieser sich ständig rechtfertigen muss, dass er das so nicht gemeint hat.
8. ***durch „Umbuchung" (der andere soll sich ändern!)***

   Man greift z. B. den Partner an, weil er zu wenig mit einem spricht oder zu wenig leidenschaftlich ist, ohne zu bedenken, dass dies dessen Reaktionen auf eigene Defizite im eigenen Kommunikations- und Sexualverhalten sein können.

   Durch diesen Angriff auf das Reaktionsverhalten des Partners können die eigenen Mängel weiter im Verborgenen bleiben. Man hat das Problem einfach umgebucht. Der andere hat jetzt den Schwarzen Peter.
9. ***durch Unterstellung von Simplifizierung***

   Hier unterstellt man anderen, dass sie alles zu einfach sehen. Da man selbst aber alles differenzierter betrachtet, kann man nichts tun, weil die Sachlage einfach zu komplex ist.
10. ***durch Resignation („die Welt ist ohnehin schlecht")***
11. ***durch Vermeidung***
12. ***durch Schuldprojektion***

    (Z. B.: Man glaubt, nichts machen zu können, weil die eigenen Eltern einen so schlecht behandelt haben.)

13. ***durch Imponiergehabe, Angabe und Stolz auf einem anderen Lebensgebiet***
14. ***durch die Fassade von „Stil und Niveau"***
15. ***durch Vornehmheit und Dünkel***
16. ***durch Ignoranz***

    Man ignoriert z. B. einen hilfreichen Vorschlag, weil man nicht selbst auf diese Idee gekommen ist.

17. ***durch Somatisierung***

    Lieber wird man krank als dass man sich entwickelt (Krankheit als umgekehrter Entwicklungsschritt).

18. ***durch Passivität***

    Gründe, warum man passiv bleibt:

    - weil man das Problem nicht sieht (kein Problembewusstsein)
    - weil die entsprechende Fähigkeit nicht vorhanden ist
    - weil man glaubt, noch nicht über genug Wissen zu verfügen
    - weil kein Konzept da ist
    - weil ein hemmender Glaubenssatz vorhanden ist
    - weil kein Weg gesehen wird
    - weil kein Ziel vorhanden ist
    - weil man Angst vor Verantwortung hat
    - weil man keine Hilfe annehmen kann
    - weil man Angst hat, Fehler zu machen
      (Angst vor Entwertung, Verletzung, Blamage etc.)
    - weil man träge bzw. bequem ist
    - weil man glaubt, alles wäre eine Frage des Geldes
    - weil man erwartet, dass die anderen aktiv werden
    - weil man Angst hat, Farbe zu bekennen, sich zu „outen"
    - weil man Angst hat, nicht sofort auftrumpfen und glänzen zu können

- weil man Angst hat, kritisiert oder angegriffen zu werden
- weil man Angst hat, in Konkurrenz mit anderen zu treten
- weil man Angst hat, die bisherige tragende Rolle bzw. Stellung zu gefährden, woraus einem Nachteile entstehen könnten
- weil man Angst hat, den Erwartungen der anderen nicht mehr entsprechen zu können
- weil man sich nicht entscheiden kann
- weil man durch andere Dinge überfordert und gestresst ist (übersteigerte Aktivität in anderen Bereichen)
- weil man meint, aktiv zu werden sei unter der eigenen Würde

19. *durch (ineffiziente) Aktivitäten (Aktivität als Widerstand)*

- Flucht in die Aktivität, um sich mit sich selbst nicht auseinandersetzen zu müssen
- Flucht in die Aktivität aus Angst vor Versäumnis (Angst, im Leben etwas zu versäumen)
- Flucht in die Aktivität als Schutz vor Ohnmachtsgefühl
- Aktivität als Kompensation von Orientierungslosigkeit
- Aktivität als Flucht vor Hingabe (und Annahme von Schicksalsgegebenheiten)
- Aktivität als Angst vor Passivität, die aus subjektiver Sicht als Versagen interpretiert wird
- Aktivität, weil man Prozesse nicht abwarten kann bzw. nicht richtig zu interpretieren vermag

20. *durch Entwertung der zu erlernenden Anlage bzw. Fähigkeit*

Man entwertet z. B. jemanden, der sich gut zu benehmen weiß, als Schleimer. Man ruft dann: „So will ich doch nicht sein!“

21. *durch Selbstentwertung*

Die eigenen Möglichkeiten werden beschränkter dargestellt als sie sind.

22. *durch Fokussieren auf Negatives und das Projizieren negativer Aspekte in die Zukunft*

23. *durch Eingeständnis des Defizits oder des Mangels*

quasi als Schuldbekenntnis (Lieber ist man schuldig als dass man sich entwickelt oder ändert).

24. *durch Flucht in eine irreale Esoterik*

Es gilt zwischen einer realen und einer irrealen Esoterik zu unterscheiden.

Reale Esoterik bedeutet, die Hintergründe des Seins aufzudecken, die Geheimnisse des Lebens aufzuspüren, das Bewusstsein zu erweitern und die Welt jenseits von Gut und Böse zu erfassen, während eine irreale Esoterik nichts anderes als eine Abwehrhaltung ist, sich dem Leben zu stellen, eine Abwehr von Entwicklung und Reifung der Persönlichkeit.

Der Hang zu einer irrealen Esoterik ist mit vielen (scheinbaren) Vorteilen verbunden:

- Man muss seine Mängel und Defizite nicht anschauen.
- Man muss keine Konflikte aufspüren und lösen.
- Man muss kein Defizit auffüllen und keine Anlagen und Fähigkeiten ausbilden.
- Man kann so bleiben, wie man ist, und kann alles so lassen, wie es ist.
- Man befragt die Engel, die Geister aus der Transzendenz oder Tarotkarten. Es ist nicht notwendig, selbst nachzudenken und nach Lösungen zu suchen.

- Man muss die Realität nicht erkennen, nicht annehmen und sein Leben nicht darauf ausrichten.
- Man kann sich mithilfe einer irrealen „Geheimlehre“ höher dünken und sich an den unwissenden „Normalos“ stabilisieren.
- Man glaubt, sich immens weiterentwickelt und womöglich ganze Reinkarnationszyklen übersprungen zu haben.

Das ist die wohl größte Falle bei der irrealen Esoterik: Man hat den Willen und den tiefen Wunsch, sich weiterzuentwickeln, und tut es auch scheinbar, aber man hat real gesehen nur eine Scheinentwicklung absolviert, die zudem eine Abwehr gegen eine wirkliche Entwicklung darstellt. Aus Angst vor der Realität, vor dem Hauptfeld des Seins, flüchtet man in illusionäre Welten, ähnlich wie dies bei der Alkohol- oder Drogensucht der Fall ist.

25. *durch Teilnahme an konventionellen Erfolgstrainings*

Auch hier sieht es wie bei der irrealen Esoterik zunächst so aus, als würde man sich dadurch immens weiterentwickeln.

In Wirklichkeit hat jedoch häufig nur derjenige Erfolgstrainer großen Zulauf, der selbst in seiner Vergangenheit beruflich erfolglos war, aber dann aufgrund dieses Mangels eine Vorstellung entwickelt hat, wie man erfolgreich werden kann. Seine Leistung besteht darin, dass er im Gegensatz zu den anderen Erfolglosen, die diese oder eine ähnliche Vorstellung unbewusst in sich beherbergen, diese bewusst formulieren und öffentlich vertreten kann. Dadurch wird den Teilnehmern ihre eigene Vorstellung, wie man erfolgreich werden kann, bewusst. Allerdings ist diese Vorstellung nur das Komplementärbild zu dem Defizit an Erfolg und daher als solche nicht verwirklichbar, ähnlich wie die Traumbeziehung nicht Wirklichkeit werden kann, wenn man nicht beziehungsfähig ist.

Der Wunschtraum vieler Menschen, erfolgreich zu sein, kann sich nicht erfüllen, wenn sie den beschwerlichen Weg zum Erfolg vermeiden wollen, denn der reale Weg zum Erfolg führt über Ausbildung von Anlagen wie z. B. Organisationsfähigkeit, Managementfähigkeiten, wirtschaftliche Fähigkeiten, gutes Benehmen, Konzentrationsfähigkeit, vorausschauendes Handeln, ferner über Lernen, Fehler, Erfahrung, Konkurrenzkampf etc.

Sie wollen Erfolg, aber

- ohne eine wirkliche Leistung erbringen zu müssen (z. B. nur positiv denken oder „richtig" wünschen)
- ohne sich verändern oder verbessern zu müssen
- ohne mit ihren Widerständen und mit ihrer Abwehr konfrontiert zu werden (d. h. keine seelischen Schmerzen erleiden zu müssen)
- ohne die eigenen Muster und Glaubenshaltungen infrage stellen zu müssen.

Da dies nicht möglich ist, ist letzten Endes nur der (konventionelle) Erfolgstrainer erfolgreich, während der Erfolg bei seinen Anhängern im Allgemeinen ausbleibt. Selbst wenn diese über Jahre hinweg das Zielbild „Erfolg" vor ihrem geistigen Auge einblenden und so tun, als ob der Erfolg schon da wäre – ihr Wunsch kann so nicht in Erfüllung gehen.

Schlussendlich soll jedoch nicht unerwähnt bleiben, dass es auch einen **berechtigten** Widerstand gibt.

Ein Widerstand ist berechtigt und daher im eigentlichen Sinne kein Widerstand mehr, wenn man sich gegenüber Manipulation, Fremd-

bestimmung, einer Ideologie, einer Entwicklungsstufe, die man schon längst absolviert hat, oder einer religiösen Sekte abgrenzt und wehrt.
Der Manipulator, Chefideologe oder Sektenführer kann einem zwar dann Widerstand unterstellen, aber in realiter ist dieser Widerstand nichts anderes als ein notwendiger Selbstschutz.

Fragen, die sich der Klient in Bezug auf eigene Widerstände stellen könnte

1. Warum sind bei mir Widerstände da?
   Warum tauchen sie auf?
2. Welchen Sinn und Zweck verfolgen meine Widerstände?
   (z. B. Schutz der alten Bewusstseinshaltung)
3. Welchen „Gewinn" kann ich dadurch erzielen?
   (z. B. Sicherheit, Verbleiben in der Komfortzone)
4. Auf welche Weise zeigen sich bei mir diese Widerstände?
5. Welche Reaktionen lösen meine Widerstände und mein Abwehrverhalten bei anderen Menschen aus?
   Wie gehen diese damit um?
   Wie reagiere ich wiederum auf diese Reaktionen?
6. Wie könnte ich meine Widerstände abbauen und schließlich auflösen?

BAUSTEIN 9

In dem Augenblick, in dem man sich endgültig einer Aufgabe verschreibt, bewegt sich die Vorsehung auch. Alle möglichen Dinge, die sonst nie geschehen wären, geschehen, um einem zu helfen. Ein ganzer Strom von Ereignissen wird in Gang gesetzt durch die Entscheidung, und er sorgt zu den eigenen Gunsten für zahlreiche unvorhergesehene Zufälle, Begegnungen und Hilfen, die sich kein Mensch vorher je so erträumt haben könnte. Was immer du tun kannst oder wovon du träumst, fang es an. In der Kühnheit liegt Genie, Macht und Magie.
(Johann Wolfgang von Goethe)

Baustein 9: Zeitliche Entwicklungsthemen

Entsprechend der positiven und negativen prä- und postnatalen Prägungen sucht das Unbewusste später immer wieder nach Auslösern, um diese Prägungen auf einer neuen Symbolebene darstellen und aktualisieren zu können.
Bei negativem Schicksal verhält es sich genau wie bei den krankheitserregenden Faktoren, die in der Medizin nach drei Typen klassifiziert werden:

- Die prädisponierenden Faktoren machen uns für eine Krankheit empfänglich oder verringern die Widerstandskraft gegen sie.
- Die präzipitierenden Faktoren bringen die Krankheit zum Ausbruch.
- Die perpetuierenden Faktoren haben die Tendenz, die Krankheit bestehen zu lassen und zu verhindern, dass sie ausheilt.

Es besteht eine Prädisposition für ein Schicksal, man sucht nach Auslösern, d. h. nach Personen und Ereignissen, die diese Disposition wecken (= präzipitierende Faktoren) und dann nach Bestätigung und Verstärkung der eigenen Mängel und unbewussten Konflikte sowie der eigenen Gefühle und Glaubenshaltungen (= perpetuierende Faktoren).

Diese Auslösungen von Schicksalsereignissen finden in einer bestimmten zeitlichen Abfolge statt, d. h. in einem Sieben-Jahres-Zyklus, der im Horoskop im Uhrzeigersinn aufgezeichnet ist.[3]

Er beginnt seinen Weg am Aszendenten im Moment der Geburt und läuft dann die ersten sieben Lebensjahre durch das 12. Haus, die nächsten sieben Jahre durch das 11. Haus, dann durch das 10. Haus, das 9., 8., 7., 6. Haus usw.
Die Häuser und die Häuserspitzen (die Anfänge der Häuser) sind für die Bestimmung des sogenannten Sieben-Jahres-Herrschers wichtig. *Der zeigt an, unter welchem Motto der Horoskopeigner in der jeweiligen Sieben-Jahres-Phase steht bzw. welcher Entwicklungsprozess und welche Lernaufgabe damit verbunden ist.*

Der Sieben-Jahres-Herrscher eröffnet die Möglichkeit, sehr schnell zu erkennen, was bei dem Klienten gerade ansteht, welche Aufgabe

[3] Dies wurde erstmals von Frank Glahn im Jahre 1930 beobachtet und beschrieben. Rudolf Engelhardt und Wolfgang Döbereiner haben seine Entdeckung weiterentwickelt. Nachfolgend wird bei der Auslösungstechnik auf die weiterentwickelte Version von Wolfgang Döbereiner Bezug genommen, während bei den Inhalten, die innerhalb dieser Zyklen ausgelöst werden, vor allem aufgrund der Schicksalsgesetze sowie der Entwicklungsformen von Hemmung, Kompensation und Erwachsensein andere Kriterien im Vordergrund stehen.

gerade jetzt – kosmisch gesehen – von ihm bewältigt werden sollte. Damit wird er u. a. auch zu einem wertvollen Hilfsmittel für eine schnelle Krisenintervention.

Dabei ist es wichtig, diesen Sieben-Jahres-Herrscher genau zu beschreiben, Wesen und Intention der Anlage genau zu formulieren, zu eruieren, woher die Anlage kommt (= in welchem Haus sie herrscht), in welchem Haus sie steht, in welchem Tierkreiszeichen sie sich befindet und welche Aspekte sie empfängt.

Ferner muss in diesem Zusammenhang auch in die Analyse mit einbezogen werden, welche Prägung in der Kindheit erfolgt ist, um das Thema, um das es jetzt geht, differenzierter erfassen zu können.

Hierzu das Beispiel von Matthias:

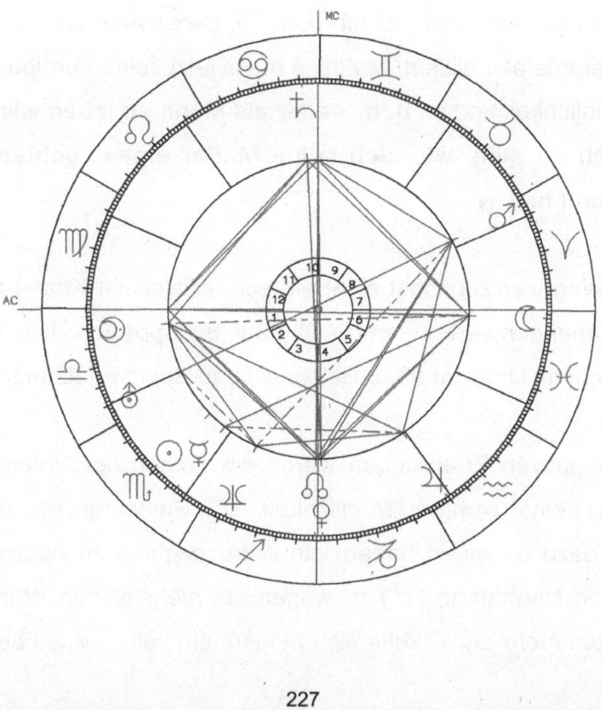

Da sich die Spitze des 8. Hauses im Widder befindet, läuft Matthias vom 35. bis 42. Lebensjahr unter dem Sieben-Jahres-Herrscher Mars. Der Mars steht als Herrscher von Haus 8 im eigenen Haus und im eigenen Zeichen (Widder). Es geht also bei ihm in dieser Zeit um seine Vorstellung (Haus 8) von Männlichkeit (♂), um sein Lebensprogramm als Mann. Sein bisheriges Programm muss „sterben" und ein neues, wirklichkeitsadäquateres muss sich entwickeln.
Seine Mutter hatte ihm immer wieder eingebläut (♄ im Krebs Opposition ♀ im Steinbock als Herrscher von Haus 1), dass er nie so werden dürfe wie sein Vater, den sie als egoistisch und untreu sah, sondern so, wie **sie** sich einen Mann vorstellte, einen artigen, lieben Mann (♂ Trigon ♀ in Haus 4), der nicht egoistisch seinen Wünschen und Interessen nachgeht und vor allen Dingen nie irgendwelche Seitensprünge macht (♂ Opposition ⛢).
Diese Problematik wird jetzt ab dem 35. Lebensjahr auf einer neuen Symbolebene aktualisiert. Matthias muss jetzt seinen ureigenen Weg der Männlichkeit finden, **d. h. weder als Mann so leben wie der Vater, noch so sein, wie sich seine Mutter einen „echten" Mann vorgestellt hat.**

Dieser Weg war zunächst nicht einfach, er war mit Krisen (Haus 8) und Trennungen verbunden (♂ in Haus 8 Opposition ⛢ in Haus 2), aber auch mit Unfällen (Opposition ⛢) und Sportverletzungen (♂ im Widder).
Diese negativen Erfahrungen waren die Folgen der Unterdrückung (Haus 8) seiner wahren Männlichkeit (♂). Sie waren es aber auch, die ihn dazu bewogen haben, ein Astrocoaching zu beanspruchen und einen Neuanfang (♂) zu wagen. Je mehr er den Wandel vollzog, desto mehr entwickelte sich bei ihm ein völlig neues Lebensge-

fühl als Mann, das eine Anziehung von angenehmen Schicksalsereignissen (eine neue, liebevolle Partnerin, beruflicher Aufstieg etc.) zur Folge hatte.

Verpasste Chancen und verschossene Elfmeter

Wer ständig nur von Glaubenshaltungen, Normen und Idealen getrieben wird und auf diese Weise die Realität und das Jetzt nicht mehr erkennen kann, läuft Gefahr, dass die Chancen, die ihm das Leben offeriert, ungenutzt bleiben. Er hat unbewusst so viel Abwehr gegenüber Entwicklung und Reifung, dass das wirkliche Leben an ihm vorbeiläuft. Er will weiter im Gefängnis seiner alten Denkhaltungen und Blockaden bleiben und nicht zur Wirklichkeit erwachen.
Um im Gefängnis bleiben zu können und die vielen Chancen, die das Leben bietet, nicht wahrnehmen zu müssen, gibt es verschiedene Strategien: Einer ist passiv, träge und müde und kann sich deshalb dem Leben nicht öffnen, einem anderen gelingt es, durch Vorurteile alles Lebendige abzuwehren, ein Dritter ist ideologisch zu verbrämt, um noch anderes wahrzunehmen ...
Besonders beliebt für die Abwehr des Lebens sind auch falsche Einstellungen, falsche Annahmen, falsch verstandene Treue, Fixierungen, falsche Tabus, Hypochondrie, überdimensionierte Kritik, die Fassade von Stil und Niveau, die Verwehrung von Information, Vornehmheit und Dünkel, falscher Stolz, falsche Prioritätensetzung, Ängste und Schuldgefühle.
Aufgrund solcher inneren Haltungen und Gefühle taucht der betreffende Mensch gar nicht in der Wirklichkeit auf. Er sieht nicht, dass er jeden Tag ca. drei bis vier „Elfmeter“ verwandeln könnte. Ja mehr noch, er nimmt gar nicht wahr, dass das Leben für ihn ständig

gleichsam einen Ball auf den Elfmeterpunkt legt, damit er antritt und den Ball verwandelt. Die meisten Menschen sehen den Ball nicht, und wenn sie ihn sehen, denken sie nicht daran, dass er für sie persönlich bereitliegt, als Aufforderung, als Chance. Nur ganz wenige bewahren Ruhe, fackeln nicht lange, gehen zum Ball und schießen ihn ins Tor. Das Verblüffendste aber ist: Es ist gar kein Torwart da, der den Ball halten könnte. Die Chancen wären also für jeden gegeben – unabhängig von Alter und Fitness.
Hier eine kleine Auswahl aus der Fülle von Möglichkeiten, die sich ergeben, wenn man, statt Auslöser für seine alten Gefühlsraster und geistigen Einstellungen zu suchen, die Wirklichkeit zulässt. In der Realität gibt es ganz andere Auslöser, Auslöser für Wachstum, Entwicklung, Reifung und das damit verbundene Glück.

Die Auslösung eines Planeten birgt immer mehrere Möglichkeiten gleichzeitig:

- die Möglichkeit, auf eine bessere Ernährung umzustellen
- die Möglichkeit, einen potenziellen (ggf. zusätzlichen) Partner (und damit seine Qualitäten, Erfahrungen, Informationen und Ressourcen) kennenzulernen
- die Chance, in der Sexualität neue Erfahrungen zu machen, intensiver die Lust zu verspüren
- die Möglichkeit, neue Freunde kennenzulernen
- die Möglichkeit, sein äußeres Erscheinungsbild zu verbessern
- die Möglichkeit, einen Zweitberuf zu ergreifen
- die Möglichkeit, durch eine Investition oder Arbeit Geld zu verdienen
- die Möglichkeit, eine neue Einnahmequelle zu erschließen

- die Möglichkeit, ein Kind zu bekommen
- die Möglichkeit, etwas Kreatives zu schaffen (ein Bild malen, ein Lied komponieren, etwas basteln oder herstellen, einen Artikel schreiben etc.)
- die Chance, eine neue Sportart zu erlernen oder sich durch einen Trainer in einer Sportart zu verbessern
- die Möglichkeit einer Weiterbildung
- die Möglichkeit, sein Bewusstsein durch ein neues Wissensgebiet (z. B. Medizin) zu erweitern
- die Chance, die Wohnung oder den Garten zu verschönern
- die Chance, spirituelle Erfahrungen zu machen

Der Sieben-Jahres-Herrscher und das damit verbundene Schicksal

In den sieben Jahren, in denen ein Planet herrscht, wird man mit den

- eigenen Defiziten
- eigenen Abwehrhaltungen
- eigenen Verdrängungen (Wiederkehr des Verdrängten)
- eigenen falschen Annahmen
- eigenen falschen Glaubenshaltungen
- eigenen Ungleichgewichten
- eigenen Wirkungen auf eigene Ursachen
- eigenen Illusionen,

die mit diesem Herrscher verbunden sind, konfrontiert.

Wenn man sieben Jahre unter einem bestimmten Planeten läuft, dann ist man sieben Jahre lang u. a. mit dem unbewusst Erwirkten von diesem Planeten konfrontiert.
Ein vereinfachtes Beispiel: Stier-Venus in der Kompensation mit dem Neid der anderen oder bei Mond in der Kompensation (z. B. eigene Launenhaftigkeit) mit den Reaktionen der anderen (z. B. Aggressionen).
In diesem Zeitraum geht es demnach vor allem um die Frage:
Was erwirke ich in meiner Umwelt mit der persönlichen Eigenart, dem Entwicklungsstand, der Bewusstseinsstufe, aber auch mit der gehemmten, der kompensierten oder der erwachsenen Form dieser Anlage und last, but not least, mit der Abwehr und dem Widerstand, diese Anlage auszubilden?

Die Anlage bringt deshalb nicht die Schicksalsereignisse, die man aufgrund seines positiven Selbstbildes erwartet, sondern die, die der **Realität** dieser Anlage entsprechen.

Schicksal ist auch hier nichts anderes als die Konfrontation mit der Wahrheit und der Wirklichkeit (z. B. bei falscher Selbsteinschätzung).

Noch ein anderes Beispiel, das auch die unterschiedliche Bedeutung der Planeten bei ihrem Aufstieg und Fall (siehe Seiten 57 ff.) mit einbezieht:

Raffael:

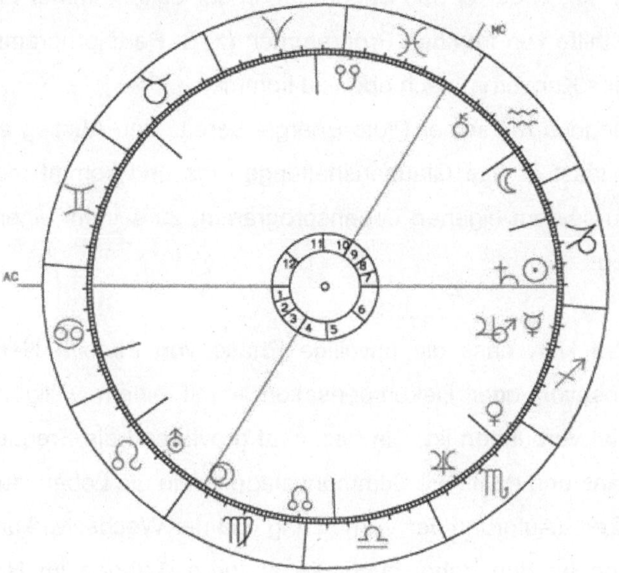

Bei Raffael geht die Spitze des 6. Hauses in das Zeichen Skorpion. Folglich ist Pluto der Herrscher von Haus 6 (gegen den Uhrzeigersinn). Da die Planeten sich aber im Uhrzeigersinn auslösen, ist Pluto im Alter von 49 bis 56 Jahren Phasenherrscher.

In diesen sieben Jahren ist es ganz wichtig, ob Raffael seinen Pluto in der Hemmung oder in der Kompensation auslebt. Ist er in der Kompensation, so ist es entscheidend, ob er sich im Aufstieg oder bereits in der Abstiegsphase befindet.

In der Hemmung verlaufen die sieben Jahre (außer bei primär harmonischen Aspekten des Pluto) meist nicht angenehm. Er wird unterdrückt werden, wird manipuliert, hat Schwierigkeiten mit Chefs und Autoritätspersonen und die Partnerbeziehungen, die er eingeht, sind meist nicht erfüllend.

In der Kompensation hat er eine Zeit vor sich, in der er selbst „am Drücker“ ist, in der er das Sagen hat, in der es ihm immer mehr gelingt, mithilfe von fremden Programmen (z. B. Parteiprogramm, Leitlinie eines Konzerns) nach oben zu kommen.
Hat er jedoch mit seiner Pluto-Energie bereits den Abstieg angetreten, so lässt er alte Glaubenshaltungen los und kommt mehr und mehr zu seinem eigenen Lebensprogramm, zu seinem eigenen Lebensweg.

Hier wird klar, dass die jeweilige Phase von Pluto – Hemmung, Kompensation oder Dekompensation – mit einem völlig anderen Schicksal verbunden ist. Sie bestimmt gravierend die Frequenz des Auslebens und damit die Stimmungslage sowie die Lebensqualität in dieser Zeit. (Aufgrund der Vernetzung und der Wechselwirkungen im Horoskop werden dabei auch die anderen Anlagen im Horoskop günstig oder ungünstig beeinflusst.)
Wichtig ist natürlich jetzt noch, wohin Pluto als Herrscher von Haus 6 ausgewandert ist. Wir sehen: Pluto steht in Haus 4. Also finden die möglichen Pluto-Ereignisse primär auf dem Arbeitsfeld (Haus 6) und auf dem Lebensfeld von Familie, Wohnung, Heimat und Gefühlsleben statt.

So wie wir dies jetzt exemplarisch bei Pluto dargestellt haben, ist auch bei allen anderen Planeten und Lichtern zu verfahren.
Immer ist die Entwicklungsphase der jeweiligen Anlage entscheidend dafür, was den Horoskopeigner in den sieben Jahren erwartet, in denen der Planet herrscht.

Auch **Transite** zeigen an, welche Entwicklungsthemen bei dem Horoskopeigner gerade anstehen.

Hierzu das Beispiel von Nadja:

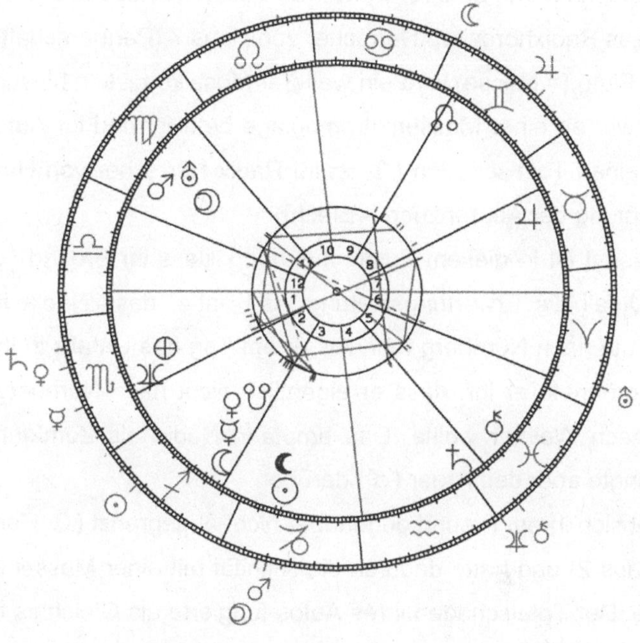

In einem Astrologieseminar erzählte Nadja, dass sie einen schweren Autounfall hatte, als Mars und Pluto am 30. November 2012 als Transit im Steinbock nahe ihrer Sonne standen.
Wenn man über etwas Symbolwissen verfügt, ist es verhältnismäßig einfach, diese Situation anhand ihres Horoskops näher zu beschreiben.

Da ihre Sonne in Haus 3 im Steinbock steht, war klar, dass der Unfall sich auf einer Hauptstraße oder einer Autobahn (Haus 3 = Straßen und Wege, Steinbock = wichtige Straße) ereignet hat.
Da dem Mars die Zahl 9 zugeordnet ist, kommt für den Unfall nur die Autobahn A 9 infrage. Außerdem weist Mars in diesem Fall darauf hin, dass ein Mann an ihrer Seite war, besonders deshalb, weil Mars in Nadjas Radixhoroskop Herrscher von Haus 7 (Partnerschaft) ist.
Durch Pluto (= Masse) wird ein weiterer Mosaikbaustein hinzugefügt. Nadja war an einer Massenkarambolage beteiligt und ihr Auto hatte dabei einen Totalschaden (☽ ist im Radix Herrscher von Haus 2 = Vernichtung der Abgrenzung [=Blech]).
Interessant ist in diesem Zusammenhang, dass ihr Freund (♂) vor dem Unfall die Erwartungshaltung (☽) hatte, dass Nadja ihn mit dem Auto nach Nürnberg fuhr. Als er am Tag des Unfalls in ihr Auto stieg, eröffnete er ihr, dass er eigentlich nicht nach Nürnberg, sondern nach Weimar wollte. Das empfand Nadja als Zumutung, sie verdrängte aber den Ärger (♂) darüber.
Sie hat sich ihrem Freund gegenüber nicht abgegrenzt (☽ Herrscher von Haus 2) und hatte dadurch die Affinität mit einer Massenkarambolage. Der Totalschaden ihres Autos fungierte als Gleichnis für ihre versäumte Abgrenzung. Ihr Unbewusstes wusste es so einzurichten, dass sie eben doch nicht nach Weimar fuhren, sondern zu Hause in München bleiben mussten.
Die verdeckte Botschaft dieses Unfalls war klar. Nadja sollte lernen, sich abzugrenzen, sie sollte es wagen, bei Erwartungshaltungen anderer Nein zu sagen, wenn sie selbst dabei kein gutes Gefühl hat.

Ein anderes Beispiel: Paula

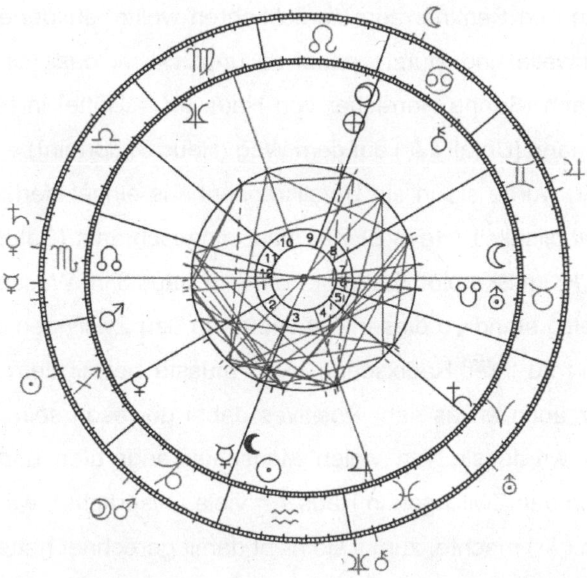

Paula O. erkrankte Mitte November 2012 an einer akuten Bronchitis (Saturn Transit im Skorpion in Haus 12 Quadrat Sonne Wassermann in Haus 3 [Bronchialtrakt]) und fuhr am 01. Dezember 2012 in einem noch geschwächten Zustand von München nach Zürich (Haus 9 = Ausland), um dort als Referentin einen Vortrag über ein bestimmtes Thema (♃) in einem Wochenendseminar (Haus 9) zu halten. Das Quadrat des Saturns „verschärfte" sich (Saturn auf $6°^{50}$ Skorpion), war applikativ (zulaufend). Am Sonntag, den 2. Dezember 2012, wurde sie in der Pause von zwei dominanten (♃) Teilnehmern bedrängt, das Thema so darzustellen, wie es deren Vorstellungen entsprach (Pluto in Haus 9 = Haus 3 der anderen). Dadurch wurde ihr

der eigener Pluto, der Herrscher von Haus 1 ist, gleichsam geraubt und Paula, die ansonsten ihren Pluto immer gut in Szene setzen konnte, fiel in dessen Minuspol.
Als sie in den Seminarraum zurückkehren wollte, stolperte sie über eine Schwelle und stürzte dabei so unglücklich, dass sie sich die Hüfte brach (Sonne Herrscher von Haus 9 [= Hüfte] in Haus 3 im Wassermann [Unfall (⛢) auf dem Weg (Haus 3) dorthin]).
Daraufhin wurde sie in ein Unfallkrankenhaus eingeliefert. Ihre freie (♒) Beweglichkeit (Haus 3) war stark eingeschränkt (Saturn Transit in Haus 12 im Skorpion Quadrat Sonne in Haus 3 im Wassermann).
Gleichzeitig stand zu dieser Zeit Jupiter in den Zwillingen in Haus 7 im Trigon zu ihrer Radixsonne. Also musste bei all dem Leid und Schmerz auch etwas sehr Positives dabei gewesen sein. Im Krankenhaus wurde sie von vielen Menschen angerufen und besucht (Jupiter in den Zwillingen in Haus 7 = viele Gespräche), was sie sehr glücklich (♃) machte, zumal sie nicht damit gerechnet hatte.

Bei diesem negativen Ereignis stellt sich die Frage, welche Botschaft darin enthalten ist. Paula sollte im Zustand der Schwäche keinen Lehrauftrag mehr annehmen. In einem solchen Fall muss sie sich abgrenzen und zum Beispiel sagen: „Bitte schickt einen anderen Referenten in diese Stadt. Ich muss mich zuerst richtig auskurieren. Ich bin physisch und psychisch noch nicht stark genug, um etwaigen Attacken aus der Gruppe Paroli bieten zu können."

Doch wie hätte der Unfall verhindert werden können?
Paula hätte die Sonne in Haus 3 im Wassermann schon lange vor ihrem Sturz auf einer anderen Symbolebene einlösen können.

Tatsächlich schreibt sie schon seit vier Jahren an einem Buch, das sich gegen alte Weltanschauungen wendet und dem Leser völlig neue Perspektiven eröffnet. Allerdings hatte sie nach 35 Seiten eine Schreibblockade. Hätte sie diese überwinden und das revolutionäre Buch fertigstellen können, wäre ihre Sonne so gestärkt worden, dass die Konstellation auf einer anderen, für sie weniger schmerzhaften Ebene zum Ausdruck gekommen wäre.

Eine wichtige Aufgabe des Astrocoachs ist es, den Klienten darüber zu informieren, wie er solch ungünstigen Ereignissen vorbeugen kann.

BAUSTEIN 10

Krise kann ein produktiver Zustand sein.
Man muss ihr nur den Beigeschmack der Katastrophe nehmen.
(Max Frisch)

Baustein 10: Die Aspekte

Neben dem Herrschersystem gehören die Aspekte[4] der Lichter und Planeten zu den wichtigsten Analyseinstrumenten. So widerspiegeln z. B. disharmonische Aspekte, mit welchen Schwierigkeiten und Konflikten der Horoskopeigner konfrontiert wird. Sie zeigen aber auch an, wie die Lösung lauten würde, wenn er bereit wäre, einen Lern- und Entwicklungsprozess zu absolvieren. Insofern kann ein Astrocoach die Konflikte seines Klienten erkennen, aber auch den Weg zur Auflösung der Konflikte und den Zustand der Konfliktfreiheit, d. h. die erwachsene Lösung. Was er nicht dem Horoskop entnehmen kann, ist die **Frequenz**, auf der sein Klient seine Anlagen auslebt. Diese kann er nur feststellen, wenn der Klient ihm seine Schicksalsereignisse aus der Vergangenheit schildert.

Auch hier ist wie bei dem Herrschersystem zunächst entscheidend, ob der Klient die Anlagen und Energien in der Hemmung, in der Kompensation oder in der erwachsenen Form erfährt. Dann gibt es aber auch innerhalb dieser drei Zustände noch verschiedene Symbolebenen, auf denen der Betreffende sich aufzuhalten pflegt.

[4] Da das Thema „Aspekte“ umfangreich und komplex ist, kann es erst in einem weiteren Band ausführlich behandelt werden. In diesem Kapitel des Buches soll aber dennoch an ein paar Beispielen kurz vermittelt werden, welche Tragweite die Aspekte und Aspektfiguren haben können.

Zunächst ein einfaches Beispiel:

In einem Horoskop zeigt sich ein Quadrataspekt zwischen ♀ (♎) und ♃.

Zunächst kann es sein, dass der Horoskopeigner aufgrund von Autoritätspersonen oder Erwartungshaltungen (♃) von anderen nicht wagt, sich selbst auszugleichen (♀). Die Unterdrückung des Ausgleich-Schaffens aber ist gleichbedeutend damit, dass Harmonie und Gleichgewicht im eigenen Persönlichkeitssystem nicht erreicht werden. So kann dieser Aspekt sich in einer gehemmten Form zeigen. Aber genauso ist auch möglich, dass der Betreffende selbst es ist, der sein inneres Gleichgewicht durch eine eigene Glaubenshaltung (♃) oder eine übernommene Ideologie (♃) ins Wanken bringt.

Wenn er nun versucht, dieses gestörte Gleichgewicht wieder ins Lot zu bringen, indem er anderen seine Glaubenshaltung oder Ideologie aufdrängt, befindet er sich in der Kompensation. Die Kraft zur Kompensation speist sich aus diesem Spannungszustand zwischen ♀ und ♃.

Erst wenn der Betreffende seine alte Glaubenshaltung aufgibt und durch eine wirklichkeitsadäquatere ersetzt, stehen die beiden Persönlichkeitsanteile nicht mehr im Widerstreit. Im Gegenteil: Die neue Glaubenshaltung (♃) trägt zur inneren Harmonie bei, sie stärkt das innere Gleichgewicht (♀). Besonders günstig gestaltet sich das Bild, wenn er sich Wissen (♃) darüber aneignet, wie er sich ins Gleichgewicht (♀) bringen kann, oder Wissen (♃) über Gleichgewichte (♀) allgemeiner Natur, wie z. B. das Säure-Basen-Gleichgewicht, das Gleichgewicht zwischen Sympathikus und Parasympathikus oder das Gleichgewicht zwischen Introversion und Extroversion.

Es kann aber auch sein, dass der Horoskopeigner den Aspekt auf einer ganz anderen Ebene erlebt, nämlich auf der Venusebene: eigener Geschmack.

Zunächst kann sich der eigene Geschmack nicht entfalten, weil andere, z. B. Eltern oder Partner, diesen zu unterdrücken versuchen (Hemmung). Eines Tages will der Betreffende aber dies nicht mehr hinnehmen und will jetzt seinerseits anderen seinen Geschmack aufzwingen.

Die Lösung aber lautet: Der Horoskopeigner lässt nicht mehr zu, im eigenen Geschmack unterdrückt zu werden, noch dogmatisiert er seinen Geschmack und versucht, ihn anderen aufzuoktroyieren. Er kann den Geschmack von anderen akzeptieren und seinen Geschmack für sich selbst verwirklichen, z. B. sich nach der eigenen Vorstellung kleiden oder seine Wohnung nach der eigenen Vorstellung einrichten.

Die ♀ (Waage) kann sich auch auf der Partnerschaftsebene zeigen: Entweder ist hier der Partner (♀) schon anderweitig gebunden (♃), er entspricht nicht dem eigenen Schönheitstyp (der eigenen Vorstellung [♃] von Schönheit [♀]), die Partnerschaftsform (♀) ist nicht der eigenen Vorstellung (♃) gemäß oder das Gleichgewicht (in Bezug auf Geben und Nehmen oder in Bezug auf Macht) ist in der Partnerbeziehung gestört.

Hier wird deutlich, wie die innere Szenerie außen widergespiegelt wird.

♀ (Waage)-☽ – Erfahrungsmöglichkeiten (= als Schicksal)

Hemmung:

- Autoritätspersonen und Erwartungshaltungen von anderen unterdrücken die eigene Möglichkeit, durch verschiedene Kompensationen (z. B. Sport oder Hobbys) das eigene Persönlichkeitssystem zu stabilisieren.
- Eigene Glaubenshaltungen lassen einen Ausgleich und ein Gleichgewicht im eigenen Persönlichkeitssystem nicht zu.
- Unterdrückung des eigenen Geschmacks.
- Der Partner ist schon gebunden oder entspricht nicht dem eigenen (vorstellungsgebundenen) Schönheitstyp.

Kompensation:

- Durch Aufdrängen der eigenen Glaubenshaltungen oder der eigenen Ideologie wird ein neurotischer Ausgleich hergestellt
- durch Dogmatisierung des eigenen Geschmacks
- indem man dem Partner den eigenen Geschmack in Kleidung und Wohnungseinrichtung aufzwingt
- Die Partnerschaft besteht aus Machtkämpfen und/oder ist in einer Krise.

Erkenntnismöglichkeiten (das, was bewusst werden soll):

- Die Partnerschaft muss sich wandeln. Es ist wichtig, in der Partnerschaft auf ein Machtgleichgewicht zu achten. Jeder der beiden Partner darf seine eigene Meinung haben, die Meinungen müssen nicht übereinstimmen.
- Die alte Partnerschaftsform muss sterben und eine neue entsteht.
- Die eigenen Vorstellungen in Bezug auf Geschmack können verwirklicht werden. Man achtet aber auch den Geschmack der anderen.
- Ferner: Ansammlung von Wissen über Gleichgewichtszustände im Körper, in der Seele, im Geist und in der Außenwelt.

Ein anderes Beispiel: Birgitta

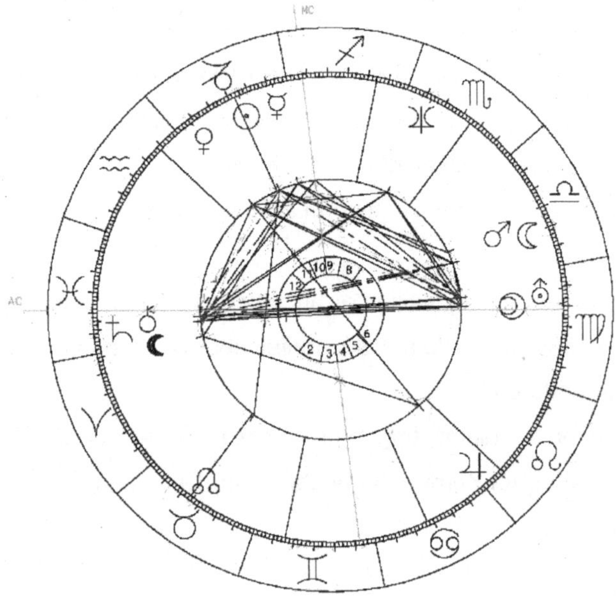

Im Horoskop von Birgitta steht ⛢ in Konjunktion mit ☽.

Diese zwei Energien sind scheinbar unvereinbar, weil ☽ die Bindung anstrebt und ⛢ die Freiheit sowie die Distanz.

So stehen auch Skorpion und Wassermann archetypisch in einem Quadrataspekt.

Wie soll die Horoskopeignerin diese beiden Prinzipien in Einklang bringen?

Als Kind erlebte sie, wie ihre Freiheit (⛢) unterdrückt (☽) wurde, dann leistete sie Widerstand (⛢) gegen die vielen Erwartungshaltungen (☽), die an sie herangetragen wurden, und schließlich legte sie auch als Erwachsene eine Antihaltung (⛢) an den Tag, wenn z.

B. ihr Chef (♇) seine Vorstellungen durchsetzen wollte und dabei Druck (♇) ausübte.

In der Partnerschaft kam dieser Aspekt so zum Tragen, dass sie sich immer eingeengt fühlte, wenn sie mit einem Mann eine feste Bindung einging.

Im Laufe der Zeit wurde ihr Widerstand (♅) gegen diese Bindung immer größer, sodass sie sich trennen (♅) musste.

Auf diese Art und Weise ergab sich der für diese Konstellation typische Verlauf: Auf eine Bindung folgte eine Befreiung und auf eine Befreiung eine Bindung. Denn, wenn sie sich von einer Beziehung befreit hatte, drängte die Pluto-Energie wieder auf eine neue (♅) Bindung (♇). So praktizierte sie – ohne dies bewusst anzustreben – eine serielle Monogamie.

Sie könnte aber diesen Wiederholungszwang durchbrechen, wenn sie – anstatt sich immer wieder von ihren jeweiligen Partnern zu trennen – die Beziehung wandeln würde, und zwar dergestalt, **dass sie trotz Beziehung frei sein kann**. Doch das ist nur zu erreichen, wenn sie den Gegenpol zu Pluto, nämlich die ♀ ♉ einsetzt, einen Eigenraum beansprucht, d. h. sich auch abgrenzen kann, und wenn sie den Gegenpol zu Uranus, nämlich das ☉ - ♌ -Prinzip, als eigene Selbstständigkeit und Selbstverwirklichung zu leben versteht.

Oft trennen sich aber auch Menschen mit dissonanten ♇-♅-Aspekten von ihren Partnern, weil diese nicht ihre Vorstellungen erfüllen, sondern etwas Eigenes leben möchten.

Auf der körperlichen Ebene sind bei dieser Konstellation Sexualleiden nicht selten. Insbesondere sind die Jahrgänge mit der Konjunktion ♇ - ♅ gefährdet, sich mit dem Papillomavirus (HPV) zu infizieren (♇ = Sexualorgan, ♅ = Virus).

Die dadurch hervorgerufene Erkrankung ist auf der körperlichen Ebene die Widerspiegelung des seelischen Konfliktes, bei dem man sich mit dem Sexualpartner nicht identifizieren kann – man hat den Eindruck, er sei nicht der „richtige" Partner – oder man will sich aus einer Beziehung befreien, doch aus irgendwelchen Gründen schafft man dies nicht.

Eine andere Ausdrucksform dieses Aspekts: Man macht einen Seitensprung, hat dabei aber Schuldgefühle, weil man gegen den Maßstab „Treue" verstoßen hat, und holt sich dabei prompt die „Strafe" in Form einer Infektion ab (Selbstbestrafungstendenz des Unbewussten).

Es kann aber auch sein, dass man den Seitensprung in der Projektion beim Partner erlebt und der Partner dieses Virus in die bestehende Beziehung einschleppt.

Zu einem solchen Leiden kommt es aber nur bei den unerlösten Formen dieser Konstellation und auch da nur auf einer ganz bestimmten Frequenz.

Die Lösung bei dieser Konstellation lautet also:

Bei Abschluss eines jeden Vertrages muss auch eine Ausstiegsklausel eingebaut werden, beim Eingehen einer jeden Bindung muss auch ein Freiheitsspielraum ausbedungen werden, und zwar für **beide** Partner.

Oft ist es aber ein weiter Weg, um zu dem Ziel „Freiheit trotz fester Beziehung" zu gelangen.

Manchmal geht es nicht anders, als einmal zwei oder gar drei Beziehungen gleichzeitig zu unterhalten, weil dann über diese Entwicklungsphase **die Fixierung auf einen einzigen Partner wegfällt** und so Freiheit erlebt werden kann. Ferner wird dadurch die Individualität eines jeden Partners bewusster und man kann dessen Stärken besser schätzen lernen und dessen Schwächen eher einfach so stehen lassen, ohne gleich wieder den Betreffenden verändern oder sich deshalb sofort wieder von ihm trennen zu wollen.

♅ -☽ – Erfahrungsmöglichkeiten (= als Schicksal)

Hemmung:

- Andere unterdrücken die eigene Freiheit und Unabhängigkeit.
- Auflehnung und Widerstand werden von anderen unterdrückt.
- Das Leitbild, alles in der Beziehung gemeinsam zu machen, unterdrückt die eigene Freiheit und Individualität.
- Andere gehen auf Distanz und üben dadurch Macht aus.

Kompensation:

- Widerstand gegenüber Macht und Erwartungshaltungen
- Befreiung von Bindungen, Verträgen und Verpflichtungen
- Kurzzeitige Befreiung von der Beziehung durch Seitensprünge
- Unterdrückung von individuellen Bestrebungen oder von Freiheiten des Partners
- Man geht selbst auf Distanz und übt dadurch Macht auf andere aus

Erkenntnismöglichkeiten (was bewusst werden soll):

Erwachsene Form:

- Eine Erneuerung (⛢) der Beziehung (Ꝋ) ist möglich. Verschiedene (⛢) Beziehungen (Ꝋ) sind gleichzeitig möglich (temporäre Polyamorie).
- Freiheit (⛢) und Beziehung (Ꝋ) sind kein Widerspruch.
- Individuelles Leben (⛢) ist auch in einer Beziehung (Ꝋ) möglich.
- Die Erneuerung (⛢) der eigenen Vorstellungen und Glaubenshaltungen (Ꝋ)
- Neue (⛢) Wege (Ꝋ) können begangen werden.

Wie ein Oppositionsaspekt erlöst werden kann

Im Kapitel „Die goldene Mitte“ wurde anhand der Beispiele von Stier und Skorpion bzw. von Haus 2 und Haus 8 zum Ausdruck gebracht, dass eine Opposition immer ein Regulativ ist bzw. dass eine Feinabstimmung bei den beiden Energien, die die Opposition bilden, notwendig ist.

Es gilt, keine Anlage davon zu vernachlässigen und keine überzubetonen. Tut man dies, fällt man aus dem Gleichgewicht und befindet sich mit dieser Opposition sofort in einem Schicksalskarussell, so wie wir dies bei der Opposition zwischen dem Stier- und dem Skorpion-Prinzip am Beispiel von zu wenig und zu viel Abgrenzung bzw. von zu wenig und zu viel Vorstellung(en) gesehen haben.

Gehen wir noch einen Schritt weiter, indem wir beleuchten, was der Horoskopeigner, in dessen Horoskop eine Opposition verzeichnet ist, zu lernen hat.

Eine Opposition ist eine Aufforderung:

1. einen Pol, d. h. eine Anlage in ihren Inhalten und ihren Ausdrucksformen, zu verstehen.
    - Wie zeigt sich die Anlage – in der Hemmung, in der Kompensation oder in der erwachsenen Form?
    - Was, wie und wo möchte dieser Persönlichkeitsanteil leben?
    - Welches Bedürfnis zeigt die Anlage an?
    - Was ist die Intention der Anlage?

2. den anderen Pol ebenso wie unter Punkt 1 angeführt unter die Lupe zu nehmen.
3. darüber nachzudenken, wie die Opposition der beiden Anlagen in der Innenwelt und wie sie in der Außenwelt als Widerspiegelung der innerseelischen Szenerie erlebt wird.
4. sich bewusst zu werden, welche der beiden Anlagen zu wenig oder zu viel gelebt wird.
   Wodurch wird die für die jeweilige Situation richtige Dosierung gestört?
5. festzustellen, wann der Horoskopeigner dazu neigt, nur den einen Pol zu leben, und wann er den Pol wechselt, und wodurch er sich sofort ausschließlich im anderen Pol befindet. Z. B. stellt sich bei einer Opposition zwischen Uranus und Saturn die Frage: Wann ist er derjenige, der eine Antihaltung an den Tag legt und wann ist er der „Saturn", der mit seiner konservativen Note eine Antihaltung beim anderen auslöst?
6. festzustellen, welche der beiden Anlagen häufig unbewusst projiziert wird.
   Neigt der Horoskopeigner mehr dazu, die gehemmte oder die kompensierte Form einer Anlage bzw. eines Pols in der Projektion zu erleben?
7. die andere Anlage, die gegebenenfalls im Schattenbereich liegt, zu integrieren.
8. zu erkennen, dass beide Pole zusammengehören. Es gilt, ihr Zusammenspiel und ihre Wechselwirkungen zu sehen.
9. eine Feinabstimmung der beiden Pole zueinander vorzunehmen bzw. deren richtiges Verhältnis zu finden.
10. was man von Punkt 1 bis Punkt 9 in Erfahrung gebracht hat, in der Praxis des Lebens umzusetzen.

Liebe dich selbst genug,
um dich gegenüber den Anforderungen der anderen
an deine Zeit und Energie abzugrenzen.

Seiner „Schrift" gemäß leben

Im Grunde genommen wäre eigentlich alles so einfach: Man braucht – salopp gesagt – nur seine Schrift, d. h. sein Horoskop, zu erfüllen und schon ist das Schicksal einem wohlgesonnen und alles ist „im grünen Bereich".
Wie wir gesehen haben, stehen dem aber Abwehrhaltungen und Widerstände meist unbewusster Natur entgegen oder man beherbergt in seinem Geist Glaubenshaltungen, auf die man vielleicht stolz ist, die aber ganz und gar nicht dazu angetan sind, ein gutes Karma zu erzeugen.
Beleuchten wir einmal die Schicksalsszenarien unter dem Motto: „Erfülle deine Schrift und es geht dir gut!"

Vier Punkte sind es, die dem Ganzen entgegenstehen:

1. Man weiß nicht um seine Identität, weiß daher nicht, was man studieren, welchen Beruf man ergreifen, wo man sich bewerben, welchen Partner man wählen, in welche Gegend man ziehen, welche Wohnung man nehmen soll …

   Scheinbar ist einerseits alles möglich und andererseits wieder scheinbar nichts. Man fühlt sich wie ein Blatt im Wind. Man lässt sich treiben und wird getrieben.

Erst über den Umweg vieler Erlebnisse und Erfahrungen kristallisiert sich schließlich heraus, was man alles **nicht** ist, was alles **nicht** der eigenen Identität entspricht. Man erfährt über das Schicksal, wo man überall **nicht** identisch ist, quasi Nicht-Identität als Schicksal. Dass man trotzdem, obwohl alles wie im Nebel lag und im eigenen Leben keine klare Linie erkennbar war, innerhalb der Symbolik seines Horoskops blieb, kann man ohne astrologisches Wissen nicht erkennen.

Dieser Weg von Versuch und Irrtum ist so lang und beschwerlich, dass mancher ein ganzes Leben braucht, um eine Ahnung davon zu bekommen, wer er ist und wer er hätte werden können.

Man hat zwar die Schrift erfüllt – dies ist, wie die Astrologie aufzeigt, immer der Fall – aber auf völlig unbewusste und daher unerlöste Weise.

2. Eine andere Form der Unbewusstheit ist, dass man alles, was in einem angelegt ist – sowohl in einem als Säugetier als auch in einem als individueller Mensch – nicht wahrnimmt. Es ist nicht möglich, seiner Schrift gemäß zu leben, wenn der oder die Betreffende sich nicht der Aggressionen, des Reviertriebs, der Vorstellungsfixierung, des Dranges nach Ausdruck seiner Männlichkeit bzw. ihrer Weiblichkeit oder der Sehnsucht nach einem sinnvolleren Leben bewusst ist.

   Man lebt auch hier einfach nur so vor sich hin, hat immer wieder denselben Tagesablauf, vollzieht marionettengleich dieselben Rituale, ohne dabei einen Zugang zu sich selbst zu haben.

   Ohne Informationen über Psychologie und Astrologie ist es schwierig, zu erkennen, welche Anlagen und Persönlichkeitsanteile nach Ausdruck verlangen bzw. zur Verwirklichung streben.

Man kennt zwar z. B. den Begriff Freiheit, aber hat nicht darüber reflektiert, wie es um den eigenen Freiheitsdrang steht und ob diese Freiheit im eigenen Leben zu kurz kommt oder gar gänzlich unterdrückt ist. Vielleicht wiegt man sich nur in der Illusion von Freiheit? Die eigene Freiheit kann blockiert sein durch ein strenges Über-Ich, durch eine symbiotische Partnerbeziehung oder durch eine falsche Glaubenshaltung.

So kommt es, dass viele Menschen der Überzeugung sind, keine Probleme und Konflikte zu haben. Die Spannungsaspekte in ihrem Horoskop zeigen jedoch auf, dass ihre wirkliche Befindlichkeit und ihre Lebenssituation ganz anders sind. Die Betreffenden beherrschen hervorragend die Kunst der Verdrängung und nur deshalb sind sie sich ihrer Probleme nicht bewusst. Hinzu kommt, dass in manchen Kreisen Probleme und Konflikte mit psychischen Störungen assoziiert werden. Daher muss auf alle Fälle vermieden werden, einen solchen Eindruck zu erwecken!

3. Die weithin vorherrschende Zufallsgläubigkeit ist ein weiterer Grund, dass viele nicht ihrer Schrift gemäß leben. Als Anhänger der Ideologie des Zufalls glaubt man, „rational" und „wissenschaftlich" zu sein. Dass dem Zufall Gesetzmäßigkeiten zugrunde liegen könnten oder dass einem nur das zufallen kann, wozu man in Resonanz steht, bringt man mit Aberglaube und Mystik in Verbindung. Als aufgeklärter Mensch will man damit nichts zu tun haben.

   Wenn sich der Betreffende das Bein bricht oder einen Verkehrsunfall hat, glaubt er, das hätte nichts mit ihm selbst zu tun. Er sieht solche Ereignisse abstrakt, d. h. von sich selbst losgelöst. Er ist zwar gezwungen, das jeweilige Schicksal anzunehmen,

aber er kommt nicht zu den Fragen: Was soll mir über diese Krankheit oder über dieses Ereignis bewusst werden? Was kann ich tun, um solchen unliebsamen „Zufällen" vorzubeugen?
Es gibt jedoch auch Zufälle, mit denen man einverstanden ist.

Hierzu der Fall von Sandra L.:

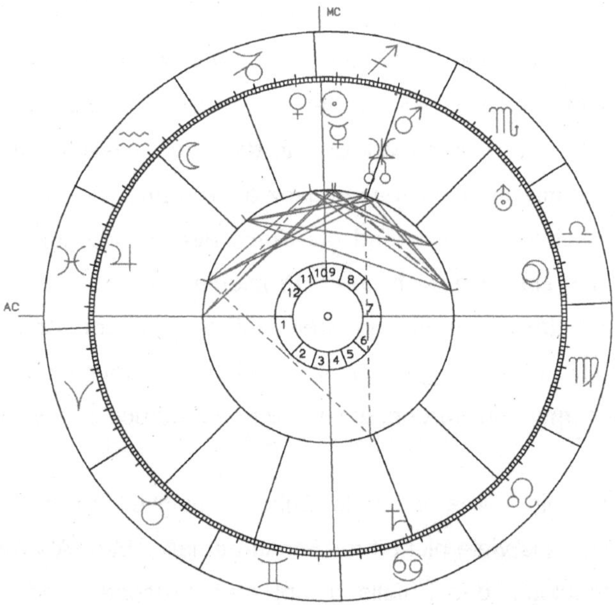

Sandra L. landete nach einer langen beruflichen Odyssee schließlich an einem Arbeitsplatz, an dem sie sich sehr wohlfühlt, da er genau ihrer Horoskop-Konstellation und Entwicklungsstufe entspricht.
Sie ist in einem Arbeitsamt angestellt, dort hilft sie inländischen und ausländischen Kunden, eine Arbeit im europäischen Ausland zu finden (☉ Herrscher von Haus 6 [Arbeit] in Haus 9 im Schützen [Ausland]).

4. Viele Menschen tun so, als ob sie in allen zwölf Häusern den Saturn stehen hätten. Sie streben überall die jeweilige Norm und das Ideal an. Sie verleugnen auf diese Art und Weise total ihre eigene individuelle psychische Struktur. Sie tun so, als ob sie z. B. den Merkur nicht in Haus 4, die Sonne nicht in Haus 5, den Pluto nicht in Haus 9 oder den Jupiter nicht in Haus 7 hätten, indem sie auf allen Lebensfeldern krampfhaft versuchen, so zu sein wie alle anderen.

   Ja, selbst dort, wo sie den Uranus und den Neptun im Horoskop stehen haben oder sich Lichter und Planeten im Wassermann oder in den Fischen befinden, streben sie die Norm an und wollen partout angepasst sein und zur Masse dazugehören – ein aussichtsloses Unterfangen!

   Und wenn die Betreffenden eines Tages die Welt verlassen müssen, hat sich zeit ihres Lebens ihre eigene psychische Struktur, ihre ureigene Individualität nie durchsetzen können.

   Die in einem vorherigen Kapitel angeführte Folgerichtigkeit von Saturn, Uranus und Neptun wird in diesem Zusammenhang besonders deutlich: Die Moralvorstellungen, Normen, Gebote und Ideale verbieten meist das Ausleben von Uranus und Neptun in ihrer ursprünglichen, von der Natur vorgesehenen Form und bringen dadurch die beiden Planetenenergien auf eine ungünstige, schicksalhafte Frequenz. Insofern wird auch klar, warum der IV. Quadrant als Schicksalsquadrant gilt. Man hat den Saturn nicht als eigene Ziele, als eigene Rechte und eigene Verantwortung zur Verfügung, den Uranus nicht als Freiheit, Unabhängigkeit, Abwechslung und neue Ideen und den Neptun nicht als Aufdeckung von Hintergründen, als Erkennen und Annehmen der

Welt jenseits von Moral und Konvention sowie als bunte Fantasie.

Diese drei Planeten nur in unerlöster Form erleben und ausleben zu können, bringt negatives Schicksal am laufenden Band, insbesondere deshalb, weil diese Energien mit den anderen Planeten bzw. Lichtern im Horoskop in Wechselwirkung stehen und daher andere Anlagen entscheidend beeinflussen können, wobei Saturn als Vertreter der herkömmlichen Moral und Konvention blockiert und hemmt, Uranus stresst und irritiert, Neptun verunsichert und auflöst.

Die *Relevanz dieser drei kosmischen Prinzipien* sowie die Intensität, mit der sie sich auswirken, werden durch *folgende Konstellationen* gezeigt:

- Sonne oder Mond im Steinbock
- Sonne oder Mond im Wassermann
- Sonne oder Mond in den Fischen
- Aszendent Steinbock
- Aszendent Wassermann
- Aszendent Fische
- Saturn in dem Haus, in dem er steht und in dem er herrscht
- Uranus in dem Haus, in dem er steht und in dem er herrscht
- Neptun in dem Haus, in dem er steht und in dem er herrscht
- alle Planeten, die in Häusern stehen, die von Saturn, Uranus und Neptun beherrscht werden
- Planeten im Steinbock bzw. in Haus 10
- Planeten im Wassermann bzw. in Haus 11
- Planeten in den Fischen bzw. in Haus 12
- die Herrscher von Haus 10, 11 und 12

- Planeten oder Lichter, die eine Aspektverbindung zu Saturn, Uranus oder Neptun haben

Die Aufstellung macht deutlich, dass wirklich jeder Mensch betroffen ist. Keiner kann sagen: „Saturn, Uranus und Neptun haben mit mir nichts zu tun!“ oder „Ich bin von selbst erzeugtem Schicksal frei!“

Sagen wir es noch einmal ganz deutlich:
Indem Saturn aufgrund von herkömmlicher Moral und Konvention Triebe, Gefühle und Gedanken, also Körper, Seele und Geist, hemmt und nicht in seiner wahren Natur als Lebensschützer und -bewahrer im Sinne einer Ethik des Lebens fungiert, ist er der Braumeister des Schicksals und Uranus und Neptun sind dabei seine Gehilfen (siehe Anhang: Umpolung des Gewissens).

Doch zurück zu demjenigen, der auf allen Lebensgebieten den Normen und Idealen gemäß leben will, selbst in dem Haus seines Horoskops, in dem er Uranus und Neptun stehen hat.
Was hätte der Betreffende mit seinem Uranus oder seinem Neptun denn leben sollen? Und was ist, wenn er diese Energien nicht bewusst zu leben versteht? Strebt jemand z. B. mit Neptun in Haus 4 eine ganz normale Familie oder gar eine Idealfamilie an, dann geht er offensichtlich nicht **schriftgemäß** vor.
Und weil er nicht mit seiner Schrift kongruent ist, holt ihn Neptun auf die Ebenen:

- Sehnsucht nach Geborgenheit
- Traurige Gefühle
- Gefühle der Angst

- Einsamkeit im Heim
- illusionäre Vorstellung von einem Familienleben
- Scheinfamilie
- Verunsicherungen in der Familie oder durch die Familie
- Auflösung von Heim, Heimat oder Familie
- Flucht aus der Familie

Der Betreffende fragt sich: Warum ist es mir nicht beschieden, eine intakte Familie zu haben, Geborgenheit zu empfinden oder eine Wohnung zu finden, die mir entspricht? Warum bin ich da vom Schicksal her so benachteiligt?
Was er dabei nicht weiß, ist, dass die Neptunenergie ihm nur so lange zu schaffen macht, solange er sie nicht bewusst integriert. Was sollte er tun?
Die Lernaufgaben mit Neptun in Haus 4 lauten:
- Auflösung des herkömmlichen Familienideals
- Auflösung der bisherigen konventionellen Wohnform
- Aufdeckung der Hintergründe und Geheimnisse der Herkunftsfamilie
- Aufdeckung der Hintergründe der eigenen seelischen Identität
- Aufdeckung der verdrängten Gefühle
- Leben einer alternativen Form von Familie
- Leben in einer anderen (alternativen) Wohnform

Der Betreffende kann demzufolge in Bezug auf das Haus, in dem Neptun steht, und auch in Bezug auf das Haus, in dem er Herrscher ist, auf Dauer **nicht** so tun, als sei er „normal“, sondern muss dort seine **persönlichen** Alternativen finden. Dazu ist jedoch ein Entwicklungsprozess, d. h. eine Bewusstseinserweiterung (Neptun), notwendig, die häufig über die Beschäftigung mit Astrologie und Tiefenpsychologie führt; denn über diese Wege ist es erst möglich, die herkömmliche Bewusstseinshaltung, die dem Neptun entgegensteht, zu verlassen.

Ein anderes Beispiel: Magda

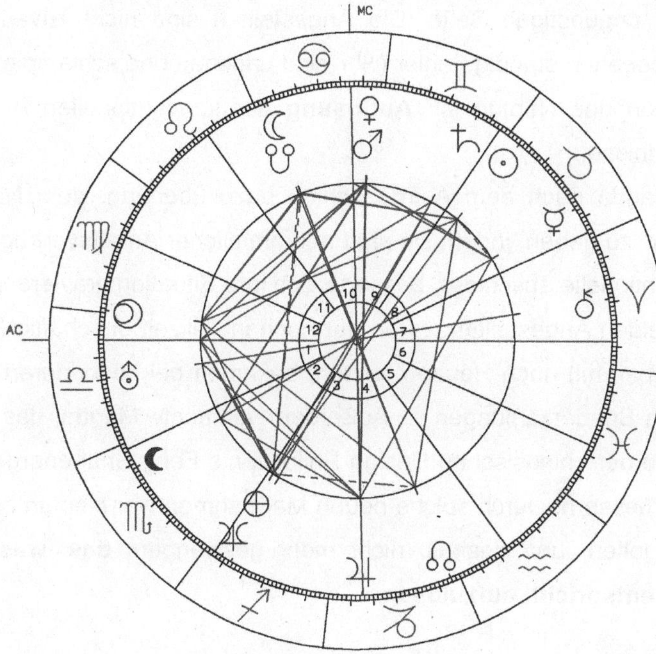

Magda ist Inhaberin einer kleinen, sehr erfolgreichen Firma. Ihr größtes Problem ist, dass sie immer wieder an Büroangestellte gerät, die unzuverlässig sind, die Schreibarbeiten nicht ordnungsgemäß durchführen, viele Fehler machen, Absprachen nicht einhalten, Termine vergessen und Unterlagen verlegen.

Aufgrund dessen ist Magda gezwungen, diese zu entlassen und neue einzustellen. Wenn sie aber einmal mit den Leistungen einer Angestellten zufrieden ist, kündigt die Betreffende selbst aus unerklärlichen oder vorgeschobenen Gründen.
Magdas kosmische Schrift mit Neptun als Herrscher von Haus 6 in Haus 3 zeigt ganz klar auf: Solange sie konventionelle Arbeitsverträge mit ihren Angestellten abschließt, zeigt sich Neptun von seiner ungünstigen Seite. Die Angestellten sind nicht zuverlässig (♆), begehen ständig Fehler (♆), sind ungenau und schlampig (♆). Intention des Neptun ist: **Auflösung** der konventionellen Arbeitsverhältnisse.
Als Magda nach dem Astrocoaching dazu überging, dem Neptun „Futter" zu geben, indem sie statt herkömmlicher Arbeitsverträge unkonventionelle abschloss, besserte sich ihre Situation gravierend.
Die beiden Angestellten waren nur noch in Teilzeit beschäftigt, durften Arbeit mit nach Hause nehmen, bekamen bei besonderen Leistungen Sonderzahlungen ... Außerdem versuchte Magda, das Büro mithilfe der chinesischen Design-Philosophie Feng-Shui energetisch zu verbessern. Durch solche neuen Maßnahmen war Neptun bereits „abgegolten" und deshalb nicht mehr gezwungen, **das, was ihm nicht entspricht, aufzulösen.**

Ähnlich ist die Situation gelagert, wenn Uranus im 5. Haus steht. Auch hier verstößt der Betreffende gegen seine kosmische Schrift, wenn er dort den Saturn anstrebt, also ganz „normal" und „anständig" werden will.
Er kann dann eben nicht dem herkömmlichen Vaterideal entsprechen, ein Kind nach dem herkömmlichen Erziehungsideal aufziehen, eine Ehe in Zugewinngemeinschaft eingehen (er könnte dann ja

nicht mehr so frei handeln, wie er möchte) oder nur auf ein einziges Geschäft, eine einzige Firma oder ein einziges Projekt setzen. Die Uranus-Energie mag so etwas nicht. Die (innere) Uranus-Energie setzt in solchen Fällen alles daran, dass es dabei zu Irritationen und Trennungen kommt.

Das Motto von Uranus lautet: Diversifikation, Unabhängigkeit und Progressivität, d. h. progressive Kindererziehung, Ehe mit Gütertrennung, mehrere Geschäfte, Praxen, Firmen, Projekte oder Unternehmungen; freies und unabhängiges Handeln.

Ein anderes Beispiel: Robin

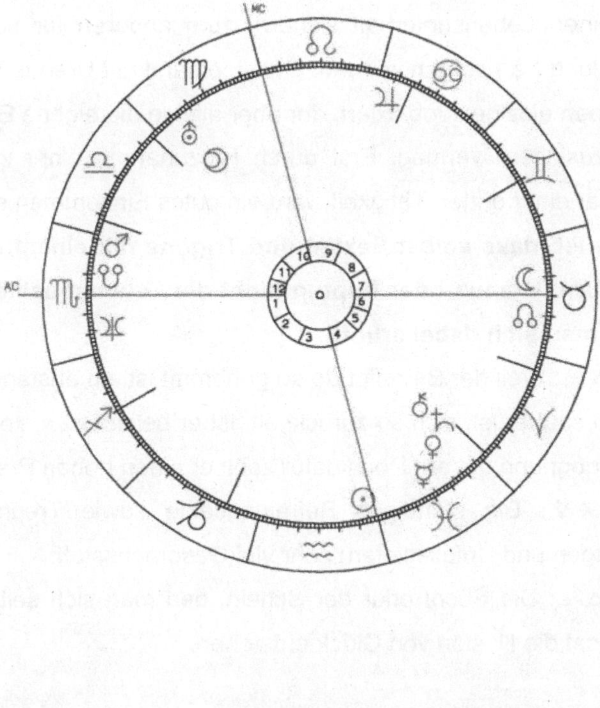

In Robins Horoskop steht Uranus in Haus 10.

Robin glaubte, er müsste einem ganz „normalen“ Beruf mit ganz „normalen“ Arbeitszeiten nachgehen. Die Folge war, dass er aus unterschiedlichen Gründen immer wieder den Arbeitsplatz wechseln (♅) musste. Ständig kam es auf dem beruflichen Sektor zu Stresssituationen (♅), Innovationen (♅), Veränderungen (♅), Versetzungen (♅) und Trennungen (♅).

Uranus in Haus 10 seinem wahren Wesen gemäß auszuleben heißt aber: entweder ein außergewöhnlicher Beruf oder ein Beruf, der nur in bestimmten Intervallen, sporadisch und saisonal ausgeübt wird oder aber ein Beruf, in dem es keine Regelarbeitszeit gibt.

Robin könnte die Konstellation „Uranus in Haus 10“ auch einlösen, indem er zwei oder drei Teilzeitjobs annehmen würde, die ihm zum einen seinen Lebensunterhalt sichern, zum anderen für sehr viel Abwechslung (♅) sorgen würden. Oft ist jemand mit Uranus in Haus 10 auf einen einzigen Job fixiert, der aber alleine die eigene Existenz nicht abzusichern vermag. Erst durch Hinzunahme einer zweiten, u. U. sogar einer dritten Tätigkeit, wird ein gutes Einkommen erzielt.

Tragisch ist, dass selbst Sextile und Trigone mit einem unerlösten Saturn, Uranus oder Neptun nicht die Lebensqualität bringen, die man sich dabei erhofft.

Z. B. ♄ △ ♀ : Weil der Betreffende so gehemmt ist, so anständig und moralisch sauber ist, sich so zurückhält, ist er beliebt bzw. kommt er in der Begegnung gut an. Doch dafür zahlt er einen hohen Preis!

Oder ♅ ⚹ ☿ : Die ständigen Befreiungsakte sowie Trennungen, Scheidungen und Unfälle liefern sehr viel Gesprächsstoff.

Oder ♆ △ ♃ : Die Sucht oder der Schein, den man sich selbst vormacht, lässt die Illusion von Glück entstehen.

Oft ist es auch nicht möglich, ein solches Sextil oder Trigon in seiner ureigenen typischen Qualität zu erleben, weil man nicht wagt, Uranus und Neptun in ihren realen Formen, d. h. als wertvolle Anlagen, einzusetzen. Wenn verschiedene Einkommensquellen, Partner, Jobs oder Wohnsitze, wenn Heimlichkeiten und alternative Wege vom Bewusstsein her nicht erlaubt sind, kann man eben das Sextil zwischen Uranus und Merkur oder das Trigon zwischen Neptun und Jupiter nur auf selbstschädigende Weise einlösen. Wenn aufgrund einer Entweder-oder-Ideologie ein **Sowohl-als-auch** oder andere Möglichkeiten tabuisiert sind oder jede Heimlichkeit als verboten oder böse angesehen wird, kommen günstige Auslebensformen von Uranus und Neptun nicht in Betracht. Z. B. kann dann ein Trigon zwischen Neptun und Jupiter kein Glück in der Heimlichkeit bringen.
Diese Problematik hat auch noch andere Konsequenzen: Oft ist es nicht so schnell möglich, einen Quadrataspekt oder eine Opposition zu erlösen, weil die Bewusstwerdung des Konfliktes und die Ausbildung der entsprechenden Anlagen viel Zeit beanspruchen.
Wenn im Horoskop eines Klienten aber ein Planet, der mit einem anderen durch einen solchen dissonanten Aspekt verbunden ist, zusätzlich ein Sextil oder Trigon zu Uranus oder Neptun aufweist, könnte er dem schmerzhaften, disharmonischen Aspekt ausweichen und verstärkt den harmonischen aufsuchen, was zu einer großen Erleichterung führen würde (z. B. wenn der Mond in Opposition zu Saturn steht, aber zugleich ein Trigon zu Neptun aufweist).
Bei einem Nicht-Zulassen von Uranus und Neptun in ihren realen Formen sind jedoch solche Ausweichmöglichkeiten weniger erfüllend, in manchen Fällen können sie sogar gänzlich versperrt sein.

Aufgabe des Astrocoachs:

Aufgrund der Symbolik wird evident, dass jeder Mensch – ohne Ausnahme – immer seiner Schrift gemäß lebt. Die Frage ist nur, ob er mit der jeweiligen Frequenz der Anlage, d. h. mit der bisherigen Auslebensform, einverstanden und zufrieden ist. Wenn der Betreffende in den unerlösten Ausdrucksformen seiner Anlagen Leid und Schmerz erfährt, entsteht häufig erst die Bereitschaft zur Weiterentwicklung.

Oder anders ausgedrückt:

Unzufriedenheit auf der bisherigen Frequenz bedeutet, dass die Aufgabe ansteht, eine neue Ebene der Anlage zu erreichen.

Aufgabe des Astrocoachs ist es, seinem Klienten bei dem Transformationsprozess von einer Ebene zur anderen zu helfen, also die bisherige Frequenz zu verlassen und durch geeignete Entwicklungsschritte zu einer neuen Auslebensform der Anlage zu kommen. Dem Klienten soll es gelingen, „auf einen neuen Gang zu schalten“, sodass er mehr Zufriedenheit und Glück erleben kann.

III. Psychosomatik und Astrologie

Es gibt tausend Krankheiten,
aber nur eine Gesundheit.
(Arthur Schopenhauer)

Chronische Blockierung im Stillen von Bedürfnissen als Ursache von Krankheiten

Wann wird das 6. Haus im Horoskop mit Krankheit in Verbindung gebracht?

Im 6. Haus geht es um die Aufgabe, die eigene Innenwelt mit der Außenwelt in Einklang zu bringen. Dazu ist eine gute Wahrnehmungs- und Beobachtungsfähigkeit notwendig. Es werden sowohl die eigenen Bedürfnisse und Gefühle wahrgenommen als auch die Verhältnisse in der Außenwelt (äußere Natur, Wetterbedingungen, Beschaffenheit der Straße, Verbote, politisches System, Hierarchie, Motive der Mitmenschen und Partner …)

Krankheit[5] entsteht:

1. wenn die Anpassung an die Umweltbedingungen nicht gelingt
2. wenn man ständig von anderen kritisiert wird oder immer nur andere kritisiert.

   Aufgrund der aktiven oder passiven Kritik stellt sich Frustration ein. Jede Frustration ist mit Aggression gekoppelt. Diese Aggres-

[5] Weiterführende Literatur: Hermann Meyer: „Psychosomatik und Astrologie“, Hugendubel-Verlag

sion ist aber meist tabuisiert und wird daher gar nicht wahrgenommen. Insofern wird Aggression zwangsläufig in Form von entzündlichen Prozessen zum Vorschein kommen.
3. Wenn die eigenen Bedürfnisse und Gefühle aufgrund von Anpassung an innere oder äußere Instanzen nicht wahrgenommen, gezeigt und gestillt werden können.

Im Kapitel „Die Diskrepanz zwischen dem Kulturmenschen und dem Säugetier Mensch“ wurde bereits auf diese Problematik hingewiesen.

Ob jemand krank wird oder gesund bleibt, hängt im Wesentlichen davon ab, ob die Selbstregulationsmechanismen des 6. Hauses bzw. des Jungfrau-Prinzips funktionieren oder ob diese physiologischen Automatismen blockiert, irritiert oder verunsichert sind.

Solche Schwierigkeiten haben meist schon ihren Ausgangspunkt in Haus 4 (siehe Kapitel „Die Folgerichtigkeit im II. Quadranten“) bzw. in der archetypischen Opposition Krebs / Steinbock bzw. Haus 4 / Haus 10.

Wenn Bedürfnisse oder Gefühle mit dem eigenen Über-Ich, alten Glaubenshaltungen oder gesellschaftlichen Trends nicht vereinbar sind, werden sie a priori ins Unbewusste verdrängt und können daher nicht mehr mit der Merkur-Jungfrau-Haus-6-Anlage wahrgenommen und beobachtet, geschweige denn gezeigt werden. Aufgrund dessen kennen viele Menschen ihre wirklichen Bedürfnisse nicht und leiden unbewusst unter einer chronischen Blockierung im Stillen von Bedürfnissen.

Sie wissen nicht oder nur vage um ihr Bedürfnis, Sport zu treiben, zu rivalisieren, zu gewinnen, zu genießen, nach einem eigenen Revier, nach Sicherheit, nach Kommunikation, sich darzustellen, einen freien Aktionsradius zu haben, um ihr Bedürfnis nach Hautkontakt, nach

Zärtlichkeit und seelischer Wärme, um ihr Bedürfnis, ihr Licht leuchten zu lassen, etwas zu kreieren, ihre Gefühle zu zeigen, ihrem eigenen Geschmack Ausdruck zu verleihen, nach Begegnung und Partnerschaft, ihr Bedürfnis nach Selbstbestimmung und nach einem eigenen Weg, ihr Bedürfnis nach Sexualität und Leidenschaft, den eigenen Sinn zu finden, Anerkennung zu bekommen, ihr Bedürfnis nach Freiheit und Unabhängigkeit und um ihr Bedürfnis, anders zu leben und Alternativen zu finden.

Oft sind einem die eigenen Bedürfnisse, Konflikte und Spannungen nicht bewusst. Doch selbst wenn man darum weiß, glaubt man häufig, es würde einem gar nicht so viel ausmachen, weil der seelische Schmerz aus dem Bewusstsein ins Unbewusste verbannt wird. Die Folge: Der Schmerz wird dann symbolisch am Leib ausgedrückt. Anders formuliert: Man räumt dem Konflikt, der da besteht, keinen so großen Stellenwert ein – man hat sich irgendwie mit der Situation abgefunden (= resignative Anpassung).

Ws so viele Menschen nicht glauben können, wenn sie sich nicht mit dem Unbewussten auseinandergesetzt haben, ist:

Alle Bedürfnisse vom Widder bis zu den Fischen sind
bei jedem Menschen **immer da**,
nur in unterschiedlicher Ausprägung!

Und diejenigen, die ein Bedürfnis besonders vehement negieren, sehnen sich unbewusst oft am meisten danach, dass es gestillt wird. Beim Astrocoaching wird deutlich, wie viele Menschen z. B. regelrecht ausgehungert und süchtig sind nach Kuscheln, Zärtlichkeit, seelischer Liebe und seelischer Wärme, aber das weder vor sich selbst noch vor anderen eingestehen. Sie können und wollen dies einfach nicht wahrhaben. Insofern erscheint diese Sucht nach Zärtlichkeit in anderen Formen wieder – etwa in einer Sucht nach Süßigkeiten oder in einer Sucht nach Anerkennung, Ruhm und Ehre. Im letzteren Fall hat die Sucht den Pol gewechselt, nämlich von Haus 4 nach Haus 10. der Betreffende glaubt dann **unbewusst**, dass er, wenn er Ruhm und Ehre erreicht hat, von anderen eine Fülle an Zuwendung und Zärtlichkeit erhalten würde.

Im Status quo aber, in dem er ohne Ruhm und Ehre ist – so seine unbewusste Glaubenshaltung –, ist er nur wenig liebenswert, interessant und wichtig. Er meint daher, dass er jetzt noch nicht von anderen angenommen und geliebt werden kann.

Meistens haben die Betreffenden bei ihrer Mutter keine bedingungslose Liebe (Mutterliebe im wirklichen Sinne) erfahren, d. h., sie wurden nur geliebt, wenn sie deren Vorstellungen und Rollenzuweisungen erfüllt haben, aber nicht um ihrer selbst und ihrer seelischen Eigenart willen. Insofern glauben sie auch als Erwachsene, nur aufgrund von Leistung und Erfolg geliebt zu werden. Hinzu kommt, dass viele Männer wegen eines weitverbreiteten Ideals glauben, sich „cool" geben zu müssen, um nicht als unmännlich zu gelten. Auf diese Weise wird deren inneres Kind oft gänzlich unterdrückt. So wie jede Frau im Grunde ihres Herzens zu einem Teil immer noch das kleine Mädchen bleibt, so bleibt jeder Mann partiell der kleine Junge, und so sehnen sich Frau und Mann immer wieder nach Zärtlichkeit und seelischer Wärme, danach, in den Arm genommen, gehalten, geherzt und geküsst zu werden. Wenn diese Sehnsucht nicht gestillt wird, hat dies nicht nur bei Kleinkindern negative körperliche und seelische Folgeerscheinungen (z. B. bei Hospitalismus), sondern auch bei Erwachsenen. Aber auch der Ersatz für Zärtlichkeit (z. B. Süßigkeiten, Streben nach Ruhm und Ehre) macht auf Dauer krank.

Da man sich meist dieser grundlegenden Bedürfnisse nicht bewusst ist, kann oft erst über das Horoskop deutlich werden, was man wirklich dringend braucht.
So kann jeder dissonante Aspekt (□,☍,☌) als Hinweis gesehen werden, welches Bedürfnis aus welchen Gründen nicht gestillt werden kann.

Z. B. kann ein dissonanter Aspekt zwischen Saturn und Neptun ein Indiz für eine Sucht nach Anerkennung sein, zwischen Mond und Neptun für eine Sucht nach Geborgenheit und Zärtlichkeit, zwischen Saturn und Merkur (Jungfrau) für ein Verbot, Gefühle wahrzunehmen und auszudrücken, zwischen Pluto und Merkur (Zwillinge) für eine Unterdrückung des Bedürfnisses nach eigener Darstellung und einem freien Aktionsradius.

Der *Fall von Tanja*, einer 39-jährigen Seminarteilnehmerin, macht besonders deutlich, wie tief Bedürfnisse und Gefühle verschüttet sein können.

Tanja wurde vor fünf Jahren von ihrem Ehemann verlassen, weil sie sich auf ihre Kinder konzentriert hatte und der Mann glaubte, keinen Platz mehr in ihrem Leben einnehmen zu können.
Seitdem litt Tanja immer wieder an Unterleibsbeschwerden. Sie gab vor, kein Bedürfnis nach einem neuen Partner und auch nicht nach Sexualität und Leidenschaft zu haben. Tanja: „Erst wenn meine zwei Kinder (sechs und acht Jahre alt) eines Tages flügge geworden sind, kann ich wieder an Partnerschaft denken."

Ihr Horoskop zeigt aber aufgrund einer Mars-Saturn-Konjunktion und einer Mond-Pluto-Quadratur auf, dass sowohl ihr Sexualtrieb (♂) und ihr innerer Liebhaber (♂) als auch die Freude am Frau-Sein (Mond) durch ihr strenges Über-Ich (♄) bzw. durch ihre Vorstellungen, Fixierungen und Glaubenshaltungen (♇) überlagert sind und deshalb nicht wahrgenommen und empfunden werden. Hinzu kommt, dass sich – was häufig geschieht – Ursache und Wirkung gegenseitig verstärken: Weil keine positive Einstellung zu Trieb und Sexualität und kein Einsatz dieser Energien → deshalb Unterleibsbeschwerden, weil Unterleibsbeschwerden → deshalb weniger Libido und deshalb auch Bestätigung der negativen Einstellung.

Erst durch eine Umpolung ihres Über-Ichs (♄) und durch das Installieren neuer lebensfördernder Glaubenshaltungen (♇) ist es möglich, die bisher verdrängten Bedürfnisse gleichsam freizuschaufeln und so zutage treten zu lassen.

Zur Verdrängung von elementaren Bedürfnissen neigt besonders jemand, der um die Bipolarität aller Anlagen und Energien nicht weiß und sich deshalb mit nur einem Pol identifiziert. Wer sich mit dem Pol Nähe identifiziert, kann sein Bedürfnis nach Distanz nicht erkennen und ein Bescheidener nicht glauben, dass er auch den Gegenpol in sich trägt und deshalb auch gerne angeben möchte. Er ist sich seines Bedürfnisses nicht bewusst. Er weist es gewöhnlich weit von sich, ein solches Bedürfnis zu haben.

Manchmal ist es noch schlimmer: Bedürfnisse werden nicht wahrgenommen, sondern stehen außerdem in Konflikt zueinander.

So kann das Bedürfnis nach Sicherheit (♀ ♉) im Widerstreit mit dem Bedürfnis nach Abwechslung und Veränderung (□/☍ ♅) sein. Wählt der Horoskopeigner die Sicherheit, muss er das Bedürfnis nach Veränderung unterdrücken und umgekehrt.

Oder: Das Bedürfnis nach Begegnung und Partnerschaft (♀ ♎) ist in einer Spannung mit dem Bedürfnis nach Rückzug, Ruhe und Alleinsein (□/☍ ♆). Auch hier ist es so: Stillt er das eine Bedürfnis, kommt das andere zu kurz und vice versa.

Und wenn ein Bedürfnis chronisch nicht gestillt werden kann, wird dies über den Anpassungsmechanismus der Somatisierung über den Leib ausgedrückt. Das jeweilige Organ oder Organsystem steht dann symbolisch für das ungestillte Bedürfnis, z. B. Schleimhautaffektionen oder Magenprobleme für einen Mangel an Geborgenheit, Nieren- und Blasenprobleme für einen Mangel an Ausgewogenheit zwischen Geben und Nehmen in der Partnerschaft oder für ein Ungleichgewicht an Liebe und erotischer Anziehung in der Partnerbeziehung (z. B. wenig erwiderte Liebe).

Fazit:

Es gibt Menschen, die sich dessen bewusst sind, dass sie z. B. dringend einen Freiraum brauchen, andere wiederum wissen dies nicht, weil die Beschneidung des Freiraums in ihrer Herkunftsfamilie, in ihrem Milieu oder in ihrer Kultur als „normal" gilt.
Manche haben bereits Schwierigkeiten, ihr Durstgefühl wahrzunehmen, und können deshalb oft ihr Bedürfnis nach Flüssigkeit nicht ausreichend stillen. Um wie viel schwieriger muss es im Vergleich

dazu erst sein, Bedürfnisse nach Abgrenzung oder nach Freiheit und Unabhängigkeit zuzulassen.

Auch hier kann Saturn nach seiner Umwandlung von alter Moral auf Lebensgesetze statt als Blockierer nunmehr als **Bewusstmacher** der Bedürfnisse fungieren.

Es geht darum, ein immer feineres Gespür dafür zu bekommen, welche Bedürfnisse im Persönlichkeitssystem vorhanden sind und wie sie gestillt werden können. Ein Gespür dafür, was man zur Aufrechterhaltung der Homöostase braucht, was notwendig ist, um wieder ins Gleichgewicht zu kommen und dort zu bleiben. Die englische Redewendung *“take care for you“* ist eine Aufforderung, gerade das zu tun.

Um sich genauer darüber klar zu werden, welche der eigenen Bedürfnisse wie gestillt werden sollen, hier eine Orientierungshilfe:

Bedürfnisse

Welche Art von Bedürfnis?	Was wird gebraucht?
Wer kann dieses Bedürfnis stillen?	Unabhängig und allein möglich oder nur über andere?
Grad bzw. Intensität des Bedürfnisses:	Wie viel, wie stark, wie oft?
Zweck und Ziel des Bedürfnisses:	Was will ich erleben? Was will ausgedrückt werden?
Welche Möglichkeiten gibt es?	Auswahl der Mittel, die das Bedürfnis abdecken oder stillen können:
Dauer des Bedarfs:	Wie lange?
Umstände des Bedarfs:	Wo? Unter welchen Rahmenbedingungen? Durch wen bzw. mit wem?

Drei Dinge muss der Mensch wissen, um gut zu leben:
was für ihn zu viel, zu wenig und was genau richtig ist.

Gesundheit bedeutet Gleichgewicht

Um Zufriedenheit zu erlangen ist es günstig, dafür Sorge zu tragen, dass man sich dort ausgleicht, wo es notwendig ist, und schließlich die Gewichtung all seiner Anlagen so vornimmt, dass man sein persönliches Gleichgewicht findet. Das ist wahre Liebe zu sich selbst.
So wie bei einer Erkrankung die Selbstheilungskräfte des körperlichen Organismus versuchen, das Gleichgewicht und damit die Gesundheit wiederherzustellen, so muss der Mensch in seiner Psyche und in seinem Leben (Schicksal) bzw. in seinen äußeren Bezügen (Außenwelt) **bewusst** für ein Gleichgewicht sorgen. Das ist keine leichte Aufgabe, zumal die miteinander vernetzten und in Wechselwirkung stehenden Persönlichkeitsanteile oft sehr störanfällig sind. Insbesondere die Gegenspieler (Oppositionsaspekte) im Horoskop machen vielen Menschen zu schaffen. Ein Übergewicht des einen verursacht ein Untergewicht des anderen, ähnlich wie dies bei den Antagonisten Magnesium und Kalzium zu beobachten ist. Magnesium ist der natürliche Gegenpol des Kalziums, aber zugleich sein Partner. Es gibt keinen Herzschlag, keine Muskel- oder Darmbewegung, bei der nicht Kalzium in die und Magnesium aus der Zelle strömt und umgekehrt. Es besteht ein hochkomplexes Wechselspiel zwischen diesen Mineralstoffen, das nur dann in einem gesunden

Gleichgewicht abläuft, wenn die Körperbestände an beiden Gegenspielern ausreichend vorhanden sind.

Entscheidend ist, dass jeder Mensch sein **eigenes** Gleichgewicht finden muss. Dabei kann ihm ein Astrocoach behilflich sein.

Hierbei stellen sich folgende Fragen:

- Wie unterstützen und fördern sich im Horoskop eines Klienten die verschiedenen Energien (= Förderer)?
- Wo gleichen sich Energien aus und wo neutralisieren sie sich in ihrer Wirkung (Gegenspieler)? Wo werden Energien durch einen „Räuber" verbraucht oder in ihrer Wirkung stark eingeschränkt?
- Wo muss eine Überkompensation in eine erwachsene Form transformiert werden, um eine drohende Dekompensation zu vermeiden?

Es gilt, im Horoskop des Betreffenden strategisch vorzugehen, sodass er ein **individuelles** Gleichgewicht erreichen kann, d. h. ein Gleichgewicht, das genau auf seine Psyche und auf sein Leben zugeschnitten und abgestimmt ist. Dabei geht es darum, den Klienten von einer ungünstigen Kanalisierung bzw. Dosierung einer Energie abzubringen bzw. ihn zu einer Schwergewichtsverlagerung in seinem Persönlichkeitssystem zu bewegen. Manchmal muss ein destruktiver Regelkreis verlassen oder in einen konstruktiven verwandelt werden, ehe das Ziel „individuelles Gleichgewicht" erreicht werden kann. Aber auch die Einführung von neuen Größen in das Persönlichkeitssystem, die Aktivierung bisher brachliegender Persönlichkeitsanteile oder eine Stabilisierung des Systems durch verschiedene Kompensationen kann angezeigt sein.

In der psychologischen Astrologie wird zwischen einem *Gleichgewicht (Ausgewogenheit)* und einem *Ungleichgewicht (Unausgewogenheit) innerhalb und außerhalb eines Prinzips unterschieden.*

1. Ausgewogenheit innerhalb eines Prinzips

Alle Tierkreiszeichen, alle Planeten und alle Häuser haben jeweils sechs Hauptebenen, auf denen sie zum Ausdruck kommen. Dabei ist wichtig, dass sie auf wenigstens einer Ebene gelebt werden. Je mehr Ebenen eines Prinzips der Horoskopeigner zur Verfügung hat, desto stärker ist die Anlage energetisiert, d. h. desto mehr Kraft und Stärke liegt in ihr.

Die sechs Hauptebenen der Tierkreiszeichen

1.Quadrant

Stern-zeichen	Planet	Haus	6 Hauptebenen
Widder	♂	H1	1. Rivalität 2. Durchsetzung 3. Trieb 4. Pionierarbeit 5. Initiative (Mut) 6. Sport
Stier	♀	H2	1. eigenes Revier (Abgrenzung) 2. Besitz 3. Finanzen 4. Vorrat 5. Genuss 6. Lebensstil
Zwillinge	☿	H3	1. Technik, 2. Handwerk 3. Mobilität (u. a. auch auf Straßen und Wegen) 4. Informationsaufnahme und -abgabe 5. Sprache (Kommunikation, auch Massenkommunikationsmittel) 6. Schrift

2.Quadrant

Stern-zeichen	Planet	Haus	6 Hauptebenen
Krebs	☾	H4	1. Heim (Haus, Wohnung) 2. eigene seelische Identität 3. Geborgenheit 4. Gefühlsleben 5. Herkunft (Elternhaus), Familie 6. seelische Liebe
Löwe	⊙	H5	1. Sexualität 2. Kinder 3. Management (Organisation) 4. Unternehmungen 5. Schöpfergeist (Kreativität) 6. Spiel
Jungfrau	☿	H6	1. Sauberkeit und Hygiene 2. Analyse 3. Kritik 4. Arbeit 5. Zeigen der eigenen Gefühle 6. Gesundheit und Krankheit

3. Quadrant

Sternzeichen	Planet	Haus	6 Hauptebenen
Waage	♀	H7	1. Begegnung und Partnerschaft 2. Erotik 3. Werbung 4. Schönheit und Ästhetik (eigener Geschmack) 5. Diplomatie 6. Benehmen
Skorpion	♇	H8	1. Bindung an den Partner (feste Bindung) 2. Leidenschaft 3. geistiger Besitz (Glaubenshaltungen, Vorstellungen, Ideologien) 4. Macht 5. Stirb-und-werde-Prozess (Krise) 6. Vorfahren (Vererbung und Erbschaft)
Schütze	♃	H9	1. Reisen 2. Ausland 3. Geist 4. Schöngeistiges (Oper, Operette, Konzerte, Vernissagen etc.) 5. Weiterbildung 6. Weltanschauung bzw. Religion

4.Quadrant

Sternzeichen	Planet	Haus	6 Hauptebenen
Steinbock	♄	H10	1. Beruf (Berufung) 2. Öffentlichkeit („Vater Staat“) 3. Anerkennung (Ruhm, Ehre) 4. eigene Rechte und eigene Verantwortung 5. Hierarchie 6. Moral und Konvention bzw. Ethik
Wassermann	♅	H11	1. Gemeinsame Unternehmungen (Gruppe, Team etc.) 2. Freizeit(aktivitäten) und Hobbies 3. Reformen und Erneuerungen 4. Freunde 5. Auflehnung und Befreiung 6. Individuationsprozess
Fische	♆	H12	1. Unbewusstes (auch Verdrängtes) 2. Heimlichkeiten 3. Helfen 4. Ausgestoßen sein (aus der „Herde“) 5. Alternativen 6. Transzendenz

Gesamtübersicht

1. Beruf (Berufung)
2. Öffentlichkeit („Vater Staat")
3. Anerkennung (Ruhm, Ehre)
4. eigene Rechte und eigene Verantwortung
5. Hierarchie
6. Moral und Konvention bzw. Ethik

1. Reisen
2. Ausland
3. Geist
4. Schöngeistiges (Oper, Operette, Konzerte, Vernissagen etc.)
5. Weiterbildung
6. Weltanschauung bzw. Religion

1. Gemeinsame Unternehmungen (Gruppe, Team etc.)
2. Freizeit(aktivitäten) und Hobbys
3. Reformen und Erneuerungen
4. Freunde
5. Auflehnung und Befreiung
6. Individuationsprozess

1. Bindung an den Partner (feste Bindung)
2. Leidenschaft
3. geistiger Besitz (Glaubenshaltungen, Vorstellungen, Ideologien)
4. Macht
5. Stirb-und-werde-Prozess (Krise)
6. Vorfahren (Vererbung und Erbschaft)

1. Unbewusstes (auch Verdrängtes)
2. Heimlichkeiten
3. Helfen
4. Ausgestoßen sein (aus der „Herde")
5. Alternativen
6. Transzendenz

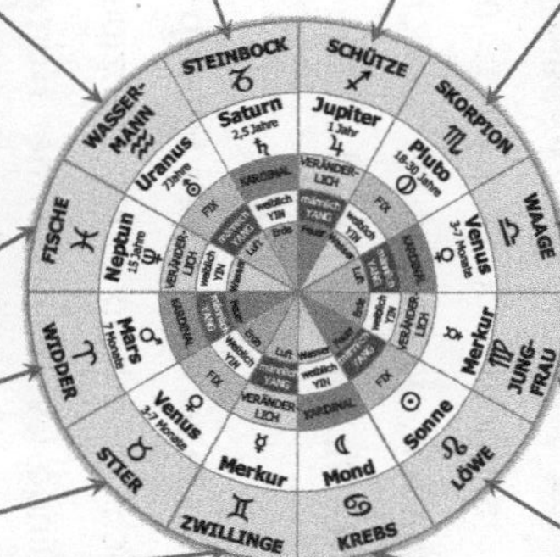

1. Begegnung und Partnerschaft
2. Erotik
3. Werbung
4. Schönheit und Ästhetik (eigener Geschmack)
5. Diplomatie
6. Benehmen

1. Rivalität
2. Durchsetzung
3. Trieb
4. Pionierarbeit
5. Initiative (Mut)
6. Sport

1. Sauberkeit und Hygiene
2. Analyse
3. Kritik
4. Arbeit
5. Zeigen der eigenen Gefühle
6. Gesundheit und Krankheit

1. eigenes Revier (Abgrenzung)
2. Besitz
3. Finanzen
4. Vorrat
5. Genuss
6. Lebensstil

1. Technik,
2. Handwerk
3. Mobilität (u. a. auch auf Straßen und Wegen)
4. Informationsaufnahme und -abgabe
5. Sprache (Kommunikation, auch Massenkommunikationsmittel)
6. Schrift

1. Heim (Haus, Wohnung)
2. eigene seelische Identität
3. Geborgenheit
4. Gefühlsleben
5. Herkunft (Elternhaus), Familie
6. seelische Liebe

1. Sexualität
2. Kinder
3. Management (Organisation)
4. Unternehmungen
5. Schöpfergeist (Kreativität)
6. Spiel

2. Ausgewogenheit außerhalb eines Prinzips

Grundsätzlich gilt hier: Jeder Planet und damit jede Anlage im Horoskop will gelebt werden; wenn dies gewährleistet ist, besteht eine gleiche Gewichtung, d. h. die Planeten sind gleich wichtig, keiner der Planeten hat ein Übergewicht oder ist „untergewichtig" vertreten. Meist bestehen jedoch Anlagendefizite oder Planeten sind nur in der gehemmten Form vorhanden, sodass eine andere Anlage hierfür einen Ausgleich herstellen muss. Oder es ist eine Kompensation (Führungsposition, Vorstandsposten etc.) weggefallen, dann ist es wichtig, stattdessen schnellstmöglich eine neue Kompensationsmöglichkeit zu schaffen, damit das Persönlichkeitssystem nicht aus dem Gleichgewicht fällt, sondern stabil bleibt.

3. Ungleichgewicht innerhalb eines Prinzips

Ein Ungleichgewicht innerhalb eines Prinzips liegt vor, wenn z. B. beim Prinzip Zwillinge (☿ , Haus 3) der Horoskopeigner ein hervorragender Redner, aber im Schriftlichen eine Niete ist, wenn jemand beim Schütze-Prinzip (♃ , Haus 9) ständig auf Reisen ist, aber sich geistig nicht weiterbildet oder wenn ein Mensch beim Wassermann-Prinzip (⛢ , Haus 11) zwar viele Freunde hat, aber bisher keinen Individuationsprozess vollzogen hat.

4. Ungleichgewicht außerhalb eines Prinzips

Beispiel: Der Horoskopeigner lebt primär für den Sport (♈ , ♂ , Haus 1), sodass für Entwicklung und Einsatz von anderen Anlagen kaum mehr Energie übrig bleibt.

Dreierlei Realitäten

Das physiologische Gleichgewicht, die gesunde Mitte, ist die (objektive) Realität. Das pathologische „Gleichgewicht" hingegen ist in Wirklichkeit ein „Ungleichgewicht", das durch Ungleichgewichtsmanifestationen verschiedenster Art widergespiegelt wird (die aber den Sinn haben, wenigstens ein pathologisches Gleichgewicht zu erreichen). Die subjektive Realität ist oft nur Begegnung und Konfrontation mit diesen Ungleichgewichtsmanifestationen. So wie eine Krankheit (Symptome) im Körper eine Ungleichgewichtsmanifestation ist, so ist negatives Schicksal (Symptome) eine Ungleichgewichtsmanifestation in der Außenwelt.

Der Kampf gegen diese Symptome ist wenig sinnvoll. Dies wäre so, als würde man gegen sein eigenes Spiegelbild kämpfen oder einen Bösewicht auf einer Filmleinwand angreifen ohne zu erkennen, dass es sich hier nur um ein projiziertes Bild handelt.

Ziel wäre, das zugrunde liegende Ungleichgewicht zu beseitigen, d. h. eine andere subjektive Realität zu erreichen, die gleichbedeutend ist mit einem subjektiven physiologischen Gleichgewicht, das der eigenen Prägung (dem eigenen Horoskop) entspricht.

Es besteht in dieser Hinsicht ein Unterschied zur objektiven Realität bzw. zur objektiven Mitte.

Zusammenfassung

So wie die äußere Natur ein vernetztes System ist, in dem alles mit allem zusammenhängt, so ist auch unsere innere Natur, die Natur der Psyche, ein ökologisches System, dessen Vernetzungen bewusst werden müssen, ehe wir imstande sind, strategisch und gezielt einzugreifen, ehe wir deren Kräfte so lenken und leiten können, dass wir ein Optimum an Lebensqualität erreichen.

Frederic Vester schreibt in seinem Buch *Unsere Welt – ein vernetztes System*: „Kennt man die Vernetzungen eines Systems, so ist noch nicht alles gewonnen. Denn entscheidend ist nicht nur, was mit wem verbunden ist, sondern auch, wie es damit verbunden ist, also die Kenntnis der Wechselwirkungen zwischen den Teilen."

In der Tat wirken die Teile eines Systems sehr unterschiedlich aufeinander. Nicht nur positiv oder negativ, stark oder schwach, vielmehr kann eine Beziehung je nach ihrer Dauer und ihrer Stärke sogar ihren Charakter ändern, vom Helfen in Zerstören umschlagen oder gänzlich neue Folgen haben. Damit hat jede Wirkung zwischen zwei Systemteilen ihre eigene Dynamik. Wenn man einige Teile eines Systems kennt und weiß, was womit wie zusammenhängt, kann man daraus schon viel über das System erfahren: über seine Stabilität, seine Entwicklungsmöglichkeiten, über die Bedeutung einiger seiner Elemente als Regler, Grenzwert oder Stellglied. Es ist häufig schwer, zu ergründen, wie sich ein solches Wirkungsgefüge im Einzelnen verändert, wenn in das System an irgendeiner Stelle eingegriffen wird. Fest steht jedoch, dass ein Eingriff nur selten dort endet, wo er vorgenommen wird, sondern dass er meist eine Kettenreaktion von Ereignissen auslöst. Mit anderen Worten: Man erlebt schicksalsmäßige Überraschungen auf Lebensgebieten, die oberflächlich betrachtet mit dem Eingriff oder dem Ereignis nichts zu tun zu haben scheinen.

Besonders gefährdet ist ein Mensch immer an der Stelle seines Persönlichkeitssystems, an der eine Hauptkompensations- oder Hauptprojektionsfläche nicht abgesichert ist. Dort ist er verletzbar, dort ist sein „persönlicher Regelkreis" anfällig für Störungen.

Der Begriff Regelkreis ist der Kybernetik entlehnt und bedeutet, dass ein Ereignis ein anderes auslöst, das seinerseits wieder ein anderes bewirkt. In einem Regelkreis ist daher jedes Ereignis Ursache und Wirkung zugleich. Ein Regelkreis ist im Allgemeinen stabil und regelt sich, wie der Name sagt, selbst. Eine Störung im System kann aber auch durch ihre Wirkung auf die anderen Bestandteile das System zum Zusammenbruch bringen.

Hinweis: Der Astrocoach ist nicht berechtigt (es ist auch weder seine Aufgabe noch seine Intention), körperliche oder seelische Krankheiten zu behandeln.
Ein Astrocoaching ist daher kein Ersatz für eine notwendige ärztliche Behandlung einer ernsten Erkrankung.
Um den Heilungsprozess zu beschleunigen, sollte jedoch jeder Kranke fähig sein, an seiner Gesundung aktiv mitzuarbeiten. Dadurch verändert sich auch das Verhältnis zum Arzt. Aufgrund der eigenen Wandlung zum mündigen Patienten, der die Verantwortung für seine Gesundheit selbst übernimmt, erhält der Arzt mehr den Status eines Freundes oder Beraters sowie eines Wegbegleiters zur Gesundheit. Dies entlastet auch den Therapeuten, da er nicht mehr als Projektionsfläche für sämtliche Hoffnungen auf Heilung fungieren muss.

IV. Interventionen bei Partnerkonflikten

Die zehn irrealen Formen der Liebe

Für die meisten Menschen ist Liebe das Schönste, was es auf dieser Welt gibt. Es scheint so, als ob dieses Gefühl das Einzige ist, das vom Paradies in die Kollektivneurose herübergerettet werden konnte. Doch leider hat auch die Liebe im Kontext der Kollektivneurose Verfälschungen erfahren, die für die Partneranziehung und für das Zusammenleben als Paar weitreichende Folgen haben. Es ist wichtig, diese Verfälschungen zu kennen, um die vielen Konflikte und Probleme in Partnerschaft und Ehe verstehen und relativieren zu können. Nur weil man immer wieder im guten Glauben annimmt, die Liebe zu dem jeweiligen Partner sei die einzig wahre und echte, ist eine Krise in der Partnerschaft oder eine Trennung vom Partner mit so großen seelischen Schmerzen verbunden. Und nicht nur das! Auch viele körperliche Erkrankungen sind Folgeerscheinungen oder Widerspiegelungen von solchen seelischen und geistigen Konflikten. In dem Moment, in dem der Einzelne aber sieht, dass die Liebe in der Kollektivneurose nur ein unbewusstes Rollenspiel ist und welchen Part er dabei einnimmt, erwacht er in der Wirklichkeit. Hat er diese Realität erst einmal begriffen, ist er weitgehend resistent gegen Liebeskummer, schlechte Stimmungslagen, psychosomatische Erkrankungen oder gar Suizidgedanken.

Es gibt zehn neurotische Formen der Liebe:

1. *Liebe aufgrund von Vater-, Mutter-, Bruder- oder Schwesterübertragung*

   Übertragung und Gegenübertragung sind Phänomene, die aus der Psychoanalyse bekannt sind: Im Laufe einer Therapie entwickelt der Patient eine emotionale Reaktion gegenüber dem Therapeuten, indem er ihn mit einer Person identifiziert, die im Mittelpunkt des früheren emotionalen Konfliktes stand. Diese Phase der Therapie nennt man Übertragung. Meistens wird der Analytiker mit einem Elternteil identifiziert. Man nennt sie positive Übertragung, wenn die Gefühle für den Therapeuten liebevoll oder bewundernd sind, und negative Übertragung, wenn sie voll Feindschaft, Groll oder Neid sind. Häufig ist die Haltung des Patienten ambivalent, d. h., er hat sowohl positive als auch negative Gefühle für den Therapeuten, so wie es Kinder häufig gegenüber ihren Eltern erleben. Da es für den Analytiker schwierig ist, immer neutral zu reagieren, kann sich eine Gegenübertragung einstellen. Dabei entwickelt der Therapeut aufgrund von Ähnlichkeiten zwischen dem Patienten und bedeutungsvollen Personen in seinem eigenen Leben positive oder negative Gefühle dem Patienten gegenüber.

   Solche Übertragungen und Gegenübertragungen finden nicht nur in der Psychoanalyse, sondern auch im Alltag statt. Diese unbewussten Vorgänge bestehen darin, dass man Einstellungen, Gefühle und Erwartungen von früher auf andere überträgt. Die Ursachen von Übertragungsgefühlen liegen nicht in der gegenwärtigen Situation, sondern beziehen sich auf frühkindliche Lebenssituationen. Die aktuelle Situation, der aktuelle Mensch, der auf der Bühne des Lebens erschienen ist, dient dann als Schlüsselreiz und Projektionsfläche. Deshalb wird die zwischenmenschliche Situation oder ein Konflikt nur eingeschränkt oder verfälscht wahrgenommen. Der, der auf das Übertragungsangebot „einsteigt" (dieser „Einstieg" ist das, was man Partneranziehung oder Resonanz nennt), erliegt einer Gegenübertragung.

Auf diese Art und Weise können Vater, Mutter, Großmutter, Großvater, Bruder, Schwester oder andere frühere Bezugspersonen später im Leben als (Ehe-)Partner, Freund oder Freundin, Chef oder Chefin, Arbeitskollege oder sogar als eigenes Kind – eben im *übertragenen* Sinne – wieder zum Vorschein kommen. Aufgrund der eigenen Übertragung holt der Mensch aus dem anderen die Gegenübertragung, d. h. die Reaktionen und Verhaltensweisen heraus, die er braucht, um seine Kindheitssituation auf neuer Ebene wieder zu erleben, um seine Annahmen und Gefühlshaltungen bestätigen zu können, um alles wieder so zu haben „wie gehabt".

2. *Liebe zum Gegenbild (von Vater, Mutter, Bruder oder Schwester)*

Wenn jemand mit seinem Vater, mit seiner Mutter oder mit seinen Geschwistern keine guten Erfahrungen gemacht hat, entsteht in der Psyche des Betreffenden ein Gegenbild dazu.

War die Mutter z. B. unsauber und schlampig, so kann der Sohn eine Liebe zu ihrem Gegenbild entwickeln, d. h., er liebt eine Frau, die besonders sauber und ordentlich ist.

Litt die Tochter darunter, dass der Vater sich zu wenig um sie gekümmert hat, kann es sein, dass sie nur Männer mag, die ihr besonders viel Fürsorge und Schutz entgegenbringen.

Menschen, die ein Gegenbild zu einer früheren Bezugsperson entwickelt haben, wollen oft ihren Partner so erziehen, dass er deckungsgleich mit ihrem Gegenbild wird. Dafür kämpfen sie häufig leidenschaftlich – ein aussichtsloses Unterfangen. Denn jeder Partner ist ein eigenes Individuum und ist nicht nur deshalb auf der Welt, um dem in ihrer Psyche wohnenden Gegenbild zu entsprechen.

3. *Liebe zum eigenen Vorstellungsbild*
   Hier identifiziert man sich mit dem Partner und glaubt, der Partner wäre genau das Pendant zu einem selbst im anderen Geschlecht, er wäre für einen bestimmt und man würde mit ihm zusammen einen „Dualgeist" bilden. Früher oder später merkt man aber, dass dieser Traumprinz oder diese Traumprinzessin auch nur ein Mensch ist, also Fehler und Schwächen aufweist, die im Gegensatz zum eigenen Vorstellungsbild stehen.
   Auf diese Weise durchlaufen die Betreffenden die sieben Phasen der Identifikation – euphorische Phase, Phase des Erkennens der Realität, Stagnationsphase, Frustrationsphase, Reduktionsphase, Resignationsphase und apathische Phase.[6]
   Man liebt also hier letztendlich nicht den Partner als solchen, sondern nur das eigene Vorstellungsbild, das man auf ihn projiziert hat.

4. *Liebe zum Mannsbild oder zum Weibsbild*
   Im Gegensatz zu Punkt 3, bei dem man nach dem passenden Gegenstück sucht, liebt man hier den Partner schon allein deshalb, weil er das eigene Bild von Männlichkeit oder von Weiblichkeit in der Außenwelt verkörpert. Er ist für einen interessant, weil

[6] Siehe hierzu Hermann Meyer: Jeder bekommt den Partner, den er verdient (Goldmann-Verlag, TB)

er seinem Geschlecht genau so entspricht, wie man es sich vorstellt.

5. *Liebe zu den gewählten Anpassungs- und Abwehrmechanismen des anderen*
   Man liebt den Partner, der genau diejenigen Abwehr- und Anpassungsmechanismen lebt, die man selbst bevorzugt oder die man zur Ergänzung der eigenen Persönlichkeit braucht.
   Z. B. fühlt man sich von einem Partner angezogen, der ebenso seine Triebe sublimiert hat oder der dieselben Symbole liebt, die als Ersatz für wahre Anlagen fungieren, z. B. Gartenzwerge oder Hirschgeweihe. Oder man ist begeistert von seinem Partner, weil er symbolisch seinen Mars durch schnelles Autofahren ausagiert oder genauso wie man selbst allabendlich fernsieht (symbolisches Ausagieren von Neptun).

6. *Liebe zur Co-Neurose*
   Hier handelt es sich um eine abhängige Liebe, z. B. die Liebe des Hilflosen zum Helfer, des Masochisten zum Sadisten oder des Co-Alkoholikers zum Alkoholiker. Diese Liebe hält meist nur so lange, wie das Abhängigkeitsverhältnis aufrechterhalten wird. In dem Moment, in dem der Alkoholiker suchtfrei geworden ist oder der Hilflose keine Hilfe mehr braucht, ist die Beziehung aufs Äußerste gefährdet.

7. *Liebe zum Symbol (körperliches Symbol oder Fetisch)*
   Man kann auch ganz versessen auf einen Partner sein, der die eigenen Defizite symbolisch ausgleicht. Hierbei muss unterschieden werden zwischen einem symbolischen Ausgleich für den

Mann und einem für die Frau. So können ausgeprägte körperliche Attribute der Frau eine symbolische Darstellung dessen sein, was dem Mann fehlt. Z. B. wenn ein Mann in seiner Kindheit wenig seelische Wärme und Geborgenheit (☽) erlebte, kann eine Vorliebe für Frauen mit großen Brüsten entstehen, wenn er sich als Kind schwergetan hat, seinen Platz in der Familie zu finden oder man ihn ständig entwertet hat, eine Vorliebe für Frauen mit ausgeprägtem Po (♀ ♉). Der Po, auch Sitzfleisch oder Allerwertester genannt, steht symbolisch für Platznehmen, Sich-Niederlassen, Festsitzen, Sicherheit, Etabliertsein, das Gefühl, etwas wert zu sein (♀ ♉).

Was für den Mann der weibliche Busen, ist für die Frau das Haus (☽) oder die schöne Wohnung (☽) des Mannes, wo sie Geborgenheit und Heimeligkeit erleben kann. Und was für den Mann der weibliche Po (♀ ♉), ist für die Frau möglicherweise Status und Besitz (♀ ♉) des Mannes. Bei Frauen kann es zu ebenso starken Fixierungen kommen wie bei Männern. Ein bestimmtes Merkmal des Mannes ist dann von so großer Bedeutung, dass dessen andere Eigenschaften und Eigenarten völlig in den Hintergrund treten.

Die Problematik liegt hier darin, dass der Partner nur wegen dieses symbolischen Ausgleichs bzw. wegen eines bestimmten Merkmals geliebt wird und nicht um seiner selbst willen.

8. *Liebe zu einer zugewiesenen Rolle*

In diesem Fall liebt man denjenigen Partner, der artig die Rollen erfüllt, die man ihm zugewiesen hat. Würde er sich eines Tages weigern, den Rollenzuweisungen seines Partners zu entsprechen, wäre die Liebe zu ihm schnell erloschen.

9. *Die Liebe zu sich selbst*

Hier liebt man sich selbst im Partner (narzisstische Liebe). Man sieht in dem Partner sehr viele Ähnlichkeiten mit sich selbst. Und da man sich so toll findet, ist man auch von seinem Partner fasziniert.

10. *Liebe zum Stabilisierungsobjekt*

So wie bei Punkt 6 der Co-Alkoholiker nicht glaubt, im Unbewussten mit dem Suchtkranken komplementär verflochten zu sein, so kann auch derjenige, der sich darüber beklagt, dass sein Partner so niveaulos, so schwach oder so dumm ist, nicht verstehen, dass er genau diesen Partner mit genau dieser spezifischen Eigenart **braucht**. Er braucht ihn dringend zur Stabilisierung seines Persönlichkeitssystems. So kann man sich z. B. bei einem dummen Partner als besonders intelligent vorkommen. Wäre der Partner genauso intelligent wie man selbst oder gar intelligenter, ginge dies nicht. Bewusst möchte man in diesem Fall einen intelligenten Menschen zum Partner haben, doch das Unbewusste weiß, dass es besser ist, einen dummen anzuziehen.

Außerdem:

Manchmal ist der Partner gar nicht unintelligent, aber der/die Betreffende schätzt ihn so ein, damit er als Stabilisierungsobjekt fungieren kann. Beim Astrocoaching ist es wichtig, dem Klienten diesen Mechanismus aufzuzeigen, sodass es ihm möglich ist, zu sehen, welche Funktion und welchen Stellenwert der Partner in seinem Persönlichkeitssystem einnimmt, und mit dem Jammern und Klagen aufzuhören. Ferner muss dabei auch klar werden, dass eine Trennung vom Partner nicht die Lösung sein kann, solange der Betreffende ihn zur Stabilisierung seines Selbst braucht.

Denn gesetzt den Fall, er würde sich von ihm trennen, ohne seine Problematik bewältigt zu haben, dann würde das Unbewusste wieder einen dummen, einfältigen, ungebildeten, niveaulosen oder schwachen Partner anziehen. Da hätte man gleich bei seinem bisherigen Partner bleiben können!

Der Einzelne ist also in all diesen Fällen ein unbewusster Schauspieler in einem Theaterstück, dessen Drehbuch er nicht kennt.

Dennoch: So pervertiert die Liebe bei den zehn irrealen Formen auch in Erscheinung treten mag, es ist immer noch schöner, aufgrund einer Illusion zu lieben und geliebt zu werden, als gar keine Liebe zu erfahren.

Im Grunde genommen stellen all diese irrealen Formen wichtige Entwicklungsstufen auf dem Weg zur wahren Liebe dar.

Nur indem erkannt wird, was irreal ist, kann bewusst werden, was reale Liebe bedeutet.

Wenn jeder alles von dem anderen wüsste,
es würde jeder gern und leicht verzeihen.
Es gäbe keinen Stolz mehr, keinen Hochmut.
(Hafis)

Wahre Liebe

Nach der Darstellung der zehn irrealen Formen der Liebe taucht die Frage auf: *Was ist denn nun wirklich wahre Liebe?*

Wahre Liebe bedeutet, einen Menschen jenseits aller Masken und Rollen zu lieben, d. h. sein wahres Wesen zu erkennen und anzunehmen.

Dieses wahre Wesen im anderen kann aber nur wahrgenommen werden, wenn man selbst einen Zugang zu seinem eigenen wahren Wesen, zu seiner wahren Natur, zu seiner eigenen Gefühlswelt, zu seinem inneren „Tier" (Säugetier) und zu seinem Schatten gefunden hat.

Erst wenn jemand weiß, was alles in ihm wohnt, kann er Verständnis zeigen für das, was den anderen ausmacht. Nur dann kann er den anderen lieben, obwohl dieser vielleicht voller Vorurteile und intolerant ist, sich in finanziellen Schwierigkeiten befindet oder einen Hang zur Promiskuität hat.

Wer echt liebt, möchte wissen, warum der andere intolerant, finanziell mittellos oder ständig untreu ist. Er nimmt davon Abstand, den anderen deshalb zu entwerten oder ihn dafür zu verurteilen. Er möchte wissen, wie der/die andere wirklich als Mann oder als Frau fühlt und denkt, welche Prägung er/sie in der Kindheit erfahren hat und welche Ängste und Schutzhaltungen daraus resultieren.

Wahre Liebe hat eine körperliche, seelische und geistige Ausdrucksform. Wirklich zu lieben heißt, den Drang zu verspüren, dem anderen körperliche, seelische und geistige Freuden zu schenken – und das innere Kind, d. h. den kleinen Jungen bzw. das kleine Mädchen im Partner anzunehmen, zu herzen und ihm Geborgenheit zu geben.

Nur daraus erwächst echtes Vertrauen, wahre Intimität – und wahre Liebe.

DER ZWILLING KANN BESSER SPRECHEN ALS ZUHÖREN

Jeder bekommt den Partner, den er verdient – ob er will oder nicht.

36 verschiedene Frauen- bzw. Männertypen und was sie erwirken

Da viele Klienten bei einer Partnerschaftskrise oder nach der Beendigung einer Beziehung große Schwierigkeiten haben, **ihren eigenen Anteil** an der Problematik zu sehen bzw. zu erkennen, was sie – ohne sich dessen bewusst zu sein und ohne es zu wollen – bei ihren Partnern **erwirken**, soll im Folgenden in einer **Übersicht** aufgezeigt werden, wie das Gesetz von „actio et reactio" in einer Partnerschaft zum Tragen kommt.

36 Partnertypen können spezifische Reaktionen beim Mitmenschen auslösen:

Der Aktivist, der Egoist, der Sportfan (♈), der Materialist, der Abgrenzer, der Geizige (♉), der Totredner, der Internetsurfer, der ständig Mobile (♊), der Launische, der Musikfan, der dauerhaft seelisch Verletzte (♋), der Angeber, der Hysterische, der ständig Ausgehende (♌), der Hypochonder, der Sauberkeitsfanatiker, der Nörgler (♍), der Neutrale, der Entscheidungsschwache, der Modefreak (♎), der Vorstellungsgebundene, der Dominante, der Fanatiker (♏), der Weltenbummler, der Edle, der „Missionar" (♐), der Rechthaber, der Karrierist, der Maßregler (♑), der Distanzierte, der Rebell, der Exzentrische (♒), der Autist, der extrem Passive und der Chaot (♓).

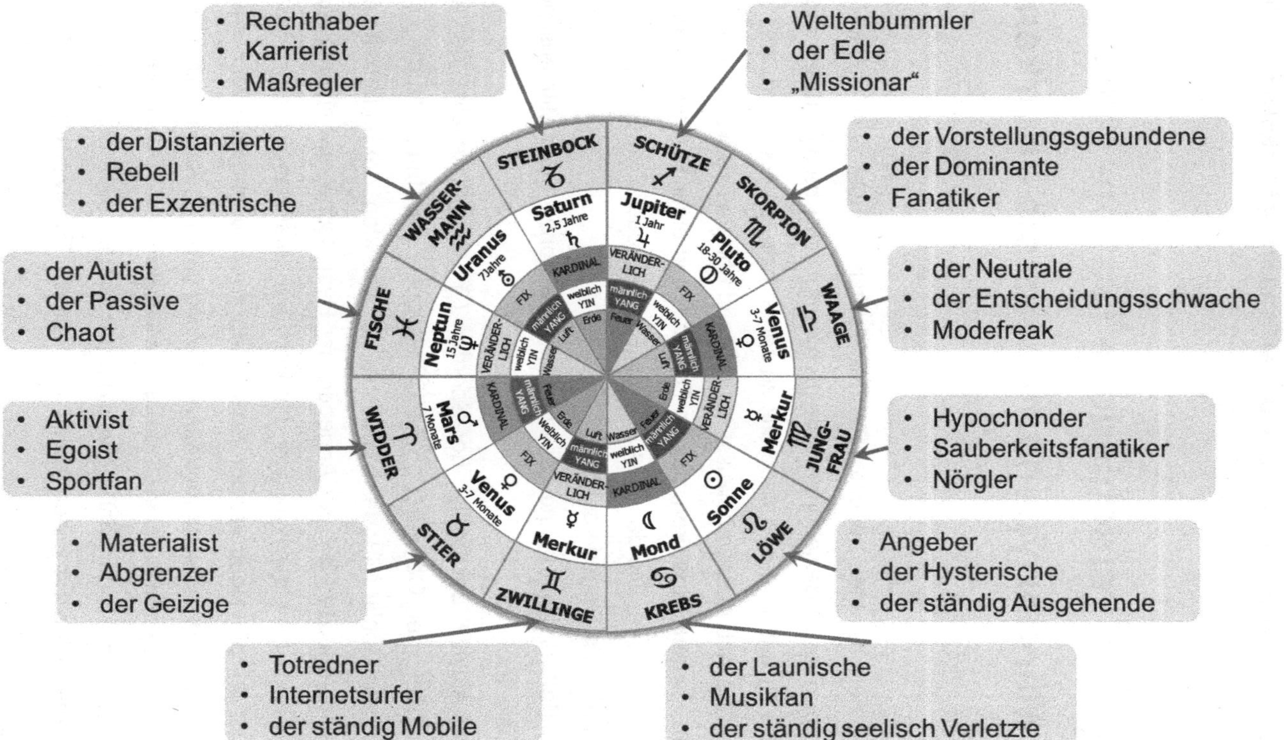

Rechthaber
Karrierist
Maßregler
Weltenbummler
der Edle
„Missionar“
der Distanzierte
Rebell
der Exzentrische
der Vorstellungsgebundene
der Dominante
Fanatiker
der Autist
der Passive
Chaot
der Neutrale
der Entscheidungsschwache
Modefreak
Aktivist
Egoist
Sportfan
Hypochonder
Sauberkeitsfanatiker
Nörgler
Materialist
Abgrenzer
der Geizige
Angeber
der Hysterische
der ständig Ausgehende
Totredner
Internetsurfer
der ständig Mobile
der Launische
Musikfan
der ständig seelisch Verletzte
STEINBOCK
SCHÜTZE
SKORPION
WAAGE
JUNG-FRAU
LÖWE
KREBS
ZWILLINGE
STIER
WIDDER
FISCHE
WASSER-MANN
Saturn 2,5 Jahre
Jupiter 1 Jahr
Pluto 18-30 Jahre
Venus 3-7 Monate
Merkur
Sonne
Mond
Merkur
Venus 3-7 Monate
Mars 7 Monate
Neptun 15 Jahre
Uranus 7Jahre
KARDINAL
FIX
VERÄNDER-LICH
männlich YANG
weiblich YIN
Feuer
Erde
Luft
Wasser

Die meisten Menschen, die ein kosmisches Prinzip so ausleben (man muss dabei nicht unbedingt die Sonne oder den Aszendenten in diesem Tierkreiszeichen haben) denken gewöhnlich nicht daran, welche Reaktionen und Auswirkungen dies bei ihren Partnern zur Folge haben kann.

Die eigene Ursache wird dabei meist völlig übersehen.

Doch worauf ist die eigene Ursache zurückzuführen?

Wie entsteht so eine Ursache, d. h. so ein Verhalten?

Wir haben bereits bei der Umpolung der Sonne-Energie (Baustein 1) gesehen, wie eine ungünstige Auslebensform eines kosmischen Prinzips als Ersatz für eine konstruktive eingesetzt wird. Und sie wird deshalb eingesetzt, weil die reale, konstruktive Auslebensform nicht erlernt und ausgebildet wurde. So wie mit dem Sonnenstand verhält es sich mit der Stellung des Mondes und aller Planeten.

Weil man die angelegten Fähigkeiten nicht erlernt und ausgebildet hat, bilden sich **Ersatzfähigkeiten** aus, die für das eigene Leben und für das Leben der Mitmenschen belastend wirken.

Hierzu zwei Beispiele:

Weil die eigenen Bedürfnisse (☾) und die Bedürfnisse der Mitmenschen nicht wahrgenommen werden, kein Zugang zur eigenen menschlichen Natur (☾) und zu den wirklich eigenen Gefühlen (☾) sowie die eigene Identitätssuche (☾) nicht erfolgt ist, bildet das Unbewusste in einem kreativen Akt eine Depression aus.

Die Depression ist insofern eine Ersatzfähigkeit. Mit der Depression bekommt der Betreffende dann eine Ersatz-Identität. Andere wissen dann: „Das ist der Kilian, das ist doch der mit der Depression." Außerdem kann er mit der Depression die Stimmungslage im ganzen Umfeld bestimmen, kann andere damit erpressen oder braucht

nicht zur Arbeit zu gehen … In solchen Fällen spricht man von einem Krankheitsgewinn.
Auch wenn jemand in bestimmten Intervallen Hysterieanfälle (☉) bekommt oder einen Hang zum Drama (☉) hat, ist dies eine Ersatzfähigkeit, die das Unbewusste schafft, um die vorhandene Energie kanalisieren zu können.
Drama (☉) und Hysterie (☉) werden als Ersatz inszeniert, aufgrund eines Mangels an sexueller Erlebnisfähigkeit (☉), an selbstständigem Handeln (☉), an der Fähigkeit, sein eigenes Leben zu managen (☉), sich selbst zu verwirklichen (☉), Projekte zu verwirklichen (☉) und damit glänzen zu können.
Über das hysterische Verhalten gelingt es den Betreffenden, auch ohne Anstrengung und ohne den Weg der Ausbildung von Anlagen zu absolvieren, im Mittelpunkt zu stehen und „glänzen“ zu können.
Diese beiden Beispiele stehen für eine Fülle an Ersatzfähigkeiten, die sich bei allen kosmischen Anlagen herausbilden, wenn diese nicht real entwickelt werden. Diese Ersatzfähigkeiten haben, weil sie so häufig vorzufinden sind, schon fast den Status der „Normalität“ erlangt.
Es trifft auch den Einzelnen keine Schuld, weil er ohne Astrologie gar nicht weiß, was er anstelle der Ersatzfähigkeiten hätte ausbilden sollen. Und niemand hat ihn je dazu angehalten. Außerdem sind viele Ersatzfähigkeiten schon ganz oder teilweise von den Vorfahren übernommen worden, sodass man kaum auf den Gedanken kommt, dass es da noch etwas ganz anderes geben könnte.
Wenn wir uns all dies vor Augen führen, wird klar, warum so selten eine wirklich funktionierende Partnerbeziehung anzutreffen ist. Erst wenn man mit dem Partner all diese Zusammenhänge besprechen könnte und jeder der beiden versuchen würde, solche Ersatzfähig-

keiten in reale wertvolle Fähigkeiten zu verwandeln, würden Beziehungen sich erfüllender und glücklicher gestalten. Ist diese Bereitschaft nicht gegeben, zeigt sich folgendes Bild: Die Betreffenden haben das Gefühl, im Recht und ein guter Mensch zu sein und glauben nicht an die eigene Ursachensetzung durch solche Ersatzfähigkeiten.

Sie verurteilen nur die **Reaktionen** ihrer Partner und wenn man sie auf die **eigenen** Ursachen anspricht, sagen sie: „So bin ich nun mal!" Die nachfolgende Aufstellung zeigt, welche Persönlichkeitsanteile bzw. Lebensgebiete des Partners durch das eigene Sosein unbewusst angegriffen werden (Man möchte ihn gar nicht angreifen, tut es aber dennoch, allein nur, indem man ist, wie man ist).

Typus	greift an bzw. ignoriert	beim Partner
1) Der/die Aktivist(in) (♈)		• die Bequemlichkeit (♀ ♉) • die Gemütlichkeit (☾) • die Geborgenheit (☾) • das Bedürfnis nach Ruhe und Rückzug (♆)
2) Der/die Egoist(in) (♈)		• das Ego (♂) • das Gefühlsleben (☾) • das Bedürfnis nach Beziehung (☍)
3) Der/die Sportfanatiker(in) (♈)		• die seelische Eigenart (☾) • den Geist (♃)
4) Der/die Materialist(in) (♉)		• das Gefühlsleben (☾) • die geistige Welt (♃)
5) Der/die Sich-Abgrenzende (♉)		• das Bedürfnis nach Beziehung (☍) • den Eigenwert (♀ ♉)

Typus	greift an bzw. ignoriert	beim Partner
6) Der/die Geizige (♉)		• die Finanzen (♀ ♉) • den Eigenwert (♀ ♉) • die Lebensfreude (☉)
7) Der/die Totredner(in) (♊)		• das Kommunikationsbedürfnis (☿) • den Geist (♃) • das Bedürfnis nach Ruhe (♆)
8) Der/die Internet-surfer(in) (♊)		• das Kommunikationsbedürfnis (☿) • das Bedürfnis nach einer Partner-beziehung (⦶) • das Bedürfnis nach geistigem Aus-tausch (♃)
9) Der/die ständig Mobile (♊)		• das Bedürfnis nach Aufenthalt im eigenen Revier (♀ ♉) • die Geborgenheit (☾) • das Bedürfnis nach Ruhe und Rückzug (♆)
10) Der/die Launische (♋)		• das Gefühlsleben (☾) • die Stimmungslage (☾) • die Lebensfreude (☉)
11) Der/die ständige Musikhörer(in) (♋)		• das Bedürfnis nach Kommunikation (☿) • die seelische Stimmungslage (☾) • den Geist (♃)
12) Der/die dauerhaft see-lisch Verletzte (♋)		• die Spontaneität (♂) • die Stimmungslage (☾) • die Freiheit (♅)
13) Der/die Angeber(in) (♌)		• den Eigenwert (♀ ♉) • das Licht (☉) • das Selbstbewusstsein (☉)
14) Der/die Hysterische (♌)		• den Eigenwert (♀ ♉) • das Licht bzw. die Selbstdarstellung (☉)
15) Der/die ständig Ausgehende (♌)		• die Bequemlichkeit (♀ ♉) • die Geborgenheit (☾) • das Bedürfnis nach Ruhe (♆)

Typus	greift an bzw. ignoriert	beim Partner
16) Der/die Hypochonder(in) (♍)		• die Stimmungslage (☾) • die Lebenslust (☉) • die Freiheit (♅)
17) Der/die Sauberkeitsfanatiker(in) (♍)		• die Spontaneität (♂) • die Lebenslust (☉) • die Freiheit (♅)
18) Der/die Nörgler(in) (♍)		• den Eigenwert (♀ ♉), • die Stimmungslage (☾) • die Lebenslust (☉)
19) Der/die Neutrale (♎)		• die Kommunikationsfähigkeit (☿) • die Identifikation (☾) • die Emotion (☉) • die geistige Bindung (◐)
20) Der/die Entscheidungsschwache (♎)		• die Stimmungslage (☾) • die Lebensfreude (☉) • die Wahlmöglichkeiten (♀ ♎)
21) Der Mode-Freak (♎)		• den Eigenwert (♀ ♉) • den Geschmack (♀ ♎) • das erotische Empfinden (♀ ♎)
22) Der/die Vorstellungsgebundene (♏)		• den Lebensstil (♀ ♉), • das Gefühlsleben (☾) • die seelische Eigenart (☾) • das Verhalten (☉) • die Vorstellungen (◐)
23) Der/die Dominante (♏)		• die Durchsetzung (♂) • den Eigenwert (♀ ♉) • die seelische (☾) und geistige (♀ ♎) Eigenart • die Freiheit u. Unabhängigkeit (♅)
24) Der/die Fanatiker(in) (♏)		• das Kommunikationsbedürfnis (☿) • die seelische (☾) und geistige (♀ ♎) Eigenart • die Stimmungslage (☾) • das Licht (☉)

Typus	greift an bzw. ignoriert	beim Partner
25) Der/die Weltenbummler(in) (♐)		• das Bedürfnis nach Eigenraum (♀ ♉) • das Bedürfnis nach eigenen Zielen(♑) • die Geborgenheit (☾) • das Bedürfnis nach Ruhe (♆)
26) Der/die Edle (♐)		• das Triebleben (♂) • den Eigenwert (♀ ♉) • das Zeigen von Gefühlen (☿ ♍) • das Bedürfnis nach Aufdecken von Hintergründen (♆)
27) Der/die Missionar(in) (♐)		• die seelische Eigenart (☾) • die Stimmungslage (☾) • die Weltanschauung (♃) • die Lebensphilosophie (♃)
28) Der/die Rechthaber(in) (♑)		• die Durchsetzung (♂) • den Eigenwert (♀ ♉) • das Kommunikationsbedürfnis (☿) • die seelische Eigenart (☾) • die Lebensfreude (☉)
29) Der/die Karrierist(in) (♑)		• den Eigenwert (♀ ♉) • die Bequemlichkeit (♀ ♉) • das Gefühlsleben (☾)
30) Der/die Maßregler(in) (♑)		• die Durchsetzung (♂) • die Abgrenzung (♀ ♉) • die seelische Eigenart (☾) • die Harmonie (♀ ♎) • die Vorstellungen (☽)
31) Der/die Distanzierte (♒)		• den Eigenwert (♀ ♉) • das Kommunikationsbedürfnis (☿) • das Gefühlsleben (☾) • das Bedürfnis nach Nähe (☾)

Typus	greift an bzw. ignoriert	beim Partner
32) Der/die Rebellin (♒)		• die Durchsetzung (♂) • die Abgrenzung (♀ ♉) • die Geborgenheit (☾) • das Harmoniebedürfnis (♀ ♎) • das Bedürfnis nach Ruhe (♆)
33) Der/die Exzentrische (♒)		• den Eigenwert (♀ ♉) • die Geborgenheit (☾) • die seelische (☾) Eigenart • die geistige (♀ ♎) Eigenart
34) Der/die Autistin (♓)		• die Durchsetzung (♂) • das Kommunikationsbedürfnis (☿) • die seelische Eigenart (☾) • das Bedürfnis nach Zweisamkeit (⦶)
35) Der/die extrem Passive (♓)		• die Aktivitäten (♂) • den Unternehmungsgeist (☉) • die Reisefreudigkeit (♃)
36) Der/die Chaotin (♓)		• das Bedürfnis nach Sicherheit (♀ ♉) • die Harmonie (♀ ♎) • die Sauberkeit (☿ ♍) • die Ordnung (♄) • das Bedürfnis nach einem gemeinsamen Weg (⦶) • das Bedürfnis nach gemeinsamen Zielen (♄)

Nun ist aber auch klar, dass es nicht von ungefähr kommt, wenn sich jemand einen von diesen 36 Typen als Partner aussucht. Er braucht diesen Partner, um einen bestimmten Spannungsaspekt in seinem Horoskop erleben und ausleben zu können. Z. B. kann der „Rebell“ in der Außenwelt vielleicht den unerlösten Uranus seiner Partnerin verkörpern oder eine „Launische“ gut in die dissonante Mond-Konstellation ihres Partners passen. Der Mann hat eine Frau gefunden, die seine innere Szenerie in der Außenwelt widerspiegelt, eine, die ihm hilft, sich seiner inneren Spannung und Problematik bewusst zu werden.

Doch gehen wir noch einmal zu den durch die 36 Typen erwirkten **Reaktionen** zurück. Es werden dadurch auch spezifische Gefühle ausgelöst.

Aufgrund der unbewussten Ignoranz, des unbewussten Energieraubes und der unbewussten Angriffe entstehen beim Mitmenschen Aggression, Wut, Engegefühle, Ohnmachtgefühle, Angst, Traurigkeit, Depression, Süchte etc.

Z. B. kann der/die ständig Ausgehende beim Partner Eifersuchtsgefühle oder Erschöpfung auslösen (wenn sie/er z. B. glaubt, ständig mitgehen zu müssen).

Oder: Der/die Aktivist(in) kann beim Partner Wut, Hass oder Streitlust auslösen, insbesondere wenn dieser eher introvertiert veranlagt ist und seine Ruhe haben will.

Wenn der Partner aufgrund von sexueller Abhängigkeit oder aufgrund von Anstand und Edelmut solche Gefühlsreaktionen bei sich unterdrückt, entstehen Krankheiten sowie Verletzungen beim Sport und bei der Arbeit.

Die unterdrückte Reaktion auf den Partner ist die körperliche Reaktion bzw. körperliche Symptombildung bei sich selbst.

Ferner kommt erschwerend hinzu, dass man meistens nicht nur einen Typus in der Reinform verkörpert, sondern **Mischformen** möglich sind. Z. B. kann ein Totredner zugleich auch ein Sauberkeitsfanatiker sein und vielleicht sogar noch den Typus des Edlen verkörpern. Dann summieren sich dementsprechend die verschiedenen spezifischen Reaktionen des Partners.

Nun ist aber der Partner auch kein unbeschriebenes Blatt. Er lebt oft wie selbstverständlich zwei oder drei von den oben aufgeführten Typen aus, ohne dabei auf die Reaktionen in seinem Umfeld zu achten. So kann es sein, dass ein Totredner, Sauberkeitsfanatiker und Edler mit einer Rechthaberin, Hysterischen und Exzentrischen zusammenkommt.

Hier wird deutlich, wie leicht die beiden Partner – ohne dass ein böses Wort fallen muss – in Partnerkonflikte geraten, deren Ursache weitgehend im Nebel bleibt.

Noch schwieriger wird die Situation, wenn etwa eine Aktivistin mit einem Passiven (Gegenpol) zusammenkommt, eine Neutrale mit einem Fanatiker (Gegenpol) oder sich zwei Rechthaber, zwei Hysterische und zwei Egoisten zusammentun.

Die gegenseitig unbewusst erwirkten Reaktionen auf das eigene Sosein ist die eine Schwierigkeit in der Partnerschaft, die andere ist, dass genauso Reaktionen beim Partner ausgelöst werden, wenn man eine Anlage **nicht** in die Beziehung einbringt – z. B. kein Einfühlungsvermögen, keine Zärtlichkeit, keine erotische Verführung und Raffinesse, keine Leidenschaft, kein gutes Benehmen oder keine Fähigkeit zur Antizipation.

In einem solchen Fall ist der Partner, um in seinem Persönlichkeitssystem im Gleichgewicht zu bleiben, gezwungen, auf einem anderen Gebiet überzukompensieren, wodurch sich dessen Ungleichgewicht

verstärkt. Ganz abgesehen davon, dass diese Überkompensation ihrerseits wiederum andere Menschen aus dem Gleichgewicht bringt bzw. zu Reaktionen verleitet, die inadäquat sind.
Man kann aber auch von einer Anlage zu viel oder zu wenig einbringen und gerade durch diese Unter- oder Überdosierung wiederum spezifische Reaktionen beim Partner hervorrufen.
Dies soll durch die nachfolgende Partner-Checkliste aufgezeigt werden.

Partnerschafts-Checkliste

(bei einer Partnerschaftskrise oder nach einer Trennung)

Bei den folgenden Anlagen und Qualitäten kann man durch Eintrag in die zwei rechten Spalten prüfen, ob man davon zu wenig oder zu viel in die Partnerschaft eingebracht bzw. vom Partner erhalten hat:

Planet	Tierkreis-zeichen	Thema	zu wenig	zu viel
♂	Widder	Aktivität		
♂	Widder	Trieb		
♀	Stier	Abgrenzung		
♀	Stier	Genuss		
☿	Zwillinge	Kommunikation		
☿	Zwillinge	Mobilität		
☾	Krebs	Zärtlichkeit		
☾	Krebs	Einfühlungsvermögen		
☉	Löwe	Spaß, Spiel		
☉	Löwe	Sex		
☿	Jungfrau	Anpassung		
☿	Jungfrau	Zeigen von Gefühlen		

Planet	Tierkreis-zeichen	Thema	zu wenig	zu viel
♀	Waage	erotische Verführung		
♀	Waage	Kompromissbereitschaft		
♇	Skorpion	Vorstellungen		
♇	Skorpion	Bindungsbereitschaft		
♃	Schütze	Lob		
♃	Schütze	Reiselust		
♄	Steinbock	Verantwortung		
♄	Steinbock	Ehrgeiz		
♅	Wassermann	Abwechslung		
♅	Wassermann	Freiheit		
♆	Fische	Aufdecken von Hintergründen		
♆	Fische	Fantasie		

Sowohl ein Zuwenig als auch ein Zuviel löst beim Partner Reaktionen aus, für die man mitverantwortlich ist. Am meisten erwirkt man beim Partner mit dem, was man **nicht** in die Beziehung einbringt bzw. was man **nicht** entwickelt hat.

DER LÖWE VERSTEHT ES, SEINE LEISTUNGEN GUT ZU PRÄSENTIEREN

Es gibt zwei Sorten von Frauen:
Diejenigen, die in der Welt Macht ausüben wollen,
und diejenigen, die im Bett Macht ausüben wollen.
(Jacqueline Kennedy)

Geschlechtsspezifische Identität

So wichtig und notwendig die Emanzipationsbewegung auch war, so hat sie doch auch ihre Schattenseiten. Es hat sich seitdem eine allgemeine Verunsicherung bezüglich der Frage verbreitet, was männlich und was weiblich ist. Diese Verunsicherung über die Geschlechtsidentitäten hat auch nicht vor der Astroszene Halt gemacht. Früher ging man davon aus, dass die Sonne im Horoskop der Frau nur von ihrem Mann und der Mond im Horoskop des Mannes nur von seiner Frau verkörpert werden kann, als ob die Frau nicht auch eine eigene Sonne und der Mann nicht auch einen eigenen Mond hätte. Unter dem Einfluss des Feminismus hingegen bildete sich der gegensätzliche Glaubenssatz, dass die Frauen ihre Sonne und die Männer ihren Mond gänzlich **selbst** leben sollten.

Um zu klären, wie es sich mit Sonne und Mond wirklich verhält, ist es notwendig, nach der Aufstellung der Folgerichtigkeit im III. und IV. Quadranten nun auf die Folgerichtigkeit im II. Quadranten einzugehen. Für das Verständnis dieser Tabelle ist vor allem wichtig, dass der Mond im Horoskop der Frau ihr **weibliches** Fühlen symbolisiert und ihre Sonne die Ansammlung ihrer **weiblichen** Gefühle und die Umsetzung von dem ist, was sie **als Frau** fühlt. Ihre Sonne steht also für ihre **Verwirklichung als Frau**.

Entsprechend gilt beim Mann: Mit seinem Mond hat er ein **männliches** Fühlen und als Folge davon verwirklicht er mit seiner Sonne das, was er **als Mann** fühlt. Er lässt seine **männlichen** Gefühle ansammeln und verspürt daher den Drang, auf männliche Art zu handeln oder etwas zu kreieren.

Die Sonne der Frau beleuchtet also ihren Mond und ihre Planeten, d. h., sie verwirklicht auf weibliche Art ihren Mond, ihren Mars, ihre Venus, ihren Merkur usw. Sie hat eine **weibliche** Art der Durchsetzung, eine weibliche Art zu genießen, ein weibliches Kommunikationsverhalten, eine weibliche Art, Gefühle zu zeigen, eine weibliche Art der Verführung …

Und die Sonne des Mannes beleuchtet all seine Anlagen und er verwirklicht diese auf **männliche** Art. Sowohl die weibliche als auch die männliche Sonne ist lebenspendend, sie macht die Anlagen lebensfähig.

Die Bipolarität des Mondes

weiblicher Mond Fühlen als Frau (Dieser Pol wird unbewusst vom Mann auf die Frau projiziert)	männlicher Mond Fühlen als Mann

Die Bipolarität der Sonne

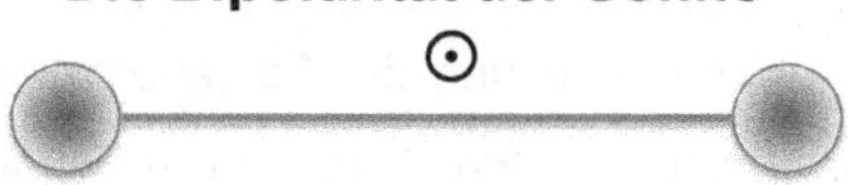

weibliche Sonne weibliches Verhalten Selbstverwirklichung der Frau	männliche Sonne männliches Verhalten Selbstverwirklichung als Mann (Dieser Pol wird unbewusst von der Frau auf den Mann projiziert)

In diesem Zusammenhang ist es wichtig, auf die Folgerichtigkeit im II. Quadranten bzw. von Mond, Sonne und Merkur (Jungfrau) einzugehen.

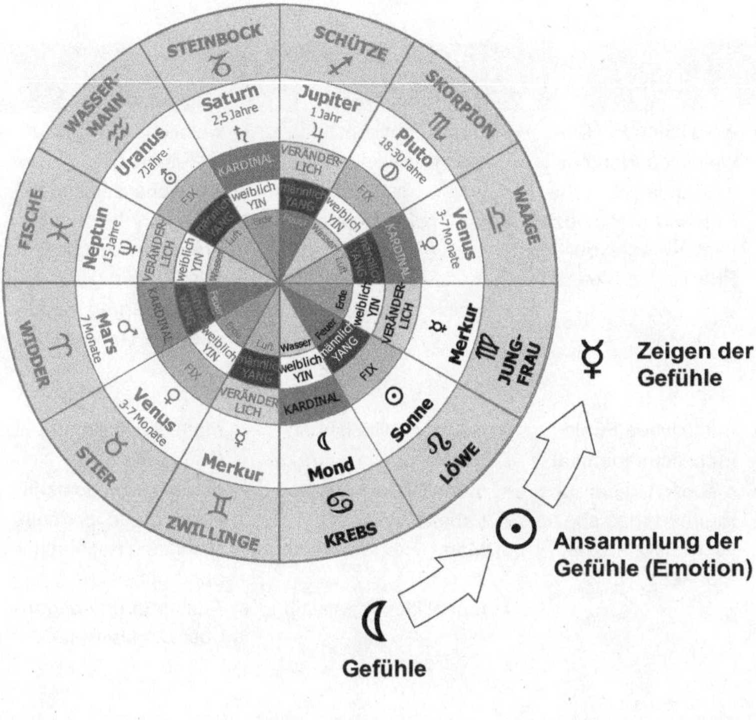

Die Folgerichtigkeit im II. Quadranten bzw. von Mond, Sonne und ♍-Merkur

☾ →	☉ →	☿ ♍
• weibliches Fühlen • weibliche Identität • weibliche seelische Eigenart (das spezifische Wesen der Frau)	• Selbstverwirklichung als Frau • weibliches Verhalten • Lebensfreude als Frau (Freude, Frau zu sein) • weibliche Kreativität	• weibliches Zeigen von Gefühlen • weibliche Selbstkritik (Wie könnte ich mein Frausein noch besser ausdrücken?) • Aussteuerung gegenüber der Umwelt
• männliches Fühlen • männliche Identität • männliche seelische Eigenart (das spezifische Wesen des Mannes)	• Selbstverwirklichung als Mann • männliches Verhalten • Lebensfreude als Mann (Freude, Mann zu sein) • männliche Kreativität	• männliches Zeigen von Gefühlen • männliche Selbstkritik (Wie könnte ich mein Mannsein noch besser ausdrücken?) • Aussteuerung gegenüber der Umwelt
• Unterdrückung der weiblichen Identität • Übernahme der erwarteten (pauschalen) Rolle als Frau	• Verfinsterung des weiblichen Lichtes und der weiblichen Lebensfreude • Projektion der Sonne auf den Mann	• Anpassung • Unterordnung • Dienen • subalterne Arbeit als Frau • nicht wirklichkeitsadäquate Wahrnehmung
• Unterdrückung der	• Verfinsterung des	• Anpassung

☾	☉	☿ ♍
männlichen Identität	männlichen Lichtes und der männlichen Lebensfreude • Projektion des Mondes auf die Frau • Verwirklichung von fremden Zielen • mangelnde Kreativität	• Unterordnung • Dienen • subalterne Arbeit als Mann • nicht wirklichkeitsadäquate Wahrnehmung
• depressive Gefühle	• Handlungslähmung	• Zeigen von depressiven Gefühlen und der Handlungslähmung • verzerrte Wahrnehmung
• Innenleben	• nach außen gebrachtes Innenleben	• ausdifferenziertes Innenleben
• Ungeborgenheit	• Ansammlung der Ungeborgenheit oder Kompensation: häufiges Ausgehen; Bedürfnis, ständig etwas unternehmen zu müssen	• karge Gefühlsäußerung • Kompensation: destruktive Kritik an anderen
• falsche Identität	• Verwirklichung von Zielen der anderen • Verminderung der Lebenskraft und des Selbstbewusstseins	• Arbeit, die nicht dem eigenen Wesen gemäß ist • Darstellung der Selbstverleugnung • Wahrnehmungstrübung
• verdrängte oder unterdrückte Gefühle (die Seele ist von negativen Gefühlen „verschmutzt“)	• Mangel an Lebensfreude • Mangel an Selbstverwirklichung	• Krankheit • Putz- und Reinigungsdrang (unbewusstes Säubern der Seele ersatzweise über die Außenwelt) • Psychoanalyse
• eigene Identität	• Festigung der eigenen Identität	• Zeigen der eigenen Identität,

☾ →	⊙ →	☿ ♍
		• Arbeit, die dem eigenen Wesen gemäß ist
• selbstbewusste Gefühle	• Selbstständigkeit, unternehmerische Kraft • eigenes Unternehmen (Geschäft, Praxis)	• Anpassung an die Umweltbedingungen, • Delegierung von administrativen Arbeiten auf Angestellte des Unternehmens
• kindliche Bedürfnisse	• Spielfreude	• Anpassung an die Spielkameraden
• seelische Liebe, Zärtlichkeit, Oralsex	• sexueller Akt	• Zeigen von sexuellen Bedürfnissen und Gefühlen (“dirty talking“)
• Schwangerschaft	• Kinder	• Hege und Pflege der Kinder
• Gefühle	• Ansammlung der Gefühle • Lebenskraft • Emotion	• Zeigen von Gefühlen • Artikulation der Gefühle • Gesundheit

Astrologisch gesehen geht es also darum, dass sich die Frau voll dazu bekennt, Frau zu sein und Freude am Frausein empfindet, und dass der Mann sein Mannsein voll bejaht und gerne Mann ist.
Das bedeutet aber auch, dass jedes Geschlecht sich auch darüber klar werden sollte, wie Mann und Frau von Natur aus angelegt sind und welche Anlagen es von diesem männlichen oder weiblichen Naturpotenzial ausdrücken möchte.

Dann kann Folgendes geschehen:

Er bewundert sie für ihr Frausein bzw. wie sie ihre Weiblichkeit ausdrückt und sie bewundert ihn für sein Mannsein bzw. wie er seine Männlichkeit zeigt.
Die Frau hat auf diese Weise viel Lebensfreude als Frau und freut sich über ihre männliche Ergänzung und der Mann freut sich, sich als Mann ausdrücken zu können, ferner empfindet er Freude über seine weibliche Ergänzung, d. h. darüber, wie sie Frau ist.
So entsteht eine doppelte Lebensfreude bei beiden Geschlechtern. Die Art, wie sie ihr Frausein ausdrückt, passt zusammen mit der Art, wie er sein Mannsein zum Ausdruck bringt. Deshalb stellt sich für Mann und Frau die Frage: „Was kann und will ich von meinem Geschlecht ausdrücken, wie lautet mein männliches bzw. weibliches Angebot?"
Der eine Mann hat mit seiner männlichen Sonne mehr seinen Mars, seinen Merkur und seine Waage-Venus beleuchtet und zeigt seine Art, Mann zu sein, über Fitness, Sport, Muskeln, über technische und handwerkliche Fähigkeiten sowie über Diplomatie und gutes Benehmen. Ein anderer „strahlt" und wirbt als Mann mit seiner Stier-Venus, mit Jupiter und seinem Uranus, indem er finanzielle Potenz, Geist und Humor ins Feld führt oder aber, indem er direkt mit seiner Sonne glänzt und als guter Vater in Erscheinung tritt.
Eine Frau lässt ihre Weiblichkeit strahlen, indem sie als Muse (♃) wertvolle Ideen einbringt, als Queen of Tenderness (☾) erfreut oder als raffinierte Liebhaberin (♀ ♎) ihren Mann verführt. Oder eine andere Frau beleuchtet mit ihrer weiblichen Sonne besonders den Persönlichkeitsanteil Merkur (♊) und ist damit eine geschäftstüchtige, kommunikative Frau. Den Persönlichkeitsanteil Mond wiederum lebt sie so, dass sie als gute, einfühlsame Mutter erfreuen kann, und ihren Persönlichkeitsanteil Neptun setzt sie ein, um mit ihrer bunten

weiblichen Fantasie die verschiedensten Lebensgebiete zu befruchten.

Der Denkfehler der Emanzipationsbewegung ist, die Frauen wären erst dann gleichwertig und gleichberechtigt, wenn sie werden wie ein Mann und wenn sie in sämtlichen Domänen der Männer gleich stark vertreten sind. Doch wie in der Elektrizität der Minuspol nicht weniger wert ist als der Pluspol und beide Pole zusammen erst den elektrischen Strom ausmachen, so ist auch die Frau (Minuspol) **von Natur aus** gleichwertig mit dem Mann (Pluspol) und nur beide Geschlechter zusammen können in der Welt etwas Konstruktives bewegen. Der Mangel im Wert war und ist nur imaginär (ideologisch bedingt) und nicht wirklich existent.

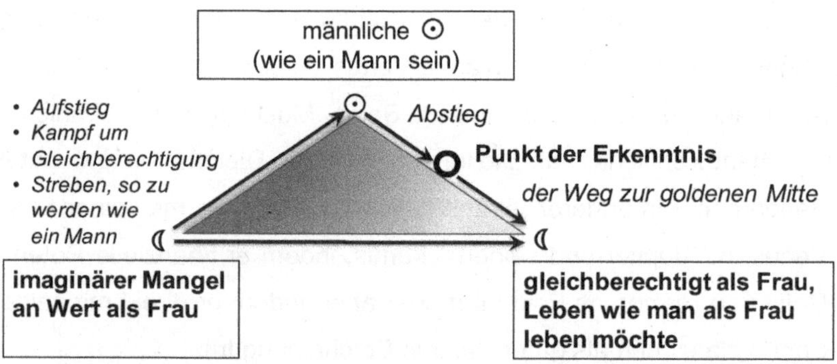

Beim Mond sind also dieselben Phänomene zu verzeichnen, die bereits bei Aufstieg und Fall von Pluto, Jupiter, Saturn, Uranus und Neptun zu beobachten waren.

Eine Frau versucht, ihren imaginären Mangel durch Streben nach äußerer Herrschaft und Macht zu kompensieren, sie sieht im Aufstieg den Mann als Konkurrenten und will mit ihm gleichziehen oder ihn sogar noch überflügeln. Auf dem Weg nach oben wird sie jedoch

nur dann gefördert, wenn sie **männliche** Qualitäten entwickelt und in **maskuline** Rollen schlüpft. Dadurch verliert sie zwangsläufig immer mehr an Weiblichkeit, also immer mehr von der Macht, die sie von Natur aus als Frau besitzt: die Macht der Mutterschaft, der Zärtlichkeit und der seelischen Wärme, die Macht der seelischen Liebe, die Macht der Intimität ... Bei dem Streben nach oben, dem Streben, aus ihrer weiblichen Sonne eine männliche zu machen, ist sie ganz begeistert, insbesondere, wenn sie auf diesem Weg immer mehr Erfolge verbuchen kann und so endlich ihre (imaginäre) Hemmung im Eigenwert nicht mehr spürt.
Hierzu ein Beispiel: Eines Tages hat Gudrun es endlich geschafft: Sie ist Vorstandsvorsitzende und verfügt über (männliche) Macht. Sie hat ein Penthouse erworben und fährt eine Luxuslimousine, sie hat all die Attribute, mit denen Männer um Frauen zu werben pflegen, doch sie merkt, dass sie trotzdem immer noch nicht glücklich ist. Sie wird geachtet und bewundert – aber nicht als **Frau** geliebt. Sie merkt, dass sie keinen adäquaten Partner mehr findet und daher immer mehr vereinsamt oder dass nur schwache Männer oder Gigolos ihre Nähe suchen.

Nach dem Kulminationspunkt beginnt das Ganze zu kippen und die Phase der Dekompensation beginnt. Die Frau befindet sich nun in einer massiven Krise, die mit Frustrationen, Depressionen und körperlichen Erkrankungen verbunden sein kann, und hat schließlich die Einsicht, dass sie spezifisch als **Frau** auf der Strecke geblieben ist. Erst nach dieser Erkenntnis ist sie in der Lage, den Weg zur goldenen Mitte zu gehen, der gleichbedeutend ist mit dem Prozess des Findens der eigenen Identität als Frau. Der Abstieg ist in Wirklichkeit ein **Aufstieg zum wirklichen Frausein**. Dann kann sie das zum

Ausdruck bringen, was sie als Frau ausmacht, und eine neue Entwicklung beginnt.
In diesem Zusammenhang ist es wichtig, festzustellen, dass es Frauen gibt, deren Horoskope deutlich aufzeigen, dass sie ihre Anlagen nur über eine Machtposition verwirklichen können. Die daraus oft folgende Pauschalisierung, dass nun **jede** Frau den Weg zur Macht einschlagen sollte, widerspricht jedoch der Realität bzw. trägt der Unterschiedlichkeit der Horoskope nicht Rechnung.

Und wie sieht es bei den Männern aus?
Je mehr die Frauen in männliche Gefilde einbrachen und mit den Männern gleichziehen wollten, desto mehr setzte mit der Maskulinisierung der Frauen nach dem Gesetz des Ausgleichs zwangsläufig eine Feminisierung der Männer ein. Der neue Mann übernahm jetzt immer öfter weibliche Rollen, beantragte manchmal Erziehungsurlaub und versorgte die Kinder, damit die Frau Karriere machen konnte. Den Männern wurde eingeredet, dass sie so, wie sie von Natur aus angelegt sind, nicht o. k., sondern falsch sind.

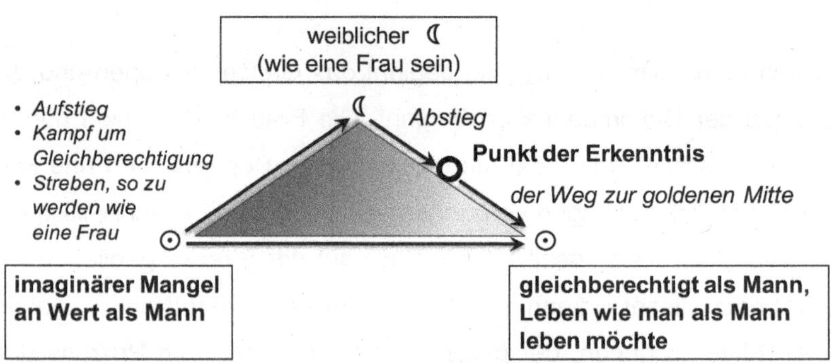

Viele Männer denken, dass sie belohnt werden, wenn sie dem neuen Leitgedanken folgen und immer mehr weibliche Rollen ausfüllen. Sie glauben, solange sie im Aufstieg zum weiblichen Mond sind, würden sie dafür von den Frauen anerkannt und geliebt.
Am Kulminationspunkt aber merken sie, dass die Frauen paradoxerweise jetzt, da sie artig alle Aufgaben erfüllt haben, das Interesse an ihnen verlieren. Besonders in sexueller Hinsicht finden die meisten Frauen den „Softie" nicht anziehend. In Einzelfällen kann dies sogar so weit kommen, dass eine Frau dann ausgerechnet mit einem „Macho" „durchbrennt".
In der Phase der Dekompensation hängt dann der Mann „groggy in den Seilen". Verzweifelt hadert er mit dem Schicksal. Nun besteht die Gefahr, dass all seine verdrängten Gefühle und seine unterdrückte Männlichkeit zur Eruption gelangen – Wut, Aggression, Enttäuschung und Trauer.
Wenn er diese Phase durchlaufen hat, kommt er zum Punkt der Erkenntnis, an dem er merkt, dass der Abstieg eigentlich ein Aufstieg ist, nämlich der **Aufstieg zum wirklichen Mannsein**. Schließlich findet er den Weg zur goldenen Mitte, an dessen Ziel der sich seiner selbst und seines Geschlechts bewusste Mann steht.

Wir können also konstatieren: Die Frau hat eine **weibliche** Sonne, die ihren Mond und ihre Planeten beleuchtet, sie hat aber auch den männlichen Gegenpol der Sonne in sich, den sie nur bis zu einer bestimmten Grenze selbst leben kann (nur als Notprogramm, wenn kein Mann da ist oder der Mann erkrankt ist), der aber ansonsten im äußeren Feld von ihrem Mann verkörpert wird.
Der Mann hat einen **männlichen** Mond, hat aber auch den weiblichen Gegenpol des Mondes in sich, den er nur bis zu einer bestimm-

ten Grenze selbst leben kann (nur als Notprogramm, wenn er keine Frau hat oder seine Frau erkrankt ist), der aber ansonsten in der Außenwelt von seiner Frau verkörpert wird.

Die Grenze ist also immer dort, wo das rein Gegengeschlechtliche beginnt. Es kann von einem selbst nicht mehr gelebt werden, weil man eben kein Mann bzw. keine Frau ist. Eine Mutter kann für ihre Kinder nicht als maskulines bzw. väterliches Vorbild und ein Vater nicht als Leitbild für feminine und mütterliche Qualitäten fungieren.

Eine Frau ist z. B. nicht dafür prädestiniert, schwere Lasten zu heben oder harte körperliche Arbeit (wie etwa im Straßenbau) zu verrichten. Diese an der Natur des Menschen orientierte Denkweise ist durch einen militanten Feminismus, der Geschlechtsunterschiede lediglich im Äußeren akzeptiert, alle sonstigen Unterschiede aber kategorisch negiert, in Misskredit geraten. Um die Realität der geschlechtsspezifischen Unterschiede der menschlichen Natur zu erkennen, kann astrologisches Wissen eine große Hilfe sein.

Wie die ☉ im Horoskop einer Frau ihre Partneranziehung widerspiegelt

Oder: Eine Orientierung für Männer, auf welchem Gebiet sie glänzen müssen, um ihre Partnerin zu faszinieren

Jeder hat eine bestimmte Vorstellung, wie sein Partner aussieht und welche Eigenschaften dieser aufweisen soll. Das trifft auch für diejenigen zu, die von sich behaupten, keine bestimmte Vorstellung von ihrem zukünftigen Partner zu haben. Wenn dies zuträfe, könnten sie ja jeden als Partner annehmen. Da sie dies offensichtlich nicht tun, sondern ihre Partner wie alle anderen auch nach bestimmten Kriterien auswählen, ist klar, dass auch sie im Unbewussten ein spezifisches Partnerbild beherbergen.

Es liegt auf der Hand, dass es sich dabei um das Vater- oder Mutterbild handelt. Dieses Bild kann mit dem realen Vater bzw. der realen Mutter übereinstimmen, aber auch nur die subjektive Sichtweise oder subjektive Interpretation des Betreffenden widerspiegeln. Oder – was noch viel häufiger ist – es hat sich ein Gegenbild herauskristallisiert, quasi ein verbessertes Vater- oder Mutterbild. Dies ist insbesondere dann der Fall, wenn man mit der Art und Weise, wie Vater oder Mutter waren, nicht einverstanden war und deshalb geistig den betreffenden Elternteil mit anderen, oft entgegengesetzten Attributen ausgestattet hat. Etwa wenn eine Frau, die unter ihrem autoritären Vater gelitten hat, sich unter einem idealen Partner einen sanften und braven Mann vorstellt, der ihr jeden Wunsch von den Augen

abliest. Nachfolgend soll gezeigt werden, wie der Sonnenstand (männlicher Pol ihrer ⊙ = Archetypus: Vater) im Horoskop der Frau ihre Partnerwahl beeinflusst.
Dabei gilt es zu bedenken, dass oft eine große Diskrepanz zwischen ihrem bewussten und unbewussten Wollen besteht bzw. zwischen ihrem Wunsch und der Realität, welcher Mann dann tatsächlich auf der Bühne ihres Lebens erscheint. Das Horoskop macht deutlich, welchen Mann (⊙) die betreffende Frau wirklich braucht. (U. U. muss sie sogar mit dem „Schatten" des betreffenden kosmischen Prinzips vorliebnehmen.)

Im Zusammenhang mit dem letzten Kapitel stellen sich die Fragen:

- Was hat ihre Mutter ihr in Bezug auf weibliche Gefühle bzw. Fühlen als Frau und in der Folge davon in Bezug auf Selbstverwirklichung als Frau vorgelebt?
- Gelang es ihr, ihre weiblichen Bedürfnisse zu stillen und dadurch Lebensfreude zu empfinden?
- Konnte ihr Vater zeigen, wie er als Mann fühlte und in der Fortleitung: Wie sah dann seine Selbstverwirklichung als Mann aus?
- Konnte er seine männlichen Bedürfnisse stillen?

Warum diese Fragen? Weil es für die Partnerwahl einer Frau entscheidend ist, inwieweit sie sich als **Frau** verwirklicht. Hat sie sich als Frau zu wenig verwirklicht, d. h. zu wenig das, was sie als Frau ausmacht, umgesetzt, so zieht sie als Widerspiegelung im anderen Geschlecht einen Partner an, der sich als Mann zu wenig verwirklicht. Und das stört sie dann, das tut ihr seelisch weh. Sie leidet dann darunter, in dem Mann (ihrer Meinung nach) nicht die richtige Ergänzung gefunden zu haben.

Ebenso verhält es sich, wenn sie sich als Frau nur über die Anpassungs- und Abwehrmechanismen „verwirklicht“. Dann bekommt sie nach dem Gesetz der Anziehung und dem Gesetz der Affinität einen Partner, der seine Sonne im geschlechtlichen Gegenpol nur „neurotisch“ zum Ausdruck bringt. Auch hier ist die Wahrscheinlichkeit groß, dass sie – abgesehen von einer euphorischen Anfangsphase – mit ihrem Partner unzufrieden ist. Er lebt ja nicht das mit ihr, was sie sich vorstellt, sondern lebt in seiner eigenen männlichen Welt.
Zum besseren Verständnis seien hier die weiblichen und männlichen Abwehr- und Anpassungsmechanismen dargestellt, die unter dem Einfluss von Saturn auftreten und sowohl die reale Weiblichkeit als auch die reale Männlichkeit verdrängen oder verfälschen:

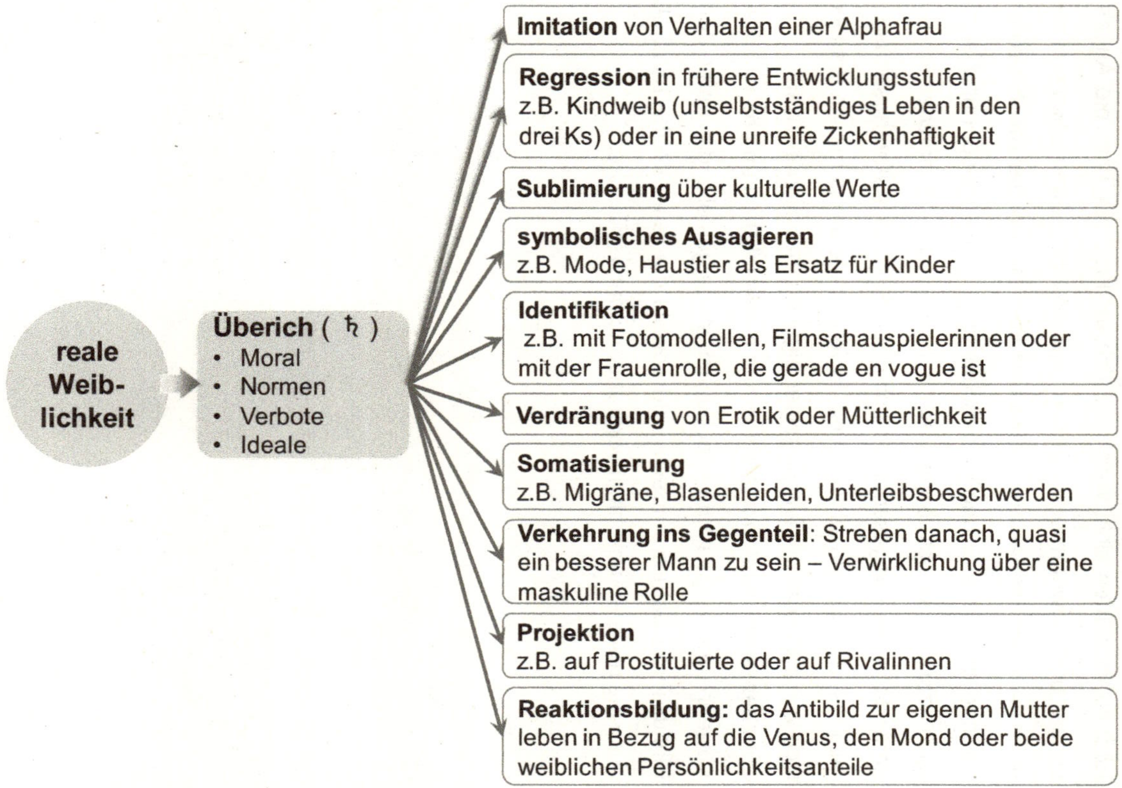

reale Weib-lichkeit
Überich (♄)
• Moral
• Normen
• Verbote
• Ideale
Imitation von Verhalten einer Alphafrau
Regression in frühere Entwicklungsstufen z.B. Kindweib (unselbstständiges Leben in den drei Ks) oder in eine unreife Zickenhaftigkeit
Sublimierung über kulturelle Werte
symbolisches Ausagieren z.B. Mode, Haustier als Ersatz für Kinder
Identifikation z.B. mit Fotomodellen, Filmschauspielerinnen oder mit der Frauenrolle, die gerade en vogue ist
Verdrängung von Erotik oder Mütterlichkeit
Somatisierung z.B. Migräne, Blasenleiden, Unterleibsbeschwerden
Verkehrung ins Gegenteil: Streben danach, quasi ein besserer Mann zu sein – Verwirklichung über eine maskuline Rolle
Projektion z.B. auf Prostituierte oder auf Rivalinnen
Reaktionsbildung: das Antibild zur eigenen Mutter leben in Bezug auf die Venus, den Mond oder beide weiblichen Persönlichkeitsanteile

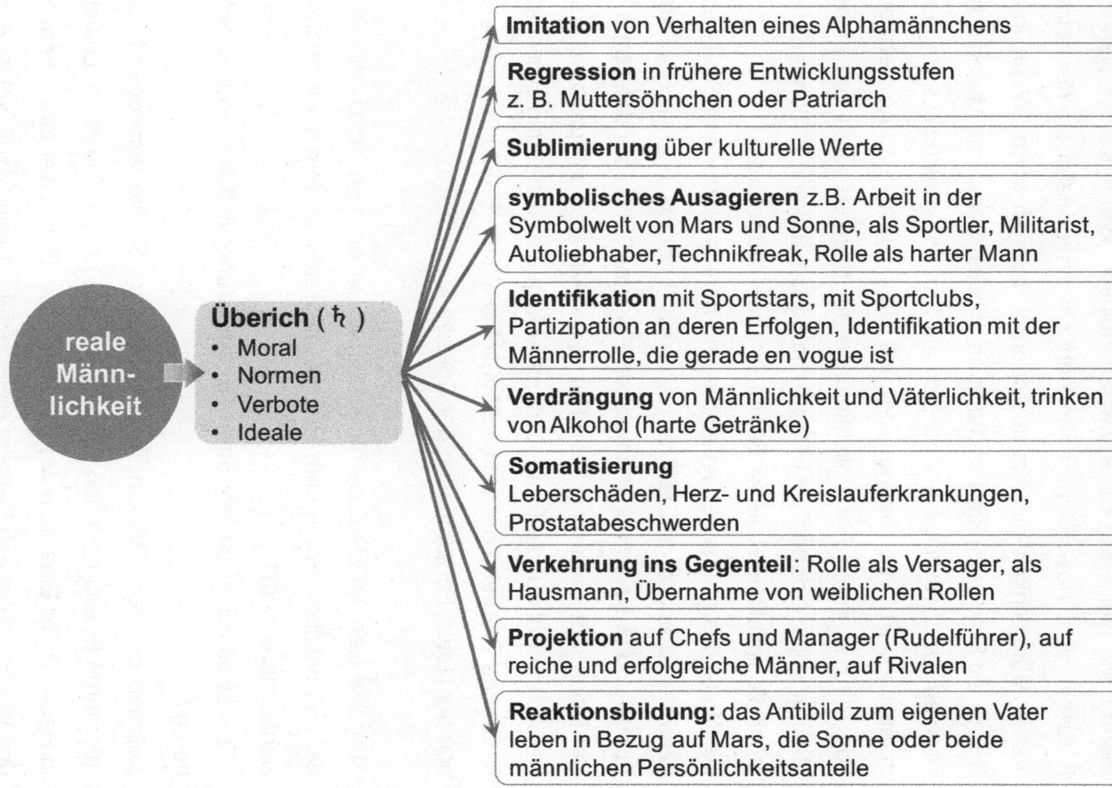
reale Männlichkeit
Überich (♄)
• Moral
• Normen
• Verbote
• Ideale
Imitation von Verhalten eines Alphamännchens
Regression in frühere Entwicklungsstufen z. B. Muttersöhnchen oder Patriarch
Sublimierung über kulturelle Werte
symbolisches Ausagieren z.B. Arbeit in der Symbolwelt von Mars und Sonne, als Sportler, Militarist, Autoliebhaber, Technikfreak, Rolle als harter Mann
Identifikation mit Sportstars, mit Sportclubs, Partizipation an deren Erfolgen, Identifikation mit der Männerrolle, die gerade en vogue ist
Verdrängung von Männlichkeit und Väterlichkeit, trinken von Alkohol (harte Getränke)
Somatisierung
Leberschäden, Herz- und Kreislauferkrankungen, Prostatabeschwerden
Verkehrung ins Gegenteil: Rolle als Versager, als Hausmann, Übernahme von weiblichen Rollen
Projektion auf Chefs und Manager (Rudelführer), auf reiche und erfolgreiche Männer, auf Rivalen
Reaktionsbildung: das Antibild zum eigenen Vater leben in Bezug auf Mars, die Sonne oder beide männlichen Persönlichkeitsanteile

Ziehen wir hier eine kurze Zwischenbilanz: Wenn sie ihr wahres Frausein nicht verwirklicht, dann zieht sie einen Mann an, der seine wahre Männlichkeit nicht zum Ausdruck bringen kann. Wenn ihre Sonne als Frau verfinstert ist, kann auch seine Sonne als Mann nicht strahlen. Und wenn sie – statt sich als Frau zu verwirklichen – den männlichen Pol ihrer Sonne leben will, dann hat kein Mann mehr einen Platz in ihrem Persönlichkeitssystem oder sie zieht schwache Männer an, vor denen sie keine Achtung haben kann – Männer, die mehr die weibliche Rolle (z. B. Hausmann) übernehmen.

Die Natur des Menschen ist aber – wie bereits an anderer Stelle erläutert – so angelegt: Die Frau verwirklicht den weiblichen Pol ihrer Sonne und projiziert den männlichen Pol ihrer Sonne auf den Mann.

Der Mann lebt den männlichen Pol seines Mondes und projiziert den weiblichen Pol auf die Frau. Dadurch erfolgt die Anziehung zwischen Mann und Frau und dadurch schließlich auch die Erfüllung der Intention der Natur: Fortpflanzung der Spezies Mensch.

Aber wie sieht so ein Zusammenspiel zwischen dem weiblichen und dem männlichen Pol in dem Horoskopfeld aus, in dem die Frau ihre Sonne stehen hat?

Wie war es früher bei der **alten Rollenteilung** und wie zeigt es sich heute?

Nehmen wir den Fall von Tamara, die ihre Sonne vorwiegend nur über ihren Ehemann leben konnte: Tamara hat die Sonne im Löwen in Haus 10. Ihr Ehemann Joachim hat in der Politik Karriere gemacht und wurde schließlich Bürgermeister einer großen Stadt. Solange er in dieser Position war, konnte sie mit ihrer Sonne in Haus 10 als Frau strahlen und sich als Frau des Bürgermeisters „verwirklichen“. Auf diese Weise war es ihr möglich, ihre Anlage „korrektes und

maßstäbliches Verhalten in der Öffentlichkeit“ (Haus 10) und ihre Fähigkeit zur Repräsentation (☉ im Löwen) auszuleben. Sie war stolz (☉) auf ihn und er war stolz (☉) auf sie. Der weibliche und der männliche Pol ihrer Sonne ergänzten sich.
Heute – das ist das Verdienst der Frauenbewegung – kann eine Frau mit einer Sonne in Haus 10 auch selbst Bürgermeisterin werden. Sie hat jetzt die Wahl zwischen eigener Karriere und Projektion der Sonne auf den Mann.

Ein anderes Beispiel:
Marina hat die Sonne in Haus 9. Der weibliche Pol ihrer Sonne drängt danach, Kultur zu erleben in Form von Oper, Operette, Theater und Vernissagen sowie viel ins Ausland zu reisen. Ihr Mann Tom liebt ebenso wie sie das Schöngeistige und reist auch gerne. Zusammen erleben sie immer wieder schöne Zeiten, weil die beiden Pole von Marinas Sonne sich gut ergänzen. Weder Marina noch Tom muss sich verleugnen.

Die beiden Pole der Sonne einer Frau können aber auch ungünstig zum Tragen kommen: Z. B. wenn eine Frau die Sonne in Haus 8 hat, der Mann den maskulinen Pol als Unterdrücker (Haus 8) auslebt und sie den femininen Pol als Unterdrückte (Haus 8) oder eine Frau hat die Sonne in Haus 12, ihr Mann lebt den Minuspol der Anlage als Hilfloser und sie den Pluspol als Helferin.

Es fragt sich also immer: Sind die Pole einander **ergänzend** oder sind sie **Gegensätze** und als solche sich gegenseitig bedingende Antagonisten? Erfolgt die Ergänzung auf angenehme oder auf unangenehme Art und Weise?

Bevor darauf eingegangen wird, welche Affinitäten aufgrund ihres Sonnenstandes bestehen bzw. welchen Partner sie aufgrund dessen braucht und anzieht, gilt es zunächst, einige Punkte zu klären.

1. Jede Frau hat die Tendenz, ihren Partner in das Feld zu drängen, in dem sie ihre Sonne stehen hat. Passend zu ihrem Sonnenstand hat sie dann auch die entsprechende Rollenzuweisung für den Mann parat. Spielt er dort die für ihn vorgesehene Rolle bewusst oder unbewusst nicht, passt er nicht in ihre psychische Struktur und die Beziehung endet, ehe sie begann. Will ein Mann etwa bei einer Frau landen, deren Sonne in Haus 5 steht, bleibt ihm gar nichts anderes übrig, als immer wieder mit ihr „um die Häuser zu ziehen", mit ihr Lokale und Ausflugsgaststätten aufzusuchen und mit ihr und den Kindern viel zu unternehmen und zu erleben. Er muss ihr also einiges bieten können, denn sie will Freude und Spaß mit ihm haben. Eine Chance auf einer anderen Ebene besteht für ihn noch, wenn er Unternehmer bzw. Selbstständiger ist oder im pädagogischen Bereich arbeitet (Haus 5). Passt er in das Lebensfeld des 5. Hauses nicht hinein, hat er bei ihr keine Chance.
2. So mancher Mann verleugnet seine eigene Sonne, um der Frau zu gefallen. Allerdings kann er meist den Schein nicht auf Dauer aufrechterhalten und bis zu seinem Ableben so tun, als hätte er die Sonne dort, wo sie im Horoskop der Frau platziert ist. Je mehr er aber wieder seine **eigene** Sonne zu leben beginnt, desto schwieriger gestaltet sich die Partnerschaft. Diese schlittert unweigerlich in eine Krise, weil die Frau von ihm enttäuscht ist. Sie denkt sich: „Dieser Mann passt nicht mehr zu mir. Wir haben uns

auseinandergelebt, wir haben keinen gemeinsamen Nenner mehr."

3. Eine Frau kann nur jemanden lieben, der ihr die Sonne so „liefert", wie sie es sich vorstellt, denn in dem Feld, in dem sie den weiblichen Pol ihrer Sonne leben will, braucht sie als Ergänzung eine männliche Sonne. Zusammen mit dem „passenden" Partner will sie sich in dem betreffenden Haus entfalten. Er soll sie da wärmen, wo sie es braucht. Nun besteht aber häufig die Problematik, dass sie einen Mann anzieht, der zwar ihren maskulinen Pol der Sonne verkörpert, aber noch in einem unerlösten, verwunschenen Zustand – etwa wenn eine Frau mit Sonne in Haus 8 einen Mann vom Schicksal „serviert" bekommt, der einen zwanghaften Charakter hat, vorstellungsgebunden ist und ein rituelles Leben absolviert. Er bringt ihr das 8. Haus auf einer Frequenz nahe, auf der sie keine Freude und Erfüllung erlebt. Sie hätte sich einen einflussreichen Mann gewünscht, der über einen großen geistigen Besitz verfügt und mit ihr die Höhen und Tiefen der Sexualität auslotet. Es stimmt also die Anziehung, aber sie ist mit der **Ebene** der Anziehung nicht zufrieden.
4. Jeder Mann kann nur auf den Feldern den maskulinen Pol der Sonne der Frau verkörpern, in denen er über entsprechende Anlagen verfügt. Es kommt deshalb darauf an, wie er strukturiert ist und welche Anlagen er ausgebildet hat. Ein Mann, dessen Sonne in Haus 12 steht und in dessen Horoskop viele Planeten in Wasserzeichen platziert sind bzw. der stark introvertiert ist, wird kaum auf Dauer vor der betreffenden Frau so tun können, als hätte er z. B. die Sonne in Haus 1, 3, 5 oder 11, also in stark extrovertiert ausgerichteten Feldern.

5. Die große Frage ist: Drängt die Frau den Mann in das Feld, in dem ihre Sonne steht, sodass er dann ihrer Erwartungshaltung zu entsprechen versucht, oder zieht sie einen Mann an, der sich gerade in einer Lebensphase befindet, die ihrem Sonnenstand entspricht? Etwa wenn ein Mann Insolvenz anmelden muss und in dieser Zeit eine Frau mit einer Sonne in Haus 12 kennenlernt oder wenn ein Mann sich von seiner bisherigen Partnerin befreien will und „zufällig" einer Frau mit Sonne in Haus 11 begegnet. Im ersten Fall muss sie also den Mann nicht unbedingt erst schwach machen und ihn nicht in den Misserfolg ziehen, sondern der Betreffende kann u. U. schon eine Disposition hierfür mitbringen und im zweiten Fall ist ebenfalls die neue Frau nicht „schuld" an der Trennung. Sie ist nicht der Trennungsgrund, auch wenn es nach außen hin so aussehen mag, sondern der Mann brachte schon eine unbewusste Bereitschaft mit, sich aus der Ehe zu befreien und die neue Frau war hierfür nur die Erfüllungsgehilfin.
6. Man kann das Schicksal nicht überlisten. Es nützt z. B. einem arbeitslosen Mann nichts, alles zu versuchen, eine Frau kennenzulernen, die die Sonne in Haus 6 hat, um dadurch an Arbeit heranzukommen, oder in einem anderen Fall, sich **nicht** mit einer Frau zu liieren, die die Sonne in Haus 8 hat, um größere Umstrukturierungen, die bei ihm anstehen, zu vermeiden. Er kann nicht anders – und das ist Schicksalszwang. Er verliebt sich nur in die Frau bzw. kann nur die Frau bekommen, die seiner jeweiligen Lebensphase entspricht. Insofern wird auch klar, dass man nur jeweils den Partner bekommen kann, den man „verdient", d. h. den man unbewusst erwirkt. Jetzt erscheint die These, nach der es keinen Mr. Right und keine Mrs. Right gibt, sondern nur sogenannte Lebensabschnittspartner, in einem neuen Licht.

Auch wird in diesem Zusammenhang evident, dass meist keiner der Partner an einer Trennung „schuld" ist, sondern der jeweilige Partner passt einfach nicht mehr in die Konstellation des anderen. Ein erfolgreicher Mann, der den maskulinen Pol der Sonne in Haus 10 einer Frau gut zu verkörpern vermochte, passt eben nicht mehr in deren Skript, wenn er beruflich Schiffbruch erleidet.

7. Bedingt durch die Projektion der Sonne können Krankheiten sowohl bei der Frau als auch beim Mann entstehen. So kann eine Frau krank werden, wenn der Mann, auf den sie den maskulinen Pol ihrer Sonne projiziert hat, nicht so ist bzw. sich nicht so verhält, wie sie es sich vorstellt. Etwa wenn sie merkt, dass der Mann, der zu ihrer Sonne in Haus 3 passen soll, wenig Allgemeinbildung aufweist oder rhetorisch ungeschickt ist und sie daher darunter leidet, keinen „Vorzeigemann" zu haben. Er gleicht sie nicht aus. Wenn sie nun dieses Problem somatisiert, wird sie nicht – wie man auf den ersten Anschein glauben möchte – krank wegen des Mannes, sondern wegen ihrer Vorstellung.
   Objektiv gesehen hat das ja nichts mit ihr zu tun, wenn dieser Mann sich nicht gut auszudrücken vermag. Es kann aber auch sein, dass nicht sie selbst, sondern der Mann schließlich das „Problem" somatisiert, weil er die ständige Erwartungshaltung der Frau spürt und dem Druck, ihr zu entsprechen, nicht gewachsen ist.
8. Es muss ferner noch darauf geachtet werden, woher die Sonne kommt, die z. B. in Haus 4 steht, d. h. in welchem Haus sie Herrscher ist. Es macht einen großen Unterschied, ob die Sonne in Haus 4 Herrscher von Haus 3 ist oder etwa aus dem 9. oder 11. Haus stammt. Aus diesem Grunde schildern auch Frauen, die ihre Sonne im selben Haus stehen haben, ihren „inneren Mann" in

einigen Punkten anders, eben weil die Sonne jeweils woanders Herrscher ist.

9. Eine entscheidende zusätzliche Prägung ergibt sich durch das Tierkreiszeichen, in dem die Sonne steht. Z. B. versucht eine Frau mit der Sonne im Wassermann in Haus 1 ihren Mann immer wieder in bestimmten Intervallen dazu zu animieren, aktiv zu werden und etwas zu verändern. Er soll ihre neuen Ideen umsetzen, etwa die Wohnung renovieren, eine Mauer einreißen oder sich beim Lehrer des gemeinsamen Kindes über eine ungerechte Benotung beschweren. Hingegen wird eine Frau, deren Sonne in Haus 1 in den Fischen steht, mehr Affinität zu Männern haben, die geheimen, „dubiosen" oder gar „illegalen" Aktivitäten nachgehen. Sie kann aber auch Männer anziehen, deren Aktivität darin besteht, via Alkohol oder Drogen vor den gestellten Anforderungen zu fliehen.
10. Ferner ermöglichen die Aspekte der Sonne eine weitere Differenzierung. Im Falle einer Sonne, die dissonante Aspekte empfängt, passt eben nur ein Mann in diese Konstellation, der der betreffenden Frau auch diese Spannungen liefern kann. Bei einer Quadratur zwischen Sonne und Pluto z. B. mag die Frau sich zwar einen Mann wünschen, der ungebunden und frei ist, aber sie kann auf einer spezifischen Frequenz dieser Konstellation „nur" einen Mann anziehen, der sich in einer festen Beziehung oder Ehe befindet. Insofern ist nur ein solcher geeignet, ihre innere Konstellation außen widerzuspiegeln. Der scheinbar falsche Partner ist doch letztendlich der richtige. Falls sie diesen potenziellen Partner ablehnt, weil er nicht ihrer Vorstellung entspricht, löst sie negative Reaktionen des Schicksals aus. Das Schicksal „sagt" hier: „Entweder du nimmst diesen Mann und hast dadurch

die Chance, aus dieser Beziehung etwas zu lernen, oder du verweigerst diesen Lernprozess, musst dann aber damit rechnen, dass immer wieder neue unpassende Partner auf der Bühne deines Lebens erscheinen und wenn du auch diese ablehnst, musst du schließlich alleine bleiben.“ Wie verbreitet diese Problematik ist, kann man leicht an der großen Anzahl von Singlehaushalten erkennen.

Und noch etwas:

Streng genommen „liefert“ der jeweilige Mann der Frau nicht die Spannungen wie vorher dargestellt – vielmehr **interpretiert** sie nur sein Verhalten so, dass sie eine Spannung empfindet und sie sich Sorgen machen kann. Insofern kann man sagen: So wie die Sonne im Horoskop der Frau steht, so geht es ihrem (äußeren) Mann. Gibt es mehrere dissonante Aspekte zur Sonne, hat dieser es im Zusammenleben mit ihr nicht leicht. Aber eigentlich hat es **mit ihm selbst nichts zu tun**, wenn sie ihren **inneren** Mann angreift (☉☌/□/☍♂), unter Druck setzt (☉☌/□/☍♇), blockiert (☉☌/□/☍♄), irritiert und nervlich belastet (☉☌/□/☍♅) oder entwertet (☉☌/□/☍♆). Insofern sind auch die Krankheiten des Mannes, die daraus entstehen, nicht auf eine wirkliche, echte Ursache zurückzuführen, sondern die Ursache ist nur **vermeintlich**. Sie ist eine **Täuschung**! Alles, was über die dissonanten Aspekte gesagt wurde, gilt entsprechend bei den harmonischen. Der Mann fühlt sich dann wohl bei der Frau, obwohl dies auch hier nur Täuschung ist. Doch wer fragt schon in einer angenehmen Situation danach, ob hier Täuschung oder Wirklichkeit vorliegt?

Nachfolgend sollen die Sonnenstände in weiblichen Horoskopen kurz dargestellt werden[7]. Dabei ist jedoch auch zu beachten, dass man oft erst zu einer stimmigen Interpretation kommen kann, wenn man die **Mixturen** zwischen der Sonne in dem entsprechenden Tierkreiszeichen und der Sonne in dem betreffenden Haus beachtet. Ein Beispiel: Steht die Sonne in den Zwillingen und in Haus 8, gilt es, die Synthese zwischen der Beschreibung von Haus 3 (= Zwillinge) und der Beschreibung der Sonne in Haus 8 zu bilden.

[7] Auf die jeweilige Vaterproblematik einzugehen, wäre in diesem Rahmen zu umfangreich und komplex.

⊙ in Haus 1: Die Horoskopeignerin wünscht sich einen „Mann der Tat“, einen, der mit ihr spontan irgendwohin fährt, einen, der mit ihr etwas unternimmt, der mit ihr Sport treibt, einen, der kein “Stubenhocker“ ist. Er soll einerseits die Initiative ergreifen und aktiv werden, andererseits soll er sich von ihr pushen und sich von ihr Impulse geben lassen, wenn es ihr nötig erscheint. Sie hat eine Affinität zu Männern, die sich gerade in einer Phase des Aufbruchs befinden oder die Pionierarbeit leisten bzw. Pilotprojekte durchführen.

Schatten: Egoist; Aggressor; Macho; Mann, der ständig mit jedem und allem rivalisiert

Ähnliche Tendenzen liegen auch bei Sonne im Widder vor.

⊙ in Haus 2: Die Frau braucht einen Mann, der ihren Eigenwert stärkt und der es versteht, das Leben mit ihr zu genießen. Sie will den Mann dazu bewegen, ein Grundstück, eine Eigentumswohnung oder ein Haus zu erwerben. Auch besteht hier die Tendenz, den Mann in ihre Art von Lebensstil zu drängen. Sie hat eine Affinität zu gut situierten Männern oder zu Männern, die sich gerade in der Phase der Etablierung befinden.

Schatten: Asket, Geizhals, finanzschwacher Mann.

Ähnliche Tendenzen liegen auch bei Sonne im Stier vor.

☉ in Haus 3: Die Horoskopeignerin will einen intelligenten Mann, mit dem sie sich zeigen kann, einen „Vorzeigemann", aber auch einen, mit dem sie viel unterwegs sein kann (also keinen introvertierten Mann), der mit ihr überall hinfährt, mit dem sie ausgehen, Freunde besuchen und Ausflüge unternehmen kann. Auf einer anderen Ebene will sie einen Mann, der handwerklich geschickt ist oder sich gut darstellen kann, der über eine gute Allgemeinbildung verfügt und der virtuos mit der Sprache umgehen kann. Auch kann er ihr sehr imponieren, wenn er Fremdsprachen beherrscht. Die Frau braucht einen Mann, der mit ihr den Alltag bewältigt und mit dem sie viel kommunizieren kann. Sie hat eine Affinität zu Männern, die häufig unterwegs sind, die im Handel und Verkauf tätig sind, handwerklich, technisch oder journalistisch begabt sind.

Schatten: Schwätzer; Technokrat; Mann, der nirgends Stellung bezieht; Mann mit mangelnder Intelligenz.

Ähnliche Tendenzen liegen auch bei Sonne in den Zwillingen vor.

☉ in Haus 4: Die Frau will einen Mann, mit dem sie eine Familie gründen kann oder der zu ihrer bereits bestehenden Familie passt. Am liebsten wäre es ihr, wenn der Mann es gerne hat, mit ihr und den Kindern Ausflüge in die freie Natur zu unternehmen. Sie braucht einen treuen Familienvater, auf den sie sich verlassen kann und der alles managt, was Familie, Haus, Wohnung und Garten betrifft. Die Konstellation kann aber auch so ausgelebt werden, dass sie einen „Kuschelbären“ anzieht, mit dem sie stundenlang Zärtlichkeiten austauschen kann und in dessen Armen sie sich sicher und geborgen fühlt.

Schatten: Softie, Pantoffelheld, launischer Mann, „Jammerlappen“

Ähnliche Tendenzen liegen auch bei Sonne im Krebs vor.

☉ in Haus 5: Die Horoskopeignerin zieht den Mann in die Welt des Ausgehens, der Lokale und Ausflugsorte, aber auch in die Welt der Kinder. Sie will mit dem Mann glänzen. Sie hat eine Affinität zu Männern, die beruflich selbstständig sind oder im Begriff sind, sich selbstständig zu machen. Sie will einen „König“ haben, aber sie ist die regierende Königin.

Schatten: Lebemann; Don Juan; Angeber; Spieler

Ähnliche Tendenzen liegen auch bei Sonne im Löwen vor.

☉ in Haus 6: Die Frau zieht den Mann in die Anpassung, in die Arbeit oder drängt ihn dazu, ihr Faible für Haustiere zu teilen. Es kann aber auch sein, dass der Mann in der Medizinbranche tätig ist bzw. sich stark für Gesundheitsthemen interessiert. Sie hat eine Affinität zu Männern, die sich in einer Phase befinden, in der sie sehr viel arbeiten müssen.

Schatten: Hypochonder; Nörgler (Kritiker); penibler Mann; Workaholic
Ähnliche Tendenzen liegen auch bei Sonne in der Jungfrau vor.

⊙ in Haus 7: Die Horoskopeignerin zieht den Mann in die Welt von Stil, Niveau und vornehmem Ambiente. Sie will einen Mann, der viele Kontakte hat, der weiß, was sich gehört, einen mit guten Umgangsformen, der mit ihr die Rolle eines harmonischen Paares spielt. Sie braucht den Mann zur Verwirklichung des eigenen Geschmacks sowie dafür, eigene Vorteile aus der Beziehung ziehen zu können. Sie erwartet von ihm, immer wieder um sie zu werben (mit Geschenken, Blumen oder anderen Aufmerksamkeiten)
Schatten: „Süßholzraspler"; arroganter Mann; Mann, der nur auf seinen eigenen Vorteil bedacht ist
Ähnliche Tendenzen liegen auch bei Sonne in der Waage vor.

⊙ in Haus 8: Die Frau will einen Mann, der Macht und Einfluss hat, der in bestimmten Situationen cool bleibt und nicht die Nerven verliert, mit dem sich ein gemeinsamer Besitz und ein gemeinsames Vermögen aufbauen lässt. Auch kann es sein, dass sie versucht, den Mann in ihre Vorstellung zu drängen z. B. in ihre Art, Sexualität auszuleben. Sie hat eine

Affinität zu Männern, die sich gerade in einer Krise, einem Umbruch oder einer Umstrukturierungsphase befinden, oder die in ihrem Unternehmen oder ihrer Institution von Umstrukturierungsmaßnahmen betroffen sind, kurzum zu Männern, die sich in „Stirb-und-werde"-Prozessen befinden, bei denen die Themen Krise und Erneuerung im Vordergrund stehen. In einigen Fällen wird die Konstellation aber auch so erlebt, dass die Horoskopeignerin sehr viel mehr verdient als der Mann und dadurch eine Machtposition in der Beziehung übernimmt. Sie „verkörpert" dann **alleine** die „gemeinsamen Finanzen" und den „gemeinsamen Besitz".

Schatten: Mann mit Fixierungen; Mann mit einem unverrückbaren Konzept; Mann, der viele Rituale absolviert; zwanghafter Mann (Zwangsneurotiker); dominanter Mann; Mann, der fanatisch eine Ideologie vertritt; Mann mit einer sexuellen Perversion.

Ähnliche Tendenzen liegen auch bei Sonne im Skorpion vor.

☉ in Haus 9: Die Horoskopeignerin braucht einen Mann, der gebildet ist und mit dem sie sich geistig austauschen kann. Sie zieht den Mann in ihre geistige Welt, in die Welt von Philosophie und Religion. Sie will sich mit ihm als Paar darstellen. Auf einer anderen Ebene will sie mit ihm Konzerte, Theaterveranstaltungen oder Vernissagen besuchen oder andere Länder bereisen. Sie hat eine Affinität zu Männern, die

„Edelmänner" sind, die sich beruflich weiterbilden oder selbst Weiterbildungsveranstaltungen anbieten, oder die sich immer wieder mal im Ausland aufhalten. Es kann aber auch sein, dass sie einen Mann anzieht, der gerade beruflich expandiert (Geschäftserweiterung, Gründung einer Filiale etc.) oder einen Ausländer, der sie mit den Sitten und Gepflogenheiten von dessen Heimatland vertraut macht.

Schatten: Besserwisser; Mann, der zu viel redet; Mann, der sich „edel" gibt, aber in Wirklichkeit unedle Motive hat bzw. unlautere Absichten verfolgt.

Ähnliche Tendenzen liegen auch bei Sonne im Schützen vor.

☉ in Haus 10: Die Frau will einen ehrgeizigen Mann, einen, der beruflich nach oben strebt und erfolgreich ist. Unbewusst möchte sie durch den Mann an Wichtigkeit gewinnen und Anerkennung ernten. Sie braucht einen Gentleman, einen, der über soziale Kompetenz verfügt, einen Mann von Format, einen, der maßstäblich gekleidet ist und der sich perfekt in der Öffentlichkeit zu bewegen weiß. Er soll ihr die Rahmenbedingungen schaffen, in denen sie glänzen kann. Sie hat eine Affinität zu Männern, die bei „Vater Staat" beschäftigt sind (Beamte) oder im Beruf eine leitende Position innehaben bzw. in der Öffentlichkeit eine wichtige Rolle spielen.

Schatten: Rechthaber; Maßregler; Kontrolleur; Mann, der gerne über andere richtet.
Ähnliche Tendenzen liegen auch bei Sonne im Steinbock vor.

☉ in Haus 11: Die Horoskopeignerin braucht einen Mann für die Freizeit, z. B. um Freunde zu besuchen, oder einen „besonderen" Mann, der aus der Masse herausragt, einen, mit dem sie sich als Paar vom Durchschnitt abheben kann. Sie will (meist unbewusst) vom Mann unabhängig bleiben und nicht mit ihm den Alltag teilen. Aufgrund ihres starken Unabhängigkeitsstrebens kann sie sich oft auch sexuell dem Mann nicht „hingeben" und hat deshalb Orgasmusschwierigkeiten. Sie ist – obwohl sie es so meist nicht wahrhaben will – die typische Freizeitgeliebte. Sie hat eine Affinität zu Männern, die nur in bestimmten Intervallen bei ihr erscheinen, die schon anderweitig gebunden sind, die sich in einer Trennungsphase oder in einer Phase der Befreiung befinden. Es kann aber auch sein, dass sie einen Mann sucht, der sie aus einer abhängigen Position befreit.
Schatten: Rebell; Seitenspringer; Luftikus; Mann, der unstet und ruhelos ist; Mann, der „nervt"
Ähnliche Tendenzen liegen auch bei Sonne im Wassermann vor.

☉ in Haus 12: Die Frau sucht unbewusst einen schwachen Mann oder einen, den sie als schwach empfindet. Der Mann befindet sich mehr im Hintergrund oder in einer Phase der Erfolglosigkeit. Sie hat eine Affinität zu Männern, die sie retten oder denen sie helfen kann, zu Männern, die arbeitslos, süchtig, insolvent, krank, gescheitert oder aus irgendwelchen Gründen ausgestoßen sind. Mitunter werden Männer angezogen, mit denen nur eine heimliche Liebe möglich ist oder solche, die nicht greifbar sind, weil sie weit entfernt wohnen oder schon anderweitig vergeben sind. Eine andere Auslebensform bei dieser Konstellation besteht darin, dass der Mann Künstler oder Musiker ist, aus der Alternativszene oder einer Subkultur kommt, als Hellseher, Esoteriker oder Mystiker tätig ist oder heimliche Geschäfte bzw. Geschäfte am Rande der Legalität betreibt. Sie kann sich aber auch mit Männer liieren die einen sozialen Beruf ausüben (sofern die Horoskopeignerin nicht selbst „Helferin“ ist), die sehr fantasievoll sind und die die Fähigkeit haben, Hintergründe zu erfassen.

Schatten: der süchtige Mann; der kränkelnde Mann; der weltfremde Mann; der Chaot; der Fantast.

Ähnliche Tendenzen liegen auch bei Sonne in den Fischen vor.

All diese Konstellationen spielen sich vielfach nicht im Bewussten ab, sondern werden vom Unbewussten her gesteuert.

Deshalb können viele nicht glauben, dass der Sonnenstand im Horoskop eine so starke Prägung darstellt. Doch wer über etwas Symbolwissen verfügt, wird die bei dem jeweiligen Sonnenstand beschriebenen Tendenzen erkennen.
Wie sich die Symbolik des Sonnenstandes im Horoskop einer Frau in einem immer wieder neuen Gewand zeigt, wird am Fall von Lydia deutlich: Bei Lydia steht die Sonne in Haus 9 im Stier. Sie hatte in ihrem Leben sechs feste Männerbeziehungen. Ihr erster Mann war ein Ausländer (Haus 9), der als Immobilienmakler (Stier) tätig war. Ihr zweiter Mann war ein Ausländer (Haus 9), der in einem Geldinstitut (Stier) arbeitete. Ihr dritter Mann war Philosoph (Haus 9).
Ihr vierter Mann war ein Deutscher, mit ihm lebte sie lange Zeit in dessen ausländischem Wohnsitz zusammen.
Ihr fünfter Mann bot Weiterbildungsveranstaltungen an und war ständig im Ausland unterwegs. Ihr sechster Mann, mit dem sie derzeit noch fest liiert ist, ist sehr gebildet (Haus 9) und hat auf dem Gebiet der Wirtschaft (Stier) habilitiert. Es konnte also immer nur ein solcher Mann auftauchen, der zu ihrer Symbolik von Sonne in Haus 9 passte.

Was zum Einfluss des Sonnenstandes im Horoskop von Frauen festgestellt wurde, gilt entsprechend für den Einfluss der Mondstellung im Horoskop von Männern. Die Frau passt in ihrer jeweiligen Lebenssituation in das Haus im Horoskop des Mannes, in dem sein Mond platziert ist. Z. B. bedeutet Mond in Haus 8: Die Frau befindet sich in einer Krise, in einem Transformationsprozess oder ist therapeutisch tätig. Mond in Haus 11: Die Frau möchte sich emanzipieren bzw. von etwas befreien (von einer Arbeitsstelle, von einer Partnerschaft, von der traditionellen Frauenrolle etc.).

FAMILIENBINDUNG IST IM GEFÜHLSHAUSHALT DES KREBS TIEF VERANKERT

Wie der ☾ im Horoskop eines Mannes dessen Partneranziehung widerspiegelt

Der Unterschied zur Sonnenstellung der Frau liegt darin, dass der Mann nicht bewusst nach einer Frau sucht, die mit ihm das Thema des Hauses lebt, in dem sein Mond[8] steht, sondern hier meist eine unbewusste Wahl trifft. Er wünscht sich nicht eine Frau, die z. B. viel ausgehen, verreisen oder beruflich aufsteigen will, vielmehr „fällt ihm diese zu" und er muss sich damit seelisch auseinandersetzen. Oder anders ausgedrückt: Wenn eine Frau auf einen Mann trifft, der ihr gefällt, checkt sie gewöhnlich sofort ab, ob er für eine Beziehung geeignet wäre, ob er ihre Rollenzuweisung erfüllen könnte, ob er als Vater für ihre Kinder infrage käme, ob das, was sie leben und erleben möchte, mit ihm möglich wäre. Sie sucht nach der Sonne und bekommt den Mars des Mannes gleichsam als „Zugabe". In einigen Fällen sucht sie aber auch zunächst nach dem Mars-Typus, will ihn aber schließlich dazu bewegen, mit ihr zusammen das zu leben, was ihre Sonne ausmacht.

Ein Mann sucht meist zuerst nach der Venus und bekommt dann den Mond der Frau als Überraschungspaket dazu. Er schaut, ob die Frau ihm äußerlich gefällt, ob sie ihn erotisch reizt und ob mit ihr schöne Stunden im Bett möglich wären. Gewöhnlich fragt er sich nicht sofort, ob er mit ihr zusammenleben will. Zunächst sieht er nur

---

[8] Die mit der Mondstellung verbundene jeweilige Mutterproblematik wäre Gegenstand eines eigenen Buches.

die äußere Form der Frau und ist später nicht selten überrascht von ihren Inhalten – von ihrer elterlichen Prägung, von ihrem Charakter, von ihrem Denken und Verhalten.

☾ in Haus 1: Der Horoskopeigner zieht unbewusst eine aktive, tatkräftige oder sportliche Frau an, eine, die auch für Pionierarbeiten und Pilotprojekte zu haben ist. Auf einer anderen Frequenz kann sie auch energisch, kriegerisch oder streitlustig in Erscheinung treten oder durch Emotionen, Launenhaftigkeit und Tränen die Durchsetzung erzwingen. Im letzteren Fall wird seine eigene Durchsetzung durch sie geschwächt. Wenn die Frau mit ihm in Rivalität tritt, wird sie meist als Siegerin hervorgehen.

Es kann aber auch sein, dass aufgrund der Qualitäten der Frau seine Durchsetzung nach außen enorm gestärkt wird.

Wenn der Horoskopeigner selbst mit seinem Mond in Haus 1 seine Launen rigoros auslebt, treibt er seine Partnerin in die Hemmung. Als Folge können bei ihr Kopfschmerzen, Gallenbeschwerden oder Entzündungen verschiedenster Art auftreten.

Schatten: die streitsüchtige Frau; die kriegerische Frau; die hyperaktive Frau, die den Mann ständig zu Aktivitäten und Unternehmungen drängen will; die stark maskulin betonte Frau.

☾ in Haus 2: Der Mann hat hier eine Affinität zu Frauen, denen eine gute soziale Absicherung wichtig ist und die z. B. gerne in einer Eigentumswohnung oder in einem Haus in einem vornehmen Umfeld wohnen wollen. Wenn der Mond in Haus 2 nicht zu viele ungünstige Aspekte empfängt, wird der Horoskopeigner ihr dies auch bieten können.

Auf einer anderen Ebene kann ein Mond in Haus 2 eine Affinität zu einer Frau anzeigen, die zu genießen versteht, die für köstliche Speisen sorgt, die einen schönen Garten liebt und das Revier in Ordnung hält.

Sie kann dadurch dem Mann Sicherheit geben und aufgrund ihrer Qualitäten dessen Eigenwert stärken.

Schatten: Die Frau, die das gemeinsame Revier primär für sich beansprucht und dem Mann nur wenig Platz lässt; die Frau, die für Statussymbole zu viel Geld ausgibt; die Frau, die nur ihren eigenen Lebensstil pflegt und den ihres Mannes ignoriert.

☾ in Haus 3: Der Mann sucht sich unbewusst eine Frau, die in der Welt der Kommunikation bzw. der Technik zu Hause ist. Notebook und Smartphone gehören zu ihren ständigen Begleitern. Sie möchte gerne ihr Umfeld erkunden und immer wieder kleinere Reisen unternehmen.

Sie ist praktisch begabt, redegewandt, vielseitig interessiert und übermittelt die neuesten Informationen aus ihrem Bekanntenkreis und Berufsleben, aber auch aus aller Welt.

Oft ist sie als Dolmetscherin, Journalistin oder Taxifahrerin tätig. Auf einer anderen Ebene tendiert der Horoskopeigner zu Wohnmobilen oder Wohnwagen (das Heim auf Rädern).
Schatten: die Frau, der ihr Smartphone wichtiger ist als ihr Mann; die Frau, die dauernd mit dem Auto oder Fahrrad unterwegs ist und nicht zur Ruhe kommt.

☾ in Haus 4: Der Horoskopeigner fühlt sich hier von einer Frau mit natürlicher Anmut angezogen, die häuslich ist und ihm Geborgenheit schenken kann. Am liebsten hätte er, wenn er von ihr täglich bekocht würde.
Bei dieser Konstellation steht das Familienleben im Vordergrund. Der Betreffende liebt Spaziergänge und Aufenthalte in der freien Natur, er hat außerdem einen guten Zugang zur Tier- und Pflanzenwelt.
Mit Schwierigkeiten verbunden ist diese Konstellation nur, wenn er seine Partnerin als launenhaft oder als subtil emotional erpresserisch erlebt.
Schatten: die „overprotecting mother“; die launenhafte Frau; die Frau, die zur Gefühlstyrannei neigt.

☾ in Haus 5: Hier wird der Mann von der Frau in die Welt der Lokale, der Partys und der Feten gezogen. Er lernt eine Frau kennen, die sehr oft ausgehen und gerne tanzen will, die etwas unternehmen und dabei etwas erleben will. Sie will das Leben genießen und

Spaß haben. Auf einer anderen Ebene ist die Frau pädagogisch engagiert, entweder bei den eigenen Kindern oder beruflich als Erzieherin und Lehrerin. In manchen Fällen lernt der Mann hier eine Frau kennen, die selbstständig tätig ist oder die sich gerade in einem Prozess der Verselbstständigung befindet. Auch kann es sein, dass sie sich durch ein Organisations- und Managementtalent auszeichnet. *Schatten: die Partylöwin; die Frau, die immer nur im Mittelpunkt stehen will; die Angeberin.*

☾ in Haus 6: Der Horoskopeigner bekommt eine Frau, die sehr genau und differenziert ist, die sich nicht mit Oberflächlichkeiten zufriedengibt, auf einer anderen Ebene eine Frau, die als Arbeiterin oder Angestellte sehr viel beschäftigt ist. Es können bei dieser Konstellation aber auch Frauen angezogen werden, die ständig krank oder im medizinischen Bereich tätig sind – als medizinisch-technische Assistentin, als Heilpraktikerin oder Ärztin. Außerdem tauchen bei Mond in Haus 6 die Fragen auf: Muss sich der Mann an die Frau anpassen oder die Frau sich an den Mann? Übt er Kritik an ihr oder sie an ihm? Sehr häufig zeichnet sich die Frau bei dieser Konstellation durch eine gute Wahrnehmungs- und Beobachtungsfähigkeit sowie Feinfühligkeit aus. Sie kann den Mann dazu animieren, auf Details zu achten und Dinge wahrzunehmen, die ihm sonst verborgen geblieben wären.

Schatten: die kränkelnde Frau; die Hypochonderin; die Nörglerin; die Sauberkeitsfanatikerin.

☾ in Haus 7: Der Mann hat eine Affinität zu Frauen, die auf ihr Äußeres großen Wert legen und sehr modebewusst sind. Stil und Niveau sind ihnen wichtig. Es sind Frauen, die durch Kontaktfreudigkeit und gutes Benehmen auffallen. Manchmal verdrängen sie aber auch zugunsten einer harmonischen Partnerschaft negative Gefühle, sodass ein Mangel an Ehrlichkeit entstehen kann. Besonders freudvoll ist für einen Mann mit dieser Konstellation, wenn er eine Frau anzieht, die sich auf die hohe Kunst der erotischen Verführung versteht.

Schatten: die Frau, die ihren Geschmack dogmatisiert; die Frau, die mehr nimmt als gibt; die Frau, der die Form wichtiger ist als der Inhalt; die Frau, die nur lieb und freundlich zu dem Mann ist, um den Schein zu wahren.

☾ in Haus 8: Der Horoskopeigner bekam in seiner Kindheit nur seelische Wärme und Liebe, wenn er die Vorstellungen seiner Mutter erfüllt hat. Aus diesem Grunde besteht bei dieser Konstellation eine Tendenz, dominante Frauen anzuziehen, die ihre Vorstellungen durchzusetzen verstehen. Es kann aber auch sein, dass der Horoskopeigner die Frau, mit der er eine Beziehung eingeht, seiner Vorstellung gemäß formen will (My-Fair-Lady-Syndrom). Häufig ist er auf einen bestimmten Frauentypus fixiert, oft bestehen bei dieser Konstellation auch sexuelle Fixierungen. Daher ist ihm wichtig, welche Kleidung die Frau trägt, wie sie sich im Bett verhält, wie sie sich in bestimmten Situationen äußert …

Er hat eine Affinität zu Frauen, die einen Mangel an Eigenwert aufweisen (Haus 8 = Haus 2 der Partnerin), die sich gerade in einem Umbruch oder in einer Krise befinden.

Schatten: die Frau, die Macht ausübt; die Frau, die zu emotionaler Erpressung neigt; die Frau, die viele Rituale absolviert; die Frau, die an einer Zwangsneurose leidet.

☾ in Haus 9: Der Mann fühlt sich hier zu einer Frau hingezogen, die sehr gebildet ist, die mehrere Sprachen beherrscht oder die Ausländerin ist. Es ist auch möglich, dass er durch sie mit einer anderen Religion, Weltanschauung oder Lebensphilosophie konfrontiert wird, sodass sich sein Gesichtsfeld erweitert. Manchmal lieben es Frauen, die er aufgrund dieser Konstellation anzieht, Weiterbildungs- oder kulturelle Veranstaltungen zu besuchen oder in verschiedene Städte und Länder zu reisen.

Schatten: die „edle" Frau; die etwas lebensfremde Frau, die sich nicht mit weltlichen Problemen beschäftigen will; die Frau, die als „Besserwisserin" nervt oder ständig missionieren will.

☾ in Haus 10: Der Mann sucht sich hier unbewusst eine Frau, die beruflich eine wichtige Position bekleidet, die z. B. im öffentlichen Dienst arbeitet, oder eine, die in seinem Leben die Zielrichtung bestimmt. Auch kann es sein, dass die Frau ihn belehren will, dass sie sehr traditionell ist oder dass sie ihn zu Anstand und Moral erziehen will (Madonna-Konstellation). Es ist aber auch möglich, dass er sie belehren und auf den richtigen Pfad bringen will. Wie auch immer die Belehrung aussieht, ob in aktiver oder passiver Form, die Frau nimmt eine wichtige Rolle ein, sie wird zum Mittelpunkt seines Lebens. Eine weitere Möglichkeit bei dieser Konstellation besteht darin, dass der Mond in Haus 10 in seinem Berufsleben zum Ausdruck kommt, z. B. auf den Gebieten Ernährung (☾), Bauen und Wohnen (☾) oder Psychologie (☾).

Schatten: die Frau, die ihn ständig kontrolliert, maßregelt und über ihn richtet.

☾ in Haus 11: Hier besteht eine Affinität zu Frauen, die sich gerade in einem Befreiungsprozess (Elternhaus, feste Beziehung, Ehe, Tretmühle im Beruf etc.) befinden, aber auch mit Frauen, die unabhängig und frei sein wollen, die auf Distanz gehen und dem Mann keine Geborgenheit schenken können. Hier ist es oft so, dass der Mann eine Familie gründen will, die Frau jedoch entweder schon aus einer anderen Beziehung Kinder hat oder keine Kinder will, weil dadurch ihre Freiheit gefährdet wäre (Amazonen-Konstellation). In manchen Fällen ist mit der Frau nur eine Freizeitpartnerschaft möglich, d. h. sie möchte nicht für das leibliche und seelische Wohl des Mannes Sorge tragen müssen. Diese Situation ist häufig eine Wiederholung der Vergangenheit, in der die Mutter des Betreffenden nur in bestimmten Intervallen erschien, weil sie berufstätig oder anderweitig beschäftigt war.

Schatten: die militante Feministin; die Frau, die ständig aufbegehrt, Widerstand leistet oder Antihaltungen an den Tag legt; die Frau, die mehr mit ihren Freunden oder Freundinnen zusammen sein will als mit ihrem Mann.

☾ in Haus 12: Der Horoskopeigner zieht Frauen an, die der Alternativ- oder Esoterikszene angehören, Frauen, die in einem Helferberuf tätig sind, selbst krank sind oder nicht dem derzeitigen Frauenideal entsprechen und sich deshalb zurückgesetzt oder ausgestoßen fühlen. Außerdem besteht hier oft eine Affinität zu Frauen, die an einer Sucht leiden, oder Frauen, mit denen es nur möglich ist, eine heimliche Beziehung zu führen. Häufig kann ihm bei dieser Konstellation seine Partnerin keine Geborgenheit und seelische Wärme schenken. Manchmal ist es aber auch so, dass der Mann die Frau unbewusst schwächt, weil er aus irgendwelchen Gründen nicht voll zu ihr stehen kann, oder er sucht

nach einer Frau, findet jedoch keine, die ihn als Partner haben will. Weitere Varianten bei dieser Konstellation: eine Frau, die unangepasst ist; eine, die eine bunte Fantasie aufweist oder eine, die dem Mann die Welt hinter den Kulissen zeigt und damit zur Erweiterung seines Bewusstseins beiträgt.
Schatten: die kranke Frau; die süchtige Frau; die „verwirrte" Frau; die asoziale Frau; die Frau, die verdrängte Gefühle des Mannes spiegelt; die Chaotin; die Frau, die ihr Äußeres vernachlässigt.

Günstig wäre, sich einmal seine vergangenen Partnerschaften vor Augen zu führen und sich zu überlegen, auf welche Art und Weise die eigene Konstellation zum Tragen kam, sowie welche Schritte zu unternehmen sind, um die eigene Partnerschaft bzw. Partneranziehung zu verbessern.

Im nächsten Kapitel wird näher darauf eingegangen, welche Lösungsmöglichkeiten bestehen, wenn die Sonne im Horoskop der Frau dissonante Aspekte empfängt.

Das Dasein ist köstlich.
Man muss nur den Mut haben, sein eigenes Leben zu führen.
(Peter Rosegger)

Lösungsmöglichkeiten bei dissonanten Sonne-Aspekten

Im vorletzten Kapitel wurde gezeigt, dass es vom jeweiligen Sonnenstand im Horoskop abhängt, welcher Typ Mann für eine Frau als Partner in Betracht kommt. Jetzt soll aufgezeigt werden, auf welche Weise sich dissonante Sonne-Aspekte auswirken, welche verschiedenen Schicksalswege damit verbunden sind und welche Lösungsmöglichkeiten bestehen.

Dabei gibt es drei Reaktionsweisen bzw. Auslebensformen:

1. Auslebensform:

Die Horoskopeignerin lehnt den Mann ab, der ihr die *dissonante Konjunktion, das Quadrat oder die Opposition liefern würde*. Sie glaubt, etwas „Besseres“ verdient zu haben. Für sie kommt nur ein Mann infrage, der ihr **Idealselbst** in der Außenwelt verkörpert. Sie ist überzeugt, sie könnte einen Idealmann bekommen, also einen Mann, der ohne Fehl und Tadel, ohne Ecken und Kanten ist. Da sie, wenn sie sich nicht mit Astrologie beschäftigt hat, nicht weiß, dass innerseelische Spannungen zu ihrem Persönlichkeitsanteil Sonne bestehen, ist sie der Meinung, Mr. Right eines Tages zu begegnen, wenn sie nur lange genug auf ihn wartet.

Deshalb muss sie potenzielle Partner abwehren, wenn diese z. B.

- zu wenig durchsetzungsfähig oder zu wenig männlich (☉☌/□/☍♂) sind
- zu dominant oder schon gebunden (☉☌/□/☍☽),
- zu wenig gebildet oder zu wenig kosmopolitisch (☉☌/□/☍♃),
- zu ernst oder zu alt (☉☌/□/☍♄),
- zu spleenig oder zu stressig sind (☉☌/□/☍♅),
- zu sehr einer Sucht frönen oder zu wenig greifbar (☉☌/□/☍♆) sind.

Zur Verdeutlichung:

Der Partner, der a priori abgelehnt wird, ist die Widerspiegelung des männlichen Pols ihrer Sonne und der mit ihr aspektierten Planeten. Hier zu sagen: „Das tue ich mir nicht an, da bleibe ich lieber allein", ist gleichbedeutend damit, die Entwicklung und Reifung der eigenen Persönlichkeit abzuwehren. Bei dissonanten Sonne-Aspekten wäre es also für die Horoskopeignerin wichtig, sich auf sogenannte **Übungs- oder Trainingspartner** einzulassen. Nur wenn solche Lernprozesse absolviert werden, besteht überhaupt eine Chance, die Konstellation auf eine höhere Frequenz zu bringen und sich so eine Disposition für eine bessere Partneranziehung zu erarbeiten. Wird aber der potenzielle Partner, der scheinbar nicht passt, abgewehrt, bleibt die Betreffende auf der alten Frequenz, die schließlich zu Krankheit und Einsamkeit führt. Da keine Möglichkeit besteht, den innerseelischen Konflikt in der Partnerbeziehung zu leben und einer

Lösung zuzuführen, wird er auf den eigenen Leib oder auf das Umfeld (Freundin, Kollege, Chef etc.) projiziert. Man kann also seinen inneren Spannungen und Konflikten nicht entfliehen. Hierzu ein Spruch von Jean de la Fontaine: „Das Schicksal ereilt uns oft auf den Wegen, die man eingeschlagen hat, um ihm zu entgehen."

2. Auslebensform:

Die Horoskopeignerin **verliebt sich** in den Mann, der ihr ihre Spannung liefert bzw. der außen bereitwillig die Rolle spielt, die für ihn in ihrem (unbewussten) Drehbuch vorgesehen ist. Dabei projiziert sie den männlichen Pol ihrer Sonne auf den Mann. Sie glaubt, er wäre so, wie sie ihn als Ergänzung für ihre weibliche Sonne bräuchte, und erwartet, zusammen mit ihm all das leben zu können, was ihren Sonnenstand im Horoskop ausmacht. Und solange sie diese Hoffnung aufrechterhalten kann, liebt sie den Mann. Wenn die Hoffnung stirbt und sich Enttäuschung breitmacht, weil die Täuschung zu Ende ist, trennt sie sich meist von ihm. (Entsprechend gilt dies auch für Männer, wenn sie ihren eigenen dissonanten Mondaspekt nicht mehr ertragen können und dafür ihrer aktuellen Partnerin die Schuld geben.)

Wenn sie z. B. bei einer ***Sonne-Jupiter-Quadratur*** in ihrem Horoskop darunter leidet, weil der Mann, den sie kennengelernt hat, weltanschaulich anders orientiert ist bzw. geistig einer anderen Richtung folgt, dann muss ihr klar werden, dass dieser Mann genau in ihren Quadrat-Aspekt passt. Nur ein solcher Mann ist für sie der richtige Partner. Ein Mann, der dieselbe Weltanschauung wie sie hat, der geistig ähnliche Interessen aufweist, passt nicht zu ihrem Sonnenaspekt bzw. nicht in ihre psychische Struktur. Mit anderen Worten: **Der,**

den sie als Mr. Wrong sieht, ist in Wirklichkeit Mr. Right und der, der in ihren Augen Mr. Right wäre, ist in Wirklichkeit Mr. Wrong. Außerdem spielt das Schicksal hier scheinbar verrückt: Denjenigen, der dieselbe geistige Ausrichtung hat wie sie, den lernt sie gar nicht kennen und falls doch, verliebt sie sich nicht in ihn.

Hier wird die Diskrepanz zwischen dem Bewussten und dem Unbewussten deutlich. Der, der vom Bewussten her passen würde, passt dem Unbewussten nicht und umgekehrt. „Sieger“ bleibt aber immer das Unbewusste, weil es die Partneranziehung bewirkt.

Ein anderes Beispiel: Bei einer ***Quadratur zwischen Sonne und Uranus*** kann sie nur einen Partner anziehen, der Distanz (⛢) wahrt, der nur in bestimmten Intervallen (⛢) bei ihr vorbeischaut oder einen, der ihr ständig Aufregungen (⛢) und Irritationen (⛢) liefert. Wenn sie dann eines Tages – der Zeitpunkt hängt davon ab, wie leidensfähig sie ist – mit ihm Schluss macht, weil er zu distanziert ist bzw. zu selten auftaucht, weil mit ihm eine „richtige“ feste Beziehung, in der man zusammen durch dick und dünn geht, nicht möglich ist, hat sie damit ihr Problem nicht gelöst. Sie hat nicht erkannt, dass dieser Mann ihr nur ihre innere Spannung außen widergespiegelt hat und dass er eigentlich ein unbewusster Erfüllungsgehilfe dafür sein sollte, sich ihres eigenen Konfliktes **bewusst** zu werden. Im Grunde genommen fungierte er, ohne es zu wissen, als preiswerter Psychotherapeut.

Und noch etwas: Würde dieser Partner schließlich ihrem Wunsch entsprechen und tatsächlich viel mehr Zeit mit ihr verbringen, würde die Konstellation „umschlagen“. In einem solchen Fall könnte sie so viel Nähe gar nicht ertragen und dann würde plötzlich **sie** auf Distanz gehen und mehr Freiheit für sich beanspruchen wollen. Verkörperte vorher der Partner für sie den Uranus in der Außenwelt, so lebt sie jetzt den Uranus selbst.

Ähnlich verhält es sich mit den anderen Konstellationen: Die jeweilige Beziehung ist immer dann besonders gefährdet, **wenn das eintritt, was man sich sehnlichst gewünscht hat.** In diesem Sinne kann man sagen:

- Wehe, der Mann trennt sich tatsächlich von seiner Ehefrau (☉☌/□/☍☽)
- wehe, der Mann holt Bildung nach (☉☌/□/☍♃)
- wehe, der Mann wird zuverlässig oder nimmt sich tatsächlich viel Zeit fürs Zusammensein (☉☌/□/☍♄)
- wehe, der Mann trinkt keinen Alkohol mehr (☉☌/□/☍♆)

Dann passt der Partner nicht mehr in den eigenen Spannungsaspekt. Meist beendet man aber bei all diesen Aspekten zur Sonne schon vorher die Beziehung, **weil man die eigene Spannung nicht mehr aushält. Man glaubt, den Partner nicht mehr ertragen zu können**, leidet unter seinen Aggressionen, unter seiner Launenhaftigkeit, unter seinem Machtgebaren, unter seiner Kontrolle und seinen Richterspielen oder unter seiner Trunksucht. Und man ist felsenfest davon überzeugt, dass nur der Partner an allem schuld ist und dass das Leid vorbei wäre, wenn man sich von ihm trennen würde.

Die zweite Auslebensform ist also dadurch gekennzeichnet, dass man seine innere Spannung in der Außenwelt **erleidet**. Aber immerhin stellt man sich wenigstens dem Konflikt, wenngleich man ihn in den meisten Fällen nicht zu lösen vermag. Auch die zweite Auslebensform ist häufig mit Krankheit verbunden, weil man die negativen Gefühle, die mit der disharmonischen Partnerschaft einhergehen, schließlich somatisiert. Oder man verinnerlicht die Aggression, die Nörgelei, die Dominanz oder die Rechthaberei des Partners und wird ebenfalls krank. Doch auch hier gilt: Die jeweilige Krankheit ist nicht auf eine wirkliche, echte Ursache zurückzuführen, sondern auf eine Täuschung. Nicht der Partner ist schuld an der Krankheit, sondern der eigene innerseelische Konflikt, den man trotz äußerer Widerspiegelung nicht zu lösen vermochte.

3. Auslebensform:

Sie lebt den Planeten, der zu ihrer Sonne in einem dissonanten Aspekt steht, selbst und attackiert damit ihren Ehemann oder Partner. Eine solche Konstellation kann die Folge der zweiten Auslebensform sein, bei der an einem bestimmten Punkt in der Partnerschaftsentwicklung die Situation „umgeschlagen“ ist, d. h. dass die Frau dann die Rolle übernimmt, die vorher ihr Partner innehatte. Es kann aber auch sein, dass diese Verhaltensweise die Folge ist von früheren Beziehungen, in denen sie die Rolle der Leidenden oder gar des Opfers übernommen hat und sich dann eines Tages schwor: Beim nächsten Mann wird alles ganz anders! Sie kann sich z. B. bei einem dissonanten Sonne-Aspekt vorgenommen haben: „Ich werde nicht mehr wie früher zulassen, dass ich unterdrückt werde, sondern alles versuchen, um in der nächsten Beziehung selbst am Drücker zu sein.“ Und siehe da, da kommt schon ein schwaches, eingeschüchtertes Männchen des Weges und sucht nach seiner dominanten „Mami“. Das Fatale dabei ist, dass sie vor diesem Mann keine

Achtung hat, denn eigentlich will sie einen **echten** Mann – einen Mann, den sie respektieren kann. Und einen solchen nicht zu haben, macht ihren Schmerz aus.

Bei dieser dritten Reaktionsweise auf eine dissonante Sonnen-Stellung ist das Leid vertauscht. Nicht nur, dass das Leid die Seite gewechselt hat und nun der Partner der Frau leidet, auch die Horoskopeignerin selbst leidet, aber auf eine völlig andere Art und Weise. Sie leidet darunter, einen Mann (unbewusst) angezogen zu haben, bei dem sie den Eindruck hat, dass er **nicht** zu ihr passt, einen, den sie glaubt, angreifen und bedrohen zu müssen (dissonanter Sonne-Mars-Aspekt), weil er z. B. unmoralisch oder niveaulos gehandelt hat, den sie unter Druck setzen muss (dissonanter Sonne-Pluto-Aspekt), weil er sonst zu passiv ist, einen, bei dem sie immer wieder einen Drang zum Maßregeln verspürt (dissonanter Sonne-Saturn-Aspekt), weil er ständig etwas falsch macht, oder einen, dem sie immer wieder helfen muss, weil er im Leben kaum etwas zustande bringt (dissonanter Sonne-Neptun-Aspekt). Sie sagt: „Ich will mich aber gar nicht so verhalten! Es wäre mir tausendmal lieber, einen Mann zu haben, der alles richtig macht und auf den ich mich verlassen kann. Ich will einen Mann, mit dem ich mich „blind" verstehe. Aber ich muss ja einschreiten, bei so einer „Niete" bleibt mir ja gar nichts anderes übrig. Das alles belastet mich sehr und kostet mich sehr viel Kraft."

Aber eine Frau, die in dieser dritten Auslebensform verharrt, wird immer wieder nur Männer anziehen, die scheinbar nicht passen, um sie dann nach ihrer Vorstellung und nach ihrem Ideal verändern und formen zu können. Und sie wird immer einen Grund finden, um anzugreifen, bestimmen, maßregeln oder entwerten zu können. Sie wird sich dem Mann gegenüber überlegen fühlen und sich an seiner

Schwäche, Krankheit oder Erfolglosigkeit stabilisieren. Es gelingt ihr dadurch, den jeweiligen Planeten, der einen disharmonischen Aspekt zur Sonne wirft, kompensatorisch auszuleben sowie damit den Mann in die Hemmung zu treiben. Ihre Liebe für den Mann ist hier geringer als die Liebe, die sie in der zweiten Auslebensform empfunden hat, denn die Liebe eines Leidenden ist immer intensiver als die Liebe eines (scheinbar) seelischen Sadisten.

Bei dieser dritten Auslebensform wird – wenn es zu einer Somatisierung kommt – der Partner krank werden, während sich die Frau aufgrund ihrer Kompensation und der damit verbundenen Persönlichkeitsstabilisierung guter Gesundheit erfreut.

Auch hier stellt sich die Frage, wie lange beide eine solche Beziehung, die auf den Rollen Gewinner und Verlierer basiert, aufrechterhalten können, denn eine Partnerschaft kann nur dann funktionieren, wenn beide Partner Gewinner sind. Wenn einer in die Verliererrolle gedrängt wird, ist das der Anfang vom Ende der Beziehung.

Fazit: Alle drei Auslebensformen bzw. Reaktionsweisen sind mit Leid verbunden und machen – abgesehen von der euphorischen Anfangsphase – unglücklich. Häufig springt so manche Horoskopeignerin von einer Auslebensform zur anderen, z. B. wenn sie von den vielen Konflikten und Schwierigkeiten, die mit der beschriebenen zweiten oder dritten Reaktionsweise verbunden sind, die Nase voll hat und nun lieber als Single (erste Auslebensform) leben will.

Lösungsmöglichkeiten

Welche Lösungsmöglichkeiten gibt es, wenn die Sonne im Horoskop einer Frau dissonante Aspekte empfängt?

1. Bewusstwerdung

Der erste Schritt ist, sich der eigenen Vaterproblematik und der damit verbundenen Prägung bewusst zu werden. Dabei ist es wichtig, von einer Schuldprojektion auf den Vater Abstand zu nehmen, denn man hat sich diesen Vater mit diesen Eigenschaften unbewusst ausgesucht. Man wäre heute nicht der Mensch mit spezifisch diesem Horoskop, sondern ein anderer, wenn dieser Vater sich nicht so verhalten hätte. Man hätte andere Stärken und Schwächen, andere Defizite und ein anderes Kompensationsverhalten. Auch gilt es, der Tatsache eingedenk zu sein, dass man auf diesen Vater ein eigenes Reaktionsmuster entwickelt hat, das anders ist als das von einem anderen Familienmitglied. Insofern ist für die Horoskopeignerin die Aussöhnung mit dem Vater eine Conditio sine qua non. Der zweite Schritt ist, den jeweiligen Partner, der auf der Bühne des eigenen Lebens erscheint, als Bewusstmacher dieses früh entstandenen inneren Konfliktes zu sehen.

Es geht also auch hier darum, die Schuldprojektionen zurückzunehmen und die **Subjektivität** des Konfliktes zu erkennen. Eine andere Frau hätte mit demselben Mann vielleicht keine Probleme (z. B. bei harmonischen Sonne-Aspekten) bzw. würde bei ihm aufgrund ihres **anderen** dissonanten Sonne-Aspektes einen **anderen** Konflikt aktualisieren.

Die Bewusstwerdung der eigenen inneren Spannung würde schon eine große Hilfe bedeuten, weil dadurch klar werden könnte, dass sie den vollkommenen und idealen Mann nicht bekommen kann, **sondern irgendeinen Mangel in Kauf nehmen muss**. Wenn sie sich damit abfindet, dass der Mann zu jung oder zu alt, zu dick oder zu dünn, zu groß oder zu klein ist, oder dass er sich schon in einer festen Beziehung befindet, dass er trinkt, an einer Krankheit leidet, erfolglos oder wenig intelligent ist, hat sie es leichter im Leben, vor allem, wenn sie akzeptiert hat, dass die Welt bipolar angelegt ist und sie sich daher z. B. nur bei einem schwachen Mann stark oder nur bei einem dummen Mann clever fühlen kann und wenn sie erkannt hat, dass damit ihr Spannungsaspekt abgegolten ist. Ja mehr noch! Sie kann dadurch Krankheitsprophylaxe betreiben, weil sie den Konflikt nicht mehr körperlich austragen muss. Aufgrund dieser anderen Einstellung kommt sie aus dem Zustand des Lamentierens heraus und kann besser mit der jeweiligen Situation umgehen.

2. Erweiterung des Blickwinkels

Wichtig ist auch, sich Gedanken zu machen, inwiefern die eigene Sichtweise durch Prägungen in der Kindheit beeinflusst wurde. So ist die Einschätzung, was als männlich gilt und was nicht, stark abhängig von dem, was der Vater vorgelebt und was die Mutter als männlich angesehen hat, aber auch von der Gesellschaftsschicht, in die man hineingeboren wurde. In der Unterschicht werden zum Teil völlig andere Eigenschaften und Verhaltensweisen von einem Mann erwartet als in der Mittel- oder Oberschicht.

Vielleicht erscheint ihr der betreffende Mann, den sie als schwach einstuft, nur aufgrund einer solchen Prägung als schwach. Vielleicht hat er zwar nicht die Art der Durchsetzung, die sie von ihm erwartet, dafür aber eine andere, die nicht minder effizient ist?

Viele Probleme resultieren aber auch daraus, dass man unreflektiert die Normen, Ideale, Gebote und Verbote der Kollektivneurose übernommen hat. Indem man alte Moralvorstellungen und Konventionen über Bord wirft und an deren Stelle die Gesetze des Lebens setzt sowie eigene Maßstäbe entwickelt, wird der Blickwinkel erweitert. Die Folge ist, dass manches gar nicht mehr als Problem empfunden wird und dass man im Laufe der Zeit immer fähiger wird, die verbliebenen Konflikte souverän und konstruktiv zu lösen.

3. Ausbildung der Mond- und der Venus-Anlage

Auch bei der Partnerwahl spielt das Prinzip von Angebot und Nachfrage eine große Rolle. Wenn die Horoskopeignerin sich vom Mann die Qualitäten von Sonne und Mars wünscht, kann sie durch das Einbringen der weiblichen Gegenpole Mond und Venus einiges bewirken (unbewusste Korrespondenz zwischen Mond und Sonne und zwischen Venus und Mars). Je größer ihre Bereitschaft ist, ihre weiblichen Anlagen Mond und Venus einzubringen, desto stärker verändern sich die Frequenzen von Sonne und Mars, d. h., sie ruft dadurch bei den Männern andere Reaktions- und Verhaltensweisen hervor. Für einen Mann hingegen wäre es günstig, seine männlichen Fähigkeiten von Sonne und Mars zu verbessern, um von seiner Partnerin mehr von dem zu erhalten, was er sich sehnlichst wünscht, nämlich die Qualitäten von Mond und Venus.

4. Ausbildung der Anlage, die die Sonne attackiert

Am schnellsten lässt die eigene Spannung nach, wenn die Anlage, die zur Sonne einen dissonanten Aspekt wirft, ausgebildet wird; denn nur eine unerlöste Anlage, d. h. eine Anlage, die keine oder nur wenig Inhalte aufweist, behindert die Entfaltung der Sonne-Anlage.
Wie kann man erkennen, ob bzw. inwieweit eine Anlage ausgebildet ist? Rufen wir uns noch einmal in Erinnerung: Ein ausgebildeter Pluto bedeutet, einen eigenen geistigen Besitz und einen eigenen Lebensweg zu haben und nicht mehr nur Unterdrückter oder Unterdrücker zu sein. Ein ausgebildeter Saturn bedeutet, über eigene Rechte zu verfügen, Verantwortung zu übernehmen sowie sich auf einem Lebensgebiet eine Kompetenz zu erarbeiten und persönliche Ziele anzupeilen, statt immer nur gemaßregelt zu werden oder selbst zu maßregeln. Ein ausgebildeter Neptun ist daran erkennbar, dass die Fähigkeit, Hintergründe aufzudecken und sein Bewusstsein zu erweitern, vorhanden ist sowie die Fähigkeit, Moral und Konvention aufzulösen und persönliche Alternativen zu entwickeln. Neptun braucht in diesem Fall nicht mehr so ausgelebt zu werden, dass man eine Sucht des Partners erleiden muss oder man selbst süchtig wird. Der eigene geistige Besitz bzw. der eigene Lebensweg belastet die Sonne nicht mehr (☉☌/□/☍♇). Die eigene Verantwortung und Kompetenz ist kein Angriff mehr auf die Sonne (☉☌/□/☍♄). Die Aufdeckung der Hintergründe und das Finden von persönlichen Alternativen schwächt nicht mehr das Sonnenlicht (☉☌/□/☍♆). Indem man die jeweilige Planetenenergie, die zur Sonne in Dissonanz steht, ausbildet, wird sie auf eine andere Frequenz gehoben. Man läuft dadurch nicht mehr Gefahr, immer wieder in der Partnerschaft dieselbe Problematik anzuziehen. Man hat sich aus dem Schicksalszwang durch eigene Bemühungen befreit.

Wie sagt doch Goethe?

Wer immer strebend sich bemüht, den können wir erlösen.

*Es sieht niemand etwas in dir,
wenn er dieses Etwas nicht selber
in sich hat.*

Die Ursachen für mangelndes Partnerglück

Viele Menschen wundern sich, dass sie keinen passenden Partner anziehen und keine schöne Partnerschaft leben können. Die Ursachen hierfür sind:

- Sie bringen Persönlichkeitsanteile und Energien, die ein Partner dringend zum Austausch brauchen würde, **nicht** ein.
- Sie bringen nur Anlagen ein, die mangelhaft ausgebildet sind bzw. nur **defizitär** vorhanden sind.
- Sie bringen nur Anlagen ein, die falsch, krank und pervertiert sind und die **destruktiv** ausgelebt werden.
- Sie bringen nur eine Fülle von Ansprüchen, Erwartungshaltungen und Rollenzuweisungen in die Beziehung ein.

Fazit:

Es sind keine Anlagen da, an denen sich ein Partner **erfreuen** könnte. Jede nicht vorhandene, unerlöste oder pervertierte Anlage hat nicht nur für einen selbst unangenehme Folgen, sondern bedeutet auch negatives Schicksal oder Krankheit für den Partner, schädigt ihn entweder direkt oder indirekt, beeinträchtigt dessen Lebensqualität. Der Partner muss die defizitäre oder unerlöste Anlage ertragen bzw. muss auf dem betreffenden Gebiet auf das Stillen seines Bedürfnisses verzichten. In solchen Fällen kann es sein, dass man mit der Zeit zu einer Zumutung für den Partner wird.

Viele Menschen haben ein falsches positives Selbstbild, sind sich ihrer vielen Fehler und Mankos nicht bewusst. Sie leiden selbst nicht darunter, aber ihre jeweiligen Partner leiden.

Dabei muss allerdings unterschieden werden, ob das Defizit nur subjektiv von einem spezifischen Partner als Defizit und Manko gesehen wird (dann ist es nicht wirklich ein Defizit) oder ob es von **jedem** Partner so wahrgenommen wird.

Die Crux liegt jedoch darin, dass man trotz der vielen Defizite glaubt, partner- und beziehungsfähig zu sein und zudem den Anspruch erhebt, für den Partner der oder die Einzige sein zu wollen.

Würde ein Partner tatsächlich diesem Anspruch gerecht werden, so würde er – da ihm so vieles fehlt – schnurstracks in die Gefilde von Krankheit und Leid marschieren.

Solange ein Mensch das Leid
als persönliche Ungerechtigkeit empfindet,
wird er es nicht überwinden.
(Irene Justi)

Der Partner und andere Mitmenschen als Krankheitsursache

Wenn das eigene Unbewusste einen Partner als Erfüllungsgehilfen anzieht, um eine Krankheit zu entwickeln, kann dies auf sechs verschiedene Arten geschehen:

1) Das Persönlichkeitssystem des Partners weist viele Defizite, Schwächen und Unfähigkeiten auf – z. B. mangelndes Einfühlungsvermögen oder mangelnde Sauberkeit.
Wenn einem dadurch etwas Gravierendes **fehlt**, besteht die Gefahr einer körperlichen Reaktion (= Symptombildung). Der Partner hat einem in diesem Fall nichts getan und dennoch wird man krank – aufgrund der chronischen Blockierung im Stillen eines **realen** Bedürfnisses.

2) Es findet zu wenig **Austausch** der Energien in der Partnerschaft statt (z. B. in der Kommunikation oder beim Kuscheln).
Aufgrund des mangelnden Austausches wird die Energie nicht gestärkt. Im Gegenteil: Sie beginnt zu stagnieren, sie wird immer mehr geschwächt („use it or lose it"). Das Organ, das der Energie symbo-

lisch entspricht, wird dann **energetisch unterversorgt** und es entsteht dadurch Krankheit.
Ferner sind Folgeschäden aufgrund von Ersatzhandlungen und -befriedigungen (Übertreibung bei sportlicher Aktivität, verstärkter Konsum von Süßigkeiten etc.) zu erwarten.

3) Der Partner lebt seine Anlagen und Energien **negativ** und **destruktiv** aus – z. B. durch seelische Erpressung, Dramatisierung, Nörgelei, Rechthaberei, Machtansprüche. Die Einwirkung solch negativer Energien kann schließlich beim Mitmenschen Krankheitssymptome auslösen. Ganz abgesehen davon, dass natürlich dabei auch – wie unter Punkt 2 erwähnt – kein Austausch stattfindet und deshalb auch von daher zum Teil eine Krankheitsdisposition besteht.
Jeder Mensch ist ein **Ursachensetzer** und sein jeweiliger Partner **reagiert** auf jede dieser Ursachen, wobei diese Reaktion wiederum selbst eine neue Ursache darstellt.
Wenn der Betreffende sich von ihm trennt, dann **trennt** er **sich** meist nur von der **Wirkung** (vom Symptomträger) auf sich selbst. Er schiebt aber die Schuld auf den Partner, weil der solche Wirkungen gezeigt hat.
So kann es sein, dass man mit dem eigenen Fühlen, Denken und Verhalten unbewusst bei dem ersten Partner Trunksucht auslöst, beim zweiten einen Suizidversuch erwirkt, den dritten dazu bringt, Seitensprünge zu machen, beim vierten eine chronische Krankheit auslöst und aufrechterhält …
Ursachen sind immer ein Zuwenig (z. B. zu wenig Zärtlichkeit und seelische Wärme) oder ein Zuviel an einer Anlage (z. B. zu viel an Regeln und Vorschriften für den Partner).

Passivität erwirkt genauso wie Hyperaktivität ungünstiges Schicksal beim Mitmenschen.

4) Man muss eine Rolle aufgrund des Erwartungsdruckes des Partners spielen. Man kann sich dagegen nicht wehren, weil man vom Partner dringend etwas braucht (z. B. Sex) und wehrt sich unbewusst mit einer Krankheit (z. B. Entzündungen).
Manche haben für ihren Partner ...

- Rollenzuweisungen, die (für **jeden** Partner) eine Zumutung sind, weil sie nur mit totaler Selbstverleugnung verbunden sind. Kein Partner kann je diese Rolle freudig übernehmen bzw. die Rolle ist voller Widersprüche und ist insofern in der Realität gar nicht zu verwirklichen
- Rollenzuweisungen, die nur von einigen wenigen Menschen mit ausgeprägt schwachem Selbstwertgefühl unter großen Anpassungsschwierigkeiten erfüllt werden können
- Rollenzuweisungen, die manche Partner übernehmen können, ohne dabei viele seelische Schmerzen zu erleiden
- Rollenzuweisungen, die manchen Partnern auf den Leib geschnitten sind und insofern von diesen leicht erfüllt werden können (Sie können so leben, wie sie sind, und entsprechen dabei den Rollenerwartungen der anderen).
- Rollenzuweisungen, in denen sich viele Partner wohlfühlen, weil dadurch ein Leben in Freude und Glück möglich ist. (Das sind paradoxerweise die Rollenzuweisungen, die in der Kollektivneurose am wenigsten gefragt sind).

5) Man hat bestimmte Vorstellungen (Ansprüche) und Wünsche, die aufgrund von eigenen Defiziten entstanden sind, und der Partner er-

füllt diese Vorstellungen und Wünsche nicht (Enttäuschung infolge unerfüllter Ansprüche und Ideale). Man wird dann krank, weil der Partner nicht so ist, wie man ihn haben will. In diesem Fall macht also die Frustration krank. Es wird einem der Ausgleich, der über den Partner erfolgen sollte, verwehrt. Es handelt sich hier – im Gegensatz zu Punkt 1) – um die Versagung eines **irrealen** Bedürfnisses. Man ist letztendlich aufgrund der eigenen Defizite selbst krank geworden. Den Partner trifft hier keine „Schuld".

6) Das eigene Bedürfnis ist aufgrund von Kindheitstraumata oder einer Mangelsituation in der Kindheit so **überdimensioniert**, dass es kein Partner befriedigen kann. Es ist nie genug! Es ist ein Fass ohne Boden!
Die Krankheit entsteht hier aus dem Leid, dass der Partner überfordert ist und einen dauerhaft nicht ausgleichen kann.

Anmerkung:
Genauso falsch und selbstzerstörerisch wäre es aber, wenn man sich ständig selbst die Schuld an den Beziehungsproblemen gibt, weil es sich hier auch nur um einen Mangel an Information und Bewusstheit handelt, der auf die eigene Prägung und die damit verbundenen Reaktionsmuster zurückzuführen ist.

V. Die Praxis des Astrocoachings

DER STIER KANN DAS LEBEN IN BEHAGLICHER RUHE GENIESSEN

Es gibt ein Gewissen, eine innere Stimme,
die uns mal leiser, mal lauter sagt,
was richtig und was falsch ist.

Die Praxis des Astrocoachings

Beim Astrocoaching ist es zunächst wichtig, auf den Stand der Sonne und den Aszendenten des Klienten zu achten, weil sie die Grundbausteine seines Horoskops darstellen und weil aus der Kombination zwischen den beiden Hauptkomponenten die vordringliche Aufgabe hervorgeht, der er sich zu stellen und die er zu lösen hat.
Wir haben den Sonnenstand bereits im Kapitel „Die Umpolung der Sonne-Energie von destruktiv auf konstruktiv" behandelt. Jetzt geht es darum, den Herrscher des Aszendenten, den sogenannten Herrscher von Haus 1, näher zu betrachten.
Der Herrscher von Haus 1 beinhaltet immer auch Mars- bzw. Widder-Qualitäten. Der Horoskopeigner muss sich durchsetzen, z. B. als Stier-, Jungfrau-, Waage- oder Schütze-Aszendent.
Deshalb soll an dieser Stelle nach der Folgerichtigkeit im IV., III. und II. Quadranten die Folgerichtigkeit im I. Quadranten aufgezeigt werden.

Hier geht es zum einen um Keim (Mars), Verwurzelung (Venus-Stier) und Verzweigung (Merkur-Zwillinge), zum anderen um Durchsetzung, Abgrenzung und Darstellung. Stier-Venus und Merkur-Zwillinge sind in großem Maße davon abhängig, wie Mars ausgelebt wird. Ist die Mars-Energie des Horoskopeigners gehemmt, so kann sich kein gesunder Eigenwert (Venus-Stier) bilden und seine Darstellung wird ebenfalls in Mitleidenschaft gezogen. Setzt er sich hingegen mit seinem Mars durch und wird zum Gewinner, wird dadurch die Venus-Stier auf einer anderen Frequenz erlebt. Er bekommt mehr Eigenwert und es verbessert sich seine finanzielle Situation sowie seine Darstellung und Kommunikation.

Beispiel:

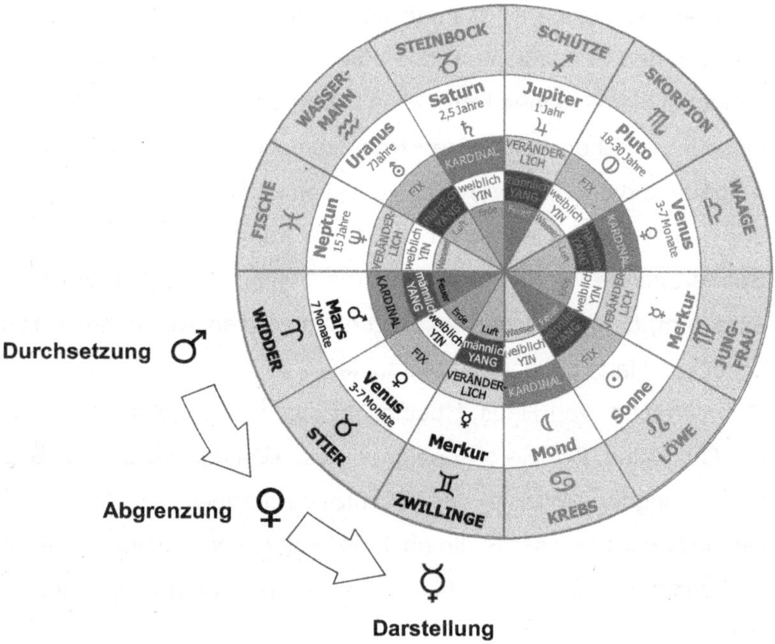

Die Folgerichtigkeit im I. Quadranten bzw. von Mars, ♉-Venus und ♊-Merkur

♂	⇒ ♀ - Stier	⇒ ☿ -Zwillinge
Keim	Verwurzelung	Verzweigung
Eroberung Aktivität	Besitz	Kontakt nach außen
Durchsetzung	Abgrenzung	Darstellung
Körper	Abgrenzung des Körpers	Darstellung des Körpers
Ich	• Abgrenzung des Ichs • eigenes Revier	Darstellung des Ichs
Trieb	• Ansammlung der Triebe • Genuss	Darstellung und Erweiterung des Genusses
Materie	Abgrenzung bzw. Begrenzung der Materie	Erweiterung der Materie (Technik)
Durchsetzung Initiative Wagemut	Anhäufung von Materie bzw. Besitz	Darstellung des Besitzes
Durchsetzungsschwäche	Abgrenzungsschwäche	• Darstellungsschwäche • Kommunikationsschwierigkeiten
Mangel an Aktivität und Mut	Fremdbestimmter Lebensstil	• Darstellungsschwierigkeiten • triviales Alltagsleben

♂ ⇨	♀ - Stier ⇨	☿ -Zwillinge
Gewinner(in)	• Festigung des Eigenwerts • Verbesserung der Finanzen	viele Kommunikations- und Kontaktmöglichkeiten
Verlierer(in)	Schmälerung des Eigenwerts	Einschränkung der Kommunikations- und Kontaktmöglichkeiten
Führungsqualitäten	Stärkung des Eigenwerts und der Finanzen	Darstellung und Kommunikation als Führer(in)
Sport	Stärkung des Körpers	Verbesserung der Durchblutung

Die vorhergehende Tabelle der Folgerichtigkeit von Mars, Venus-Stier und Merkur-Zwillinge kann auf den Herrscher von Haus 1, Haus 2 und Haus 3 übertragen werden.

Der Herrscher von Haus 1 stellt die Grundsubstanz dar, mit der ein Mensch seine Lebensreise beginnt. Ebenso wie es für einen Baum entscheidend ist, ob er zu einer Eiche, Buche, einem Ahorn oder Birnbaum heranwächst, so muss sich auch der Mensch an dieser Stelle den folgenden Fragen stellen:

- Was muss ich verkörpern?
- Mit welchem kosmischen Prinzip beginnt meine Entwicklung?
- Was muss ich werden?
- Wo muss ich hineinwachsen?
- Welche spezifische Aufgabe kommt mir innerhalb der Wechselwirkungen des Seins zu?
- Welche Rolle spiele ich in der Welt?

Der *Herrscher des 1. Hauses symbolisiert das Ich*: „Meine Aufgabe ist es, der Welt zu zeigen, dass ich da bin, dass man mit mir rechnen, mich beachten muss.“ Ferner verkörpert er die Anlage, mit der ein Mensch sich durchzusetzen, zu behaupten und die Initiative zu ergreifen hat, und die Energie, die ihm zur Verfügung steht. Folglich stellt der Herrscher von Haus 1 die Grundlage dieses Menschen, seine besondere Begabung, sein *Talent* dar. Mit dieser Anlage muss der Einzelne in die Welt treten.

Wenn der Mensch diese Anlage investiert und sie mit Inhalt füllt, dann ist er es, der über sein Leben entscheidet und nicht die Außenwelt. Nach dem Gesetz der Affinität sucht er – entsprechend seinem Entwicklungsstand – bewusst oder unbewusst seinen Platz in der Welt. Indem er den Herrscher von Haus 1, also den Planeten, der über sein Aszendentenzeichen herrscht, der Welt anbietet, findet er sein Betätigungsfeld und leistet damit auch für das Kollektiv einen wertvollen Beitrag. Außerdem ist der Einfluss des Herrschers von Haus 1 auf die berufliche Laufbahn eines Menschen sehr groß. Allerdings ist die berufliche Richtung nicht allein von diesem Faktor abhängig. In diesem Zusammenhang sind auch die Herrscher von Haus 6 und 10, die Planeten in Haus 6 und 10 und die Sonne im Horoskop von Bedeutung. Nochmals sei betont: Ohne den Herrscher von Haus 1 zu verwirklichen, kann der Horoskopeigner nicht richtig „aufkeimen“.

Und wenn diese Keimungsphase ungünstig verläuft, sind auch die folgenden Entwicklungsphasen von „Verwurzelung“, „Verzweigung“, „Blütenbildung“, „Fruchtbildung“, „Reifung“ mehr als gefährdet. Hat sich hingegen der Keim richtig durchsetzen und sich gut entwickeln können, kann in den folgenden Entwicklungsphasen darauf aufgebaut werden. Es ist ein Fundament da, die Basis stimmt.

Entscheidend ist daher, ob der Horoskopeigner den Herrscher von Haus 1 in der Hemmung, in der Kompensation oder in der erwachsenen Form einlöst. Hat er z. B. den Herrscher von Haus 1 in der Hemmung, verfügt er als Folge davon in Haus 2 über wenig Eigenwert und meist auch über wenig Einkommen.
Kann er den Herrscher von Haus 1 kompensatorisch einsetzen, hebt das seinen Eigenwert und er bezieht dann auch häufig ein Einkommen als Kompensator, das um einiges höher ist als das eines Gehemmten.
Die Auswirkungen gehen aber noch weiter: Wenn der Herrscher von Haus 1 in der Hemmung erlebt bzw. ausgelebt wird, hat das nicht nur Folgen im Eigenwert und im Geldbeutel, sondern auch in der Darstellung der betreffenden Person (Haus 3). Wenn man sich nicht richtig durchsetzen (Haus 1) kann und einen schwachen Eigenwert (Haus 2) hat, leidet auch die Kommunikationsfähigkeit (Haus 3). Auf diese Weise kann es passieren, dass man den ersten Quadranten dadurch schon „an der Garderobe abgegeben hat“, was natürlich für das eigene Gefühls- und Seelenleben (Haus 4 → II. Quadrant) keine gute Voraussetzung ist. Es entwickeln sich dadurch ungute Gefühle, die für einen selbst und für andere belastend sind.

Folgende Vorgehensweisen haben sich in der Praxis des Astrocoachings bewährt:

1. Vorgehensweise:
   Man betrachtet den Energieverlauf nach der Häuserfolge, also von Herrscher von Haus 1 und geht dann weiter mit Herrscher von Haus 2, Haus 3, Haus 4 usw.

2. Die zweite Vorgehensweise unterscheidet sich von der ersten dadurch, dass jetzt nicht die numerische Häuserfolge entscheidend ist, sondern die Folgerichtigkeit der Planetenherrscher. Man folgt der Energiekette von Herrscher von Haus 1 z. B. in Haus 5, fährt dann fort mit dem Herrscher von Haus 5 in Haus 11, dann Herrscher von Haus 11 in Haus 3 etc.

   Das Erstaunliche ist, dass bei beiden Vorgehensweisen trotz der unterschiedlichen Folgerichtigkeiten immer dasselbe Ergebnis zu verzeichnen ist.

   Dennoch ist die zweite Vorgehensweise zu bevorzugen, weil man die Energiekette direkt verfolgen und deshalb verhältnismäßig schnell erkennen kann, wo es bei dem Horoskopeigner hakt und an welcher Stelle er ansetzen könnte, um positive Kettenreaktionen auszulösen.

   Man kann aber die Energiekette nur bis zu dem sogenannten Enddispositor verfolgen, das ist der Planet, an dem die Energiekette endet. Dann beginnt ein neuer Energieverlauf, der ebenso nach Erreichen eines Enddispositors nicht mehr fortgesetzt werden kann. Auf diese Weise kann es sein, dass ein Horoskopeigner zwei, drei oder mehr Energieketten im Radix aufweist.

   Wir werden auf den folgenden Seiten am Beispiel des Horoskops von Nicole aufzeigen, wie solche Energieverläufe aussehen und wie es dabei zu einem Enddispositor kommt.

3. Man entschärft die dissonanten Aspekte, indem man sie als sinnvolle Regulative erkennt und indem man vor allem Projektionen auf andere zurücknimmt.

4. Man erkennt den Energieverlauf anhand von Aspektfiguren (Yod-Figur, großes Trigon, großes Kreuz, T-Quadrat, Stellium, etc.).
5. Durch die Ausbildung einer Anlage wird ein Planet oder ein Licht erlöst. Dadurch werden Qualität und Maß (Energiedosis) aller anderen Anlagen verändert.

DER WIDDER LIEBT DAS RISIKO UND GEHT FAST IMMER UNGESCHOREN UND MIT TRIUMPH DARAUS HERVOR

Wenn wir uns unserer Schatten bewusst werden
und sie annehmen können,
wird das Leben leichter.
(C. G. Jung)

Der Fall von Nicole

Im Alter von 43 Jahren erschien Nicole zur ersten Astrocoaching-Stunde, weil all ihre Partnerschaften unglücklich verliefen und sie endlich einmal auf diesem Gebiet dauerhafte Liebe und Erfüllung erleben wollte. Nicole: "Irgendwie habe ich das Gefühl, dass ich mit meiner Weiblichkeit auf Kriegsfuß stehe. Ich habe, glaube ich, bisher meinen männlichen Pol zu sehr betont."

Ihre **Vorgeschichte**:

Nicole kam ein Jahr nach ihrem Bruder auf die Welt. Ihr Vater war Installationsmeister und ihre Mutter Hausfrau. Beide Elternteile waren rechtschaffene Bürger, deren oberste Maximen Anstand und Fleiß waren. Sie schafften es, vor den Kindern eine Fassade von Harmonie und Glück aufrechtzuerhalten. Es gab auch fast nie ein böses Wort. Vor allem ihrem Vater gelang es, immer Haltung zu bewahren und ein seriöses, anständiges Verhalten an den Tag zu legen. In ihrer Herkunftsfamilie tat man so, als würde es all die Schlechtigkeiten auf dieser Welt nicht geben, aber auch keine angenehmen Dinge wie Genuss, Wohlleben, eine schöne Wohnung, ein attraktives Outfit, Erotik, Sex ... Auch das Säugetier Mensch wurde in dieser Familie nicht zugelassen.

Solange Nicole zurückdenken konnte, war ihr Bruder Max ihr ein Dorn im Auge. Sie hielt ihn für dumm und charakterlich nicht einwandfrei. Ständig trat sie mit ihm in Rivalität um die Gunst des Vaters. Sie glaubte (unbewusst), wenn sie sich wilder und burschikoser zeigte als ihr Bruder, hätte sie eine Chance, gegen ihn zu gewinnen. Ihrem Vater gefiel das und er nannte sie oft liebevoll „mein Teufelchen". Nicole versuchte dann später auch über den Sport (Handball), ihren Bruder zu übertrumpfen und spielte dann bereits als 17-Jährige in der Handball-Oberliga. Einige Zeit später wurde sie sogar zur Kapitänin der Mannschaft gewählt. Mit ihrer Mannschaft eilte Nicole von Sieg zu Sieg und gewann viele Pokale.

Nach der mittleren Reife arbeitete Nicole als Schreibkraft in einem Büro, danach war sie jahrelang als Sekretärin tätig. Sie arbeitete in drei verschiedenen Unternehmen und immer zeigte sich dasselbe Bild: Sie verstand sich glänzend mit ihren Chefs, hatte aber oft Streit mit ihren Kollegen.

In der Partnerschaft lief alles schief, was nur schiefgehen konnte. Sie hatte Dutzende von Beziehungen, die aber alle schon nach ein paar Wochen oder Monaten zerbrachen. Trennungsursache war meist Streit, weil sie das Gefühl hatte, sich immer zu stark anpassen zu müssen oder die Männer meldeten sich einfach nicht mehr. Einmal war sie sogar verheiratet, aber zwei Jahre später musste sie die Scheidung einreichen, weil sie – so ihre Aussage – mit einem „Volltrottel" nicht mehr weiter zusammen sein wollte. Aus dieser Ehe ging ihre Tochter Laura hervor, die ihr sehr viel bedeutete. Wenn Nicole mit einem Partner liiert war, erkrankte sie häufig an Fluor albus (Ausfluss), der aber schnell wieder verschwand, sobald sie wieder als Single lebte.

Als ihr Partner bei einem Streit derart ausrastete, dass er sie ins Gesicht schlug und sie unflätig beschimpfte, stellten sich bei ihr viele Fragen. Schließlich begann sie, an Seminaren über alternative Themen teilzunehmen, die ihr viele neue Impulse gaben und sie auch motivierten, sich an einen Astrocoach zu wenden.
Andere Details ihrer Lebensgeschichte kamen dann erst peu à peu über ihr Horoskop zum Vorschein. Betrachten wir nachfolgend ihr Horoskop zuerst im Energieverlauf nach der Häuserfolge und dann nach der Folgerichtigkeit der Häuserherrscher, legen also den Fokus nur auf die in Punkt 1 und 2 genannten Vorgehensweisen:

Nicole

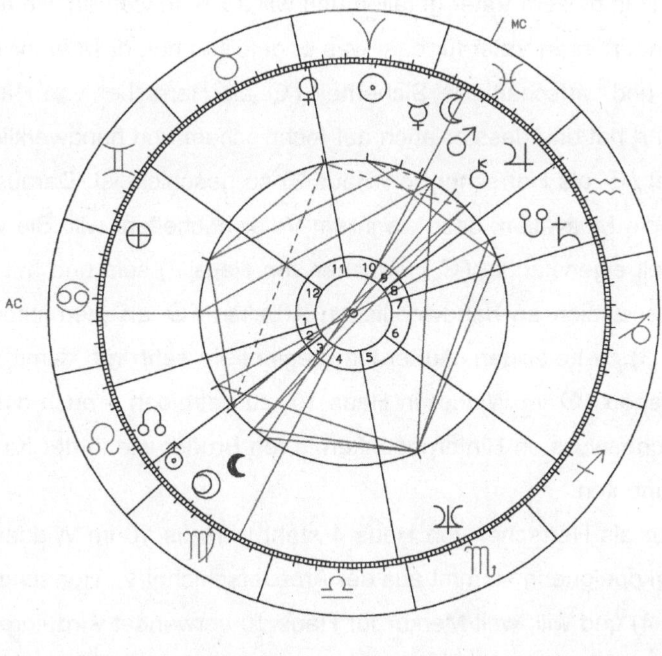

1. Vorgehensweise

Nicole hat den Mond als Herrscher von Haus 1 in Haus 10 in den Fischen. Sie beginnt ihren Lebensweg mit der Verdrängung (Fische) ihrer Weiblichkeit (☾). Als Folge davon will sie ihren Eigenwert (☉ Herrscher von Haus 2) über ein besonders burschikoses Verhalten (☉ im Widder) erlangen und damit vor allem von ihrem Vater (☉) anerkannt (Haus 10) werden. Die Sonne ist aber auch Herrscher von Haus 3: Hier wird die Geschwisterrivalität (Haus 3 = Geschwister und Widder = Rivalität) deutlich. Sie buhlt um die Gunst des Vaters und will ihren Bruder, den sie unbewusst als Rivalen sieht, ausschalten, indem sie sich noch aktiver, wilder und sportlicher darstellt als er. Die Sonne als Herrscher von Haus 2 und 3 in Haus 10 heißt aber auch, dass sie ihren Vater auf ein Podest (Haus 10) stellt. Sie will unbedingt diesem Vater gefallen und will auch so werden wie er. Sie bewundert ihren Vater für das, was er geleistet hat, dass er ihr finanzielle und wirtschaftliche Sicherheit (☉ als Herrscher von Haus 2) gewährt hat und dass er auch auf technischem und handwerklichem Gebiet (☉ als Herrscher von Haus 3) so geschickt ist. Daraus entsteht die Motivation, dass sie ihrem Vater nacheifern will. Sie will finanziell eigenständig (☉ Herrscher von Haus 2) sein und hat auch Interesse, sich an handwerklichen Arbeiten (☉ als Herrscher von Haus 3) zu beteiligen. Außerdem beginnt sie sehr früh damit, Leistungssport (☉ im Widder in Haus 10) zu betreiben – auch dies mit dem unbewussten Hintergedanken, ihren Bruder wie in der Kindheit auszubooten.

Merkur als Herrscher von Haus 4 steht in Haus 10 im Widder. Die Horoskopeignerin stammt aus der Arbeiterschicht (☿ , Herrscher von Haus 4) und will, weil Merkur für Haus 10 verwendet wird, ihre Herkunft erhöhen. Vor allem als Erwachsene kritisiert sie andere Menschen nach den Maßstäben, Normen und Idealen dieser Schicht (☿ in Haus 10). Wenn jemand nach einem anderen Kodex lebt, echauffiert sie sich und beginnt sofort zu streiten (☿ im Widder). Da man in ihrer Herkunftsfamilie so tat, als ob es die Themen Schönheit, Ästhetik, erotische Verführung und Wohlleben nicht gäbe, richtet sie sich in dieser Hinsicht nach ihren Sportskameradinnen (♀ als Herrscher von Haus 5 in Haus 11 im Widder). Mit diesen unternimmt sie des öfteren Rad- und Bergtouren. Ihre Kleidung ist dabei rustikal und maskulin, also für das andere Geschlecht wenig ansprechend, weil ohne verführerische Note bzw. ohne einen Hauch von Erotik.

Nun ist aber auch noch Pluto der Mitherrscher von Haus 5. Er ist in das 3. Haus ausgewandert. Es sind im Elternhaus nicht nur die Themen Schönheit und Erotik ausgespart worden, sondern auch die Sexualität als solche. Diese unterdrückte sexuelle Energie kommt nun in das 3. Feld und wird von Nicole durch ein Streben nach Macht (♇) in der Darstellung (Haus 3) kompensiert. Sie will partout das Programm (♇) vorgeben, wie man den Beziehungs(♇)-alltag (Haus 3) gestaltet und welche Unternehmungen (☉) ein Mann (☉) mit ihr machen sollte. Kurzum: Sie weist dem Mann genau definierte Rollen zu (♇ in Haus 3, Sonne Herrscher von Haus 3), sagt ihm z. B., wie er sprechen (Haus 3) oder wie er sich verhalten (☉ Herrscher von Haus 3) soll.

Kommen wir nun zu Jupiter, Herrscher von Haus 6, der in Haus 9 in den Fischen steht. Dadurch, dass Nicole die Venus (Waage) nicht zur Werbung einsetzen kann und zudem die Glaubenshaltung hat, nicht mit den Waffen einer Frau kämpfen zu dürfen, kann Pluto nicht als leidenschaftlicher Sex ausgelebt werden und – als weitere Folge – Jupiter als Herrscher von Haus 6 nicht eine Fülle an Gefühlen zeigen. Es ist ihm nicht möglich, aus seinem Füllhorn materielle, seelische und geistige Reichtümer auszuschütten, sondern er muss auf der Ebene einer Fülle von Arbeiten (♃ Herrscher von Haus 6) in einem ausländischen (♃) Unternehmen, das ständig von Auflösung (Fische) bedroht ist, erfahren werden. Aufgrund dieser Verunsicherung besuchte Nicole jedoch Weiterbildungsveranstaltungen auf alternativem Gebiet (♃ Herrscher von Haus 6 in Haus 9 in den Fischen).

Saturn als Herrscher von Haus 7 in Haus 8 im Wassermann zeigt an, dass ihre alten Maßstäbe, Muster und Programme in Bezug auf Partnerschaft und Zusammenleben gesprengt (Wassermann) werden müssen. Tatsächlich reichte Nicole zwei Jahre nach ihrer Eheschließung aus einem inneren Zwang heraus die Scheidung ein. Die Fronten hatten sich dermaßen verhärtet, die Hemmung in der Harmonie (♄ Herrscher von Haus 7 = Disharmonie) hatte sich so verstärkt, dass keine Lebensfreude mehr in der Ehegemeinschaft aufkeimen konnte.

Uranus als Herrscher von Haus 8 und 9 steht in Haus 3. Nicole stellt sich jetzt als geschiedene Frau dar. Auf einer anderen Frequenz der uranischen Anlage bedeutet diese Konstellation Befreiung von traditioneller Bindung, Befreiung von alten Glaubensmustern und Weltanschauungen sowie Finden eines neuen Lebenssinns. Da Uranus auch die Jupiter-Inhalte nach Haus 3 bringt, kann sie sich aufgrund ihrer alternativen Bildung (♃ in den Fischen) besser präsentieren.

Neptun als Herrscher von Haus 10 hat das burschikose Verhalten (☉ im Widder) und die verdrängte Weiblichkeit als Inhalte, was zur Folge hat, dass sie weder weiß, wie Männer, noch wie Frauen wirklich „ticken“. Sie ist in dieser Hinsicht sehr verunsichert und trägt diese Unsicherheit in die Sexualität (♆ Herrscher von Haus 10 in Haus

5 im Skorpion). Aufgrund dessen fällt es ihr schwer, sich fallen zu lassen und beim Koitus einen Orgasmus zu erleben.
Im Berufsleben wiederholt sich die Situation ihrer Kindheit, in der sie um die Gunst des Vaters buhlte, auf einer neuen Ebene. Sie achtet und verehrt ihren Chef, besonders bewundert sie seine soziale Kompetenz. Interessant sind in diesem Zusammenhang auch die Familiennamen ihrer letzten beiden Chefs: Brandt und Stich (☉ im Widder). Aufgrund des unbewussten Inzesttabus kamen sie allerdings nicht als Partner in Betracht.
Ihre Problematik lässt sich wie folgt beschreiben:
Da die Horoskopeignerin ihre Sonne im Berufsleben auf ihren Chef projiziert und in ihrer Partnerschaft selbst mit Sonne in Haus 10 im Widder die Führung übernehmen und Chef sein will, bleibt für ihren Partner kein Licht (☉) mehr übrig. Dies gilt umso mehr, weil Mars als Herrscher von Haus 11 in Haus 9 in den Fischen steht und unerlöst erlebt wird. Wegen ihres Mangels an Weiblichkeit (☾ in den Fischen), ihres maskulinen Verhaltens (☉ im Widder), ihres Führungsanspruchs (☉ im Widder) in der Beziehung, ihrer sexuellen Probleme, die sie auf ihren Partner umbucht, ihm also anlastet, wird er in seiner Männlichkeit geschwächt (♂ in den Fischen), insbesondere in seiner Darstellung und seiner Kommunikation (Haus 9 = Haus 3 des anderen). Ferner hat dieser Mars die Venus in Haus 11 „im Rucksack", d. h., Nicoles Partner hat eine Frau an seiner Seite, die immer maskulin bzw. sportlich gekleidet ist, was nicht gerade zu seinem Eigenwert beiträgt, zumal wenn er sieht, dass die Frauen anderer Männer attraktiver gekleidet sind. Er hat den Eindruck, mit einem Kumpel unterwegs zu sein und fühlt sich nicht zuletzt dadurch als "Loser" (Fische-Prinzip in der unerlösten Form).

Die Stier-Venus als Mitherrscher von Haus 11 in Haus 11 im Widder besagt, dass Nicole – nachdem es in der Partnerschaft nicht richtig klappt – ihren Eigenwert durch die vielen Ausflüge und Unternehmungen mit ihren Freunden stärken kann. Ihr Freundeskreis ist für sie also eine gute Stabilisierungsmöglichkeit.
Was macht der Zwillings-Merkur als Herrscher von Haus 12 in Haus 10? Ahnungen und Hintergrundinformationen fließen in den Beruf ein, was zu ihrer beruflichen Verunsicherung beiträgt. Im Privatleben jedoch will sie die Informationen aus der Alternativszene zum Maßstab erheben und versucht, damit andere zu belehren, was oft in Streit ausartet (☿ Herrscher von Haus 12 in Haus 10 im Widder).

2. Vorgehensweise

(Die Beschreibung der 2. Vorgehensweise kann aufgrund der Ausführlichkeit bei Vorgehensweise 1 jetzt kürzer erfolgen.)
Mond ist Herrscher von Haus 1 in Haus 10 in den Fischen. Sie verdrängt ihre Weiblichkeit. Neptun ist Herrscher von Haus 10 in Haus 5: Dadurch entstehen sexuelle Probleme wie Orientierungslosigkeit und Ängste sowie Orgasmusschwierigkeiten, zudem eine verminderte Lebensfreude und Niedergeschlagenheit.
Venus ist Herrscher von Haus 5 in Haus 11 im Widder mit Neptun als Inhalt: Die innere Traurigkeit, die Unsicherheit in der Werbung um den Mann und die Schwächung der Lebensfreude verunsichern ihren Geschmack, der zudem stark maskulin geprägt ist. Sie trägt eine Kurzhaarfrisur wie ein junger Mann und sportliche, betont männliche Kleidung mit einem alternativen, etwas traurigen Touch, die ihre gute Figur nicht zur Geltung kommen lässt.

Nun ist Mars als Herrscher von Haus 11 in Haus 9 in den Fischen. Somit ist es nicht verwunderlich, dass aufgrund dieser Vorgeschichte bzw. der vorher dargestellten Folgerichtigkeit im Horoskop Nicoles Partner in ihrer Männlichkeit stark geschwächt werden, zumal Nicole ja schon den männlichen Part eingenommen hat. Insofern ist für den Partner gar kein Platz mehr da, er hat als Mann kein Betätigungsfeld mehr, er ist im übertragenen Sinne psychisch und physisch „kastriert". Die Folge davon ist, dass Uranus als Herrscher von Haus 9 in Haus 3 dafür sorgt, dass es immer wieder schnell zu Trennungen kommt, sodass sie sich frei und unabhängig (d. h. ohne Mann) darstellen kann.

Außerdem ist Uranus auch noch Herrscher von Haus 8 mit Saturn als Inhalt. Er kann eine enge (♄) Bindung (Haus 8) nicht ertragen und sprengt deshalb die Beziehung. Nicole könnte auf dieser Entwicklungsstufe der Anlage nur eine Beziehung eingehen, in der sehr viel Distanz (♅) gehalten wird – entweder räumlich oder seelisch.

Uranus wiederum wird beherrscht von der Sonne, die in Haus 10 im Widder steht.

Insofern befreite sich Nicole auch immer wieder von ihrem Bruder, den sie als dumm und schwach wahrnahm und gegen den sie in der Geschwisterrivalität schließlich beim Vater siegte. Daher stellte jeder ihrer Partner aufgrund der unbewussten Übertragung ihren Bruder dar, dem gegenüber sie sich überlegen (♅) fühlte und den es auszubooten galt. Sie empfand sich unbewusst als der bessere „Sohn" ihres Vaters und so konnte ihr kein Partner das Wasser reichen.

Eigentlich gibt es für sie nur zwei richtige, echte Männer: ihren Vater (später in der Übertragung ist es ihr jeweiliger Chef) und sie selbst.

Die Sonne im Widder wird aber nun wiederum beherrscht von Neptun, der in Haus 5 steht und dort die bereits geschilderte Schwäche

„verursacht“. Auch Pluto, der Mitherrscher von Haus 5, mit dem sie ihre sexuelle Problematik durch Streben nach Macht kompensiert, endet in Haus 3 und der Herrscher von Haus 3 ist wiederum die Sonne, die von Neptun beherrscht wird, der wiederum in Haus 5 steht.
Neptun ist somit der Enddispositor, der im Horoskop immer die Hauptproblematik anzeigt. Dadurch schließt sich der Kreis.

Dieser Regelkreis läuft immer und immer wieder ab, solange die einzelnen Planeten bzw. Anlagen nicht auf eine neue Frequenz gehievt werden.

Solange Nicole in diesem Regelkreis und Wiederholungszwang gefangen ist, kann ihr daher z. B. ein Bekannter, der es gut mit ihr meint, auch nicht einfach mal wünschen, dass es bei ihr in der Partnerschaft aufwärts geht und dass sie endlich dort einmal ihr Glück bzw. den richtigen Partner findet. Er kann es ihr zwar wünschen – als nette Geste – aber die Wünsche können aus den eben genannten Gründen nicht in Erfüllung gehen.
Im Folgenden wird Nicoles Thematik unter vier verschiedenen Blickwinkeln betrachtet:

- Energiekette
- Problemübersicht
- Glaubenshaltungen
- Widerstände

Nicoles Energiekette bzw. Regelkreis

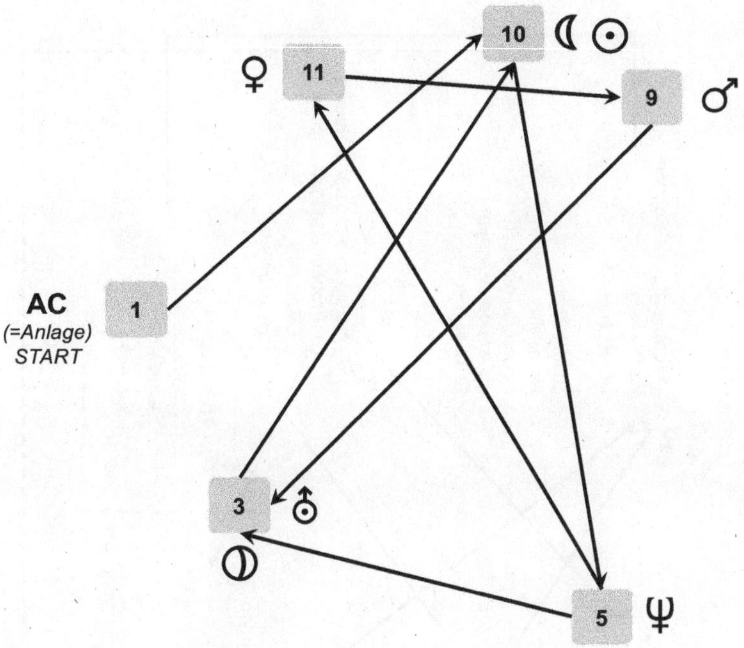

Nicoles Regelkreis der Probleme

Nicoles unerlöster Regelkreis wird besonders deutlich, wenn man die sich gegenseitig bedingenden und stützenden Probleme benennt, die durch ihre Art des Auslebens der Planeten verursacht werden.

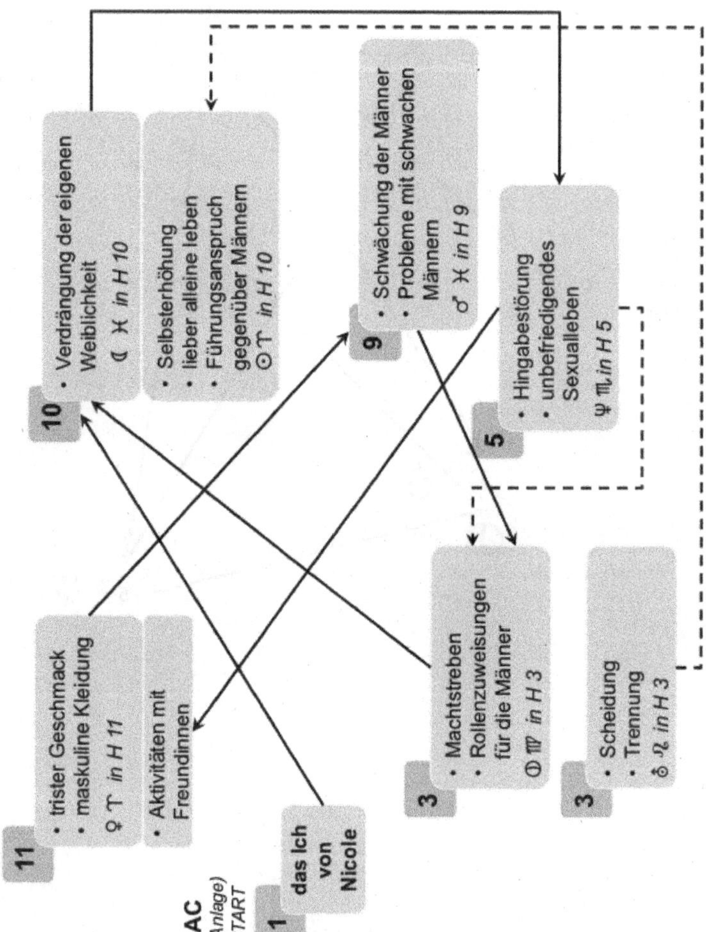

Nicoles Regelkreis der Glaubenshaltungen

Man kann Nicoles Regelkreis aber auch über ihre bewussten und unbewussten Glaubenshaltungen, die sich ebenfalls gegenseitig bedingen, darstellen:

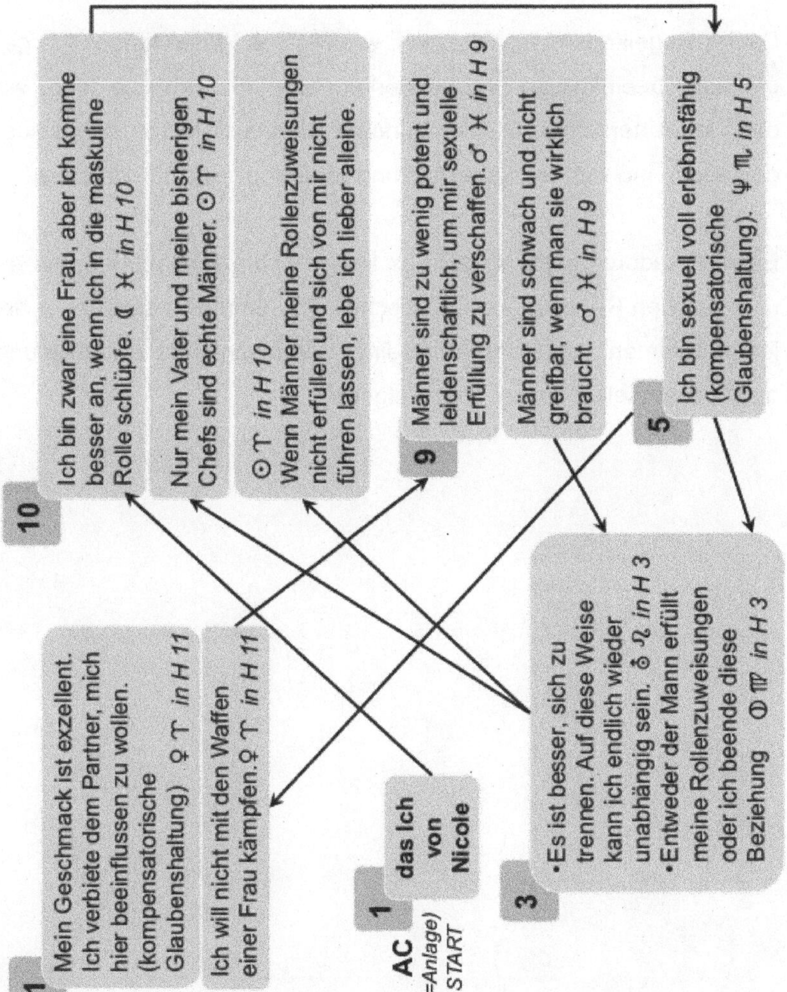

Nicoles Regelkreis der Widerstände

Nicoles Regelkreis ist auch über ihre Widerstände ersichtlich (siehe Grafik).

Dieser Regelkreis macht deutlich, wie Nicoles Widerstände sich gegenseitig beeinflussen und verstärken, wie jede Ursache (dort, wo der Planet herrscht) zu einer Wirkung (dort, wohin der Planet ausgewandert ist) wird und jede Wirkung wiederum zu einer Ursache.

Es wird dadurch evident, dass es keine leichte Aufgabe ist, aus einem solchen Regelkreis auszubrechen. (Es empfiehlt sich daher bei jedem Klienten, den Regelkreis seiner Widerstände darzustellen und deren Wechselwirkungen aufzuzeigen).

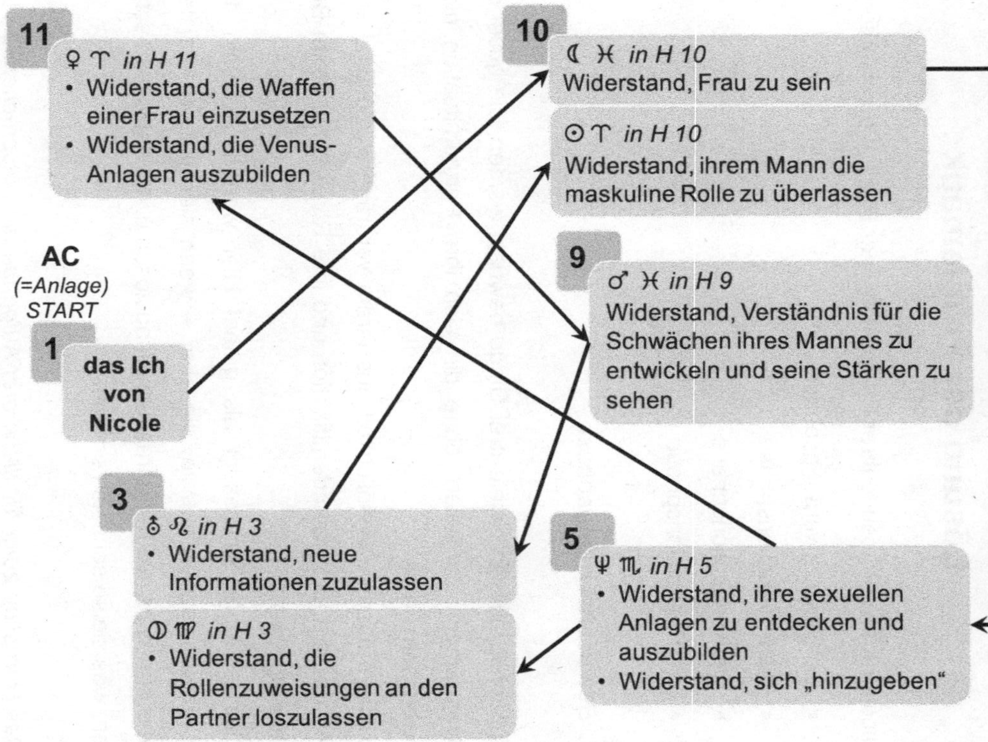
11
♀ ♈ in H 11
• Widerstand, die Waffen einer Frau einzusetzen
• Widerstand, die Venus-Anlagen auszubilden
10
☾ ♓ in H 10
Widerstand, Frau zu sein
☉ ♈ in H 10
Widerstand, ihrem Mann die maskuline Rolle zu überlassen
AC
(=Anlage)
START
1
das Ich von Nicole
9
♂ ♓ in H 9
Widerstand, Verständnis für die Schwächen ihres Mannes zu entwickeln und seine Stärken zu sehen
3
⛢ ♌ in H 3
• Widerstand, neue Informationen zuzulassen
☽ ♍ in H 3
• Widerstand, die Rollenzuweisungen an den Partner loszulassen
5
♆ ♏ in H 5
• Widerstand, ihre sexuellen Anlagen zu entdecken und auszubilden
• Widerstand, sich „hinzugeben“

Lösung der Problematik

Nicole muss zur Lösung ihrer Problematik vier Phasen durchlaufen:

- die Bewusstwerdungsphase
- die Informationsphase
- die Konzeptionsphase
- die Realisationsphase

1. Bewusstwerdungsphase

Zunächst müssen Nicole drei Dinge bewusst werden, die quasi die Bedingungen darstellen, ohne die sich ihre Partnersituation nicht verbessern kann:
Nicole muss ihre Weiblichkeit aus ihrem verdrängten Zustand erlösen und sie ihre Vateridentifikation und ihre Rivalität mit ihrem Bruder aufgeben.
Dies ist einfacher gesagt als getan! Hier warten immerhin drei Mammutaufgaben auf sie, die aber – wenn sie diese zu meistern versteht – positive Kettenreaktionen auslösen und ihr all das bescheren, was sie so sehr sich erträumt.

Das Horoskop zeigt für diese drei Aufgaben die entsprechenden Lösungen an:

1. Statt den Mond in den Fischen als verdrängte Weiblichkeit zu erleben, kann sie dazu übergehen, die *Hintergründe der Seele und der Weiblichkeit* aufzudecken.

Sie muss das tun, was bei jeder Anlage, die in den Fischen steht, angezeigt ist, nämlich über das Herkömmliche hinausgehen bzw. die herkömmliche Art erweitern.

Entsprechend gilt für Nicole: Es geht bei ihr nicht darum, einfach nur mehr „Weib“ zu werden, sondern darum, sich mit dem Weib-Sein intensiver auseinanderzusetzen, d. h. zu erkennen, wie das Weibliche von Natur aus angelegt ist (das sogenannte Urweibliche), wie die Auslebensformen des Weiblichen sich im Laufe der kulturellen Entwicklung gewandelt haben, wie die typische Frau heute ihre Weiblichkeit auslebt, was in dieser Hinsicht heute als „normal“ gilt und wie eine Weiblichkeit jenseits der herkömmlichen Frauenrolle aussehen könnte.

Ihr wird auf diese Weise bewusst, wie sie als Frau leben möchte, sie kann jetzt – und das ist das Entscheidende – ihre **persönliche** Alternative (Fische) im Frau-Sein finden.

Das würde bedeuten, dass sie weder ein naives Heimchen am Herd noch eine militante Emanze, weder eine Madonna noch eine Hure, weder eine Alternativlerin noch ein Modepüppchen ist.

Sie hat jetzt – so paradox es klingen mag – sogar einen **Vorteil** gegenüber den Frauen, die ohne nachzudenken ihre Prägung leben oder primär dem Trend folgen: Sie kann jetzt **bewusst** wählen, welche Anteile vom Frau-Sein sie betonen, wie sie als Frau leben möchte.

2. *Vateridentifikation*

Wenn sich eine Frau wie Nicole mit ihrem Vater identifiziert, ihn über alle Maßen schätzt, ihn verehrt, ja geradezu vergöttert, und nicht in der Lage ist, einen Ablöseprozess zu durchlaufen, sind all ihre Beziehungen zu Männern zum Scheitern verurteilt. U. U. zieht sie schließlich gar keinen Mann mehr an,

- weil sie unbewusst eigentlich mit ihrem Vater verheiratet ist bzw. sie bleibt die Tochter ihres Vaters auch noch bis ins hohe Alter.
- weil sie selbst dem Vater nacheifert und selbst in dessen Rolle schlüpft. → Also ist sie selbst besser als alle Männer. Sie hat den Platz für den Mann schon selbst besetzt. (Besonders evident wird dies bei den Frauen, bei denen der Vater verhindert war, Chancen (z. B. auf dem Gebiet Bildung) wahrzunehmen. Diese Chancen und Möglichkeiten verwirklichen **sie** stellvertretend für den Vater!).
- weil kein Mann diesem idealen Vater das Wasser reichen, keiner ihm entsprechen kann. Keiner kann den Platz ihres Vaters einnehmen.
- weil sie ihren Partner (Mann) nicht achten und loben kann, denn er entspricht ja nicht dem Idealvater. Im Gegenteil! Sie übt ständig Kritik an ihm.
- weil sie bei jedem Mann aufgrund des Vergleiches mit ihrem Vater so viele Fehler und Schwächen findet. So bleibt letztendlich immer wieder nur ihr Vater übrig, der solche Schattenseiten scheinbar nicht aufweist. Sie lernte nie die Schattenseiten ihres Vaters kennen und so wird sie über die verschiedenen Männer mit den Schattenseiten ihres Vaters konfrontiert (sie hat ihren Vater nicht als „Mann" wahrgenommen, weil sie ja nicht seine Frau war, sondern seine Tochter).
- Weil sie aufgrund der Vaterübertragung zwar Männer von Format (z. B. Chefs) kennenlernt, mit denen jedoch wegen eines unbewussten Inzestverbotes keine sexuelle Beziehung

möglich ist. Weder den stark mit Fehlern behafteten Männern (= Bruder-Übertragung), noch den Männern, die für sie die Vaterfigur verkörpern, kann sie sich hingeben (Hingabestörung).

3. *Dies alles muss Nicole genauso bewusst werden wie ihre Bruderproblematik.*

   Es geht also darum, dass sie aus ihrem alten Skript aussteigt, ihre Weiblichkeit bejaht und einsetzt und die Männer nicht mehr unter dem skriptspezifischen Blickwinkel betrachtet. Für ihr neues Leben kann sie jetzt auch Partner nehmen, die nicht mehr ihren Bruder auf einer anderen Symbolebene darstellen. Sie braucht jetzt ganz einfach Übungspartner, bei denen sie ihre neu erworbene Weiblichkeit erproben kann und mit denen es möglich ist, die Männlichkeit auf eine ganz andere Art und Weise zu erfahren.

Dann gilt es, Nicole klarzumachen, dass sie bisher ihre Energie mit ihrer unerlösten Widder-Sonne falsch eingesetzt hat. Sie suchte unbewusst bei all ihren Männern nach Streit, weil sie das Gefühl hatte, die Männer wären schwach und dumm, und es wäre eine Zumutung, sich an solch „dumme Wesen“ anpassen zu müssen.
Hier war es wichtig, Nicole auf den archetypischen Quincunx-Aspekt zwischen Widder und Jungfrau hinzuweisen.

Deshalb hier eine kurze Erklärung über den archetypischen Quincunx-Aspekt zwischen Widder und Jungfrau:
Vom Widder ganz weit weg (150°) ist das Jungfrauprinzip, das Prinzip der Aussteuerung gegenüber den Umweltbedingungen und der Anpassung.
Insofern ist klar, dass dem Widder Anpassung und Unterordnung überhaupt nicht liegen. Bei diesen Themen ist es ihm nicht möglich, die Dinge realistisch bzw. in der richtigen Relation wahrzunehmen.
Wenn er sich z. B. zu 5 % an seinen Partner anpasst und der Partner sich zu 95 % an ihn anpasst, ist er der Meinung, er würde sich zu 100 % anpassen, er müsste sich in der Beziehung total „verbiegen" und der Partner hätte gänzlich die Führungsrolle übernommen. Es keimen dann in ihm Aggressionen auf und er beginnt zu streiten.

So ein verzerrter Blickwinkel ist ein typisches Phänomen des Quincunx, d. h. des 150°-Winkels. Meist beharrt der Betreffende auf seiner objektiv nicht haltbaren Version, selbst wenn noch so viele Aspekte dagegensprechen.

Hier wäre es wichtig, sich über das Phänomen der Relativität Gedanken zu machen. Es scheint eine bestimmte Situation aus subjektiver Sicht so und nicht anders zu sein wie man sie vor sich und anderen darstellt, doch von einem übergeordneten Blickwinkel (z. B. aus der Vogelperspektive oder aus einer kosmischen Sicht) aus gesehen hat diese Sichtweise mit der Wirklichkeit nur wenig oder gar nichts zu tun. Ja, in Extremfällen ist sogar das Gegenteil dessen, wovon der Betreffende überzeugt ist, richtig.

Und noch etwas ist entscheidend:

Nicole hat – wie bereits erwähnt – ihre Sonne in Haus 10 bisher auf ihren Vater projiziert und dann in der Vaterübertragung auf ihre jeweiligen Chefs oder sie hat sie selbst gelebt in Form von Führungsanspruch in der Partnerschaft und (männlich) korrektem Verhalten in Beruf und Öffentlichkeit. Es war ihr nicht bewusst, dass es für jede Frau eine Grenze im Ausleben der eigenen Sonne gibt (siehe hierzu das Kapitel über männliche und weibliche Identität).

In dieser Bewusstwerdungsphase ging es für Nicole darum, diese und andere Korrekturen im Denken sowie im Fühlen vorzunehmen. Es war wichtig, dass sie dabei selbst immer mehr Zugang zur Realität bekam.

Verständlicherweise leistete ihr Unbewusstes häufig Widerstand und sie rief öfter aus: „Das glaube ich nicht!“ Doch nach reiflicher Überlegung war sie im Stande, die Gedankengänge, Argumente und Ergebnisse nachzuvollziehen. Sie stellte Fragen dazu und war ganz begeistert, die Wirklichkeit immer mehr erfassen zu können.

Die Bewusstwerdungsphase ist die schwierigste und langwierigste Phase im Astrocoaching. Bis die verwinkelten und vernetzten Energiekreisläufe und die Wechselwirkungen im eigenen Persönlichkeitssystem erfasst und die eigenen Widerstände und Abwehrhaltungen gegenüber einem besseren Leben abgebaut sind, das dauert seine Zeit.

Im Vergleich dazu erscheinen die folgenden Phasen geradezu als Kinderspiel:

2. Informationsphase

In dieser Phase geht es darum, Informationen einzuholen, die für die neue Lebensgestaltung von Bedeutung sind.

Um zu einer freien Wahl zu kommen, wie Nicole als Frau leben möchte, ist es wichtig, sich mehr mit Frauen zu umgeben, die gerne Frau sind und die für sie als Vorbild und als Lernmodell infrage kommen, von denen sie Tipps bekommt, wie man sich als Frau entfalten kann. Im Grunde geht es bei ihr darum, herauszufinden, wie Frauen und Männer „ticken". Es gilt, das Wechselspiel der Geschlechter zu durchschauen und Erkenntnisse zu gewinnen, wie man sich selbst als Frau Freude und Glück verschaffen kann und wie sie Männern Zärtlichkeit und Freude schenken kann. Hierfür las Nicole unter anderem auch das Buch von Lou Paget „Die perfekte Liebhaberin".

3. Konzeptionsphase

Als Nicole die wichtigsten Informationen eingeholt und verarbeitet hatte, konnte sie dazu übergehen, für sich ein Konzept zu erstellen, wie sie zukünftig als Frau leben wollte. Ihr war jetzt bewusst, was sie als Frau in einer Partnerschaft geben, aber auch, was sie dann, weil sie Wertvolles einbringt, von den Männern erwarten kann.

Dabei achtete sie auch darauf, dass ein Gleichgewicht zwischen Geben und Nehmen bestand.

Nicole schrieb auf Anraten des Coachs in der Konzeptionsphase zwei Aufsätze, deren Titel lauteten:

„Es ist schön, eine Frau zu sein" und „Actio et reactio in einer Paarbeziehung".

Wenn man ein altes Programm löschen will, muss man ein neues installieren. Wenn noch kein neues Programm vorhanden ist, richtet sich das Unbewusste nach wie vor nach dem alten Programm, obwohl man es schon ad absurdum geführt hat. Doch wie kommt man zu einem neuen Programm, zu einer neuen Verhaltensweise?

Nehmen wir einmal an, jemand hat ein Alkoholproblem. Sein Urgroßvater war Trinker, sein Großvater und sein Vater tranken auch. Es scheint, als würde der Alkoholismus vererbt werden. Es liegt scheinbar schon in der Familie. Die Wirklichkeit liegt jedoch ganz woanders. Urgroßvater, Großvater und Vater haben nur nicht gelernt, anders als über die Flucht in den Alkohol auf Konflikte und Probleme zu reagieren. Sie hatten nur dieses Reaktionsmuster zur Verfügung. Also wäre es an der Zeit, dass der Sohn diese „Vererbungskette" durchbricht und lernt, Probleme auch anders zu lösen. Er muss Konfliktlösungsstrategien erlernen. Doch dazu muss er Anlagen, die seine Vorfahren nicht zur Verfügung hatten, ausbilden, vor allem Kommunikationsfähigkeit und analytische Fähigkeiten sowie Selbstkritik. Solange er sich von diesen Fähigkeiten nicht einen Grundstock angeeignet hat, bleibt ihm nichts anderes übrig, als vor den Problemen auf die alte Art und Weise zu fliehen. Das bedeutet, dass er – wenn er den 4. Schritt absolvieren will – andere Reaktionsweisen als bisher finden muss. Diese neuen Reaktionsweisen sind sein neues Konzept.

Ähnlich ist die Situation bei Nicole: Sie konzipiert an all den Stellen ihres Persönlichkeitssystems, mit denen sie nicht zufrieden ist, neue Programme und Verhaltensweisen. Besonders wichtig ist dabei, sich vor Augen zu führen, wie man Hemmungen, Blockaden und Schwächen auflösen und Überkompensationen auf ein gesundes Maß bringen kann. Es gilt, die gesunde Mitte einer jeden Anlage zu finden, d. h., dass weder zu wenig noch zu viel von dieser Energie zum Ausdruck gebracht wird. So gelingt es immer mehr, die Anlagen und Energien in eine erwachsene Form zu bringen. *Erwachsen heißt: Ich bin nicht mehr in der Kindrolle und auch nicht mehr in der Elternrolle – ich lebe nicht mehr in der Vergangenheit, sondern in der Gegenwart und baue mir eine neue, eigene Zukunft auf.* **Erwachsen bedeutet ferner: Ich habe die freie Wahl zwischen verschiedenen Möglichkeiten zu agieren und zu reagieren. Ich muss nicht mehr meinen alten Film abspulen.**

Dieser Prozess ist meistens nicht so einfach, weil man sich oft nicht vorstellen kann, wie eine bisher destruktive Anlage konstruktiv ausgelebt werden kann. Dies ist Aufgabe des Astrocoachs, dem Klienten bei der Konzeption von dessen eigenem Gesundheitsbild zu helfen. Das Gesundheitsbild zeigt an, wohin der Weg gehen soll. Es ist ein Zielbild, und um dieses Ziel zu erreichen, muss ein Weg gegangen werden. Und hierfür braucht man ein Konzept.

Wenn man neue Programme auf verschiedenen Lebensgebieten konzipiert, besteht nicht nur die Chance, die bisherige Fremdbestimmung und alte Reaktionsmuster abzuschütteln, sondern man hat die grandiose Möglichkeit, endlich sein wirklich eigenes Selbst zusammenzustellen. Es ist die schönste Aufgabe, die man sich denken kann: Man stellt sich sein eigenes Persönlichkeitssystem und das synchron laufende Schicksal mosaiksteinartig selbst zusammen!

Es ist das spannendste Abenteuer überhaupt: Man lernt Stück für Stück den Menschen kennen, der man immer war, aber nie sein durfte. Dadurch wird die Seele von einer großen Hoffnung erfüllt. Nicht von einer Hoffnung, die um des Hoffens willen gehegt wird, sondern von einer berechtigten Hoffnung, die mit der Ahnung verbunden ist, wie schön und angenehm es sein kann, wenn man konsequent sein Leben und sein Schicksal zu gestalten versteht.

4. Realisationsphase:

Es besteht ein großer Unterschied zwischen Selbsterkenntnis und Selbstverwirklichung. Während die Selbsterkenntnis sich primär darauf erstreckt, das verdrängte Potenzial bewusst zu machen und die eigenen Persönlichkeitsanteile und deren Vernetzungen kennenzulernen, bedeutet *Selbstverwirklichung (☉), eine Anlage lebendig werden zu lassen, sie ans Licht (☉) zu bringen*.

Die Sonne leben bedeutet, eigenschöpferisch sein Schicksal zu gestalten und nicht einfach die vorgegebenen pauschalen Modelle und Konzepte zu exerzieren. Es gilt, eigene Lebensmodelle auf den verschiedensten Gebieten zu entwerfen und zu verwirklichen. Gestaltet jemand sein Leben nicht selbst, tut dies sein Unbewusstes. Letzteres wird schöpferisch, indem es das verdrängte und nicht verwirklichte Material gestaltet bzw. es in Form von Symbolen am Leib und am Schicksal abbildet (= Krankheit und negatives Schicksal).

Wer eigene Modelle in eine Form bringt, die auf die Realität, die eigene Entwicklungsphase, die eigenen Bedürfnisse und die eigene Individualität zugeschnitten sind, betreibt daher aktive Schicksalsprophylaxe.

Bei der Umsetzung ihrer Konzepte in der Praxis des Lebens hatte Nicole Erfolgserlebnisse am laufenden Band, aber auch einige Rückschläge und Misserfolgserfahrungen.

Sie sagt aber heute: „Jetzt, nach diesen Erfahrungen, weiß ich erst, was „Leben“ eigentlich bedeutet. Vorher war ich nur gefangen in meinen irrealen Annahmen und Glaubenshaltungen, gefangen in einem Gedankenspiel, das fernab der Wirklichkeit war. Ich war eine geistige Onanistin! Weil ich meine unbewussten Abwehrhaltungen abgelegt habe, lebe ich heute in einer erfüllenden Beziehung. Ich habe meinen destruktiven Regelkreis verlassen und lebe meine Energien konstruktiv aus."

Wie sieht der Regelkreis aus, der jetzt aus konstruktiven Größen besteht?

Mond, Herrscher von Haus 1 in Haus 10 in den Fischen:
Nicole hat ihren Mond aus der Verdrängung geholt und erfreut sich ihrer Weiblichkeit, die sie bewusst einsetzt.

Neptun, Herrscher von Haus 10 in Haus 5 im Skorpion:
Dadurch kann sie sich ohne Tabus in der Sexualität hingeben. Auf diese Weise ist es auch möglich, ihre Sexualfantasien und die ihres Partners zu verwirklichen.

Pluto, Mitherrscher von Haus 5 in Haus 3 in der Jungfrau:
Die Folge davon ist, dass sie nicht mehr ständig nach Macht streben muss und keine ausgeklügelten Rollenzuweisungen mehr für den Partner parat hat. Sie kann sich jetzt selbstbewusst und differenziert mit ihrem neuen Wissen darstellen und muss nicht mehr dauernd unbewusst ihren Partner übertrumpfen (früher ihren Bruder).

Venus, Herrscher von Haus 5 in Haus 11 im Widder:
Die Verdrängung ihrer Weiblichkeit und die vorher bestehenden sexuellen Probleme führten zu einer inneren Traurigkeit. Jetzt, da sie

als Frau eine fantasievolle Sexualität lebt, wird ihr Geschmack durch die daraus resultierende Lebensfreude positiv beeinflusst. Sie trägt nun feminine Kleidung mit einem erotischen Touch. Sie wirbt aktiv um den Mann. Sie ist zu einer aktiven Verführerin geworden. Sie kämpft jetzt gerne mit den Waffen einer Frau. Sie hat jetzt ihren Persönlichkeitsanteil Venus (Waage) zur Verfügung. Damit es dazu kam, war folgende Darlegung des Venus-Waage-Prinzips für Nicole hilfreich:

Eine Frau, die Freude an ihrem Körper und an ihrer Weiblichkeit hat, freut sich, sich schön zu machen und ihrer Weiblichkeit Ausdruck zu verleihen. Sie wird sich wie selbstverständlich so kleiden, wie es sowohl ihr als auch dem anderen Geschlecht gefällt.

Manche Frauen wollen Kleidung tragen, die ausschließlich nur ihnen selbst gefällt (z. B. Business-Kleidung, Alternativlook, sehr bequeme Kleidung oder Kleidung mit einer maskulinen Note). Doch die Venus ist von Natur aus gedacht als Reiz gegenüber dem Mars (Gegenpol). Die Venus isoliert zu leben, ohne auf die Reaktion des Mars (der Männer) zu achten, bedeutet, dass die Venus ihren eigentlichen Sinn und Zweck verliert. Das, was sie anzieht, muss **beiden** gefallen, ihr selbst **und** dem Mann. Ansonsten kommt es zu einem **Circulus vitiosus**: Weil keine Freude am Zeigen des eigenen Körpers und am Reizen des Mars, deshalb Entwicklung eines Geschmacks, der dem anderen Geschlecht nicht gefällt und weil keine positive Reaktion vom Mars, deshalb weniger Lebensfreude und daher Affinität mit einem Outfit, das mangelnde Lebensfreude ausdrückt.

Mars, Herrscher von Haus 11 in Haus 9 in den Fischen:

Dies alles geschieht auch zur Freude ihres Partners. Er stellt sich jetzt gerne mit Nicoles Venus dar (♂ Herrscher von Haus 11 in

Haus 9, Haus 9 = Haus 3 des Partners). Er fühlt sich nicht mehr sexuell ausgestoßen, auch wird er von ihr nicht mehr in die Rolle des Dummen und Schwachen gedrängt (= gelöste Bruderproblematik).

Uranus, Herrscher von Haus 9 in Haus 3 im Löwen:
Deshalb hat weder sie noch ihr Partner die Tendenz, ständig Distanz zu üben oder sich zu trennen.
Nicole stellt sich jetzt mit ihrer neuen Weltanschauung und Lebensphilosophie sowie mit ihrer außergewöhnlich gut funktionierenden Beziehung dar und bezieht daraus ihr Selbstbewusstsein.

Sonne, Herrscher von Haus 3 in Haus 10 im Widder:
Aufgrund des neu gewonnenen Selbstbewusstseins ist es ihr auch möglich, ihren Partner ob seiner Qualitäten zu **loben**. Er darf bei ihr „Mann" sein und darf sein Licht leuchten lassen. Er hat seinen Platz in der Außenwelt und in ihrem Herzen.
Sie selbst lebt ihre Sonne in Haus 10 als verantwortungsvolle, toughe, aktive Frau, die mit beiden Beinen im Leben steht.
Diese Wandlung, die sie erfahren hat, wirkte sich auch beruflich aus: Sie hat heute beruflich eine bessere Position, die mit mehr Verantwortung und mehr Gehalt verbunden ist. Und sie steht nach ihrem Transformationsprozess von destruktiv auf konstruktiv ausgelebten Anlagen nicht zuletzt auch durch ihr Wissen und durch die vielen neuen Informationen (die sie einbringen kann) mehr im Mittelpunkt (die Sonne als Herrscher von Haus 3 serviert Pluto und Uranus in Haus 10) als vorher, als sie sich so sehr angestrengt hat, es zu sein.

Nicoles erlöster Regelkreis

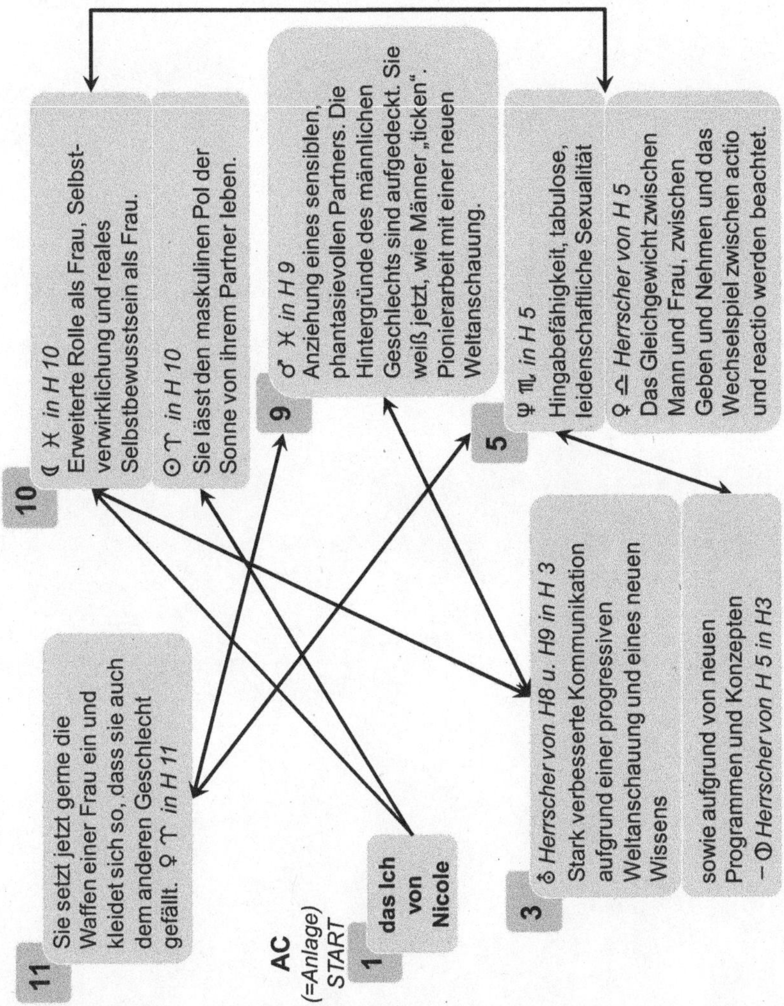

Unsere Fehler und Schwächen sind Entwürfe
zu noch nicht recht ausgebildeten Vorzügen.
(Ernst Wilhelm Eschmann)

Arbeit ohne Ende mit einer unausgebildeten Anlage

Die meisten Menschen scheuen davor zurück, eine Anlage auszubilden, weil dies ihrer Meinung nach mit so viel Lernprozessen, Müh und Plag verbunden ist. Doch die unausgebildete Anlage hat noch viel mehr Arbeiten zur Folge, die zudem alle Sisyphusarbeiten sind, d. h., es wird nie etwas besser, sondern immer nur schlechter.
Man hat so viel Arbeit damit:

1. *die Anlage in sich selbst zu unterdrücken, zu hemmen, zu irritieren und zu schwächen.*
   Dieser Prozess der Unterdrückung, der Hemmung, der Irritation und der Schwächung geschieht unmerklich, aber vollzieht sich jeden Tag.
   Oft müsste dringend etwas verändert werden z. B. die Beziehungsform oder die Wohnsituation, doch der Veränderungswunsch (⛢) wird Monate – oder manchmal jahrelang unterdrückt.
   Ähnlich verhält es sich mit anderen Anlagen, die man entweder nicht zulässt oder nicht ausbildet.

Hierzu das Beispiel von Nadine:

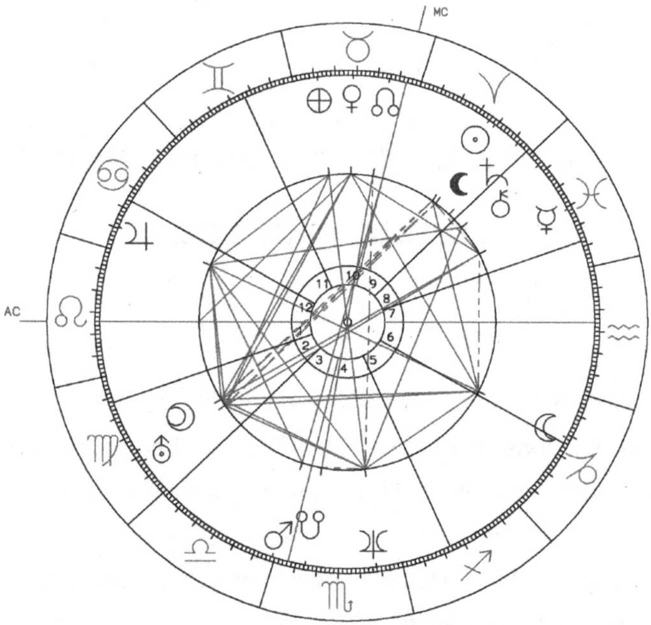

Nadine hemmt und blockiert (♄ , Herrscher von Haus 6) bei sich immer wieder das Zeigen der Gefühle (☾ in Haus 6). Sie hat die Glaubenshaltung, dass es ungünstig sei, Gefühle zum Ausdruck zu bringen.

2. *die Anlage bei anderen zu unterdrücken, zu hemmen, zu irritieren und zu schwächen.*

Wer eine Anlage in sich selbst nicht zulässt, hat die Tendenz, die Anlage auch bei anderen zu torpedieren.

Hierzu das Beispiel von Johannes:

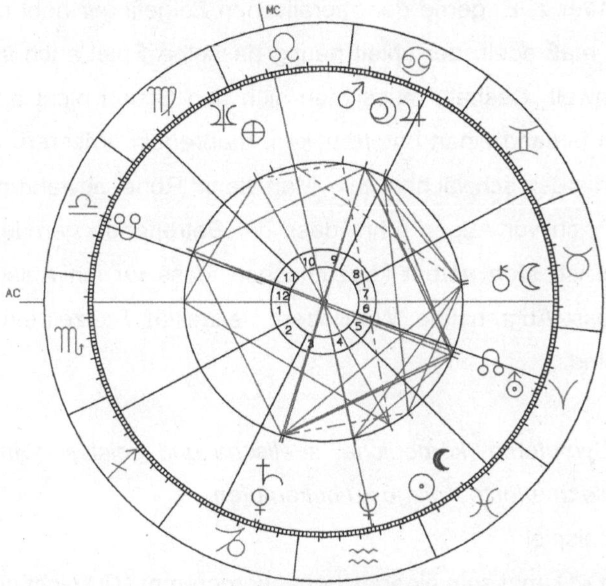

Johannes hat ein Tabu (♄) verinnerlicht, das ihm Wohlleben und Genuss (♀) untersagt. Aufgrund des eigenen Verbotes verbietet er auch seiner Ehefrau und seinen Kindern, zu „schlemmen“ oder das Leben zu genießen. Was er sich selbst nicht zugesteht oder erlaubt, will er auch anderen verbieten. Insofern vergeudet er seine wertvolle Lebenszeit mit Ängsten, die Mitmenschen könnten dem Wohlleben frönen und dadurch auf die schiefe Bahn kommen, mit Überwachung und Kontrolle, ob sie nicht doch heimlich genießen, oder mit Manipulation, z. B. indem er denjenigen oder diejenige belohnt, der oder die den Freuden des Lebens am meisten entsagt.

Die Situation, dass man das, was man selbst nicht zu leben wagt, auch bei anderen zu unterbinden sucht, ist sehr häufig anzutreffen. Wer z. B. gerne den moralischen Zeigefinger hebt oder andere maßregelt, der spielt häufig dasselbe Spiel auch in seiner Innenwelt. Deshalb muss man sich den Schuh nicht anziehen, wenn jemand einen unterdrücken, maßregeln, irritieren, verunsichern oder schwächen will. Man kann Ruhe bewahren, wenn man sich vor Augen führt, dass der Betreffende gerade wieder dabei ist, **sich selbst** klarzumachen, dass für ihn Anlagen wie Genuss, Abgrenzung, Wohlleben, Sexualität, Freizeit etc. verboten sind.

3. *die Symptome (körperliche, seelische und geistige Wirkungen) auf die unerlöste Anlage zu bekämpfen.*

   Ein Beispiel:

   Ralf O.[9] kennt sein eigenes Lebensprogramm (☉) nicht und kann daher seinen eigenen Lebensweg (☉) nicht gehen. Dieses Defizit versucht er durch Dominanz (☉) zu kompensieren. Er hat ganz konkrete Vorstellungen, wie andere sich zu verhalten haben. Aufgrund seiner Dominanz sind seine Mitmenschen gezwungen, vieles heimlich auszuleben, um wenigstens noch ein bisschen Eigenleben zu haben. Indem Ralf O. dann gegen diese Heimlichkeiten vorgeht, kämpft er gegen die Reaktionen (Symptome) auf sein eigenes Verhalten. (Siehe hierzu auch Kapitel „Was sich hinter Authentizität verbirgt".)

[9] Das Horoskop wurde weggelassen, weil es sich nur um einen einzigen Horoskopbaustein (☉) handelt.

4. *für die Destruktivität und für Krankheit, Leid und negatives Schicksal, die mit der unerlösten Anlage zu tun haben, einen* ***Ausgleich*** *(mit anderen Planeten) zu schaffen.*

Man hat mit der unausgebildeten Anlage so viele Scherereien und erntet damit so viel Frustration, dass man verständlicherweise anderweitig nach einem Ausgleich sucht. Patrick S. (Tierkreiszeichen Steinbock) z. B. hat große Kommunikationsprobleme mit Jasmin, seiner Ehefrau (Tierkreiszeichen Krebs). Wenn er mit ihr einen Konflikt besprechen und lösen möchte, reagiert sie mit Rückzug und sperrt sich drei Tage lang in ihr Zimmer ein. Hier treffen zwei irreale Merkurs zusammen: Er will immer recht haben und sie will sich nicht mit ihm auseinandersetzen. Die dadurch bedingte Frustration in der Partnerschaft versucht Patrick auszugleichen, indem er exzessiv Sport (♂) treibt. Da er hier übermotiviert ist, ist er verletzungsanfällig und Stammgast bei seinem Arzt. Jasmin hingegen kompensiert ihren Partnerfrust durch vermehrten Süßigkeitenkonsum (♃), was zu Gewichtsproblemen (♃) führt. Dadurch, dass bei beiden Partnern die Merkurenergie nicht im freien Fluss ist, wird eine andere Anlage belastet und fällt aus dem Gleichgewicht. Durch die falsche Dosierung dieser Anlage fällt wiederum eine andere Energie aus der Harmonie. Es ergibt sich ein Dominoeffekt.

5. *um die Frustration auszugleichen, nicht die Freuden der ausgebildeten Anlage erleben zu dürfen.*

Jede Anlage, die ausgebildet und eingesetzt wird, macht Freude. Das Unbewusste weiß, wie die Anlage in der erlösten Form aussehen würde. Wird die Anlage destruktiv eingelöst oder nur in der Projektion erfahren, entsteht Unzufriedenheit. Diese Unzufriedenheit ist jedoch meist unbewusst. Das Ergebnis ist, dass man sich dauernd getrieben fühlt und nicht weiß, warum. Diese Getriebenheit verführt zu schnellerem Autofahren, zum Aufsuchen von Zerstreuungen und Ablenkungen, zu unüberlegten Handlungen oder zu Süchten.

Die negativen Auswirkungen einer unausgebildeten Anlage können im Horoskop wie folgt erkannt werden:

1. Die unausgebildete Anlage zeigt in dem Haus negative Wirkungen, in dem der entsprechende Planet steht, und da, wo er Herrscher ist.

2. Die unausgebildete Anlage beeinflusst den Planeten negativ, der im „Rucksack" des Herrscherplaneten ist.

3. Die unausgebildete Anlage beeinflusst den Planeten negativ, der zu ihr den Gegenpol darstellt (z. B. Merkur [Zwillinge] beeinflusst Jupiter).

4. Die unausgebildete Anlage verändert die Frequenz aller Planeten negativ, die mit ihr einen Aspekt bilden.

5. Die unausgebildete Anlage hat eine negative Wirkung auf alle kosmischen Prinzipien, die – archetypisch gesehen – mit ihr im Quadrat stehen.

Hingegen bedeutet eine Anlage auszubilden, dass mit jedem Lernschritt eine positive Rückmeldung vom Schicksal erfolgt. Es besteht ein konstruktiver Aufbau, die Anlage macht immer mehr Freude.

1. Die Anlage zeigt dort positive Wirkungen, wo der entsprechende Planet steht und wo er Herrscher ist.

2. Die Anlage beeinflusst den Planeten positiv, der im „Rucksack" des Herrscherplaneten ist.

3. Die Anlage beeinflusst den Planeten günstig, der zu ihr als Gegenpol fungiert (z. B. Mars beeinflusst Venus, Mond beeinflusst Saturn).

4. Die Anlage verändert die Frequenz aller Planeten positiv, die mit ihr einen Aspekt bilden.

5. Die Anlage hat eine positive Wirkung auf alle kosmischen Prinzipien, die – archetypisch gesehen – mit ihr im Quadrat stehen.

6. Die Anlage bewirkt eine bessere Anziehung von Partnern und Freunden

7. Die Anlage wird durch die Ausbildung gestärkt. Wenn eine Anlage auf diese Weise im freien Fluss ist, kann sich eine Krankheit auf diesem Gebiet nur schwer manifestieren (die Resistenz wird gesteigert).

Diese Wirkungen sollen am nachfolgenden Horoskop von *Denise* deutlich werden:

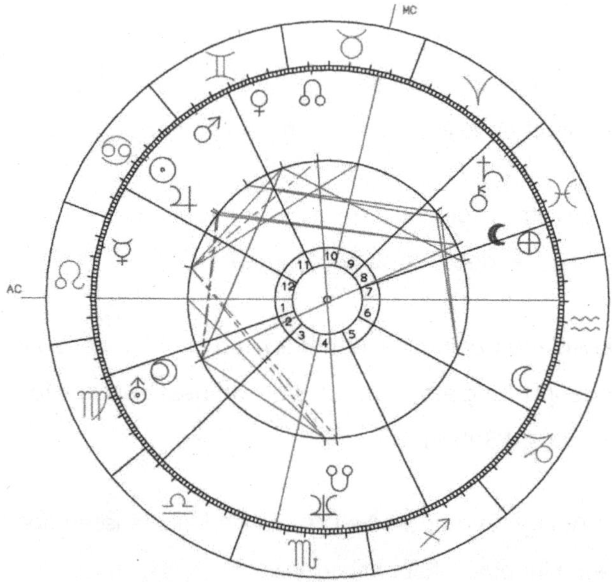

Denise erlebte ihren Mond als Herrscher von Haus 12 in Haus 6 bisher so, dass sie oft traurige (Haus 12) Gefühle (☾) hatte, die aber nicht zum Ausdruck kommen konnten (☾ im Steinbock in Haus 6). Im Laufe eines Astrocoachings wurde ihr klar, dass sie die Mond-Energie anders kanalisieren musste. Von all den aufgrund der Symbolik angebotenen Möglichkeiten, die ein Mond als Herrscher von Haus 12 beinhaltet, gefiel ihr am besten, die Konstellation als alternative Ernährung einzulösen, die sie dann in Haus 6 im Steinbock vor Menschen lehrt (♑), die gesundheitliche Probleme (Haus 6) haben. Da der Mond in Haus 6 steht, musste sie sich besonders differenziert mit dieser Ernährungsform auseinandersetzen, um kritischen Nachfragen (Haus 6) gewachsen zu sein.

Gehen wir nun die einzelnen Punkte durch:

1. Der Mond zeigt positive Wirkungen in Haus 6 und in Haus 12. Die traurigen Gefühle verschwanden nach und nach, sukzessive mit der Ausbildung der Anlage.
2. Durch die intensive Beschäftigung mit dieser alternativen Ernährungsrichtung (☾) wurde in Haus 12 Merkur günstig beeinflusst. Aufgrund der vielen Weiterbildungsveranstaltungen und Bücher über dieses Thema wurde ihr Wortrepertoire erweitert und sie wurde redegewandter. Sie konnte nun auch im Bekannten- und Verwandtenkreis sowie in ihrer Partnerschaft auf einem höheren Level kommunizieren.
3. Da der Mond schon im Gegenzeichen Steinbock steht, ist ohnehin klar, dass dadurch auch Saturn positiv beeinflusst wird.
4. Bei Denise beeinflusst der Mond den Saturn aber auch deshalb positiv, weil letzterer ein Sextil zum Mond wirft. Aber die ausgebildete Mond-Anlage beeinflusst auch aufs Neue den Merkur positiv, der in Opposition zu ihm steht.
5. Der Mond im Steinbock hat eine positive Wirkung auf die archetypisch im Quadrat stehenden Planeten Mars und Venus (Waage). Durch die Kompetenz (Steinbock), die sie in dieser alternativen Ernährungsform gewonnen hat, kann Denise sich mit Mars in Haus 11 in den Zwillingen verbal (Zwillinge) in der Gruppe (Haus 11) besser durchsetzen.
   Wegen der Vorträge über Ernährung ist es wichtig für sie, auf ihr Outfit zu achten und gepflegt in Haus 10 zu erscheinen. Sie kann dadurch ihre Venus gut in der Öffentlichkeit präsentieren.

6. Kurz bevor Denise ihre Ausbildung in dieser Ernährungslehre abgeschlossen hatte, lernte sie einen neuen Mann kennen. Es entwickelte sich eine feste Beziehung (☾ Sextil Saturn in Haus 8). Außerdem traf sie über ihre Ausbildung und dann über die eigenen Vorträge und Kochkurse viele neue Menschen.
7. Denise hat durch ihren Mut, ihre Mond-Anlage auszubilden, ihre in Intervallen auftretenden depressiven Verstimmungen ablegen können. Außerdem berichtet sie, dass sie nun gegenüber Schleimhautaffektionen (☾) resistenter ist – wegen ihrer Ernährungsumstellung und wegen der neuen Auslebensform des Mondes.

Hier wird deutlich:

Wer nur eine einzige Anlage aus ihrem verwunschenen Zustand erlöst, setzt viele positive Wirkungen in seinem Persönlichkeitssystem in Gang.

Denise hat den Mond auf eine bessere Frequenz gebracht und dadurch Merkur, Saturn, Mars und Venus günstig beeinflussen können. Es sind durch die Ausbildung dieser Anlage gleich vier weitere Energien aus ihrem Dornröschenschlaf erwacht. Denise sagt heute: „Das war der gordische Knoten, der gelöst werden musste. Ich habe heute sehr viel mehr Lebensqualität und auch viel mehr Lebensfreude als früher."

An dieser Stelle kann sich jeder, der sich noch nicht verwirklicht hat, fragen: „An welcher Stelle muss ich in meinem Horoskop ansetzen? Wo muss bei mir der gordische Knoten gelöst werden?"

Hilfe beim Astrocoaching

– Zusammenfassung –

Welche Hilfe kann ein Klient von einem Astrocoach erwarten?

Der Astrocoach hilft dem Klienten

1. die Realität auf den Lebensfeldern zu erkennen, die bei ihm mit negativem Schicksal verbunden sind
2. beim Abstieg vom Kulminationspunkt von Pluto, Jupiter, Saturn, Uranus und Neptun in Form einer Krisenintervention
3. den Weg zur goldenen Mitte zu finden und zu gehen
4. sein wahres Potenzial zu entdecken und mehr daraus zu machen
5. Möglichkeiten zu finden, sich selbst auszugleichen, d. h. sein Persönlichkeitssystem durch verschiedene Kompensationen so zu stabilisieren, dass er aus einer Position der Stärke in der Welt agieren kann
6. seine 12 Lernaufgaben zu erfüllen, damit sein Leben ein Erfolg wird
7. allen Anlagen (Planeten und Lichter) mehr Lebendigkeit zu verleihen und für jede Anlage einen besseren äußeren Bezug herzustellen
8. wenn er seine bisherige Frequenz, auf der er seine Planeten auslebt, als unbefriedigend empfindet und daher eine höhere Ebene erreichen möchte
9. wenn er seinen Aszendenten bzw. seinen Herrscher von Haus 1 einlösen möchte

10. wenn er bereit ist, wenigstens eine **einzige** Anlage aus ihrem „verwunschenen“ Zustand zu erlösen
11. seine Abwehr und seine Widerstände gegenüber einem besseren Leben zu überwinden (Ausstieg aus dem Regelkreis der Widerstände)
12. sich in seiner Partnerschaft aus seinem Skriptzwang zu befreien und mehr Klarheit zu erlangen
13. wenn er die Weichen in seinem Leben so stellen will, dass sich dadurch eine neue Partneranziehung ergibt
14. seine alten, Leid erzeugenden Glaubenssätze abzulegen und sie durch wirklichkeitsadäquate zu ersetzen (Ausstieg aus dem Regelkreis der nicht wirklichkeitsadäquaten Glaubenssätze)
15. wenn er das Säugetier in sich zulassen will (und dabei negative Sanktionen aus der Umwelt vermeiden möchte)
16. sein Über-Ich (= erlerntes Gewissen) auf Ethik des Lebens umzupolen
17. seinen Schatten zu integrieren
18. wenn er erkennen will, wo seine Energien überdimensioniert, fehlgeleitet, projiziert, gestaut, blockiert, unterdrückt, irritiert oder geschwächt sind und auf welche Weise ein wohldosierter, freier Energiefluss wiederhergestellt werden kann.
19. wenn er von Energievergeudungen, die bei destruktiven Regelkreisen zu verzeichnen sind, Abstand nehmen und seine Energien und seine Lebenszeit konstruktiv einsetzen will, also bei einem Wechsel von ineffizienten oder destruktiven Regelkreisen zu konstruktiven (Ausstieg aus dem Regelkreis der Probleme).
20. seinen weiblichen bzw. männlichen Identitätskonflikt und die damit verbundenen Schwierigkeiten in der Außenwelt zu lösen bzw. seine weibliche oder männliche Identität voll zu entfalten.

VI. Anhang

Die Kapitel „Hemmung, Kompensation, erwachsene Form“, „Umpolung des Gewissens“ sowie „Symbolketten der kosmischen Prinzipien“ stehen im Anhang, weil sie bereits im „Grundlagenwerk der psychologischen Astrologie“ aufgeführt sind.
Aufgrund der enormen Wichtigkeit für das Verständnis des vorliegenden Buches ist dies notwendig, weil nicht jeder Leser dieses Grundlagenwerk zur Verfügung hat.

Hemmung, Kompensation, erwachsene (erlöste) Form

In der psychologischen Astrologie unterscheidet man zwischen der gehemmten, der kompensierenden und der erwachsenen Form einer Anlage.

Die Hemmung

Die Stellungnahme eines Seminarteilnehmers über das Phänomen der Hemmung spricht Bände. Er sagte: „Nie hätte ich gedacht, dass ausgerechnet die Maßstäbe, Ideale und Normen der Gesellschaft, besonders Anstand und Anpassung, mich so sehr am Leben gehindert haben. Man sollte meinen, dass man dafür belohnt wird, wenn man brav, anständig und bescheiden ist, wenn man sich zurücknimmt, sich nicht vordrängt und nicht egoistisch ist."

Es liegt eine gewisse Tragik darin, dass gerade das Streben nach Normalität und Anerkennung den Individuationsprozess so sehr behindert, ja mehr noch, dass dies den Menschen in ein Karma-Karussell katapultiert, aus dem es nur schwer ein Entrinnen gibt. Doch wer es sich zum Ziel gesetzt hat, normal, also wie alle anderen zu sein (Saturn) und Idealen (Saturn) der Gesellschaft zu entsprechen, der verleugnet seine Individualität und kann sich nicht so entwickeln, wie es seine Anlagen verlangen.

Ein Mensch, dem das Streben nach Normalität der höchste Wert ist, verhält sich so, als ob Saturn in allen Häusern seines Horoskops stünde. Er beschneidet sich selbst, indem er die Normen und Ideale der Gesellschaft über die Gesetze des Lebens stellt. Und weil er selbst sich innerlich hemmt, zieht er im Außen Situationen und Personen an, die ihn blockieren und ihm einen Schicksalsschlag nach dem anderen versetzen. Die Folge ist gewöhnlich, dass der Gehemmte meint, noch braver, noch anständiger und noch angepasster sein zu müssen – eine Haltung, die unweigerlich zu neuem Leid führt – zum Beispiel zu Krankheiten oder Unfällen. Der in der Entfaltung seiner ureigenen Lebensenergien gehemmte Mensch verharrt eigentlich noch in einer Kindrolle. Die Vorgesetzten und Chefs geben ihm vor (wie früher die Eltern), was er zu tun und zu lassen hat. Aufgrund dessen zeigt er die seelischen und geistigen Reaktionsmuster, die er schon im Elternhaus entwickelt hat. Er reagiert auf die Elternrollenspieler mit Angst, Ärger, Hass, Wut, Traurigkeit, Widerstand, Auflehnung oder Bewunderung, Liebe, Anpassung und Fleiß. Wie damals als Kind buhlt er um Anerkennung und Liebe, versucht er, es den Elternrollenspielern recht zu machen, vor Verpflichtungen und Verantwortung zu fliehen, Gebote und Verbote zu umgehen und sich auf diese Weise ein schönes Leben zu machen. Doch ein solches ist im Zustand der Hemmung kaum möglich; denn immer wieder ereilt ihn die Norm, das Gesetz und die Pflicht zur Arbeit, Anpassung und Unterordnung.

Im Grunde genommen bewundert er die Elternrollenspieler, diejenigen, die auf dieser Welt das Sagen haben, die Mächtigen, die Reichen, die VIPs und die Hochwohlgeborenen, und möchte so gerne zu ihnen gehören. Die wenigen Hoffnungen, die ihm bleiben, sind ein Lottogewinn oder die Vorstellung, dass sein Kind einmal etwas ganz Großes wird, dass dessen Stern einmal hell am Himmel leuchtet und er darauf stolz sein kann.

Gehemmt zu sein bedeutet also, ein Leben auf Sparflamme zu führen, nie richtig erfolgreich sein zu können und nie das große Glück zu erleben. Und es heißt unter anderem, immer nur so viel zu verdienen, dass die Existenz eben noch gesichert ist, gerade so viel, dass man nur ja nicht auf den Gedanken kommt, auch nur ein einziges Mal – und sei es nur für kurze Zeit – aus der Tretmühle auszuscheren.

Die Kompensation

Das Leben eines kompensierenden Menschen ist etwas angenehmer als das eines gehemmten. Der Kompensator verkörpert die Normen und Ideale der Gesellschaft, und er gibt sich nach außen so, als ob er sie erfüllen und nach ihnen leben würde. Im Umgang mit gehemmten Menschen, also mit jenen, die in der Kindrolle verharren, übernimmt er die Elternrolle. Dadurch gewinnt er Einfluss auf sein Schicksal und ist damit weniger passiv: Er teilt sozusagen das Schicksal aus, statt es selbst zugewiesen zu bekommen. Allerdings macht sich der kompensierende Mensch zum Beispiel ständig Sorgen wegen der „Kinder", muss sich über sie ärgern oder ist frustriert, wenn sie nicht so funktionieren, wie er es will.

In der Elternrolle wird der Mensch zum Bewahrer und Hüter von Anstand, Moral und Konvention. Er kritisiert und maßregelt, korrigiert und straft jeden, der gegen die Regeln verstößt. Das Bedürfnis, immer recht zu haben und alles besser zu wissen, ist typisch für ihn.

Der Kompensator meint, moralisch sauberer, besser, edler und anständiger zu sein als andere Menschen. Nur er besitzt Niveau und Stil, kann alles und weiß alles. Besonders wohl fühlt sich der kompensierende Mensch in der Rolle des Vorgesetzten, in der er auch

gesellschaftlich die Legitimation hat, gehemmte Menschen, also alle, die in der Kindrolle geblieben sind, zu maßregeln, zu korrigieren, zu belohnen oder zu bestrafen. Damit wiederholt sich auf einer neuen Ebene ein Rollenmuster, das der Gehemmte bereits in der Beziehung zu seinen Eltern kennengelernt hat.
Genau genommen ist also die Person, die in der Elternrolle verharrt, ebenso gehemmt wie jene, die die Kindrolle übernommen hat. Erstere versucht jedoch, die Hemmung zu kompensieren, indem sie mit großem Ehrgeiz nach der Umsetzung von Normen und Idealen strebt. Dass sie sich nicht mit einem gehemmten Leben zufrieden gibt, sondern die Energie zur Kompensation aufbringt, ist dabei als günstig zu bewerten. Der kompensierende Mensch handelt, während der gehemmte Mensch meist passiv bleibt.
Der Akt der Kompensation wird oft wie ein Rausch empfunden. Es ist ja auch ein tolles Gefühl, mehr zu gelten, höher, reicher oder mächtiger zu sein als andere. Das Leben des Kompensators ist ein Leben auf der Überholspur. Es gibt ihm einen besonderen Kick, teure Designerkleidung zu tragen, Feinschmecker- oder Nobelrestaurants aufzusuchen, einen rasanten Sportwagen oder eine schwere Luxuslimousine zu fahren, Freunde und Bekannte von Rang und Namen zu haben, Mitglied in einem exklusiven Klub zu sein oder über einen Zweitwohnsitz am Meer zu verfügen. Jeden Tag aufs Neue fühlt er seine Überlegenheit gegenüber den Gehemmten, stabilisiert sich daran und genießt es, oben zu sein. Aber es bedeutet für ihn auch immer wieder Mühe, Kampf und Stress, seinen Nimbus zu erhalten, um nicht eines Tages wieder in die Hemmung zurückzufallen. Denn wie in der Medizin das Versagen einer Organkompensation schwere Folgen haben kann, so wäre eine Dekompensation für einen solchen Menschen kaum zu verkraften. Es ist leichter, permanent in den un-

teren Regionen verweilen zu müssen, als schon mal oben gewesen zu sein, dann aber wieder nach unten zu fallen.

Doch selbst wenn der Einzelne es schafft, oben zu bleiben, besteht meist die Problematik, dass er es bei all dem Streben nach Ruhm, Ehre und Glanz versäumt hat, sich seelisch und geistig weiterzuentwickeln, um als Mensch erfolgreich zu werden. In diesem Fall bleibt der Betreffende trotz Macht und äußerem Wohlstand unerfüllt und im Grunde seines Herzens unglücklich.

Er merkt, dass er in all den Jahren auf verschiedenen Feldern des Lebens nur eine Rolle gespielt hat, die letztendlich mit seinem wirklichen Wesen nur wenig zu tun hatte. Ihm wird bewusst, dass er sich in den steten Akten der Kompensation erschöpft hat, und er spürt nun seine innere Leere. Er hat wenig eigene Inhalte entwickelt, seine wahren Anlagen verkümmern lassen. Viele Stars aus der Film- und Showbranche haben im Alter große Schwierigkeiten, weil die Kompensationsmöglichkeiten von Jahr zu Jahr geringer werden und Rollenangebote ausbleiben.

Auf der Bühne des Lebens werden immer wieder verschiedene Theaterstücke aufgeführt. Dabei suchen die Gehemmten und die Kompensatoren nach Mitspielern. Jeder Mensch hat immer beide Pole in sich. Er identifiziert sich mit einem Pol und projiziert unbewusst den anderen auf seinen Partner oder seine Mitmenschen.

Diese stark vereinfachte Darstellung macht deutlich, wie in jedem kosmischen Prinzip der Gehemmte und der Kompensator im Unbewussten miteinander verflochten sind. Sie können entweder ihr „Theaterstück" bis an ihr Lebensende aufführen oder aber eines Tages einmal innehalten und aus dem steten Wechselspiel etwas lernen; denn das Unbewusste hat dabei eine Intention, und zwar die, dass dadurch etwas in Gang kommt und eine Fähigkeit wirklichkeitsadäquat entwickelt wird. Doch ist dies geschehen, befindet man sich bereits auf der erwachsenen (erlösten) Ebene.

Die erwachsene (erlöste) Form

Der Erwachsene lässt sich weder von Normen und Idealen hemmen, noch versucht er, sie zu verkörpern. Er steigt aus der komplementären Verflochtenheit zwischen Eltern- und Kindrollenspieler aus und dadurch aus dem Wechselspiel zwischen Schwätzer und Schweiger, Versorger und Versorgtem, Machthaber und Ohnmächtigem, Richter und Gerichtetem, Helfer und Hilflosem ... Er wiederholt nicht allgemein vorherrschende Auffassungen, ist nicht abhängig von Anerkennung, kleidet sich und wohnt geschmackvoll, aber nicht zwanghaft dem neuesten Trend entsprechend. Er versucht auf allen Lebensgebieten, etwas **Eigenes** zu entwickeln. Lebensstil, Weltanschauung, Lebensphilosophie, Selbstdarstellung, Selbstverwirklichung, Gefühle, Freizeitgestaltung, Fantasie und Träume spiegeln seine **individuelle** Persönlichkeit.

Der Erwachsene versucht also, seine Anlagen so zu entwickeln, wie sie von Natur aus in ihm angelegt sind. Er weiß, dass er die jeweilige Anlage nur erlösen kann, wenn er sie mit Inhalt füllt, also die entsprechende Fähigkeit ausbildet und sich das erforderliche Wissen aneignet. Beispielsweise kann der Mond im Horoskop entweder in der unerlösten („inhaltsleeren") Form als Launenhaftigkeit ausgelebt werden oder aber in der erlösten Form als die Fähigkeit, Zärtlichkeit zu schenken und zu empfangen, und schließlich auch als psychologisches Wissen präsent sein. In der erwachsenen Form steht der Mensch zu seiner psychischen Struktur bzw. zu seinem Horoskop. Er befindet sich jenseits von bürgerlicher Moral und Konvention und ist daher dem herkömmlichen Schicksal, welches aus der Identifikation mit den vorherrschenden Normen und Idealen resultiert, weniger ausgeliefert. Vor allen Dingen aber lebt der Erwachsene wirklichkeitsadäquat und gegenwartsbezogen, während sich Menschen, die auf die Kind- bzw. Elternrolle fixiert sind, mehr oder weniger in der Vergangenheit verlieren und unrealistischen Vorstellungen und Ideologien nachjagen.

Wenngleich es Menschen gibt, die fast alle Anlagen in der Hemmung erleben, und auch die Reinform des Kompensators nicht selten ist, so neigen doch die meisten zu Mischformen, das heißt, einige Anlagen sind gehemmt, andere werden in der Kompensation erlebt und ein paar Anlagen stehen vielleicht schon im Erwachsenenstadium zur Verfügung.

Manchmal kommt es vor, dass die Tagesform des betreffenden Menschen oder die Begegnungssituation als solche darüber entscheidet, in welche Rolle er schlüpft. Begegnet er einem Menschen, der in der Hierarchie höher als er angesiedelt ist, fällt er in die Hemmung, während die Begegnung mit einem Subalternen den Kompensator in ihm aktiviert.

Die drei Zustände können auch in der Medizin beobachtet werden – man denke nur an einen zu niedrigen Blutdruck (Hemmung) oder an einen zu hohen (Kompensation), an eine Unterfunktion der Schilddrüse oder eine Überfunktion sowie an die jeweilige physiologische Funktion (erwachsene Form). Es geht dabei darum, aufzuzeigen, welche Möglichkeiten für den Horoskopeigner bestehen, sich aus ungünstigen bzw. leidvollen Lebensumständen heraus zu manövrieren. Deshalb spricht man in der psychologischen Astrologie bei der erwachsenen Form auch von den Lösungsmöglichkeiten.

Dass man mithilfe eines Horoskops erkennen kann, auf welche Weise eine bestimmte Anlage, die bisher neurotisch oder krank in Erscheinung trat, erwachsen und gesund ausgelebt werden kann, hat für die psychologische und psychosomatische Therapie eine entscheidende Bedeutung.

Hier wird evident: Die Aufgabe der psychologischen Astrologie ist nicht die Vorhersage von zukünftigen Ereignissen, sondern das Erkennen der eigenen psychischen Struktur, das Aufdecken der psychischen Ursachen von körperlichen Erkrankungen und das Aufzeigen von Lösungsmöglichkeiten für seelische Konflikte sowie die Entwicklung und Reifung der Persönlichkeit. Die psychologische Astrologie gibt Auskunft darüber, warum etwas so ist, wie es ist, und **welche Wege** beschritten werden können, wenn etwas anders werden soll. Sie eröffnet die einzigartige Chance, vom bloßen Schicksalsempfänger zum Mitgestalter des eigenen Schicksals zu werden.

Umpolung des Gewissens

Von alters her gilt Saturn als der Schicksalsplanet. Man glaubte, dass dort, wo dieser Planet im Horoskop platziert ist, mit harten Schicksalsschlägen zu rechnen ist. So als ob Schicksal etwas Determiniertes wäre, etwas, das nur von außen auf einen zukäme!
In Wirklichkeit symbolisiert ♄ im Horoskop nur die Ideale, Maßstäbe, Normen, Gebote und Verbote, die dem Einzelnen vermittelt wurden. Er symbolisiert also das Über-Ich des betreffenden Menschen, das familien-, kultur- und zeitepochenspezifisch ist.
Trotzdem erhebt das Über-Ich den Anspruch, allgemeingültig zu sein. Die Aufgaben des Einzelnen sind deshalb, sich der Inhalte des eigenen ♄ bewusst zu werden und die jeweiligen Maßstäbe und Regeln abzustreifen, die sich überlebt haben, weil sie mit der Wirklichkeit des Lebens und der heutigen Zeit nicht mehr vereinbar sind.
Solange man an die alte Moral und an die tradierten Konventionen glaubt, können sich alle Anlagen und Energien im Horoskop nicht entfalten. Sie unterstehen gewissermaßen einem inneren Strafgericht, das jegliche individuelle Lebensäußerung im Keim zu ersticken versucht.
Jede Anlage im Horoskop kann also, solange die Tyrannei dieses inneren Zensors besteht, nur im Rahmen des engen Spielraums, den ♄ zulässt, zum Ausdruck gebracht werden.
Jeder darf demnach nur einen moralischen ♂, eine moralische ♀, einen moralischen ☿, einen moralischen ☾, eine moralische ☉ usw. leben.

Das Motto des „alten", unerlösten ♄ lautet: So und nicht anders musst du sein, wenn du ein anständiger Mensch sein willst. Obwohl der herkömmlichen Moral die gute Absicht inhärent ist, das Chaos zu ordnen und mehr Menschlichkeit zu schaffen, erzeugt sie dennoch meist gerade das Gegenteil.

Was hier häufig nicht beachtet wird, ist der Unterschied zwischen Moral und Ethik. Moral beschreibt die gesamtgesellschaftlichen Spielregeln, auf die sich die Menschen einer bestimmten Zeit geeinigt haben. Ethik ist der sittliche Kern, das tiefe Wissen um menschliche Würde und Integrität.

Da die traditionelle Moral nicht auf der realen Natur aufbaut, können auch die Ergebnisse nicht positiv sein. Denn die konventionellen Moralvorstellungen basieren auf Triebverleugnung, auf den althergebrachten Formen von „Anstand", „Sauberkeit" und „Ordnung", was gleichbedeutend ist mit der Verleugnung der eigenen Interessen, Wünsche, Träume und Ziele, auf der Fixierung, den Partner unbedingt besitzen zu müssen, auf dem Maßstab „Treue bis in den Tod"...

Vom Gesichtspunkt des Lebens aus kann und muss es den Betreffenden egal sein, wie die anderen – und sei es der eigene Partner, das eigene (erwachsene) Kind oder sonstige nahe Bezugspersonen – ihr Leben leben. Jeder ist für sein eigenes Leben verantwortlich und hat im Leben des anderen nichts zu bestimmen.

Je weniger jedoch jemand sich selbst lebt, umso mehr neigt er dazu, auf seine Mitmenschen zu projizieren und deren Leben zu kontrollieren. Er meint: Nur wenn sich seine Mitmenschen an die herkömmlichen Normen halten, also nicht ihr eigenes Leben leben, hat er die Gelegenheit, Anerkennung zu ernten.

Schließlich kann man schlecht seiner Umwelt erzählen, dass die Tochter Edelnutte geworden ist, dass der Mann, den man kennengelernt hat, schon verheiratet ist oder der 42-jährige Sohn nur noch halbtags arbeiten will.
Die Unmenschlichkeit der überlieferten Moral, die nur Menschlichkeit und Güte vortäuscht, wurde in früheren Zeiten besonders augenscheinlich. Damals wurden Töchter verstoßen oder enterbt, nur weil sie ein uneheliches Kind zur Welt brachten oder es wurden geschiedene Personen von vornherein als suspekt betrachtet.
Wenn wir die Übersicht auf Seite 462 betrachten, können wir die Früchte der lebensfeindlichen herkömmlichen Moral erkennen: Frustration und Unselbständigkeit.

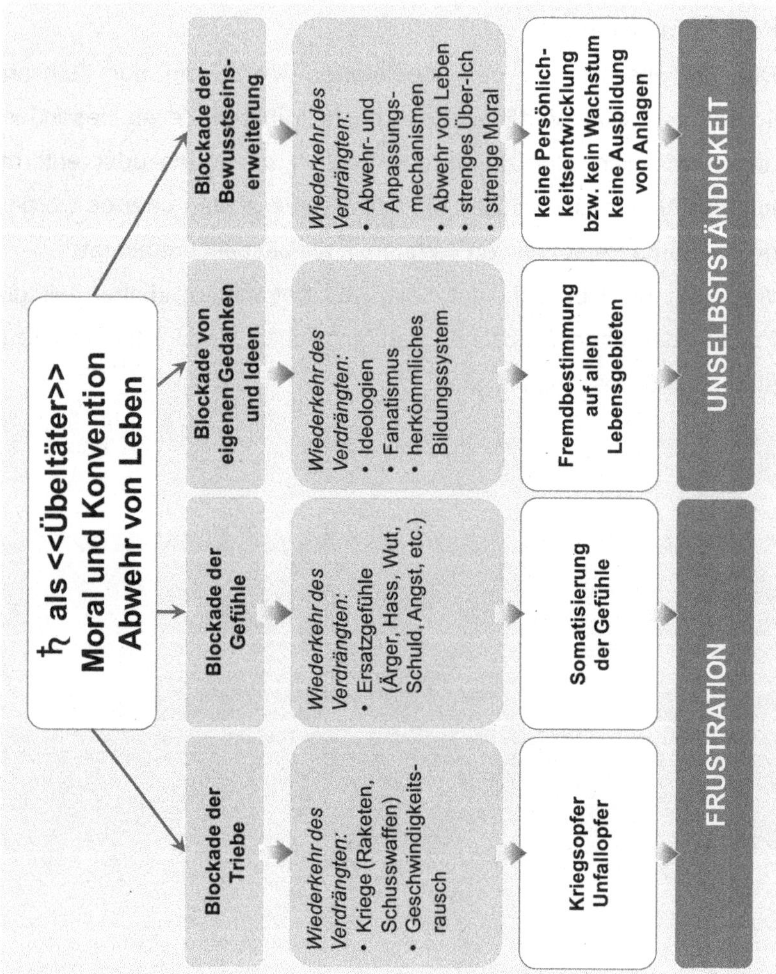

♄ als <<Übeltäter>>
Moral und Konvention
Abwehr von Leben
Blockade der Triebe
Blockade der Gefühle
Blockade von eigenen Gedanken und Ideen
Blockade der Bewusstseins-erweiterung
Wiederkehr des Verdrängten:
• Kriege (Raketen, Schusswaffen)
• Geschwindigkeits-rausch
Wiederkehr des Verdrängten:
• Ersatzgefühle (Ärger, Hass, Wut, Schuld, Angst, etc.)
Wiederkehr des Verdrängten:
• Ideologien
• Fanatismus
• herkömmliches Bildungssystem
Wiederkehr des Verdrängten:
• Abwehr- und Anpassungs-mechanismen
• Abwehr von Leben
• strenges Über-Ich
• strenge Moral
Kriegsopfer Unfallopfer
Somatisierung der Gefühle
Fremdbestimmung auf allen Lebensgebieten
keine Persönlich-keitsentwicklung bzw. kein Wachstum keine Ausbildung von Anlagen
FRUSTRATION
UNSELBSTSTÄNDIGKEIT

Gibt es einen Ausweg aus dem Dilemma?

Der Ausweg ist so einfach, dass man ihn kaum für möglich hält.

Rekapitulieren wir an dieser Stelle noch einmal die Szenerie und ziehen die notwendigen Schlüsse daraus:

Viele Menschen fühlen sich Moral und Konvention gegenüber verpflichtet und verantwortlich. Sie haben ein schlechtes Gewissen, wenn sie etwas fühlen, denken oder gar tun, was nicht der Norm entspricht. Doch gerade die Norm und das Ideal (Schönheitsideal, Mutterideal, Vaterideal, Karriereideal etc.) sind es, die die persönliche Eigenart und die Individualität des Einzelnen unterbinden – also gerade das, was Leben und Lebensqualität ausmacht.

Aufgrund von Normen, Geboten und Verboten der Kollektivneurose müssen daher die eigenen Triebe, Gefühle und Gedanken verdrängt werden. Diese Verdrängung bewirkt jedoch eine Pervertierung dieser Energien, das heißt, die Energie erscheint nicht mehr in ihrem ursprünglichen Kleid, sondern wird verzerrt. Daraus folgen negative Gefühle, fanatische Gedanken und Ideologien, Krankheiten, ungünstiges Schicksal, Kriege und früher Tod.

Ist es also ratsam, ein amoralisches Verhalten an den Tag zu legen? Dies würde leider noch ungünstigere Ergebnisse zeitigen. Es würde die Moralisten auf den Plan rufen, die dann ihr Bedürfnis zu maßregeln und zu strafen ausleben könnten. Das Ziel sollte daher sein, weder moralisch noch amoralisch zu sein, sondern sein Über-Ich umzupolen. Nicht mehr Moral und Konvention werden auf das Podest gehoben, sondern Richtmaß ist das Gesetz des Lebens mit einem völlig neuen Maßstab von Gut und Böse:

Gut ist, was dem Leben dient, und schlecht ist, was dem Leben zuwiderläuft.

Das Schema unten zeigt auf, welche positiven Kettenreaktionen im gesamten Persönlichkeitssystem zu verzeichnen sind, wenn eine solche Umpolung gelingt.

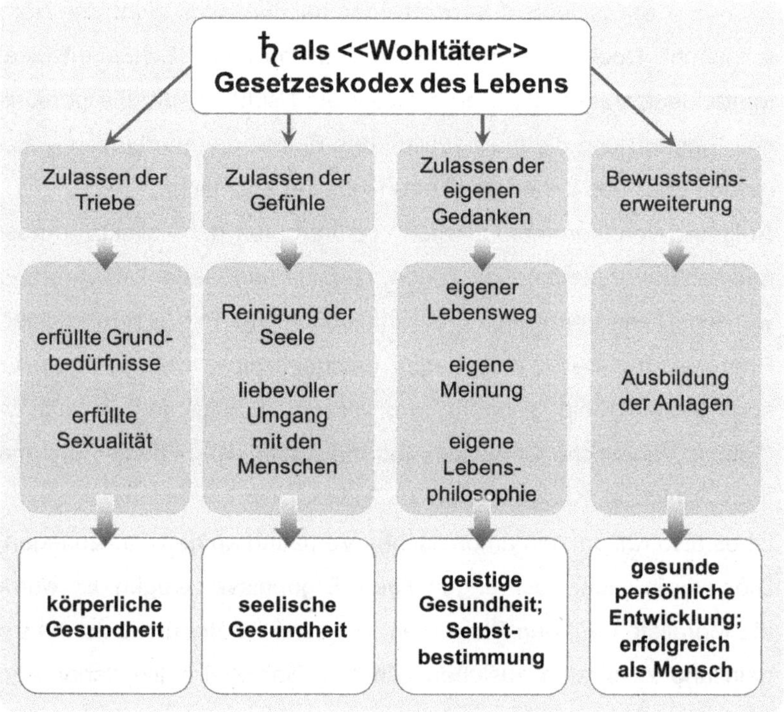

Endlich hat das Leben Vorrang und nicht mehr eine zweifelhafte, überlebte Moral. Es ist bei diesem Maßstab nicht mehr möglich, moralisch zu sein und gleichzeitig Wasser, Luft und Erde zu verschmutzen.

Das Leben ist schützenswert, das heißt, das eigene Leben, das Leben und die Gesundheit der Mitmenschen, der Tiere und der Pflanzen.

Wer sein Über-Ich umgepolt hat, ist damit aus dem Trampelpfad der Masse herausgetreten und hat Verantwortung übernommen. Er ist ein mündiger Bürger geworden. Und die Mündigen, die sich von der alten Moral befreien wollen oder sich schon befreit haben, mehren sich, was Anlass zu Hoffnung gibt.

Ein Punkt ist zur Beruhigung des neuen Gewissens wichtig: Wer sein Über-Ich umprogrammiert hat, verstößt nicht gegen geltendes (geschriebenes) Recht. Man kann es fast nicht glauben, aber es ist wirklich so: Man verstößt gegen keine einzige Vorschrift oder Norm im Bürgerlichen Gesetzbuch und auch gegen keinen einzigen Paragrafen oder Artikel im Strafgesetzbuch. Ja mehr noch! Man ist sogar dabei, das Grundgesetz der Bundesrepublik Deutschland, die Verfassung des österreichischen und des schweizer Staates sowie die Artikel der allgemeinen Erklärung der Menschenrechte der Vereinten Nationen mit Inhalt zu füllen und endlich zu verwirklichen.

Es hat sich immer wieder gezeigt: Wer einmal auf den neuen Gesetzeskodex umgestellt hat, der möchte nie mehr zurück. Jeder, der es geschafft hat, sagte bisher übereinstimmend: „Es ist, als ob man aus einem Delirium, aus einem bösen Albtraum erwacht ist. Es ist so, als begänne man jetzt erst zu leben."

Symbolketten der kosmischen Prinzipien

♈ - ♂ - Haus 1 - Symbole

Affekt
Aggression
Aktivität
Akutes
Anfang
Anführer
Angreifen
Antritt
Archaisches
Attacke
Aufbruch
Beginn
Blut
Brennnessel
Dolch
Drang
Durchbohren
Durchsetzung
Düsenjäger
Eindringen
Eisen
Energie
Entzündung
Eroberer
Erregung
Erster (im Gegensatz zum Einzigen = Saturn)
Feuer
Fieber
Frische
Frühjahr
Führer
Galle
Gewürze
Hitze
Ich
Impuls
Infektion
Initiative
Jäger
Kaktus
Kampf
Keim
Kopf
Körperliches Stimulans
Kraft
Krallen
Krieg
Krieger
Kühnheit
Lanze
Liebhaber
Messer
Morgen
Penis
Pionier
Pionierarbeit
Pistole
Rakete
Reiz
Rennauto
Rettich
Risiko
Rivalität
Rötung
Scharfes
Schmerz
Schuss
Selbstbehauptung
Sexualität (männliche)
Sieg
Spitze
Sport
Sprint
Stachel
Start
Streit
Sturm
Tatkraft
Trieb
Ungestümes
Vordergrund
Vorwärtsstreben
Wagemut
Wärme
Wille
Zahl: 9
Zorn

♉ - ♀ - Haus 2 - Symbole

Abgrenzungs-
fähigkeit
Absicherung
Bedächtigkeit
Behäbigkeit
Bequemlichkeit
Besitz
Bestand
Bewahren und
Erhalten des
eigenen
Körpers
Bewahren der
Materie
Bodenständigkeit
Brotzeit
Dauerhaftes
Eigenraum
Eigenwert
Erdhaftes
Etabliertes
Festigkeit
Festung
Finanzen
Garten
Gehaltvolles
Gemütlichkeit
Genussfähigkeit
Geselligkeit
Gesäß

Gourmet
Grenzstein
Hals
Haltbarkeit
Hamstern
Herr seiner Zeit
Kartoffel
Kastanienbaum
Konservierendes
Krafttrunk
Langsamkeit
Lebensstil
Mahlzeit
Markierung
Materialismus
materielle Sicherheit
materieller Besitz
Nahrhaftigkeit
Naturverbundenheit
Platz
Politik
Prestige(güter)
Rachen
Reichtum
Revier
Ruhe
Quantität

Sachbezogenheit
Sammeln
Sattes
Schlemmen
Schutz
Schweres
Sesshaftigkeit
Sicherheitsbedürfnis
Sicherung des Ich
Soziologie
Stabilität
Standhaftigkeit
Status
Sturheit
Substanz
Trägheit
Treue
Vermögen
Verwurzelung
Völlegefühl
Vorrat
Weide
Wertbewusstsein
Wirtschaft
Wuchtiges
Wurzel
Zahl: 5
Zaun

♊ - ☿ - Haus 3 - Symbole

Affe
Aktionsradius
Arme
Ausdrucksfähigkeit
Beine
Benennen
Beweglichkeit
Bewegung
Bezeichnen
Bote
Briefe
Bronchien
Bücher
Darstellung
Diskussion
Dolmetscher
Erschließung
Fahren
Finger
Geräte
Geschwister
Gestik
Hände
Handel
Imitieren
Information
Intellekt
Interesse
Journalist
Kommunikation
Korrespondenz
Kurier
Lernen
Lesen
Logik
Logistik
Luftröhre
Lungen
Maschine
Mathematik
Mechanik
Messbares
Mimik
Mitteilung
Mobilität
Motorik
Nachrichten-
übermittlung
Nachvollziehen
Naturwissenschaften
Navigationsgerät
Neutralität
Presse
Quecksilber
Rationales
Redaktion
Rhetorik
Rundfunk
Schrift
Sprache
Statistik
Straßen
Technik
Telefon
Unterscheidung
Vermessung
Vermittlung
Wägbares
Wege
Welt der Formen und
Namen
Zählbares
Zahl: 6
Zeitung
Zirkel

♋ - ☾ - Haus 4 - Symbole

Akzeptieren
Allnatur
Annehmen
Aufnehmendes
Befriedigung
bejahendes Prinzip
Bereitschaft
Bergendes (Rock, Kleid, Tasche)
Bett
Brunnen
Elternhaus
Empfangendes
Empfindungsfähigkeit
Familie
Frau
Fruchtbarkeit
Fürsorge
Gebärendes
Geben (Saturn = Nehmen)
Geborgenheit
Gefühl
Gemütliches
Gewähren
Glaube
Hase
Haus
Heilen
Heim
Heimat
Hingabe
Höhle
Holunderbusch
Identität
Instinkt
Intimbereich
Intimität
Introjektion
Ja zum Leben
Kind
Kleidung
Lutschen
Magen
Matriarchat
Milch
Muschel
Mutter
Nacht
Nahrung
Natur
Natur des Menschen
Nest
orale Phase
Passives
Pflege
Pfleger
Pflegling
Prostata
Reale ursprüngliche Bedürfnisse
Regeneration
Rezeptives
Saugen
Schenken
Schlaf
Schleimhäute
Schmusen
Schnecke
Seele
seelische Eigenart
seelische Liebe
seelisch Verwandtes
seelische Wärme
Silber
Soziales
Stimme des ewigen Gewissens
Stimme des Lebens
Streicheln
Unbeständigkeit
Ursprung des Seins
Vagina
Veränderliches
Verdauung
Vertrautheit
Volk
Wandelndes
weibliche Brust
weiblicher Teil der Psyche
weiblicher Zyklus
Weiches
Wesen
Widmung
Wiege
Wohnung
Zärtlichkeit
Zahl: 2
Zufriedenheit
Zuwendung

♌ - ☉ - Haus 5 - Symbole

Akt
Ansammlung von Gefühlen
Ausgehen
Ball
Begeisterungsfähigkeit
Charisma
Drama
Eiche
Emotion
Erlebnishunger
Feier
Fest
Geltungsdrang
Gestaltung
Glanz
Gold
Großmut
Großzügigkeit
Handlungsfähigkeit
Herrschaft
Herz und Kreislauf
Imponiergehabe
Investition von Gefühlen
Kinder
Kreativität
Lebensfreude
Lebensgestaltung
Lebenskraft
Libido
Licht
Lokale
Luxus
Majestät
Management
Organisation
Orgasmusfähigkeit
Pädagogik
Party
Pracht
Reifung
Schöpferkraft
Selbst
Selbstbewusstsein
Selbstherrlichkeit
Selbstständigkeit
Selbstverwirklichung
seelische Bindungsfähigkeit
seelischer Besitz (u. a. Kinder)
seelische Sicherheit
Sexualität
Sicherheit im Gefühlsleben
Sicherung der eigenen Identität
Spiel
Sonnenblume
Souveränität
Stolz
Tag
Unternehmung
Vater
Verausgabung
Verwirklichung
Wohlwollen
Wollen
Zahl: 1
Zentrum (natürliches)

♍ - ☿ - Haus 6 - Symbole

Abhängigkeit
Adaptionsfähigkeit
Analyse
Anpassung
Arbeit
Armut
Beobachtung
Darm
Detail
Diagnose
Dienen
Erschließung und Erfassung der seelischen Welt
Fleiß
Gebrauch
Gediegenheit
Gehör
Gehorsam
Genauigkeit
Getreide
Gründlichkeit
Haushalt
Haustier
Hege und Pflege der eigenen Natur (und der Allnatur)
Hirse
Hygiene
Krankheit
Labor
Lupe
Mikroskop
Putzen
Ökonomie
Ordentlichkeit
Reinigung
Sklave
Sparsamkeit
Statist
Stoffwechsel
Symbiose
Unterordnung
Unterwürfigkeit
Verbrauchen
Vernunft
Verschmutzung der Innen- und Außenwelt
Verwertung
Wahrnehmung
Waschen
Weiterentwicklung und Differenzierung der eigenen Natur
Zahl: 6
Zeigen von Gefühlen
Zeigen der seelischen Eigenart

♎ - ♀ - Haus 7 - Symbole

Abwägen
Amüsement
Angenehmes
Anmut
Anziehung
Aphrodite
Appetitanregen-
des
Arrangement
Ästhetik
Ausgeglichenheit
Ausgewogenheit
Ausgleich (aus-
gleichende
Gerechtigkeit)
Ausstrahlung
Austausch
Balance
Becircen
Begleitung
Bekanntschaft
Bequemlichkeit
Beschönigen
Beschwichtigen
Charme
Contenance
Dekoration
Designer
Duft
Eleganz
Energieaustausch
Ergänzung
erogene Zonen
Erotik
erotische Eigenart
Etikette
Freude
Freundlichkeit
Friede
Gegenpol
geistige Eigenart
Geliebte
Gerechtigkeit
(subjektive)
Geruch
Geschmack
Gleichgewicht
Glück (kleines)
Harmonie
Histokompatibili-
tätsbarriere
Homöostase
Jugend
Kavalier
Komplementärbild
Kontakt
Kosmetik
Kunst
Liebenswürdigkeit
Liebesfähigkeit
Linde
Manieren
Maß (richtiges)
Mediation
Melisse
Mode
Nieren- und Blasen-
system
Ökologie
Parfüm
Partnerfähigkeit
Partnerschaft
Petting
Proportion
Provision
Prozente
Reaktion des
anderen
Robin-Hood-
Syndrom
Schönheit
Selektion
Sinnliches
Strategie
Sympathie
Taktik
Taube
Verführungskunst
Vergnügen
Vermittlung
Verwöhnung
Vornehmes
Vorteil
Werbung
Wohlleben
Zahl: 5
Zuneigung

♏ - ♇ - Haus 8 - Symbole

Ahorn
Ansammlung der erotischen Reize
Atom
Aufoktroyieren
Ausschließlichkeit
Autorität
Befehl
Besetzung
Beziehungsfähigkeit
Brutalität
Chef
Dogma
Dominanz
Druck
Eigenwert des anderen
Einfangen
Erdrückung
Fanatismus
Faust
Fesseln
Festigung des Glücks
Fixierung
Forderung
Fremdbestimmung
geistige Abgrenzung
geistiger Besitz
geistige Kapazität
geistige Sicherheit
geistiger Weg
geistiges Wertbewusstsein
gemeinsamer Besitz
gemeiner Genuss
gemeinsamer Lebensstil
gemeinsames Revier
Gewalt
Guru
Hypnose
Ideologie
Kampf
Konversion
Krise
Leidenschaft
Leitbild
Macht
Magie
Manipulation
Masse
Meinungsbildung
Metamorphose
neurotischer Kampf
Opfer
Opferung
Prinzip
Prägung
Programm
Prozess
Qual
Ritual
Sadismus
Schablone
Schema
Schlange
Selbstbestimmung
Sexualorgane (primäre)
Sicherung der geistigen Eigenart
Sicherung und Festigung der Partnerschaft
Sicherung des Glücks
Spasmen (Krämpfe)
Spinne
Spinnennetz
„Stirb und werde“
Therapie
Tod des Ichs
Transformation
Trumpf
Tyrannei
Übergangsstadium
Umstrukturierung
Unterdrückung
Unterwelt
Versklavung
Vorstellung
Wandlung
Zahl: 8
Zwang

♐ - ♃ - Haus 9 - Symbole

Assimilation
Aufbau
Aufgeschlossenes
Aufschwung
Ausbau
Ausdehnung
Ausdruck der eigenen Gedankenwelt
Ausdruck der Partnerschaft
Ausdruck des eigenen Geschmacks
Ausdruck des Partners
Ausländer
Ausland
Belohnung
Bildung
Dynamik
Edel
Einsichtsfähigkeit
Erweiterung des Gesichtskreises
Ethik
Expansion
Export
Fülle
Geistiges
geistige Ausdrucks- und Darstellungsfähigkeit
geistige Differenzierung
geistige Entwicklung
geistiges Leben
geistige Welt
gemeinsame Darstellung als Paar
gemeinsamer Ausdruck
gemeinsame Schriften
gemeinsames Lernen
Glück (großes)
Glücksbringer
Günstling
Höheres
Hüfte
Import
Interesse
Internationales
Intrinsische Motivation
Leber
Liberales
Lob
Mäzen
Oberschenkel
Optimum
Palme
Pferd
Philosophie
positives Denken
Rede und Schrift der anderen
Reise
Reiten
Religion
Sinn
Toleranz
Verbesserung
Vermehrung
Weisheit
Weite
Weiterentwicklung der erotischen Fähigkeiten
Weiterentwicklung der geistigen Anlagen
Weiterentwicklung und Verbesserung der Partnerschaft
Weltanschauung
Wohlstand
Zahl: 3
Zucker

♑ - ♄ - Haus 10 - Symbole

Absonderung (von der Natur)
Abwehr
Akt der Verdrängung
Altes
anale Phase
Anerkennung
Anstand
Ausdauer
Bedeutung
Belehrung
Berater
Berg
Beruf (Amt, Titel, Würden, Ehren)
Berufung
Bewusstmachung
Bewusstsein
Blei
Bremse
der, die, das Einzige
Ehrgeiz
Elternrolle
Entdeckung der eigenen Rechte
Erfahrung
Ernst
Erstarrung
Fleiß
Furcht
Gebot
Gesetz
Gewohnheit
Halt
Härte
Hemmung
Ideal
Kälte
Karges
Karma
Karriere
Keuschheit
Klassisches
Knochengerüst
Kompetenz
Konservatives
Kontinuität
Kontrolle
Konzentration
Lehrer
Maßstab von Gut und Böse
Monoprinzip
negatives Feedback
Nehmen
Norm
Öffentlichkeit
Ordnung
Patriarch
Pauschales
Perfektion
Pflichten
Polizei
Problem
Reaktionäres
Realität
Rechtfertigung
Rechte
Rechtsfähigkeit
Reduzierung
Regelung
Richter
Rückschlag
Scham
Schicksal
Schuldgefühl
Schuld-Sühne-Prinzip
Schuldprojektion
Schwierigkeit
Selbstbestrafungs-Tendenz
Stadt
Stagnation
Stein
Steuermann
Stimme des (anerzogenen) Gewissens
Strafe
Struktur
Tabu
Tadel
Tanne
Tradition
Trauma
Treue
Trockenheit
Über-Ich
Unfehlbarkeit
Vater
„Vater Staat"
Verantwortung
Verbot
Vergangenheit
Verhärtung
verneinendes Prinzip
Vollkommenheit
Widerstand
Wichtiges
Zahl: 4
Ziel
Zivilisation
Zusammenziehung

♒ - ⛢ - Haus 11 - Symbole

Abenteuer
Ablenkung
Ansammlung des Verdrängten
antiautoritär
Antithese
Atheismus
Auflehnung
Aufregung
Aufruhr
Aus-der-Reihe-Tanzen
Ausnahme
Ausstieg
Beanstandung
Befreiung
Blitz
Brüderlichkeit
Chance
Dynamit
Einspruch
Elektrizität
Emanzipation
Entwurzelung
Erfindung
Eskapade
Explosion
Extrasystolen
Extravaganz
Extremes
Exzentrisches
Fasching
FKK
Flugzeug
Freiheit
Freizeit
Freunde
Gedankensprung
Gemeinsame Unternehmung
Genialität
Gleichheit
Hierarchielosigkeit
Hobby
Höhe
Hurrikan
Idee
Improvisation
Individuation
Intuition
Irritation
Lärm
Luftikus
Luftsprung
Mitbestimmung
Neophilie
Nervenkitzel
Nervensystem
neu
Nonkonformität
Opposition
Originalität
Pappel
plötzlich
progressiv
Protest
Provokation
Raumfahrt
Reform
Revolution
Schnell
Seitensprung
Sensation
Sonderangebot
Spannung
Spleen
Sprengung
sprunghaft
Störung
Stress
Superlativ
Trotz
Überlegenheit
Überraschung
UFO
Umbruch
Umdisponieren
Umtauschen
Unabhängigkeit
Unfall
ungewöhnlich
Unruhe
Unruhestifter
Unterbrechung
Unterschenkel
Unverbindlichkeit
Venen
Veränderung
Vögel
Widerspruch
Zahl: 11
Zerstreuung

♓ - ♆ - Haus 12 - Symbole

Ahnung
Alkohol
Alternativen
Angst
Anonymität
Antenne
Äther
Attrappe
Auflösung
Ausgestoßenheit
Ausweichendes
Beichte
Betäubung
Betrug
Blöße
Chaos
Ausdruck des Schicksals
Double
Drogen
Dubioses
Einsamkeit
Empfindlichkeit
Entwertung
Erlösung
Ersatz
Fähigkeit, Verantwortung zu zeigen
Fähigkeit, die eigenen Rechte zu leben
Fata Morgana
Ferne
Fernsehen
Film
Flucht
Gas
Gefängnis
Geheimnis
Getränke
Gift
Grenzenlosigkeit
Heimlichkeit
Hilfe
Hilflosigkeit
Hintergrund
Hoffnung
Illegalität
Illusion
Intrigen
Kosmos
Krankenhaus
Lüge
Märchen
Medikamente
Medium
Meer
Minderheiten
Mitleid
Mystik
Narkose
Nässe
Nebel
Obdachlosigkeit
Fantasie
Placebo
Provisorium
Psychopharmaka
Rauch
Rausch
Röntgen
Schein
Schulden
Schwäche
Schwärmerei
Sekten
Sinnlosigkeit
Slums
Spiegel
Stille
Subkultur
Surrogat
Täuschung
Tarnung
Trance
Tränen
Transzendenz
Traum
Trost
Trostpflaster
Trugschluss
Übertünchung
Unangepasstes
Unerreichbares
Unkraut
Unordnung
Unsicherheit
Verborgenes
Verdrängtes
Verleugnung
Verstecktes
Verschleierung
Verschwommenes
Verwahrlosung
Wald
Wasser
Wildnis
Wunder
Wunsch
Zahl: 13
Zweifel

Bibliografie

Alfred Adler:	Über den nervösen Charakter. München, 1974
Sigmund Freud:	Totem und Tabu. München, 1972
A. Frank Glahn:	Erklärung und systematische Deutung des Geburtshoroskops. Memmingen 1930
C. G. Jung:	Gesammelte Werke. München, 1972
Hermann Meyer:	Astrologie und Psychologie – eine neue Synthese. München, 1981 Die eigene Identität. München, 2000 Psycho-Anti-Aging. München, 2001 Jeder bekommt den Partner, den er verdient. München, 2011 Gut gezeugt ist halb gewonnen. München, 2004 Das astrologische Herrschersystem. München, 1996 Psychosomatik und Astrologie. München, 1992 Das Grundlagenwerk der psychologischen Astrologie, München, 2005
Kurt Theodor Oehler:	Rivalität – und wie man richtig damit umgeht. München, 2003
Horst Eberhard Richter:	Eltern, Kind und Neurose, Reinbek, 1969
Trina Paulus:	Hoffnung für die Blumen. Interlaken, 1982
Frederic Vester:	Unsere Welt – ein vernetztes System. Stuttgart 1978

Ausbildung zum/zur psychologischen Astrologen(in)

Die psychologische Astrologie will aufzeigen, dass der Mensch nicht ohnmächtig seinem Schicksal ausgeliefert sein muss. Durch Einsicht in die eigene psychische Struktur (Horoskop) und in die Gesetze des Lebens eröffnen sich dem Einzelnen Möglichkeiten zur eigenen Schicksalsgestaltung.
Die Astrologieseminare sind für jeden geeignet, der sich selbst erfahren möchte und die Mechanismen und Gesetzmäßigkeiten der Psyche und des Schicksals kennenlernen will (also nicht nur für denjenigen, der später dieses Wissen beruflich anwenden möchte.)
Die Seminare vermitteln vor allen Dingen das entsprechende Rüstzeug, um sich selber und anderen wirksam helfen zu können (Hilfe zur Selbsthilfe).
Insofern ist die psychologische Astrologie auch für alle helfenden Berufe geeignet, da sie eine völlig neue Sichtweise von Problemen und Konflikten eröffnet und Lösungsmöglichkeiten auf einer anderen Ebene aufzeigt.
Da wir der Meinung sind, dass Astrologie abstrakt von anderen Disziplinen nicht betrieben werden kann, wurden auch Gebiete wie Naturmedizin, Psychosomatik, Pädagogik, Soziologie, Philosophie und (vor allem) Tiefenpsychologie integriert.

Ziele der Ausbildung:

1. Selbsterkenntnis – Erkennen der eigenen Stärken und Schwächen
2. Erlernen der Fähigkeit, Konflikte zu bewältigen
3. Intensive Wissensvermittlung
4. Vorbereitung für eine künftige Beratertätigkeit

Online Ausbildung: BRD, Österreich und Schweiz

Kurszeiten: Samstag: Beginn: 9.30 Uhr Ende: 18.00 Uhr
Sonntag: Beginn: 9.30 Uhr Ende: 13.00 Uhr

Kursleiter: Hermann Meyer und Team

Dauer der Ausbildung: 2 Jahre (20 Wochenend-Seminare und 1 Ferienkurs)

Ausbildungskosten: mtl. 1 Wochenend-Seminar € 180,– (Ferienkurs € 400,–)

Die Entscheidung für die zweijährige Ausbildung **muss nicht sofort getroffen werden,** sondern kann auch erst nach dem 3. Wochenend-Seminar erfolgen.

Astrologische Beratung: € 200,–/1 ½ Std.
Im Preis ist die Horoskoperstellung, die Vorbereitung und Beratung enthalten.
(telefonische Beratung nach Vereinbarung).

Astrocoaching: sechswöchiges Einzelcoaching zur Umgestaltung des eigenen Lebens (€ 70,–/Std.)

Ausbildung zum Astrocoach

Für Astrologie-Fortgeschrittene besteht die Möglichkeit, eine Ausbildung zum Astrocoach zu absolvieren und ein entsprechendes Zertifikat zu erwerben.

Die Ausbildung zum Astrocoach besteht aus vier Modulen – drei Wochenendseminare Astrocoaching I, II und III sowie einem einwöchigen Ferienlehrgang „Astrocoaching in der Praxis“.

Information:
Institut für psychologische Astrologie
Leitung: Hermann Meyer
Mobil: +49(0) 176-87242147 (9–12 Uhr)
www.die-lebensschule.com
info@die-lebensschule.com

Hermann Meyer, Begründer der psychologischen Astrologie, bildet seit über dreißig Jahren psychologische Astrologen aus.

Er hat folgende Bücher veröffentlicht:
- Astrologie und Psychologie – eine neue Synthese
- Partnerschaft, Gesundheit und Glück in der psychologischen Astrologie
- Befreiung vom Schicksalszwang – Astropsychotherapie
- Die neue Sinnlichkeit
- Gesetze des Schicksals
- Der Tod ist kein Zufall – Befreiung des verdrängten Lebens
- Psychosomatik und Astrologie
- Die Lebensschule – erfolgreich werden als Mensch
- Das astrologische Herrschersystem
- Besser leben mit Feng-Shui
- Jeder bekommt den Partner, den er verdient
- Das Schicksal würfelt nicht
- Psycho-Anti-Aging
- Die eigene Identität
- Das Urprogramm der Partnerschaft
- Gut gezeugt ist halb gewonnen
- Der Jackpot des Lebens
- Das Drehbuch des eigenen Lebens
- Das Grundlagenwerk der psychologischen Astrologie